SYBIL VOLKS

TORSTRASSE 1

ROMAN

dtv

Von Sybil Volks
sind bei dtv außerdem erschienen:
Wintergäste
Die Glücksreisenden

Bei diesem Roman handelt es sich um einen fiktionalen Text, der sich auf reale Schauplätze bezieht und die wechselvolle Geschichte des Gebäudes in der Torstraße 1 literarisch verarbeitet. Wenngleich sich Romanhandlung und -figuren an den historischen Gegebenheiten orientieren, ist alles hier Fiktion. Ähnlichkeiten zwischen Romanfiguren und lebenden oder verstorbenen Personen – ausgenommen Personen der Zeitgeschichte – sind rein zufällig und nicht beabsichtigt.

MIX
Papier aus verantwortungsvollen Quellen
FSC® C019821
www.fsc.org

Neuausgabe 2022

Umschlaggestaltung: dtv nach einem Entwurf von www.buerosued.de
Umschlagmotive: Christian Grosse / Alamy Stock Photo (Haus);
CasarsaGuru / Getty Images (Paar);
akg-images / brandstaetter images /
Johann Bernhard Fischer von Erla (Personen);
Heritage-Images / National Motor Museum / akg-images (Auto);
shutterstock.com (Mütze)
Satz: Greiner & Reichel, Köln
Druck und Bindung: Druckerei C.H.Beck, Nördlingen
Printed in Germany · ISBN 978-3-423-22013-2

Für Anne, mein großes Los

Willkommen, bienvenue, welcome

Elsa geht einen Schritt auf das Tor zu, den Eingang zur Torstraße 1. Hoch ragt das helle Gebäude in den Berliner Himmel, mit einer Reling um das Obergeschoss und geschwungenen Seitenflügeln. Wie immer, wenn sie sich in den achtzig Jahren ihres Lebens dem Haus genähert hat, gerät Elsas Herz aus dem Takt. Mal ist es Neugier gewesen, mal Trauer, Zorn oder Sehnsucht. Jetzt sind es Freude und Furcht. Freude auf diesen Abend, einen warmen, windigen Abend im Juni, an dem die Torstraße 1 nach Jahrzehnten der Besatzung und vielen Jahren Leerstand zu neuem Leben erwacht. Und Furcht, dass man sie heute zur Eröffnung nicht hineinlässt.

Sie hat die Kreuzung gemieden in den letzten Monaten, um sich überraschen zu lassen von diesem Augenblick. Wie würde es aussehen, wenn nach Jahren die Plane abgenommen war, die alle acht Stockwerke verhüllt hatte? Es war immer ein eindrucksvolles Haus, selbst in der Zeit, als die Mauern bröckelten und die Fenster erblindeten. Nun liegt es wie ein Schiff an der Kreuzung zwischen Torstraße und Prenzlauer Allee, bereit zum Ablegen.

Zur Eröffnung drängen sich die Menschen auf dem Platz vor dem Haus. Während Elsa sich Schritt für Schritt auf den Eingang zubewegt, hält sie Ausschau nach einem grauen Haarschopf in der Menge, einem ganz bestimmten, sehr eigenen Kopf. Ob Bernhard irgendwo unter all den Fremden ist? Ob er überhaupt kommen wird? Dann könnten sie hier und heute miteinander anstoßen – auf ihren und seinen Geburtstag und den Geburtstag dieses Hauses, das zur selben Stunde, als sie beide überstürzt zur Welt kamen, als Kaufhaus eröffnet wurde. Darauf, dass sie alle drei diese irrsinnigen acht Jahrzehnte überlebt haben. Ein Wunder, denkt Elsa, dass niemand von uns in Trümmer gegangen ist.

Sie fühlt nach dem Zettel in der Tasche, den sie für alle Fälle eingesteckt hat. Als Eintrittskarte sozusagen. Auf dem vergilbten Papier steht blau gedruckt: »Passierschein: Genosse/Genossin … ist berechtigt, … Paket aus unserem Hause zu nehmen. Datum … Unterschrift … Stempel«. Da hat sie sich selbst als Genossin Elsa Jonass eingetragen, mit dem Datum von heute und dem Stempel ihres vor Jahren geschlossenen Fotostudios. Den Passierschein hat sie Bernhard abgeluchst, als dieses Haus noch sein Arbeitsplatz war, während man zwischen sie und das Haus ihrer Kindheit eine Mauer gebaut hatte. Und als die Mauer weg war, hat Bernhard um das Haus lange einen großen Bogen gemacht. Aber jetzt ist es wieder offen, offen für sie beide, und diese Party hier, auch wenn es die Gastgeber nicht wissen, ist die Geburtstagsparty für ihn und sie und ihr Haus. Bernhard muss einfach kommen!

»Nicht einschlafen«, sagt hinter ihr eine Stimme. Elsa macht einen großen Schritt, verliert fast das Gleichgewicht. Die neuen Schuhe haben Absätze, wie sie seit Jahrzehnten keine getragen hat. Für die letzte Party des Lebens kann man noch einmal Schlange stehen, auch wenn die Füße schmerzen. Den Stock hat sie zu Hause gelassen. Auch ihre alte Kamera hat sie wieder aus der Tasche genommen und stattdessen Bleistift und Papier eingesteckt. Sie kann ja, nach jahrelanger Übung, jetzt wieder mit ein paar Strichen festhalten, was sie erinnern möchte. Als die Digitalkameras kamen, hat sie wie früher zu zeichnen begonnen. Sie muss kein Geld mehr verdienen mit der Knipserei.

Neben ihr steht eine junge Frau. Sie trägt Hosen und darüber eine Art Kleid. »Haben Sie vielleicht noch eine Einladung übrig?«, fragt Elsa. »Für die Einweihungsfeier?«

Einen Moment schaut die Frau sie fragend an. Ein Auge ist halb verdeckt, der Pony verläuft schräg über die Stirn. »Ach, Sie meinen die Club Opening Night?«, sagt sie, und Elsa nickt. »Nein, ich hab leider nur eine Karte.«

Richtig, das Kaufhaus ist jetzt ein Club. Aber man muss es »Klabb« aussprechen wie die junge Frau. Auch das Haus hat, wie Elsa selbst, oft den Namen gewechselt. Kaufhaus Jonass, Reichsjugendführung, Haus der Einheit, jetzt eben Soho House Berlin. Die Namen kamen und gingen mit den wechselnden Besitzern und Machthabern. Selbst die Straße, in der dieses Haus stand, hieß immer wieder anders. Torstraße, Lothringer Straße, Wilhelm-Pieck-Straße und nun wieder Torstraße.

»Soho House Berlin« ist auf die breite Häuserfront projiziert, in buntem Licht; die Buchstaben flackern, biegen und verzerren sich, tanzen und stürzen wie in einem Anfall von Schwindel von der Mauer. Dann kommen sie an einer anderen Stelle wieder über die Hauswand gekrochen. Elsa gefällt das, es passt zu dem Haus. Man denkt, die Vorstellung ist zu Ende, will die Arena verlassen – und eine Leuchtrakete zischt in den Himmel, das ganze Theater geht von vorne los. Na, das ganze hoffentlich nicht, denkt Elsa.

Vor diesem verschlossenen Tor hatte ihre Mutter eines Tages gestanden, mit ihr, der fast Vierjährigen, auf dem Arm. Sie war zur Arbeit im Kaufhaus geeilt und hielt plötzlich im Laufschritt inne. Viele Menschen drängten sich auf dem Platz vor dem Kaufhaus Jonass, doch niemand näherte sich dem quer über das Tor geklebten Plakat. Männer in Stiefeln und Uniformen standen unter dem Plakat und schrien. Gelächter schallte aus der Menge. Sie wollte weg von den brüllenden Männern und strampelte mit den Beinen, doch ihre Mutter rührte sich nicht und presste sie an sich, dass ihr die Luft wegblieb. Sie zog ihre

Mutter an den Haaren und schlug ihr mit der kleinen Faust ins Gesicht. Da drehte sich die Mutter um, weg von dem Tor, weg von dem Plakat, weg von den Gestiefelten, und begann zu rennen. Tränen liefen ihr übers Gesicht. Und Elsa hatte damals gedacht, dass ihre Mutter weinte, weil sie sie geschlagen hatte. Den ganzen Tag hatte sie es gedacht und noch jahrelang.

»Stehen Sie auf der Liste?«

»Auf der Liste?« Elsa schaut auf verschränkte Arme und ein Gesicht, das ihr zu verstehen gibt: bis hierher und nicht weiter.

»Auf der Gästeliste. Einlass nur für Clubmitglieder und geladene Gäste.« Der Blick des Türstehers wandert über ihre weißen Haare, das faltige Gesicht und ihren Mantel, der in etwa so alt sein dürfte wie er selbst.

Elsa umklammert den Passierschein in ihrer Hand. Wenn Sie jetzt das Zauberwort wüsste, das Passwort, das ihr Einlass verschafft. »Ich bin …«

»Die Lady ist meine Grandma.« Eine Stimme in ihrem Rücken, amerikanischer Akzent. »Also seien Sie besser nett zu ihr.« Elsa wird am Arm gefasst und am Türsteher vorbeigeführt, der sie beide durchlässt und den jungen Amerikaner respektvoll grüßt. Der junge Mann hilft Elsa aus dem Mantel, reicht ihn der Garderobiere, nimmt den Chip entgegen und drückt ihn ihr in die Hand. Er hat graue Augen, ein spöttisches und zugleich herzliches Lächeln, das ihr irgendwie bekannt vorkommt, wie aus ferner, längst vergangener Zeit. Aber woher sollte sie diesen jungen Ami schon kennen?

»Ich bin … hier geboren, das wollte ich sagen.« Doch der junge Mann ist verschwunden. Elsa spricht in die Luft. »Hier in diesem Haus. Heute vor achtzig Jahren, auf den Tag genau!«

Sie hat das Tor passiert, auch ohne Passierschein. Doch nun, wohin? In der Eingangshalle stehen die Gäste in kleinen Grüppchen beisammen, lauter junge, auf lässige Weise schick gekleidete Menschen. Einige haben es sich in einer Ecke in Clubsesseln bequem gemacht, über ihren Köpfen schwebt auf einem großen Bild ein mit schwarzen Strichen gezeichneter Hai. Ob das der berühmte Finanzhai ist, fragt sich Elsa, von dem man in Zeiten der Finanzkrise täglich in den Zeitungen liest? Und ob man unter dem Wappen des Finanzhais wohl rauchen darf? Sonst ist es ja überall verboten neuerdings. Soll sie es riskieren, sich einfach eine anstecken? Lieber nicht, sonst geht bestimmt ein Rauchmelder los. Und die Blicke, die man da erntet. Dabei kann sie nichts dafür, es ist ein Geburtsfehler. Wenn einem eine alte Hexe zur Begrüßung auf Erden Rauch ins Gesicht geblasen hat, noch bevor man Sauerstoff atmen konnte, was soll man erwarten? Hier in diesem Haus ist es gewesen, die rauchende Alte als Hebamme und die Poststelle des Kaufhauses als Kreißsaal. Aus dem Mutterbauch auf den Packtisch, auch so etwas prägt – ihre Leidenschaft für Briefe, Briefkuverts, Briefträger hat sie ihr Leben lang behalten.

Heute will sie ihn endlich finden, den kleinen Raum in diesem riesigen Haus, in dem sie das Licht der Welt erblickt hat. Wird wohl Neonlicht gewesen sein. Gab's das damals schon, Neonlicht? Ihre Mutter hat ihr die Poststelle nie gezeigt, solange sie als Verkäuferin im Jonass arbeitete und Elsa als Kind dort ein und aus gehen und nach Ladenschluss mit Bernhard zwischen Kleiderständern und Möbeln herumtoben und spielen durfte. Bevor die Hitlerjungen und -mädel kamen.

Doch nicht nur sie, auch Bernhard hat etwas zu suchen in diesem Haus, das sein Vater mitgebaut hat. Ein Zeichen hat er hinterlassen, das seinen Sohn betraf, und sein Leben lang ein Geheimnis daraus gemacht. Und Bernhard hat sein halbes Leben lang danach gesucht, immer wieder, während seiner Arbeit hier im Institut. Wenn er es noch finden wollte, war heute vielleicht seine letzte Chance.

Dann ist da noch dieser eine Raum zwischen all den Räumen, von dem sie nicht weiß, ob sie ihn suchen soll und finden möchte. Den einen Raum in diesem Haus, der Bernhards und ihr Raum war auf eine ganz besondere Weise. Wenn sie die Augen schließt, sieht sie zuerst die Schreibmaschine auf dem Tisch, die Schreibmaschine mit kyrillischen Buchstaben. Regale voller Bücher, den abgedunkelten Katalograum, den Staub, der im Sonnenstrahl flirrte, der auf Bernhards damals noch braunes Haar fiel. Noch jetzt, nach einem halben Jahrhundert, wird ihr schwindlig bei den Bildern, die auf die Bücherrücken und den Sonnenstrahl folgen.

Sie beschließt, Bernhard im ganzen Gebäude zu suchen. Vor den Aufzügen stauen sich die Wartenden, doch im Treppenhaus ist sie allein. Sie fängt ganz unten im Untergeschoss an und schaut in alle Räume. Im Kinosaal laufen Filme über die Clubs in Soho und Manhattan, die dem Soho House Berlin Pate gestanden haben. »In the Mood for Life« heißt das Filmprogramm, Englisch ohne Untertitel. Nichts für Bernhard. Aber das Kino ist schön, rote Samtvorhänge und breite Plüschsessel, in denen die Zuschauer versinken, während die Bilder über die Leinwand flackern. Und in der Ecke, sie traut ihren Augen kaum, steht ein alter Popcornautomat. Genau so ein Popcornautomat, wie sie ihn damals in der Femina-Bar betrachtet hat, bis ein GI kam und ihr eine knisternde Tüte in die Hand drückte.

Am Eingang zum Wellnessbereich erklärt man ihr, dass der Aufenthalt nur Clubmitgliedern gestattet sei. Also ebenfalls kein Ort für Bernhard. Da erst kommt ihr der Gedanke, und einen Moment knicken ihr die Knie ein, sodass sie sich an der Theke festhalten muss – vielleicht lassen sie Bernhard gar nicht hinein! Offiziell eingeladen war er ja nicht. Vermutlich hatte es Bernhard gekränkt, dass man Leute wie ihn nicht einlud, die jahrzehntelang hier gearbeitet hatten, Zeitzeugen einer Geschichte, die man womöglich lieber vergessen wollte.

Schritt für Schritt und Stufe für Stufe macht sie sich an den langen Aufstieg bis zur Dachterrasse. Im zweiten Stock hält sie einen Moment inne. Es kann doch nicht sein, dass noch ein Geruch von damals in den Räumen hängt, ein Geruch nach Möbelpolitur und Holz, Rasierwasser und Papier? Hier hatten Heinrich Grünberg und seine leitenden Angestellten ihre Kontore, mit wuchtigen, dunklen Tischen, gekrönt von blitzenden Schreibmaschinen. Zitternd vor Erwartung hatte sie, kaum bis zur Tischkante reichend, auf das Klingeln gewartet, das Klingeln am Ende der Zeile.

Später ist in Direktor Grünbergs Büro, den halbrunden Raum mit holzgetäfelter Decke, das Politbüro eingezogen, das sich nun in die Bar Politbüro verwandeln soll, wie der Schriftzug über dem Eingang verrät. In der Mitte des Raums unter dem Stern der Neonleuchten stehen ein paar Leute im Kreis und drehen Sektgläser in den Händen. Zwei junge Männer lehnen lässig an den Einbauschränken, in denen sich früher Zeitschriften und Akten stapelten, Sitzungsprotokolle des Zentralkomitees der SED. Einer der beiden Männer zeigt auf die gegenüberliegende Wand. Der andere fasst nach dessen Hand und ruft: »Aber doch kein Bild, *chéri*, das ruiniert ja die ganze Aura!«

Elsa muss lachen. Mehrere Köpfe wenden sich ihr zu. »Warum denn kein Bild?«, fragt Elsa. »Irgendwo steht hier bestimmt noch ein schickes Porträt von Wilhelm Pieck im Besenschrank.« Als sie hinausgeht, hört sie jemanden sagen: »Du, das ist eine geniale Idee von der Alten!«

Wo jetzt die Offices sind, die Lofts und Lounges, waren nach Kaufhauskontoren und Hitlerjugend die Büros von Wilhelm Pieck, Otto Grotewohl und anderen SED-Größen eingezogen. Da war sie nicht mehr ins Haus hineingekommen, aber Bernhard umso öfter. Jahrzehntelang ging er hier ein und aus, und heute Abend, wo sie ihn braucht, wo ist er? Sie sehnt sich mit jeder Minute mehr nach Bernhards klugen Augen und seinem dichten grauen Haarschopf.

Auf einmal wird ihr klar, dass es in diesem Trubel nur einen Ort gibt, wo sie ihn finden kann. Wenn er mit seiner Scheu vor Menschenmengen es irgendwo aushielt, dann auf der Dachterrasse, wo man die Augen in die Ferne schweifen lassen kann unter einem freien Himmel. Und womöglich, mit viel Glück, eine rauchen. Sie geht zurück ins Treppenhaus und macht sich an den Aufstieg. Vielleicht ist Bernhard da oben. Und sie zieht es auch dorthin, auf das Dach dieses Hauses. Ganz spürbar zieht es in ihrer Brust.

Auch damals, im Juni 1929, hatte das Gebäude schon eine Dachterrasse, mit einem Dachgartenrestaurant, und zur Eröffnung des Kaufhauses Jonass knallten die Sektkorken in den Himmel. Vielleicht hatte sie das Korkenknallen, das Sprudeln der Sektfontänen und das Gelächter missverstanden im Bauch ihrer Mutter. Hatte hinter der Bauchdecke gedacht, der ganze Trubel gelte ihrer Ankunft auf Erden.

Über diesen Tag und über ihren richtigen, ihren unbekannten Vater wird sie nie mehr erfahren als das, was Vicky auf Band gesprochen hat kurz vor ihrem Tod, stockend erst und dann hastiger, vom Ende aufgerollt bis zum Anfang, die Geschichte von Vicky und Harry und ihrer eigenen Geburt. Inzwischen hat es sich vermischt – das, was ihre Mutter erzählt, und das, was sie nicht erzählt hat, bis zum bitteren Ende nicht, und womit sie selbst sich die Pausen und Lücken ausgemalt hat. Nun lässt sich das Ganze nicht mehr entwirren. Was ist echt, was ist später hinzugefügt, was retuschiert und was niemals wahr gewesen? So ist es nun mal mit den Geschichten, sagt sich Elsa und macht einen weiteren Schritt auf dem Weg Richtung Dachterrasse und Himmel. Und damit, so hofft sie, einen Schritt Richtung Bernhard.

Die letzten Meter bis zum Eingang läuft er rückwärts. Wie er es in der Rehaklinik nach dem Herzinfarkt gelernt hat, rückwärtszulaufen. Eine gute Art, sich wegzubewegen, hat er damals gedacht. Man sieht genau, was man hinter sich lässt. Und nichts von dem, denkt er jetzt, was ich vor mir habe.

Vorsichtig setzt Bernhard Schritt für Schritt. »Rückwärts und sich vergessen«, summt er. Um diese Straßenecke hat er in den vergangenen Monaten meist einen großen Bogen gemacht. Wenn er es richtig bedenkt, schlägt er seit fast zwanzig Jahren Haken, um hier nicht entlangzugehen. Die Torstraße 1 ist mit zu vielen Erinnerungen verbunden. Guten und schlechten. Aber als das Haus nach so vielen Jahren Leerstand eingerüstet worden ist, wollte er plötzlich, dass alles blieb und nichts sich änderte. Es gefiel ihm nicht, dass aus seinem und Elsas Haus jetzt etwas ganz anderes werden sollte.

Vielleicht hat das etwas mit dem Altwerden zu tun. In den vergangenen Wochen hat er oft davon geträumt, wieder in das Institut zu gehen. So wie er es viele Jahre lang getan hatte. Jahre, in denen er zwischen der Redaktion seiner Zeitung und dem Institut hier im Haus gependelt war. Mit einer schweinsledernen Aktentasche in der Hand, in der sich tatsächlich immer Akten befanden. Und bis zum Ende seines Arbeitslebens hatte die Tasche eine eingedellte Brotbüchse aus Aluminium mit selbst geschmierten Stullen enthalten. Sein Körper steckte an jedem dieser Tage in einem Anzug, der nie wirklich gut saß.

Immer ist er aufgewacht aus seinen Träumen, kurz vor dem Ziel, die graubraune Fassade mit den vielen Fensterreihen schon in Sicht. Jedes Mal blieb er stecken auf seinem Weg. Jedes Mal war er umgekehrt vor dem Eingang des Instituts und hatte die Flucht ergriffen.

Doch vorgestern Nacht hat er nicht vom Institut, sondern vom Kaufhaus Jonass geträumt. Ist wieder ein kleiner Junge gewesen und mit Elsa durch die Etagen gelaufen, um Verstecken zu spielen. Weiße Wochen waren im Kaufhaus, Lichtgirlanden hingen von der Decke, die ganze Halle ein Glitzern und Funkeln. Elsa und er hockten hinter weißen Wäschebergen oder drapierten sich in meterlange Gardinen. Wie in einer Schneehöhle saß er in seinem Versteck unterm Tisch, hinter dem weißen Stoff, der bis zum Boden reichte. Schön warm war es hier, er hatte es nicht eilig, von Elsa gefunden zu werden. Doch dann hörte er Elsas Stimme, die nach ihm rief. Sich näherte, wieder entfernte und leiser wurde, immer leiser, bis sie kaum noch hörbar war.

Dieser Traum hat den Ausschlag gegeben, heute hierherzukommen. Dabei hat er noch vor ein paar Wochen zu Elsa am Telefon gesagt, er werde auf keinen Fall kommen. Er schaffe es einfach nicht. Hat es mit seinem Herzen begründet. »Was ja keine Lüge ist«, sagt er laut und erntet einen amüsierten Blick von einer jungen Frau, die an ihm vorbeigeht. Vorwärts natürlich. »Lass uns zusammen hingehen, Bernhard«, hat Elsa gesagt, »es bleibt doch trotzdem unser Haus.« Das hat sie sich all die Jahre nicht abgewöhnt, »unser Haus« zu sagen, konnte es genauso wenig lassen wie das Rauchen. Jetzt, wo er daran denkt, sehnt er sich nach Elsa. Er hätte sich nicht einfach tot stellen dürfen. Nun will er nichts mehr, als Elsa wiedersehen. Er greift in die Tasche seines Jacketts und fühlt nach dem kleinen Päckchen.

Bernhard dreht sich im Gehen um, schaut nun wie alle anderen nach vorne und hebt den Blick. »Soho House Berlin«, murmelt er und starrt auf die frisch renovierte Fassade, über die in hektischer Betriebsamkeit Leuchtbuchstaben tanzen. Mal sehen, ob die mehr Glück haben als all ihre Vorgänger. Er reiht sich ein in die Warteschlange vor dem Eingang.

»Ein Restaurant wollen sie hineinbauen«, sagt der junge Mann vor ihm zu seiner Begleiterin, »ein italienisches. Da dürfen dann alle rein. Aber der Rest bleibt zum Glück *members only*.«

Da ist Bernhard aber froh und erleichtert, dass auch Leute wie er hier zum Italiener dürfen. Denn er mag Pasta und liebt

Pesto, aber es macht ihm keinen großen Spaß, für sich allein zu kochen. Anders war es, als er noch für zwei gekocht hat, für sich und Elisa. Seine Elisa, deren Name so ähnlich klang wie Elsa. Inzwischen ist auch Elisa Geschichte. »Komm endlich hier an, Bernhard«, hat sie gesagt. »Die Vergangenheit ist vorbei und der Sozialismus untergegangen.« Als ob er das nicht wüsste. Aber wo soll man hin mit vierzig Jahren Leben? Hat noch keiner das passende Skalpell erfunden, um die einfach aus dem Kopf zu schneiden. Obwohl, denkt er, eine Menge Leute scheinen es ja hingekriegt zu haben. Vielleicht sollte ich die mal fragen. Vielleicht ist von denen sogar heute jemand hier.

Bernhard ist innerlich wieder nach Rückwärtsgang zumute. Doch wenn Elsa kommt, sagt er sich, kann alles noch gut werden. Vielleicht können wir uns zusammen ein bisschen lustig machen über diese Ansammlung von feinem Tuch und Designerturnschuhen. Turnschuhe heißen die natürlich nicht, es turnt ja auch heute niemand mehr. Das neue Wort fällt ihm jetzt nicht ein. Immerhin, er kommt sich nicht unpassend gekleidet vor. Dafür hat Luise gesorgt. »Vater«, hat sie gesagt, »wenn ich dir eine Einladung für die Eröffnungsparty beschaffe, gehen wir vorher einkaufen. Du brauchst einen Anzug und Schuhe.« Ein Jackett hatte er zuletzt getragen, als sie in diesem Gebäude das Institut abgewickelt haben. Fast auf den Tag genau vor siebzehn Jahren. Er hat niemanden wiedergesehen seit diesem letzten Tag.

Und heute, an seinem achtzigsten Geburtstag, betritt er es also wieder, das Institut, aus dem ein Privatclub geworden ist. War mit seiner Tochter einen neuen Anzug und Schuhe kaufen gegangen, um an die Einladung zu kommen, obwohl er noch nicht einmal wusste, ob er zur Party gehen wollte. Er musste zugeben, dass dies der erste Anzug seines Lebens war, der wirklich passte. »Jetzt, wo es nicht mehr wichtig ist«, hat er draußen zu Luise gesagt, »habe ich plötzlich einen Arsch in der Hose.«

Endlich ist Bernhard am Eingang angekommen. Er fischt die Einladung für die Eröffnungsparty aus der Innentasche seines Jacketts – Luise hat Wort gehalten – und wird anstandslos durchgelassen. Drinnen scheint die Party schon in vollem Gange, obwohl draußen noch so viele Menschen stehen. Er dreht sich einmal vorsichtig im Kreis und bleibt stehen, weil er Elsa entdeckt hat. Doch die weißhaarige Frau, die er im Augenwinkel zu sehen geglaubt hat, entpuppt sich als eine Weißblonde.

Bernhard schaut sich noch einmal um. Rohe Wände, an denen abstrakte Bilder hängen, unverputzte Säulen, der provisorisch wirkende Empfangstresen. Eine lange rote Couch, sicher eine Extraanfertigung zu extraordinärem Preis. Nicht übel, wie sie da steht, als wäre es im Sinne der Betreiber, wenn sich hier zehn Leute nebeneinander niederließen, um ein wenig zu plaudern. Sehr schick und modern alles, aber wo war das alte Haus geblieben? Ob es seinem Vater heute hier gefallen würde? Wilhelm war immer so stolz darauf gewesen, an diesem Haus mitgebaut zu haben.

Sein Vater war in sein Kaufhaus Jonass verliebt, das seiner Ansicht nach nur zu einem Zweck gebaut war: Im Jonass konnten sich Menschen mit nicht allzu viel Geld ihre kleinen und größeren Wünsche erfüllen. Sie betreten das Kaufhaus und werden verzaubert, so hatte es Wilhelm immer beschrieben. Und hatte gelitten wie ein Hund, als die Nazis aus dem Kaufhaus heraus die reichsdeutsche Jugend führten und verführten. Auch als die SED einzog und später das Institut für Marxismus-Leninismus, haderte der Vater mit den Dingen. Das sei ein Kaufhaus, hatte er manchmal gesagt. Er sei für die neuen Zeiten und habe lange für sie gekämpft. Aber es wäre doch schön, wenn Jonass ein Kaufhaus geblieben wäre. Seinetwegen ein sozialistisches. Dabei schwang Vorwurf in seiner Stimme, als sei sein Sohn mitverantwortlich für das falsche Leben, das sein Haus Jonass führte.

Sein Leben lang hatte er später seinem Sohn beschrieben, wie prächtig die Verkaufsräume und Kontore geworden waren, wie herrlich das Dachgartenrestaurant und wie weit der Blick von der Dachterrasse reichte. »Unendlich weit, Bernhard«, hatte er dann immer gesagt und mit beiden Armen einen Kreis in die Luft gemalt. »Die ganze Stadt liegt einem zu Füßen. Man müsste fliegen können.«

Wenn es ums Jonass ging, konnte Wilhelm romantisch werden. Aber er, Bernhard, mochte am meisten den dramatischen Teil der Erzählung. »Jetzt die Geschichte mit dem Unfall, Vater«, hatte er immer gebettelt, wenn der sich zu sehr im Traum vom Fliegen verlor. »Und dann die Geschichte mit der Geburt.«

Himmel auf Pump

»Heute Eröffnung!«, verkündet ein Plakat unter dem großen Schriftzug JONASS & CO. Auf dem Dach flattern bunte Fähnchen im Wind. Der Baulärm, der noch bis vor Kurzem über die Kreuzung hallte, ist verstummt. Nun summt und brummt es im Innern des Kaufhauses hinter dem verschlossenen Tor.

In der weiten Eingangshalle laufen Lieferanten, Dekorateure, Verkäuferinnen durcheinander, zwischen ihnen kreuzen die Inhaber von einem Schauplatz zum nächsten. Heinrich Grünberg dirigiert Menschen mit Kisten und Kästen durch den Saal, die Lampen gehören in diese Ecke, nein, nicht zu den Uhren, Herrgottnochmal, und die Lederwaren auf die Tische im Seitenflügel rechts, bitte! Er legt gerade beim Aufbau eines Ausstellungstisches mit Hand an, als ein Fotograf und ein Journalist auf ihn zustürzen. Grünberg klopft die Hände an der Hose ab und begrüßt die Herren von der Presse. »Sie sind zu früh dran, meine Herren, kommen Sie doch bitte heute Abend wieder.« Dann winkt er eine Frau in grauem Kostüm herbei. »Frau Kurz, setzen Sie die beiden auf die Gästeliste!«

Alice Grünberg umkreist die Tafel in der Mitte der Halle, die sich unter Porzellan und Kristallgläsern zu biegen scheint. Sie nimmt einem Mädchen mit rotfleckigen Wangen die Serviette aus der Hand, faltet sie in Windeseile zu einem Fächer und setzt ihn auf den Teller. So geht das! Hinter dem Rücken seiner Mutter wirft Harry Grünberg dem Mädchen eine Kusshand zu, worauf ihre Wangen noch röter werden. Pfeifend läuft er durch die Halle und hält bei den Musikern inne, die in einer Ecke ihre Instrumente stimmen. Er streichelt über den glänzenden Hals einer Tuba und will das Instrument zur Brust nehmen, als sein Vater herbeieilt und gegen den Lärm anbrüllt: »Marsch, Marsch, auf die Dachterrasse! Da spielt die Musik.«

Harry zwinkert dem verschreckten Tubisten zu, schlendert weiter zu den eigens zur Eröffnung aufgebauten Kühlschränken und nimmt einer jungen Frau mit Verkäuferinnenhäubchen eine Flasche aus der Hand. »Komm, Elsie«, lächelt er sie an und lässt den Korken knallen, »die sind doch alle völlig meschugge!« Er gießt zwei Gläser randvoll, zieht Elsie hinter eine Säule und reicht ihr eines. Dann stößt er mit ihr an und fragt mit leichtem Zittern in der Stimme, das freudige Erwartung sein kann oder auch Furcht: »Wird Vicky kommen?«

Schon von Weitem sieht Vicky das riesige Gebäude, als sie sich der Kreuzung zur Lothringer Straße nähert. Heute, an diesem warmen, windigen Tag im Juni, wird dort das Kaufhaus Jonass eröffnet. Dieses Haus wird ihr neuer Arbeitsplatz werden, dieser Weg ihr täglicher Weg ins Büro. Es war anständig von Herrn Grünberg, sie nicht hinauszuwerfen. Eine kleine Stenotypistin, die ein Kind erwartet und keinen Mann dazu hat. Und das bei der heutigen Arbeitslosigkeit.

Sie hat dem Haus beim Wachsen zugeschaut in den vergangenen Monaten, Stein um Stein und Stock um Stock wuchsen dort inmitten von Gerüsten und Maschinen, Krach und Geschäftigkeit. Zwischendecken, Rohre und Leitungen wurden in und um das Stahlskelett gelegt. Und während das Haus wuchs, ist auch in ihr etwas gewachsen, Fleisch und Blut, Sehnen und Nerven um zarte Knochen. Seit Wochen freut sie sich auf diesen Tag, an dem das Jonass zum Leben erwacht. An dem sie Harry dort treffen wird. Und sie fürchtet sich auch. Dass man sie zur Eröffnung vielleicht doch nicht hineinlässt. Dass sie Harry nicht treffen wird.

Sie fasst nach ihrem Bauch und stützt sich an die Mauer des Nikolaifriedhofs, der dem Kaufhaus gegenüberliegt. In den Zweigen über den Grabsteinen singen die Amseln. Nur jetzt nicht schlappmachen, Mädchen, flüstert sie, du wirst heute noch gebraucht. Sie hat Herrn Grünberg überredet, bei der Eröffnungsfeier mithelfen zu dürfen. Erst wollte er nicht, in ihrem Zustand. »Aber Herr Grünberg«, hat sie gesagt, »ich fühle mich blendend und *muss* bei der Feier dabei sein!« Dazu hat sie ihn angestrahlt, als ginge es um ihr Leben. Ging es ja auch. Sie muss an diesem Abend bei Harry sein. Nur konnte sie ausgerechnet das Herrn Grünberg nicht sagen. Er hätte ihr die Tür vor der Nase zugeschlagen. Die Tür zum neuen Kaufhaus, zu ihrem Arbeitsplatz, zu seiner Familie und seinem Sohn Harry.

Auf der Kreuzung vor dem Kaufhaus Jonass stauen sich Automobile, Fahrräder und Menschen. Zur Eröffnung des ersten Kreditkaufhauses in Berlin strömen die Schaulustigen herbei und bilden eine Schlange vor dem Haupttor. Ein solcher Prachtbau muss Schätze bergen, und diese Schätze will man als Erster zu sehen bekommen. Es soll auch eine Tombola geben. Ein Büfett und Musik, am Abend ein Feuerwerk! Vicky hat den Platz vor dem Kaufhaus erreicht und schiebt sich durch die Menge zum Lieferanteneingang. Sie geht zum Aufzug für die Angestellten, um in die Chefetage zu fahren und sich von Herrn Grünberg an ihren Platz dirigieren zu lassen. Vielleicht begegnet sie dort Harry.

Die Gittertür des Aufzugs schließt sich. Die Kabine fährt mit einem Ruck in die Höhe, das Kind in ihrem Bauch hüpft mit und der Magen dazu. Ihr wird übel. Sie muss sich zusammenreißen in Grünbergs Gegenwart, darf sich und Harry nicht verraten. Er ist der Junior in der Firma, sie nur eine kleine Angestellte, mit der er öffentlich per Sie verkehrt. Wenn sie auf dem Gang Harrys Stimme hört, seine Schritte, beginnt ihr Herz schneller zu schlagen. Und wenn er sie ansieht mit seinen grauen Augen, seinem spöttischen und zugleich herzlichen Lächeln, hämmert es so laut, dass es jeder hören muss. Ein Wunder, dass Herr Grünberg keinen Verdacht geschöpft hat. Wahrscheinlich kann er sich einfach nicht denken, dass sein Sohn, selbst noch nicht volljährig, schon Vater werden soll.

Der Aufzug hält, wieder gibt es einen Ruck, die Tür öffnet sich, Abteilungsleiter Helbig stolpert herein. Vicky und Helbig blicken sich an, Gerd Helbig senkt den Kopf. Sein Blick bleibt auf Vickys Bauch haften, ihm treten Schweißperlen auf die Stirn. Das Kind versetzt der Bauchwand einen Tritt.

»Was schauen Sie so entsetzt, Sie sind ja nicht der Vater«, sagt Vicky zu Abteilungsleiter Helbig, der rot anläuft. Der Aufzug ruckt und die Tür geht auf. Beide stürzen auseinander.

Vor dem Chefzimmer bleibt Vicky stehen und lauscht, ob Harrys Stimme zu hören ist.

»Fräulein Springer!«, schrillt es in ihrem Rücken. »Sie möchten sofort mit mir in die Küche kommen.«

Die Personalleiterin, Frau Kurz, ist dagegen gewesen, dass Grünberg sie im Geschäft behielt. Sie ist auch dagegen gewesen, dass sie beim Fest half. Aber wo sie einmal da ist, soll sie ordentlich anpacken. In der Küche schnappt Vicky ein Tablett mit Kanapees und schiebt sich unter den Augen von Frau Kurz ein mit Ei belegtes in den Mund.

»Ihr Einsatzplan!«, gellt es beim Hinausgehen hinter ihr her, doch Vicky hat selbst einen Plan.

Als sie sich der Haupthalle des Kaufhauses nähert, hört sie das Stimmengewirr. Das Tor ist geöffnet und die Meute hereingelassen. In Paaren und Gruppen bestaunen die Menschen die Verkaufstische, überquellend von begehrenswerten Dingen. Dort ist eine festliche Tafel gedeckt, Porzellan mit Rosenmuster, böhmisches Kristall und Weintrauben aus Glas. An jeder Ecke steht ein Page in Uniform, der die Schätze bewacht. Arbeiterfamilien und Arbeitslose aus dem Scheunenviertel stauen sich um elektrische Bügeleisen und Eisenbahnen, Glockenhüte und französischen Wein. All diese Dinge, die in den letzten Jahren immer weiter aus ihrer Reichweite gerückt sind, wird es hier ab morgen »auf Pump« geben. Für ein Viertel des Kaufpreises konnte man sie nach Hause tragen, der Rest war auf Raten zu bezahlen. Das Kreditkaufhaus Jonass würde das Kaufhaus des Ostens werden.

Der Herr über dieses Reich, Heinrich Grünberg, hält eine Ansprache. Neben ihm steht seine Frau Alice. Zerbrechlich sieht sie aus am Arm ihres Mannes und zugleich streng. Ob sie eine wie sie jemals als Schwiegertochter akzeptieren würde? Grünbergs Rede wird über Lautsprecher in alle Abteilungen übertragen, seine letzten Worte gehen im Applaus unter. Schon drängen sich alle um die Tabletts mit den Gläsern und leckeren Häppchen. Winzige Häppchen, vor allem für eine so breite Männerhand, wie sie sich Vicky nun zögernd entgegenstreckt. Eine schwielige Hand, die das Zupacken gewohnt ist. Sie schaut in das verlegene Gesicht des Mannes, der in Zimmermannskluft gekommen ist. Er muss einer der geladenen Bauleute sein. Auch er hat das Gebäude wachsen sehen, ja sogar wachsen lassen in den vergangenen Monaten. Sein Blick wandert von den Schinkenröllchen und Käsewürfeln mit Trauben zu ihrem gewölbten Bauch unter der Schürze, und er lächelt sie einen Augenblick an, als wüsste er, dass sie jede Ermunterung brauchen kann. Als wüsste er auch sonst so einiges über sie, obwohl sie sich noch nie begegnet sind, oder doch jedenfalls über das Leben, auch wenn er nur ein paar Jahre älter sein wird als sie selbst. Sie hält ihm das Tablett gleich noch einmal hin.

Wenig später, als alle Schinkenröllchen und Trauben verputzt sind und sie ihr leeres Tablett auf die anderen stapelt, taucht

Elsie auf. Ihre blonden Locken stehen ihr um den Kopf wie ein Heiligenschein, auf den schon so mancher hereingefallen ist. »Die Kurz sagt, wir sollen zur Tombola kommen und Glücksfee spielen.« Elsie grinst sie an. »Aber die moderne Glücksfee ist in der Feen-Gewerkschaft, nicht? Und da heißt es: wohlverdiente Pause und ab in den Himmel.« Sie zieht Vicky zum Aufzug. »Unser Weg führt jetzt steil nach oben.«

Wieder wird Vicky bei der Fahrt in die Höhe flau im Magen. Ist der Blick von dort oben wirklich so berauschend, wie Harry erzählt hat? Auf der Dachterrasse stehen Vicky und Elsie, die Arme um die Schultern der anderen gelegt, am Geländer und schauen über die Dächer der endlosen Stadt. Das Licht der Nachmittagssonne fällt auf die Kuppel des Doms, spiegelt sich in den Fensterfronten am Alexanderplatz, vergoldet Baukräne und Kirchtürme.

»Ist mir jetzt schwindlig vor Höhe oder vor Glück?«, fragt Elsie, den Blick in die Ferne gerichtet. Vicky antwortet nicht. Sie hat den ganzen Nachmittag noch kein Wort mit Harry gewechselt, ist nicht einmal in seine Nähe gekommen.

Ein paar Stunden später, es beginnt bereits zu dämmern, ordnet Vicky im Dachgartenrestaurant die Blumen in den Vasen. Die Tische für die geladenen Gäste sind mit weißen Damastdecken und Silberbesteck eingedeckt. Die Glastüren stehen zur Terrasse hin offen. In die Stimmen der Gäste mischt sich Musik, die Tanzkapelle spielt die ersten Takte eines Walzers. Während Vicky die Kerzen anzündet, geht es zu Ragtime über, und beim lang gezogenen Ton einer Trompete fällt Vicky das Streichholz aus der Hand. Sie steht da und sieht zu, wie die Glut einen schwarzen Fleck in das weiße Tischtuch frisst.

Der Abendhimmel hat sich rot gefärbt. Lächelnd reicht Vicky auf der Terrasse den Gästen die Gläser, auch wenn ihr das Tablett schwer wird. Auf einmal schweben die ersten Töne heran –

ihr Lied! Vickys Herz setzt aus, stolpert dem Takt hinterher, zu dem sie das erste Mal mit ihm den Shimmy getanzt hat. »Ausgerechnet Bananen, Bananen verlangt sie von mir. Was braucht man beim Küssen von Obst was zu wissen. Da ist doch nicht Zeit dafür!« Bei diesem Tanz, da wurde man von Kopf bis Fuß durchgeschüttelt, und nach dem ersten Shimmy mit Harry, da hörte das Schütteln so bald nicht wieder auf. Seitdem hieß Harry, wenn sie allein waren, für sie nur noch Shimmy. Wo ist er? Sie muss jetzt und hier zu diesem Lied mit ihm tanzen!

Eine Hand streckt sich ihr entgegen, es dauert einen Moment, bevor Vicky begreift, dass der Herr im Smoking ein Glas von ihr möchte. Sie hält es ihm lächelnd hin, da schneidet jäher Schmerz in ihren Bauch. Das Glas fällt zwischen ihnen zu Boden, wie in Zeitlupe sieht sie es fallen, auf den Steinen der Dachterrasse zerschellen. Sie dreht sich um und lässt den verdutzten Herrn stehen. Harry, ich muss ihn finden, weiter kann sie nichts denken, während sie blind durch die Menge steuert. Ich sterbe. Harry. Ich muss dich finden.

Endlich, als sie schon eine Ewigkeit herumgeirrt ist mit dem schneidenden Schmerz im Bauch, entdeckt sie ihn. Neben seinem Vater, der dem Bürgermeister die Hand schüttelt, umringt von Menschen, steht Harry. Voller Furcht und Flehen richtet Vicky ihre Augen auf ihn. Ich sterbe. Harry. Du musst mir helfen. Nur eine Sekunde treffen sich ihre Blicke. Harry sieht sie an und sieht durch sie hindurch wie durch eine Fremde. Da wendet sie sich von ihm ab und flieht ins Innere des Kaufhauses.

Das Reden und Lachen dröhnt in ihren Ohren, ihr ist übel vom Essensdunst, vom Schweißgeruch, den die Menschen unter ihrer Parfümschicht ausströmen. Immer weiter zieht sie sich zurück, bis sie keinem Menschen mehr begegnet. Oben spielt nun die Musik, die unteren Etagen liegen verlassen da. Die Verkaufshallen sind verschlossen, von Posten bewacht. Sie kann nur schemenhaft sehen, tastet sich beim Gehen an der Wand entlang, auf der Suche nach einem Ausweg. Jeder Schritt kostet unendliche Kraft. Die nächste Woge des Schmerzes überrollt sie.

Rechts und links ein Klaps gegen ihre Wangen. Eine heisere, fremde Stimme: »Wach auf, Mädchen! Wach auf!« Zigarettenrauch brennt in ihren Augen, und als Vicky sie öffnet, erscheint in der Rauchwolke dicht vor ihr ein hageres Gesicht. »So is es brav, Mädchen!« Die Alte ist hässlich, denkt sie, aber es muss eine gute Hexe sein. Ihre Stimme klingt beruhigend, und die Hand, die ihr Handgelenk umfasst hält, ist angenehm kühl. Sie legt den Kopf auf den rauen Stoff zurück, einen Sack mit Aufdruck. »Deutsche Reichspost« liest Vicky, ohne zu begreifen, und will die Augen wieder schließen. Doch die Alte zwingt sie, sich aufzurichten. Wie eine Nussschale auf hoher See wird sie hin und her geworfen. Nur die kühlen Hände und die Stimme der Alten lotsen sie durch den Sturm. Ein Ufer kann sie nicht erkennen, sich nicht einmal vorstellen. Und doch ist unter allem Aufruhr in ihrem Inneren ein totenstiller Punkt.

Irgendwann ist noch jemand im Raum, legt sich ein zweites Paar Hände auf ihre Schultern, an ihren Kopf, kräftige Hände, kräftig und warm. Eine tiefe, ruhige Stimme spricht zu ihr. Und als ihr eigenes Wimmern und Stöhnen verstummt ist, erfüllt den Raum ein gellender Schrei. In den Schrei mischt sich ein Prasseln und Knarren wie von Schüssen, das durch das hoch gelegene schmale Fenster dringt. »Was ist das?«, fragt Vicky benommen. »Haben wir Krieg?«

»Unsinn!« Die Alte bläst Rauch durch die Nase. »Wir haben ein Kind.«

Vor dem Fenster fallen rot und grün leuchtende Kugeln herab. »Ein Feuerwerk«, sagt der Mann, der ihr den Rücken zuwendet und eine Zimmermannskluft trägt. »Das Kind muss eine Königin sein.«

»Schere und Bindfaden«, weist die Alte ihn an. Der Mann

kramt in den Schubladen, überreicht ihr beides, ohne in Vickys Richtung zu schauen. Die Alte durchtrennt die Nabelschnur, verfrachtet das Kind auf die Paketwaage und verkündet: »Zweitausendachthundertfünfzig Gramm.«

»Ist ein Mädchen«, sagt der Zimmermann, und die Alte legt ihr das feuchtwarme Bündel auf den Bauch. »Vielleicht is der Vater 'n englischer Lord«, meint sie und steckt sich mit den noch blutigen Händen die nächste Zigarette an. »Oder ein Schessmusiker. Wo isser denn jetzt, der Herr Schimmy?«

»Elsa«, sagt Vicky, als sie die Arme um das Bündel schließt. »Sie soll Elsa heißen.«

Vicky und Elsie beugen sich von beiden Seiten über die Wiege. Vorsichtig streicht Elsie die Decke über der schlummernden Elsa glatt. »Pass mir bloß auf mein Patenkind auf!« Sie küsst ihre Freundin zum Abschied auf die Wange. »Und auf dich. Sieh zu, dass du wieder zu Kräften kommst!«

»So wie du vorgesorgt hast, kann ich mich ja nun wochenlang mästen. Und die Kleine gleich mit.« Vicky tätschelt ihren Bauch und Busen, doch ihr Lachen klingt erschöpft. »Weiß nicht, wie wir's ohne dich geschafft hätten, Elsie. Hoffentlich kann ich mich mal revanchieren. Willst du nicht auch ein paar uneheliche Bälger kriegen? Welche Väter kämen denn zurzeit infrage?«

»Erstens nein und zweitens niemand.« Elsie wirft ein Bein in die Höhe und fasst die Zehen mit den Fingerspitzen. »Wenn ich was kriegen will, dann ein Engagement in der Girlsreihe bei Charell.«

Vicky seufzt. »Girlsreihe war einmal. Ich kann mich nicht mal bücken, ohne vor Schmerz zu jaulen.« In ihre letzten Worte schrillt die Türklingel, sie zuckt zusammen. »Jetzt schon? Aber er …«

Elsie geht zur Tür. »Na, dann gehe ich mal besser.« Im engen Treppenhaus stößt sie beinahe mit Harry zusammen. Mit dem großen Paket, das Harry vor sich her trägt. So stehen sie im dunklen Gang voreinander, können nicht vor und zurück und sehen sich über das Paket hinweg an. Endlich stellt Harry das Paket auf die Stufen und drückt sich an die Wand. Elsie steigt über das Ding hinweg. Bevor sie um die Ecke biegt, dreht sie sich noch einmal um. »Mistkerl!«

Harry kommt ins Schwitzen, als er sich mit dem Paket durchs Treppenhaus schiebt. Gleich wird er sie zum ersten Mal sehen – seine Tochter! »Meine Tochter«, murmelt er und kann es nicht fassen. Beinahe hofft er, Vicky allein in ihrer kleinen Bude anzutreffen, so wie früher. Es könnte doch nur ein böser Traum gewesen sein. Ein Spuk. Gleich wird er sie in die Arme schließen, schlank und biegsam und vickyspringerlebendig wie am ersten Tag.

Da steht sie vor ihm, in der offenen Tür. Ohne dicken Bauch, sogar dünner als vorher, so kommt es ihm vor. Blass und mit tief liegenden Augen, die angstvoll auf ihn gerichtet sind.

»Vicky – mein Mädchen!« Harry stellt das Paket ab und nimmt die letzten Stufen mit einem Schritt. Er streckt die Arme nach ihr aus, doch sie weicht zurück.

»Komm rein.«

Er holt das Paket vom Treppenabsatz, folgt ihr in die Wohnung und schließt die Tür.

Vicky wartet und schweigt. Jetzt muss er die richtigen Worte sagen. Wo ist sie?!, muss er sagen – so, als ob er es keine Sekunde länger erwarten könne, sein Kind zu begrüßen. Wo ist sie, meine Kleine, mein Täubchen, mein Goldstück?

»Wie geht es dir?« Er sieht Vicky besorgt und zärtlich an. Sekunden vergehen.

»Ach, mir. Gut.«

Mit wegwerfender Handbewegung. Dann steht sie wieder steif und schweigend da. Er möchte sie in den Arm nehmen, anfassen. Prüfen, ob ihr braunes Haar sich noch anfühlt, wie es sich angefühlt hat in den langen Wochen ohne sie in seinen Träumen. Riechen, wie es riecht, wenn man die Nase in die Locken vergräbt. So oft hat er es versucht, doch nie ist es ihm gelungen, sich an den Duft zu erinnern. Er konnte sie ja nicht besuchen, in den Wochen nach der zu frühen Geburt, als sie mit dem Säugling im Krankenhaus lag. Jeder hätte ihn für den Vater des Kindes gehalten. Und das ganz zu Recht, verdammt noch mal.

Abrupt dreht sich Vicky von ihm weg, geht in ihre Wohn- und Schlafstube. Harry folgt ihr, sieht neben dem Bett die Wiege und bleibt in der Tür stehen. Dann hört er ein leises Wimmern und nähert sich langsam. Das Erste, was er von seiner Tochter sieht, ist eine kleine rote Faust, die über dem Rand der himmelblauen Wiege fuchtelt. Er beugt sich über das Bettchen. Das Kind liegt mit geschlossenen Augen da. Harry weiß nicht, was er erwartet hat, aber bestimmt nicht so winzige Augenlider, diese Stupsnase, den kahlen Kopf. Er kniet vor der Wiege nieder, legt die Arme auf den Wiegenrand, das Kinn auf die Arme und schaut.

Nach einer Weile hockt sich Vicky neben Harry auf den Boden. Dann flüstert sie in die Stille: »Beinahe wäre sie gestorben.«

Harry staunt über das Untröstliche, das darin mitschwingt. Immerhin haben sie beide vor Verzweiflung geheult, als feststand, dass Vicky schwanger war. Dann noch einmal, als heißer Rotwein und Treppenspringen nicht halfen. Nun fängt sie bei dem bloßen Gedanken, das Kind zu verlieren, neben ihm zu zittern an. Er legt den Arm um Vicky und murmelt: »Aber sie lebt ja, sie lebt.«

Da öffnet die Kleine die Augen, sieht ihrem Vater ins Gesicht und stößt einen ohrenbetäubenden Schrei aus. Harry zuckt zurück, doch Vicky lacht. »Mich hat sie genauso begrüßt. Und den Rest der Welt. Nimm's als Zeichen der Zuneigung.«

»Ich nehm es als Zeichen, dass aus dem Würmchen eine dicke, stinkreiche Opernsängerin wird.«

Harry beginnt leise zu singen, Elsas Brüllen verstummt. »Fräulein, pardon«, singt er, »ich glaub, wir kennen uns schon. Vielleicht erinnern Sie sich auch noch an mich.« Elsa gibt glucksende Laute von sich. Harry nimmt sie aus der Wiege auf den Arm und springt auf. »Hurra, das Kind ist musikalisch. Das ist der Beweis – ich bin der Vater!«

Als die Kleine zu weinen beginnt, nimmt Vicky sie ihm ab, setzt sich aufs Bett und wiegt sie sanft hin und her. »Wer denn sonst, Dummkopf? Vielleicht Helbig mit seinen blassblauen Glubschaugen?«

Harry lässt sich neben sie aufs Bett fallen. »Bestimmt nicht, da wär sie mit so 'ner Brille zur Welt gekommen.« Mit den Fingern vor den Augen deutet er zentimeterdicke Gläser an. Beide lachen. Dann schleicht sich etwas Ängstliches in Harrys Stimme. »Aber sag mal, wen hast du als Vater eintragen lassen?«

»Dich natürlich. Du weißt, dass ich nicht lügen kann.« Harry sieht sie entsetzt an, bis in Vickys Augen etwas aufblitzt. Das Grün wird noch grüner. Beinahe giftgrün. »Nein. Tut mir ehrlich leid für die Kleine. Aber Elsas Vater ist ein Herr Unbekannt.«

»Elsas Vater?« Harry schaut verständnislos. »Wieso Elsa? Wir wollten ein Mädchen doch Josephine nennen. Nach der Baker.« Vicky schüttelt den Kopf. »Oder Anita. Nach der Berber«, versucht es Harry weiter.

»Wollten wir?« Vicky steht auf und geht mit dem Kind auf dem Arm auf und ab. »Als das Mädchen geboren wurde, war Herr Unbekannt nicht da. Als es im Krankenhaus lag und fast gestorben ist, kam Herr Unbekannt nicht zu Besuch. Er war auch vorher nicht mit der Mutter beim Arzt und hat eine Wiege ins Zimmer gestellt. Das alles hat ein Fräulein Elsie getan. Und so heißt das Mädchen nun Elsa.«

»Elsie! Sie hat mich Mistkerl genannt.«

»Wenn du der Kerl meiner besten Freundin wärst, würde ich dich auch so nennen«, sagt Vicky.

Harrys Miene hellt sich auf. »Ja, nicht wahr, was habe ich doch für ein Glück!« Er gibt Vicky einen Kuss. »Dass ich nicht der Kerl deiner besten Freundin bin. Nein, ich bin deiner, und darum ist mein Vorname auch nicht Mist«, flötet Harry und steht kurz darauf mit dem Riesenpaket im Zimmer. Er geht von der Last in die Knie.

»Um Himmels willen, was ist da drin?« Vicky mustert den Karton, um den eine rosa Schleife gebunden ist.

»Rate!«

»Ein Kinderwagen!« Kopfschütteln. »Schaukelpferd?« Kopfschütteln. »Puppenhaus?«

»Du kommst nicht drauf!«, ruft Harry. »Du-kommst-nicht-drauf!« Er schiebt sie durch die Tür in die Küche. »Nicht gucken!« Nach einigen Minuten Geraschel und Gepolter ertönt nebenan Musik. »Ausgerechnet Bananen, Bananen verlangt sie von mir. Was braucht man beim Küssen von Obst was zu wissen. Da ist doch nicht Zeit dafür!«

Vicky schießen Tränen in die Augen. Es ist unglaublich, nicht zu fassen. Was für ein verdammter Idiot! Ein Grammofon! Ein ganzer Stapel Schallplatten. Ist das Harrys Vorstellung von einer Grundausstattung für Mutter und Säugling? Sie weiß wirklich nicht, was sie zuerst zerkratzen soll, Harrys grinsendes Gesicht oder die rotierende Platte. Harry zieht sie zu sich in die Stube, wiegt sich mit ihr und der schlummernden Elsa zur Musik. Dreht sich langsam mit ihnen im Kreis und schaut so begeistert, als hätte er alles soeben selbst erfunden und hergestellt: die Frau, das Kind, das Grammofon, Bananen, Gott und die Welt.

Vicky befreit sich aus Harrys Armen, legt das Kind in die Wiege und deckt es zu. Dann geht sie zum Grammofon, stellt es aus und nimmt die Platte vom Teller. Harry schaut enttäuscht wie ein kleiner Junge vor dem abgeschmückten Weihnachtsbaum. Oder verloschenen Chanukkaleuchter in seinem Fall.

»Shimmy geht noch nicht wieder«, sagt sie und legt eine neue Platte auf. Ein leises Lied vom kleinen Glück. Irgendwo in der Welt, irgendwann. Langsam tanzen sie, Wange an Wange, bis ihr der Schmerz in den Unterleib fährt. Sie lässt Harry los, geht zur Tür hinaus, eine halbe Treppe tiefer zur Toilette. Dort sitzt sie und fühlt heißes Blut aus sich heraustropfen. Endlich hört es auf, und sie legt eine neue dicke Wattebinde in die Unterhose. An der Wohnungstür schaut ihr Harry entgegen. Seine Begeisterung ist in Besorgnis umgeschlagen.

»Wie geht es dir?«, fragt er, und diesmal sind es die richtigen Worte.

Sie liegen in Kleidern auf dem Bett, klammern sich aneinander und wollen sich küssen, doch es kommt nur ein Schluchzen heraus. Endlich trocknet Harry ihre und seine Tränen mit einem Zipfel des Bettlakens. Vielleicht ist das mit dem Kind ja doch keine schlechte Sache, denkt er. Man liegt bei seiner Frau, daneben schläft friedlich das Kindchen … Er beugt sich zu Vicky und nähert sich ihren Lippen, da ertönt aus der Wiege neben dem Bett ein mörderisches Geschrei. Vicky fährt hoch und stößt mit dem Kopf gegen seinen. »Au!«, schreit Harry, doch er wird, im Gegensatz zu dem kleinen Ungeheuer, nicht mit Küssen bedeckt und getröstet.

Vicky packt die kleine Elsa in den Kinderwagen. Die kann schon alles in den Mund nehmen, fast alles wieder ausspucken, mit klebrigen Fingern befingern und mit Gejuchze von sich schleudern. Es wird Zeit, dass sie ihrem Geburtsort, dem Arbeitsplatz ihrer Mutter und ihrem »ungesetzlichen« Großvater vorgestellt wird. Auf zum Jonass! Vicky zieht Elsa eine Mütze gegen den kühlen Herbstwind über den kahlen Kopf und sieht ihrer Tochter noch einmal prüfend ins Gesicht. Ist da auch wirklich keine Ähnlichkeit mit Harry, die ihn verraten könnte? Nein, auch Elsie hat es ihr versichert. Elsa sieht weder ihrem

Vater noch ihrer Mutter ähnlich, Elsa sieht ausschließlich aus wie Elsa.

Auf dem kurzen Weg von der Mendelssohnstraße bis zur Lothringer denkt Vicky an ihre Cousine in Lübbenau, die von ihrem Ehemann der Untreue verdächtigt wurde. Bis zur Geburt hatte er ihr die Hölle heiß gemacht, sie bräuchte bloß nicht zu denken, er würde den Bankert eines anderen durchfüttern. Doch sobald er seinen Sohn zum ersten Mal zu sehen bekam, gab er Ruhe. Der winzige Kerl war ihm wie aus dem Gesicht geschnitten. Vicky hebt eine Kastanie auf, die über die Mauer des Nikolaifriedhofs auf den Bürgersteig gefallen ist. Sie reibt sie mit dem Ärmel blank und reicht sie Elsa, die sie begeistert zum Mund führt. »Tja, Pech für uns beide, meine Kleene. Wär's bei dir auch so, könnte dein Vater uns nicht verleugnen.« Auf einmal kommt sich Vicky vor wie eine Waise, die ein Waisenkind spazieren fährt. Ihr Vater war im Großen Krieg gefallen, als sie noch zur Volksschule ging, und nun haben sich auch ihre Mutter und die Brüder von ihr losgesagt. Schlimm genug, fanden sie, dass sie die Heimat verlassen hat, in den Moloch Berlin gezogen ist, in ein Viertel voller Juden und Kommunisten. Und Elsa, vor ihrer Geburt nur »die Schande« und nachher »der Bastard« genannt, hat zum Abbruch auch der letzten familiären Beziehungen geführt. Vicky wischt sich die Tränen aus den Augen und wirft eine Handvoll stachliger Kastanienschalen über die Friedhofsmauer.

Der Anblick des riesigen geschwungenen Gebäudes an der Kreuzung zur Prenzlauer Allee löst wie immer ein Hochgefühl in ihr aus – es ist schon ein kleiner Palast, dieses Kaufhaus Jonass. Und in diesem Palast ist ihre Tochter geboren. Wie hatte der Mann in Zimmermannskluft bei Elsas Geburt gesagt, als die Leuchtkugeln vor dem Fenster herabfielen? »Es muss eine Königin sein.« Sie bleibt so abrupt stehen, dass Elsa im Wagen zu weinen beginnt. Was, wenn sie nicht nur Shimmy gerufen, sondern Harrys richtigen Namen verraten hat? Wenn der Zimmermann Bescheid weiß, der bei Elsas Geburt dabei war. Was hatte er dort überhaupt zu suchen? Mit aller Kraft versucht sie sich zu erinnern, doch die Zeit zwischen ihrer Flucht ins Innere des Hauses und Elsas erstem Schrei bleibt schemenhaft und voller Lücken. Wenn er die Grünbergs kennt, sich etwas zusammenreimt? Er könnte Harry sogar erpressen. Obwohl sie ihm das nicht zutraut, so gut und beruhigend waren seine Hände und seine Stimme in ihrer Not. Trotzdem – sie muss ihn finden. Herausfinden, was er weiß.

Noch während sie mit der Kleinen auf dem Arm ins Jonass spaziert, grübelt Vicky, wie sie den unbekannten Zimmermann finden kann in einer Stadt wie Berlin. Elsa zappelt auf ihrem Arm, außer sich über die vielen Leute, Farben und Gerüche. Allen, die in ihre Reichweite kommen, winkt sie begeistert zu. Auch Frau Kurz, der sie im Gang vor den Büros begegnen. Doch die würdigt sie keines Blickes und eilt mit klappernden Absätzen davon. Vor der Tür zu Grünbergs Kontor bleibt Vicky stehen. Ihr Chef hat sie gebeten, doch mit dem Kind bei ihm vorbeizuschauen. Wenn er wüsste, wessen Kind das ist! Und wo dieses Kind geboren wurde. Sie nimmt allen Mut zusammen und klopft.

Elsa staunt den grauhaarigen Mann im dunklen Anzug an. Dann greift sie, schneller als Vicky es verhindern kann, nach Grünbergs Schnurrbart und zieht. Heinrich Grünberg befreit sich vom Griff der kleinen Faust und lacht.

»Genauso hat es unser Harry früher gemacht. Mein Bart war sein liebstes Spielzeug, bis er seine erste Dampflok bekam.«

Da ertönt in Vickys Rücken lautes Kichern. Im nächsten Moment steht Gertrud neben ihrem Vater. »Darf ich auch mal?« Sie zieht an beiden Enden des ausladenden Schnurrbarts, sodass Grünbergs Mund sich zu einer schmerzlichen Grimasse verzieht. Er schlägt seiner Tochter auf die Finger und weist ihr die Tür.

Nach einigen Minuten Geplauder sieht Heinrich Grünberg auf die Uhr. »Leider muss ich unsere Audienz beenden, Fräulein Elsa.« Er schüttelt Vicky die Hand. »Nicht vergessen, Fräulein Springer: Spätestens zum Weihnachtsgeschäft möchte Jonass Sie wiederhaben.« Mit einem forschenden Blick auf Elsa fügt er hinzu: »Es geht mich ja nicht wirklich etwas an – aber bringen Sie doch diesen Schlendrian von einem Vater dazu, ihr einen ehrlichen Namen zu verschaffen.«

Auf der Fahrt hinunter bleibt der Aufzug ruckartig stehen. Durch die geöffnete Tür tritt Gerd Helbig herein. Er starrt das Kind auf ihrem Arm an, als hätte er eine Erscheinung.

»Sie können noch so lange gucken«, sagt Vicky, »sie sieht Ihnen doch nicht ähnlich.«

Am Abend begrüßt Vicky Harry in der Wohnungstür. »Dein Vater hat gesagt, du sollst mich heiraten.«

Harry klammert sich an den Türrahmen. »Wie bitte?!« Selten hat Vicky ihn so bestürzt gesehen. Sie erzählt ihm vom Besuch mit Elsa in Grünbergs Kontor. »Mensch, lass mich wenigstens erst volljährig werden. Oder willst du, dass Vater Grünberg die Urkunde für mich unterzeichnet?«

Vicky tritt zurück und lässt ihn herein. »Gut, also nächstes Jahr. Dann können wir uns ja schon mal verloben. Oder ist das auch verboten, wenn der Herr Bräutigam noch minderjährig ist?«

Harry geht in die Stube zum Grammofon und sieht den Stapel Schallplatten durch. »Vater möchte eine wohlhabende Schwiegertochter und Mutter außerdem eine Jüdin. An beidem müssen wir noch arbeiten.« Er holt sein Portemonnaie aus der Tasche und reicht Vicky einige Scheine. »Ein Vorschuss vom zukünftigen Schwiegervater.«

Sie fragt nicht weiter nach und steckt die Scheine ein. Ein Kind kostet Geld.

Die Frage nach dem unbekannten Zimmermann hat Vicky keine Ruhe gelassen. Nun ist sie allein in Grünbergs Kontor, alle anderen sind auf einer Versammlung. Wenn bloß niemand früher zurückkommt! Hastig fliegt ihr Blick über die Rücken der Aktenordner. Die Protokolle zum Bau des Jonass hat sie noch selbst getippt und abgeheftet. Irgendwo müssen doch die Namen der Zimmerleute notiert sein! Endlich findet sie die Liste. Hinter drei Namen steht in Grünbergs Schrift der Vermerk »zur Eröffnung einladen«.

Sind das Stimmen auf dem Gang? Schnell die Ordner zurückgestellt und nichts wie raus. Auf dem Weg nach Hause murmelt sie ununterbrochen die Namen, die sie nicht mehr aufschreiben konnte. Paul Kopinski, Ferdinand Voigt, Wilhelm Glaser. Paul Kopinski, Ferdinand Voigt, Wilhelm Glaser. Paul Kopinski, Ferdinand Voigt, Wilhelm Glaser.

Wilhelm Glaser ist der dritte und letzte Versuch. Sie hat die Adressen herausgefunden und drei Briefe geschrieben. Sie habe auf der Eröffnung des Kaufhauses Jonass etwas für sie persönlich sehr Wertvolles verloren und Grund zu der Annahme, es sei versehentlich in den Besitz des Adressaten gelangt. Antwort postlagernd, bei Rückgabe Finderlohn. Kopinski hat gar nicht geantwortet; Voigt, sie habe zwar nichts bei ihm verloren, doch wenn sie jung und hübsch sei, könne man sich durchaus finden. Glaser hat nur Uhrzeit und Ort für ein Treffen genannt, und nun trifft sie ihn.

Wilhelm Glaser also, denkt sie, noch während sie ihm die Hand schüttelt und zur Begrüßung seine Stimme hört. Warme, kräftige Hände, eine ruhige Stimme. An beides erinnert sie sich nun so greifbar, dass ihr vor Scham das Blut ins Gesicht schießt bei dem Gedanken, in welcher Situation dieser fremde Mann sie gesehen hat. Am liebsten würde sie sich umdrehen und hinausrennen aus dem Café. Doch Wilhelm Glaser, der sie auch gleich erkannt hat, das sieht sie an seinem Blick, nimmt ihr so höflich den Mantel ab, schiebt ihr den Stuhl zurück, als wolle er sagen: So etwas kommt eben vor. Für mich sind Sie trotzdem eine Dame. Im Übrigen habe ich gar nichts gesehen. »Wie kann ich Ihnen weiterhelfen«, fragt er sie über ihre Kaffeetasse hinweg. Und was macht sie? Sie fängt an zu weinen!

Eine Stunde später sind die Tränen getrocknet. Vicky hat ihm viel mehr erzählt über sich und Elsa, als sie jemals vorhatte. Ohne es direkt auszusprechen, hat sie ihm zu verstehen gegeben, dass der Vater aus guten Gründen unbekannt bleiben müsse, und er hat ihr zu verstehen gegeben, dass er darüber weder etwas wisse noch wissen wolle. Zugezwinkert hat er ihr dabei, und nun ist sie noch immer nicht sicher, ob er wirklich nichts weiß, jedoch so gut wie sicher, dass er sie nicht verraten wird. Und das Beste, das eigentliche Wunder, davon hat er gesprochen, nachdem ihr Redefluss endlich versiegte. Wie er die Feier verlassen wollte und nach Hause gehen zu seiner Frau und dabei zufällig an der Poststelle vorbeikam – wo die Alte mit ihren nikotingelben Zähnen ihn als vermeintlichen Vater kurzerhand zur Hilfshebamme gemacht hat. Und dass er tatsächlich Vater geworden ist am Tag der Eröffnung des Jonass, dass seine Frau zur selben Stunde zu Hause einen Sohn geboren hat!

Da musste Vicky wieder weinen vor lauter Glück und Begeisterung und wollte den kleinen Bernhard mit ihrer Elsa auf der Stelle besuchen. Die Kinder waren ja praktisch Geschwister! Auch Wilhelm schien die Idee zu gefallen, doch er zögerte und meinte, dass seine Frau sich noch nicht wieder gut fühle und etwas Zeit brauche. Sie würden sich aber bestimmt bald treffen – auch er habe sich oft gefragt, was aus ihr und der Kleinen geworden ist, und sei nun sehr froh zu hören, dass es ihnen gut geht. Ob sie denn das bei der Eröffnung Verlorene wiedergefunden habe? »Etwas tausendmal Besseres!«, hat sie gerufen. »Einen Bruder für Elsa und eine Familie für die Kleine und mich!«

Das Kreditkaufhaus Jonass leuchtet. Auch das Jonass beteiligt sich an der Lichtwoche im Oktober, wenn nach Einbruch der Dämmerung viele Fassaden festlich beleuchtet werden. Hunderttausende sind unterwegs, aus den Vororten und aus dem Umland angereist, und drehen eine abendliche Runde durch die Stadt, um vom Funkeln und Blinken der Elektrobirnen etwas auf sich abstrahlen zu lassen. Der große Strom der Flaneure ergießt sich in den Westen und bestaunt den illuminierten Ku'damm und »das KaDeWe in Licht und Schönheit«. Doch für die Bewohner des armen Ostens ist auch das strahlende Jonass eine Sensation.

Harry hat für das Spektakel keinen Blick, als er sich dem Büro seines Vaters nähert.

»Mein lieber Sohn«, sagt Heinrich Grünberg zur Begrüßung, »es ist mir ein Rätsel, wo du all dein gutes Geld lässt. Mein gutes Geld.« Er klopft mit dem Füllfederhalter auf die Schreibunterlage. »Wenn du später diese Firma führen willst, musst du lernen, mit deinem Budget zu haushalten. Oder meinst du, es wäre zu knapp bemessen für einen Studenten, der im elterlichen Heim versorgt wird?«

»Nein, Vater, bestimmt nicht. Es ist nur so, dass ich … Ich hatte unvorhergesehene Ausgaben in letzter Zeit.« Harry blickt zu Boden. »Schreib einfach alles an, du kannst es mir später vom Gehalt abziehen. Oder vom Erbe. Du bekommst jeden Pfennig zurück.«

»Vom Erbe wohl kaum, mein Lieber.« Heinrich Grünberg holt ein paar Scheine aus der Schublade seines Schreibtischs. »Es ist das letzte Mal, ich meine es ernst.«

»Danke, Vater.«

»Meine Güte, so oft, wie du mich heute Vater nennst, könnte man meinen, dass du diesen Abend noch schlimme Dinge vorhast. Ich hoffe, du treibst dich nicht wieder in den Spelunken in der Mulackstraße herum, wo das Gesindel …«

»Meinst du die Ganoven, die Kommunisten oder die Juden?«

»Kommt bei den Ostjuden ganz aufs selbe hinaus.«

Harry hat nicht vorgehabt, heute in die Mulakei zu gehen, aber sein Vater hat ihn auf die Idee gebracht. Obwohl er sich auf der Mulackstraße schnell einen schäbigen Mantel über das Jackett gezogen hat, wird er vor der Kneipe »Zum seligen Absturz« von Proleten angepöbelt. Auch die Juden in der Grenadierstraße erkennen nicht den Bruder in ihm. Kein Wunder, er kann nicht einmal die hebräischen Inschriften über den Läden lesen. Schon besser versteht er das Jiddisch, das man hier überall hört, in den Kellergeschäften, den koscheren Speisestuben, Schneiderwerkstätten und Buchläden. Ein paarmal ist er ins Jiddische Theater in der Almstadt 5 gegangen, um den Klang der Sprache zu hören. Zu Hause hat er versucht, ihre Melodie auf der Trompete nachzuspielen, bis seine Mutter hereinkam und fragte, ob sie ihm irgendwie helfen könne.

Ein seltsamer Singsang hallt in den engen Gassen wider, die Leute weichen zur Seite. Männer in schwarzen Kaftanen und Hüten, mit langen Bärten und Schläfenlocken ziehen vorbei, das Gefolge eines chassidischen Rebbe. Man sollte nicht glauben, denkt Harry, dass das hier Berlin ist, die Hauptstadt des Deutschen Reiches. Kein Wunder, dass sich Leute wie sein Vater vor den Ostjuden fürchten. Und er, ehrlich gesagt, auch ein wenig. Auch diesmal wagt er sich nicht in eine der Betstuben, als er am »Radomsker« und »Polcsker Stibel« vorbeigeht. In einem der Trödlerläden, die vom Salzstreuer bis zum Gebetsschal alles führen, was einmal ein Mensch gebraucht hat und ein anderer brauchen könnte, ersteht er eine Grammofonplatte mit »koscherer Musik«, wie er die liturgischen Gesänge der Kantoren nennt. Die will er Vicky und Elsa gleich einmal vorspielen. Wenn Vicky auch die Jazztrompeten vorzieht, hat vielleicht seine halbjüdische Tochter ein Ohr für Tradition.

Den Weg zum Kino »Babylon« rennt Vicky fast vor Freude, endlich wieder einmal einen Abend mit Harry auszugehen. Doch ob es richtig war, ihre Kleine bei der Nachbarin zu lassen? »Geh, Mejdele, zu dein Jungerman«, hat die alte Chaja gesagt und auf die schlafende Elsa gedeutet, »Kindchen schläft wie Engel.« Dann mit erhobenem Zeigefinger: »Komm ja vor Mitternacht ahejm!«

Das neue Kino am Bülowplatz ist richtig schick geworden. Vicky nimmt einen Sitz auf der Empore und blickt in den großen Saal, auf die Köpfe Hunderter Zuschauer. Ihr Herz schlägt schneller, als sie Harry vor der Bühne am Klavier sitzen sieht. Der Saal hat sich gefüllt, Harry beginnt zu spielen. Der Vorhang vor der Leinwand öffnet sich. Vicky muss heulen, als die schöne blonde Stascha von Karoff erschossen wird, und der arme Henri, der ihretwegen Familie und Reichtum hätte sausen lassen, allein zurückbleibt. Vielleicht heult sie auch, weil nicht Harry neben ihr sitzt, sondern ein dicker Glatzkopf, der laut von der Dietrich schwärmt, aus der würde noch was. Weil sie alleine zum Kino gehen musste, statt Hand in Hand mit Harry, und ihn nach dem Film erst draußen um die Ecke wiedertreffen darf. Wenn er sich erst vom Schreck erholt hat, endlich erwachsen wird – dann wird alles wieder wie früher, oder nicht?

Der Platzanweiser zählt Harry nach der Vorstellung das Geld auf den Tisch. »Jut jespielt, junger Mann. Aber wat machense nu, wo die Stummfilme bald abjeschafft wern? Da stehnse mit den braunen Samtjacken vom Ufa-Palast in der Schlange zum Stempeln, wa?« Er reicht Harry ein Glas Schnaps. »Jeht aufs Haus!«

Ein kühler Wind bläst, es hat zu regnen begonnen. Vicky und Harry flüchten sich in einen Hofdurchgang. Er knöpft ihr langsam, Knopf für Knopf, den Mantel auf. Darunter trägt sie ein knielanges grünes Kleid und Seidenstrümpfe, einen Riss am Oberschenkel hat sie genäht. Die Schuhe mit den halbhohen Absätzen sind dieselben, die sie getragen hat, als sie Harry zum ersten Mal begegnet ist. Vor zwei Jahren, als sie brandneu in Berlin war und er noch sein letztes Schuljahr vor sich hatte. Das hat er ihr aber erst später verraten, an dem Abend im »Mond über Soho« gab er sich als Musiker aus. Spielte Trompete in der Jazzband, während seine Eltern glaubten, er würde in der Schule für Klavierkonzerte üben. Als die Band zu Ende gespielt hatte, wurden Platten aufgelegt, und während die anderen Musiker zur Bar stürzten, ist Harry durch das Gewühl der Tanzenden geradewegs auf sie zugesteuert. Es gab keinen Fluchtweg, so dicht, wie die Leute die Tanzfläche umringten. In Lübbenau hatte sie Walzer gelernt, ein Gehopse wie dieses im Leben nicht gesehen. Sie hat nur heftig den Kopf geschüttelt, als er sie an sich zog, und dann, weil es nun doch nichts mehr half, mit dem Schütteln einfach weitergemacht. Vom Kopf über die Hüften und die Knie bis in die Zehen, ein Tanz nach dem anderen. Danach war ihr so schwindlig, dass sich Harrys verzerrtes Gesicht vor ihr drehte, als sie an der Wand lehnte und seine Lippen sich näherten. Er sah so komisch aus, dass es sie noch einmal schüttelte, diesmal vor Lachen, bis sie kraftlos auf einen Stuhl sank, den ihr irgendwer unter den Hintern schob. Erst Stunden später konnte sie Harry dazu bringen, es mit dem Küssen noch einmal zu versuchen.

»Was machen wir jetzt mit dieser angebrochenen Nacht, Darling?« Harry zieht die frierende Vicky an sich.

Sie klopft auf ihre Tasche, in der Harrys Lohn des Abends steckt. »Wir verjubeln unser Geld im Mond.«

Hinter der nächsten Ecke steigen sie die Stufen hinab bis zur rostigen Kellertür. Der strenge Blick durch die Türklappe verwandelt sich in ein Grinsen. »Ihr mal wieder! Kommt rein.«

Im »Mond über Soho« legt sie Harry die Arme um den Hals, schließt die Augen. Sie drehen sich zur Musik, bald dreht sich der Rest der Welt mit, nicht so ohnmächtig-schwindlig wie beim ersten Mal, sondern bloß wie vor Glück beschwipst. In einer schummrigen Ecke lassen sie sich auf ein Sofa fallen. Harry holt zwei Drinks von der Bar.

»Ich darf doch noch nicht«, sagt Vicky und fügt hinzu, weil Harry sie verständnislos ansieht, »wegen der Milch.«

Darüber müssen beide so lachen, dass sie prustend auf das Sofa sinken. Das Zeug brennt wie Feuer in Vickys Kehle, sie hat den Geschmack ganz vergessen. Harry beginnt ihren Hals mit kleinen Küssen und Bissen zu bedecken. Oh, ihr Hals liebt diese Küsse – fatal nur, dass man auch davon später ganz blau wird. Sie denkt an den nächsten Arbeitstag, an dem sie nicht mit einem Schal im Kaufhaus stehen will, und schiebt Harry von sich.

»Hol Zigaretten«, sagt sie, die Zunge stolpert. Auch den Rauch in der Kehle hat sie vergessen, die wundgetanzten Füße. Die Schwerelosigkeit nach einer Nacht mit mehr Liebe als Schlaf. Frauen und Männer drehen sich tanzend an ihr vorbei, der Kronleuchter dreht sich, das vergangene Jahr kommt Vicky vor wie Verbannung.

Harry ist noch nicht zurück mit den Zigaretten, da bleibt jemand vor ihr stehen. Gerald, ein Studienfreund von Harry. »Vicky! Dich hab ich ewig nicht gesehen! Wo hast du die ganze Zeit gesteckt?«

»Sibirien.«

Gerald schaut dumm. »Und was macht Harry?«

Sie sieht Harry kommen, triumphierend schwenkt er Zigaretten und eine Zigarettenspitze in der Hand. Als er Gerald mit Vicky sprechen sieht, verschwindet sein Lächeln. Laut sagt sie zu Gerald, sodass Harry es hört: »Harry hab ich zufällig hier getroffen.«

Endlich ist Gerald fort, und auch die anderen sind gegangen. Harry und Vicky liegen auf dem Sofa. Der Riss in der geflickten Strumpfhose lässt sich bestimmt nicht noch einmal nähen. Die Wirtin putzt die Theke und singt »Das ist der verdammte Fühlst-du-mein-Herz-schlagen-Text«.

Schon auf der Straße hören sie das Geschrei. Vicky macht sich von Harry los und rast die Treppe zu ihrer Wohnung hoch. Chaja öffnet mit rot geränderten Augen und drückt ihr das schreiende Kind in die Arme. »Kind stirbt vor Hunger!«, zischt sie und schlägt die Tür hinter sich zu. Und Vicky schlägt sie vor Harry zu.

Harry macht sich auf den Heimweg und geht zu Fuß zum Alexanderplatz. Es ist noch dunkel, viele Arbeiter sind auf dem Weg in ihre Fabriken. Der ganze Alex ist aufgebuddelt, die Eingeweide liegen offen, dort, wo die neue Untergrundbahn entsteht. Harry bahnt sich einen Weg zwischen den Bretterzäunen, balanciert über Holzbohlen. Auch wenn ihn das Ende dieser Nacht ernüchtert hat, muss er höllisch aufpassen, hier nicht vom Weg abzukommen. Vor allem, wenn einem auf diesen Bohlen jemand entgegenkommt. Die zottige Gestalt, die sich im Morgengrauen nähert, sieht aus wie Nosferatu. Harry stolpert, stürzt beinahe in eine der Gruben, Nosferatu stößt ein Gelächter aus. »So gehen wir alle zugrunde«, krächzt er, »Asche zu Asche, Kohle zu Kohle und Staub zu Staub!«

Fluchend rappelt Harry sich auf. Statt den schäbigen Mantel überzuziehen, hat er sich auch noch sein Stummfilmmusiker-Jackett versaut. »Aber wat solls, juter Mann«, sagt er zu sich selbst, »wo die Stummfilme sowieso bald abjeschafft wern.« In der S-Bahn nach Lichterfelde schlägt er die druckfrische Morgenzeitung auf. »Kollaps an Amerikas Börse. Panik erreicht Europa.«

Seit dem Börsensturz vor gut anderthalb Jahren sind die Arbeitslosenzahlen stetig gestiegen. Viele kleine Läden mussten schließen, manches Warenhaus ist in Schwierigkeiten geraten. Auch am Kaufhaus Jonass ist die Wirtschaftskrise nicht spurlos vorbeigegangen. Doch nach wie vor kaufen die kleinen Leute der umliegenden Viertel im Jonass auf Pump, und seit dem

Schwarzen Freitag kommen selbst wohlhabendere Bürger. Wer gar nichts hat, bekommt auch hier nichts geschenkt. Ein Viertel des Kaufpreises muss angezahlt werden, danach wird in Raten abgestottert.

An den Kassen mit der Kaufscheinausgabe, von Elsie Pumpstation genannt, hat sich eine lange Schlange gebildet. Vicky arbeitet nur aushilfsweise an der Kasse, sonst als Verkäuferin in der Damenmode. Sie selbst hat nach Elsas Geburt um Versetzung gebeten. Als Stenotypistin hätte sie sich das Vorzimmer von Grünbergs Büro mit Frau Kurz teilen müssen, und Gerd Helbig ging dort neuerdings als Verkaufsleiter beim Chef ein und aus. Offenbar hatte er den ersten Schock über das uneheliche Kind seiner Angebeteten überwunden, denn er warf ihr gelegentlich wieder schmachtende Blicke zu. Sofern man das durch seine dicken Brillengläser hindurch erkennen konnte. Dann war da noch Harry, der neben dem Wirtschaftsstudium in die Praxis der Warenhausführung eingewiesen wurde. Wie hätte sie da in Ruhe arbeiten sollen. Zuerst war Heinrich Grünberg skeptisch gewesen, aber sie hatte ihr Talent als Verkäuferin schnell bewiesen.

Ohne die alte Chaja wäre sie vielleicht schon aus der Mendelssohnstraße weggezogen, in ein ruhigeres Viertel. Immerhin hat sie ihr kleines Verkäuferinnengehalt, und Harry steuert monatlich bei, so viel er kann. Aber die Nachbarin passt seit ihrer Geburt auf Elsa auf und ist für sie Oma Chaja geworden. Drei Tage in der Woche nimmt sie die Kleine, wenn Vicky im Jonass arbeitet, und verlangt nicht viel dafür. Manchmal denkt Elsa, Chaja macht es schon allein deshalb gerne, um an drei Tagen ihrer dunklen Kellerwohnung zu entkommen. Wenn Chaja am Tisch sitzt, kann sie durch das schmale Fenster die Schuhe und Stiefel vorbeilaufen sehen. So ist sie immer im Bilde über den Lauf der Welt, hat sie gesagt. Jahreszeiten, wirtschaftliche und politische Wetterlage, alles kann man am Schuhwerk seiner Mitmenschen ablesen. Einmal hatte Chaja ausgiebig Zeit dazu. Sie lag zwei Wochen krank in ihrer Wohnküche auf dem Schlafsofa und wachte auf, als vor ihrem Fenster zwei Stiefelpaare in Streit gerieten. Sie traten so lange nacheinander, bis einer der Stiefel in die Scheibe traf. Die Scherben fielen, glänzend im Licht der Straßenlaternen, wie Eisstücke auf Chajas Küchenboden.

Dass Vicky von ihrer Wohnung zu Fuß zur Arbeit gehen kann, ist auch ein Vorteil. Aber die Straßen um den Bülowplatz sind immer mehr zum Kampfgebiet zwischen Kommunisten und SA geworden. Arm sind alle, die in dem Viertel wohnen, nur glauben sie an unterschiedliche Schuldige und Retter. In den Hinterhöfen hängen rote Fahnen aus den Fenstern, viele mit Hammer und Sichel, einige mit Hakenkreuz. Elsa liebt es, wenn die Fahnen im Wind flattern, sie macht keinen Unterschied. An einer Hauswand steht in weißen Buchstaben »Hier verkommen unsere Kinder!«

Eines Tages kommt Vicky von der Arbeit, und Chaja hat einen Verband um den Kopf. Man sieht rote Flecken, wo das Blut durchgesickert ist. »Wenn se nu das Mejdele getroffen hätten«, sagt Chaja immer wieder und kann sich gar nicht beruhigen. Endlich entlockt Vicky ihr, dass sie zufällig in eine Straßenschlacht geraten ist und einen Stein an den Kopf bekommen hat. Als Vicky später Harry in der kleinen Küche davon berichtet, sagt er: »Du musst hier weg, Liebling. Das ist kein Ort für unser Kind.«

Vicky zündet den Gasring an und stellt einen Topf auf den Herd, während sich Elsa an ihre Beine klammert. »Ich wüsste da eine hübsche Villa in Lichterfelde. Da wär bestimmt noch Platz für uns zwei.«

Missmutig wirft Harry einen Blick in den Kochtopf. »Fang doch nicht wieder damit an. Im Gegenteil, es wird höchste Zeit, dass ich dort ausziehe. Hätte ich längst getan, wenn ich nicht diese Bruchbude mit unterhalten müsste.«

Vicky rührt im Topf, dass der Löffel ans Metall schlägt. »Ach ja? Dann miete stattdessen eine eigene Bude – für mich und unser Kind gleich mit.«

»Lass mich erst mein Studium zu Ende bringen.« Er probiert einen Löffel und verzieht das Gesicht. »Gibt es hier zufällig noch irgendetwas anderes als Grießbrei?«

Vier Kerzen sind auf dem Kuchen, zwei für Elsa und zwei für Bernhard. Beide beugen sich so weit über den Tisch, dass ihre Köpfe fast zusammenstoßen. Sie pusten, so fest sie können. Die Flammen erlöschen, Rauch steigt auf, rund um den Tisch wird applaudiert. Bernhard und Elsa glühen vor Stolz. Es ist ihre erste gemeinsame Geburtstagsfeier.

Viel Platz haben die Glasers in der Hinterhofwohnung auch nicht, aber eine große Wohnküche mit einem langen Esstisch. Die Junisonne fällt auf das blitzende Kaffeeservice aus dem Kaufhaus Jonass. Wie gewöhnlich hat Martha sie ein wenig befangen begrüßt. Vicky weiß nicht, ob das noch immer davon herrührt, dass Wilhelm bei Elsas Geburt dabei war. Es hat lange gedauert, bis Martha zu einem Familientreffen mit ihr und Elsa bereit war. Doch dann haben die beiden Kinder ihr keine Wahl gelassen. Nach dem ersten Beschnuppern spielten sie so begeistert miteinander, dass sie nur unter Tränen zu trennen waren. Und natürlich mussten sie sich wiedersehen.

Selten hat Vicky Martha fröhlich erlebt, im Kreis der Familie scheint sie aufzublühen. Als die versammelten Gäste den Geburtstagskindern ein Ständchen bringen, singt Martha laut mit. Sie hat eine schöne Stimme, voll und tragend.

Elsa und Bernhard wissen gar nicht, womit sie anfangen sollen bei all den Herrlichkeiten, die sie geschenkt bekommen haben. Sie setzen die von Martha genähten Puppen vor das Puppengeschirr, das Vicky bei Jonass erstanden hat, und Wilhelms selbst gebaute Holzboote transportieren die Knöpfe heran, die ihnen auf die Teller gelegt werden. Elsa hat eine kleine Puppenfamilie aufgebaut. Die Puppe im Kleid ist Mama, die beiden kleinen sind »Elsa und Belnat«. Bernhard zeigt auf eine größere Puppe, die Hosen und Jacke trägt. »Alli«, sagt Elsa, ohne zu zögern.

»Alli? Wer ist denn Alli?«, ruft Charlotte. Die Erwachsenen horchen auf und wenden Elsa die Köpfe zu.

»Mann«, erklärt Elsa. »Alli.«

Vicky ist blass geworden. »Ach, sie meint den Kalli«, sagt sie und lacht. »Ein Nachbar, der manchmal etwas repariert.«

Harry schwingt sich vor dem Eingang zur Friedrich-Wilhelms-Universität aufs Fahrrad, um zum Jonass zu fahren. Er schiebt die Schirmmütze zurück und tritt pfeifend in die Pedale. Als er an einer Straßenecke warten muss, um eine Gruppe von Kindern vorbeizulassen, hört er mitten im Lied auf zu pfeifen. So geht es nicht weiter, denkt er, nun habe ich eine zweijährige Tochter und nicht mal Geburtstag mit ihr gefeiert. Ihre Großeltern wissen noch immer nichts von ihr. Was die Sache nicht einfacher macht. Harry übt im Stillen seine Rede: »Ach, übrigens, liebe Mama, lieber Papa, was ich euch immer schon erzählen wollte … Aber es ist jedes Mal etwas dazwischengekommen …« Es ist einfach lächerlich. Egal wie, heute muss er raus mit der Sprache. Sonst kann er bald nicht mehr in den Spiegel gucken.

Noch in der Tür zu Heinrich Grünbergs Büro schwenkt Harry die eben erstandene *BZ am Mittag*. »Ausgabe von 11 Uhr 30 mit Börsenkursen von 11 Uhr 20!« Sonst reißt sein Vater ihm das Blatt aus der Hand, doch heute bleibt er stumm hinter seinem Mahagonischreibtisch sitzen. Harry muss auf dem Besucherstuhl gegenüber Platz nehmen.

Der Rundfunkempfänger läuft, Grünberg legt einen Finger auf die Lippen. »In leeren Geschäften stirbt ein verarmter Mittelstand«, dröhnt es in die Stille des Kontors, »aber in den

Hauptstraßen schießen die Trutzburgen des Kapitals, die Warenhäuser, hoch.«

»Wer ist das denn?«, entfährt es Harry. »Die Trutzburgen des Kapitals, du meine Güte.«

»Ein gewisser Göring. Aber über den wollte ich nicht mit dir sprechen.« Grünberg schaltet das Radio aus. »Wir sind uns einig, was Gerd Helbig angeht?« Harry blickt ihn überrascht an. »Er ist ein Karrierist, ein Deutschnationaler, vermutlich ein Antisemit. Der dennoch für einen Juden arbeitet, solange der ihn gut bezahlt.« Grünberg lächelt. »Aber er ist auch ein fähiger Mann, der etwas von Zahlen versteht, nicht?« Harry nickt. »Nun, Helbig hat mich auf Unregelmäßigkeiten in der Kasse aufmerksam gemacht. Keine großen Summen, kleinere Beträge Bargeld, die früher oder später wieder ausgeglichen wurden. Er meint, es kann nur jemand sein, der einen Schlüssel zu einem speziellen Schrank besitzt.«

Harry wird bleich, dann rot. Heinrich Grünberg seufzt. »Helbig hat sein Wort gegeben, mit niemandem darüber zu sprechen und die Aufklärung mir zu überlassen. Es ist ja auch immer alles wieder eingezahlt worden. Das heißt«, Grünberg blättert in den Papieren, »momentan stehen noch fünfunddreißig Mark und siebzig Pfennige aus.« Harry zieht sein Portemonnaie hervor. Grünberg winkt ab. »Lass stecken, Junge. Erklär mir lieber, was das Ganze zu bedeuten hat.«

Jetzt wird Harry erst rot, dann bleich. »Was ich dir und Mama schon länger erzählen wollte: Es gibt da eine Frau … Sie ist charmant und schön, klug und entzückend, aber …« Er bricht ab und sieht auf die blank polierte Tischplatte.

»Aber aus dem falschen Stall und völlig mittellos«, ergänzt sein Vater. Harry schaut ihn hoffnungsvoll an, doch Grünberg schüttelt den Kopf. »Hör zu, Harry, so genau will ich das alles gar nicht wissen. Wenn du ein Liebchen hast hier oder da … Ich war auch mal jung. Hauptsache, du bringst uns eine anständige

Schwiegertochter nach Haus. Enttäusche Mutter nicht!« Er holt eine Flasche Cognac aus dem Schrank, gießt sich ein Glas ein und reicht ein zweites seinem Sohn. »Weißt du, für Alice ist es sehr schwer. Seit dem Oktober '29 ist sie in ständiger Sorge. Unsere Reserven sind weg, und nun hängt all unser Wohl und Wehe an diesem Kaufhaus.«

Harry fällt auf, wie erschöpft sein Vater aussieht. Er beugt sich vor. »Aber es läuft doch gut, oder nicht?«

»Noch halten wir den Kopf über Wasser. Aber wenn es so weitergeht in Deutschland – Arbeitslose können auch auf Pump nichts kaufen. Und du weißt ja, wie abergläubisch deine Mutter sein kann.« Grünberg lächelt müde in sein Cognacglas. »Der Schwarze Freitag so kurz nach der Eröffnung, das ist ein schlechtes Omen, hat sie immer gesagt. Kaum haben wir begonnen – und dann so ein Unglück. Alles geht uns schief.«

»Aber Vater, uns geht es doch blendend. Schau dich einmal um auf den Straßen …«

»Du hast völlig recht. Aber für Alice ist es anders. Sie kommt aus einer guten Familie, hat nie Not leiden müssen. Wurde immer beschützt und von allem abgeschirmt. Dass sie mich geheiratet hat, obwohl ihre Eltern etwas Besseres für sie wollten, werde ich ihr nie vergessen.«

Harry schaut seinem Vater in die Augen. »Dann denkst du also auch, dass Liebe wichtiger ist als Herkunft und Geld?«

»Das Jonass ist kein Konzern wie Wertheim oder Hermann Tietz mit seinen vielen Filialen. Wir haben alles auf diese eine Karte gesetzt. Und nun setzen wir auf dich, Junge.«

Am Abend sagt Vicky zu Harry: »Du solltest dein Studium zu Ende bringen, bevor Elsa das H und R sprechen lernt.« Dann erzählt sie ihm vom Kindergeburtstag und Elsas »Alli« beim Puppenspiel. Gleich darauf wünscht sie, sie hätte es nicht getan.

»Wir können uns nicht mehr treffen, wenn sie dabei ist«, sagt Harry in einem Ton, dass es Vicky kalt den Rücken herabläuft. »Ohne sie – oder ohne mich.«

Ein paar Tage später läuft Vicky, den Blick auf den Boden geheftet, am Bülowplatz Wilhelm beinahe in die Arme. Sie plaudern ein wenig über die Arbeit, das Leben und die Kinder. »Und was macht Kalli?« Wilhelm zwinkert Vicky zu.

»Kalli?«

»Na, der Nachbar, der manchmal etwas reparieren kommt.«

»Ach, der. Der ist weggezogen.«

Der Platzanweiser vom »Babylon« hat recht behalten, denkt Harry auf dem Weg zur »Berolina-Bar« am Alexanderplatz, wo er heute Nacht spielen soll. Die Stummfilme mit Musikbegleitung sind so gut wie abgeschafft. Und nicht jeder ist gut genug für die Philharmonie oder einen Plattenvertrag mit Electrola wie die Comedian Harmonists. Er hat es ja versucht, aber noch einmal auslachen lässt er sich nicht.

In der »Berolina« gibt es keine Wirtschaftskrise. Hier sitzen fünfhundert Gäste auf Holzbänken, trinken Bier, verspeisen Eisbein für fünfzig Pfennige und bekommen als Beilage Gesang und Geklimper serviert. Die Sängerin, die Harry am Klavier begleiten soll, nennt sich Trixie. Im kurzen Röckchen, blass und mager, sieht sie wie ein durchgebranntes Schulmädchen aus. Wären da nicht die Augen, dick mit blauem Lidschatten bemalt, vielleicht, um zu kaschieren, dass ein Auge schon zuvor blau war. Ohne Harrys Einsatz abzuwarten, legt Trixie los. »Das iiist die Liebe der Matrosen …« Sie liegt locker eine halbe Oktave zu hoch! Er stolpert auf den Tasten hinterher, versucht, sie einzuholen. Zu seiner Verblüffung gibt es am Ende Applaus. Zumindest von denen, die nicht gerade das Bierglas stemmen oder das Knie ihrer Begleiterin tätscheln. Vielleicht gilt der Applaus Trixies kurzem Rock. Oder dem Umstand, dass man hier sitzt und Eisbein isst, während andere ins Gras gebissen haben. Täglich treiben neue Leichen im Landwehrkanal.

Endlich ist es vorbei. Harry klappt den Klavierdeckel zu. Er hat mitgesungen, zweite Stimme, und alles nur, um Trixies Gequietsche abzumildern. Dafür kriegt er natürlich keinen Heller extra. Der Oberkellner überreicht ihm das übliche bisschen Gage, Freibier und einen Teller Erbsensuppe mit Speck, den er zur Seite schiebt. Er hat mittags von Mutters Rinderrouladen auf Vorrat gegessen.

»Kann ick?«, fragt Trixie mit Blick auf seinen Teller, nachdem sie ihren in zehn Sekunden geleert hat. Sie leert auch den zweiten Teller, wischt den Mund am Ärmel ab und springt vom Stuhl auf.

Mitten in der Nacht sind von den fünfhundert Gästen nur die ganz Betrunkenen und Einsamen übrig geblieben. Erstere werden links liegen gelassen, oder auch rechts, je nachdem, unter welche Seite der Bierbank sie gerollt sind. Nach Letzteren wird der Saal von den Nutten durchkämmt, die vom Chef eine Lizenz zur Resteverwertung haben. Harry sitzt allein am Tisch in einer dunklen Ecke, den Kopf auf die Arme gelegt. Zu Vicky traut er sich nicht mehr, und nach Hause will er noch nicht. Er hat die kleine Elsa seit Monaten nicht gesehen, nur zweimal, als sie fest schlief. Er hätte es selbst nicht gedacht, aber er vermisst die Göre.

Zwei Mädchen steuern auf Harry zu, die Brünette macht das Rennen und spricht ihn an. Statt einer Antwort kommt nur ein Schluchzen. Dann hebt Harry den Kopf und stellt fest, dass das Mädchen ihn neugierig oder auch mitleidig anschaut. Vielleicht liegt es an ihrem Silberblick, dass sich das nur schwer entscheiden lässt. Trotzdem, ziemlich hübsch ist sie. Die meisten Nutten hier im Viertel sehen aus wie biedere Hausfrauen, die nach der Schicht ihren Kindern oder Enkeln die Hosen flicken. Oder wie Waschfrauen mit Tätowierungen auf den Armen. Die hier aber nicht. »Spiel noch ma det Lied«, sagt sie.

»Welches Lied?«

Ihre zueinander driftenden Augen leuchten. »Na, det vom Rockefella.« Während Harry Klavier spielt, sitzt Irma auf seinem Schoß und singt: »Er hat das Gold im Keller, und ich hab keinen Heller. Doch er kann pleitegehen, und mir kann nichts geschehen.«

Harry hält inne. »Irma, du solltest hier singen statt Trixie!«

»Träum weiter. Haste mir ma in die Augen jesehn?«

»Und ob. Immer schön eins nach dem andern, dann geht's.«

Später auf dem Zimmer erzählt er ihr alles über seinen Freund, der ein echtes Schwein ist und sein Mädchen mit einem Kind hat sitzen lassen.

Mag sein, dass der Film von vorne bis hinten Humbug ist, aber ›Das Fräulein von Kasse 12‹ müssen Vicky und Elsie zusammen ansehen. Das Kino ist voll mit jungen Frauen – Sekretärinnen, Verkäuferinnen, Telefonistinnen –, es raschelt, flüstert und knistert von Kleidern, Klatsch und Bonbonpapier.

»Wie lang ist Oma Chaja gebucht?«, will Elsie nach der Vorstellung wissen. »Noch Zeit, um mit dem Fräulein von der Pumpstation einen heben zu gehen?« Vicky knöpft umständlich ihren Mantel zu. »Komm schon.« Elsie hakt sich bei Vicky ein. »Falls du mal wieder abgebrannt bist – ich pump dir auch.«

»Nein, nein. Ich muss nach Hause. Chaja wartet.« Vicky küsst Elsie rechts und links auf die Wange. »Ein andermal.« Sie spannt den Schirm auf und schlägt, den Blick der Freundin im Rücken, den Weg in Richtung Wohnung ein. Dann biegt sie um die Ecke und beginnt zu rennen. In der regennassen Nacht ragt das Kaufhaus Jonass düster in den Himmel, mit Hunderten dunkler Fenster. Tagsüber ist es ihr mit seinen Seitenflügeln immer wie ein prächtiges Schiff erschienen, bereit zum Ablegen. Jetzt liegt es mit seiner wertvollen Fracht verlassen im Hafen, und sie wird es entern als blinder Passagier. Einen Moment wird ihr schwarz vor Augen, als sie den Schlüssel zum Nebeneingang ins Schloss steckt. Wenn nun doch etwas schiefgelaufen ist und gleich der Alarm schrillt, gefolgt von Polizeisirenen?

Alles bleibt still, nur Vickys Herzschlag dröhnt in den Ohren. Den Weg in diesen Raum finde ich blind, hat sie gesagt. Gut, hat er geantwortet, wir dürfen kein Licht machen. Die Tür steht halb offen, und sie weiß, dass er drinnen auf sie wartet. Sie geht einen Schritt in den Raum. Schwarz zeichnet sich seine Silhouette vor dem Fenster ab.

Bald ist der ganze Raum von ihrem Atmen erfüllt. Blinde Passagiere sind sie, tief im Bauch des Schiffes. Nur Harrys warme Hände lotsen sie durch die Nacht. Ein seltsames Brautbett ist der lange Tisch in der Mitte des Raums.

Das raue Sackleinen hat ihr den Rücken zerkratzt. Sie legt den Kopf zurück. »Deutsche Reichspost«, flüstert Vicky. Zum Lesen ist es zu dunkel, aber die Erinnerung an jene andere Nacht ist taghell und scharf.

Am Morgen scheint eine milde Spätsommersonne, es wird ein warmer Tag werden. Trotzdem bindet Vicky sorgfältig ein Seidentuch um den Hals. Die blauvioletten Flecken erinnern sie daran, dass die vergangene Nacht kein Traum war. Und doch erscheint sie ihr so berauschend, wie nur ein Traum sein kann, und ebenso flüchtig. Etwas ist unwiderruflich vorbei. Von all den Wünschen, die sie einmal an diesen Mann gehabt hat, den sie als Ehemann und Vater ihrer Kinder wollte, als Freund und Weggefährten und Ein und Alles, ist nur das Begehren nach dem Liebhaber übrig geblieben.

Vor dem Jonass rattern Straßenbahnen vorbei, Lieferwagen fahren durchs Tor in den Wirtschaftshof. Menschen strömen zum Haupteingang, der dicke Zeitungsverkäufer mit der hohen Stimme schreit wie jeden Morgen »das Neuste vom Neusten« in die Welt hinaus. »Ausschreitungen am Kurfürstendamm!«

Vicky will wie gewöhnlich an ihm vorbeigehen. »Jüdische Geschäfte demoliert!« Vicky bleibt stehen. Sie kauft eine Zeitung vom 13. September 1931 und beginnt noch im Gehen zu lesen. »Gestern Abend, am jüdischen Neujahrsfest, kam es um den Kurfürstendamm zu Ausschreitungen. Hunderte SA-Männer nahmen an einer Demonstration teil. Jüdisch aussehende Passanten wurden angegriffen und Geschäfte jüdischer Inhaber demoliert.«

In der Damenkonfektion ist noch nicht viel Betrieb am Morgen. Eine füllige Dame möchte, dass Vicky ihr im Anprobesalon eine Abendrobe absteckt. Mechanisch nimmt Vicky eine Stecknadel nach der anderen aus dem Mund und versenkt sie im Stoff. An die Schlachten zwischen SA und Kommunisten hat man sich ja gewöhnt, wenn man nicht gerade selbst einen Stein an den Kopf bekam wie Chaja. Aber Bürger auf offener Straße verprügeln, weil sie jüdisch aussahen? Die Scheiben der teuren Geschäfte einschlagen – und das im vornehmen Westen? Und sie hat sich währenddessen mit Harry im Kaufhaus vergnügt!

»Au! Passen Sie doch auf, Fräulein!« Schnell zieht Vicky die Nadel aus dem Stoff und entschuldigt sich bei der Dame. Ausgerechnet eine von der feineren Sorte. Wenn die mal nicht gleich nach dem Chef ruft, um sich zu beschweren. »Gibt es hier kein Lichtzimmer wie im Kaufhaus des Westens?«, will die Dame wissen. »Um die Wirkung bei festlicher Beleuchtung zu prüfen!« Wie soll die Wirkung schon sein, wenn man keinerlei Taille hat, denkt Vicky und schüttelt bedauernd den Kopf. »Ach ja«, seufzt die Dame, »hier ist eben nicht der Kurfürstendamm, nicht? Haben Sie übrigens gehört … Na, dem Kurfürstendamm hat man einen Denkzettel verpasst!« Sie lächelt zufrieden. »Scheint ja komplett in jüdischer Hand zu sein. Diese Blutsauger schröpfen uns bis aufs Hemd. Denken Sie nur an all die Warenhäuser: Wertheim, Kaufhaus des Westens, Landauer!«

»Jonass«, fügt Vicky hinzu.

»Was, die auch?« Die Dame schaut entsetzt.

»Wollen Sie das jüdische Kleid trotzdem haben?«

Die Dame betrachtet sich wohlgefällig im Spiegel. »Jawohl, aber nur mit Preisnachlass. Schließlich hätten Sie mir fast in den Hals gestochen! Wo finde ich den Geschäftsführer?« Nirgends, hofft Vicky, so falsch, wie sie der Dame den Weg beschreibt.

Zum Mittagessen gehen Elsie und Vicky in die Imbisshalle des Kaufhauses. Sie reihen sich in die Schlange vor der Glastheke ein. »Bitte bedienen Sie sich selbst und zahlen an der Kasse«, steht auf dem Schild. Sie finden einen Tisch direkt an der Glasfront zur Straße. »Wenn das hier doch das KaDeWe wäre«, seufzt Elsie nicht zum ersten Mal. »Da liegen die Verkäuferinnen mittags im Deckchair auf der Dachterrasse.«

»Und dämliche Damen kriegen im Lichtzimmer ein paar Sekunden lang ein helles Köpfchen.« Die Erbsen und Möhren kullern Vicky von der Gabel, als sie ihrer Freundin von der Kundin erzählt und vom Ku'damm. »Sieht Elsa eigentlich jüdisch aus?«, flüstert sie Elsie ins Ohr.

»Meinst du wegen ihrer enormen Hakennase?«, flüstert Elsie zurück. »Ich wollte dich ja nicht darauf ansprechen, aber …«

Die Grünbergs haben sich an der langen Tafel versammelt. Auch wenn der zweite Tag des jüdischen Neujahrsfests für reformierte Juden wie sie kein Feiertag ist, haben sich heute alle Familienmitglieder zu Hause eingefunden. Der letzte Gang ist abgetragen, zu fünft sitzen sie um den Tisch und schweigen. »Das wird ein böses Jahr!«, sagt Alice Grünberg in die Stille hinein. »Kein Wunder, wo wir Juden in dieser Stadt ein so gottloses Leben führen!«

»Jetzt sollen wir wohl wieder selbst an allem schuld sein?« Carola wirft ihrer Mutter einen zornigen Blick zu. Auf einer großen Platte in der Mitte des Tischs stehen die Süßigkeiten zu Rosch ha-Schana. Niemand rührt sie an außer Gertrud, die einen in

Honig gebackenen Apfelschnitz nach dem anderen in den Mund schiebt. Minutenlang ist nur Gertruds Schmatzen zu hören.

»Jetzt hör schon auf damit!«, fährt Harry seine jüngste Schwester an. »Du bist dick genug für dein Alter!«

»An deiner Stelle wär ich lieber still«, erwidert Gertrud kauend und wirft einen Blick auf ihre Mutter, die mit verschwollenen Lidern in die Ferne starrt. Nun schaut auch Heinrich von der Zeitung auf und seinen Sohn an.

»Wo warst du gestern, als der Anruf von Rosenfelds kam? Alice ist vor Angst fast gestorben, weil du mitten in der Nacht nicht in deinem Bett lagst.«

»Wahrscheinlich in einem anderen Bett«, prustet Gertrud los, und die Apfelstückchen fliegen auf die Tischdecke.

Ob es am Brand des Reichstags lag, den verkohlten Balken und rußgeschwärzten Mauern, am Feuer, das, längst verloschen, noch immer im Zentrum der Stadt zu lodern schien? An den braunen Uniformen und blutroten Fahnen, vor denen es kein Entkommen mehr gab in den Straßen? Vielleicht strömten die Menschen aus Sehnsucht nach kühlem, unschuldigem Weiß in Scharen in die Warenhäuser, die zu den Weißen Wochen dekoriert hatten. »Ich glaube eher, es liegt am Rabatt«, meint Elsie, die neben Vicky in der Eingangshalle des Jonass steht. »Und an unserer eiskalten Dekoration.« Es ist aber auch zu prächtig geworden! Mit weißem Stoff abgedeckte Tische, auf denen sich weiße Wäscheberge stapeln, Laken, Tischwäsche, Gardinen, Miederwaren. Von der Decke hängen weiße Lichtgirlanden herab, die ganze Halle ist in Glitzern und Funkeln getaucht.

Ein paar Stockwerke höher herrscht düstere Stimmung. Heinrich Grünberg legt den Brief beiseite und denkt an sein Gespräch mit Dr. Haberland von der staatlichen Handelskammer. Der hat ihm vor zwei Wochen mit gesenkter Stimme geraten, man möge bis zum Ende des Monats einen den neuen Verhältnissen entsprechenden Geschäftsführer ernennen, der die Belange der Firma gegenüber Behörden und Öffentlichkeit vertritt. Einen Parteianhänger und Angestellten aus dem Unternehmen, wenn möglich. Er meine es nur gut mit ihm, dem früheren Kommilitonen. Er solle seinen Rat annehmen. »Und wenn nicht?« Dann könne er leider für nichts garantieren. Die Warenhäuser seien den aufrechten Deutschen seit Langem ein Dorn im Auge, wie er wohl wisse. Sie könnten froh sein, solange man sie noch bestehen ließe.

Das Ende des Monats ist vorübergegangen, ohne dass Heinrich Grünberg sich hat durchringen können, einen Teil der Unternehmensführung aus den Händen zu geben. Es ist schließlich ein Familienunternehmen. Und genau darin liegt das Problem. In seiner Familie ist ein den neuen Verhältnissen entsprechender Kandidat nicht aufzutreiben. »Ganz einfach«, hat sein Schwager gesagt, »ihr braucht einen Vorzeigegoj wie wir alle. Wir haben seit Jahren einen, er kann nicht viel, aber ist strohblond in Erscheinung und Gesinnung. Ist ja nur für die Außenwirkung, der Boss bleibst doch trotzdem du!« Heinrich war davon nicht überzeugt. Doch das schlagende Argument ist heute als Schreiben von der Bank gekommen: Der Kredit bei der Hausbank, ohne den kein Unternehmen mehr überleben kann, ist bis auf Weiteres gekündigt.

Heinrich Grünberg lässt seinen Verkaufsleiter Gerd Helbig zu sich rufen. Ob er sich vorstellen könne, die Geschäftsführung zu übernehmen? Helbig sagt mit unbewegter Miene zu. Offenbar kann er es sich nicht nur vorstellen, sondern hat seit Langem nichts anderes erwartet.

Chaja verabschiedet sich von Elsa am Eingang des Jonass, wo Vicky auf sie wartet. Elsa fällt Vicky um den Hals. Mama ist aufgeregt und fröhlich und so wunderschön. Sie trägt einen Rock und eine Bluse mit einem Schild, da steht JONASS drauf, liest Mama ihr vor. Bernhard ist auch gekommen. Sie darf mit Bernhard im Kaufhaus spielen! Sie gehen in Mamas Abteilung, die kennt sie schon gut, überall hängen neue Kleider und Mäntel an den Ständern.

»Ich muss noch etwas erledigen«, sagt Mama und streicht ihr und Bernhard über den Kopf. »Wenn ihr schön brav hier spielt, dürft ihr nachher bei den Spielwaren etwas aussuchen.« Mama schaut Bernhard ernst ins Gesicht. »Pass gut auf Elsa auf, du bist doch schon ein großer Junge.« Dann ist sie verschwunden.

Bernhard und sie stehen schweigend zwischen den Kleiderständern und wissen nicht, was sie anfangen sollen. Dann hat Elsa eine Idee. »Mach die Augen zu«, sagt sie und ist schon verschwunden. Sie huscht durch die Reihen der Kleiderständer und versteckt sich zwischen zwei Mänteln.

Nach einer Weile hört sie Bernhard rufen. »Elsa, wo bist du?«

Dummerweise muss sie kichern, als sie ihn so besorgt nach ihr rufen hört. Sie hält die Hand vor den Mund und presst das Gesicht gegen den Mantel, der vor ihr hängt. Aber das Kichern hört nicht auf. Da kommt Bernhard angelaufen und zieht die Mäntel auseinander. »Jetzt ich!«, ruft er.

Eine Weile ist das Spielen schön, aber irgendwann, als sie Bernhard nicht findet, wächst eine schreckliche Angst in ihrem Bauch. Kein Mensch ist mehr zu sehen, die Lichter sind fast alle ausgegangen, und es ist so still. Vielleicht hat das Jonass geschlossen, und alle Leute sind schon nach Hause gegangen. Hat ihre Mama sie vergessen? Laut ruft sie nach ihr, doch niemand antwortet. Sie fängt an zu weinen. Endlich kommt Bernhard hinter einer Säule hervor. Erschrocken schaut er sie an.

»Meine Mama ist weg.« Sie kann nicht aufhören zu heulen.

Bernhard nimmt sie bei der Hand. »Wir suchen sie.« Hand in Hand laufen sie durch die Gänge zwischen den Kleiderstangen, niemand ist da. Auch Bernhard sieht ängstlich aus, seine Hand ist ganz kalt.

Dann hört sie ein Geräusch aus einer der Kabinen, vor denen ein Vorhang hängt, und geht hin. Ein komisches, unheimliches Geräusch. Als ob jemand etwas schrecklich wehtut – und dann auch wieder nicht. Aber es ist doch Mamas Stimme! »Mama!«, schreit sie, läuft auf die Kabine zu, bleibt stehen. Irgendwas stimmt nicht. Sie darf da jetzt nicht hingehen. Das Geräusch hört auf, und es raschelt in der Kabine. Endlich geht der Vorhang auf, Mama kommt heraus und zieht ihn schnell hinter sich zu. Ihre Haare sehen gar nicht mehr schön aus, sie hat rote Flecken im Gesicht und am Hals.

»Alles in Ordnung, Schatz«, sagt Mama. »Ich hatte nur Bauchweh.« Dann breitet Mama die Arme aus, aber Elsa will jetzt nicht in die Arme. Warum hat man Flecken am Hals, wenn der Bauch wehtut? Und warum knöpft man die Bluse oben auf? Das Schild, auf dem Jonass steht, hängt ganz schief. Plötzlich steigt Wut in ihr auf. Sie rast auf die Kabine zu, will hineinsehen. Kurz vor dem Vorhang schnappt Mama sie, hebt sie hoch und hält sie so fest, dass es wehtut.

»Du lügst!«, schreit Elsa und reißt an Mamas Haaren. »Du lügst, du lügst!« Sie strampelt mit den Beinen und tritt nach ihr. Doch sie kann sich nicht aus Mamas Griff befreien. Irgendwann hört sie auf zu treten, legt das Gesicht auf Mamas Schulter und weint.

»Ist ja gut, Süße, ist ja gut.« Mama streicht ihr übers Haar. »Jetzt bekommt ihr etwas zum Spielen, Bernhard und du.«

Da erst sieht Elsa Bernhard ein paar Meter vor der Kabine stehen. Er hat die Fäuste in den Taschen vergraben und sagt: »Ich will zu meiner Mutter.«

In den letzten Wochen macht Vicky auf dem Weg zur Arbeit einen Bogen um den Nikolaifriedhof. Seit der Wessel da begraben liegt, hat es immer wieder SA-Aufmärsche und Gedenkfeiern am Grab gegeben. Seit Anfang des Jahres geben sich die Truppen dort die Fahne in die Hand. Im Januar hatte sie, als sie wie so oft an der Friedhofsmauer vorbeiging, plötzlich Hitlers schneidende Stimme im Ohr, die sie bis dahin nur aus dem Rundfunk kannte. Das war noch vor seiner Ernennung zum Reichskanzler. Man musste noch nicht stehen bleiben und den rechten Arm hochreißen. Jetzt hört Vicky es wieder bis zur anderen Straßenseite über die Mauer schallen: »Die Straße frei den braunen Bataillonen! Die Straße frei dem Sturmabteilungsmann! Es schaun aufs Hakenkreuz voll Hoffnung schon Millionen …«

Die Frau, die gerade an der Mauer vorbeiläuft, ist zusammengefahren, als das Lied einsetzte. Nun eilt sie in gebückter Haltung, als könne sie sich unsichtbar machen, bis zur Kreuzung. Etwas an ihr kommt Vicky bekannt vor. Sie trägt einen schäbigen dunklen Wintermantel, obwohl die Märzsonne schon warm ist. Um ihre Schultern flattert ein buntes Tuch, das grell an ihr wirkt. Natürlich – das ist ja das Tuch, das sie selbst für Wilhelm ausgesucht hat, als Geschenk für Martha, kurz nach Elsas und Bernhards Geburt.

»Martha!«, ruft Vicky über die Straße. Die Frau fährt wieder zusammen, zögert und bleibt stehen. Fast tut es Vicky leid, dass sie gerufen hat, so verängstigt sieht Martha aus, als sie ihr gegenübersteht. Sie müsse ins Kreditkaufhaus, sagt Martha, sie könne die fällige Rate nicht zahlen, brauche alles für Medizin.

»Oje, Martha, das tut mir leid. Bist du krank?«

»Ach nein«, sagt Martha mit wegwerfender Handbewegung. »Nicht ich. Arno. Unser kleiner Arno.« Und dann flüstert sie, sodass Vicky es kaum hören kann: »Er ist fast gestorben.«

Später in der Mittagspause geht Vicky die Begegnung mit Martha Glaser nicht aus dem Kopf. Sie hat Martha zur Kasse begleitet und dafür gesorgt, dass die fällige Ratenzahlung ausgesetzt wird, sie genötigt, sich auf einen Kaffee und ein Stück Torte einladen zu lassen. Sie hat Martha nicht ziehen lassen, ohne ihr ein Spielzeugauto für Bernhards kleinen Bruder aufzudrängen und ihr das Versprechen abzunehmen, ihr nächstes Mal Bescheid zu geben, wenn wieder so etwas Schlimmes wie das mit Arnos Hirnhautentzündung passieren sollte. Sie als Mutter könne das doch nachfühlen, hat sie gesagt, auch um ihre Elsa habe sie wochenlang gebangt. Da hat Martha sie angesehen, als begreife sie erst jetzt, mit wem sie am Tisch saß und Kuchen aß in winzigen Bissen. Dann hat sie sich zu Vicky über den Tisch gebeugt und geflüstert: »Und der große Arno ist verschwunden.«

Natürlich, Arno, der Freund der Familie Glaser, hat Vicky gedacht, Arno, der Kommunist. »Vielleicht ist das besser, wenn er fort ist«, hat sie zu trösten versucht. »Nach allem, was man so hört. Was die mit denen machen, die noch da sind.« Aber Vicky weiß ebenso gut wie Martha, dass »verschwunden« alles Mögliche bedeuten kann. Und dass eine Hirnhautentzündung des schwachen kleinen Arno sich nicht auswachsen wird wie Elsas Schwäche nach der zu frühen Geburt. Und weil sie das weiß, schämt sie sich. Nächstes Mal, denkt Vicky, als sie am Ende der Pause in die Damenmode zurückgeht, werde ich für Martha etwas aussuchen, das besser zu ihr passt. Schön soll es sein, schön und sanft wie Marthas Stimme.

Nach der Arbeit kommt Elsie zu Vicky nach Hause. Elsa schläft in der Stube, die beiden machen es sich in der kleinen Küche gemütlich. Vicky stellt eine Kanne Tee auf den Tisch. »Zu schade, dass wir nicht ein paar Platten auflegen können. Da hat so eine feine Dame wie ich schon mal ein Grammofon, und dann steht's neben dem Bett mit der schlafenden Prinzessin.«

»Tu mir mal vom Schnaps in den Tee, dann sing ich dir was«, sagt Elsie. Vicky schüttet beiden einen ordentlichen Schuss in die Tassen. Doch statt zu singen, meint Elsie: »Der Helbig hat sich heute als echter Ritter erwiesen.«

»Wie, macht er dir jetzt auch den Hof? Ich tret ihn dir gerne ab.«

»Nein danke. Außerdem, da könnte man splitternackt Tango tanzen, der würd den Kopf nicht heben, solange es nicht die Vicky ist. Keine Ahnung, was der an dir findet. Du siehst ja nicht mal anständig arisch aus. Ach, warte.« Elsie springt auf und holt eine Tüte aus ihrer Tasche. »Hätt ich fast vergessen. Futter aus der Heimat.« Vicky bekommt die selbst gebackenen pommerschen Kekse nur Elsie zuliebe hinunter. Futter aus der Heimat? Ihre eigene Heimat ist seit Jahren Sperrgebiet. Eine Fotografie hat sie ihrer Mutter geschickt nach Elsas erstem Geburtstag. So süß sah die darauf aus, das müsste Steine erweichen, hat Vicky gedacht. Das Foto samt Brief kam zurück. »Bitte uns nicht mehr zu behelligen.«

Elsie stößt sie an. »Mensch, Vicky, woran denkst du? Also, Matilde, die neue Sekretärin, hat es mir erzählt. Grünbergs und Helbig und die Kurz wissen nicht, dass Matilde eine Schulfreundin von mir ist, die mir alles brühwarm weitertratscht. Der alte Grünberg hat Harry und Helbig und die Kurz zu einem Gespräch zusammengetrommelt, und Matilde hat stenografiert. Sie ist jetzt meine Spionin. Und ich mach die Mata Hari für dich, wenn du mir weiter nachschenkst. Danke.« Elsie leert ihren Schnaps mit Tee. Dann gibt sie das Gespräch mit verstellten Stimmen wieder. »Es sind ernste Zeiten für unser Unternehmen.« Sie zwirbelt als Heinrich Grünberg den Schnurrbart und räuspert sich. »Gerd Helbig führt auf Verlangen der Bank nun gleichberechtigt mit mir die Geschäfte. Die Bank hat wieder Kredit gewährt, der Konkurs ist abgewendet. Doch die Zinsen sind so hoch, dass wir ohne Einsparungen bald ruiniert sind. Wir müssen Mitarbeiter entlassen. Es tut mir um jeden leid in diesen Zeiten, aber es ist nicht zu ändern.« Elsie wechselt in eine schrillere Stimmlage. »Wenn ich als Personalleiterin einen Vorschlag machen darf: Ich würde bei Fräulein Springer beginnen. Eine Verkäuferin mit unehelichem Kind ist für die Belegschaft ein schlechtes Beispiel. Dazu ein Kind unbekannter Herkunft. Sie wird schon wissen, warum sie den Vater verschweigt.«

Vicky muss trotz des Schrecks laut lachen, so lebensecht hat Elsie Frau Kurz imitiert. Wie sie bei jedem Wort die Hände ringt. Waschzwang oder Betzwang, haben Elsie und sie oft gerätselt. Elsie fährt fort: »Der alte Grünberg hat gezögert, da ist Helbig für dich in die Bresche gesprungen. ›Gerade weil sie alleine ein Kind ernähren muss, dürfen wir Fräulein Springer nicht entlassen.‹ Sie blickt starr durch eine imaginäre Brille. ›Außerdem ist sie eine unserer besten Verkäuferinnen. In der Damenkonfektion ist sie unersetzlich.‹ Über den grünen Klee hat er dich gelobt. Der Alte stimmte schließlich zu, damit war die Sache vom Tisch.« Elsie überlegt. »Vielleicht muss ich ja jetzt dran glauben, und Matilde hat's mir bloß nicht gesagt.«

»Und Harry?«

»Dein lieber Harry hat zu allem geschwiegen.« Die Küchenuhr tickt, aus der Stube nebenan hört man leises Seufzen, Elsa wälzt sich im Schlaf. »Aber Vicky! Oh Gott, du weinst ja. Und ich dumme Pute dachte, du wärst darüber … Ach, was weiß ich, was ich dachte. Komm, nimm meine Kekse, nimm den blöden Schnaps. Hau mir eine runter. Hör doch bloß auf zu weinen …«

Eine Woche später malt Vicky sich vor dem Spiegel die Lippen rot. Dann wischt sie das Rot wieder ab. Heute Abend geht sie mit Gerd Helbig in den Kaiserhof. Wieder einmal, in hoffnungslosem Ton, hat Helbig sie vor ein paar Tagen gefragt, ob er sie zum Essen einladen dürfe. Als sie ja gesagt hat, stand er sekundenlang sprachlos da. Sie trägt das Rot wieder auf. Wenn er erwähnt, dass er sich für mich eingesetzt hat bei Grünberg, dass ich ihm dankbar zu sein habe und ihm etwas schuldig bin, schwört sie sich, dann war es das erste und letzte Mal.

Ausgerechnet heute, am Tag des Boykotts, ist Chaja so krank, dass sie Elsa nicht nehmen kann. Seit Tagen wurde für diesen Samstag, den 1. April, zum Boykott aller jüdischen Geschäfte aufgerufen. Am meisten wurde gegen die Warenhäuser gehetzt, als Inbegriff des Weltjudentums. Die Tietz-Häuser und das KaDeWe haben vorsorglich ihre Pforten verriegelt. Vicky wünschte, auch das Jonass hätte geschlossen, aber Grünberg ist dagegen gewesen. Eilig packt sie ein paar Stifte und einen Apfel in ihre Tasche. »Heute gehst du mit Mama ins Kaufhaus!«

Elsa klatscht in die Hände. »O ja! Kommt Bernhard auch?« Schon öfter hat sie Mama mit Oma Chaja bei Jonass abgeholt, durfte mit ihr Aufzug fahren und all die aufregenden Sachen anschauen. Ein paarmal hat sie Bernhard dort getroffen und mit ihm gespielt.

»Nein, Bernhard kommt heute nicht«, sagt Vicky und knöpft Elsas Mantel zu. »Los, wir müssen uns beeilen!«

Gestern Nacht haben die mit ihrem Aufruf zum Judenboykott die halbe Stadt plakatiert. Seit Langem ist Vicky abends mal wieder mit Harry aus gewesen, da sahen sie die jungen Männer mit ihren Fahrrädern und Eimern. Immer zu zweit oder dritt klatschten sie Kleister auf Litfaßsäulen, überklebten die Plakate mit ihren eigenen, strichen sie mit einem Schrubber glatt, stiegen auf die Räder und fuhren davon. Als das erste Grüppchen fort war, haben Harry und sie sich vor die Litfaßsäule gestellt und gelesen. »Deutsche, verteidigt Euch gegen die jüdische Gräuelpropaganda, kauft nur bei Deutschen!« stand da in großen Buchstaben. Darunter: »Germans defend yourselves against Jewish atrocity propaganda, buy only at German shops!«

»Was heißt das?«, hat sie von Harry wissen wollen. »Ich versteh nur ›Germanen‹.«

»Dasselbe auf Englisch.«

»Aber wieso denn, wenn's an die Deutschen gerichtet ist? Sonst soll doch jetzt immer alles reindeutsch sein. Keine Negertänze mehr, keine Jazzmusik, man soll auch nicht mehr Girlsreihe und Sexappeal sagen …«

»Und auch keinen mehr haben«, hat Harry gesagt und ihr einen Klaps auf den Hintern gegeben. »Es ist eben nicht an die Deutschen gerichtet. Die spielen nur für die Nazis die Dolmetscher nach London. Dort hat man sich ein bisschen Sorgen um uns deutsche Juden gemacht, und das, obwohl wir Juden die armen Deutschen fest im Würgegriff halten.«

»Ach, ihr paar Juden! Das wird schon ein Würgegriff sein.«

»Jawoll, wir sind eben stark wie hundert! Soll ich's dir beweisen?« Mit diesen Worten hat er sie hoch in die Luft gehoben, ist schwankend mit ihr in die Knie gegangen und umgekippt. Lachend haben sie vor der Litfaßsäule im Staub gelegen und sich geküsst. Ein älteres Paar kam vorbei. »Pfui Teufel!«, sagten beide wie aus einem Mund.

Heute Morgen ist Vicky nicht zum Lachen zumute, als sie sich mit Elsa an der Hand auf den Weg zum Jonass macht. Wie immer, wenn Vicky es besonders eilig hat, lässt sich Elsa besonders viel Zeit. Reißt sich von ihrer Hand los, hebt einen Zeitungsfetzen auf, hält ihn dicht vor die Augen und tut, als würde sie lesen. Vicky sieht auf die Uhr. Schon zehn Minuten zu spät! Gerade heute wird Herr Grünberg erwarten, dass alle pünktlich an ihrem Platz sind. Sie nimmt Elsa auf den Arm, eigentlich ist sie schon viel zu schwer, und läuft bis zur Lothringer Straße.

Noch auf der Kreuzung sieht sie das riesige, quer über den Haupteingang geklebte Plakat. Auf dem Platz vor dem Kaufhaus hält sie im Laufschritt inne. Männer in SA-Uniformen stehen in einer geschlossenen Reihe vor dem Tor. »Deutsche, wehrt euch!« steht auf dem Plakat. »Kauft nicht bei Juden!« Von der Mitte des Plakates grinst ein kugelrunder Mann mit schwarzem Haar, wulstigen Lippen, kleinen Äuglein und Hakennase. »Wertheim – Tietz – Jonass: fett von deutschem Blut.«

Passanten stehen in Gruppen auf dem Platz, in einigem Abstand zum Tor. Einige tuscheln, die meisten schauen stumm auf das Haus, das Tor und die Uniformierten. Wird es jemand wagen, sich dem Eingang zu nähern? Da löst sich ein Paar aus der Menge, ein Mann mit Schiebermütze und Knickerbockern, eine Frau mit einem großen Einkaufsnetz. Sie machen ein paar Schritte Richtung Eingang. »Achtung, Itzig!«, schreit einer der Uniformierten. »Auf nach Palästina!«

Gelächter schallt aus der Menge. Vicky spürt einen brennenden Schmerz auf der Wange. Elsa hat ihr mit der kleinen Faust ins Gesicht geschlagen. »Weg, Mama, weg!«, schreit sie, ganz rot im Gesicht. Vicky dreht sich um, weg von dem Tor, weg von dem Plakat, weg von den Gestiefelten, dem Gelächter. Den ganzen Weg bis nach Hause legt sie mit Elsa auf dem Arm im Laufschritt zurück, auch die Stufen hoch zu ihrer Wohnung. Sie schließt die Wohnungstür zweimal ab, erst dann lässt sie Elsa vom Arm. Die flüchtet fort von ihr in die hinterste Ecke des Zimmers. Elsa … Sie wissen es nicht, aber sie haben mit dem Gebrüll, dem Gelächter auch Elsa gemeint. Sie dürfen es nie erfahren!

Heinrich und Harry Grünberg gehen im Kaufhaus Jonass in ihrem Kontor auf und ab. Sie sind allein in dem achtstöckigen Gebäude. Das Hauptportal ist verriegelt, SA steht davor. Die Mitarbeiter, die morgens am Nebeneingang eingetroffen sind, haben sie nach Hause geschickt. Es sind längst nicht alle zur Arbeit erschienen. Gerd Helbig hat angeboten, mit Grünbergs dazubleiben. Er schien erleichtert, als Heinrich ihm zu verstehen gab, dass dies nicht nötig sei. Auch Vicky ist nicht gekommen, denkt Harry. Dann fällt ihm wieder ein, was Gerald ihm neulich erzählt hat. Dass er Vicky in einem teuren Restaurant gesehen hat, wo sie mit einem blonden, bebrillten Herrn zu Abend aß.

»Wir können von Glück sagen, dass es uns nicht wie Hermann

Tietz ergangen ist«, sagt Heinrich in Harrys Gedanken hinein. »Erst hat man ihm den zugesagten Kredit über vierzehn Millionen gesperrt, dann die drei Geschäftsführer ins Adlon bestellt, um einen Entschuldungsplan vorzulegen.« Heinrich lacht auf. »Zur Begrüßung nahm man ihnen die Pässe ab. Kalte Enteignung nennt man das, und das Reichswirtschaftsministerium hat alles gedeckt. Nun hat dieser Karg das Sagen bei Tietz. Ob sich Hermann Tietz das hat träumen lassen, als er ihn damals als Textilverkäufer eingestellt hat?«

»Unser Helbig hat auch mal klein angefangen«, erinnert Harry ihn. Er schaut aus dem Fenster und zieht die Gardine wieder vor. »Tja, leider konnten wir's auch nicht machen wie andere und am Vortag des Boykotts vorsorglich alle jüdischen Mitarbeiter feuern. Wir hätten uns selbst kündigen müssen…«

»Dr. Rosenfeld wurde von der Klinik auch schon entlassen«, sagt Heinrich und seufzt. Dann greift er zum Telefonhörer, wählt und legt wieder auf. »Wo Alice und die Mädchen bloß stecken?«

An so einem Tag sollte man zu Hause bleiben, hat Alice Grünberg gemeint. Und als sie sich dem Lustgarten nähern, wird Alice klar, dass ihrer Tochter Carola keineswegs nach einem harmlosen Nachmittagsspaziergang zumute gewesen war. Der Platz zwischen Altem Museum und Dom ist voller Menschen. Einige tragen Transparente und Schilder, die sie als Warenhausmitarbeiter ausweisen. Sie sind hier, um gegen ihre jüdischen Arbeitgeber und Kollegen zu demonstrieren.

Alice Grünberg bleibt am Rand des Platzes stehen und stützt sich auf ihre jüngere Tochter Gertrud. Carola holt ein Fernglas aus der Tasche und lässt es über die Menge schweifen. »Wollen doch mal sehen, ob wir hier feine Bekannte treffen!« Aufgeregt zeigt sie hier und da in die Menge. »Da! Die Riedel von der Poststelle! Die Kurz! Der Thienemann!« Ein Polizist kommt auf

Carola zu und fordert sie auf, das Fernglas einzustecken. »Seit wann sind Ferngläser verboten?«

Auf der Heimfahrt im Taxi spricht keine ein Wort. Alice und Carola schauen in unterschiedliche Richtungen aus dem Fenster, in ihrer Mitte verspeist Gertrud belegte Brötchen. Erst zu Hause, als Alice die Haustür hinter ihnen verschlossen hat und in den Sessel neben dem Telefon sinkt, sagt Carola leise: »Ihr hättet es mir ja sonst nicht geglaubt.«

Vicky holt den Brief zum zehnten oder zwölften Mal aus der Handtasche. Und wenn sich doch jemand einen dummen Scherz mit ihr erlaubt? »Sehr verehrtes Fräulein Vicky, ich möchte Sie höflichst einladen, am 31. August um 20 Uhr 30 ein Souper im ›Haus Vaterland‹ mit mir einzunehmen. Sie würden mir mit Ihrem Kommen größte Freude bereiten. Ich erwarte Sie in der Galerie No. 5 mit Blick auf den Saal. Ein treuer Verehrer.« Der Brief ist vor einer Woche gekommen, mit der Maschine geschrieben und ohne Absender. »Der ist von Helbig«, hat Elsie ohne zu zögern gemeint, als Vicky ihr den Brief zu lesen gab. »Er will dir einen Antrag machen.« Sie hofft es nicht, aber wer sollte es sonst sein? Vielleicht ein Millionär oder Filmstar, der sie im Jonass gesehen und sich unsterblich in sie verliebt hat …

»Träum weiter«, sagt Elsie, die hinter ihr im Spiegel aufgetaucht ist, während sie Puder und Lippenstift aufträgt. »Und falls du nicht zurückkommst, vergiss nicht, mir und Klein-Elsa aus Monte Carlo oder Hollywood Schecks zu schicken.«

Vicky wird unter dem hellen Puder noch blasser. »Red keinen Quatsch. Da müsste man mich schon ermorden, ehe ich Elsa im Stich lasse.«

Auf dem Weg zum Potsdamer Platz schnürt sich ihr vor Ärger die Kehle zu. Ja, das denkt er sich vielleicht, der Helbig, dass sie ihn gleich heiratet, nur weil er jetzt Geschäftsführer ist und sie ein paarmal mit ihm essen oder im Konzert war. Gut, er hat sich anständig verhalten, sie nicht spüren lassen, dass er sie wegen der neuen Machthaber und seiner Stellung im Kaufhaus in der Hand hat. Sie haben sich sogar ganz gut unterhalten, wenn es nicht gerade um Politik ging. Aber trotzdem, was bildet er sich ein? Ist sie jetzt preisreduzierte Ware der vorletzten Kollektion, die froh sein kann, einen Abnehmer zu finden?

Bei dem Gedanken an Kleider und Kollektionen wird Vicky flau. Das pfauenblaue Abendkleid, das sie trägt, ist neueste Kollektion und von Jonass und Co. »geliehen«. Aber sie wird es ja morgen als Erstes zurück an seinen Platz hängen. Nur um Himmels willen nicht kleckern! Ihre besten Sachen hat sie zu Hause anprobiert, nichts ist ihr gut genug erschienen fürs elegante »Haus Vaterland«. Obwohl dieses prächtige Gebäude im Herzen ihrer Stadt liegt, kennt Vicky sein Inneres nur von Erzählungen anderer und hat noch nie einen Fuß hineingesetzt. Säle, in denen jede Nacht Orchester zum Tanz spielen, riesige Restaurants und intime Cafés, die Rheinterrassen, in denen stündlich Gewitter grollen mit künstlichem Blitz und Donner – nur Märchenhaftes hat Vicky gehört.

Am Potsdamer Platz ragt das hohe Rund des »Haus Vaterland« schwarz in den Abendhimmel. Wie eine Krone strahlt die angeleuchtete Kuppel, in warmem Gelb leuchten die Fensterreihen, hinter denen, anders kann sie es sich gar nicht denken, lauter glückliche, reiche Menschen sitzen. In den Kammerspielen des Hauses läuft der Film ›Ein Lied für Dich‹. Wer wartet auf sie? Nervös streicht sich Vicky durch die Haare und fasst nach ihren Ohren. Als sie vorhin in dem Pfauenblauen vor dem Spiegel stand, konnte sie nicht widerstehen, die Ohrringe mit den Smaragden anzuziehen, den einzigen Schmuck, den Harry ihr geschenkt hat. Kurz nach jener Nacht in der Poststelle … Sie kommt sich wie eine Verräterin vor, als sie das »Vaterland« betritt. Jeder muss ja sehen, dass sie auf dem Weg zum Rendezvous mit einem Unbekannten gestohlene Kleider trägt und den Schmuck eines anderen.

Auf dem Heimweg ist für Vicky der Abend zu wenigen Minuten zusammengeschmolzen. Während sie von der Rückbank des Taxis die nächtlichen Straßen Berlins vorübergleiten sieht, verschwimmen die Lichtreklamen und Autoscheinwerfer vor ihren Augen. Sie versucht, sich an den Anfang zu erinnern, an die Stunden vor der Katastrophe. Ihre Bewunderung für den prächtigen Saal, ihren freudigen Schreck, als sie ihn dort sitzen sah. An die unbekannten köstlichen Speisen, den Champagner, den Klang der Geigen. Wie sie langsam beschwipst wurden und sie mit ihm tanzen wollte. Wie er sie zurück auf den Sessel zog und endlich damit herausrückte. Nicht einmal daran, an den Wortlaut seiner Frage, kann sie sich erinnern! Nur die Sätze, die dann folgten, drehen sich endlos in ihrem Kopf.

»Warum jetzt auf einmal?«, hat sie Harry gefragt. »Um eine arische Ehefrau zu haben?«

»Warum jetzt auf einmal nicht mehr?«, hat er geantwortet. »Um keinen jüdischen Ehemann zu haben?«

Ins Braune hinein

Kühl ist es hier im Jonass. Wunderbar kühl. Draußen legt sich die Hitze aufs Gemüt. Durst ist ewiger Begleiter beim Laufen, Hetzen, Taumeln durch die heiße Stadt. Hier im Kaufhaus kann man sich erholen. Bei Jonass sind alle gleich. Da schauen die Verkäuferinnen nicht darauf, ob jemand rissige Hände vom Waschen und Putzen hat, das Kleid schon drei Mal geflickt ist. Aber so gut, dass man es nur bei näherem Hinsehen merkt. Das Jonass heißt alle willkommen, die noch ein bisschen Geld in der Tasche haben, um sich etwas zu leisten. Selbst die praktischsten Kleidungsstücke sind so hübsch drapiert, dass sie wie Garderobe wirken. Die Verkäuferinnen fragen höflich, wonach man sucht, und weisen den kürzesten Weg. Aber den will man ja gar nicht gehen.

Martha möchte eine große Runde drehen, die duftigen Sommerkleider befühlen und die neuesten Hüte bewundern. Nie wird sie selbst solch ein Prachtstück tragen. Das ist was für die Fräuleins. Aber vielleicht einmal anprobieren, soll sie? Darf man? Man darf, und sie setzt einen auf, einen breitkrempigen Hut mit blauer Feder. Die Verkäuferin beglückwünscht die Dame zu ihrem guten Blick. Dame, wie sie das sagt. Man ist doch nur eine Arbeiterfrau. Obwohl, mit diesem Hut … Sie erkennt sich ja selbst kaum wieder. Aber wo sollte sie den wohl tragen? Nein, nur ab und zu daran denken, dass diese Hüte hier liegen und warten. Dass es nicht ganz und gar unmöglich wäre, einen von ihnen zu besitzen.

Zum Abschied läuft sie noch eine Runde durch die Etage. Bleibt hin und wieder stehen, um anderen Damen dabei zuzusehen, wie sie sich vor den Spiegeln drehen und wenden. Das ist fast wie Sonntag. Und vielleicht kommt sie bald wieder her. Nur um zu schauen. Im Kaufhaus Jonass kann man das machen. Hier sind alle willkommen.

Wilhelm Glaser staunt sich an seinem Jungen entlang. Er fängt bei den Zehen an und arbeitet sich hoch bis zum kahlen Köpfchen, in dessen Mitte es pulsiert. So lebendig sieht das aus. So gefährlich. »Bernhard«, flüstert er und legt seinen Zeigefinger auf die Nase des Jungen, die ihm ein wenig schief und plattgedrückt vorkommt.

»Guck dir die Hände an«, seufzt Martha. Im Bett von dicken Kissen gestützt, hält sie den Neugeborenen im Arm. Wie müde sie aussieht, denkt Wilhelm und streicht ihr über die Wange. Ihr Haar, das sie sonst tagsüber zum Knoten bindet, fällt ihr offen und verschwitzt über die Schultern. Wie immer ist er erstaunt, wie lang Marthas Haar ist. Hin und wieder schiebt er nachts eine Hand unter das lange, dichte Haar auf ihrem Kissen, und das ist ein tröstliches Gefühl. So einen Blödsinn würde er Martha aber nie erzählen. Er nimmt Bernhards kleine Faust in seine, und die verschwindet darin, als gäbe es sie nicht.

»Richtige Zimmermannshände«, sagt Martha und lächelt. »Findest du nicht?«

Findet er nicht, aber das ist jetzt nicht wichtig. Wichtig ist, dass er, Wilhelm Glaser, heute zwei Mal Zeuge eines Anfangs geworden ist. Erst die Kleine in der Poststelle und nun sein eigener Sohn. Der es nicht abwarten konnte, bis sein Vater am Abend nach Hause kommt. Oder war es nicht eher so, dass diese Kleine ihn aufgehalten hat und schuld daran war, dass er zu

Bernhards Geburt zu spät gekommen ist? Sein Platz in diesen Stunden wäre hier gewesen, bei seiner Frau. Andererseits, sagt er sich, ist Martha auch ohne ihn klargekommen, mit Hilfe derselben Hebamme, die schon Charlotte auf die Welt geholt hat. Er kann ihnen nicht böse sein, der Kleinen und ihrer Mutter. Der jungen Frau, die so außer sich war auf dem Packtisch, dass sie nichts zu sehen und zu hören schien. Dennoch haben seine Hände auf ihren Schultern ihr Ruhe und Halt gegeben, das hat er gespürt. Wie es ihr und dem Kind jetzt wohl gehen mag? Elsa, hat die Frau gesagt, sie soll Elsa heißen.

»Bernhard und Elsa«, flüstert Wilhelm. »Hoffentlich werden das gute Zeiten für euch beide.«

Martha schaut zu ihm auf. »Was hast du gesagt?«

Wilhelm zuckt zusammen. »Nichts«, sagt er und drückt Marthas Hand. »Gar nichts.«

Am nächsten Morgen schaut Wilhelm nach Charlotte, die bei der Nachbarin eine Treppe tiefer geschlafen hat. Die Schulz stellt ihm eine Tasse Kaffee auf den Tisch.

»Richtiger Kaffee«, sagt sie stolz, »Konsum-Mischung.« Zwei vierzig koste das Pfund, eine Menge Geld, aber bei so einem Prachtkerl, wie er da geboren ist! Da dürfe man nicht knauserig sein. »Und nu haste endlich deinen Sohn, mit dem du uns in den Ohren lagst. Die arme Martha war schon ganz verrückt davon. Wenn's aber wieder ein Mädchen wird, hat se gesagt. Geweint hat se, hier an meiner Schulter.«

Wilhelm tätschelt der Frau die Schulter, als müsse er sie trösten. Davon hat er nichts gewusst, dass er Martha unglücklich gemacht hat mit seinem Gerede vom erwarteten Sohn. Das hat er nicht gewollt. Er wusste ja, dass es ein Junge wird, und dachte, Martha wüsste es auch. Und nach dem Unfall, da ist er todsicher gewesen. Da musste er Martha nur noch davon überzeugen, dass der Junge Bernhard heißen sollte. Bernhard, kein anderer Name und auch kein weiterer, einfach nur Bernhard.

Wilhelm gießt sich einen Schluck Magermilch in den Kaffee. »Nachher kommt meine Schwester«, sagt er zur Nachbarin. »Aber erst am Abend. Kannst du Martha so lange ein wenig helfen? Sie ist sehr müde.«

»So eine Geburt ist kein Spaziergang«, sagt die Schulz.

Wilhelm schaut verlegen zu Charlotte, die auf der Ofenbank sitzt und mit Hölzchen spielt. Schließlich wollte Martha das Zweite. »Die Kleine wird bald drei, das ist ein gutes Alter für ein Geschwisterchen«, hat sie gesagt und die auswaschbaren Präservative zur Seite gepackt. Da war er noch nicht überzeugt. »Es wird schlechtere Zeiten geben«, hat er gemeint. »Die Leute sagen es. Auch die was davon verstehen.« Dabei hat er an seine Kollegen gedacht. Die munkeln und murren, weil sie Angst haben, die Arbeit zu verlieren. Da weiß man nicht, was richtig und was falsch ist.

Dass nun Bernhard auf der Welt ist, daran möchte er um keinen Preis etwas ändern. Es wird enger werden, denkt er, aber das schaffen wir schon. Bau ich uns noch einen Schrank in die Ecke neben dem Ofen. Bernhards Wiege stellen wir zu unseren Füßen. Hauptsache, die Arbeit bleibt. Doch ob es leicht werden wird für ein Kind in diesen Zeiten, daran hat er noch immer seine Zweifel. Und er denkt an seinen Freund Arno. Arno, der Kommunist. Selbst Martha nennt einen wie ihn unverbesserlich und gefährlich. Aber Arno weiß meist, wovon er redet, geht zu einem Bildungszirkel, wo sie politische Schriften lesen und darüber diskutieren. Wollte ihn mal mitnehmen, da hat er abgewinkt, das sei für einen Zimmermann nicht das Richtige, sich mit solchem Kram zu befassen. Arno hat entgegnet, dass es hier nicht um Theorie gehe, sondern ums Leben. Und das werde für einen wie Wilhelm bald schwierig sein. So ist Arno. Hat immer nur ein halb leeres Glas auf dem Tisch. Doch seit dem Blutmai glaubt Wilhelm es auch. Dass schlechte Zeiten kommen werden. Da ist er mit Arno in den Wedding gefahren, um ihm seine

Freundschaft zu beweisen, und hat gesehen, wie sie auf die Arbeiter eindroschen. »Warum demonstrieren sie auch, wenn es verboten ist«, hat Martha gesagt, als er entsetzt nach Hause kam, mit Blut am Jackenärmel, das nicht sein eigenes war.

Charlotte kommt an den Tisch und reißt ihn aus seinen Gedanken. Wilhelm schaut auf die Küchenuhr. »Ich muss gleich zur Arbeit. Die bauen in der Simplon ein Kinderhaus. Da passt man später auf Kinder auf, deren Mütter tagsüber arbeiten. Wenn's nicht reicht, was der Mann nach Hause bringt.«

Die Nachbarin findet das nicht richtig. Es sollte immer für alle reichen, was der Mann von der Arbeit nach Hause bringt. Aber Wilhelm ist froh, dass er schon jetzt die nächste Arbeit hat, wo doch gerade erst eine zu Ende gegangen ist.

Auf dem Weg zur neuen Baustelle denkt Wilhelm, dass der Bau des Kaufhauses eine tolle Sache war. Etwas ganz Besonderes, wo man stolz sein kann, dabei gewesen zu sein. Dieses Jonass, das ist für Generationen gebaut. Für Jahrhunderte. Er versteht etwas davon, wie ein gutes Haus zu sein hat. Und das Jonass ist ein gutes Haus. Prächtig und modern. Diese neue Art zu bauen, Stahlskelett, das gefällt ihm. Starke Knochen, darauf kommt es an bei einem Haus. Dann kann es in die Höhe wachsen und auch etwas aushalten, wenn es sein muss. Ihm selbst aber hätte es beinahe die Knochen gebrochen beim Bau. Er erinnert sich nur, dass er ein Geräusch gehört hatte, ein Ächzen und Knacken, und noch einmal umgekehrt war, um nachzusehen. Dann lag er unter den Balken. Dazwischen war alles ausgelöscht. Er konnte kaum atmen, so schwer lag es auf seiner Brust. Schwarz wurde ihm vor Augen, pechschwarz, und alles versank um ihn. Als er wieder Luft bekam, hatte er um Hilfe gerufen, leise, dann lauter. Aber es kam niemand. Niemand. Und langsam dämmerte ihm, dass auch kein Kollege mehr kommen würde. Dass sie alle nach Hause gegangen waren. Befreien konnte er sich nicht, und er wusste, vor dem nächsten Morgen würde niemand hier sein.

So lag er da und starrte auf das Gekritzel neben sich auf der rohen Wand, das die Kollegen hinterlassen hatten.

Noch jetzt wacht er manchmal auf in der Nacht, ringt nach Luft, als liege es tonnenschwer auf seiner Brust. Es dauert eine Weile, bis er begreift, dass er nicht eingeklemmt unter Balken liegt, sondern im eigenen Bett. Dann ist er froh, wenn er Martha nicht geweckt hat mit seinem Stöhnen und Ächzen. Nie wird er Marthas Gesicht vergessen, das Entsetzen in ihren Augen, als man ihn nach dem Unfall nach Hause brachte, gestützt auf zwei Kollegen, die ihn am Morgen gefunden hatten. Die Nacht war ihm endlos erschienen. Der unter den Balken eingeklemmte Arm war taub, und mit dem freien allein konnte er nichts ausrichten. Blut sickerte aus einer Wunde am Kopf und lief ihm in die Augen. In den finstersten Stunden hatte er tatsächlich geglaubt, den anbrechenden Morgen nicht zu erleben. Er hatte aufgehört, zu rufen und zu klopfen, aufgehört, sich gegen die schweren Balken zu stemmen. Die Augen geschlossen und versucht, seinen Frieden zu machen. Doch alles in ihm hat sich aufgebäumt bei dem Gedanken, sein Kind, das so bald zur Welt kommen sollte, niemals mit eigenen Augen zu sehen. Seinen Sohn. Er wusste, dass es ein Sohn werden würde. Und in dieser Nacht wusste er auch, wie dieser Sohn heißen sollte. Wie ein Wunder war es ihm erschienen, als es langsam hell zu werden begann. Als die ersten Sonnenstrahlen auf die Wand fielen, neben der er begraben lag, und über die Kritzeleien seiner Kollegen tanzten. Und gerade in dem Augenblick, als ein Lichtfleck über die krummen Buchstaben wanderte, die er mit dem einen freien Arm den Worten der anderen hinzugefügt hatte, hörte er Schritte und Stimmen. Ja, ein Wunder war der Sonnenaufgang nach dieser Nacht. Und manchmal glaubt er, dass er dieses Wunder Bernhard verdankt.

Bernhard ist ein ruhiges Kind, und dafür ist Martha dankbar. Sie ist schon am Morgen erschöpft, obwohl alles so einfach gewesen ist, die ganze Schwangerschaft und auch die Geburt. Wilhelm hatte die Zeit über Arbeit, und sogar ein bisschen Geld konnte sie zurücklegen für schlechtere Tage. Obwohl das ja nun immer mit Angst verbunden ist, Geld in der Zuckerdose zu haben. Was, wenn es morgen nichts mehr wert ist? Dann hätte man gut daran getan, ein bisschen Weißwäsche zu kaufen oder einen warmen Mantel. Und doch ist Martha stolz auf die Scheine in der Zuckerdose. Sie zeugen von guten Zeiten. So war es zumindest vor der Geburt. Seitdem aber ist sie, obwohl sie ihren Jungen doch liebt, voller Angst und immerzu traurig.

Es dauert Monate, bis alles wieder ins Lot kommt. Da kann der Kleine schon sitzen und löffelt seinen Brei in einem Tempo, als gehe es dabei um alles. Diesmal konnte sie nicht so lange stillen wie bei Charlotte, nach zwei Monaten war die Milch weg. Die Nachbarin hat es auf die Schwermut geschoben. »Denk nicht so viel nach, Martha, du hast es doch gut. Der Wilhelm kommt nach der Arbeit nach Hause, geht nur einmal die Woche auf ein Bier. Du hast es hier nicht schwerer als andere.« Martha weiß das und sagt es sich selbst jeden Tag. »Du hast es nicht schwerer als andere«, flüstert sie, bevor sie die Augen öffnet, um sich Mut zu machen für einen neuen Tag. Und noch einmal, bevor sie die Augen schließt vor den Schrecken der Nacht. Die sie dann doch heimsuchen in ihrem Bett, an Wilhelms Seite, der neben ihr schläft und atmet, unerreichbar entfernt.

Jetzt aber kommt bald der Frühling, und sie ist sicher, dass mit ihm alles besser wird. Sie wird einfach nicht mehr hinhören, wenn andere von finsteren Zeiten reden. Wie der Arno. Kaum sitzt der am Küchentisch, redet er über Politik. Vergisst darüber, die Suppe zu löffeln, solange sie heiß ist. Und sie sitzt stumm dabei und weiß nichts zu sagen. Als dieser Horst Wessel umgebracht worden ist, hat Arno behauptet, dass sie es jetzt noch mehr an den Kommunisten auslassen werden. Aber die vom Rotfrontkämpferbund sind auch nicht ohne. Das weiß sie.

Martha schaut auf die Küchenuhr, ein altes Stück von ihren Eltern, das der Vater gebaut hat. Ein Uhrmacher war er, ein kluger Mann. Der Vater ist schon lange tot, gleich zu Beginn des Großen Krieges gefallen, doch seine Uhr tickt und tickt bis heute. Nach dem Vater waren die Brüder gestorben fürs Vaterland, drei an der Zahl, halbe Schuljungen noch. Und darüber am Ende des Krieges die Mutter. Nur sie, das einzige Mädchen, die Jüngste, ist übrig geblieben. Und so besteht Charlottes und Bernhards ganze Verwandtschaft aus Wilhelms kleiner Sippe. Seiner Schwester Marie, die in den ersten Tagen nach Bernhards Geburt für sie da war und immer da ist, wenn man sie braucht. Seinem Bruder Erich, vor dem sie sich fürchtet. Wie Arno redet auch Erich, kaum sitzt er am Tisch, über Politik. Und nach dem dritten Bier faselt er sich die Deutschen zurecht, bis sie die Größten und Stärksten sind. Dann kriegt Wilhelm den Blick, stiert seinen jüngeren Bruder an, bis der den Mund hält. Beim letzten Besuch war es fast so weit. Erich hat über die Juden geredet, die er alle auf eine Insel schaffen wolle. Ginge es nach ihm, wären Wertheim und Kaufhaus Israel längst enteignet und judenfrei. Als Erich beim Wort judenfrei angelangt war, ist Wilhelm aufgesprungen und hat den Bruder am Kragen gepackt. »Wenn du das in meiner Wohnung noch einmal in den Mund nimmst«, hat er gesagt, ganz leise und langsam, Wort für Wort und Silbe für Silbe, ohne den Satz zu vollenden.

Als sie nachts schlaflos nebeneinander im Bett lagen, hat Wilhelm ihre Hand genommen. »Wir kommen auch ohne Verwandtschaft aus. Wenn Erich ins braune Hemd steigt, ist er die längste Zeit mein Bruder gewesen.« Martha hat seine Hand gedrückt. »Was bist du denn so für die Juden«, hat sie geflüstert und ein bisschen Angst gehabt, dass Wilhelm wieder die Wut packt. Aber der hat ganz ruhig geantwortet. »Ach, die Juden, Martha, dem Erich geht es doch nicht nur um die Juden. Der will alle auf eine Insel schaffen, die ihm nicht ins reindeutsche

Bild passen. Die Kommunisten genauso wie die Juden und Sozis. Seinen eigenen Bruder, wenn die Zeit reif ist.« Martha hat nichts gesagt dazu. Den Juden gehörte hier in der Stadt wirklich fast jeder feine Laden. Wenn man nicht viel hat, kann man da schon böse werden, hat sie gedacht und das Licht gelöscht.

Sie schaut wieder auf die Küchenuhr und stellt fest, dass eine halbe Stunde vergangen ist. Nur mit Grübeleien verbracht. Sie muss mit den Kindern zum Einkaufen, also wird Bernhard warm eingepackt, trotz Frühling ist es draußen noch heftig kalt. Martha setzt sich den Jungen auf die Hüfte und klemmt sich unter den anderen Arm die kleine Kinderkarre, die Wilhelm für seinen Sohn gebaut hat. »Eine echte Zimmermannsarbeit«, hat er gesagt und einen Tag lang gehämmert und gesägt. »Fast so gut wie ein Haus.« Die vier Räder hat er von Charlottes kaputtem Kinderwagen abgebaut. Die Karre ist leichter die Treppen herunterzutragen, und billiger war es auch. Charlotte trottet die vier Treppen hinter Martha her und hopst in kleinen Sprüngen über den schmalen Hof. Martha bleibt einen Augenblick stehen und wendet ihr Gesicht der Sonne zu. Wenn Wilhelm immer Arbeit hat, können sie irgendwann ins Vorderhaus ziehen. Ein bisschen mehr Licht in der Wohnung, Sonne am Tag und elektrisches am Abend. Die Vorderhäuser mit ihren erleuchteten Fenstern strahlen abends wie Paläste im Dunkeln. Manchmal glaubt sie, dass mit etwas mehr Licht das ganze Leben leichter wäre. Aber Licht ist teuer.

Doch draußen scheint jetzt die Sonne für alle und nimmt der Kälte den Schrecken. Martha fasst einen übermütigen Plan. »Wollen wir zum Jonass laufen«, fragt sie Charlotte. »Und uns ein Bett für dich anschauen?« Charlotte nickt begeistert. Bernhard sitzt in seiner Holzkarre wie ein kleiner König. Wenn die Leute ihn so sehen, den pausbäckigen Jungen, der ununterbrochen winkt, als meine er jede und jeden, lächeln sie fröhlich und winken zurück. Straßenbahnen und Omnibusse fahren, überall sind Baugruben. Martha müht sich mit Bernhards Karre, deren Räder auf dem sandigen Boden schwer laufen. In der Frankfurter Allee wird gebuddelt für die neue U-Bahn-Linie E. Wenn der Wilhelm hier Arbeit hätte, wäre er abends schnell zu Hause. Aber gefährlich ist es auch da unter der Erde. Dann lieber ein Kinderhaus.

Vielleicht trifft man im Jonass diese Vicky, denkt Martha. Sie hat sie bisher erst einmal dort gesehen und sich bedankt für das schöne Tuch, das die Verkäuferin für sie ausgesucht hatte. Weiß der Himmel, wie Wilhelm auf die Idee gekommen ist, ihr so etwas zu schenken. Die sieht ziemlich toll aus, hat Martha gedacht, als sie Vicky gegenüberstand, und ihre rissigen Hände in den Manteltaschen vergraben. Dazu noch dieser Geruch. All diese Verkäuferinnen duften, als lägen sie dauernd in Rosenwasser. Vicky hat die verlegene Pause überbrückt, indem sie über Elsa redete und wie fabelhaft sich das Mädchen nun mache, nachdem es am Anfang so krank und schwach war. Selbst die Ärzte hätten mit dem Kopf geschüttelt und keine Hoffnung gehabt. Für einen Moment stand ihr noch die Angst im Gesicht. Da hat Martha sie dann doch gemocht. Für die Angst um das Kind und dafür, dass so eine Verkäuferin ja immer aufpassen muss, dass kein Kunde etwas mitbekommt von dem unehelichen Kind. Am Ende musste sie Vicky versprechen, beim nächsten Mal Bernhard mitzubringen. »Die sind doch so gut wie Geschwister«, hat Vicky gesagt und gelacht. »Es wird Zeit, dass sich die beiden kennen lernen!« Sie weiß selbst nicht recht, warum es ihr nicht ganz geheuer ist, ihren Bernhard mit der kleinen Elsa zusammenzubringen. Vielleicht, weil Vicky das mit den Geschwistern gesagt hat. Und weil ihr Wilhelm bei der Geburt dabei war. Und es keinen Vater gibt zu dem Kind.

Im Kaufhaus ist es voll, und Martha stürzt sich mit den Kindern ins Gedränge. All die aufgetürmten Waren, die Farben, das Gemurmel und die Gerüche stimmen sie fröhlich, als brauchte sie nur das. Viele Menschen und ein Gewusel, dass man nicht mehr zum Grübeln kommt. Bernhard sitzt auf ihrer Hüfte und schaut um sich mit offenem Mund. Charlotte bleibt dicht neben ihr beim Schlendern durch die Etagen. Hier gibt es Spiegel, darin kann man sich von Kopf bis Fuß anschauen. Martha sieht nur einmal kurz hinein und denkt an die schlanke Vicky. Mit ihren breiten Hüften und den schweren Brüsten, obwohl keine Milch mehr drin ist, sieht sie dagegen wie eine Landfrau aus. Macht nichts, denkt Martha und steckt sich das Haar zurecht. Der Wilhelm mag ja meine Hüften und meine Brüste auch. Ein bisschen rot wird sie bei dem Gedanken, als wüssten die Menschen rechts und links, was ihr so durch den Kopf geht.

Dass es auch nach dem Schwarzen Freitag im Kaufhaus so voll ist, das wundert Martha. Als hätten die Leute keine Geldsorgen. Oder sie kamen gerade deshalb, weil man bei Jonass auf Pump kaufen kann. Möbel, Geschirr und Bettwäsche. Sie selbst hat gelernt, keine Schulden zu machen – und was sonst ist schließlich dieses Auf-Pump-Kaufen. Doch ein richtiges Bett für Charlotte wäre gut, sie wächst aus dem Kinderbettchen heraus. Das könnte dann Bernhard bekommen. Und ein gutes Geschirr, wie es sich für eine anständige Arbeiterfamilie gehört. Das sind so Wünsche, ganz vernünftige Wünsche im Grunde, denkt Martha und fasst sich ein Herz. Sie wird auch einen Kaufschein erwerben und damit ein Bett für Charlotte.

Vor dem Kassenhäuschen hat sich eine lange Schlange gebildet. Hier kommen die Kunden her, die auf Pump gekauft haben oder kaufen wollen, um ihre Kaufscheine zu holen oder Raten zu begleichen. Endlich ist Martha an der Reihe. Mit zittrigen Händen überreicht sie dem Herrn am Schalter ein paar Scheine als Anzahlung. Sie hat die Verkaufsnummer für das Bett aufgeschrieben und dann noch eine fürs Geschirr. Ein heruntergesetztes Service aus weißem Porzellan. Sie muss sich ausweisen und Wilhelms Beruf angeben.

Der Mann hinter dem Schalter schüttelt den Kopf. »Für einen solchen Kauf fehlen Ihnen die Sicherheiten!« Sehr laut sagt er das, sodass es die Umstehenden hören müssen. Martha zieht den Kopf ein und möchte davonlaufen. Da bleibt eine Frau in Verkäuferinnentracht neben der Warteschlange stehen und kommt näher. Aber das ist doch Vicky Springer!

Vicky geht zum Kollegen am Schalter und fragt, ob es ein Problem gebe. Der Kollege erklärt, dass ein Kredit für ein Bett und ein Service auf einmal nur bei gesichertem Einkommen gewährt wird. Und davon könne heutzutage bei einem einfachen Handwerker nicht die Rede sein.

»Was heißt hier einfacher Handwerker?«, weist Vicky ihn zurecht, während Martha mit rotem Kopf daneben steht. »Wilhelm Glaser ist einer der besten Zimmerleute der Stadt. Er hat dieses Haus hier eigenhändig gebaut und dabei fast sein Leben verloren.« Als der Kollege noch immer zögert, fügt sie hinzu: »Diese Dame bekommt in unserem Haus jeden Kredit, den sie will. Ohne ihren Mann wäre das Jonass beim Bau zusammengestürzt, wissen Sie das nicht?«

Nein, davon weiß der Kollege nichts. Aber bevor er sich eine Blöße gibt, stellt er die Scheine eben aus, stempelt ab, und bitte sehr.

»Mein Mann is ooch uffm Bau!«, ruft eine Frau in der Warteschlange. »Krieg ick dann ooch allet hier, wat ick will?«

Die Umstehenden lachen. Martha schiebt die Kaufscheine in ihre Handtasche und zieht Charlotte von der Kasse weg.

»Stimmt das, Mutti?«, will Charlotte ganz aufgeregt wissen, »wär das Kaufhaus gestürzt ohne Vati?«

Vicky umarmt Martha zur Begrüßung, als seien sie tatsächlich Verwandte oder gute Freundinnen. Dann nimmt sie Martha den kleinen Bernhard von der Hüfte und hält ihn hoch über ihren Kopf. Betrachtet ihn, als wolle sie ihn nicht wieder loslassen. »Was für ein Prachtkerl du bist!«

Der Kleine lacht und zeigt zwei blitzend weiße Zähnchen. »Oh«, ruft Vicky, »die hat Elsa auch schon. Mit viel Geschrei und Gezeter, aber jetzt sind sie da. Wie schade, dass Elsa nicht hier ist! Und wo ist Wilhelm?«

Martha nimmt ihren Sohn wieder an sich und antwortet: »Auf der Arbeit. Der kommt erst heut Abend nach Hause.«

»Nach Hause«, wiederholt Vicky und sieht plötzlich traurig aus.

Die hat es auch nicht einfach, denkt Martha und erkundigt sich, wo Elsa jetzt ist. Bei der Nachbarin, erklärt Vicky. »Am Samstag will ich sie mit ins Jonass bringen. Vielleicht könnt ihr ja auch kommen, mit dem Wilhelm. Dann kann Bernhard mit Elsa hier spielen.«

»Wenn der Wilhelm nicht arbeiten muss«, antwortet Martha. Jedes Mal, wenn Vicky über Wilhelm spricht, geht es ihr durch den Kopf, dass er dabei war, als sie in den Wehen lag. Und das kommt ihr nicht recht vor, auch wenn sie ihr keinen Vorwurf machen kann. Aber warum hat sich Vicky so viel Mühe gegeben, Wilhelm in dieser großen Stadt zu finden? Ob es ihr wirklich nur darum ging, einen kleinen Bruder für ihre Elsa zu haben?

»Wir müssen dann«, sagt Martha zu Vicky. »Nach Hause.«

Auch Arno findet es erstaunlich. Dass einer wie Wilhelm immer Arbeit hat in diesen Zeiten. Aber er bleibt dabei, dass die Aussichten trübe seien. Im Januar '31 erwischt es ihn fast bei einer Massenschlägerei im Saalbau Friedrichshain.

»Warum gehst du da hin«, will Wilhelm wissen, als er Arno im Krankenhaus besucht. »Musst du dir den Goebbels anhören, brauchst du das? Du weißt doch, was der redet.«

»Wir haben ihn ja verjagt.« Arno versucht, mit seinen dick und blutig geschlagenen Lippen zu grinsen. »Der hat doch das Weite gesucht, der Goebbels.«

»Ja, aber ihr schafft die nicht mehr aus der Welt!« Wilhelm ist laut geworden, und eine Krankenschwester steckt den Kopf durch die Tür, wahrscheinlich, um zu schauen, ob sich der Kommunist da drinnen wieder prügelt.

»Da wirst du wohl recht haben«, antwortet Arno und dreht sich mit dem Gesicht zur Wand. »Die kriegen wir nicht mehr aus der Welt, wenn alle denken wie du.«

Am liebsten möchte er Arno zu sich drehen, ihn packen und schütteln. »Ich habe Kinder, ich muss eine Familie ernähren! Ich kann nicht Räuber und Gendarm spielen wie ihr vom Rotfrontkämpferbund! Werd endlich erwachsen, Arno.« Wilhelm wartet, unendlich lange Minuten wartet er, doch der Freund liegt mit dem Gesicht zur Wand und bleibt stumm. Das Summen der grellen Deckenlampen rauscht in Wilhelms Ohren, zusammen mit seinem Blut, bis er aufspringt und aus dem Zimmer rennt, im Laufschritt durch den Krankenhausflur, vorbei an der verdutzten Krankenschwester und endlich hinaus in die schneidend kalte Winterluft. Er denkt an seinen Bruder, der ins braune Hemd gestiegen und vielleicht einer von denen gewesen ist, die Arno so zugerichtet haben im Saalbau.

Wenn Wilhelm ans Jonass denkt, mischt sich in seinen Erbauerstolz Sorge und Missmut. Martha hat einfach eines Tages begonnen, bei Jonass auf Pump zu kaufen. Nun sind sie in ihrem Haus wahrscheinlich die mit dem schönsten Geschirr. So eine Angeberei. Er würde sich schämen, das teure Porzellan zur Schau zu stellen, wenn Arno zu Besuch da ist oder die Nachbarin, die selbst nur angeschlagene Tassen besitzt. Nur zu besonderen Gelegenheiten kommt es ihm auf den Tisch, wie heute zur Geburtstagsfeier der Kinder. Vicky hat vorgeschlagen, Elsas und Bernhards zweiten Geburtstag zusammen zu feiern. Wie schon im Jahr zuvor, doch da war Martha dagegen gewesen. Auch diesmal hat sie gehadert, aber schließlich hat er sie umstimmen können. Es ist richtig, dass Bernhard und Elsa gemeinsam Geburtstag feiern. Zwischen den Kindern gibt es eine Verbindung. Davon ist er überzeugt seit dem ersten Tag.

Eine der teuren Tassen ist heute beim Geburtstagskaffee zu Bruch gegangen. Er hat erwartet, dass Martha in Tränen ausbricht, doch sie hat bloß erstaunt ausgesehen, als hätte man sie aus einem Traum aufgeschreckt. Damals, als die auf Raten gekauften Kostbarkeiten aus dem Jonass eintrafen, wollte er Martha auffordern, die Sachen zurückzugeben. Aber da wickelte sie schon Teller und Tassen aus dem Seidenpapier mit glänzenden Augen, wie er sie lange nicht bei ihr gesehen hatte, und er schluckte die Worte hinunter. Und auch heute, wo die Tassen und Untertassen längst abbezahlt in der Vitrine stehen, denkt er, dass es zu selten solch glänzende Augen und Augenblicke bei Martha gab. Zu oft war sie traurig und still, und manchmal in der Nacht, wenn sie neben ihm wimmerte im Schlaf, erschien sie ihm unerreichbar in einer fernen und finsteren Welt. Obwohl sie ihre Kinder so sehr liebte, oder ebendeshalb, kommt es ihm in den Sinn, schienen sie für Martha vor allem Anlass zu immer neuen Ängsten und Sorgen.

Und deshalb kann er, will er nicht glauben, was Martha ihm nun nachts im Bett ins Ohr flüstert. »Nein«, sagt Wilhelm erst leise und dann noch einmal laut, dass es widerzuhallen scheint in der stillen, dunklen Stube. »Kein drittes, Martha, bitte, kein drittes.«

Doch es ist zu spät, obwohl sie immer aufgepasst haben. Und Martha will dieses Kind, ist von ihm abgerückt beim ersten Nein, hat ihm den Rücken zugewendet beim zweiten und weint nun leise ins Kissen.

»Wenn es ein Junge wird«, macht er einen Versuch, als könne er Martha damit doch noch vom dritten Kind abbringen, »nennen wir ihn Arno.«

Arno ist ein schwacher kleiner Kerl, und Martha fällt nach der Entbindung in eine noch tiefere Traurigkeit als je zuvor. Und wenige Wochen nach Arnos Geburt, im März '32, bekommt Hitler dreißig Prozent bei der Reichspräsidentenwahl. Nun geht Wilhelm doch manchmal in die Festsäle in der Koppenstraße zu den Versammlungen der Sozialdemokraten. Denkt an Arno, den kleinen, der so viel Sorgen bereitet, und den großen, der sich prügelt und verprügelt wird und wahrscheinlich bald tot auf der Straße liegt. Und ab und zu geht er auch ins »Nabur« am Schlesischen Bahnhof, wo sich Leute seiner Zunft treffen und es hin und wieder hoch hergeht. Noch immer hat er Arbeit, aber manchmal denkt Wilhelm, dass ein Sozi, wie er einer ist, sich daran nicht mehr lange freuen wird. »Hitler kommt«, sagt Arno immer, wenn sie sich sehen. »Und dann geht es uns an den Kragen.«

Aber darum kann man sich jetzt nicht kümmern. Das Leben bringt genug Sorgen, und die haben mit Hitler wenig zu tun. Es wird geredet, dass nun bald auch in die Hinterhäuser hier im Grünen Weg elektrisches Licht kommt. Martha freut sich darauf und ist zugleich ängstlich, ob es dann nicht zu teuer wird, das Leben. Mit den Nachbarn gibt es Streit wegen der Reinigung des Gemeinschaftsklos. Die Klokarte macht ihre Runde, aber nicht jeder nimmt es so genau mit dem Putzen. Und Wilhelm will nicht, dass Charlotte sich auf einem schmutzigen Klo eine Krankheit holt. Er will überhaupt, dass sie fröhlich und gesund ist. Baut ihr in der Wohnung eine Schaukel, indem er zwei Haken in den Rahmen der Küchentür dreht und ein Brett so lange hobelt und mit Sandpapier bearbeitet, bis es glatt ist wie ein Kinderpopo. Mit dem Satz bringt er sogar Martha zum Lächeln. Bernhard sitzt auf dem Fußboden, wenn Charlotte durch die Luft fliegt, und kräht sich seine eigenen Lieder zurecht. Das sind die guten Momente im Leben. Noch können sie dem Hauswirt jede Woche die Miete geben, und Gasgroschen für die Gasuhr sind auch da. Wenn Strom kommt, wird noch der Elektrische vor der Tür stehen und kassieren. Eine Anlage für Licht und eine Steckdose in jedem Raum kosten fünf Mark. Martha hat das Geld schon gespart. Es liegt in der blauen Zuckerdose im Küchenbüfett.

Es ist ein heißer Tag im Juni, und die Wiesen und Wege im Volkspark Friedrichshain sind voller Menschen und Hunde und herumkurvender Fahrradfahrer. Martha und Vicky haben Decken auf einer Liegewiese ausgebreitet und packen Schüsseln und Flaschen aus den Körben. Auch dieses Picknick zu Bernhards und Elsas drittem Geburtstag war ein Vorschlag von Vicky, sie nennt die beiden Kinder Wahlgeschwister. Wo sie das wohl herhat, fragt sich Wilhelm. Dabei scheint es ihm immer, als hätte die fröhliche Vicky so ganz für sich einen großen Kummer. Nie redet sie von einem Mann, und Fragen nach Elsas Vater sind weiterhin streng verboten. »Wird schon irgendein feiner Pinkel sein«, sagt Martha, wenn sie darauf zu sprechen kommen. »Oder einer, der im Gefängnis sitzt.« Solche Sachen hat sie bloß aus den Heftchen, die sie manchmal von der Schulzen zugesteckt bekommt. »Dieses Zeugs«, brummt Wilhelm, wenn er Martha damit am Küchentisch erwischt. »Soll ich das Zeugs lesen, das Arno dir heimschleppt«, fragt Martha und lacht im gleichen Augenblick. So eine Vorstellung ist das, wie sie am Küchentisch sitzt und etwas von Marx liest oder Thälmann. Das findet auch Wilhelm komisch und sagt, er kümmere sich schon um Marx und Thälmann. Solle sie mal ihr Liebeszeug studieren.

Um die Geburtstagsgesellschaft herum sitzen andere Mütter auf Decken im Gras, und kleine Kinder toben nackt über den Rasen. Direkt neben ihrer Picknickdecke pinkelt ein Junge einen hohen Bogen. Wilhelm nimmt den kleinen Kerl kurzerhand hoch, während der noch pinkelt, und stellt ihn drei Meter weiter wieder ab. Ringsum wird gelacht. Elsa tollt mit Bernhard über die Wiese wie all die anderen Gören auch, ihr weißes Kleid ist übersät mit grüngelben Flecken, und die Hände sind klebrig von Kuchen und Limonade. Aber das scheint Vicky nicht zu stören, stolz schaut sie der kleinen Tochter hinterher. Auch Martha sieht froh aus, wenn Bernhard seinen neuen Ball durch die Luft schießt, dass er in die nächsten Büsche fliegt. Nur der kleine Arno liegt still auf der Decke im Schatten und rührt sich kaum. Immer wieder versucht Martha, dem Jungen bei der Hitze etwas zu trinken einzuflößen, doch der öffnet nicht einmal den Mund.

Als alle zum Aufbruch rüsten, sind die Geburtstagskinder verschwunden. Wilhelm macht sich auf die Suche, schon bald hat er die beiden entdeckt. Sie sitzen hinter einem Baum versteckt und reden miteinander. »Leg dich hin«, sagt Elsa zu Bernhard, »ich muss jetzt messen, ob du Fieber hast.« Bernhard legt sich gehorsam ins Gras und lässt sich von Elsa ein Stöckchen in den Mund schieben. »Hundert«, verkündet Elsa, als sie Bernhard das Stöckchen aus dem Mund nimmt und es ernst betrachtet. »Du musst sofort ins Bett.«

Doch es ist Arno, der schlimm krank wird. Der kleine Arno. Immer wieder bekommt er Fieber und schlimmen Husten, das ganze Geld aus der Zuckerdose braucht Martha für Medizin, die nicht hilft. Der Winter hat die Stadt fest im Griff, und Martha mag kaum aus dem Haus gehen. »Es wird nie wieder hell, Wilhelm«, sagt sie manchmal. »Dieser Winter wird kein Ende haben.« Tagsüber kümmert sie sich um die Kinder, putzt und kocht, wäscht und bügelt. Bis spät in die Nacht näht und flickt sie die Kleider anderer Leute, damit Geld in der Dose ist. Geld für Arnos Medizin. Wilhelm ist diese neue Emsigkeit unheimlich. Fast sehnt er sich nach der früheren müden Martha zurück. Angst und bange wird ihm manchmal beim Anblick dieser Frau, deren Arme und Hände sich ruhelos bewegen, deren Lippen niemals lächeln und selten sprechen.

Den großen Arno bekommt man kaum noch zu Gesicht. Der redet davon, ganz in die Illegalität zu gehen, zu verschwinden. Wie soll das gehen in dieser Stadt, fragt sich Wilhelm. Oder vielleicht geht es ja auch gerade in dieser Stadt. Aber sein Freund schweigt dazu. Vielleicht ist er misstrauisch, vielleicht will er nicht, dass Wilhelm später etwas erzählen kann. Wenn es dann doch einmal hart auf hart kommt.

Am Tag nach der Kundgebung der Kommunisten im Schöneberger Sportpalast verhaften sie viele, die von Arnos Kaliber und Haltung sind. Man munkelt von Folter und Internierung. Beim Krämer an der Ecke flüstern die Frauen, es hätte den Kroppenstedt erwischt. Martha erzählt es am Abend, und Wilhelm schweigt dazu. Er weiß von der Schulzen, dass es stimmt. Der Kroppenstedt wohnt im Nachbarhaus, und Martha will wissen, ob es dem Arno auch so gehen könne. Auch dazu kann man nur schweigen. Zu spät merken sie, dass Bernhard unter dem Küchentisch sitzt und mit seinen Holzbooten spielt.

»Wer sind die Braunen?«, will der Junge wissen. »Wenn die Onkel Arno verhauen, schieße ich sie mit meinem Gewehr um.«

Martha schlägt die Hand vor den Mund und schaut, als stünde das Unglück direkt vor der Tür.

Am Samstag darauf dreht Wilhelm mit Arno, seinem besten Freund, eine große Runde ums Karree. Am Schlesischen Bahnhof möchte er schnell vorbei, ohne nach rechts und links zu schauen, so viel Elend. Einmal mehr wundert es ihn, dass er selbst bis jetzt durch die Zeiten gekommen ist. Er bietet Arno an, ihn zu verstecken, auch wenn die Wohnung eng sei. Man könne im Wohnzimmer einen Verschlag abteilen. Mit einem Schrank davor. »Ich hab noch ein paar Bretter. Kein gutes Holz, war zum Verschalen gedacht. Daraus mache ich eine Zwischenwand, die streichen wir, und da kannst du schlafen und verschwinden, wenn der Gasmann kommt.«

Inzwischen hat der Reichstag gebrannt. So einen wie Arno

werden sie auch bald ins Lager bringen, da ist Wilhelm sicher. Und doch hofft er im Stillen, der Freund möge eine andere Lösung finden, als bei ihnen unterzukriechen. Die drei Kinder, alles dreht sich darum, dass es ihnen gut geht. Mit einem Illegalen in der Wohnung würde das Leben gefährlich. Aber er ist es Arno schuldig, wenigstens das Angebot zu machen. Denn am Ende hat der ja recht behalten. Die Braunen haben's geschafft, und Wilhelms Bruder ist einer von den Schlägern geworden, die nachts Kommunisten jagen. Sie in die Hinterzimmer der Kneipen bringen, um sie dort in Ruhe zusammenzuschlagen. Das Keglerheim in der Petersburger soll so ein Ort sein, wo Wessels SA sich auf diese Art belustigt.

Die Geschäfte sind noch offen. Wilhelm erinnert sich, dass er ein abgelagertes Brot kaufen muss, und geht zum Bäcker. Er nimmt noch vier Schrippen für zehn Pfennig dazu und schleppt Arno zum Grünkramhändler, um einen Kohl zu kaufen. Nun hat er alles erledigt, was Martha ihm aufgetragen hat, und noch immer von Arno keine Antwort bekommen. Am Kaufhaus Union müssen sie umkehren, um die Einkäufe rechtzeitig bei Martha abliefern zu können. Arno legt seine rechte Hand auf Wilhelms Schulter und tätschelt die, als müsse er seinen Freund trösten.

»Ich hab schon eine andere Lösung«, sagt er. »Aber danke, das werd ich dir nicht vergessen. Und nun frag nicht weiter. Grüß Martha und die Kinder von mir.« Er geht in die andere Richtung davon und ist schon bald aus Wilhelms Blickfeld verschwunden.

Als Wilhelm nach Hause kommt, ist Martha außer sich. Der Kleine fiebert sich in schreckliche Höhen, selbst die kalten Wadenwickel helfen nicht. Charlotte und Bernhard stehen in der Küche und halten sich an den Händen. Wilhelm sieht sich den Jungen an, entscheidet, dass er ins Krankenhaus muss. Martha bringt die beiden Großen zur Schulzen und wickelt den kleinen Arno in eine Decke. Dann laufen sie los, zum Krankenhaus, das jetzt Horst-Wessel-Krankenhaus heißt, wie der ganze Bezirk inzwischen nach diesem Mann benannt ist. Wilhelm geht das nicht über die Lippen. Für ihn bleibt das hier Berlin-Ost, und der Bezirk heißt Friedrichshain. Sie wohnen jetzt im Braunen Weg, der mal der Grüne Weg war, dagegen kann man nichts tun. Aber es ist eine Schande. Daran denkt Wilhelm, obwohl es in diesem Augenblick so unwichtig ist.

Im Krankenhaus sitzen sie drei Stunden zwischen den anderen Menschen, bevor sich jemand um Arno kümmern kann, und das Warten macht die Angst nicht kleiner. Spät in der Nacht erst kommt ein Arzt, um ihnen zu sagen, dass der Junge eine Hirnhautentzündung habe. Man werde ihn im Krankenhaus behalten und sehen, was man tun könne. Der Zustand sei bedenklich.

»Kommen Sie morgen wieder«, sagt der Arzt und schaut Martha an. »Hier können Sie jetzt gar nichts tun.«

So schleichen sie nach Hause und machen sich einen weiten Weg. In ihrer Wohnung wird ein leeres Kinderbettchen warten.

Zu Hause gehen sie gleich ins Bett und legen sich eng aneinander. Wilhelm schiebt seine Hand unter Marthas Haar, das dunkel und lockig über das weiße Kissen fällt. In der stillen Stube neben Martha, die leise vor sich hin weint, denkt Wilhelm, dass er heute vielleicht beide Arnos verloren hat. Es ist Sonntag, aber es wird kein guter Tag werden.

»Auf Wiederseh'n mein Fräulein, auf Wiederseh'n mein Herr«

Auf dem Dach wehen Hakenkreuz-Fahnen im Wind. Die großen Buchstaben über dem Portal, JONASS & CO, sind abmontiert. Verlassen ist das Restaurant auf dem Dach, verstummt sind das Klappern von Tellern und Besteck, das Gelächter der Gäste. Die hellen Markisen über den Schaufenstern im Erdgeschoss sind abgenommen, die Schaufenster nichts als verdunkelte Scheiben, in denen es nichts mehr zu schauen gibt. Kleider und Hüte, Lampen, Porzellan und Federbetten werden im neuen Haus am Alexanderplatz verkauft, hier dagegen stellen jetzt die neuen Machthaber von Zeit zu Zeit ihre neue Weltanschauung aus.

Vicky hat sie nicht besucht, die Ausstellung »Der Osten – Das deutsche Schicksal«, von Reichsminister Frick und Reichsleiter Rosenberg persönlich eröffnet, auch keine der folgenden Ausstellungen. Wo man zuvor die Mode der Saison bewunderte, kann man nun über Schautafeln staunen, die gegen Juden hetzen, gegen »entartete« Kunst und Musik, ja selbst gegen jüdisch-kapitalistische Warenhäuser. Und das in einem Haus, das noch immer zu Teilen einer jüdischen Familie gehört und dem Vater ihres Kindes. Allein die Ankündigungsplakate bringen sie zum Weinen. Doch das darf er nicht sehen, der Mann, der nun im Jonass die Geschäfte führt. Ihr Mann.

»Ich muss ins Haus, mein Mann kommt jeden Moment zurück«, sagt Vicky über den Gartenzaun zur Nachbarin. »Noch kein Abendessen auf dem Tisch, Sie wissen ja ...«

Frau Schmitter lächelt. »Natürlich, die Männer. Wenn Sie etwas brauchen, Mehl, Eier ... Sie können jederzeit klingeln.«

Vicky bedankt sich und denkt daran, was sie gestern ebendiese Frau Schmitter zu einer anderen Nachbarin hat sagen hören. Die beiden hielten, mit Einkaufstaschen beladen, auf dem Bürgersteig einen Tratsch. Als der Name Elsa fiel, ist sie unbemerkt hinter ihnen stehen geblieben. »Diese Elsa, was die für Ausdrücke gebraucht. Für unsere Gisela ist das kein Umgang.« – »Kein Wunder, Herr Helbig hat ihre Mutter ja in der Gosse aufgelesen, hört man. Das Kind soll sie auch schon gehabt haben. Sieht dem Vater nicht ein bisschen ähnlich.«

In der Küche bindet sich Vicky eine Schürze um und klopft das Fleisch für die Schnitzel. Fleisch und Butter mitten in der Woche, eine Küche mit Fenster zum Garten, ein Bad mit Wanne und WC in der Wohnung und nicht auf halber Treppe – wie schnell man sich an diese Dinge gewöhnen kann, die noch vor einem Jahr in weiter Ferne lagen. Beim Gedanken an ihre winzige, dunkle Bude, in der es im Winter durch alle Ritzen zog, schüttelt sie sich. Dahin will sie mit Elsa nicht zurück. Doch offenbar sind sie auch hier noch nicht angekommen, in der gutbürgerlichen Nachbarschaft. »In der Gosse aufgelesen!« Vicky schlägt den Klopfer mit voller Wucht auf das Fleisch und stellt sich dabei das ausladende Gesäß von Frau Schmitter vor. Mit ihrem schlechten Ruf kann sie leben, aber es schmerzt, dass Elsa noch immer nicht in Sicherheit ist. Erst wenn jeder glaubt, dass Elsa zu Helbig und seinesgleichen gehört, ist wenigstens sie vor diesen Leuten gerettet.

Elsa muss umerzogen werden. Gehäutet wie die Zwiebel, die sie mit dem scharfen Messer schält. Elsas Ausdrücke ... Vicky seufzt. Fünf Jahre Chaja, Scheunenviertel und Bülowplatz sind nicht in einem Jahr auszuradieren. Oma Chaja, wie oft hat Elsa nach ihr gefragt, getobt und gebettelt, sie wolle sie wiedersehen. Schließlich hat sie Elsa erzählt, Oma Chaja sei gestorben. Beim ersten Besuch nach ihrem Auszug, ohne Elsa, hat sie Chaja Geld mitgebracht, aus der Haushaltskasse abgezweigt, für den Verdienstausfall. Davon wollte Chaja nichts wissen. Wenigstens so lange, bis sie ein anderes Kind betreuen und sich wieder etwas dazuverdienen könne. Sie würde schon klarkommen. Aber sie müssten es sich doch nicht vom Mund absparen, während Chaja … Sie brauche keine Nazialmosen. Sie saßen auf dem Schlafsofa im Souterrain, ein Hund lief vor dem Fenster vorbei. Die Scheibe hatte schon wieder einen Sprung. Hört das eigentlich nie auf, die alberne Flennerei beim Zwiebelschneiden?

Elsa liegt in ihrem Zimmer auf dem Teppich und malt. Einen Buntstift hat sie in der Hand, einen im Mund und einen hinter jedes Ohr geklemmt. Sie kritzelt ein Haus auf das Blatt, mit rauchendem Schornstein. Gisela kann ihr gestohlen bleiben. Nur weil sie »verflucht« gesagt hat, ist die gleich heulend zu ihrer Mutti gerannt, die zimperliche Schickse. Aber das soll sie auch nicht mehr sagen. Für »Schickse« hat sie von Mama sogar eine Ohrfeige gekriegt. Seit Mama und sie beim Helbig eingezogen sind, ist Mama nicht mehr so lustig wie früher. Sie malt ein Kind mit braunen Zöpfen neben das Haus und eine Mutter mit braunen Locken. »Der Helbig« soll sie auch nicht sagen, dabei hat Mama das vor ihrer Hochzeit selbst immer gesagt. Aber jetzt Vati, sonst setzt es was. Dabei weiß sie genau, dass er nicht ihr richtiger Vater ist. Schließlich kommt sie bald in die Schule, für wie dumm halten die sie? Wer ihr Vater ist, weiß sie aber leider auch nicht. Sie malt einen Mann neben das Kind, der kriegt blaue Haare, weil der braune Stift abgebrochen ist. Ob man das in der Schule lernt, wie man seinen richtigen Vater erkennt? Das Dumme ist, dass sie Mama hoch und heilig versprechen musste, ab jetzt immer dabei zu bleiben, dass ihr Vater ihr Vater sei – also der Helbig. Sie kaut auf dem blauen Stift herum, bis sie blaue Farbe an den Zähnen hat. Dann fällt ihr etwas ein. Einmal hat Mama gesagt, ihr Papa sei ein Musiker gewesen. Ein Musiker auf Reisen. Deshalb wäre er auch wieder weg. Später, wenn sie danach gefragt hat, hat Mama immer gesagt, das hätte sie nur geträumt. Das stimmt aber nicht! Sie hat geträumt, dass ihr Papa Pilot war oder Rennfahrer. Ein Pilot ist auch wieder weg. Ein Musiker kann genauso gut dableiben. Sie malt dem Mann eine Trommel vor den Bauch. So eine riesengroße, wie der Mann sie trug, der bei dem Umzug durch die Stadt vorneweg ging. Elsa legt sich auf den Rücken und starrt zur Decke. Die beiden hinter das Ohr geklemmten Stifte kullern auf den Teppich.

Von ihr aus kann die Schule morgen anfangen. Da wird es andere Mädchen als Gisela geben und Bücher und Blätter und Stifte. Bloß keinen Bernhard. Das ist eigentlich das Blödeste an ihrem Umzug, dass sie Bernhard kaum noch sieht. Und Oma Chaja. Da, wo sie jetzt wohnen, ist zwar auch noch Berlin, aber es ist Hunderte Straßen weit weg von ihrem alten Haus. Alles sieht ganz anders aus. So sauber und grün und still. Vielleicht ist Steglitz doch eine andere Stadt, und sie haben's ihr nur nicht gesagt. Aber wenn Chaja im Himmel ist, dann ist die neue Wohnung auch nicht weiter von ihr weg als die alte, oder? Ob auch Bobby jetzt im Himmel ist? Der Gorilla aus dem Zoo, der so gefährlich war, dass kein Pfleger ihm helfen konnte. Komisch, dass so ein Riesengorilla an einer Blinddarmentzündung stirbt. Ob es einen Himmel für Menschen und einen für Tiere gibt? Oma Chaja wäre bestimmt nicht gern mit Bobby im gleichen Himmel. Und einen Himmel für Deutsche und einen für Juden? Das wär aber schlimm, wenn sie mal tot ist und sich entscheiden muss, ob sie zu Chaja kommt oder zu Mama und Bernhard. Sie dreht sich auf den Bauch und malt noch eine Oma und einen Gorilla in den Garten hinter dem Haus und um den Gorilla einen

Zaun. Ihre neue Wohnung ist jedenfalls viel größer und schöner als die alte. Jetzt hat sie ein eigenes Zimmer und einen Schrank voller Kleider und ein Regal mit Spielsachen und so viele Farben und Stifte, wie sie will. Wenn bloß Bernhard nicht so weit weg wohnen würde! Dann könnten sie in die gleiche Schule gehen. Aber vielleicht spielt der jetzt sowieso lieber mit Kalle und den neuen Freunden? Vielleicht will der bald gar nichts mehr von ihr wissen, weil sie ein Mädchen ist. Sie reißt das bemalte Blatt vom Zeichenblock, zerknüllt es und pfeffert es in die Ecke.

Vicky fährt mit der Bahn in die Stadt, um Elsie zu treffen. Seit Monaten meidet sie die Kreuzung Lothringer Straße und Prenzlauer Allee. Der Anblick des großen, geschwungenen Gebäudes löst kein Hochgefühl mehr in ihr aus. Das Jonass steht so gut wie leer, der Verkauf ist in das neue Alexanderhaus am Alex verlagert. Noch sind Grünbergs die Inhaber, doch ohne ihren Geschäftsführer können sie keinen Finger mehr rühren. Der Geschäftsführer, erinnert sich Vicky, ist jetzt dein Ehemann. Der Vater deines Kindes. Zum Glück ist Elsas Adoption endlich durch. Wie die Beamten sie malträtiert haben. In Gegenwart ihres Mannes musste sie beschwören, dass Elsas leiblicher Vater tatsächlich unbekannt ist. Nein, sie könne sich nicht erinnern, sie habe Kummer gehabt an dem Abend, sei ausgegangen, habe sich betrunken. Mehr wisse sie nicht. Da hieß es, das würde noch Schwierigkeiten geben, heutzutage – ein Kind ohne Stammbaum. Ob es ein Jude war? Nein, bestimmt nicht. Er habe eine SA-Uniform getragen. Warum sie das denn nicht gleich gesagt habe? Da hat Gerd mit der Faust auf den Tisch geschlagen und dem Fragen ein Ende gesetzt. Man möge es unterlassen, die Frau eines verdienten Parteimitglieds zu beleidigen. Bald darauf war die Urkunde ausgestellt. Und damit eine der beiden Bedingungen erfüllt, an die sie ihr Jawort geknüpft hatte: erstens Elsa adoptieren, zweitens niemals nach Elsas Vater fragen.

Gleich hinter dem Bahnhof liegt das neue Alexanderhaus. Das rechtwinklige Gebäude überragt das schräg gegenüberliegende Warenhaus Hermann Tietz um mehrere Stockwerke. Trotzdem sieht es irgendwie kleiner aus. Rechtwinklig und rechtschaffen langweilig. In großen Buchstaben steht JONASS & CO auf dem flachen Dach. Für Vicky ist es, als ob das Alexanderhaus das Jonass gestohlen hat. Sie ist froh, dass sie nur noch stundenweise hier arbeitet und heute bloß gekommen ist, um Elsie abzuholen. Über den leeren, umgestalteten Alexanderplatz pfeift der Novemberwind. Elsie hakt sich bei Vicky ein und sucht Schutz unter ihrem Schirm. Gemeinsam kämpfen sie sich durch Wind und Regen bis zum Café »Kranzler« Unter den Linden. Die Stümpfe der frisch gefällten Linden sehen traurig aus. Die alten Linden sollen neuen Bäumen weichen.

Im »Kranzler« hängen sie die feuchten Mäntel an die Garderobe und legen die Hüte auf die Hutablage. Dann setzen sie sich an einen abseits stehenden Tisch, wo sie ungestört reden können. Vicky vertieft sich in die Karte, da fragt Elsie, die Augen auf Vickys Schal gerichtet: »Warum legst du nicht ab?«

Als Vicky rot wird und etwas von einer Erkältung murmelt, lacht Elsie. »Süße, deine Halsentzündungen kenn ich. Eher so äußerlicher Natur. Du willst mir doch nicht erzählen, dass du dich in Ausübung deiner ehelichen Pflichten … angesteckt hast?«

Eheliche Pflichten, denkt Vicky. Ja, davor hat ihr in der Tat gegraut. Aber es war halb so schlimm, wenn sie schon vor dem Zubettgehen eine Schlaftablette nahm. Sie musste nur aufpassen, nicht eines Abends dabei einzuschlafen. Gerd schien es nicht zu wundern, dass seine Frau so lethargisch im Bett war. Eher schien es ihm unheimlich, wenn sie einmal aus sich herausging. Selten erlaubt sie sich, beim Beischlaf mit Gerd an Harry zu denken. Und da ist sie einmal, als die Fantasie mit ihr durchging, feucht und laut geworden. Auf der Stelle hat Helbig nicht mehr gekonnt.

»Vicky?!« Elsie stößt sie an. Die Kellnerin steht mit ihrem Block am Tisch.

»Äh … heiße Schokolade. Mit Sahne, bitte.«

Kaum hat die Kellnerin ihnen die Schokolade serviert und den Rücken gekehrt, fängt Elsie wieder an. »Also Ehebruch. Und da du ja doch eine Treue bist, tippe ich außerdem auf Rassenschande.« Elsie schleckt Sahne vom Löffel und behält einen weißen Oberlippenbart. »Nur falls du's noch nicht mitbekommen hast, das ist jetzt kriminell. Gesetz zum Schutz des deutschen Blutes und der deutschen Ehre. Aber es gibt auch gute Neuigkeiten: Für dich ist es sowieso zu spät. Deshalb kannst du genauso gut weitermachen.«

Vicky legt den Zeigefinger auf die Lippen. »Elsie, wirklich …«

»Julius Streicher hat herausgefunden, dass das Sperma im Schoß der Frau in ihr Blut übergeht.« Elsie kratzt mit dem Löffel die dickflüssige Schokolade vom Tassenboden. »Durch den Beischlaf mit einem Juden wird das Blut einer arischen Frau verseucht. Diese Frau kann keine rassereinen Kinder mehr bekommen, auch nicht später von einem Arier.«

Vicky holt das Portemonnaie aus der Handtasche. »Weißt du, mir reicht's jetzt. Ich möchte zahlen.«

Elsie fasst nach Vickys Hand. »Bitte bleib! Entschuldige, das war grob von mir. Und ganz ehrlich, ich würd's gern wissen: Wie geht es Harry?«

»Nicht gut.« Vicky nimmt das Portemonnaie wieder an sich und gräbt die Fingernägel in das weiche Leder. »Du weißt ja, Grünbergs werden immer weiter aus dem Geschäft gedrängt. Alice soll darüber schon krank geworden sein. Carola darf nicht mehr studieren. Und Harrys Freundin Vicky hat sich auf die Seite des Feindes geschlagen. Nach der Hochzeit mit Gerd wollte er mich gar nicht mehr sehen. Aber gestern …« Sie unterbricht sich und senkt den Kopf.

»Aha«, sagt Elsie, »gestern.«

Vicky beugt sich zu Elsie und flüstert: »Bisher hat ihn die Musik über Wasser gehalten. Jetzt hat er quasi Auftrittsverbot. Darf nur noch vor Juden spielen. Jazzmusik im Rundfunk ist nun ganz verboten. Und stell dir vor, sie haben sogar überlegt, das Saxofon abzuschaffen!«

Elsie hebt die leere Tasse. »Ein Streicher und ein Anstreicher – und ganz Deutschland ist braun wie Sch…okolade.«

Nie hätte Elsie für möglich gehalten, dass sie einige Wochen später mit Gerd Helbig am selben Tisch bei »Kranzler« sitzen würde. Er hat sie im Kaufhaus nach der Arbeit abgefangen, sie erst um ein Treffen gebeten und es ihr, als sie ablehnen wollte, befohlen. Er ist immerhin jetzt ebenso ihr Chef wie Grünberg. Während vor dem Fenster des Cafés einzelne nasse Flocken herabtaumeln, sitzen sie sich gegenüber und blicken in die Teetassen.

»Fräulein Janssen, ich weiß, Sie sind seit Langem die beste Freundin meiner Frau. Ihre Vertraute.« Gerd Helbig rührt Kandis in den Tee. »Kommen Sie uns doch einmal in Steglitz besuchen. Sie leben allein, soweit ich weiß. Gerade in der Weihnachtszeit …«

»Danke, aber ich sitze nicht zu Hause und blase Trübsal.«

»Nein, Sie bestimmt nicht.« Helbig schaut traurig in seinen Tee. »Ich will offen zu Ihnen sein. Sie wissen, wie sehr ich Vicky … Ich habe sie zu meiner Frau gemacht, ihr Kind zu meinem Kind. Alles habe ich für sie getan. Und sie …« Plötzlich heftet er seinen Blick auf Elsie. »Trifft sie sich mit jemandem?«

»Gelegentlich.«

Er starrt sie an. »Wer? Wer ist es?«

Inzwischen sind die einzelnen Flocken zu dichtem Schneetreiben geworden. Immer mehr Menschen suchen Schutz im Café, der Geruch feuchter Kleidung hängt im Raum.

»Mit mir trifft sie sich gelegentlich. Das weiß ich, weil ich dabei bin. Wenn ich nicht dabei bin …« Sie zuckt mit den Schultern.

»Lassen Sie die Albernheiten und sagen Sie mir, was Sie wissen. Sie werden es nicht bereuen. Ich weiß, dass Sie das Zeug zu weit mehr haben als zu einer Verkäuferin. Möchten Sie nicht einmal in einer Stellung arbeiten, die Ihren Fähigkeiten entspricht?«

»Sehr gern. Aber nicht als Spitzel.«

Ein Kellner kommt und fragt, ob er die Kerzen auf ihrem Tisch anzünden dürfe. »Ein wenig festliche Stimmung, die Herrschaften?« Da er keine Antwort erhält, zieht er sich unverrichteter Dinge zurück.

»Fräulein Janssen, Ihnen ist hoffentlich klar, dass wir bei Jonass nicht auf Sie angewiesen sind.« Helbig zupft einzelne Nadeln aus dem Tannengesteck. »Und es geht nicht nur um Ihre Stelle. Wir wissen beide, dass Sie in verbotene Lokale gehen, zu verbotener Musik tanzen, verbotene Sender hören.«

»Ein Wunder, dass ich selbst noch nicht verboten wurde.«

»Das ist kein Kavaliersdelikt. In diesen Zeiten geht es um alles. Um Leben und Tod.« Noch einmal richtet er seinen Blick auf sie. »Sagen Sie mir, wer Elsas Vater ist.«

Elsie schiebt in aller Ruhe die über das weiße Tischtuch verstreuten Nadeln zu einem Häufchen zusammen. »Was bieten Sie mir dafür?«

»Alles.« Er räuspert sich. »Eine bessere Stellung, mehr Gehalt. Meinen Schutz, was auch kommen mag.« Er legt seine Hand auf Elsies, und sie zieht ihre nicht weg.

»Gut.« Sie beugt sich nach vorn. »Ich sage Ihnen jetzt alles, was ich weiß. Einmal. Dann will ich nie wieder gefragt werden.«

»Versprochen.« Die Augen hinter seinen Brillengläsern scheinen sie aufzusaugen.

Elsie lehnt sich zurück. »Er hieß Heinz und kam aus dem Rheinland.«

Vor Verblüffung steht Helbig der Mund offen. Da lacht Elsie aus voller Kehle. Sie steht auf. »Viel Glück beim Suchen!«

Als sie sich im Hinausgehen noch einmal umblickt, sieht sie, wie ihm die Tränen unter den Brillengläsern hervor über die Wangen strömen.

Wenn nur alles schon vorbei wäre. Seit Wochen liegt Vicky ganze Tage bei zugezogenen Vorhängen im Bett. Wie gut, dass sie für das Schlafzimmer die dunklen Gardinen aus dickem Stoff genäht hat. Die Hitze und das grelle Licht sind unerträglich. Sie ist froh, dass sie mit dem Wahnsinn da draußen nichts zu tun haben muss. Gestern haben sie die Olympischen Spiele eröffnet. Die ganze Welt bestaunt das neue Deutschland. Überall Lärm und hupende Autos, Gedränge in Straßen und Geschäften, laute Stimmen und rote Köpfe. Und jetzt noch die Augusthitze, ganz Berlin liegt im Fieber. Olympiafieber. Vicky nimmt einen Schluck Wasser aus dem Glas auf dem Nachttisch. Gerd hat es ihr hingestellt, bevor er zur Arbeit ins Jonass fuhr. Da muss sie auch nicht mehr hin, Gott sei Dank. Sie scheucht eine Fliege von der Bettdecke. Die verkrampfte Freundlichkeit, mit der Grünberg ihr seit der Hochzeit begegnet, der unausgesprochene Krieg zwischen ihm und ihrem Mann. Dazu die Angst, auf Harry zu treffen. Sie lehnt sich ins Kissen zurück. Nie wieder. Ob er sie noch allein lassen könne, in ihrem Zustand, hat Gerd besorgt gefragt. Sie musste ihn wegschicken. Wenn sie irgendwen bei der Geburt nicht dabeihaben will, ist es Gerd.

Wie an allen größeren Gebäuden der Stadt prangen an der Fassade des Jonass riesige Olympiaringe. In den Verkaufshallen ist alles passend dekoriert, in der Damen- und Herrenkonfektion hängen lebensgroße Plakate der deutschen Athletinnen und Athleten. Auch in den Büros der Inhaber und Angestellten fiebert man mit den Sportlern, versammelt um den Rundfunkempfänger, der in Grünbergs Vorzimmer steht. Die Stimme des Rundfunkreporters überschlägt sich vor Begeisterung, als er verkündet, dass Tilly Fleischer mit dem Rekordwurf von 45,18 m im Speerwerfen die erste Goldmedaille für Deutschland erringt. Frau Kurz beugt sich zu Gerd Helbig. »Tilly wär doch auch ein schöner Name, nicht?« Gerd nickt abwesend. Er steht auf und ruft von seinem Büro aus noch einmal zu Hause an. Warum geht Vicky nicht ans Telefon? Das Haus hat sie seit Tagen nicht verlassen. Vorhin hat er noch gedacht, sie schläft, aber jetzt wird es ihm allmählich unheimlich.

Eine halbe Stunde später sitzt Gerd Helbig im Auto auf dem Weg nach Hause. Jede, aber auch jede Ampel auf seinem Weg springt auf Rot. Im Stadtzentrum gerät der dichte Verkehr ins Stocken. Schließlich sitzt er ganz fest. In einiger Entfernung sieht Helbig dunkle Karossen vorbeifahren, wahrscheinlich ausländische Staatsgäste, Sportler und Presse im Schlepptau. Jubelnde Menschen säumen in dichter Reihe den Straßenrand. Helbig wischt sich mit zitternder Hand den Schweiß von der Stirn.

»Es ist ein Junge!«, verkündet die Hebamme. Sie hält den abgenabelten Säugling mit dem Kopf nach unten und gibt ihm einen Klaps auf den Po. Er stößt einen lauten Schrei aus.

Vicky richtet sich auf. »Ich will ihn sehen!«

»Nicht so ungeduldig, junge Frau. Wir wollen den kleinen Mann erst hübsch machen für die Mama und …«

»Zeigen Sie ihn mir!«, schreit Vicky sie an. »Sofort!«

Die Hebamme fährt zusammen und reicht Vicky das Neugeborene. Hier und da hat er noch kleine Flecken von Blut und Schleim im Gesicht. Doch selbst so kann Vicky es erkennen: Der Junge ist Gerd wie aus dem Gesicht geschnitten. Als die Hebamme ihr das Kind wieder aus den Händen reißt, sagt sie, lachend und unter Tränen: »Rufen Sie meinen Mann an.«

Die Olympiaringe an der Kaufhausfassade sind abmontiert, die Schilder »Juden unerwünscht« hängen in der Stadt an ihren alten Plätzen. Das Spektakel ist vorbei, man ist in Deutschland wieder unter sich.

»Und die Zigeuner«, sagt Carola im Büro zu ihrem Vater, »hat man in ihrem neuen Lager am Rand von Marzahn gelassen. Wo sie beim Weltfriedensfest schon so schön aus dem Weg waren.«

Heinrich Grünberg, stirnrunzelnd über einen Brief gebeugt, schaut sie an. »Musst du dich in alles einmischen? Was gehen uns jetzt die Zigeuner an? Wenn ich dich schon im Jonass beschäftige, damit du zu Hause deine Mutter nicht in den Wahnsinn treibst, könntest du dich ein bisschen nützlich machen.«

Carola geht vor seinem Schreibtisch auf und ab. »Bis Marzahn sind die Staatsmänner und Reporter nicht gekommen. Später werden sie sagen, dass es das alles gar nicht gegeben hat. Aber ich hab Fotos gemacht vom Zigeunerlager. Zwar ist der Gestank von den Abwassergräben daneben nicht drauf, aber …« Sie beugt sich zu ihrem Vater. »Willst du mal sehen?«

»Carola, wir sitzen bald allesamt selbst hinter Stacheldraht, wenn du so weitermachst. Und jetzt lass mich in Frieden, ich hab zu tun.« Er schickt seine Tochter hinaus und ruft den Geschäftsführer zu sich.

Gerd Helbig überfliegt den Brief, der von einer Zeitungsredaktion gekommen ist. »Die also auch«, sagt Grünberg zu Helbig. »Wenn das so weitergeht, druckt bald niemand mehr unsere Anzeigen. Wie sollen wir da gegenüber der Konkurrenz bestehen?«

Gerd Helbig dreht einen Bleistift zwischen den Fingern. »Wir können niemanden zwingen, Werbung für etwas zu machen, das der eigenen Überzeugung widerspricht. Sie wissen ja, dass man die Zerschlagung der Warenhäuser nur aufgeschoben hat, solange kein funktionierender Ersatz für sie gefunden ist. Und das gilt für die kapitalistischen Warenhäuser allgemein. Wie steht es da erst um die …« Er stockt, sieht aus dem Fenster.

»… jüdisch-kapitalistischen«, hilft Grünberg ihm weiter.

»Nun ja«, meint Helbig, »eigentlich dürfen NSDAP-Mitglieder nicht einmal dort einkaufen. Ein Wunder, dass ich überhaupt noch hier arbeiten kann.«

Grünberg legt den Brief zu den Akten. »In der Tat, Herr Helbig, das wundert mich auch.«

Elsa sitzt auf dem Stuhl in ihrem Zimmer und tut gar nichts. Sagt nichts, rührt sich nicht. Nur die Gedanken kann man nicht anhalten, komisch. Endlich hat sie Bernhard wiedergesehen! Sie sind in einem großen Park spazieren gegangen, ihre Mama hat den kleinen Klaus im Wagen geschoben und Bernhards Mama den Arno auf einer Karre. Sie hat Bernhard gefragt, wie es ist, einen kleinen Bruder zu haben, aber Bernhard wollte nicht raus mit der Sprache. Vielleicht, weil der Arno immer krank ist. Sie hofft ja, dass Kläuschen nicht so viel krank ist, aber zum Spielen ist er für sie sowieso zu klein. Besser wäre, Bernhard als Bruder zu haben. Beinahe so schön wie früher war es mit ihm, bis er sie am Märchenbrunnen gefragt hat, ob sie mit ihm und Robert, der jetzt sein bester Freund ist, mit nach Amerika kommt. Sie wusste es nicht so recht, und später hat er gefragt, ob sie auf ihn warten will, wenn er erst mal alleine geht. Sie hat es Bernhard versprochen, und deshalb übt sie jetzt manchmal das Warten. Aber das ist gar nicht so einfach. Eine Ewigkeit sitzt sie schon auf dem Stuhl, der Po tut weh, und der Kopf wird ganz schwer. Ob sie doch lieber mit nach Amerika gehen soll? Dürfen Mädchen da auch mit Pfeilen schießen? In dem Buch, das sie mit Bernhard angeschaut hat, haben die Indianerfrauen immer nur in großen Kesseln gekocht. Immerzu kochen, dafür braucht sie wohl nicht den weiten Weg nach Amerika zu machen. Der linke Fuß beginnt zu kribbeln. Eingeschlafen nennt Mama das. Sie schüttelt den Fuß, um ihn aufzuwecken. Ob sie bei den Indianern auch Malstifte haben? Sonst wird ihr bestimmt furchtbar langweilig. Vom Warten wird ihr schon jetzt furchtbar langweilig. Was ist, wenn sie beim Warten aufs Klo muss? Hunger bekommt? Sie denkt an den Kuchen, der noch auf dem Esstisch steht, und fühlt sich grauenhaft hungrig. Ganz schlecht wird ihr schon. Es nützt Bernhard ja nichts, wenn sie verhungert, während sie auf ihn wartet, nicht? Elsa springt vom Stuhl, läuft ins Esszimmer, schneidet ein Kuchenstück ab und stopft es sich in den Mund. Dann zieht sie den Block mit dem Bild heran, das sie vorhin am Esstisch angefangen hat, und malt eine Indianerfrau, die einen Cowboy kocht.

Vicky zieht dem kleinen Klaus eine frisch gewaschene Windel an. Selbst mit der Maschine ist es fast unmöglich, sie ganz sauber zu bekommen. Sie hat jetzt sogar eine Waschmaschine! Miele 45, das neueste Modell. Gerds Geschenk an sie zur Geburt des Sohnes. Trotzdem kommt ihr alles viel mühsamer vor als bei Elsa, wo sie die Windeln und Hemdchen auf dem Waschbrett schrubben musste. Kläuschen greift in Vickys Haare und versucht, ihren Kopf zu sich herunterzuziehen. Sie befreit sich aus seinem Griff. Ganz so erfreut wie in den ersten Tagen ist sie nicht mehr darüber, dass der Junge seinem Vater so ähnlich sieht. Jetzt hat sie dieses Helbig-Gesicht den ganzen Tag vor Augen, nicht nur abends und am Sonntag. »Ach, das wächst sich aus«, hat Elsie bei ihrem ersten Besuch gesagt – sie wollte unbedingt wieder fort sein, bevor Gerd nach Hause kam –, »und fürs Erste hat's seinen Zweck erfüllt.« In der Tat, Gerd ist ganz närrisch nach seinem Sohn. Und sie überhäuft er mit Geschenken und Zärtlichkeiten. Mehr, als ihr lieb ist. Wie gut, dass sie von den ehelichen Pflichten für einige Zeit freigestellt ist. Die Schlaf- und Beruhigungstabletten darf sie nicht mehr nehmen, solange sie stillt. Aber sie ist jetzt sowieso immer müde. Und wenn sie doch mal etwas aufregt, wie neulich das mit den Entlassungen, hat sie ja immer noch die Tabletten. Ihre Friedensbonbons.

Klaus beginnt zu weinen. Vicky nimmt ihn auf, setzt sich in den Ohrensessel, schiebt den Pullover hoch, knöpft den Stillbüstenhalter auf und legt den Säugling an die Brust. Seine Hand patscht an ihr herum, sie schaut in ein Buch. Das hat sie sich beigebracht, beim Stillen mit einem Arm das Kind zu halten und mit der freien Hand ein Buch. Umblättern ist schwierig, aber nicht unbedingt notwendig. Sie hat die Seiten aufgeschlagen, auf denen am häufigsten der Name des Helden vorkommt, der Harry heißt.

Die Brustwarze schmerzt. Sie nimmt den Säugling von der linken Brust und legt ihn an die rechte. Mehrere jüdische Mitarbeiter sollten bei Jonass entlassen werden. Um sich bei der staatlichen Handelskammer ein wenig aus der Schusslinie zu bringen, wie Gerd meinte. Sie hat ihn angeschrien, ob man als Nächstes vielleicht die Besitzer entlassen wolle? Da hat Gerd sie kalt gemustert und gefragt, ob sie persönliche Gründe habe, sich für die Juden in die Bresche zu werfen? Statt einer Antwort ist sie schweigend hinausgegangen, hat im Badezimmer in der Stofftasche mit Binden nach den Tabletten gekramt und mit dem Rücken zum Spiegel zwei auf einmal hinuntergespült. Kurz darauf konnte sie mit Gerd auf dem Sofa sitzen, den Kopf an seine Schulter gelehnt, und auf Harrys Grammofon Beethoven hören. Alles war ihr recht.

Das Schmatzen und Saugen an der Brustwarze lässt nach, hört ganz auf. Sie nimmt den Kleinen von der Brust. Auch er sieht jetzt aus, als wenn ihm alles recht ist auf der Welt. Das ist schön, nicht wahr, Kleiner, wenn einem alles recht ist. So schön, dass man es immer wieder haben will.

»Eher zünde ich das Haus an, als dass es auch noch diesen Nazis in die Hände fällt!«, schreit Carola im Wohnzimmer der alten Villa in Lichterfelde. Durch das Fenster in ihrem Rücken fällt Sonne auf ihr blondes Haar. Alice hält sich an der Lehne des hohen Sessels fest und presst ein Taschentuch gegen die Brust. Carola beachtet sie nicht. Ihr ganzer Zorn ist auf den Bruder gerichtet, der gemeinsam mit dem Vater dabei ist, ihr Elternhaus ausgerechnet an die Helbigs zu verschachern.

Harry steht einige Meter entfernt im Schatten. »Helbig bekommt das Haus und wird dafür bezahlen. Jemand anders kriegt es, und wir gehen leer aus. Oder sollen wir warten, bis sie uns auch hier die Scheiben einwerfen und hinterher Strafgeld kassieren wie im Jonass? Reichskristallnacht, so heißen im neuen Reich die Feiertage.« Alice beginnt zu schluchzen. Harry tritt zu seiner Mutter und legt ihr einen Arm um die Schultern. Sein Blick ruht auf Carola. »Das Jonass gehört uns nicht mehr, die Versicherungen sind futsch, Mutters Familienschmuck ist verscherbelt. Nun heißt es sparen für die Reichsfluchtsteuer. Umsonst, Schwester, ist nur noch der Tod.«

Carola hält dem Blick ihres Bruders stand. »Dann zünde ich das Haus an, nachdem sie es bezahlt haben.«

Selbst die Friedensbonbons haben nicht verhindern können, dass Vicky ihrem Mann am liebsten an die Gurgel gegangen wäre. »Reicht es nicht, dass dir jetzt das Kaufhaus gehört? Musst du sie auch noch aus ihrem Heim vertreiben?« Nicht er würde die Grünbergs vertreiben, hat Gerd erwidert, sondern sie hätten sich entschlossen, Deutschland zu verlassen. Und da könnten sie nur froh sein, wenn er ihnen das Haus zu einem anständigen Preis abnähme. Wie anständig dieser Preis denn sei? So wie der für die Anteile am Jonass, die ihn für wenig Einsatz zu einem reichen Mann gemacht hätten? Und sie zu einer wohlhabenden Frau, hat Gerd erwidert und sie zum Schweigen gebracht.

Nun steht Vicky in Harrys Zuhause, in das sie sich früher so oft gesehnt und nie einen Fuß gesetzt hat. Auch heute, zum Besichtigungstermin, ist sie ohne Harry durch das Eingangsportal der Villa getreten. Ein Makler hat ihnen aufgeschlossen und sie durch alle Räume geführt. Dann ist er mit Gerd in den Garten gegangen, um jeden Baum und Strauch zu begutachten. Sie hat Elsa den kleinen Klaus an die Hand gegeben und die beiden Kinder den Männern hinterhergeschickt. Mit dem schlummernden Baby auf dem Arm steigt sie die Treppe zum ersten Stock hoch, wo die Schlafzimmer liegen. Harry hat ihr das Zimmer beschrieben, das sein Schlafzimmer und früher sein Kinderzimmer gewesen ist. Die dritte Tür rechts auf dem Flur. Gleich daneben liegen die Räume seiner Schwestern. »Ich will, dass ihr in unserem Haus lebt, du und unser Kind«, hat Harry zu ihr gesagt, als sie ihm voller Empörung über Gerds Pläne berichtete. »Dein Mann und eure Söhne sind mir egal. Aber zu wissen, dass Elsa in unserem Garten spielt, wird ein Trost sein.«

Vicky tritt in das Zimmer und schließt hinter sich die Tür. Sie legt den schlafenden Kleinen auf das Bett, zieht die Schuhe aus und läuft auf Strümpfen über den Teppich. Sie streicht über die Tischplatte und die Lehne des Stuhls, geht auf die Knie und fährt die Stuhlbeine entlang. Dann öffnet sie eine Schranktür. Als sie Harrys Hosen, Jacken und Hemden auf den Bügeln hängen sieht, kommt ein Ton aus ihrer Kehle wie von einem Tier. Sie schlägt die Tür zu und lehnt sich dagegen. Noch wohnt er hier, noch ist das Haus nicht verkauft. Trotzdem war sie auf diesen Anblick nicht vorbereitet.

Mit aller Kraft rückt sie den Schrank auf einer Seite zentimeterweise von der Wand ab. In der Nische, die ganz von dem Schrank eingenommen wird, hat man sich das Neutapezieren gespart. Dort muss es sein, nicht weit über dem Boden. Ihre Finger tasten über das Muster der Tapete, finden nichts. Sie braucht Licht. Die kleine Leselampe über dem Bett lässt sich drehen, leuchtet hinter den Schrank. Da sind sie, genau wie er es beschrieben hat: feine Buntstiftstriche, ein Haus mit rauchendem Schornstein, die Sonne, ein Baum. Daneben, in krakeliger Schrift »Harry«. Sie sieht den kleinen Jungen vor sich, wie er an die Wand kritzelt und lauscht, ob jemand kommt. Das muss mitten im Großen Krieg gewesen sein. Vicky richtet sich auf, schiebt den Schrank an die Wand zurück. Sie wird Gerd überreden, auch die Möbel mitzukaufen. Elsa wird Harrys Zimmer bekommen. Gleich daneben werden die Räume ihrer Brüder liegen. Hinter dem Schrank wird es auch in Zukunft keine neue Tapete geben.

»Wo seid ihr?« Gerds Stimme dringt von unten durchs Treppenhaus. Vicky geht zum Bett, um das Baby aufzunehmen und zu den anderen zurückzukehren. Im letzten Moment legt sie sich neben das schlafende Kind auf Harrys Bett und drückt das Gesicht in sein Kopfkissen. Eine Sekunde nur! Sie erstickt ihr Schluchzen im Kissen. Im Treppenhaus nähern sich Schritte.

Elsa sitzt am Schreibtisch in ihrem neuen Zimmer und schreibt einen Brief an Bernhard. Vom Fenster aus kann sie in den Garten sehen. Ein großer Garten mit hohen Bäumen. Eine Schaukel hängt zwischen den alten Eichen, auf der man hoch in die Luft fliegen kann. Sie soll erst mal abwarten, bis er ihren letzten Brief beantwortet hat, bevor sie einen neuen schreibt, hat Mama gesagt. Oder sich eine Brieffreundin suchen. Jungs schreiben halt nicht so gerne. Aber sie will doch Bernhard alles erzählen, und dass er ein Junge ist, da kann er ja nichts dafür. Sie dreht das Blatt um und malt einen Teich, in dem Frösche mit Kronen schwimmen und goldene Goldfische. In ihrem Garten gibt es auch einen Teich mit Goldfischen, die aber bloß rot sind. Warum denn die alten Besitzer die Fische nicht mitgenommen haben, hat sie gefragt. »Ach, die sind über den großen Teich gefahren«, hat ihr Vater gesagt und gelacht, »da gibt es Fische genug.« Mama hat ihn böse angesehen und ist aus dem Zimmer gegangen.

In letzter Zeit muss man sich über Mama oft wundern. Die meiste Zeit schaut sie in die Luft und durch einen hindurch. Aber wenn man sich umdreht, um zu sehen, was Mama sieht, ist da nur ein Schrank oder eine Lampe oder ein Strauch. Oder vorhin, da hat Mama ihr über die Schulter ins Lesebuch geschaut und angefangen, laut vorzulesen: »Ich weiß nicht, was soll es bedeuten, dass ich so traurig bin«, und dabei selbst ganz traurig geklungen. Plötzlich hat sie verächtlich geschnaubt. »Was heißt das denn: Verfasser unbekannt? Das ist von Heine. Heinrich Heine. Ein großer deutscher Dichter.« Wer hätte das gedacht, dass ihre Mutter mehr weiß, als in den Schulbüchern steht! Und dann wieder hat sie überhaupt keine Ahnung, zum Beispiel, wenn es um den BDM geht. Schon ewig freut Elsa sich darauf, ein Jungmädel zu werden, wenn sie endlich zehn wird. Bald ist es so weit. Und ihre Mutter wollte sie nicht gehen lassen! Es wäre doch viel schöner, hier im Garten zu spielen, auch Bernhard könnte öfter einmal kommen. Aber Bernhard geht ja, wenn er zehn wird, auch zur Hitlerjugend, obwohl sein Vater dagegen ist. Vielleicht hat die Lehrerin recht, dass manche Eltern nicht begreifen, was in der neuen Zeit wichtig ist. Sie leben noch im Gestern und Vorgestern. Die Jugend, hat Frau Reinhard gesagt, ist Deutschlands Zukunft! Zum Glück hat ihr Vater sich durchgesetzt. »Es ist eine Ehre für ein deutsches Mädel, im BDM zu sein«, hat er gesagt, und an Mama gewandt: »Nur die Kommunisten- und Judenkinder bleiben zu Hause.«

Ein bitterer Geschmack liegt Vicky auf der Zunge, die Lider fühlen sich schwer an, zu schwer, um die Augen zu öffnen. Langsam kommt sie zu sich und erschrickt. Es ist mitten am Tag, Elsas zehnter Geburtstag. Es gibt noch so viel vorzubereiten! Sie muss eingeschlafen sein, als sie Werner ins Bettchen gelegt hat.

Vielleicht hätte sie auf die Tabletten nicht noch Likör trinken dürfen. Als sie vorhin die Flasche aus dem Schrank geholt hat für die Gäste, wollte sie nur ein Gläschen probieren, ob er auch gut genug ist. Vicky richtet sich auf, ihr wird schwarz vor Augen. Steht die Flasche noch offen herum? Wo ist Klaus? Sie muss sich an der Kommode festhalten.

In der Küche sitzt der kleine Klaus auf dem Steinfußboden und spielt mit den Zutaten für Elsas und Bernhards Geburtstagstorte. Er ist von Kopf bis Fuß mit Mehl bestäubt, Mund und Hände sind mit Schokolade verschmiert, die Geburtstagskerzen geknickt und zerbrochen. Die Likörflasche auf der Anrichte ist umgefallen, dicke gelbe Flüssigkeit hat sich über das Holz bis auf die Fliesen ergossen. Vicky springt zu Klaus, nimmt ihn auf, riecht an seinem Mund. Ein süßer Geruch nach Schokolade, sonst nichts. Gott sei Dank! Plötzlich packt sie die Wut. Sämtliche Vorbereitungen sind zunichtegemacht. Wo soll sie so schnell eine neue Torte auftreiben? Unsanft setzt sie den Jungen auf den Küchenboden. Da sitzt der verfressene Bursche mit seinen Patschhänden und grinst. »Guck nicht so!«, schreit sie ihn an. »Ich kann deine Visage nicht mehr sehen!«

Klaus beginnt zu weinen, dicke Tränen ziehen Spuren durch den Mehlstaub auf seinen Wangen. Vicky schnappt ihn, zieht die schmutzigen Kleider aus, stellt ihn in die Wanne und schrubbt mit einer Bürste über die nackte Haut.

Ein paar Stunden später sind alle Spuren beseitigt. Die Küche ist aufgeräumt, der Konditor hat eine neue Torte geliefert. »Elsa und Bernhard«, steht da in himmelblauem Zuckerguss, und in der Mitte prangt eine große Zehn. Elsa ist aus der Schule zurück, hat ihr neues Kleid angezogen und sich Schleifen in die geflochtenen Zöpfe binden lassen. Auch die kleinen Brüder sind herausgeputzt. Vicky faltet die weißen Stoffservietten, sodass sie wie kleine Eisberge vor den Tellern stehen. Die Gäste können kommen. Es ist die erste Einladung in ihr neues Zuhause, sie möchte, dass alle Villa und Garten bewundern. Elsa freut sich am meisten auf Bernhard und Charlotte. An Martha wird man nicht viel Freude haben. Seit der kleine Arno tot ist, sieht man sie nur noch mit Trauermiene. Wilhelm kommt nicht, er wird ihrem Nazi-Ehemann nicht die Hand reichen wollen. Und wer weiß, vielleicht auch ihr nicht mehr.

Vor dem Einzug in Grünbergs Villa hat sie Wilhelm gefragt, ob er ihnen beim Umbau helfen wolle. Sie dachte, dass er vielleicht einen kleinen Zuverdienst brauchen könnte. Und dass es mit ihm leichter wäre, beim Umbau, auf dem Gerd bestand, so wenig wie möglich umzubauen. Aber Wilhelm hat abgelehnt auf jene Weise, die bei ihm bedeutet: Entscheidung getroffen, Überredungsversuche zwecklos. Dann hat er wohl doch nie geahnt, dass Harry Elsas Vater ist, hat sie damals gedacht, erleichtert und traurig zugleich. Oft hatte sie sich gewünscht, in Wilhelm einen heimlichen Verbündeten zu haben, einen, der ihr Handeln verstand und sie nicht verurteilt – wie Elsie es neuerdings tat.

Vicky stellt Vasen mit frisch geschnittenen Blumen aus dem Garten auf den Esstisch, zupft sie zurecht und hält inne. Was nützt es, wenn alles schön ist, aber die liebsten Menschen nicht da sind. »Ich setz keinen Fuß in eine gestohlene Judenvilla«, hat Elsie auf ihre Einladung geantwortet. Es konnte Elsie auch nicht umstimmen, dass Harry sie selbst gebeten hat, dort einzuziehen, und dass sie Gerd dazu gebracht hat, einen anständigen Preis zu zahlen. Anständig sei in diesem Land gar nichts mehr, hat Elsie gesagt, und wer da mitspiele, so wie Vicky, könne das Wort getrost aus dem Wortschatz streichen. Seit dem letzten September, als man Chaja abgeholt und die alte Frau mit Tausenden polnischstämmigen Juden ins Niemandsland hinter der Grenze verfrachtet hat, ist Elsie in diesen Dingen kompromisslos geworden. Aber die hat gut reden, denkt Vicky, sie hat auch kein halbjüdisches Kind. Noch einmal streicht sie alle Servietten glatt. Es war richtig, dass sie niemals jemandem verraten hat, wer Elsas Vater ist. Gerd Helbig ist Elsas Schutz. Er wird es bleiben, bis der Spuk vorbei ist.

Vielleicht sollte sie zum Nachmittagskaffee noch etwas Musik heraussuchen? Im Regal neben dem Grammofon steht ein Stapel Schallplatten. In vorderer Reihe die offiziellen, Hans Albers, Zarah Leander, Schubert, Beethoven und natürlich Wagner. Sie weiß bis heute nicht, ob Gerd ihn wirklich gerne hört oder ob er bloß den Vorlieben seiner geistigen Führer folgt. Hinter verschlossenen Türen bewahrt Vicky ihre Jazz- und Swingplatten auf. Gerd weiß, dass sie in seiner Abwesenheit Negermusik hört, aber er gönnt ihr das kleine Geheimnis. Hektisch beginnt Vicky, den verbotenen Stapel durchzusuchen. Wo ist die Platte, die Harry ihr zum Abschied geschenkt hat? Nein, die darf sie jetzt nicht auflegen. Sie darf sie nicht auflegen. Nur einmal anschauen, das wird noch erlaubt sein. Nur einmal aus der Hülle in die Hand nehmen. Eine Sekunde auf den Plattenteller legen und zur Nadel greifen, davon geht die Welt nicht unter.

Es kratzt ein wenig, dann ertönt das letzte Lied: »Auf Wiederseh'n mein Fräulein, auf Wiederseh'n mein Herr. Es war uns ein Vergnügen, wir danken Ihnen sehr. Dieser Abend war so reizend und so wunder-, wunderschön. Wann kommen Sie wieder? Wann kommen Sie wieder? Damit wir uns wiederseh'n!«

»Siehst du«, hat Harry zum Abschied gesagt und ihre Tränen getrocknet, »die sind auch ausgewandert und singen weiter. Von Comedian zu Comedy Harmonists – zwei Buchstaben haben sie eingebüßt, weiter nichts.«

»Ihr sollt euer Haus heil und schön zurückbekommen«, hat sie geantwortet, »wenn ihr wiederkommt.«

Er hat über sie hinweg in die Ferne geschaut und gelächelt. »Wenn wir wiederkommen.« Und mit einem flüchtigen Kuss auf die Stirn war er fort. »Auf Wiedersehen, Vicky.«

»Damit, damit, damit wir uns wiederseh'n! Wann kommen

Sie, kommen Sie, kommen Sie wieder? Damit wir uns wiederseh'n.« Mit einem Ruck nimmt Vicky die Nadel von der Platte. Am liebsten würde sie alle Gäste ausladen. Was haben die hier zu suchen, in Harrys Zuhause? Was hat sie hier zu suchen? Sie hätte ihn heiraten sollen, ihm Schutz geben. Aber wovon hätten sie leben sollen, was wäre aus Elsa geworden? Aus Harrys Eltern und Schwestern? Er wäre doch fortgegangen aus Deutschland. Wie kann man in einem Land bleiben, wo Menschen nicht die Bänke im Park und das Wasser im Schwimmbad mit einem teilen. Die Luft zum Atmen.

Sie hätte mitgehen müssen! Auf einmal weiß sie es. Sie hätte Elsa nehmen und mitgehen müssen. Nun sitzt sie fest, in diesem Lager von einem Land, diesem Käfig von einem Haus. Langsam geht sie zum Esstisch, nimmt eine Vase und wirft sie auf die Fliesen. Kniet sich in die Pfütze mit Blumenwasser und schließt die Hand um eine Scherbe mit scharfer Kante. Ein rotes Rinnsal tropft auf ihr Kleid. Doch dieses Mal kommt kein Schmerz, nichts, sie fühlt nichts. Das ist die Strafe, denkt sie, nicht mal mehr Schmerz. Sie öffnet die Faust und betrachtet das blutverschmierte Stück Glas. Es muss etwas geschehen, irgendetwas, damit der Albtraum ein Ende nimmt. Gäbe es doch Krieg!

Sehnsucht nach Amerika

Von der Reling um das oberste Geschoss hängen Hakenkreuz-Banner über die Fassade herab und verdecken die darunter liegenden Fenster. Die meisten Räume stehen ohnehin leer. Doch das soll sich bald ändern, der große Umbau der neuen Hausherren wird vorbereitet, der Hausherren von der NSDAP.

Baulärm dringt über die Kreuzung Lothringer Straße und Prenzlauer Allee, beinahe wie zu den Zeiten, als hier das Kaufhaus des Ostens gebaut wurde. Wilhelm steht vor der Mauer des Nikolaifriedhofs und denkt, dass auch Horst Wessel dazu beigetragen hat, die Grünbergs und das Jonass zu vertreiben. Das jüdische Kaufhaus war den Nazis bei ihren Aufmärschen zur Ruhestätte ihres Märtyrers im Weg. Nun soll die Reichsjugendführung einziehen in dieses Haus, das er mit eigenen Händen gebaut und für das er sich beinahe die Knochen gebrochen hat.

Wilhelm sieht zu, wie Lastwagen vorfahren, Bauarbeiter mit Leitern, Säcken und Eimern ein und aus gehen, und fragt sich, ob der eine oder andere Kollege darunter ist, der damals mit ihm beim Bau des Jonass dabei war. Der nun die früheren Schaufenster abdichtet und zahllose Wände einzieht für Hunderte kleiner Büros. Lieber in ewigem Dunkel und Dreck einen U-Bahn-Tunnel graben, denkt er, lieber betteln gehen, als hier mitzumachen an der Verschandelung seines Hauses. Nichts wird bleiben von den weiten Hallen, dem eleganten Raummaß, alle Proportionen werden zerstört sein, damit am Ende tausend kleinere und größere Reichsjugendführer von hier aus die Jugend führen können. In ihr Verderben. In den nächsten Großen Krieg. Wilhelm denkt an die Parole, die ihm einen Schauder über den Rücken gejagt hat, wendet der Kreuzung und dem annektierten Haus den Rücken. Doch die Parole tönt weiter in seinem Kopf, als er die Schritte beschleunigt. »Was sind wir? Pimpfe! Was wollen wir werden? Soldaten!«

~

Sie tragen Uniform und Hakenkreuzfahne, schwarze Stiefel, die glänzen, und ein breites Koppel. Wenn man genug von ihnen hat, kann man sie in mehreren Reihen aufstellen und marschieren lassen. Kalle hat solche Figuren, und Bernhard möchte auch welche. Elastolinfiguren. Er hat geübt und kann das schwierige Wort nun aussprechen. Kalle hat sogar Hitler aus Elastolin. Der streckt den Arm schräg nach oben, und seine Haare glänzen wie die schwarzen Stiefel von dem Fahnenträger. Als Wilhelm Anfang Juni wissen möchte, was sich Bernhard zum sechsten Geburtstag wünscht, rückt er heraus mit den Elastolinfiguren. Sein Vater kriegt fast den Blick, wie er ihn bei Onkel Erich bekam, als der eines Tages in einer solchen Uniform hereinspazierte. »Diesmal gibt es nichts zum Spielen«, wirft Martha hastig ein. »Eine Schultasche müssen wir kaufen und eine neue Hose. Stifte. Das kostet alles.« Damit ist Hitler aus Elastolin gestorben.

Der kleine Arno fängt auf Marthas Schoß an zu weinen, als hätte man ihm und nicht Bernhard soeben sein liebstes Spielzeug verweigert. Bernhard kann das ständige Weinen und Wimmern nicht mehr hören. Seit der Hirnhautentzündung hat Arno das Laufen verlernt, und sein kleiner Kopf kann sich nichts richtig merken. Martha trägt den Jungen, der schon drei ist, so oft es geht auf der Hüfte. Ganz schief ist sie davon geworden. Noch immer näht sie für andere Leute, um Geld zu sparen für jenen

Tag, an dem es die Medizin geben wird oder die Behandlung, die Arno heilt. Der kleine kranke Bruder macht das Leben traurig, und manchmal wünscht sich Bernhard, dass er verschwindet. Sobald er das denkt, geht er zur Mutter und nimmt ihr das Kind von der Hüfte. Schleppt Arno durch die Zimmer, singt, pfeift und schneidet Grimassen, um ihn zum Lachen zu bringen. Doch Arno spricht nicht, und Arno lacht nicht. Bernhard kann es kaum abwarten, bald in die Schule zu gehen wie Charlotte. Dann wird er jeden Tag bis zum Mittag von der traurigen Mutter und dem kranken Bruder fort sein.

Wilhelm geht in diesen Wochen jeden Morgen zeitig aus dem Haus. Bald ist Richtfest für die Deutschlandhalle, und er hat versprochen, Bernhard die Baustelle zu zeigen. Die Halle wird ein großes Bauwerk, und der Vater bringt jede Woche Geld nach Hause. Sobald er seinen Lohn abgeliefert hat, zieht die Mutter los, um für Arno Medizin zu kaufen. Pillen und Pflaster, Säfte und Tinkturen. Sie glaubt fest daran, dass irgendein Mittel den Jungen heil machen wird. Wilhelm schweigt dazu, nur einmal hat er ihr die Tüte aus der Hand gerissen und zum offenen Fenster hinausgeworfen. »Dahin geht das Geld, für das ich mir den Rücken krumm schufte«, hat er geschrien. Später haben der Vater und er die im Hof verstreuten Tabletten eingesammelt. Nur die braune Flasche war nicht zu retten, der klebrige rote Saft war voller kleiner Scherben.

In diesem Sommer ist er viel mit Kalle auf den Straßen unterwegs. Manchmal helfen sie dem Grünkramhändler beim Aufräumen oder Einpacken, dafür gibt es ein paar Mohrrüben oder Äpfel. Besser noch, wenn der Mann die lederne Geldbörse aus der ausgebeulten Hosentasche fingert. Dann laufen sie zum Bäcker um ein Milchbrötchen oder eine Zimtschnecke, die sie in der Mitte teilen und gemeinsam wegmampfen.

Kalles Schwester Marianne ist so alt wie Charlotte, so haben sie auch ein Leid miteinander zu teilen. Große Schwestern wissen immer alles besser. Einmal zeigt Kalle Bernhard ein Kinderbuch, das seine Schwester bekommen hat. Auf dem Buchdeckel ist ein blonder, starker Mann zu sehen, der sich auf eine Schaufel stützt und dabei in die Ferne schaut. Kalle sagt, das Buch heiße ›Trau keinem Fuchs auf grüner Heid und keinem Jud bei seinem Eid‹. Was das bedeutet, weiß Bernhard nicht, aber es klingt geheimnisvoll, und der blonde Mann sieht so aus, wie er auch einmal daherkommen will. Der dicke, hässliche Jude hingegen ist gewiss niemand, in dessen Haut man stecken möchte. Bernhard wird mit Kalle in dieselbe Schule kommen. Bei seinem letzten Besuch hat Kalles Mutter gesagt: »Jungs, tobt euch noch mal richtig aus in diesem Sommer. In der Schule werden sie euch ganz schön rannehmen.« Das klingt zwar auch nicht so gut, aber Bernhard will sich die Freude auf die Schule nicht verderben lassen.

Nur dass es in diesem Jahr kein Geburtstagsfest mit Elsa geben soll, ist traurig und ungerecht. Sie haben doch am gleichen Tag Geburtstag, sogar zur gleichen Stunde, und noch dazu war ein Wunder im Spiel, auch wenn er es nie so ganz verstanden hat. Immer haben sie zusammen gefeiert und jetzt plötzlich nicht mehr. Die Erwachsenen kann einfach keiner verstehen. Als er den Vater beim Abendbrot wegen der Geburtstagsfeier gefragt hat, schüttelte der den Kopf. »Elsa hat nun einen Vater«, gab er zur Antwort, als ob das etwas erklärte. »Vicky hat geheiratet und wohnt in einer großen Wohnung. Ist eine vornehme Frau geworden.« Als er entgegnet hat, dann könnten sie ja in der großen Wohnung feiern, meinte der Vater: »Da gehören wir nicht hin.« Und als die Eltern letztens beim Abendbrot über das Kaufhaus redeten, hat Wilhelm ein ernstes Gesicht gemacht und bemerkt, dass es nun auch nicht mehr lange gutgehen könne mit dem Jonass. Als Bernhard wissen wollte, wieso, hat der Vater nur geantwortet: »Es ist wegen der Besitzer.« Wenn es das

Kaufhaus nicht mehr gibt, verschwindet vielleicht auch Elsa. Das kann er sich gar nicht vorstellen. Das darf nicht passieren. Er kann das nicht erklären, aber er weiß es: Ohne Elsa wäre nichts mehr wie früher.

In der Stadt ist schon jetzt eine große Aufregung wegen der Olympischen Spiele ausgebrochen. Ein Ausstellungszug nimmt Fahrt auf, um sich durchs ganze Land zu arbeiten und den Leuten zu zeigen, was hier in Berlin 1936 veranstaltet wird. Bernhard übt mit Kalle Diskuswerfen. Dafür laufen sie bis in den Friedrichshain und suchen sich einen flachen Stein. Kalle kann sich ziemlich gut um seine eigene Achse drehen und kriegt den Stein auch ein paar Meter weit geworfen, in welche Richtung, weiß man vorher allerdings nie. Bernhard kommt immer ins Stolpern und Wackeln, vielleicht sollte er lieber Fußballer werden. Noch wichtiger aber ist die Frage, ob er später zusammen mit Kalle zu den Pimpfen kommt. Kalle sagt, das dürfe man sich auf keinen Fall entgehen lassen. Mit den Pimpfen gehe es raus auf Abenteuerfahrt, und eine Uniform bekomme man auch. Bevor Bernhard den Vater fragt, will er sicherheitshalber bei der Mutter vorfühlen. »Das kannst du Vater nicht antun«, sagt sie nur. Hätte er sich ja denken können nach den Elastolinfiguren. Aber immer wird der Vater auch nicht alles zu entscheiden haben.

Mit dem olympischen Ausstellungszug fängt auch die Schule für Bernhard an, und er kann nicht sagen, dass die ersten Tage besonders schön sind. Auch wenn erzählt wird, dass bald Jungen und Mädchen, die besonders sportlich sind, für die Eröffnung der Olympischen Spiele auf dem Reichssportfeld ausgesucht werden. Sie sollen beim Fahnenaufmarsch dabei sein. Bernhard und Kalle wollen zwei von den zweitausend Jungen werden, die auserwählt sein sollen. Der dritte im Bunde ist Robert, der in der Volksschule neben ihm sitzt. Robert Weinberg wohnt in der Krautstraße, also eigentlich um die Ecke, aber noch nie sind sie sich begegnet. Nach wenigen Wochen gesteht Robert, dass er Raketenbauer werden will. Dafür bekommt er Bernhards volle Bewunderung, der nun doch nicht Zimmermann werden, sondern mit Robert zusammen Raketen erfinden will.

Es gebe nur ein Problem, sagt Robert eines Tages nach der Schule, als sie sich zu dritt vor dem Schulhaus herumdrücken, um zuzusehen, wie die Mädchen von der Nachbarschule vorbeilaufen. Immer in kleinen Grüppchen und alle gleichzeitig redend. Bernhard hat schon vor Tagen eine entdeckt, die sieht fast so schön aus wie Elsa. Und nun wüsste er nur zu gern, ob sie auch so gut riecht, nach Sonne und Seife wie Elsa, aber er kann ja nicht einfach ein Mädchen vor der Schule ansprechen. Oder beschnuppern. Für so etwas wird man gehänselt, bis es richtig wehtut.

»Ich bin Halbjude«, sagt Robert, »da werden sie mich wohl keine Raketen erfinden lassen.«

Kalle weiß sofort, wovon hier die Rede ist. »Du bist ein Saujud«, entfährt es ihm, und gleichzeitig legt er Robert eine Hand auf die Schulter. Der Saujud und dazu die Hand auf Roberts Schulter, da weiß Bernhard nicht weiter.

»Wieso darf ein Halbjude keine Raketen bauen?«, fragt er, und Kalle sieht ihn an, als hätte er den Verstand verloren.

»Weil die Juden unser Unglück sind«, erklärt er und lässt die Hand auf Roberts Schulter.

Robert geht einen Schritt zurück und Kalles Hand fällt von ihm ab, sodass sie ratlos im Kreis stehen und nicht wissen, wie sie da wieder herauskommen.

Charlotte hat gesagt: »Wenn du erst lesen kannst, wird es schön.« Aber da ist sich Bernhard nicht sicher. Gerade die Lehrerin, die ihm das Lesen beibringen soll, ist eine schlimme Zicke. Manchmal holt sie Robert nach vorn und dreht seinen Kopf hin und her, als sei der nicht angewachsen. »Seht ihr«, sagt sie zu den anderen Schülern. »Das hier ist keine deutsche Rasse, nicht nordisch, nicht ostisch, nicht fälisch, nicht westisch. Das ist jüdisch.« Dann schickt sie Robert an den Platz zurück, und der sitzt stumm und starr wie ein Berg Unglück, sodass Bernhard ihn nicht trösten kann. Einmal flüstert Robert: »Wir gehen sowieso nach Amerika, da kann die Zicke mich mal.« Aber das glaubt er seinem Freund nicht. Wie soll der mit seiner Familie nach Amerika kommen. Die haben ja auch nicht mehr Geld als andere hier im Viertel.

Eines Tages, als Bernhard von der Schule kommt, liegt auf dem Küchentisch ein Brief. Ein hellblaues Kuvert mit Briefmarke und Stempel und großen, runden Buchstaben statt der Schreibmaschinenschrift, die er von den wenigen Briefen kennt, die sonst bei ihnen eintreffen. B-e-r… beginnt er laut zu buchstabieren, und plötzlich begreift er: Der Brief ist für ihn! Für ihn, Bernhard Glaser, für ihn ganz allein. Sein Herz pocht bis in die Ohren, als er den Umschlag umdreht. E-l-s-a liest er und will den Brief gleich aufreißen. Dann geht er zur Schublade, holt ein Messer heraus und schlitzt den Umschlag vorsichtig auf. Mühsam versucht er, die einzelnen Buchstaben und Wörter zu entziffern. Elsa schreibt, sie hat jetzt ein eigenes Zimmer und ganz viele Stifte zum Malen. Und früher war es viel lustiger, als sie Mama für sich alleine hatte und mit ihm spielen konnte im Jonass und auf der Straße. Auf die Rückseite hat sie ein Bild gemalt. Ein Mädchen mit braunen Zöpfen und einen Mann mit blauen Haaren und einer Trommel. So einen hat Bernhard noch nie gesehen hier in der Gegend. Und dass solche Männer in dem feinen Viertel herumlaufen, wo Elsa jetzt wohnt, kann er sich auch nicht denken. Unten auf dem Bild steht Elsa Springer, obwohl sie doch nun Helbig heißt, wie er vom Vater weiß. Bernhard läuft durch die Wohnung, sucht ein Blatt Papier und einen

Stift. »L-i-be El-sa«, schreibt er. Dann kaut er lange auf dem Bleistiftende herum. Er beschließt, schleunigst richtig lesen und schreiben zu lernen.

Bald geht es leichter, und das größte Problem am Lesen ist es, genug Nachschub zu organisieren. Irgendwann bekommt er einen zerfledderten Band Winnetou in die Hände. Von da an ist klar, dass er mit Robert nach Amerika geht. Nicht weil er das müsste wie Robert, sondern weil man da genauso leben kann wie Winnetou. Besser jedenfalls als hier im Braunen Weg. Jetzt liegt er manchmal abends wach und muss denken und denken. Wie soll er es anstellen, dass auch die Eltern mitgehen nach Amerika, die von seinem Entschluss noch gar nichts wissen, und Charlotte und Arno, der immer dünner wird und kleiner, obwohl er doch wachsen sollte. Und was wird mit Elsa? Er sieht sie nur noch selten, seit ihre Mutter den reichen Mann aus dem Kaufhaus geheiratet hat, aber hin und wieder treffen sie sich, wenn Vicky Zeit hat. Beim nächsten Mal muss er Elsa fragen. Ob sie mitkommt.

Endlich ist der Tag gekommen. Vicky und Martha haben verabredet, mit den Kindern im Friedrichshain spazieren zu gehen. Die Mütter schieben beide einen Kinderwagen. Elsa hat jetzt auch einen kleinen Bruder, Halbbruder, sagt sie, und Bernhard fragt, ob ihr Halbbruder auch ein Halbjude ist. Da dreht sich Elsas Mutter zu ihm um, packt ihn am Kragen, und einen Moment sieht sie aus, als wollte sie ihm eine Ohrfeige verpassen. Oder ihm gleich den ganzen Kopf abreißen. Doch dann lässt sie ihn los und lacht. »Du kleiner Schlaumeier«, sagt sie, »da hast du wohl in der Schule nicht aufgepasst.«

Bernhard bleibt hinter den Müttern und Kinderwagen zurück und schießt Kiesel durch die Luft. Das hat er doch bloß so gesagt, ohne nachzudenken! Wegen Robert, und weil es so ähnlich klingt. Und weil es doch komisch ist, dass man ein halber Bruder oder ein halber Jude sein kann. Oder etwa nicht? Bisher hat er Elsas Mutter gemocht, aber jetzt wird sie womöglich auch so eine Zicke wie die Lehrerin. Elsa kommt zu ihm, und er tritt auch in ihre Richtung ein paar Kiesel, doch dann hält er inne. Ganz traurig sieht sie aus, trotz der Schleifen im Haar wie bei einer Prinzessin.

»Mach dir nichts draus«, sagt sie und schaut sich nach Vicky um, die bereits ein ganzes Stück mit Martha entfernt ist. »Ich hab auch schon Ohrfeigen gekriegt, wegen Schickse und so was.«

»Kommst du mit mir nach Amerika?«, platzt es aus Bernhard heraus. Elsa schaut erstaunt, und er erklärt ihr die Sache. Mit Robert und Winnetou und den Indianern. Doch sie weiß nicht recht. Da nimmt er seinen ganzen Mut zusammen und fragt, ob sie auf ihn warten würde, ginge er nach Amerika. Lange läuft sie schweigend neben ihm her, und er denkt, dass sie gleich fragen wird, worauf sie denn warten soll und wo und wie lange, und dass er es selbst nicht weiß.

»Versprochen«, sagt sie. »Aber nur, wenn du mir aus Amerika jedes Jahr hundert Briefe schreibst.«

Kurz nach Weihnachten wird Arno wieder krank, und jetzt erwischt es ihn richtig schlimm. Martha ist außer sich. In den Nächten bleibt sie wach, über das Kinderbettchen gebeugt, um alle paar Minuten nach der heißen Stirn zu fühlen und zu lauschen, ob das Kind noch atmet. Zwei Mal laufen Martha und Wilhelm durch die kalten Straßen in die Notaufnahme des Wessel-Krankenhauses im Friedrichshain. Beim zweiten Mal behält der Arzt den kleinen Arno da. Von nun an eilt Martha jeden Tag gleich morgens früh ins Krankenhaus.

Charlotte und Bernhard gehen wie jeden Tag zur Schule und machen sich ihr Frühstück selbst. Manchmal kocht die Schwester mittags für sie beide, wäscht ihre Wäsche und putzt. An diesem Nachmittag spielt Bernhard mit Robert am Boxhagener Platz. Hier sind andere Jungs unterwegs, von denen keiner weiß, dass Robert ein halber Jude ist. Und wenn denen einer fehlt beim Fußball, lassen sie Bernhard und Robert mitmachen. Meistens spielen sie in der schwächeren Mannschaft, aber an dem Tag, da sind sie auf der Seite der Sieger.

»Komm«, sagt Bernhard zu Robert und schlägt ihm auf die Schulter. »Wir trinken bei uns noch eine Limonade.« Die Mutter wird bei Arno im Krankenhaus sein, denkt er, springt mit dem Freund die Treppen hoch und reißt die Tür auf.

Seine Mutter sitzt am Küchentisch, ihr Rücken bebt, doch kein Laut ist zu hören. Bernhard glaubt zuerst, den Vater habe es beim Bauen erwischt, so wie es einmal vor seiner Geburt geschehen ist. Im Kaufhaus Jonass. Da wäre der Vater fast ums Leben gekommen. So viel weiß Bernhard, und mehr weiß er nicht. Doch auch heute redet Wilhelm oft davon, wie gefährlich es sein kann auf den Baustellen, die in diesen Monaten wie Pilze aus dem Boden schießen. Kaum dass man noch hinterherkommt, wo der Führer es so eilig hat. Im Unterricht wird dauernd von der Welthauptstadt Germania gesprochen. Wenn es mit Amerika nicht klappt, hat Bernhard sich schon überlegt, dann wird er später da mitmachen. Das könnte gerade so hinhauen, denn in der Schule haben sie gesagt, dass der Führer die Welthauptstadt in zwanzig Jahren fertig haben will.

An all das denkt Bernhard, während er auf den gekrümmten Rücken der Mutter schaut. Noch hat sie sich nicht umgedreht. Noch hat sie nichts gesagt, und noch muss er nichts hören. Doch dann kommt die Schulzen zur Tür herein, und da weiß er es. Dass der Arno nun tot ist. Robert nimmt Bernhards Hand und fängt an, etwas vor sich hin zu murmeln, was keiner verstehen kann. »Für Arno«, sagt er, als er geendet hat. »Ein Gebet für Arno.«

Bernhard denkt an seinen kleinen kranken Bruder, der die Mutter und das Leben traurig gemacht hat. Er denkt, dass nun mehr Platz in der Wohnung sein wird, und entgeistert sich über diesen Gedanken.

Wochen später, da ist es längst warm in der Stadt und man kann schon in kurzen Hosen laufen, nimmt Wilhelm Bernhard an einem Sonntag auf seine Knie, was er schon lange nicht mehr gemacht hat. Und Bernhard ist es auch ein wenig komisch, so groß, wie er inzwischen ist, auf den Knien seines Vaters zu sitzen. Aber der hat gar nichts Ernstes im Sinn, sondern schlägt einen Ausflug vor. Seltsamerweise will er auf einen Friedhof, aber nicht dahin, wo Arno begraben ist. Ihm ist es egal, Ausflug ist Ausflug, und der Vater war jetzt all die Wochen schweigsam und traurig. Kaum dass er mal beim Abendbrot eine Frage gestellt hat oder einen Satz gesprochen. Und wenn er einmal versucht hat, fröhlich zu klingen, hatte Bernhard erst recht das Gefühl, er müsse den Vater trösten. Noch schlimmer die Mutter, die nun manchmal morgens gar nicht mehr aus dem Bett aufsteht. Charlotte und er schmieren weiter ihre Frühstücksbrote, kaufen ein und machen den Abwasch. Am letzten Sonntag hat er gesehen, wie der Vater sich selbst seine Zimmermannsjacke geflickt hat.

Heute ziehen sie los, sein Vater und er, laufen am Viehhof vorbei, wo es grässlich riecht. So viele Tiere, die jeden Tag ankommen und verschwinden, und man will vielleicht nicht genau wissen, wie es geht. Manchmal laufen Männer übers Gelände, die Kittel fleckig von Blut. Danach kommen sie am »Flora« vorbei und schauen, welcher Film dort gespielt wird. »Lumpacivagabundus«, liest Bernhard und fragt den Vater, was dieses Wort bedeutet.

»Irgendein Tunichtgut«, sagt der, »einer, der das Leben leichtnimmt.«

Das kann dann ja niemand aus ihrem Bekanntenkreis sein, denkt Bernhard.

Sie laufen die lange Strecke bis zur Lothringer Straße. Noch immer sieht das Kaufhaus Jonass prächtig aus, aber gleichzeitig auch traurig, so verlassen und leer, wie es da steht. Bernhard fühlt eine kleine Sehnsucht nach Elsa, die er nur noch selten sieht und die immer verspricht, ihn einzuladen in ihr neues Zuhause, das sie Villa nennt. Aber noch ist es nicht dazu gekommen.

Auf dem Friedhof in Pankow hat Wilhelm wohl ein Ziel, denn er schaut sich gar nicht groß um, sondern läuft geradewegs bis zu einem Grab, auf dem ein schwierig zu lesender Name steht. Carl von Ossietzky, entziffert Bernhard mit Mühe, wer das wohl gewesen sein mag? Vielleicht ein Verwandter von ihnen, von dem er noch nie gehört hat? Als er den Vater danach fragt, schlägt der vor, er möge doch einfach ein bisschen herumlaufen, aber aufpassen, dass er zurückfindet zu diesem Grab hier. Zögerlich macht sich Bernhard auf den Weg. Was gibt es auf einem Friedhof schon Spannendes zu sehen am helllichten Tag? Und im Dunkeln möchte er hier auch nicht sein, höchstens mit Robert zusammen. Da könnte man sich trauen.

Also bleibt er lieber in der Nähe des Vaters, der ganz still steht, bis sich ein anderer Mann zu ihm gesellt. Bernhard schleicht sich leise an wie Winnetou und betrachtet aus seinem Versteck heraus den Fremden, der einen Bart trägt und wirre braune Haare. Er hat den Mann noch nie gesehen, doch so, wie er mit seinem Vater zusammensteht, muss es eine Heimlichkeit geben zwischen ihnen. Bernhard schleicht sich ein wenig näher heran, um etwas zu hören von dem, was die beiden zu besprechen haben. Verstehen kann er sie nicht, doch plötzlich erkennt er den Fremden. Ein guter Bekannter, der schon so lange verschwunden ist. Bartlos war er früher und dunkelblond, der verwandelte Onkel Arno. Nie hat der Vater eine Antwort gegeben, wenn man nach dem Verbleib des Freundes fragte. Nun drückt Arno dem Vater etwas in die Hand, und der verstaut das Geheimnis eilig in der Jackentasche, während Arno schnellen Schrittes verschwindet, ohne zurückzuschauen. Wilhelm steckt die Hände in die Hosentaschen und bleibt vor dem Grab stehen, als hätte es das Wiedersehen nie gegeben. Bernhard wartet noch ein bisschen, bevor er sich zeigt. Damit der Vater nicht denkt, er hätte sie beobachtet. Es scheint ihm besser, so zu tun, als wisse er nichts von Onkel Arno und dessen Bart.

In der Schule machen sie einem wie Robert das Leben immer schwerer. Irgendwann fangen auch die Jungs an, ihn erst zu necken und dann zu ärgern. Saujud wird da nicht mehr so dahingesagt, und wenn irgendetwas schiefläuft, geht die Schuld immer zuerst an Robert. Zum Beispiel, als Heinrich den Ball mitten in die Kohlköpfe vom Gemüse-Ede schießt und dort ein kleines Chaos anrichtet. »Das war der Saujud«, brüllt einer von den Jungs, bevor sie alle davonstürmen. Alle bis auf Robert, der vom Grünkramhändler eine Backpfeife kriegt und dazu ein paar saftige Sätze, von wegen, der Führer werde das mit den Juden jetzt bald zu regeln wissen. Danach kommt Robert nicht mehr zum Spielen. Auch Bernhard ist seltener dabei, um seinen Freund nicht zu enttäuschen. Er hat durch Winnetou gelernt, dass eine Freundschaft an so etwas nicht zerbrechen darf. Schon gar nicht eine Männerfreundschaft.

Bernhard schlägt Robert vor, dass sie Blutsbrüder werden. Dazu treffen sie sich an einem Nachmittag im Herbst, kurz bevor es dunkel wird, hinter dem Schlesischen Bahnhof. Bernhard hat das kleine, scharfe Küchenmesser mitgebracht, dasselbe Messer, mit dem er Elsas Briefe öffnet. Robert und er überlegen, ob es am besten ist, sich in den Arm zu schneiden, um ihr Blut zu vermischen, oder ob ein Finger genügt. Robert ist für den Arm, und Bernhard stimmt zu, obwohl es ihm nicht geheuer ist.

»Das ist Rassenschande, was wir hier machen«, flüstert Robert und ritzt sich mit dem Messer einen blutigen Streifen auf den linken Unterarm. »Du darfst nie jemandem erzählen, dass du dein Blut mit meinem vermischt hast.«

Das hat Bernhard sowieso nicht vor. Er pikst sich mit dem

Messer in den Arm, bis zwei, drei Tropfen Blut kommen. Dann legt er die kleine Wunde auf Roberts größere, und nun ist es doch ein wenig feierlich geworden.

Nur wenige Wochen später schauen sie sich einen ganzen Nachmittag lang an, wie es aussieht, wenn das Einwerfen von Scheiben nicht bestraft wird, sondern erwünscht ist. Robert behauptet, so sei es allen Juden in der Stadt gegangen, die ein Geschäft oder ein Kino oder eine Werkstatt gehabt hätten. Und die Gotteshäuser der Juden habe man auch zerstört. Das glaubt Bernhard nicht. Wahrscheinlicher ist doch, dass nur hier im Wessel-Bezirk randaliert wurde, wo es immer mal wieder zu Schlägereien kommt. Aber nicht in ganz Berlin. Am Abend fragt er seinen Vater, der erst nicht antworten will und dann sagt, dass Robert wohl recht habe. »Aber man wird doch bestraft, wenn man die Sachen anderer Leute kaputt macht«, ruft Charlotte. »Wieso denn die Nazis nicht?«

»Das waren ja wohl nicht nur Nazis«, flüstert Martha und hält sich gleich die Hand vor den Mund, als hätte sie etwas Böses gesagt. »Die Schulzen erzählt, von unseren Nachbarn waren auch welche dabei. Weil es gegen die Juden geht. Da sind sie sich dann einig.« Wilhelm schweigt und nickt. Steht auf und zieht sich die Jacke über, gibt Martha einen flüchtigen Kuss auf den Scheitel und geht zur Tür hinaus. Bernhard fragt nicht, wohin der Vater läuft, zu oft hat der in den letzten Wochen abends die Wohnung verlassen, ohne dass die Mutter etwas dazu oder dagegen sagt. Manchmal glaubt Bernhard ja, der Vater trifft sich mit dem bärtigen Arno, um sich noch mehr geheime Botschaften übergeben zu lassen.

Als Robert aus der Klasse verschwindet, möchte Bernhard am liebsten auch nicht mehr in den Unterricht. Sein bester Freund, sein Blutsbruder muss nun auf eine jüdische Schule gehen. Manchmal treffen sie sich noch nachmittags, aber nichts ist mehr wie früher.

»Was ist mit Amerika?«, will Bernhard wissen, und Robert schüttelt den Kopf.

»Ich kann meine Eltern nicht allein lassen. Ich muss sie beschützen, vor Hitler.«

Da muss Bernhard laut herauslachen. Wie will sein Freund Robert seine Eltern vor dem Führer schützen? »Der hat doch was Besseres zu tun, als sich mit deiner Mutter und mit deinem Vater zu befassen«, sagt er.

Robert wendet sich ab und lässt ihn stehen. Kommt vier Tage nicht auf die Straße, so lange, bis Bernhard zu ihm nach Hause geht, um sich zu entschuldigen. Robert nimmt die Entschuldigung an, aber die Blutsbrüderschaft hat einen Riss bekommen.

Zum zehnten Geburtstag gibt es noch einmal eine gemeinsame Feier mit Elsa. Ihr Vater hat zugestimmt, und so bekommen die Glasers eine Einladung in die Villa nach Lichterfelde. Wilhelm sagt, er werde da nicht mitkommen. »Ihr grüßt Vicky von mir und natürlich Elsa. Sagt, dass ich arbeiten muss, der Führer will, dass Germania wächst.«

Martha schaut vorwurfsvoll und traurig zugleich. Wilhelm hat Geheimnisse, das weiß Bernhard, und die Mutter weiß es auch. Aber sie werden nicht fragen, und Wilhelm wird nichts sagen.

So fährt Martha mit ihm und Charlotte allein nach Lichterfelde. Endlich kann Bernhard Elsas Zimmer in Augenschein nehmen. Vor dem Fenster bauschen sich Gardinen wie im Märchen, und über dem Bett schwebt ein Himmel aus dünnem Stoff. Es gibt Kuchen und Schokolade in Mengen. So etwas hat er noch nie gesehen auf einem Tisch. Und auch noch nie, dass Leute ein Zimmer haben, das eigens und nur zum Essen gedacht ist. So nennen sie es auch, Esszimmer. Mitten auf dem langen Tisch, der hier Tafel heißt, steht Elsas und seine Geburtstagstorte, mit ihren Namen und einer Zehn in himmelblauem Zuckerguss. Die hat Elsas Mutter extra für sie gebacken, wie sie erzählt.

Vicky trägt einen Verband um die rechte Hand, halb so schlimm sei das, hat sie zur Begrüßung gesagt und gelacht. Doch als sie die Torte anschneidet, quillt frisches Blut durch den Verband. Sie wird weiß im Gesicht, läuft aus dem Zimmer und kommt lange nicht zurück. Elsas neuer Vater redet und lacht viel und sieht dabei traurig aus. Und Elsa schaut komisch, wenn sie Vati zu ihm sagt, als müsse sie das Wort aus ihrem Mund pressen.

Als sie endlich in den Garten dürfen, nimmt Bernhard seinen ganzen Mut zusammen und fasst nach Elsas Hand. Er zieht Elsa hinter einen großen Fliederbusch, wo sie nicht zu sehen und nicht zu hören sind. Dann sagt er Elsa, sie möge die Augen zumachen. Die zögert erst und blinzelt, und als sie endlich stillsteht mit geschlossenen Augen, atmet Bernhard tief ein und drückt seine Lippen auf Elsas Lippen, sodass die nur noch einen erschrockenen Japser von sich geben kann, bevor sie die Augen aufreißt und kichert.

»Jetzt sind wir verlobt«, sagt sie dann ernst und nimmt Bernhards Hand. »Soll ich uns aus Mamas Schmuckschatulle zwei Ringe stibitzen?«

Das ist ihm zu viel des Guten. »Niemand darf wissen, dass wir verlobt sind. Wir machen ein Geheimnis draus«, sagt er, und Elsa ist sofort einverstanden. Der Helbig würde bestimmt Ärger machen, und Mama wäre wahrscheinlich auch nicht begeistert. Mit zehn Jahren ist man ja noch recht jung für eine Verlobung.

Sie läuft schnell ins Haus, in ihr Zimmer, kommt wieder und drückt Bernhard etwas in die verschwitzte Hand. Eine Kette mit einem Kleeblattanhänger. »Weißt du«, sagt Elsa und sieht plötzlich sehr erwachsen aus, »ich mach mir nichts draus, dass du arm bist und einen jüdischen Freund hast. Die Liebe ist doch stärker als das alles.«

In diesem Sommer geht es Martha immer schlechter. Kaum, dass sie noch die Wohnung verlässt. Sie kocht und wäscht und überlässt Charlotte und Bernhard das Einkaufen und alle Gänge, die zu erledigen sind. Der Vater nimmt es hin, er hat eigene Sorgen. Noch mehrmals nimmt er Bernhard mit zum Pankower Friedhof. Wieder beobachtet Bernhard den Vater aus seinem Versteck. Lange steht Wilhelm vor dem Grabstein mit dem seltsamen Namen, doch niemand kommt. Onkel Arno ist und bleibt verschwunden.

Vier Mal geht Wilhelm umsonst den langen Weg, bis ihm beim fünften Besuch ein fremder Mann einen Zettel in die Hand drückt. Wieder verschwindet der Mann um die Ecke und der Zettel in der Jackentasche. Als Bernhard diesmal aus dem Versteck kommt und sich leise nähert, hört er etwas Unerhörtes. Der Vater weint. Sein breiter Rücken wird vom Schluchzen geschüttelt. Nicht einmal beim Tod des kleinen Arno hat er den Vater weinen sehen. Nun schlägt er die Hände vors Gesicht und reicht ihm den Zettel. Darauf steht: »Arno verhaftet und ins Lager gebracht. Nieder mit dem Hitlerfaschismus!« Bernhard steht eine Weile stumm da, bevor er fragt: »Was für ein Lager?«

»Besser, wenn du es nicht weißt«, flüstert Wilhelm. »Du darfst den Nazis nicht trauen. Aber ich vertraue dir, Bernhard, dass du schweigen kannst wie ein Mann. Du bist jetzt ein großer Junge.«

Bernhard schwört sich, seinen Vater nicht zu enttäuschen. Er wird niemandem von dem Friedhof, von Arno und den Zetteln erzählen.

Am ersten September beginnt eine Zeit, die Wilhelm nur noch als Wahnsinn bezeichnet, und in der Schule sind sie fast alle diesem Wahnsinn anheimgefallen. Kalle kriegt sich gar nicht mehr ein. Immer wieder versucht er, Bernhard die Sache mit dem Volk ohne Raum zu erklären, und dass dies nun bald ein Ende haben werde. Bernhard findet es in den Wohnungen im Braunen Weg zwar auch recht beengt, und ihm gefiele es, wären die Straßen etwas breiter. Aber so eng, dass es gleich einen Krieg darum geben müsste, findet er es auch wieder nicht. Kalle ist verzweifelt, wenn Bernhard solche Argumente anbringt. »Es geht doch nicht um den Braunen Weg«, ruft er dann. »Es geht darum, dass ein starkes Volk Platz braucht, um größer zu werden.«

Bernhard ist nun bei den Pimpfen. Dagegen kann niemand mehr etwas tun, seit es befohlen ist, dass man als Junge mit zehn in die Hitlerjugend zu gehen hat. Freuen kann er sich nicht darüber, dass er nun doch in die Uniform steigen darf. Man muss sehen, wie man durch diese Zeiten kommt, hat der Vater gesagt, und die Mutter möchte von gar nichts mehr etwas wissen, seit Krieg ist. Jede Woche fährt sie jetzt den weiten Weg zum Friedhof nach Gollwitz, wo die Eltern liegen. Die Brüder sind nur kleine Kreuze auf einem Stein, Namen zwischen anderen Namen. Ihre Knochen zerstreut in Lothringen und Flandern, niemand weiß es genau. Noch immer überläuft Bernhard ein Schauder, wenn er an die Inschrift denkt, die ihm die Mutter vorgelesen hat, als er an ihrer Hand vor dem großen Stein mit den vielen Namen stand. »Sie gaben ihr alles, ihr Leben, ihr Blut. Sie gaben es hin mit heiligem Mut. Für uns!«

An einem Nachmittag im November muss er hinaus zum Geländespiel. Einen halben Tag rennen sie durch den Wald und kriechen durchs Unterholz. Bernhard stolpert über eine Wurzel und fällt in ein Dornengestrüpp. Auf dem Heimweg beschließt er, der Mutter zu sagen, dass er nicht mehr zum Jungvolk gehen will. Lieber stellt er sich krank oder tot, als weiter diese langweiligen Spiele mitzumachen und sich Vorträge über Zucht und

Ordnung anzuhören. Als Bernhard nach Hause kommt, ist es ungewöhnlich still in der Wohnung. Vielleicht ist die Mutter ja doch einmal nach draußen gegangen, hat sich erholt von ihrer Traurigkeit, hat den Kummer um den kleinen toten Arno und die Angst vor Hitler und dem Krieg vergessen. Aber so recht kann er nicht daran glauben.

Er schaut in die Küche, in das kleine Schlafzimmer der Eltern. Manchmal hat die Mutter seit Arnos Tod auch bei zugezogenen Vorhängen im Bett gelegen, wenn er von der Schule nach Hause kam, und gesagt, dass sie krank sei. Heute ist das Bett gemacht, die Decke über den Federbetten glatt gezogen. Er öffnet die Tür zu Charlottes und seinem Zimmer, doch auch Charlotte ist nicht zu Hause. Also geht er noch einmal in die Küche, denn es muss wohl ein Abendbrot gemacht werden, wenn bald der Vater nach Hause kommt.

Die Küche ist so blank und aufgeräumt, als stünde Weihnachten oder hoher Besuch ins Haus. Bernhard nimmt sich Brot aus dem Kasten, schneidet eine dicke Scheibe ab und holt Wurst aus der Kammer. Wenn niemand da ist, wird er eben alleine essen. Er hat einen Riesenhunger nach dem Gerenne durchs Unterholz. Eben will er in seine Stulle beißen, da sieht er das gefaltete Blatt Papier auf dem Tisch. Es wird doch kein Elsabrief sein, den jemand anders geöffnet und auf den Tisch gelegt hat? Womöglich gelesen? Aber nein, das ist nicht Elsas Schrift. Diese Schrift kommt ihm gar nicht bekannt vor, die Sätze sehen aus, als habe jemand bei jedem Wort absetzen und überlegen müssen.

»Verzeiht mir, dass ich fortmuss. Sucht mich nicht. Das Leben wird ohne mich leichter. Ich liebe euch, Martha.«

Bernhard wirft das Blatt von sich und springt vom Stuhl auf. Was soll das bedeuten? Fortmuss – wohin denn fort? Er läuft ins Schlafzimmer und reißt den Kleiderschrank der Eltern auf. Gott sei Dank, es ist alles noch da. Da kann sie ja nicht für lange fort sein, ohne ihre Kleider. Auch der einzige Koffer liegt oben auf dem Schrank. Er hört, wie jemand zur Tür hereinkommt. Das wird sie sein, die Mutter, sicher ist sie nur einkaufen gewesen. Oder bei der Nachbarin. Er läuft in die Diele und steht Charlotte gegenüber.

»Was ist passiert?«, fragt sie, noch bevor er etwas gesagt hat. Er zieht die Schwester in die Küche und hält ihr das Blatt Papier unter die Nase. Charlotte liest und wird grau im Gesicht. Erst weiß und dann grau wie ein Pappkarton. Sie fasst nach der Tischkante, umklammert sie mit beiden Händen, und einen Augenblick sieht sie aus, als würde sie umfallen. Dann läuft sie ins Schlafzimmer, genau wie er es gemacht hat. Gleich wird sie sehen, dass die Mutter nicht weit fort sein kann. Wird sich beruhigen und ihm erklären, was die Sätze auf dem Küchentisch bedeuten. Doch Charlotte bricht beim Anblick der Kleider im Schrank ihrer Mutter in Tränen aus. Geht zur Kommode neben dem Bett, zieht eine Lade heraus und öffnet ein Kästchen. In der Schmuckschatulle liegt Marthas Ehering, den sie sonst immer trägt. Doch etwas anderes fehlt, Charlotte zeigt auf den leeren Platz auf dem blauen Samt, Bernhard weiß es nicht. »Arnos Zähnchen«, stößt sie hervor und bricht in ein unmenschliches Geheul aus.

»Hör auf!«, schreit er, packt die große Schwester bei den Armen und schüttelt sie. »Mutti kommt gleich. Sie kommt gleich!«

Es ist lange schon dunkel, als endlich der Vater nach Hause kommt. Sie hören, wie er die Wohnungstür öffnet, im Flur poltert, nach Martha ruft, in die Küche geht. Dann ist es eine Weile ganz still. Er tritt ins Schlafzimmer, macht Licht, geht zum Bett und nimmt Charlotte in die Arme. Schaut in den Kleiderschrank, zieht Bernhard zwischen Jacken und Röcken heraus, drückt ihn an sich. »Ich hol die Schulzen«, sagt er und wendet sich zur Tür. »Sie bleibt heute bei euch.«

Bernhard will ihn aufhalten, stellt sich ihm in den Weg, schreit: »Wohin gehst du?«

Doch der Vater schiebt ihn sanft beiseite und gibt keine Antwort. Die Tür fällt hinter ihm ins Schloss.

»Zur Polizei«, sagt Charlotte, und ihre Stimme klingt nun ganz ruhig. »Er geht zur Polizei.«

Luftbrücken

Auf dem Dach flattern rote Fahnen im Wind. »Frieden sichern!« verkündet ein Plakat über dem Portal, und auf einem roten Banner steht in großen Buchstaben »Es lebe die Sozialistische Einheitspartei Deutschlands«. Nur ganz selten fährt ein Auto über die Kreuzung zur Lothringer Straße. Kein Laut dringt aus dem Inneren des riesigen Gebäudes. Alle Fenster sind geschlossen.

Das mächtige Haus mit seinen Seitenflügeln überragt die umstehenden Gebäude mit ihren durchlöcherten Fassaden, abgestützten Dächern und maroden Mauern, von denen manche noch immer aussehen, als könnten sie jeden Augenblick zusammenbrechen. Ein paar Grundstücke weiter klafft eine Lücke, wo ein Volltreffer niederging und die Häuser in Flammen setzte. Gleich nachdem in der Zeitung stand, dass das Viertel nördlich des Alexanderplatzes schwere Bombenschäden erlitten hatte, war ihre Mutter mit ihr hergefahren, um nach dem Haus zu sehen. Lange hatten sie schweigend vor dem rußgeschwärzten, doch nahezu unversehrten Gebäude gestanden. Das Jonass hatte die Bomben und Granaten überlebt.

Und doch ist es nicht mehr das Jonass. In ganzer Breite um den Vorsprung zwischen erstem und zweitem Stock trägt das »Haus der Einheit« ein rotes Banner, als hätte man ihm eine Schleife umgebunden. Darüber das Bild mit den Konterfeis von Marx, Engels, Lenin und Stalin – wie eine rote Pappnase kommt es ihr vor, die man dem wehrlosen Haus angeklebt hat. Wo Grünbergs ihre Kontore hatten, sind Wilhelm Pieck und Otto Grotewohl eingezogen. Das Kaufhaus, »Jeder Preis ein Schlager«, ist nun eine Schaltzentrale der Macht. Doch immer noch besser diese Machthaber als ihre Vorgänger von der NSDAP, denkt Elsa. Da wird ein Vorhang zurückgezogen und ein Fenster aufgerissen. Ein Gesicht schaut heraus, schaut sie an?

Sie hat das Gefühl, von dort oben genauestens in Augenschein genommen zu werden. Hat da jemand ihre Gedanken gelesen, ihre Frage, wie komme ich jemals wieder hinein in diese Festung? Das Fenster wird geschlossen, die Gestalt verharrt an ihrem Platz. Sie winkt dem Schemen hinter der Scheibe, doch niemand winkt zurück. Der Vorhang im »Haus der Einheit« wird zugezogen.

~

»Die Amis kommen!« Klaus und Werner Helbig stehen auf dem Trümmerberg zwei Straßen hinter ihrem Haus und beobachten die einfliegende Douglas Skymaster.

»Hierher, hierher!«, schreit Werner gegen den Motorenlärm an und wedelt mit dem Taschentuch. »Schokolade und Schuing Gumm zu mir!«

»Tschuing Gamm«, verbessert Klaus. »Das heißt Tschuing Gamm. Und außerdem«, er tritt gegen einen zerbrochenen Ziegelstein, »brauchen wir keine Almosen. Erst werfen sie uns Bomben auf den Kopf und dann Schokolade.« Er zieht den jüngeren Bruder am Ärmel. »Komm nach Hause.«

Werner macht sich los und stellt sich einige Meter von Klaus entfernt zu den anderen Jungen, die das Flugzeug begrüßen, indem sie winken und ihre Mützen in der Luft schwenken. Jeder will auf dem höchsten Punkt des Trümmerbergs stehen und wippt dort oben auf den Zehenspitzen.

»Hey, das ist eine Douglas Dakota!«, schreit der Junge aus dem Nachbarhaus, der Werner schon öfter auf dem Schulweg verprügelt hat. Werner kann nicht begreifen, wie man so dämlich sein kann. Das sieht doch ein Blinder, dass es sich hier nicht um eine C-47 handelt, sondern um eine C-54. Aber er hält lieber den Mund. Und dann geschieht das Unfassbare: Das Flugzeug über ihnen wackelt mit den Flügeln. Kurz darauf segeln kleine schwarze Gebilde herab. Einen Moment stehen alle still und starr mit emporgereckten Köpfen. Dann bricht Jubel aus.

»Ein Candy-Bomber! Ein Candy-Bomber!«, kreischen die Jungen und hüpfen in ihren durchlöcherten Schuhen in die Luft. »Schocklett, Schocklett!«

Einzelne Schotterstücke lösen sich und kullern den Schutthaufen hinab. Klaus steht einige Schritte weiter unten mit verschränkten Armen abseits. Er hebt einen Stein auf und zielt damit nach dem Flugzeug. Der Stein fliegt hoch in die Luft und fällt dicht neben den Jungen zu Boden.

Das Flugzeug zieht in einer weiten Kurve davon, doch die kleinen Fallschirme taumeln langsam zur Erde. Zwei landen auf einem Hausdach, ein anderer verfängt sich in einer Stromleitung. Und ein paar steuern als Landebahn offenbar genau ihren Trümmerberg an! Die Jungen breiten die Arme aus. Als die Fallschirme in Reichweite geraten, stürzen sie durcheinander und boxen sich gegenseitig aus dem Weg. Einer stellt Werner ein Bein, er fällt ein paar Meter abseits des Getümmels auf den Schotter. Seine Knie und Handflächen tun höllisch weh, als er sich wieder aufrappelt, um den anderen hinterherzurennen. Da schwebt genau vor seiner Nase das größte Wunder von allen herab. Ein Ballon mit aufgemaltem Gesicht, an dem ein Brief baumelt: ein leibhaftiger Shmoo! Davon hat er bisher nur erzählen und flüstern hören, wie man von Siebenmeilenstiefeln, Einhörnern und Wunderwaffen gehört hat und nie recht wusste, ob es so was wirklich gibt oder nur in Geschichten.

Blitzschnell stopft Werner den Ballon unter die Jacke und klettert den Trümmerberg hinab. Sein Bruder ist verschwunden.

Werner sieht zu, dass er seinen Schatz so schnell wie möglich heil nach Hause bringt. Ein Shmoo bedeutet ein CARE-Paket!

»He, Hosenscheißer, was rennst du?«, ruft es hinter ihm her. Werner dreht sich nicht um. Ein Stein trifft ihn im Nacken, kurz darauf fühlt er, wie ihm etwas Warmes in den Kragen rinnt. Nur weiterlaufen, gleich ist er in Sicherheit.

Mit zitternden Fingern hat er die Wohnungstür hinter sich zugezogen und öffnet seine Jacke. Er holt den Ballon hervor und küsst das Gummiwesen auf den grinsenden schwarzen Mund. Ein Shmoo – das ist der Hauptgewinn! Das muss auch sein Bruder anerkennen. Und wie Mama und Elsa sich erst freuen werden! Klaus stochert im engen Zimmer der beiden Jungen im Ofen. Er dreht Werner den Rücken zu, während der mit lauter Stimme vorliest, was auf dem Briefchen steht. »Hallo – ich bin ein Shmoo! Vielleicht habt ihr noch nie von mir gehört. In Amerika bin ich ziemlich berühmt als ein Fabeltier, das allen Menschen Gutes tut. Zum Beweis dafür bringt mich zum CARE-Büro, wo ich mich in ein CARE-Paket verwandeln werde.«

Klaus schließt die Ofenklappe und dreht sich langsam um. »Wie siehst du denn aus? Blutflecken am Kragen, Blutflecken an den Knien, die ganzen Sachen versaut. Das wird Mama aber gar nicht gefallen.«

»Na und? Wenn sie erst mal sieht, was ich …«

»Geh dich waschen!«

Werner legt Shmoo und Brief auf den Tisch und geht in die Küche zum Waschtisch. Dort zieht er Hose und Pullover aus, um die Blutflecken auszuwaschen. Erst jetzt, während er Gesicht und Hände schrubbt, spürt er wieder, wie die Schrammen brennen. Er fasst sich in den Nacken, fühlt etwas Klebriges und zuckt zusammen.

»Klaus, kannst du mal …« Da keine Antwort kommt, geht er

zurück in ihr Zimmer. Einen Augenblick später stürzt er zum Tisch. »Wo ist er?!«

Nach Gummi stinkender Qualm steigt aus dem Ofen. Werner reißt die Ofentür auf und blickt auf ein verschmortes Etwas und ein Stück kokelndes Papier. Er will mit bloßen Händen in die Glut greifen, doch Klaus packt ihn an den Handgelenken, zieht ihn vom Ofen fort und drückt ihn zu Boden. Während er rittlings auf ihm sitzt und Werners Arme über dem Kopf festhält, zischt er: »Diese Gummipuppe hat der Feind abgeworfen. Dieselben Yankees haben unseren Vater getötet! Und du schämst dich nicht, ihre Schokolade zu fressen!«

Es klappert an der Wohnungstür, Vicky steht im Zimmer, beladen mit einer Tasche und einem Rucksack, aus dem Reisigzweige ragen. »Was ist denn hier los? Hört sofort auf! Eure Mutter steht sich die Füße wund, schleppt für euch das Futter herbei, und ihr …«

Da jault Werner auf. »Mama, ein Kehrpaket! Ich hatte ein Kehrpaket für dich! Klaus hat den Gutschein verbrannt!«

Klaus lässt Werner los und steht auf. »Ja, mit Liebesgrüßen von den Juden und Negern aus Amerika!«

Vicky packt Klaus, der nur noch einen Kopf kleiner ist als sie, am Kragen und schüttelt ihn. »Weißt du überhaupt, Bürschchen, was ein CARE-Paket bedeutet? Vierzigtausend Kalorien! Siebentausend Westmark! Tausend Zigaretten! Und du willst dich als deutscher Held aufspielen?«

Sie verpasst ihm eine Ohrfeige. Im selben Moment schlägt Klaus zurück. Vicky taumelt und fasst sich an die Wange. Beide schauen einander fassungslos an. Dann rennt Klaus in die Diele und poltert das Treppenhaus hinunter.

»Und eins, und zwei, und drei, und vier!« Elsa nimmt den Karton von ihrer Vorderfrau entgegen und reicht ihn dem Mann, der hinter ihr steht. Eiskalter Nieselregen glänzt im Licht der

Scheinwerfer, die das Rollfeld erleuchten. Bei jedem Wetter, zu jeder Tageszeit wird hier gearbeitet, in drei rotierenden Schichten. Wenn die Flugzeuge bereit zum Entladen sind, kommt es auf Minuten, Sekunden an. Keine halbe Stunde nach der Landung soll die Maschine wieder starten, zurück nach Westdeutschland. »Es liegt in euren Händen«, hat der Schichtführer gesagt, »dass Berlin nicht verhungert!« Elsas Schicht lädt Lebensmittelpakete aus. Trockennahrung. Aus dem Flieger links von ihnen wirft eine Gruppe junger Männer über eine Rampe Kohlesäcke auf den bereitstehenden Lastwagen, rechts sind es Papierrollen für den Zeitungsdruck. »Und eins, und zwei, und drei, und vier!« Noch ein Karton und noch ein Karton. Der Körper dreht sich fünfzig Grad nach links, fünfzig Grad nach rechts. Die Arme bewegen sich im Takt, die Finger greifen, lassen los, greifen. Die Kette der Hände, durch die die Fracht wandert, darf nicht unterbrochen werden.

Es ist sechs Uhr abends, stockfinster. Ihre letzte Maschine für heute. Elsa spürt Arme und Hände nicht mehr, alles von Kopf bis Fuß taub. Immer war sie Teil so einer Kette gewesen, denkt Elsa, während sie den letzten Karton dieser Schicht entgegennimmt. Beim BDM, als sie im Akkord Päckchen für die Helden an der Front packten. Später, als Schutt und Asche ihrer Stadt durch die Hände wanderten. Lauter Frauenhände. Auch damals hat man gar nichts gespürt, erst nachts auf der Matratze schmerzten die Knochen. Elsas Arme, vom Gewicht befreit, fallen schlaff herab. Die anderen scheinen ebenso in sich zusammenzusacken, als ihre Gruppe das Rollfeld verlässt und Richtung Halle schlurft.

Elsa hängt ihren von Schweiß und Nieselregen feuchten Kittel an den Haken. Einen Moment noch aufwärmen in der Halle, bevor sie zu Fuß den Heimweg antritt. Ein Glück, dass sie die Wohnung in Tempelhof bekommen haben. Als sie so nah an den Flughafen zogen, ahnte noch niemand, dass dieser einmal im Mittelpunkt der Weltgeschichte stehen würde. Wer weiter weg wohnt, muss abends zusehen, wie er nach Hause kommt. Wegen der Stromsperren ist um sechs Uhr abends Schicht im U-Bahn-Schacht und für die Straßenbahnen. Ingrid, die einen kriegsversehrten Mann und zwei kleine Kinder zu Hause hat, läuft über eine Stunde quer durch die dunkle Stadt. Von Ingrid hat sie letzte Woche in der Pause heimlich Skizzen gemacht. Wie sie den Kittel bis oben zuknöpft, mit zusammengepressten Lippen die Haare unter das Kopftuch steckt. Die fahle Haut und die tiefen Falten um ihre Augen, obwohl sie noch keine dreißig ist – und die Augen selbst, blank und blau wie ein Julihimmel. Als gehörten sie in ein ganz anderes Gesicht, das einer Schulmädchen-Ingrid, einer Vorkriegs-Ingrid. »Was machst du da?«, wollte Ingrid wissen, und Elsa hat ihren Skizzenblock schnell in die Kitteltasche geschoben. »Ach, ich schreib Rezepte auf«, hat sie geantwortet. »Mit lauter verrückten Dingen. Schnitzel – kein Büchsenfleisch, weißt du – und Kartoffeln, ovale, feste Knollen. Schön gelb. Dazu Erbsen, so runde, grasgrüne …« – »Der Trockenkohl ist gar nicht schlecht«, hat Ingrid ihr Märchen beendet. »Man muss ihn nur mit einer Prise Salz und Zucker einweichen.«

Heute ist sie zu müde, um in den wenigen ruhigen Minuten, bevor die nächste Schicht anrückt, Skizzen zu machen. Ganze Blöcke hat sie schon gefüllt. Dabei träumt sie Tag und Nacht davon, eine eigene Kamera zu besitzen. Träum weiter, sagt Elsa und hängt den Kittel an den Haken. Der Fotograf konnte sie nach ihrer Lehre nicht übernehmen, kann kaum selbst überleben. Heute dreht sich alles um Kartoffeln und Brot. Neben ihr auf der Bank liegt eine Zeitung, die will sie für zu Hause einstecken. Ihr Blick fällt auf die Titelseite: »Neues Deutschland«, liest sie, »Organ des Zentralkomitees der Sozialistischen Einheitspartei Deutschlands«. Und das in den heiligen Hallen der amerikanischen Luftbrücke! Diese Zeitung hat sie noch nie gelesen, und sie beginnt, darin zu blättern. »Betriebskollektiv – Verbesserung des Werkküchenessens … Einführung des Leistungslohnes in den volkseigenen Betrieben …« Da bleibt ihr Blick am Namen unter einem Artikel hängen. Bernhard Glaser. Der Bernhard Glaser?! Ihr Freund aus Kindertagen, den sie seit drei Jahren aus den Augen verloren hat? Und der schreibt jetzt fürs Neue Deutschland? Vorsichtig rollt sie die Zeitung zusammen und steckt sie in ihre Tasche. Die drei Jahre ohne ihn kommen ihr wie verloren vor.

Sie zieht den Mantel über und tritt durch das Tor der Flughafenhalle in den stärker werdenden Regen hinaus. Das ohrenbetäubende Gedröhn der Flugzeugmotoren hört sie schon gar nicht mehr. Vicky stopft sich nachts Watte in die Ohren, weil sie sonst kein Auge zutun könnte, sagt sie. Doch auch mit zugestopften Ohren geistert sie Nacht für Nacht durch die enge Wohnung. Einmal ist ihnen die Watte ausgegangen. Und woher sollte man neue bekommen? Vicky hat es mit Stoffresten versucht, mit Werners durchgekauten Kaugummis, aber nichts wollte im Schlaf in den Ohrmuscheln halten. Irgendwann hat sie eine Nachbarin gefunden, die bereit war, Brot gegen Watte zu tauschen. Erst seit sie mit ihrer Mutter ein Zimmer teilen muss, weiß sie, wie unruhig deren Schlaf ist. Manchmal schreit oder weint Vicky im Traum. »Keller!«, schreit sie. »Wach auf, in den Keller!« Oder sie winselt mit hoher Stimme »Feuer!«, »Feuer!«, bevor sie wieder in den Schlaf fällt. Für Vicky bedeuten die Flugzeuge nach wie vor Bomben. Für Klaus bedeuten sie Feind, für Werner Schokolade. Und für sie selbst? Arbeit, etwas Geld und einen unangreifbaren Vorwand, jeden Tag fortzukommen von zu Hause.

Auch wenn sie langsam nass wird, hat Elsa es nicht eilig. Der Flughafen liegt an einem alliierten Glücksstrang, wie sie die Stromleitungen nennen, durch die Tag und Nacht jener Saft fließt, der alles am Leben hält. Doch je weiter sich Elsa vom

Flughafengelände entfernt, desto dichter und schwerer liegt die Dunkelheit in den Straßen. Die gewöhnlichen Häuser und Einwohner von Tempelhof sind heute erst um Mitternacht an der Reihe, ihre tägliche Zweistundenration Strom zu empfangen. Keine Autoscheinwerfer, keine Straßenlaternen, durch die Fenster der Wohnungen dringt hier und da das Flackern von Kerzen oder der schummrige Schein einer Petroleumlampe. Kein Radio. Nur das Dröhnen und die Lichter der Flugzeuge durchbrechen die Decke der Ruhe und Finsternis über der Stadt. Fast wie im Krieg, denkt Elsa. Vor vier, fünf Jahren, als ich noch ein Kind war. Ein junges Mädchen, alt genug für den Bund Deutscher Mädel. Alt genug für den Dienst an der Heimatfront. Alt genug für die Bomben und die Toten. Und trotzdem, ein Kind. Bis zu diesem Mittag im Mai, als sie an ihre Haustür hämmerten. Genau zwölf Uhr mittags ist es gewesen, sie erinnert sich, dass die Kirchenglocken läuteten, die Kirche war halb zerbombt, aber der Glockenturm stand. Beten konnte sie nicht.

Elsa sucht Schutz in einem Hauseingang, steckt ihre letzte Zigarette zwischen die Lippen, holt die Zündholzschachtel hervor. Wie immer, wenn sie an das denkt, was nach dem Hämmern an die Haustür folgte, wird ihr schwarz vor Augen, und die Tür fällt ins Schloss. »Der deutsche Mann hat fünf Jahre gekämpft, die deutsche Frau fünf Minuten.« Ihre Finger zittern, das Zündholz – das vorletzte – bricht ab. Reiß dich zusammen. Noch ein Versuch. Auch der Kopf des letzten Hölzchens bricht und fällt in die Pfütze im Hauseingang.

»Aber, aber, wer wird denn weinen?« Der Mann tritt näher. »Nun, wo wir alle am Leben bleiben und Rosinen vom Himmel regnen.« Elsa hat die Tränen abgewischt, sich umgewandt.

»Verschwind…« Sie schaut dem Mann ins Gesicht und verstummt. Er trägt eine dunkle Brille. Eine Sonnenbrille bei der Dunkelheit! Vielleicht ist es ja ein Irrer, ein Mörder. Aber sein Lächeln ist so liebenswürdig und auch die Art, wie er ihr den

Schirm entgegenhält. Ein altmodischer schwarzer Schirm an einem langen Spazierstock. »Haben Sie Feuer?«

Der Fremde schüttelt den Kopf. »Bedaure, damit kann ich nicht dienen. Aber ich biete Ihnen Schutz und Schirm für den weiteren Weg.«

Inzwischen hat es in Strömen zu gießen begonnen. Elsa steckt die Selbstgedrehte wieder ein.

»Na gut.« Sie hakt sich bei ihm unter, schweigend gehen sie die dunkle Straße entlang, während der Regen auf den großen Schirm prasselt, der sie beide trocken hält. Vorsichtig setzt er Fuß vor Fuß und zieht den linken ein wenig nach. Sicher vom Krieg, denkt sie.

»Sie sind wohl noch sehr jung?«, fragt er mitten ins Schweigen. Elsa sieht ihn erstaunt an. »Weil Sie so weinen können. Ich habe Sie gehört und dachte: Da ist ein junger, glücklicher Mensch, der über sein Schicksal weinen kann. Vielleicht tröstet es mich, ein wenig in seiner Gesellschaft zu sein.«

»Tröstet Sie?« Auf einmal wird Elsa klar, dass der Mann blind ist. »Verstehe«, sagt sie. »Verstehe.«

Dann fallen sie wieder in ihr Schweigen. Langsam schlurft der Mann vorwärts. Und die Gedanken rennen währenddessen vor und zurück wie ein Hund. Zu den Nachmittagen nach der Schule, den Stunden, in denen sie ihrer Mutter half beim Trümmerräumen. Vicky war zwangsverpflichtet als Frau eines Nazis, »Anhangfrauen« nannte man solche wie sie. Sie selbst war ebenfalls der Anhang eines Nazis, wenn auch nur die adoptierte Tochter eines toten Nazis. Als Trümmerfrau stand Vicky zwar eine höhere Lebensmittelkarte zu als die »Sterbekarte«, aber auch mit Karte II und III wurde oft genug gestorben, vor allem im Hungerwinter '46. »Nur nicht wieder so ein Winter wie '46!«, haben alle gesagt, als sich abzeichnete, dass die Blockade über den Winter andauern würde. Zum Glück ist dieser Winter bisher mild verlaufen.

»Haben Sie Feuer?«, fragt Elsa, als ihnen in der verlassenen Straße endlich wieder ein Mensch entgegenkommt.

»Nein«, sagt die triefend nasse Gestalt und schaut suchend um sich, »aber wissen Sie, wo es Kohlen gibt? Es muss doch irgendwo Kohlen geben.«

Auch jetzt bekam man als Luftbrückenarbeiterin Extrakalorien, damit man die Schufterei durchhielt. Wer nicht arbeitet, soll auch nicht essen. Wer isst, soll auch arbeiten. Für die Flughafenarbeiter hieß das pro Schicht einen Becher Kaffee und eine Mahlzeit von siebenhundert Kalorien. Manchmal bestand so eine Mahlzeit sogar aus richtigem Gemüse, mit Blättern, Wurzeln oder Stängeln, und echten Kartoffeln. Nicht die getrockneten, harten Würfelchen, die es auf Karte gab. Trotzdem hätte Elsa statt der Mahlzeit lieber eine Karte bekommen, die sie gegen Zigaretten tauschen konnte. Die Zigaretten brachten nicht nur den Magen zum Schweigen, sondern stillten noch einen anderen Hunger. Was denn für einen anderen Hunger? Man denkt seltsame Dinge, wenn man zu müde zum Denken ist. Zu hungrig zum Denken.

Es ist anstrengend, so langsam zu gehen. Und was macht es schon, wenn sie nass wird. Elsa bleibt stehen und streckt dem Fremden die Hand hin. »Danke für den Schirm.«

Erst nach kurzem Zögern ergreift er die Hand, knapp daneben zuerst, dann mit festem Druck. »Na dann – auf Wiedersehen«, sagt der Mann und lächelt dazu. Er klappt den Schirm zusammen, lässt sich nass regnen und benutzt ihn als Krückstock.

Zu Hause: der Gestank nach Kohl und Branda. Also sind mal wieder die Kohlen ausgegangen, denkt Elsa in der dämmrigen Diele, denn nur dann war dieser stinkende Ersatz aus Sägespänen und Teer an der Reihe. Kein Strom, kein Licht, kein Radio. Alles dunkel und still, alles ganz normal. Vicky sitzt sicher in der Küche und starrt an die Wände. Nähen lässt sich im Dunkeln ja auch nicht, selbst wenn man das Glück hat, statt einer elektrischen Nähmaschine noch eine alte mechanische zu besitzen. Aber jetzt kommt es ihr doch ein bisschen zu still vor. Was machen Klaus und Werner? Die werden doch nicht schon schlafen gegangen sein! Die Tür zum Zimmer ihrer Brüder ist geschlossen.

Elsa schaut in die Küche. Eine vermummte Gestalt sitzt am Küchentisch. »Mama?« Eiskalt ist es in der Küche, kalter Branda-Rauch hängt in der Luft. Die Kerze auf dem Küchentisch ist verloschen. Die vermummte Gestalt wendet nicht einmal den Kopf. »Was ist passiert?«

Elsa setzt sich Vicky gegenüber, zündet sich die Zigarette an und nimmt einen tiefen Zug. Noch bevor Vicky den Mund aufmacht, strömt Elsa der Geruch von Alkohol in die Nase. Komisch, dafür reicht's immer, denkt sie. Im Dunkeln und in mehrere Schichten Kleidung gehüllt, mit einem Wollschal um den Kopf gewickelt, sieht Vicky wie eine alte Frau aus. Dabei haben sie erst letzten April ihren vierzigsten Geburtstag gefeiert. Elsie hat Marmorkuchen gebacken. Damals, als es noch frische Eier und Milch gab.

»Dein Essen steht auf dem Herd«, sagt Vicky schleppend. »Du kannst zwei Portionen haben. Klaus braucht nichts mehr.«

»Mama! Was ist mit ihm? Sag mir endlich, was hier los ist!«

Statt einer Antwort schlägt Vicky mit der Faust auf den Tisch. »Der Gauner! Ein Dieb an der eigenen Familie.« Nach und nach rückt sie mit der Geschichte heraus, während Elsa die aufgewärmte Kohlsuppe löffelt. »Stell dir vor, Elsa, neunhundert Gramm Fett, zweihundertfünfzig Gramm Trockenei, Corned Beef …« Sie bewegt beim Sprechen den Oberkörper vor und zurück. »Tee, Schokolade. Käse. Dreizehn Kilo, vierzigtausend Kalorien.« Sie hält inne und schaut ihrer Tochter in die Augen. »Siebentausend Mark auf dem Schwarzmarkt, tausend Zigaretten …«

Elsa tunkt ein Bröckchen hartes Brot in die Schüssel. »Tausend Zigaretten!«, seufzt sie. »Der kleine Scheißkerl!«

Elsa öffnet die Augen und schließt sie wieder. Sie tastet nach dem Schalter und knipst die Hundert-Watt-Birne aus, die auf ihr Gesicht gerichtet ist. Ein greller Schmerz ist ihr in die Augen gefahren, aber sie ist hellwach, die Birne hat ihren Zweck erfüllt. »Unseren täglichen Strom gib uns heute!«, sagt Elsa und setzt sich im Bett auf. Das Bett an der gegenüberliegenden Wand ist leer.

In der Küche brennt Licht, Vicky steht am Bügelbrett. Sie trägt dicke Socken und Pantoffeln, lange Hosen, darüber ein Wollkleid und eine Strickjacke. Wie lange hat ihre Mutter im Dunkeln am Bügelbrett gestanden, um genau in der Sekunde des Einschaltens loszubügeln?

»Kannst du für morgen vorkochen?«, fragt sie Elsa. »Die Sachen stehen auf dem Tisch.«

Schlaftrunken schüttet Elsa die vorgeweichten Kartoffel- und Gemüsewürfel in den Topf. Auch das Trinkwasser muss abgekocht werden, seit die Kläranlagen nicht mehr richtig funktionieren. Das Radio läuft. Immer wieder werden die RIAS-Nachrichten vom Fluglärm übertönt. Dem täglichen Insulaner-Lied geht es nicht besser, doch den Refrain kennen sie auswendig.

»Der Insulaner verliert die Ruhe nicht«, singen Vicky und Elsa, »der Insulaner liebt keen Jetue nicht. Und brummen des Nachts auch die viermotorjen Schwärme, det is Musik für unser Ohr, wer red't vom Lärme?«

Werner kommt in die Küche, in Schlafanzug und Wollpullover steht er im Türrahmen und stimmt ein. »Der Insulaner träumt lächelnd wunderschön, dass wieder Licht ist und alle Züge gehn. Der Insulaner hofft unbeirrt, dass seine Insel wieder 'n schönes Festland wird. Gibt's Kakao?«, fragt er und nimmt gähnend den Becher entgegen. Sein Gesicht hellt sich auf. »Sogar heiß!« Dann setzt er sich an den Tisch und schlägt ein Heft auf. »Muss noch Mathe machen für die erste Stunde.« Im Schein der Lampe fällt Elsa sein verschwollenes Gesicht auf.

»Sagt mal, was ist mit Klaus? Verschläft der neuerdings die Elektrizität?« Sie bekommt keine Antwort. Als hätte es in diesen Räumen nie einen Jungen namens Klaus gegeben. Gibt auch keinen, stellt Elsa fest, als sie das Zimmer ihrer Brüder betritt. Klaus' Bettdecke liegt unberührt da.

Mit ihrem schärfsten Küchenmesser und der selbst gebastelten Taschenlampe mit Dynamo hat Elsa sich auf den Weg gemacht. Tausend Zigaretten hin oder her, Klaus ist doch noch ein Kind! Zwölf Jahre alt und unausgegoren, wie man in diesem Alter eben ist. Und da liegen sie seelenruhig in ihren Betten, während der Junge in Dunkelheit und Kälte herumirrt? Hauptsache, die Wäsche ist gebügelt und die Hausaufgaben sind gemacht? Nun gut, sie kann Klaus auch nicht leiden. Sie bückt sich nach etwas, das wie eine Zigarettenkippe ausgesehen hat, aber leider nur ein nasses Blatt ist. Gibt es überhaupt jemanden, der Klaus leiden kann? Schulfreunde bringt er nie mit nach Hause, mit den Nachbarskindern spielt er nicht. Aber ein paarmal hat er damit geprahlt, dass er zu einer geheimen Bande gehört. Irgendwas mit Wölfen, die in den Ruinen hausen. Hätte sie ihm bloß besser zugehört! Jedenfalls waren diese »Wolfshöhlen« nicht weit vom Alexanderplatz, das hat sie sich gemerkt. Sie hat das Gefühl, dass sie dort in der Gegend ihren Bruder finden könnte. Ob man sie mitten in der Nacht, allein und zu Fuß, über die russische Sektorengrenze lässt?

Völlig ausgekühlt nach dem langen Fußmarsch überquert Elsa die Brücke am Mühlendamm. Selbst im Winter stinken die Spree und die Kanäle. Auch Abwasserpumpen brauchen Strom. Der Alexanderplatz sieht noch immer wüst aus, halb zusammengeflickte Gebäude neben Ruinen. Auf dem Gerippe des ausgebrannten Alexanderhauses prangt unversehrt der riesige Schriftzug JONASS. Das richtige Jonass ist dieses Haus für sie nie gewesen, so wie das Kaufhaus Jonass an der Lothringer Straße, in dem sie geboren wurde, in dem ihre Mutter und Elsie gearbeitet haben. In dem sie mit Bernhard gespielt hat. Bernhard. Wenn er doch hier wäre, sich mit ihr auf die Suche nach dem Bruder machen würde. Warum hat sie ihn nicht mehr sehen wollen, nach diesem Weihnachtsfest vor drei Jahren? Was hat er ihr denn getan?

Noch immer stürzen ausgebombte Häuser ein, werden Menschen in Kellern verschüttet, Frauen und Männer auf der Suche nach Kohle und Bauholz, spielende Kinder. Sie muss vorsichtig sein. Wo würde sich eine Kinderbande verstecken? Sicher in einer Ruine, in der sie so wenig wie möglich gestört wurden. In irgendeiner Seitenstraße, einem Hinterhof. Obwohl ihr die Knie schlottern, steigt sie in leer stehende, zerbombte Häuser, leuchtet mit der Taschenlampe in die Ecken, horcht. Einmal fällt sie beinahe über zwei in Decken gewickelte Gestalten, die sich in einer Ecke schlafen gelegt haben. Direkt unter zwei morschen Holzbalken, die aussehen, als würden sie jeden Moment herabstürzen. In einem Keller stößt sie auf Metallreste, Nägel und kleine Blechstücke mit scharfen Kanten. Sie steckt so viele wie möglich in die Taschen. Zu dumm, dass sie keinen Rucksack dabeihat. Für Metall bekommt man auf dem Schwarzmarkt so einiges. Am Nachbarhaus haben sie nachts die Dachrinne und die Türklinke abmontiert.

Plötzlich hört Elsa Stimmen. Dann Hundegebell. Das Gebell klingt seltsam dumpf, aber die Stimmen so hell – das könnten Kinder sein! Es kommt aus dem Keller. Sie folgt den Stimmen, schleicht sich an und hört Gelächter. Das Bellen ist in Jaulen und Winseln übergegangen, unheimlich gedämpft. Sie hat das Gefühl, direkt über ihnen zu sein. Im Fußboden klaffen breite Spalten. Elsa schaltet die Taschenlampe aus, robbt sich bis zur nächsten Spalte und schaut hinunter in den Keller. Ein Feuer brennt unter einem aufgehängten Kübel und wirft flackerndes Licht auf die darum stehenden Menschen. Es sind Kinder, drei Jungen und ein Mädchen. Sie stehen um einen großen braunen Hund, der mit zusammengebundenen Beinen und verbundener Schnauze auf dem Boden liegt. Einer der Jungen hält ein langes Messer und nähert sich dem Hund. Der ist ganz still geworden, auch die Kinder sind nun still.

Kurz darauf lehnt Elsa im U-Bahn-Schacht an der Wand. Sie kann sich kaum noch auf den Beinen halten, doch die Holzbänke auf den Stationen sind längst in die Öfen gewandert. Sie wird warten, bis die erste Bahn fährt, um sie nach Hause zu bringen. Ohne den Bruder.

Bruder – das ist für sie immer Bernhard gewesen, denkt Elsa, als sie in ihrem kalten Bett liegt, todmüde und halb erfroren. Klaus und Werner gehörten zu einem anderen Vater, einer anderen Zeit. Der Zeit, als Helbig und die Nazis an die Macht kamen – Gerd Helbig zu Hause und im Kaufhaus Jonass, die Nazis in der Schule, in der Mädelgruppe, in den Straßen, im Radio und überall sonst. Auch ihre Mutter war eine andere geworden in der Zeit n.H. – nach Helbig und Hitler. Nur selten blitzt wie jetzt eine Erinnerung auf an die Mama, deren grüne Augen leuchten, während sie eine Platte auf das Grammofon legt und sich zur Musik dreht. Der Rock ihres Kleides schwingt um sie herum, sie wirft die Arme in die Luft, lacht und tanzt aus dem Raum.

Vickys Bett gegenüber ist leer, die Ecken der Wolldecke sind im Bettrahmen festgesteckt. Wahrscheinlich steht sie wieder an, um Lebensmittel oder Seife oder neue Kohlen zu besorgen. Werner wird in der Schule sein, und Klaus ist noch immer nicht nach Hause gekommen. Elsa stopft Watte in die Ohren und dreht sich zur Wand. Das Dröhnen der Flugzeugmotoren wird leiser.

Bernhard ist bis zu jenem Weihnachtsfest ihr Bruder gewesen, trotz der kindischen Verlobung mit Kuss hinterm Fliederstrauch. Gelobt haben sie sich doch nur, dass sie zusammenbleiben oder sich, wenn eine Trennung unvermeidlich war, wiederfinden wollten. Und als endlich der Krieg vorbei war, da war es auch mit dem Bruder vorbei. Da war Bernhards Mutter fort oder tot und der Vater vermisst, auch ihr Stiefvater Helbig war tot, im Krieg gefallen, wie man das nannte. Berlin war im Krieg gefallen und mehr tot als lebendig, und ebenso war es Elsie.

Nach der Nachricht vom Tod ihres Mannes trug Vicky schwarz. Dabei war es Elsa nie so vorgekommen, als ob ihre Mutter Gerd Helbig besonders geliebt oder vermisst hätte, als er noch am Leben war. Wenn jemand in diesem Haus Anlass gehabt hätte, in Schwarz zu gehen, wäre es Klaus gewesen. Klaus hatte seinen Vater und sonst niemanden geliebt, Klaus war von seinem Vater und sonst niemandem geliebt worden. Und dieser Vater war tot.

Vicky war sofort einverstanden, dass Bernhard mit ihnen Weihnachten feierte, das erste Weihnachten nach dem Krieg. Der arme Waisenjunge, hatte sie gemurmelt, und Elsa erinnerte sie daran, dass Wilhelm Glaser vermisst, aber deswegen noch lange nicht tot war. Und auch für Bernhards Mutter fehlte der Totenschein. Martha wurde niemals gefunden, weder tot noch lebendig. Alle waren sicher, dass sie sich das Leben genommen hatte. Was sonst sollten ihr Verschwinden und ihr Abschiedsbrief bedeuten? Nur einer glaubte fest daran, dass sie bloß fortgegangen war. Wer fortging, konnte wiederkommen. Je schneller die anderen die Hoffnung fahren ließen, desto zäher hielt Bernhard daran fest. Zuerst versuchten sie, dem armen Jungen die Wahrheit schonend beizubringen, später verloren sie die Geduld. Je mehr Jahre vergingen ohne ein Lebenszeichen von Martha, je mehr aus dem Jungen ein junger Mann werden sollte, desto einsamer stand er da mit seiner Überzeugung, wie der letzte Anhänger eines von aller Welt belächelten Glaubens. Sie selbst war die Einzige, die es zwar nicht für wahrscheinlich hielt, dass Martha noch lebte, aber auch nicht für unmöglich. Warum sollte es nicht möglich sein, dass eine Mutter die Familie verließ und verschwand. Auch ihr Vater war verschwunden und lebte doch irgendwo auf dieser Welt.

Sie war mit Bernhard auf die Suche gegangen in den ersten Jahren des Krieges, immer wieder, überall in Berlin. Fortgestohlen hatten sie sich von zu Hause, niemand wusste davon. Mehrmals waren sie mit ihren zusammengekratzten Münzen nach Gollwitz gefahren, eine weite Reise war es bis in das Dorf, wo Marthas Eltern auf dem Friedhof lagen. Einen Brief hatte Bernhard auf das Grab gelegt, in einem Kästchen aus Holz, und einen Stein darauf. Sie war fast sicher, dass er noch immer von Zeit zu Zeit hinfuhr und Steine auf Briefe legte. Sie würde es ebenso machen, wenn sie einen einzigen Ort wüsste, an den ihr Vater zurückkehren könnte.

Ich sollte den Ofen anheizen, denkt Elsa, die unter der Bettdecke zittert, aber dazu braucht man unermessliche Kräfte. Sie holt sich die Decke von Vickys Bett und legt sie über ihre eigene. Doch die Decke wärmt nicht, ihre nicht, die ihrer Mutter nicht. Ein Mensch an ihrer Seite, vielleicht würde der wärmen. Bernhard an ihrer Seite, am Heiligen Abend gleich nach dem Krieg. So warm war ihr da geworden, dass sie sich gleich die Finger verbrannte.

Weihnachten '45 waren ihre Tage in der einsturzgefährdeten Villa gezählt gewesen. Kurz vor Kriegsende hatte das Haus eine Bombe abbekommen. Da lebten Vicky, sie und ihre Brüder schon im Dachgeschoss. In die untere Etage war eine ausgebombte Familie einquartiert worden. Einmal schrie Vicky, als die Einquartierten wieder auf die Juden schimpften, denen sie das alles zu verdanken hätten, auch dieses Dach über dem Kopf hätten sie Juden zu verdanken. Sprachlos starrten die Einquartierten auf die Naziwitwe. Kurz darauf wurde ihr Haus getroffen. Sie saßen im Luftschutzkeller, hörten es heulen und knallen, da sprang Vicky auf. »Das Haus!«, schrie sie und wollte nach draußen rennen. Zwei Nachbarn hielten sie an beiden Armen fest, bis Entwarnung gegeben wurde. Das Haus brannte, aber es brannte nicht ab, es hatte ein Loch im Dach, aber noch immer ein Dach und dreieinhalb Wände. Als die Flammen gelöscht waren, gingen Vicky und sie durch die Räume. Als Erstes stürzte Vicky die Treppe hoch in Elsas altes Kinderzimmer. In der Decke klaffte ein riesiges Loch, man konnte die gebrochenen Rippen der Dachbalken sehen, das halbe Zimmer war mit Schutt bedeckt. Hinter dem Kleiderschrank, wo die Wand mit der uralten Tapete gewesen war, gab es weder Wand noch Tapete. Der Schrank aber war stehen geblieben, man konnte nun an ihm vorbei ins Freie spazieren und einige Meter tiefer im Garten landen. Beim Anblick der fehlenden Wand war Vicky zusammengebrochen. Dabei hatte man weiß Gott Schlimmeres gesehen in diesen Wochen und sah es jeden Tag.

Das Dachgeschoss wurde notdürftig abgestützt, aber das Haus musste geräumt werden, nachdem ein Gutachter von der Stadt den Schaden besichtigt hatte. Die Risse zogen sich bis zum Fundament hinunter, die ganze Statik war im Eimer. Einsturzgefährdet, hieß es, zu gefährlich, dort weiter zu wohnen. Lebensgefährlich. Und das war das Todesurteil für ihr Haus. Einige Monate widersetzte sich Vicky der Anordnung, mit den Kindern das Haus zu räumen. Himmel und Hölle hatte sie bei den Behörden in Bewegung gesetzt, um in der Villa bleiben zu dürfen, doch vergeblich. Elsa hatte sehr gestaunt über ihre Mutter, die in den vergangenen Jahren so vieles unbewegt hingenommen hatte. Und dann dieser Aufstand wegen eines halb zerstörten Hauses. Was machte es schon, wo sie wohnten, nach allem, was passiert war? Ihr jedenfalls war es gleichgültig gewesen. Kurz nach Weihnachten '45 wurden sie mehr oder weniger gewaltsam evakuiert. Das Haus wurde abgerissen, und Vicky kam nie mehr auch nur in die Nähe von Lichterfelde.

Bis in die Knochen friert sie jetzt, als ob in den Adern kaltes Blut stockt. Sie sollte sich auch die Decken ihrer Brüder holen. Doch dazu fehlt ihr die Kraft. Auch in der zerbombten Villa hatten sie ständig gefroren. Das bisschen Wärme, für das die Kohlen reichten, zog durch die Löcher in den Wänden gleich wieder hinaus. Durch die Ritzen im Dach pfiff der Wind und trug Regen und Schnee herein. Wie an dem Weihnachtsabend, als Bernhard vor der Tür stand. Mit seinen paar Habseligkeiten in einem geflickten Rucksack, die er stundenlang durch die Stadt geschleppt hatte, in einem umgenähten Uniformmantel, sah er zerlumpt und verwirrt aus wie einer der jungen Soldaten von der Front, die noch immer in Berlin eintrafen. Schweigend musterte er Elsa von Kopf bis Fuß. »Du bist ja noch mehr gewachsen!«, rief er mit seiner neuen tiefen Stimme. »Und ganz heil geblieben!« Dabei sah er so erleichtert aus, dass Elsa ihm um den Hals fiel und einen Kuss auf die Wange drückte. Bernhard lief von den Haarwurzeln bis zum Hemdkragen rot an, bevor er sie von sich schob.

Der Baum hatte genadelt, daran erinnert sie sich jetzt, eine Nadelspur führte zu ihrem Haus und ihrer Wohnungstür. Bernhard, Klaus und Werner trugen einen Tannenbaum durch die Tür. Es war das erste Mal seit dem Tod des Vaters, dass Klaus mit leuchtenden Augen bei der Sache war, als er mit Bernhard den Baum in der Wohnstube aufstellte. Elsa hatte Bernhard aus den Augenwinkeln beobachtet. Wie er die jüngeren Brüder dirigierte, mit kräftigen Armen den Baum aufrichtete – es war ein anderer Bernhard als der unfreiwillige Hitlerjunge, den sie zuletzt gesehen hatte. In ihrem Jonass, als man da nichts mehr kaufen und bestaunen konnte, sondern von dort aus die Jugend des Reiches führte.

Elsa schließt die Augen. Die Lider fühlen sich schwer an, die

Gedanken bewegen sich zäh. Dann wieder erscheint ein Bild so klar, als ob ein Scheinwerfer darauf gerichtet wäre, während alles andere im Dunkeln versinkt. Ein Bild, das man jetzt gar nicht sehen will. Elsie, die blass und dünn in der Tür steht. Ein halbes Jahr hatten sie einander nicht gesehen vor diesem Weihnachtsabend. Vicky schossen Tränen in die Augen, als sie der Freundin mit der Hand über das Haar strich. Elsie stand steif in ihrem Mantel. Elsa gab ihr die Hand und konnte ihr nicht in die Augen sehen. Niemand rührte sich. »Bernhard, hol den Wein«, sagte Vicky in die Stille, »du bist heute Abend der Herr des Hauses.« Linkisch goss Bernhard den beiden Frauen Wein in die Gläser.

Zum Abendessen saßen sie in dem Raum, der noch alle vier Wände besaß und den sie leidlich warm bekommen hatten, um eine improvisierte Tafel. Ein Bettlaken diente als Tischdecke, Kerzen brannten, es gab Würstchen und Kartoffelsalat, genug zum Sattwerden, ein Festessen. Jede Familie hatte auf die Lebensmittelkarte zu Weihnachten eine Sonderzuteilung bekommen, für die Kinder bis zwölf gab es Schokolade. Elsa maulte, als Klaus und Werner sich nach dem Essen über ihre Schokokugeln hermachten. »Ach was, ihr beiden seid jetzt erwachsen.« Vicky stand vom Tisch auf und holte eine zweite Flasche Wein. Sie goss Bernhard und Elsa die Gläser voll. »Lass das!«, sagte Elsie, die schweigend am Tisch gesessen hatte, mit so scharfer Stimme, dass Vickys Hand zitterte und ein Schwall Rotwein sich auf Laken und Tischplatte ergoss. »Der schöne Tisch!«, jammerte Vicky. »Eiche! Das geht nie wieder raus!«

»Wenn's weiter nichts ist.« Elsie sah sich um. »Hauptsache, deine Möbel bleiben heil. Der ganze Krempel, auf dem du all die Jahre hockst, während andere … andere …« Ein schriller Laut entfuhr ihr, sie schlug die Hände vor den Mund. Die langen Ärmel ihrer Bluse rutschten herunter. Elsa starrte auf die Narben an Elsies Handgelenken. »Elsie, bitte!« Vicky sah die Freundin flehend an. »Es sind doch nicht meine Sachen. Du weißt, wem ich sie zurückgeben will.« Dann begann sie zu weinen. Bernhard und Elsa tauschten fragende Blicke. Beide griffen gleichzeitig nach ihren Gläsern und leerten sie, während niemand hinsah, mit einem Zug.

Elsas Hände und Füße sind eiskalt, nur ihr Kopf fühlt sich warm an. Der Hals kratzt beim Schlucken, als ob man ihn innen mit einer Drahtbürste aufgeraut hätte. Jetzt ein heißer Tee. Aber der Weg zur Küche scheint so weit. Und dann fällt ihr ein, dass es gar keinen Strom gibt. Vermutlich auch keinen Tee.

Mitten in der Nacht war Elsa damals aufgewacht. Obwohl sie an dem Abend so viel gegessen hatte wie lange nicht, fühlte sie sich hungrig. Es hatten noch Reste auf dem Tisch gestanden, nach einer hastigen Bescherung waren alle bedrückt zu Bett gegangen. Sie schlich in die Stube, in der es nach Weihnachten roch. Essensdüfte und Kerzenwachs und Wein … Auf dem Sofa lag Bernhard und schlief. Sie tastete im Dunkeln auf dem Tisch, fand die Schüssel und kratzte mit dem Löffel darin. »Erwischt!«, kam eine Stimme vom Sofa. Eine heisere, tiefe, ungewohnte Stimme. Elsa fuhr zusammen. »Selber erwischt!«, sagte sie. »Vorhin war noch Kartoffelsalat drin, das schwör ich. Warum schläfst du nicht?«

Sie sprachen im Halbdunkel miteinander, Bernhard auf dem Sofa, die Decke unters Kinn gezogen, Elsa hinter dem Tisch. Nach einer Weile war es ganz selbstverständlich, sich neben den Freund aufs Sofa zu setzen. »Ich vermisse meinen Vater«, hatte Bernhard gesagt und so traurig geklungen, dass Elsa ihm eine Hand auf den Arm legte. Er war zusammengezuckt, und sie nahm die Hand wieder fort und flüsterte: »Und ich vermisse meine Mutter.« Bernhard sah sie verwundert an. Sie schaute an ihm vorbei und sprach in die Luft. »Irgendwie ist sie fort, seit wir in dieses Haus gezogen sind. Wie ein Geist. Sie verlegt etwas, sucht es, verliert es wieder. Schaut hinter Bilder und Schränke. Ich glaub, sie weiß selbst nicht, wonach sie sucht.« Nach einer

Weile fragte Bernhard: »Wem gehören denn die Sachen, wenn nicht euch?« Elsa zuckte mit den Achseln. Beide schwiegen. Endlich wagte sie es. Ihn nach ihr zu fragen. Lange hatte sie nachgedacht, wie sie es anstellen sollte, sie wusste ja nicht, ob er immer noch daran glaubte. An Martha. An ihr Irgendwohin-Fortgehen, ihr Irgendwann-Zurückkehren. So schwer kamen ihr die Worte, dass ihre Zunge am Gaumen klebte. »Bist du noch mal dort gewesen? In Gollwitz. Auf dem Friedhof?« Bernhard schwieg. Schwieg so lange, bis sie dachte, er würde nie wieder mit ihr sprechen. Dann sagte er, ohne sie anzusehen: »Wenn ich noch mal hinfahre … Kommst du mit?« Und sie hatte geantwortet: »Jederzeit.«

Da hatte Bernhard sie angesehen und die Decke angehoben. Erst neben ihm, mit der Decke über den Beinen, wurde ihr bewusst, wie sehr sie gefroren hatte in ihrem dünnen Nachthemd. Es war schön, Bernhards Wärme an ihrer Seite zu spüren. Aber sie passte auf, dass ihre nackten Beine nicht seine Schlafanzughose berührten. Und schlang die Arme um ihre Brust, diese neuen Rundungen unter dem Nachthemd. »Sag mal, fühlst du das auch?«, fragte Bernhard in die Dunkelheit. »Was denn?«, flüsterte sie. »Die Sprungfedern stechen im Hintern!« Beide prusteten los und konnten sich kaum beruhigen. »Hast du den Rest Wein auch ausgesoffen?« – »Quatsch!« – »Na, dann tun wir's doch jetzt!« Sie tappte im Dunkeln durch das Zimmer, schlüpfte wieder zu Bernhard unter die Decke und hielt die halb volle Flasche in der Hand. »Auf unseren sechzehnten Geburtstag, den wir nicht zusammen gefeiert haben!« Sie nahm einen Schluck, reichte ihm die Flasche. »Und auf unseren fünfzehnten! Und vierzehnten!«, prostete Bernhard ihr zu. »Auf unsere letzte Begegnung in unserem Haus!«, sagte sie. »Du hattest diese kackbraune Uniform an.« – »Du sahst nicht besser aus«, entgegnete er. »Außerdem fandest du sie schick!« Sie lachte. »Ja, aber jetzt bin ich entnazifiziert!«

Dann war ihr nacktes Bein doch an Bernhards Bein gerutscht. Sie ließ es dort liegen, obwohl ihr gar nicht mehr kalt war. Eher ziemlich heiß. Sie reichte Bernhard die fast leere Flasche: »Auf unsere Verlobung!« Er kippte den letzten Schluck herunter. »Die müssen wir dringend erneuern, sonst läuft sie ab!« Seine Stimme überschlug sich. Er zog sie an sich und drückte ihr einen feuchten Kuss auf die Lippen. Sie schnappte nach Luft und wischte sich über den Mund. »Tut … tut mir leid«, stammelte Bernhard und verstummte, als sie seinen Kuss erwiderte. Mit geschlossenen Lippen, die sie ein wenig öffnete, bevor sie mit der Zungenspitze zwischen seine Lippen tauchte. Beide stöhnten auf. Bernhard zog sie an sich, ihre Herzen hämmerten gegeneinander. Plötzlich stieß sie ihn weg. Er gab einen Laut von sich wie ein junger Hund, dem man aus dem Hinterhalt einen Tritt versetzt hat. Sie stand auf. Die Narben an den Handgelenken. Elsies Handgelenken. Sie konnte an nichts anderes denken.

Sie stolperte aus dem Zimmer, kroch in ihr Bett. Lag zitternd unter der Decke, zitternd vor Sehnsucht nach Bernhard oder zitternd aus Angst vor ihm. Nein, sie war ganz und gar nicht heil geblieben, dachte sie da, und dass ein Mensch, der dabei war, wie man andere Menschen vor seinen Augen kaputt machte, vielleicht ebenso wenig heil bleiben konnte wie ein Haus inmitten einer zertrümmerten Stadt. Wie das Jonass zum Beispiel, das unversehrt zwischen klaffenden Lücken und Trümmern stand. Lange lag sie wach und wartete, ob es an ihrer Tür klopfen, jemand hereinkommen würde. Es kam niemand. Nur dieser Traum. Wie die Narben aufrissen, das Blut herausquoll, die Hände rückwärts von den Gelenken hingen, abgeknickt wie Blüten. Mit Nadel und Faden haben sich ihre Hände den Handgelenken genähert. Bevor sie mit der Nadel in das Fleisch stechen konnte, brach der Traum ab. Begann von vorne, immer wieder, bis zum Morgengrauen.

Und dann, denkt Elsa, während sie in einen fiebrigen Schlaf

gleitet, hab ich Bernhard vor dem Frühstück den silbernen Tannenzapfen auf seinen Teller gelegt. Bevor ich wieder ins Bett geschlüpft bin, wo ich den ganzen Tag krank gespielt hab. Bis Bernhard endlich weg war. Und Elsie. Vielleicht war ich auch krank. Kein Wort zum Abschied, nur einen Tannenzapfen, um ihm zu sagen, ich hab dir verziehen oder so was. Der arme Junge, er hatte doch bloß … Sie sucht nach dem Wort aus der Zeitschrift, die Elsie ihr geliehen und die sie tief unter ihrer Wäsche versteckt hat. Und murmelt, bevor sie wegdämmert, »eine Erektion«.

»Hello Frollein!« Elsa dreht sich nicht um. Der GI auf dem Fahrrad holt sie ein und klopft auf den Gepäckträger. »Spazierenfahrt?« Er kurvt noch einmal um sie herum und ist verschwunden. Kurz darauf fährt er lachend an ihr vorbei, auf dem Gepäckträger ein blondes Fräulein. Eigentlich sah er nett aus. Aber Elsa mag keine Uniformen mehr. Weder braune noch graue noch blaue.

»Eigener Stromgenerator!«, wirbt das Kino am Kurfürstendamm, in Leuchtschrift wie zum Beweis. Ein Plakat verkündet: »Die Garbo lacht!« Elsa hat ›Ninotschka‹ schon gesehen. Lächelnd denkt sie an den Vorspann. »Ein Film aus jener sagenhaften Zeit, als das Ausknipsen der Nachttischlampe noch nicht Stromsperre bedeutete …« Doch was es bedeutet, das Ausknipsen der Nachttischlampe, das weiß sie mit ihren neunzehn Jahren noch nicht so genau. Sie hofft nur, dass es möglichst wenig zu tun hat mit dem, was die Soldaten mit Frauen machen. Ihre Mutter will nicht, dass sie in diesen Dingen Bescheid weiß. »Lass dir mehr Zeit als ich«, sagt Vicky nur, wenn sie versucht, mit ihr darüber zu sprechen. Wenn die wüsste, wohin sie heute Abend mit Elsie gehen wird …

»Komm rein!« Elsie winkt sie zu sich, sie steht hinter dem Verkaufstresen der Herrenkonfektion im Kaufhaus des Westens. Oder besser gesagt im traurigen Provisorium des einst prächtigsten Kaufhauses von Berlin. Elsa hat es nie gemocht, aus Verbundenheit zu ihrem Jonass, dem Kaufhaus des Ostens. Dann war das KaDeWe nur noch Ruine, während das Jonass, das echte Jonass an der Lothringer Straße, noch stand. Vor Kriegsende war es sogar kurze Zeit wieder Kaufhaus gewesen, bevor es von den Sowjets verstaatlicht und zum »Haus der Einheit« umfunktioniert wurde …

»Elsa, wovon träumst du wieder?«

Elsa lächelt ihre Patin verlegen an. »Von unserem Haus. Dem Jonass. Vermisst du es nicht?«

Elsie schließt die Kasse und räumt ihre Sachen zusammen. »Ich freue mich darauf, wenn wir aus diesem Verschlag hier rauskommen und das neue alte KaDeWe wieder öffnet. Prächtiger als je zuvor. Da wollte ich immer schon arbeiten. Frag deine Mutter.«

Gerade an die will Elsa jetzt lieber nicht denken. Sie senkt den Kopf. »Mama glaubt, wir gehen ins Kino. Und dass ich dann bei dir übernachte, weil keine Bahn mehr fährt.«

Elsie dreht Elsa hin und her. »Tust du ja auch. Weißt du, ich seh da nur ein Problem.« Elsa schaut sie fragend an. »Du hast eine Laufmasche. Und neue Nylons gibt es erst … hinterher.« Sie lacht, als sie Elsas erschrockenes Gesicht sieht. »War nur ein Scherz, Süße. Aber im Ernst, das Leben besteht nicht nur aus Anstehen um Brot. Das sollte auch Vicky wissen. Gerade Vicky.«

Gleich neben dem provisorischen KaDeWe in der Nürnberger Straße liegt die Bar. »Femina« steht über dem Eingang.

»So fällt man von einem Arbeitsplatz in den nächsten«, lacht Elsie. Die beiden Türsteher scheinen sie zu kennen und wollen nicht, wie von manchen anderen Gästen, erst Papiere sehen. Elsa nehmen sie genauer in Augenschein. »Das ist meine Nichte«, sagt Elsie. »Von Kopf bis Fuß entnazifiziert und auch sonst ledig und frei von jeder Seuche.«

Elsa wird heiß im Gesicht. Sie würde am liebsten umdrehen. Nach Hause.

»Großjährig?«, schnauzt der Türsteher.

Elsie lacht kokett. »Oh, schon ein Weilchen. Aber danke für das Kompliment.«

»Nicht Sie!«

Der andere Türsteher fasst den Kollegen am Ärmel. »Lass man.« Er winkt sie durch.

Sie steigen die Treppe in das Kellergewölbe hinab und betreten einen großen Raum, von dem mehrere gemauerte Nischen abgehen. Es sind schon einige Tische besetzt, Stimmen und Musik erfüllen das Gewölbe. Elsie wird hier und da begrüßt, nickt oder bleibt kurz stehen, um zu plaudern. »This is my niece … little Elsie.« Die Männer in Uniform lachen. Elsa ist froh, als sie sich an einem Tisch in einer der Nischen niederlassen, zündet eine Zigarette an und schaut sich um. Manche der unverputzten Ziegelwände sind mit Wandteppichen behängt, auf denen sich halb nackte Wesen tummeln. Verzierte Säulen wachsen neben rostigen Rohren aus dem Boden. Wenn man an einem der Räder drehte, würde sicher Dampf aus dem Rohr zischen. Zu gern würde sie jetzt zeichnen, die Räume, die Menschen ringsum an den Tischen, aber das wäre zu auffällig. Sie wird später aus dem Gedächtnis ein paar Skizzen machen.

Die Kronleuchter mit elektrischen Glühbirnen baumeln schief von der Decke. Überhaupt kommen ihr der Boden und das ganze Gewölbe schief vor. Vielleicht ist der Keller einsturzgefährdet. Am Alkohol kann es nicht liegen, sie hält sich noch immer am ersten Glas fest. Ihr ist flau im Magen, ihre Essensmarken hat sie gegen Geld getauscht für dieses eine Glas Sekt.

»Früher haben hier Russen und Amis einträchtig getrunken und getanzt«, sagt Elsie, »heute sind fast nur noch GIs da.« Sie klopft ihre Selbstgedrehte auf der Tischplatte fest. »Ich vermisse die Russen nicht.«

Auf der Bühne spielt eine Band, die Musik klingt ähnlich wie Vickys alte verbotene Platten. Die verstauben jetzt in ihrer Wohnung, obwohl Vicky das Grammofon mitgenommen und dafür nützlichere Dinge zurückgelassen hat. Ein GI steuert ihren Tisch an. Elsa sieht ihn zuerst im Spiegel an der Wand gegenüber.

»Bleib bei mir«, flüstert sie.

Elsie lacht. »Der will mit dir tanzen, nicht mit mir alter Schachtel.« Dann legt sie ihr die Hand auf den Arm. »Du tust hier nur, was du willst, okay? Nur was du willst! Und ich versprech dir, ich pass auf dich auf.«

Elsa zieht ihren Arm weg. Elsies Silberarmband ist so kalt auf der Haut. Sie starrt auf ihr Spiegelbild an der Wand. Wenn irgendjemand auf sie aufgepasst hat, war es Elsie. »Lasst das Kind!«, hat sie geschrien. Sich vor sie gestellt und auf sich selbst gezeigt. »Nimm Frau.« Tatsächlich haben sie Elsa gelassen. Sie brauchte nur zuzusehen … Was sucht ausgerechnet Elsie hier zwischen den Uniformen? Von deutschen Männern will sie erst recht nichts mehr wissen. »Nazis und Krüppel«, hat sie verächtlich gesagt. »Die Guten sind alle tot oder fort.« Einmal, als sie ziemlich betrunken war, hat sie hinzugefügt: »Wie dein Vater.« Und damit hat sie niemals Helbig gemeint! Doch sie weigert sich zu reden. Ein Guter also. Tot oder fort?

Plötzlich sind sie in Scheinwerferlicht gebadet. Elsa schließt die Augen, ihr bricht der Schweiß aus. Unter dem Tisch sucht sie nach Elsies Hand, erwischt einen Zipfel ihres Kleides. Der Lichtkegel wandert weiter. Irgendwo im Dunkeln beginnt eine Frauenstimme zu singen: »How do you do, hallo Fräulein, wie geht es?, fragt der Boy, und das Mädchen versteht es …« Der Lichtkegel fährt durch den Raum, richtet sich auf den Eingang. Wie aus dem Nichts taucht sie auf: Eine Frau in blauem Paillettenkleid steht an die Mauer gelehnt und singt mit halb geschlossenen Augen.

Um Mitternacht ist das ganze Gewölbe von Rauch erfüllt. Die Band spielt den »G. I.-Jive« von Louis Jordan, und die Beine zucken, die Hüften kreisen. Elsie tanzt mit einem Ami, der ihr Sohn sein könnte. Er wirft sie über die Schulter, sie landet sicher auf beiden Füßen.

»You're my candy-bomber!«, ruft er. Die Umstehenden applaudieren. Elsa hat ein Weilchen allein am Tisch gesessen, das kennt sie schon von der Tanzstunde. Die Jungs, die kleiner sind als sie oder gleich groß, und das sind ziemlich viele, trauen sich nicht an sie heran. Aber nun tanzt sie schon den dritten Tanz in Folge mit diesem Tony und muss gleich entscheiden, ob sie noch den vierten mit ihm tanzen soll. Er führt wirklich fantastisch, aber vielleicht glaubt er dann ... Auf einen Schlag geht das Licht aus.

»Strom-sper-re!«, jubelt die Meute und tobt im Dunkeln durch den Saal. Die Band spielt, als ob nichts geschehen sei. Neben Elsa ein Schmerzensschrei: »Aaah, my foot!« Auch Tony tanzt weiter wie zuvor, nur dass er sie noch enger an sich drückt. Dann spürt sie etwas Feuchtes, Kitzliges an ihrem Hals, ihren Ohren. Sie will ihn wegschieben, schlingt ihm stattdessen die Arme um den Hals und sucht seinen Mund. Still stehen sie auf der Tanzfläche, während die anderen sich weiter im Dunkeln um sie herum schieben. Ihre Lippen kleben aneinander und auch ihre Körper. Da spürt sie es wieder, gegen ihren Bauch gedrückt, sie muss an Bernhard denken, auch da war es fast dunkel gewesen, aber sie konnte seine Augen sehen, die waren auf einmal so fremd, der Geruch nach Weihnachten hatte etwas Salziges angenommen.

Ein Poltern an der Tür. Mehrere Uniformierte platzen herein. »Uuuh«, schreit jemand, »Razzia!« Einige Paare tanzen weiter und ignorieren die Militärpolizisten, von denen ein paar den Ausgang blockieren, während andere sich Einzelne herausgreifen und im Schein ihrer Taschenlampen Papiere kontrollieren.

Ihr Tony hat sie losgelassen, sich abseits von ihr gestellt und ein unschuldiges Lächeln aufgesetzt. Dabei hat er einen dicken Lippenstiftabdruck auf der Wange. Gleich neben ihr ist ein Streit losgebrochen. Mehrere Uniformierte haben zwei Frauen eingekreist und in die Ecke gedrängt. Sie leuchten den beiden mit ihren Lampen ins Gesicht. Die Jüngere schlägt die Hände vor die Augen, die Ältere blinzelt nicht einmal.

»Name?«, schnarrt einer.

»Veronika«, sagt die Ältere.

»Weiter?!«

»Dankeschön.«

Die Umstehenden johlen. Jeder hier kennt Veronika Dankeschön alias VD, Venereal Desease.

Dass eine sich selbst mit diesem Namen bezeichnet, bringt die Polizisten für einen Moment aus der Fassung. Kurz darauf werden die Frauen abgeführt.

»Oje«, seufzt Elsie, die neben Elsa aufgetaucht ist, »das bedeutet Zwangsuntersuchung. Wenn sie was finden, Zwangsisolierung, Strafanzeige. Steckbrief mit Namen und Fotos der Frauen …«

Elsa fragt sich, woher Elsie das alles so genau weiß, da bauen sich zwei Polizisten vor ihr auf. »Papiere!«

Das war's dann wohl. Jetzt wird Vicky alles erfahren.

»Lassen Sie das Mädchen!« Elsie stellt sich vor sie und zeigt auf sich. »Es ist meine Schuld.«

Elsa tritt hinter ihrer Patin hervor. »Nein«, sagt sie. »Es war meine eigene Idee, hierherzukommen.«

Früh am nächsten Morgen macht sich Elsa auf den Heimweg. Diese Nacht wird sie nicht so bald vergessen. Ihr erster verbotener Besuch in einer Ami-Bar, das Aneinanderkleben mit Tony – eine Viertelstunde lang ist man unzertrennlich und steht fünf Minuten später unbeteiligt abseits –, ihre erste Razzia, abgesehen von den Razzien auf dem Schwarzmarkt, bei denen sie immer entkommen ist. Eine Nacht auf der Polizeiwache. Nach der Feststellung, dass es keinen einschlägigen Eintrag über sie gibt, hat man sie mit einer Verwarnung entlassen.

Vor der U-Bahn-Station hat sich eine Menschentraube um den ockerfarbenen RIAS-Rundfunkwagen gebildet. Wenn man schon im Mittelpunkt des Weltgeschehens steht, will man trotz Stromsperre und stummer Radioapparate auch etwas davon mitbekommen. Alte Frauen und Männer umlagern den Wagen, Mütter mit Kindern an der Hand. Alle lauschen dem RIAS-Sprecher, der auf dem Wagen sitzt und übers Mikrofon die Nachrichten verliest. Er spricht Deutsch mit amerikanischem Akzent. Einem umwerfenden amerikanischen Akzent. Elsa drängelt sich durch die Menschen bis in die erste Reihe, um den Mann zu sehen. Er trägt einen hellen Trenchcoat und eine Baskenmütze. Elsa hofft, dass heute unendlich viel Berichtenswertes auf der Welt geschehen ist. Aber irgendwann hört der zauberhafte Singsang auf. Die Menge der Zuhörer zerstreut sich. Nur Elsa bleibt stehen und schaut zu, wie der Mann Manuskript und Mikrofon verstaut. Gleich wird er weiterfahren. Sie geht zu dem Wagen und klopft gegen die Tür. »Hello Mister«, sagt sie, »Spazierenfahrt?«

Ob das schon drei Kilo sind? Vicky hat die Knochen auf dem Küchentisch auf einer alten Zeitung ausgebreitet. Seit Monaten sammelt sie Knochen, ein Tipp der Nachbarin, die beim Krämer um die Ecke das Schild entdeckt hat: »Gegen Abgabe von 3 kg Knochen 1 Gutschein für ein Stück Kernseife«. Kernseife braucht sie jetzt dringend. Ständig kommen die Jungen mit schmutzigen Sachen nach Hause, weil sie auf den Schuttbergen herumklettern. Wenigstens bringen sie manchmal Metall oder Glas mit, das man eintauschen kann. Oder von den Lastwagen herabgefallene Kohlenstückchen, die sie aufsammeln. Vielleicht auch selbst herunterholen. Besser, man weiß manches nicht so genau. Vicky wiegt einen der Knochen in den Händen und seufzt. Am liebsten hätte sie die Jungen mit der Kinderluftbrücke ausfliegen lassen über den Winter, aber sie hat keine Verwandten in Westdeutschland. Werner will unbedingt Pilot werden. Meistens lungert er nach der Schule mit den Nachbarsjungen am Flughafengelände herum. Einen Shmoo für ein CARE-Paket hat er nicht noch einmal erwischt, aber den Jungen kann man auch mit einem Riegel Schokolade tagelang in Glück versetzen. Beneidenswert, so ein sonniges Gemüt. Ganz im Gegensatz zu Klaus, der immer verschlossener wird. Von ihr lässt er sich schon gar nichts mehr sagen. Elsa bekommt sie auch kaum noch zu Gesicht. Ob das stimmt mit ihren ständigen Sonderschichten am Flughafen? Blass und müde genug sieht sie aus. Sie isst zu wenig und raucht zu viel. Gleich nach Kriegsende hat sie angefangen mit der Qualmerei, als halbes Kind. Aber mehr noch als die Zigaretten besorgt sie Elsas neues Lächeln – wie von innen angeleuchtet. Wenn sie sich beobachtet fühlt, knipst sie es sofort wieder aus. Auch eine Art Stromsperre.

Plötzlich steht Vicky ein Bild vor Augen, unscharf wie die flackernden Bilder in den Stummfilmen, dann schärfer und in Großaufnahme: das Gesicht einer jungen Frau mit dunklen Locken, die selig lächelnd aus dem Fenster schaut, auf eine dämmrige Straße, in der es nichts zu sehen gibt. Sie schaut und lächelt, sieht nichts und lächelt – und jetzt beginnt sie zu summen, es gibt also doch schon Ton in diesem Film, Vicky summt mit und klopft den Takt mit den Filzpantoffeln. »Ausgerechnet Bananen, Bananen verlangt sie von mir. Was braucht man beim Küssen …« Bananen! Vicky wusste damals gar nicht, wie Bananen aussehen, bis sie im Jonass zur »Exotischen Woche« welche hatten, die erst keiner wollte und die sich die Leute dann aus den Händen rissen. Bananen … Sie muss Elsa unbedingt fragen, wie der junge Mann heißt.

Vicky hat die Knochen gegen Kernseife getauscht und die alte Zeitung wieder mit nach Hause genommen. Sie will sie auf den Stapel Altpapier legen, da bleibt ihr Blick an einer Überschrift hängen. Ausstellungseröffnung, liest sie. »Carola Greenberg, die bekannte Fotografin aus Amerika, zeigt zum ersten Mal ihre Aufnahmen aus dem Nachkriegsberlin. … Auch frühe Aufnahmen der damaligen Studentin aus dem Berlin der Hitlerzeit, darunter die berühmte vom Zigeunerlager in Marzahn …« Carola Greenberg aus Amerika. Vicky streicht mit dem Finger über den Namen, das raue Zeitungspapier. Etwas später ist der Artikel aufgequollen und kaum noch lesbar. Noch etwas später liegt er zerknüllt in der Kiste vorm Ofen.

Es klopft an der Wohnungstür. Elsie hat es tatsächlich geschafft, von Charlottenburg bis nach Tempelhof zu kommen – auf Vickys Einladung zu zwei Stunden Strom zu menschenfreundlichen Zeiten, abends von acht bis zehn. Tagelang hat sie Briketts gespart, um heute die Bude warm zu kriegen. Elsie friert doch so leicht. Die Schürze hat Vicky gegen ein geblümtes Kleid getauscht, das einmal eine Gardine war, aber die Strickjacken müssen die beiden anbehalten. Vicky brüht eine Kanne Ersatzkaffee auf, holt zwei Süßstofftabletten aus der Schachtel mit der Sonderzuteilung vom Dezember. Elsie raschelt geheimnisvoll mit einer Tüte.

»Rate, was ich mitgebracht habe!« Sicher keine selbst gebackenen pommerschen Kekse, geht es Vicky durch den Kopf. Elsies Mutter ist mitsamt Schwestern und Pommerland abgebrannt. Da hält Elsie ihr von hinten die Augen zu und lässt sie an der offenen Tüte schnuppern. Gott, riecht das gut! »But-ter-kek-se!«, ruft Elsie.

»Woher kriegt man denn so was?«, will Vicky wissen. »Oder eher gesagt: wofür?«

Elsie tänzelt durch die Küche und singt: »Lebst du etwa nur auf Karte drei, Baby, oder hast du noch was nebenbei, Baby?

Einen Jack, einen Jim aus Übersee, mit Schokolade und Kaffee und einem großen Portemonnaie.« Sie greift nach Vickys Hand und fasst sie um die Taille, lachend stolpern sie in Pantoffeln über die Küchenfliesen. Elsie lässt sich auf den Stuhl fallen und zieht ihre Strickjacke aus. »Das Gute ist, durchs Tanzen spart man Briketts.«

Vicky geht zum Küchenschrank und holt Lebensmittelkarten aus der Lade. »Und das Schlechte ist, man verbraucht Kalorien.« Sie stellt ein Fläschchen Tusche auf den Tisch und legt zwei Rasiermesser daneben. »An die Arbeit!«

Immer noch besser, man nimmt die Dinger dazu, als sich damit die Pulsadern aufzuschneiden, hat Elsie gesagt, als sie Vicky das Kartenfälschen beibrachte. Mengenangaben auf Lebensmittelkarten zu fälschen ist hohe Kunst. Schweigend beugen sich die beiden über die Pappkarten. Wenn nicht gerade ein Flugzeug startet oder landet, erfüllt nur das leise Kratzen der Rasiermesser den Raum.

Auf einmal fragt Elsie in die Stille hinein: »Warum gibst du nicht offiziell an, dass deine Tochter eine Halbjüdin ist? Dass du ihretwegen den arischen Parteigänger geheiratet hast.« Sie legt ihr Messer aus der Hand und schaut auf. »Wie lange willst du noch die Märtyrerin spielen?«

Vicky beugt sich weiter über die Karten. Zum ersten Mal entdeckt Elsie ein paar Silbersträhnen in den dunklen Locken. »Wer würde mir denn Glauben schenken? Jeder wird sagen, dass ich im Nachhinein den Juden aus dem Hut zaubere, jetzt, wo es mir Vorteile bringen könnte.« Das Messer kratzt auf dem Papier. »Auf dem Amt hab ich vor der Adoption geschworen, dass ich den Vater meines Kindes nicht kenne. Dass er SA-Uniform getragen hat.« Sie lacht bitter. »Das ist alles schwarz auf weiß notiert. Ich hab die Spuren zu gut verwischt. Du bist der einzige Mensch außer Harry und mir, der es weiß, Elsie. Es ist zu spät.«

Elsie fasst nach Vickys Hand und versucht, sie am Weiterkratzen zu hindern. »Aber es ist nicht zu spät, deiner Tochter die Wahrheit zu sagen! Elsa hat ein Recht darauf, zu erfahren, wer ihr Vater ist.«

Vicky schüttelt Elsies Hand ab. »Ach, was weißt denn du! Vielleicht ist es ja die Wahrheit, dass Elsas Vater SA-Uniform getragen hat. Dass ich zu betrunken war, mich an ihn zu erinnern.«

»Vicky, es ist vorbei. Die Nazis sind weg! Wir sind jetzt frei!«

»Es ist nicht vorbei«, sagt Vicky und wirft das zerknüllte Zeitungspapier aus der Kiste in den Ofen. Knisternd geht es in Flammen auf. »Für mich wird es niemals vorbei sein.«

Elsie ist nach Hause gegangen. Die Zeit des Stroms ist vorüber. Vicky sitzt im Dunkeln und schaut aus dem Fenster. Ab und zu erhellen die Scheinwerfer der einfliegenden Dakotas und Skymaster den Himmel, dann legt sich wieder Dunkelheit über die Dächer. Sie gießt sich einen Schnaps ein. Die letzte Zahl auf der Karte ist ihr verrutscht. Ob sie die überhaupt noch einlösen kann? Es ist ja nur, weil sie solche Angst hat. Angst um Elsa.

»Und eins, und zwei, und drei, und vier!« Elsa nimmt den Karton mit Glühbirnen und reicht ihn weiter. Ein Flugzeug nach Westdeutschland wird beladen. Auf jeder Kiste ein Stempel mit einem Bären, der die um ihn geschlungene Kette sprengt: »made in blockaded Berlin«. Der Körper dreht sich nach links, nach rechts, automatisch geht das, und ohne zu denken. Es macht nichts, dass sie so müde ist, solange sie nicht umfällt. Zum Umfallen ist ihr aber heute, sie hätte nicht so viele Essensmarken gegen Zigaretten tauschen sollen, und mehr als fünf Stunden Schlaf können's auch wieder nicht gewesen sein. Wenn sie doch nur eine kleine Pause machen könnte, sich den Pullover unterm Kittel ausziehen, ganz verschwitzt ist sie, die Kartons werden immer schwerer, wieso haben die heute die schwersten alle nach hinten gepackt?

Komisch, dass sich die Lampen an der Decke drehen. Die Wände. Jetzt auch noch Gesichter über ihr. Können die nicht still stehen, müssen sie so herumwirbeln? Da wird einem ja ganz schwindlig. Schnell die Augen wieder schließen. Sie hört eine Stimme, auch die scheint sich zu drehen, aber viel zu langsam. Tief und verzerrt klingt das.

Rechts und links ein Klaps gegen ihre Wangen. Endlich versteht sie etwas. »Wach auf, Mädchen! Wach auf!«

Sie schläft doch gar nicht. Wie auch, bei dem Trubel. Die sollen sie in Ruhe lassen. Ihr Kopf kippt zur Seite.

Heute darf sie mit Bernhard im Kaufhaus spielen! Mama ist fröhlich und so wunderschön. Sie trägt einen Rock und eine Bluse mit einem Schild, da steht JONASS drauf. Dann ist Mama verschwunden, und auch Bernhard und sie verschwinden abwechselnd zwischen den Kleiderständern. Irgendwann sind alle Lichter erloschen, und es ist totenstill. Bernhards Hand ist eiskalt und wie tot. Auch Mama ist tot.

»Sie ist weggetreten!«

Tot? Weggetreten? Ja, was denn nun. Elsa öffnet die Augen, wenn nur nicht die Lider so schwer wären, dicht über ihr schwebt ein hageres Gesicht unter einem Kopftuch, ihre Mutter ist das nicht. Trockenkohl, sie muss an Trockenkohl denken, aber den hat es im Jonass zum Glück nie gegeben. Jonass. Bernhard. Mama. Sie muss wissen, wie der Traum weitergeht. Die Frau soll sie schlafen lassen. Sie dreht den Kopf zur Seite, auf der Wolldecke steht »US Airforce«.

In die Stille der leeren Kaufhaushalle hallt lautes Stöhnen. Sie möchte sich die Ohren verschließen, im Boden versinken. Vor einer Kabine bauscht sich ein Vorhang. Endlich hört das Stöhnen auf, der Vorhang öffnet sich. Schnell weg, bevor sie herauskommt. Bernhard soll sie hier wegbringen.

»Bernhard!«, hört sie sich schreien. Elsa richtet sich auf. Jemand hat ihr kaltes Wasser ins Gesicht geschüttet. Ingrid! Was will die von ihr? Sie sieht vorwurfsvoll aus und besorgt.

»Wer ist Bernhard?«, fragt sie mit strenger Stimme.

Vicky schlägt den Mantelkragen hoch. Die Leute stehen so gedrängt, dass sie nur einen Platz vor einem offenen Fenster bekommen hat, durch das eisiger Fahrtwind weht. In diesem S-Bahn-Wagen fehlen noch besonders viele Scheiben, trotzdem riecht es muffig. Die meisten tragen noch ihre Wintermäntel, tagein, tagaus dieselben Kleider. Seit ein paar Tagen gibt es wieder Waren in den Läden, Kleidung, Seife, Küchengeräte. Die Ladeninhaber ernten böse Blicke, weil sie die Sachen gehortet haben. Wegen mangelnden Vertrauens in die Währung, wie sie sagen. Jetzt nach der neuen Währungsreform im Westen haben sie das Zeug aus den Lagerräumen geholt. Werner braucht einen Ranzen und Klaus neue Schuhe, die alten sind völlig durchlöchert. Sie würde auch gerne einmal etwas anderes tragen als umgearbeitete Gardinen und Kittelschürzen. Doch auch wenn viele Dinge wieder zu haben sind, umsonst sind sie nicht.

Eine Frau klopft gegen die Zeitung ihres Nachbarn. »Stecken Se die man lieber weg, gleich sind wir beim Russen.« Schnell faltet der Mann den »Tagesspiegel« zusammen, rollt ihn ein und verstaut ihn tief in der Aktentasche. Die Frau erzählt, dass ihre Schwägerin kürzlich eine Nacht auf dem Revier verbracht hat, weil sie in der Ringbahn bei einer Polizeikontrolle mit einer Westzeitung erwischt worden ist. »Schmuggelware«, schimpft die Frau, »det ick nich lache!«

Vicky presst die leere Einkaufstasche an die Brust und versucht, nicht an den Inhalt ihrer Strümpfe zu denken.

Sie steigt aus und läuft zum Dreiländereck um den Potsdamer Platz, das Areal der Schmuggler und Grenzpolizisten. Zwar sind die Zeiten vorbei, in denen rund um das Columbushaus der Schwarzmarkt blühte, doch auch heute noch hat jeder etwas zu handeln und zu tauschen.

»Ami ... Stella, Ost gegen West, Schokolade ... Bulgaren«, flüstert und zischt es in den Seitenstraßen. Einmal ist einer ihrer Stiefelabsätze bei den Russen zurückgeblieben, als sie bei einer

Razzia auf dem Platz die paar Meter in den britischen Sektor flüchten wollte. Seit Beginn der Blockade ist die Sektorengrenze mehr als ein weißer Strich quer über den Potsdamer Platz. Es kommt ihr vor, als könne sie die Spannung zwischen Soldaten, Grenzpolizisten und Einwohnern einatmen und riechen. Ob die neue Währungsreform im Westen nicht die Kriegsgefahr erneut erhöhe, war in den letzten Tagen im Rundfunk und auf den Straßen diskutiert worden. Vicky weiß nicht recht, ob sie die Antwort von General Howley beruhigend findet, es seien keine Gegenmaßnahmen zu erwarten, die die Brutalität der Blockade Berlins übertreffen könnten.

Die Mitte des Platzes ist leer, ein Nichts, umkreist von Grenzpolizisten. Wo einst Verkehr rauschte, Menschen flanierten und in den Straßencafés saßen, fegt Wind über den leeren Platz, durch Straßen ohne Häuser, Häuser ohne Wände und Dächer. Die Trümmerhaufen sind fortgeräumt, Türen und Fenster der Ruinen in den unteren Stockwerken zugemauert. Quer über den Platz sieht Vicky die Überbleibsel des »Haus Vaterland«. Ein Gerippe ist das »Vaterland« seit dem Krieg, sechs ausgebrannte Stockwerke, überspannt von den verbogenen Metallträgern der Kuppel, hoch oben der Schriftzug. Das »Haus« noch komplett, das »Vaterland« ausgedünnt, inzwischen hat man die fehlenden Lettern ergänzt.

Vicky bückt sich und tastet nach der kleinen Delle in ihrem Strumpf. Wie hatte das »Vaterland« geleuchtet an jenem Abend, am 31. August um halb neun abends, als sie den Platz überquerte, mit Gänsehaut im Nacken, auf dem Weg zum Rendezvous mit dem Unbekannten. Wie eine Krone strahlte die Kuppel, in warmem Gelb leuchteten die Fenster, hinter denen, so hatte sie es sich damals gedacht, lauter glückliche, reiche Menschen saßen. Die Ohrringe mit den Smaragden hat sie getragen, die Harry ihr geschenkt hatte, und sich wie eine Verräterin gefühlt, auf dem Weg zum Treffen mit dem anderen, wie sie dachte. Auch jetzt kommt sie sich wie eine Verräterin vor, während sie seine Ohrringe in den Strümpfen zu Markte trägt.

»Vicky! Vicky, bist du das?« Sie fährt zusammen und muss zweimal hinsehen im dunklen Hausflur, bis sie den Mann erkennt, mit dem sie beinahe zusammengestoßen wäre.

»Wilhelm!« Einen Moment lang nehmen sie sich in die Arme, lassen los, schauen sich um und treten ein Stück auseinander.

»Was machst du denn hier?«, fragen beide zugleich. Was soll man schon machen, hier in diesem Haus, dessen Haupteingang nach Osten und dessen Hintereingang nach Westen geht.

»Ach, ich wollte nur mal nach dem Rechten sehen«, sagt Wilhelm. »Und du?«

»Ich nach dem Linken.«

Wilhelm schmunzelt. »Hast du es schon gefunden?«

Vicky schüttelt den Kopf. Die Ohrringe zu versetzen hat sie nicht übers Herz gebracht. Sie piksen weiterhin an ihrem Fußknöchel. Auch die Medikamente ist sie nicht losgeworden, weil das Verfallsdatum überschritten ist und man sie deshalb angeblich nicht weiterverkaufen kann. Die paar Wochen! Jetzt geht sie mit leeren Händen nach Hause. Schritte nähern sich. Andere Schmuggler oder Polizisten?

»Lass uns hier verschwinden, Vicky«, sagt Wilhelm. »Ich lad dich auf einen Kaffee ein. Einen echten.«

Diesen Geschmack hat sie fast vergessen. Echter Kaffee verursacht ihr neuerdings Herzklopfen. Oder ist es die Freude, Wilhelm wiederzusehen? Einen Freund aus glücklichen Zeiten. Alles, was vor dem Krieg war, zählt zu den guten Zeiten, und vor '33, da lebten sie in goldenem Glück, oder nicht? Vicky und Wilhelm stoßen mit den Kaffeetassen an, als wäre es Champagner. Er hat tiefe Furchen im Gesicht. Graues Haar. Ziemlich alt sieht er aus für seine siebenundvierzig Jahre, denkt sie. Kein Wunder, er hat viel mitgemacht im Krieg. Immerhin war er so klug, am Ende zu den Russen überzulaufen, statt sich im totalen Krieg für den Führer erschießen zu lassen. Sie war froh, als er ihr beim ersten Wiedersehen nach Kriegsende erzählte, dass er wegen einer Verwundung im Lazarett war und erst '46 heimgekehrt ist. Dann war er nicht bei den Plünderungen und Vergewaltigungen dabei, hatte sie damals gedacht und war erschrocken. Hätte sie ihm so was denn zugetraut? Aber hätte sie Nachbar Steinke zugetraut, dass er die alte Chaja verpfeifen würde, um an ihre schäbigen Möbel zu kommen? Oder sich selbst, dass sie einmal in einer Judenvilla hausen würde? Sie spürt Wilhelms forschenden Blick und schüttelt die Gedanken ab.

»Hattest du mehr Glück bei deinen … Geschäften?«

Wilhelm schaut aus dem Fenster, während er erklärt, er brauche eben Westmark, seit die Ostmark in den westlichen Sektoren außer Kurs gesetzt sei. Und davon bekomme man erstaunlich viel für Butter, Kartoffeln und ein paar frische Eier. Vicky läuft das Wasser im Mund zusammen. Es sei ja eigentlich nicht recht, meint Wilhelm, aber er habe einen bestimmten Schraubenschlüssel gebraucht und für Bernhard ein Farbband für die Schreibmaschine. Ach, quatsch nicht, denkt Vicky, schenk mir die Eier, wenn sie dir aufm Gewissen liegen. Ob er denn weiter Arbeit habe, fragt sie. Ja, er arbeite am Wiederaufbau kriegsbeschädigter Häuser in der Rietzestraße mit. Das sei gar nicht weit von ihrer Wohnung, seiner und Bernhards.

»Immer noch die alte«, will Vicky wissen, »wo wir mit den Kindern Geburtstag gefeiert haben?«

Wilhelm nickt. Sie schauen sich in die Augen und senken die Köpfe. Sicher hat er jetzt wie sie an Martha gedacht. Martha und Arno. Beide Arnos, den großen und den kleinen. Beide tot. Es ist schwer, über vergangene Zeiten zu reden, ohne über Tote zu sprechen.

»Möchtest du ein Stück Kuchen?«, fragt Wilhelm. Und ob. Als

er die Bestellung aufgibt und nach Schlagsahne fragt, mustert ihn die Kellnerin wie einen Irren.

»Seinse froh, dat Se Kuchen kriegen. Jibt's ooch nich alle Tage.« Als sie davongeschlurft ist, sehen sich beide an und lachen.

»Tja, und wir sind in Tempelhof gelandet«, sagt Vicky, »wo uns jetzt die Rosinenbomber über die Köpfe donnern. Hättest du das gedacht, als du am Tempelhofer Flughafen mitgebaut hast, dass du damit später zur Feindversorgung beitragen würdest?«

Wilhelm schüttelt den Kopf. »Mein Feind war Hitler. Die ganze Nazibande. Nicht die Amis oder Westberlin.«

»Nie daran gedacht, in den Westen zu ziehen?«, fragt Vicky. Gleich bereut sie die Frage. Wilhelm schaut wieder ganz ernst. Sorgenfalten zerfurchen seine Stirn. Was sollte er als alter Sozi und Russenüberläufer auch im Westen. Bernhard arbeitet für die Parteizeitung, Charlotte ist im Ostberliner Magistrat und er selbst auch Mitglied der SED. Das hat er ihr ja erzählt, dass er in die Partei eingetreten ist, nicht ohne innere Kämpfe, doch ohne Alternative. Wegen der zahllosen Otto Normalverbrecher, die jetzt im Westen einfach so weitermachen. Ganz zu schweigen von den großen Tieren. Hoffentlich kommt bald der Kuchen. Ihr ist schon ganz flau vor Hunger. Jetzt hält er ihr sicher einen Vortrag über die alten Nazis, die überall im Westen noch am Ruder sind.

»Ich wollte bei meinen Kindern bleiben«, sagt Wilhelm.

Endlich kommt der Kuchen. Ein kleines, trockenes Stück auf einem großen Teller. Sie darf jetzt nicht alles hinunterschlingen. Stückchen für Stückchen ... Elsa ist gestern nach der Schicht nicht nach Hause gekommen. Die ganze Nacht nicht. Eine schlaflose Nacht. Deshalb die blödsinnige Idee mit den Ohrringen. Dann muss Elsa nicht mehr so viel schuften, hat sie gedacht, und hat keine Ausrede mehr mit ihren Überstunden.

»Bekomme ich einen Likör«, ruft sie der Kellnerin nach und

fügt an Wilhelm gewandt hinzu, »der Kuchen sieht so trocken aus.«

Wenn nur Elsa nicht mit einem Soldaten ankommt. Womöglich einem Neger wie die Jüngste von Krämers. Sie kippt den Likör hinunter. Schnaps wäre besser gewesen, aber das wollte sie nicht vor Wilhelm. Nicht mal über die Kinder kann man mehr sprechen, ohne auf Blindgänger zu stoßen. Tote und Blindgänger. Ruinen und Einsturzgefahr. Sie schaut Wilhelm an. »Warst du noch mal bei unserem Haus?«

Wilhelm rührt in der leeren Kaffeetasse. Rührt und rührt. Metall klappert gegen Porzellan. Am liebsten würde sie ihm den Löffel aus der Hand reißen. »Ich gehe oft dorthin«, sagt er endlich. »Einfach davorzustehen und es anzuschauen tut gut. Ein Wunder, dass es fast heil geblieben ist.« Ganz verträumt sagt er das, schaut auf und lächelt sie an. »Nicht wahr?«

»Umso schlimmer, dass ihr es gestohlen habt.«

Wilhelm sieht sie fassungslos an. »Wie bitte? Hätte man es den Nachfolgern der NSDAP zurückgeben sollen? Oder dir als Witwe von Helbig? Der hat's doch erst an die Nazis verschachert!«

Das Klappern fängt wieder an. Jetzt nimmt sie Wilhelm tatsächlich den Löffel aus der Hand. »Es gehört Grünbergs, schon vergessen? Mein Mann hat's ihnen gestohlen, und jetzt stehlt ihr es noch einmal. Verstaatlicht, so nennt man das heute bei euch, aber gestohlen bleibt's doch. Und überhaupt, ›Haus der Einheit‹! So zerschnitten war Berlin noch nie. Grenzen quer durch die Straßen, fremde Armeen, getrennte Währung.« Rote Flecken wandern über Vickys Wangen. »Man bekommt ja schon Ärger, wenn man in eurer S-Bahn eine Westzeitung dabeihat. Selbst wenn nur Kartoffeln drin eingewickelt sind.«

»Ja, die wir bezuschusst haben und die ihr für 'n Appel und 'n Ei aus unseren Läden wegkauft.« Wilhelm winkt der Kellnerin. »Die Rechnung bitte!«

»Äpfel und Eier gibt's bei uns gar nicht mehr dank eurer feinen Blockade! Ohne die Amerikaner wären wir alle schon tot.«

»Wir ohne die Russen auch.«

»Wenn das so weitergeht«, sagt Vicky und will aufstehen, »haben wir bald wieder Krieg.«

»Warte«, sagt Wilhelm und drückt sie sanft auf den Stuhl zurück. »Ich hab noch ein paar Sachen übrig.«

»Ich hab nichts zum Tauschen.«

»Es wird andere Zeiten geben.« Wilhelm kramt ein Päckchen aus seiner Tasche hervor. »Außerdem bleibt's doch in der Familie.«

Heute Nacht ist Elsa aufgewacht aus einem Traum von ihrem Haus, und plötzlich ist ein Wiedersehen für sie lebenswichtig wie Brot. Gleich morgens macht sie sich auf den Weg. »You are leaving the American Sector«, kann sie inzwischen mühelos lesen, doch der Weg von Amerika nach Russland ist an dieser Stelle unpassierbar. Die Brücke ragt von beiden Seiten wenige Meter über den Kanal, in der Mitte klafft eine Lücke. Soll die Brücke wieder aufgebaut und die Lücke geschlossen, sollen die Überreste gesprengt und die Verbindung gekappt werden? Darüber können sich beide Seiten nicht einigen. So lange muss man ausweichen, auf andere Brücken und Straßen. Oder in die Luft. Elsa traut ihren Augen nicht. Hoch über der Brücke, zwischen den Häuserfronten, balancieren sieben Menschen am Himmel, schwarze Silhouetten vor einer Wolke. Sie halten lange Stangen, wie Verlängerungen ihrer Arme sehen sie aus oder sehr dünne Flügel. Unter ihre Füße zeichnet Elsa im Kopf drei Seile, anders kann es nicht sein, doch allenfalls ahnt man dort ganz feine Linien. Durch die linierte Luft laufen sie über die zerbombte Brücke hinweg und die löchrigen Dächer und Häuser.

Wenige Straßenzüge weiter erscheint ihr das Ganze wie ein Traumbild. Sie träumt ja viel in letzter Zeit, mit offenen Augen, wie Ingrid sie aufzieht, ein Glück, dass ihre Arme die Luftbrückenarbeit auch kopflos verrichten. Trotzdem muss sie nun an so vieles denken, Ämter, Fragebögen, Formulare. Untersuchung auf Entnazifizierung, Tuberkulose, Geschlechtskrankheiten. An der nächsten Straßenecke leuchten ihr von einer Hauswand weiße Buchstaben entgegen. »Ami go home« steht dort, das hat sie schon einmal im Vorübergehen gelesen. Doch jetzt ist Ami durchgestrichen, und in ungelenker kyrillischer Schrift steht Ivan darunter. Das muss eine heimliche Nachtaktion gewesen sein, denkt sie, mitten im sowjetischen Sektor. Von ihr aus können sie alle nach Hause gehen, britische und französische Soldaten gleich mit. Nur die Rundfunksprecher sollen bleiben.

Als sie sich der Kreuzung zur Lothringer Straße nähert, beginnt ihr Herz schneller zu schlagen. Von Weitem sieht das riesige Gebäude, mit seiner Reling um das Obergeschoss und den geschwungenen Seitenflügeln, für sie noch immer aus wie ein Schiff, bereit zur großen Fahrt. Auf der gegenüberliegenden Straßenseite, hinter den Mauern des Nikolaifriedhofs, vermodert Horst Wessel in seinem Grab. An den Ästen, die über die Friedhofsmauer hängen, schälen sich hellgrüne Blättchen aus den Knospen. Amseln singen in den Zweigen.

Elsa lehnt sich in einen Sonnenfleck an der Friedhofsmauer und betrachtet das Haus der Einheit unter der neuen Verkleidung, die roten Banner, die quer über die Fassade laufen. Das Kreditkaufhaus ist gekommen und gegangen, die Zentrale der Hitlerjugend ist gekommen und gegangen, das Zentralkomitee der SED ist gekommen und wird ebenfalls wieder gehen. Lange kann auch dieser Spuk nicht dauern. Für mich, denkt Elsa und schließt die Augen, wird es immer das Jonass bleiben, das Haus von Mama und Elsie, Bernhard und mir.

Ob es zwischen ihr und Vicky jemals wieder gut wird? Wenn sie sich an den Abend erinnert in der Küche in Tempelhof, hat sie sofort wieder den Geschmack von POM auf der Zunge, dem farblosen Brei aus Kartoffelpulver, den Vicky gekocht hat. Der einem zuerst den Gaumen verkleistert, dann Kehle und Hals beim Schlucken und Stunden später als schwerer Klumpen den Magen. Noch in der Erinnerung wird ihr ganz übel. Sie geht ein paar Schritte um die Ecke und lässt sich neben dem Friedhofseingang auf eine Bank fallen, schräg gegenüber vom Haus der Einheit.

Sehr langsam ist sie an dem Abend nach Hause gegangen, zögerlicher mit jedem Schritt, der sie dem unvermeidlichen Gespräch näher brachte. Sie traf ihre Mutter am Küchentisch an, über eine Zeitung gebeugt. Statt einer Begrüßung las sie laut vor, was es am nächsten Tag auf welchen Abschnitt der Karten geben würde. »475 Gramm Weißbrot auf Abschnitt 500-W der Brotkarte, in Verbindung mit Sonderabschnitt B der Fleischkarte. Ein Pfund Salzgemüse und 62,5 Gramm Trockengemüse auf Abschnitt K-2.«

»Mama, ich möchte mit dir reden.«

»62,5 Gramm Trockengemüse extra für Diabetiker und Blutspender … Hmm, ob es lohnt, sich dafür die letzten Eisenvorräte abzapfen zu lassen?«

»Ich habe dir etwas zu sagen.«

»Wie hat es in der Rundfunkansprache an die Berliner geheißen? Wir leben jetzt alle von moralischen Kalorien.« Vicky lachte. »Zu schade, dass man die nicht gegen unmoralische zum Essen tauschen kann, nicht?«

»Ich möchte heiraten und brauche deine Einwilligung.«

»Du solltest mehr essen und weniger rauchen. Hier, iss.« Sie stellte einen Teller voll POM vor sie hin. »Und weniger arbeiten. Schau mal in den Spiegel, wie ein Gespenst siehst du aus! Ich hab noch Reserven, weißt du, ich kann noch was lockermachen. Morgen bleibst du zu Hause!«

»Hast du gehört, was ich gesagt habe, Mama?«

Motorengedröhn. Landende Maschinen, startende Maschinen. Löffel voller Kartoffelbrei. Noch mehr blubbernder Brei im Topf auf dem Herd. Und dann, nach so langem Schweigen, dass sie mit keiner Antwort mehr gerechnet hat, schrie Vicky sie an: »Niemals bekommst du von mir eine Unterschrift!«

»Dann kriege ich eben ein uneheliches Balg wie du!« Die Worte waren raus. Starr saß sie da und wartete auf eine Antwort. Eine schallende Ohrfeige. Türenschlagen. Einen Weinkrampf.

Doch Vicky sprach nur ganz leise, wie zu sich selbst. »Du solltest es doch besser machen. Besser als ich.«

»Mama!« Sie griff nach ihrer Hand.

Vicky entzog sie ihr, als ob sie sich verbrannt hätte. »Ich war wenigstens schon großjährig!«

»Und ich weiß wenigstens, wer der Vater ist! Mich will der Vater meines Kindes sogar heiraten! Und du wirst das nicht verhindern.« Nun war sie es, die türenschlagend aus der Küche und ins Schlafzimmer stürzte.

Erst Stunden später, sie musste erschöpft vom Weinen eingeschlafen sein, kam Vicky hereingeschlichen und legte sich, ohne Licht zu machen, in ihr Bett an der gegenüberliegenden Wand. Sag etwas, hat sie im Stillen gefleht, irgendetwas, damit es zwischen uns wieder gut wird. Du bist doch meine Familie. Ich hab doch nur dich. Leises Atmen kam von der anderen Seite. Regelmäßiges Atmen. Das kann doch nicht wahr sein, hat sie gedacht, da legt sie sich einfach hin und schläft. Als ob nichts gewesen wäre. Das halte ich nicht mehr aus. Das mache ich nicht mehr mit.

Laut sagte sie in die Stille hinein: »Sag mir, wer mein Vater ist!« Der Satz fiel in die Dunkelheit zwischen ihren Betten wie in einen Graben. Noch einmal erhob sie die Stimme. Wenn die Wahrheit nicht half, dann vielleicht die Lüge. »Mein Kind wird übrigens kariert. Ein Negerbaby.« Da wurde auf der anderen Seite des Grabens die Luft angehalten. Plötzlich war da diese Idee. Ein Gedanke, der ihr noch nie zuvor gekommen war. »Und ich könnte wetten, dass mein Vater Jude war!«

Es hat keinen Sinn, hier auf eine Antwort zu warten, den Friedhof im Rücken und das Haus ihrer Geburt gegenüber. Elsa steht auf und lässt die Friedhofsmauer hinter sich und die flatternden roten Fahnen auf dem Dach des Hauses der Einheit. Es gibt noch so viel zu erledigen. Stephen und sie wollen so bald wie möglich heiraten. Bevor ihr Bauch rund wird. Doch jeder ausgefüllte Fragebogen scheint einen weiteren nach sich zu ziehen. Über die Untersuchungen auf Tuberkulose und Geschlechtskrankheiten macht sie sich keine Sorgen, auch das polizeiliche Führungszeugnis und die Einverständniserklärung ihrer Mutter liegen nun vor. Aber der unbekannte Vater hat ihr einigen Ärger bereitet und der braune Stiefvater erst recht. Um ein Haar wäre alles daran gescheitert, dass sie im BDM war, die Amis mochten es gar nicht, wenn ihre Staatsbürger ehemalige Nazissen ehelichten. Ihr Glück, dass sie dort ohne Funktion war und nur bis fünfzehn. Sicher hat ihr auch das Porträt des befragenden Officers geholfen. Aus lauter Nervosität hatte sie angefangen, während des Interviews das Gesicht ihres Gegenübers auf ein Formular zu kritzeln. Als der Officer sich über die Karikatur beugte, dachte sie schon, nun ist alles aus. Doch er lachte nur und bat sie darum, die Skizze behalten zu dürfen.

Letzte Woche hat sie Bernhard geschrieben, den sie seit dem verkorksten Weihnachten '45 nicht mehr gesehen hat. Ob sie ihn zu ihrer Hochzeit einladen dürfe, die, wenn alles gut ginge, Mitte Mai wäre. Heute Morgen ist seine Antwort gekommen, dass er ihr herzlich gratuliere, gerne käme – und ob er Marianne mitbringen dürfe. Hmm, hat sie gedacht, Marianne also. Und ihr Bernhard, der schreibt jetzt wirklich fürs Neue Deutschland.

Proletarier aller Länder, vereinigt euch!, geht es Elsa durch den Kopf, während sie sich auf den Weg zurück zur zerbombten Brücke macht.

Sie wirft einen letzten Blick auf das Haus der Einheit. Na, dann geht er ja vielleicht bald durch dieses Tor hier ein und aus.

Geteilte Welten

Dunkel poliert sind die Schränke neben den hohen Fenstern. Die mögen dem Präsidenten der DDR, Wilhelm Pieck, gefallen haben. Als dieser Raum noch sein Raum war und dieses Haus das höchste Haus der Sozialistischen Einheitspartei Deutschlands. Eine gute Tischlerarbeit, hat er vielleicht hin und wieder gedacht. Solide und haltbar.

Jetzt beherbergt das Gebäude ein Institut. Hier werden Marxismus und Leninismus erforscht und die Geschichte der Arbeiterbewegung. Geblieben ist das Zimmer, in dem Wilhelm Pieck bis vor Kurzem arbeitete. Geblieben auch das Werkzeug in einer Schublade seines Schreibtisches, Hammer, Zollstock, Bohrer, Zange. Das Rüstzeug eines Mannes, der Tischler war, bevor er Präsident wurde, wie es sich für einen Arbeiterführer gehört. Das Zimmer schon jetzt ein Museum, ein Schrein für den Mann, der inzwischen krank ist. Wer weiß, wie lange er noch lebt.

Alles steht still, so wie er es verlassen hat. Die holzgetäfelte Decke mit den sternförmig angeordneten Neonleuchten im Halbrund des Zimmers. Die vierflügeligen Fenster, gerahmt von dunklen Vorhängen, die unvermeidlichen Zimmerpflanzen – Monstera und Gummibaum. Der lange Tisch umstellt von gepolsterten Stühlen, auf denen man endlos ausharren und reden kann. Am Kopfende des Tisches der Präsidentenschreibtisch, darauf eine Lampe, zwei Aschenbecher, die Wasserkaraffe, die unabdingbare Schreibtischgarnitur. Auf dem Schrank die Büste eines Arbeiters, muskulös und siegesgewiss.

In allen anderen Räumen auf allen anderen Etagen wird gearbeitet. Hier wird gehuldigt. Einem Tischler, der Präsident geworden ist. Selbst die Straße trägt seit ein paar Jahren seinen Namen, aus der Lothringer Straße ist die Wilhelm-Pieck-Straße geworden.

~

Bernhard heizt ein. Wenn es nach ihm geht, nicht mehr lange. Inzwischen sind in Berlin so viele neue Wohnungen gebaut worden, mit und ohne Wilhelms Zutun, da sollte doch auch für ihn, Karla und Luise eine übrig sein. Hier unten im Keller denkt Bernhard solche Gedanken. Fängt Karla aber oben in der Altbauwohnung an zu jammern, wie kalt und unbequem es sei, mit den hohen Zimmern und undichten Fenstern, gibt er Widerwort. Der Staat könne nicht gleichzeitig allen alle Wünsche erfüllen, sagt er dann, als wäre es zu viel verlangt, eine warme Wohnung mit praktischer Küche und Innentoilette zu haben. Zehn Jahre, nachdem sich dieses Land, das er so verteidigt, gegründet hat. Hier unten im Keller kann man dem Land auch mal böse sein. Bernhard füllt eine Holzkiste mit Briketts und einen Eimer mit Bruch, Krümeln und Kohlenstaub zum Anheizen. Es soll für den ganzen Tag reichen und für morgen noch. Vielleicht schaffen wir es sogar über alle drei Feiertage, denkt er, im Moment spricht ja vieles für schwarze Weihnachten in der Stadt. Ein wenig weiter südlich gibt es klirrenden Frost, als sei das Land noch einmal in der Horizontale geteilt worden.

Ganz hinten im Keller, neben einem kleinen Regal mit Einweckgläsern von '57, '58 und den zuletzt hinzugekommenen mit der säuberlichen Aufschrift '59, liegt die Bernhardkiste. Karla geht niemals in den Keller, in dem es Ratten und Spinnen gibt, deshalb kann der Karton ruhig hier stehen. Und darauf warten, dass es in einer größeren Wohnung auch einen kleinen geheimen Platz für ihn geben wird. Heute, mag sein, weil Weihnachten ist, kann Bernhard nicht widerstehen. Er stellt die Kohlenkiste und den Eimer in den Kellergang und geht noch einmal zurück zum Karton. Lüpft den Deckel, um zu sehen, was obenauf liegt, und kommt sich kindisch vor. Mit dreißig sollte man ein wenig abgeklärter sein. Aber es ist Weihnachten, mit oder ohne Geburt Jesu ein besonderer Tag. Zumindest einer, an dem man sich wohl mal erinnern darf.

Obenauf im Karton liegen Briefe von Marianne. »Ach Liebster«, so beginnen sie alle. »Ach Liebster, wieso sind die Zeiten so, dass wir nicht zusammen sein können?« Die kleine quicklebendige Marianne mit den roten Haaren, mit losem Mundwerk und Zauberhänden hatte ihm völlig den Kopf verdreht. Da war er noch neu in der Redaktion, nicht mehr als ein Botenjunge, der den Redakteuren ein bisschen über die Schulter schauen durfte, wenn es nichts anderes zu tun gab. Und manchmal hat ihm einer was in die Hand gedrückt und gesagt: »Geh da hin, hör dir das an und mach mir zwanzig Zeilen draus.« Dann ist er losgezogen und hat sich gefühlt wie Kisch, der rasende Reporter.

Was für ein seltsames Paar wir waren, denkt Bernhard und faltet noch einen Mariannebrief auseinander. Der Botenjunge und die Sekretärin. Bei der Zeitung sah man die Verbindung erst mit Wohlwollen und dann mit Unmut. Als aus dem Botenjungen, der immer öfter loszog, um Zeilen zu schreiben, ein Redakteur werden sollte. Marianne war und blieb die Tochter eines Nationalsozialisten, der die schwarze Uniform getragen und wer weiß was getan hatte. Und Bernhard sollte nach dem Willen der Parteileitung zum Journalistikstudium nach Leipzig geschickt werden. Als Sohn eines sozialdemokratischen Arbeiters, der Mitglied der SED geworden war, schien er ideal für diese Aufgabe, die ihm zugleich als Auszeichnung, Ehre und Verpflichtung verkauft wurde. Sein Vater, der Zimmermann Wilhelm Glaser, stand für alles, was die Partei wollte und was ihr gefiel. Übergelaufen zu den Russen in den letzten Kriegstagen und heimgekehrt mit der Roten Armee. Bernhard konnte nach dem Glauben und Willen der Genossen nicht weit vom Stamm gefallen sein.

»Wenn's dir nützt, Junge, rede ich nicht über den anderen Teil der Geschichte«, hatte der Vater '46 zu ihm gesagt. Da war er gerade heimgekehrt und wusste mehr über die ruhmreiche Rote Armee als manch anderer. Wahrscheinlich auch mehr, als er wissen wollte. Er sieht den Vater vor sich, wie er aus dem Krieg kam als kranker Hungerleider, ein bisschen Wahnsinn in den Augen, eine neue Schwere in den Bewegungen und nachts von bösen Träumen heimgesucht. »Im Krieg werden alle zu Verbrechern« war der einzige Satz, den er damals fast täglich zu hören bekam. Manchmal schien es Bernhard, als machte der Vater einen Versuch, ihm von den letzten Kriegsmonaten zu erzählen. Einmal hatte er ihn gefragt, wo der Freund Arno geblieben war, der Kommunist und Rotfrontkämpfer. »Im Lager«, hatte Wilhelm gesagt. »Den Arno haben sie erhängt und deinen Freund Robert Weinberg ins Gas geschickt. Und wenn er da nicht ins Gas gemusst hätte«, hatte er hinzugefügt und den Satz zugleich mit einer Handbewegung weggewischt, als putzte er eine Tafel blank, »wäre wahrscheinlich Stalin sein Tod geworden.« Damals fand er die Bemerkung seines Vaters so absonderlich, dass er nicht nachfragen mochte. Stalin hing noch an jeder Wand und schwebte über allen und allem, was man tat und nicht tat. Da konnte es nicht gut sein zu erfahren, wieso der kleine Robert beim großen Natschalnik nicht gelitten gewesen wäre. Und vielleicht war dem Vater im Kopf doch nur das eine und andere durcheinandergeraten.

Bernhard dreht und wendet den Mariannebrief und faltet ihn wieder ordentlich zusammen. Marianne, die brauchte keinen Stalin, der sie um ihre Chancen brachte, die hatte ihren braunschwarzen Vater. Als er nach Leipzig zum Studium ging, blieb sie zurück. Klüger als er war sie, und wahrscheinlich hätte sie das Studium mit links und vierzig Fieber gemacht. Ihm ist es nicht leichtgefallen. Das Studium nicht und auch nicht der Verzicht auf Marianne, welcher allerdings eine Art Aufnahmeprüfung für das Studium zu sein schien. Und er wollte studieren. Er wollte schreiben. Mein erstes Opfer für die Partei war Marianne, denkt Bernhard, und es tut nicht einmal mehr weh, das zu denken. Inzwischen ist es selbstverständlich geworden, Opfer für die Partei zu bringen, da fragt keiner mehr nach einer Rothaarigen, die mit ihren kleinen Fäusten einen Trommelwirbel auf seiner Brust schlug, wenn sie kam. Manchmal ist ihm heute danach, Karla zu bitten, das Gleiche zu tun.

Unter Mariannes Briefen, die Bernhard sorgfältig zurück in die Kuverts packt, liegt ein dicker, fest verschnürter Stapel Briefe von Elsa, mit ihren klaren Worten und verspielten Zeichnungen. Und das wenige, was er sonst von ihr besitzt. Eine billige Kette mit einem Kleeblattanhänger, die sie ihm als kleines Mädchen mit ernstem Gesicht geschenkt hatte, als sie sich verlobten, Elsa und er, hinter dem Fliederbusch. Ein Foto von ihrer Hochzeit, Elsa an Stephens Arm, mit wehendem Schleier unter einem Regenschirm, und im Hintergrund, in der Gruppe der Gäste, er mit Marianne. Ein Bild von Elsa mit ihrer Tochter Stephanie und eines mit ihren beiden Kindern, nachdem der Junge geboren war, das alles gehört auch noch zu Elsa.

Er legt die Fotos zurück in den Karton. Da fällt ihm ein versilberter Tannenzapfen in die Hände, und der führt geradewegs zu einem Weihnachtsfest, an das er nicht gern zurückdenkt. Ein wahres Elsadesaster war das Fest '45. Erst viele Jahre später, ausgerechnet in diesem denkwürdigen Sommer, hat sich das Desaster in ein flüchtiges Glück gewandelt, einmalig, unwiederholbar und vielleicht ein großer Fehler. Aber wer mag das sagen. Am Ende ist es womöglich so, dass diese gestohlene Stunde ihm zu einer der glücklichsten seines Lebens gerät.

»Möglich ist es«, murmelt er und denkt an eine Linie vom Kinn hinab in den Ausschnitt des Kleides und einen kleinen Juchzer, der den Ausschlag gab. »Frauen«, flüstert Bernhard. »Elsa«, flüstert er hinterher und ruft sich im gleichen Augenblick zur Räson. Besser an Weihnachten '45 denken.

Vicky, Elsie, Klaus und Werner waren schon zu Bett gegangen. Bernhard erinnert sich an den Geruch in der Wohnstube, den Geruch nach Weihnachten. Dort, im löchrigen Dachgeschoss der Villa, hatte er auf dem Sofa geschlafen, weil anderswo kein Platz war. Und Elsa war in der Nacht gekommen, um von den Essensresten zu naschen. »Erwischt!«, hatte er leise vom Sofa gerufen und damit den Anfang gemacht. Sie war unter seine dünne Decke gekrochen, durch die Dachluke schienen die Sterne herein, und sie saßen da und passten höllisch auf, sich nicht zu berühren. Elsa, mit der er noch wenige Jahre zuvor nach Amerika abhauen wollte, war in der kurzen Zeit ihrer Trennung hoch aufgeschossen, unter ihrem Nachthemd zeichneten sich rund und schön ihre Brüste ab. Ihre hellbraunen Haare fielen offen auf ihre Schultern und knisterten, als er sie im Dunkeln aus Versehen berührte. Das müssen die Hormone gewesen sein, denkt er heute, mit sechzehn machen die mit dir, was sie wollen. Aber damals auf diesem Sofa konnte er sich kaum bewegen vor lauter Sehnsucht nach Elsas Haut und Haar und allem, was man vielleicht damit anstellen konnte, ohne genau zu wissen, wie es gehen sollte. Nie wird er vergessen, wie peinlich und beglückend der Moment war, da alles Blut in eine Richtung zu fließen schien und ein Begehren sichtbar machte, von dem er bis dahin gar nicht gewusst hatte, dass es mit Elsa verbunden war. Und dann hatte sie ihn zurückgestoßen. Nicht nur das, denkt Bernhard, geradezu abgewehrt hat sie mich, als wollte ich ihr Gewalt antun.

Und hier steht er nun, vierzehn Jahre später, hält einen versilberten Tannenzapfen in den Händen und spürt noch einmal die gleiche Scham, verbunden mit einer unerklärlichen Wut auf das andere Geschlecht. Als sei Elsa schuld daran, dass er die Frauen nicht versteht und doch nicht von ihnen lassen kann. Bernhard legt den Tannenzapfen zurück in den Karton. Das einzige Erinnerungsstück an dieses Weihnachten nach Kriegsende. Eine silbern glänzende kleine Entschuldigung von Elsa oder eine Erklärung, er hatte das nicht verstanden. Erst später, als seine Wut schon ein wenig verraucht war, hatte er gedacht, dass seine Freundin recht haben mochte, wenn ihr eine Liebesbeziehung mit ihm frevelhaft vorkam. Wie oft hatten Vicky und Wilhelm davon geredet, dass sie beide wie Geschwister seien, auf ewig durch die Bande ihrer außergewöhnlichen Geburt zu gleicher Stunde verbunden. Geschwister begehrten einander nicht. Vielleicht war es das, was Elsa ihm damals zu verstehen geben wollte. Heute spielte das keine Rolle mehr. Sie hatten beide ihr Begehren an anderen ausgelassen und ihren Platz gefunden. Und nur einmal waren sie von diesem Weg abgerückt. »So was verjährt und verwächst sich«, sagt Bernhard laut in den Keller hinein.

»Bist du noch unten?«, ruft Karla vom oberen Ende der Kellertreppe. »Es ist kalt, und dein Vater kommt jeden Augenblick.«

»Bin gleich fertig«, ruft Bernhard die Treppe hinauf. Eine kleine Lüge mehr, denkt er. Weil Weihnachten ist. Er stellt die gefüllte Kohlenkiste neben den Kachelofen im Wohnzimmer und den Eimer dazu. Karla schmückt den Weihnachtsbaum. »Für Luise«, hat sie gesagt, als hinge davon alles Glück der Welt ab, »brauchen wir einen Baum.« Also ist er losgezogen und hat sich angestellt und einen Baum gekauft, der ganz leidlich aussah. Die Baumkugeln allerdings sehen wirklich schön aus, stellt Bernhard fest und hat auf einmal das Gefühl, dies wird ein gutes Weihnachtsfest. Wilhelm wird da sein, und Marie will kommen, auch Charlotte hat versprochen, Bescherung und Essen mitzumachen.

»Ich komme allein, Bruderherz«, hat sie gesagt, als wäre ihm etwas anderes im Sinn gewesen. Charlotte kam immer allein. Weiß der Teufel, wo sie ihre Lust und Liebe hinpackte. Manchmal schien es ihm, als verhelfe ihr die Partei sogar in dieser Hinsicht zu allem Notwendigen. Ein blöder Gedanke, ruft er sich zur Ordnung, es ist doch bewundernswert, wie seine Schwester sich einer Sache verschrieben hat. Nicht so halbherzig wie er, der in der Partei war, aber jede Versammlung mied, fürs Neue Deutschland schrieb, doch wenn irgend möglich über abstrakte und abseitige Themen. Der Ehemann und Vater war und gleichzeitig ... Er baut im Kachelofen einen kleinen Scheiterhaufen aus Holzscheiten und stopft ein zerknülltes Neues Deutschland unter das Holz. Er sieht wieder vor sich, wie hysterisch Charlotte sich gebärdet hat, als Stalin gestorben ist, und noch heute wird ihm ganz elend bei der Erinnerung. So benehmen sich nur Verrückte oder ganz Fanatische, hat er gedacht, aber doch nicht seine sonst so kluge große Schwester, die in den letzten Kriegstagen in der Stadt geblieben war und Widerstand geleistet hatte. Im Gegensatz zum Vater erzählt Charlotte gern und oft von diesen letzten Tagen. Als die Russen in Berlin einmarschierten, sprach sie deren Sprache, gelernt von den kommunistischen Genossen. Manchmal lässt er sich von Charlottes Begeisterung anstecken, nur um sich im nächsten Augenblick für diesen Überschwang zu schämen. Am 7. Oktober hat er sich überreden lassen und ist mit ihr zum Fackelumzug gegangen. »Zehn Jahre Republik«, hat die Schwester gesagt, »das muss man feiern.« Ihm ging es nicht gut dabei. Die Fackeln erinnerten ihn an andere Fackeln und die Reden zuweilen an andere Reden.

»Luise hat ein wenig Fieber«, sagt Karla, gerade als der kleine Scheiterhaufen perfekt geschichtet ist. »Meinst du, wir sollten mit ihr zum Arzt gehen?«

Erschrocken reißt Bernhard das Mädchen vom Fußboden hoch, wo es selbstvergessen mit ein paar Bauklötzen gespielt hat. Luise fängt an zu weinen und will sich losmachen. Er hält sie fest, schaut ihr in die Augen und legt ihr eine Hand auf die Stirn. Die ist warm, aber nicht heiß. »Kannst du mit dem Kopf nicken?«, fragt er Luise, die ihn lächelnd ansieht und mit dem Kopf nickt. Er murmelt etwas von Hirnhautentzündung und dass man dann den Kopf nicht mehr bewegen könne, weil das Genick steif werde.

Karla nimmt ihm Luise aus dem Arm und drückt ihm einen Kuss auf die Wange. »Ich glaube, es ist nur die Aufregung. Lass uns abwarten.«

Karla hat recht, das hier hat mit dem kleinen Arno nichts zu tun. Bernhard ist froh, dass sie so reagiert. Es gibt Zeiten, da sieht sie in allem, was geschieht, ein Unglück heraufziehen. Die gleiche Schwermut wie Martha, denkt er dann, und dass die Mütter noch so lange verschwunden sein können, sie geistern doch durch das eigene Leben und lassen einen nicht los. Er küsst Karla auf den Mund, und es schmerzt ihn, wie sie ihn anschaut. So froh und zugleich – überrascht.

Gerade als Bernhard das Streichholz in den Kachelofen hält und das Beste hofft, klingelt es. Wilhelm bringt einen Sack Kartoffeln, eine Flasche süßen Wein und feuchte Kälte mit. »Aber jetzt reißt der Himmel auf«, sagt er und schiebt Bernhard vom Ofen weg. Trotz der kleinen Flammen, die da schon züngeln, schichtet er das Holz noch einmal um, und sie schlagen höher, sodass man schon zwei, drei Briketts drauflegen kann. Er greift in die Flammen, als gäbe es keine Brandblasen auf der Welt. Karla lacht und fragt, warum Wilhelm Bernhard nicht auch ein paar nützliche Dinge vererbt hat. Wilhelm zwinkert ihr zu. »Lass uns eine Runde laufen, Junge«, sagt er zu Bernhard.

Bernhard weiß genau, von welcher Runde hier die Rede ist. Wilhelm setzt sich die Schirmmütze auf, mit der er immer ein bisschen verwegen aussieht. Mein Vater wird bald sechzig, denkt Bernhard plötzlich. Er ist schon fast ein alter Mann. Als spürte er diesen Gedanken, strafft Wilhelm die Schultern, drückt die Knie durch und reißt schwungvoll die Wohnungstür auf.

Fünf Minuten sind es bis vor zur Stalinallee. Wilhelms liebste Straße, wie er immer sagt, auch wenn sie Stalin gehört. Am Strausberger Platz redet er von den Acht- und Zehngeschossern, die hier bald stehen werden. Und dann wird man bauen bis runter zum Alexanderplatz. Daran hätte Wilhelm gern mitgearbeitet, aber nun ist er im Heinrich-Heine-Viertel und baut die Q-3-Wohnungen: Einbauküche, Bad und WC. »Wenn die stehen«, sagt er, »müsst ihr euch bewerben.«

Bernhard weiß, wohin es Wilhelm zieht. Inzwischen kennt er das Haus an der Wilhelm-Pieck-Straße, die sein Vater noch immer Lothringer nennt, auch von innen ziemlich gut. Das neue Haus der Einheit und nicht mehr das Jonass aus Kindertagen. Monatelang hat er da gesessen und sich mit der Arbeiterpresse in der Weimarer Republik beschäftigt. In dieser Zeit ist ihm der Vater gründlich auf die Nerven gegangen, mit all seinen Fragen, wie es drinnen aussieht, in welchen Räumen wer und was untergebracht und ob noch zu erkennen sei, wie schön einmal das Kaufhaus ausgesehen habe. »Eigentlich nicht«, hat Bernhard gesagt und konnte sehen, wie enttäuschend Wilhelm das fand. Als hätte das Jonass einmal ihm gehört und nicht fremden Menschen. Und als Bernhard und Karla sich ein Radio und einen Küchenschrank auf Teilzahlung kauften, geriet der Vater ganz aus dem Häuschen. Wieder und wieder erzählte er, wie Martha bei Jonass auf Pump gekauft hatte und wie sie regelmäßig ihre Raten zu Vicky brachten. »Heute ist das ja kein Problem«, hat Wilhelm sich ereifert. »Der Staat lässt solche wie uns nicht verhungern. Aber damals, in den Dreißigern. Es hätte doch jederzeit wieder eine Krise geben können.«

Bernhard wirft einen Seitenblick auf seinen Vater, der zielstrebig und mit erwartungsvollem Gesicht Richtung Wilhelm-Pieck-Straße läuft. Er hat sich schon oft gefragt, ob Wilhelm damals ein bisschen verliebt in Vicky gewesen ist. Manchmal kommt er richtig ins Schwärmen, wie schick und apart sie immer aussah, obwohl doch das Geld lange Zeit mehr als knapp war. Und mehr noch darüber, dass sie eine Frau war, die sich nicht unterkriegen ließ. »Was die lachen konnte«, sagt Wilhelm immer, wenn er auf dieses Thema kommt. »Egal, wie schlimm die Zeiten waren, Vicky blieb eine Kämpferin.«

Bernhard ist noch nicht nach Jonass und Haus der Einheit zumute. Eher nach Umwegen und Glühwein. Er lenkt den Vater Richtung Alexanderplatz. »Wollen wir«, fragt er und stellt sich in die lange Warteschlange vor dem Glühweinstand, denn man hat gelernt, sich anzustellen, noch bevor die Entscheidung gefallen ist. Weggehen kann man immer noch, wenn es doch kein Glühwein werden soll. Aber Wilhelm nickt und reibt sich die Hände. Dann stehen sie schweigend nebeneinander und trinken das heiße, süße Gesöff, als jemand Bernhard von hinten auf die Schulter schlägt.

»Was machste denn hier, Bernie, ich denk, deine Frau lässt dich nicht raus am Heiligen Abend?«

Bernhard dreht sich um und steht Ulrich gegenüber, einem Kollegen aus der Redaktion, zuständig fürs Lokale und sonstige Errungenschaften, wie der es immer nennt. Ein Trinker vor dem Herrn, aber nie einen Termin verpassen und immer ausreichend Zeilen abliefern, so ist Ulrich.

Bernhard macht seinen Vater mit dem Kollegen bekannt, und Ulrich erklärt, dass er noch was schreiben muss über die Baustellen in der Stadt. Ob da auch am Heiligen Abend fleißig geschuftet werde, müsse er berichten, und wie die Schlacht für den Frieden gekämpft wird. Ulrich hat auf dem Bau gelernt, bevor er Reporter wurde, Polier ist er gewesen, und so fachsimpeln er und Wilhelm sich warm. Gerade erklärt er dem Zimmermann, wie das Problem mit dem Materialengpass wohl im Neuen Deutschland klingen wird, wenn man es denn überhaupt aufschreiben darf. »Wo einst ein typisches Arbeiterviertel aus der kapitalistischen Vergangenheit gestanden hatte, das im Feuersturm des anglo-amerikanischen Luftangriffs vom 3. Februar 1945 untergegangen war«, formuliert Ulrich aus dem Stegreif, »bauen nun vier Arbeiterwohnungsbaugenossenschaften aus Berliner Großbetrieben ein großzügig angelegtes und durchgrüntes Wohngebiet. Auch bei Frost und Schnee schlagen sie jeden Tag von Neuem die Schlacht gegen widrige Bedingungen und um die vorfristige Erfüllung des Plans.«

Wilhelm ist begeistert und haut Ulrich auf die Schulter. »Genau so«, ruft er. »Jetzt nur noch ein Satz zu den Materialengpässen.«

»Der fliegt dann raus«, sagt Ulrich und sieht auf einmal müde aus.

Bernhard drängt zum Aufbruch. Wilhelm stiefelt vor zur Liebknechtstraße, und endlich stehen sie auf der gegenüberliegenden Straßenseite, mit dem Rücken zum Friedhof, auf dem der Wessel begraben liegt, und schauen aufs Jonass, das jetzt eine Kaderschmiede ist und das Institut für Marxismus-Leninismus. Wilhelm sagt erst mal gar nichts. Bernhard ist es recht so. Für die alten Geschichten ist es ihm hier zu zugig. Noch lieber aber wäre er jetzt einen Moment lang mit sich allein. Dieser Wunsch nach Alleinsein kommt ihm unpassend vor, noch dazu an Weihnachten. Und bevor er sich stoppen kann, prescht er in Gedanken zurück in den Sommer, der so schön gewesen ist und so aufregend am Ende.

»Wie geht es Elsa«, fragt Wilhelm, und Bernhard erschrickt, weil er nun doch, für einen Moment nur, glaubt, der Vater wüsste um den einen Abend, den er drüben im Institut mit Elsa verbracht hat. Und weil er jetzt und überhaupt mit Wilhelm darüber nicht reden will, auch wenn es ihn drängt, wenigstens einen Menschen zu haben, der weiß, was war, erzählt er eine ganz andere Geschichte. Wie sie ihn beim Studium in Leipzig gefragt haben, ob er sich nicht öfter mal mit seiner Freundin Elsa treffen möchte. Ob er nicht den Wunsch habe, die alte Freundschaft wieder fester werden zu lassen, und da sei man auch gar nicht dagegen, schließlich rede man hier von einer engen und langjährigen Beziehung. Und es sei, im Dienste der Sache natürlich, auch nichts Schlimmes dabei, mit dieser Elsa ein wenig über die Lage in Westberlin zu reden, darüber, wie die Stimmung ist bei den Menschen, worüber sie sich ärgern oder freuen. Die Mutter sei doch früher mit einem Nazi verheiratet gewesen, wenn man es jetzt richtig im Kopf habe. Und Elsa selbst lebe mit einem Amerikaner, der beim Feindsender arbeitet, dem schlimmsten von allen. Ob er den denn schon kennengelernt habe, diesen Amerikaner? So haben sie mit ihm geredet in Leipzig, in einem Seminarraum, in den er bestellt worden war. Da dachte er zuerst, es handle sich um ein Kadergespräch. Kadergespräche gab es ständig, und immer ging es um Standpunkte, Verpflichtungen, den Schwur auf die gute Sache.

Wilhelm kneift die Augen zusammen und dreht sich eine von diesen stinkenden Machorkas, bei denen es Bernhard fast den Magen hebt. »Was waren das denn für Jungs?«, fragt er und stößt eine dicke Wolke aus dem Mund.

»Na, was wohl für welche.« Bernhard lacht leise. »So einer wie ich kam denen doch gelegen, mit einer Freundin in Westberlin, die man mal dies und das fragen kann und die auch noch mit einem Amerikaner verheiratet ist.«

»Und wie hast du dich aus der Affäre gezogen?«

Bernhard wundert sich, dass der Vater so selbstverständlich annimmt, er habe sich den Wünschen der Genossen vom Staatssicherheitsdienst entgegengestellt. Als ob das so einfach gewesen und klar wäre, dass ihm deren Anliegen nicht auch verständlich vorkam. Schließlich lebte man mitten im Kalten Krieg, und die Amerikaner waren auch nicht zimperlich darin, ihre Schlachten zu schlagen. Wenn es nicht um Elsa gegangen wäre, wer weiß.

Das zweite Glück in dieser Angelegenheit war, dass der MfS-Offizier, der immer in Zivil und überhöflich daherkam, die Verschlagenheit aus allen Poren schwitzte. Wäre es ein Sympath gewesen, so ein netter Kumpel, mit dem man gern mal ein Bier trinkt – solche hatten sie doch auch beim MfS. Männer, die einen ins Boot holten, indem sie sagten: Du willst doch auch nicht, dass es wieder Krieg gibt. Wir müssen wachsam sein. Das sind wir den Toten schuldig.

»Ich habe taktiert und hingehalten«, sagt Bernhard, »und gehofft, dass sie es langsam müde werden, mich zu fragen. Und Kompromisse habe ich gemacht. Über die können wir irgendwann einmal reden, aber nicht jetzt.«

Wilhelm nickt, und vielleicht denkt er an seine Heimkehr mit den Russen und all die Dinge, über die auch er später mit ihm reden will, wenn die Zeit jemals kommt. Über den Tag zum Beispiel, als Martha verschwand. Über die Jahre danach, in denen sie sich in dieser Sache beinahe feindlich gegenüberstanden, statt einander zu trösten. Manchmal denkt Bernhard, dass es nach zwanzig Jahren an der Zeit wäre für eine Entschuldigung. Dass der Vater endlich einmal sagen könnte, es tue ihm leid, dass er ihn damals zwingen wollte, an den Tod der Mutter zu glauben. Nur weil das Leben ihm und den anderen leichter fiel mit einer toten als mit einer verschwundenen Martha. Und sie deshalb glaubten, für ihn müsse es genauso sein. Aber vielleicht wartet der Vater ja ebenso auf eine Entschuldigung für die Jahre, in denen er ihm und Charlotte und Marie das Leben noch schwerer gemacht hatte, als es ohnehin war, ohne Martha und mit Hitler und dem Krieg.

Tatsächlich kommen Wilhelm und er noch hinein ins Institut. Bernhard kennt den Mann am Einlass, der ihn durchwinkt und nicht nach Ausweis und Anliegen fragt. Sie laufen treppauf und treppab, und Wilhelm versucht in jeder Etage zu erklären, was hier früher war und verkauft wurde. Wie es ausgesehen hat in seinen guten Tagen, dieses Haus, bevor sich das braune Gesocks mit seinem Reichsjugendführer hier breitmachte.

»Wenn dieser Scheißkrieg länger gedauert hätte«, sagt er, »wärst du wahrscheinlich in der Uniform gestorben.«

Bernhard nickt und denkt an die Zeit, da er zumindest schon in eine Uniform steigen musste. Als er zum ersten Mal losstiefelte in den hellbraunen Klamotten, war sein Vater ein Bier trinken gegangen, wie er sagte, und lange nicht wiedergekommen. Und dann ist Baldur von Schirach in sein Haus gezogen, das er gebaut und geliebt hat, und dessen Nachfolger, dieser Axmann.

»Warst du jemals hier, als von Schirach drin hauste?«, will Bernhard wissen, und Wilhelm schüttelt den Kopf. Wozu sollte er hier gewesen sein, nachdem sie Grünberg verjagt hatten, aus dem Geschäft und aus dem Land. Bernhard denkt an Robert, den sportlichen, klugen Robert, an Onkel Arno und an Martha, die zu allem anderen nicht auch noch einen weiteren Krieg ertragen konnte. Fast wäre er eingeknickt, als sie ihm damit gekommen sind, die Männer von der Stasi. Mit den alten Nazis, die westlich der Elbe wieder das Sagen kriegen. Aber zum Glück hat er sich die Frage gestellt, was dies wohl mit seiner Elsa zu tun haben könnte.

Und sein Vater ist heute auf der Suche nach dem Raum, in dem Elsa geboren wurde, begrüßt von einer rauchenden alten Hexe und einem verunsicherten jungen Zimmermann. Aber wo ist der Raum, in dem der Packtisch damals stand?

»Vielleicht im Erdgeschoss«, sagt Bernhard und schiebt den Vater vor sich her. Jetzt will er langsam nach Hause zu Karla und Luise, damit ihm nicht ganz schwummrig wird von den Erinnerungen an jene Sommernacht in der Bibliothek.

Wilhelm ist sich nicht sicher. Es könnte schon sein, aber alles sieht anders aus als in der Erinnerung. »Zeig mir doch mal die

Bibliothek«, sagt er plötzlich, »in der du so viele Stunden und Überstunden verbracht hast.«

Ausgerechnet, denkt Bernhard und sucht nach einem Ausweg. Vielleicht sollte er behaupten, die wäre schon geschlossen, überlegt er, verwirft den Gedanken und führt den Vater resigniert in die Bibliothek. Das hätte er gern vermieden, hier heute zu stehen und dann doch daran denken zu müssen, wie es mit Elsa war. Zum Glück nimmt sich der Vater einen Zeitungsband aus dem Regal, in dem auch Artikel von ihm gedruckt sind, und setzt sich an einen der Tische, um darin zu schmökern. Bernhard lässt den Vater sitzen und schleicht in den Katalograum, betrachtet Wände und Tische, als müssten da noch Spuren zu finden sein.

Er hatte den halben Tag hier im Institut in der Arbeitsgruppe gesessen, die für die neue Zeitschrift zuständig war, in der man sich auf allen Seiten ausschließlich und ausführlich mit der Geschichte der Arbeiterbewegung beschäftigte. Darüber schreibt er ja auch oft im Neuen Deutschland, was ihm ausreichend Grund gibt, immer wieder hierherzukommen, in die Bibliothek, ins Haus. Um zu recherchieren und mit den Genossen über Artikel zu reden, die er schreiben will. »Bernie, was hat das denn alles mit dem Leben da draußen zu tun?«, fragt Ulrich oft, wenn er mit neuen Themenvorschlägen in die Redaktion kommt. Doch vielleicht war es ja gerade das, was ihn immer öfter hierherzog, weg aus der Redaktion mit den tagespolitischen Themen. Dass »das Leben da draußen« im Institut außen vor blieb.

An diesem Tag waren sie verabredet, er und Elsa, seit Langem wieder. Es war ausgemacht, dass Elsa ihn am Jonass abholt. In dem Fall nennt er es selbst so. Schlecht möglich, dass er Elsa vorschlägt: »Hol mich nach der Arbeit im Institut ab.« Ungläubig hat Elsa den Namen wiederholt, als sie das erste Mal vom »Institut für Marxismus-Leninismus« gehört hat. Ob es denn sein müsse, hat sie gefragt, dass dieses Haus, sein und ihr Haus, das einst ein Kaufhaus gewesen sei, nun immer nur die neuen Machthaber beherberge. Und gleich ein ganzes Institut, nur für eine Ideologie gedacht? Also spricht er, wenn er mit Elsa zusammen ist, nie vom Institut, sondern vom Jonass. Es ist ja auch so: Egal wie schwierig es manchmal zwischen ihnen beiden war und ist, über das Jonass können sie immer reden. Über die Stunden, die sie gemeinsam hinterm Verkaufstresen von Vicky gespielt haben, ihre Geburtstagsgeschenke aus der Spielwarenabteilung, über die Weißen Wochen, in denen das Kaufhaus verzaubert war, und wie sie sich zwischen Regalen und Kleiderständern versteckten. Das war ein schönes Spiel. Bis auf das eine Mal, als Elsas Mutter verschwunden war und mit rotem Gesicht aus einer der Kabinen kam. Das durfte er Elsa gegenüber nie wieder erwähnen.

Bernhard steht im Katalograum der Bibliothek reglos auf einem Fleck und ertappt sich bei einem einfältigen Grinsen. Wenn ihn jemand sehen könnte, wie er hier selig lächelt, als sei ihm ein Engel erschienen.

Elsa stand vor dem Institut in einem Sommerkleid, weiß mit fliederfarbenen Blumen. Die Schuhe flach, aber Elsa sieht auch mit flachen Sohlen immer aus, als ginge sie auf hohen Absätzen. Die dünne Strickjacke hatte sie ausgezogen und in die Tasche gestopft. Da konnte man ihre gebräunten Arme sehen, die runden, weichen Schultern. Und ein bisschen geschminkt hatte sie sich, das machte ihre Augen noch größer. Der Pförtner sah wohl das Gleiche wie Bernhard an jenem Nachmittag, und es gefiel ihm ebenso. Er zwinkerte ihm zu und sagte: »Na, willste deiner Schwester mal das Haus zeigen? Dann drück ich ein Auge zu.« Bernhard wollte nicht, aber Elsa zappelte aufgeregt mit den Händen, um ihm zu signalisieren, dass sie sehr wohl wollte, oh ja. Darauf hatte sie von Anfang an gedrängt, dass er sie endlich mit in ihr Haus nähme. Und sein Einwand, er könne sie schlecht in der Tasche am Pförtner vorbeischmuggeln, war dahin.

Elsa mochte sie nicht, die engen Büros, wo früher weite Hallen waren, die Bilder von Pieck und Marx und Lenin an den Wänden, die Neonleuchten und Blümchentapeten. Sogar den Geruch monierte sie, als verströmten die Kämpfer für Frieden und Sozialismus einen besonders abstoßenden Odem. Irgendwann wurde es ihm zu viel mit dem Gestichel, und er gab ihr zu verstehen, dass es ihr Wunsch gewesen war, hierherzukommen, an diesen Ort, der nun sein Arbeitsplatz war, und dass sie aufhören solle, sich über alles und jedes zu erheben. Richtig wütend ist er geworden. Zumindest so lange, bis sie sagte: »Du hast recht, das bleibt unser Haus, und ich bin froh, dass du hier sein kannst.« Ihm einen Kuss auf den Mund drückte – das hatte sie seit jenem Weihnachtsabend nicht getan – und hinzufügte: »Für mich wird das Jonass immer wundervoll sein, genau wie du.«

Da wandte er ihr den Rücken zu, damit sie seine Verlegenheit nicht sah, und ging voraus in die Bibliothek. Die Bibliothekarin packte schon ihre Tasche und war ungehalten, dass noch jemand kam, nur für ein Besichtigungsprogramm. Elsa schien ihr auch nicht zu gefallen, die sah in ihren Augen sicher wie ein bunter Vogel aus und machte nicht den Eindruck, als wäre sie daran interessiert, etwas über die Forschungen zum Marxismus-Leninismus zu erfahren. Ihn allerdings mochte sie schon, die Bibliothekarin, und sie konnte ihm nur selten etwas abschlagen. Er setzte sein gewinnendstes Lächeln auf und erklärte Elsa zu einer Kollegin, mit der gemeinsam er ein Thema bearbeite. Eine Uraltfreundin der Familie sei sie außerdem, schon die Eltern hätten sich gekannt und seien noch immer gute Freunde. So lullte er die Bibliothekarin ein, die allerdings ausgerechnet an diesem Tag pünktlich gehen musste, weil das Kind abzuholen und noch einzukaufen sei. Also einigte man sich darauf, dass ausnahmsweise und nur weil es sich hier um Bernhard Glaser handle, dem sie voll vertraue, die Bibliothek noch ein bisschen offen bleibe. Wenn Bernhard später abschließen und den Schlüssel abgeben würde, wäre das wohl möglich. Zumal, wie Bernhard eilig versicherte, die Kollegin nur einen Überblick über die Bestände bekommen solle und einen kleinen Exkurs, wie der Katalog aufgebaut sei.

So blieben sie allein zurück, er und Elsa, in der plötzlich stillen und leeren Bibliothek, die einen Kokon aus Büchern und Zeitungsbänden um sie baute. In diesem Augenblick wurde auch Elsa ganz still. Betrachtete die Tische mit den Karteikästen und besonders lange eine Schreibmaschine mit kyrillischen Buchstaben. Ging an den Regalen entlang, als interessierte sie sich nun wirklich für die Schriften der kommunistischen Arbeiterführer. Fuhr mit dem Zeigefinger über Buchrücken, pustete hier und da ein bisschen Staub vom Finger, um die Reise sogleich wiederaufzunehmen, bewegte sich so langsam durch den Raum, als wäre es nun an ihr, die Topografie der großen Bibliothek zu erklären. Und er folgte ihr still auf ihrem Weg, blieb immer zwei, drei Schritte hinter Elsa, schaute auf ihren Nacken, auf die runden, leicht gebräunten Schultern, den geraden Rücken und den Po, der sich unter dem Kleiderstoff abzeichnete. Ihm wurde von Sekunde zu Sekunde wärmer, bis aus der Wärme Hitze wurde, wie er meinte, die sich im ganzen Körper ausbreitete, als wollte sie ihn weich kochen bis in die Zehenspitzen.

»Möchtest du den Katalograum sehen?«, fragte er, und Elsa nahm den Zeigefinger von den Buchreihen, um mit ihm eine gerade Linie vom Kinn hinab in den Ausschnitt des Kleides zu malen. Im engen Katalograum waren die Jalousien heruntergelassen, die Abendsonne warf goldene Streifen an die Wand und auf den Tisch, der davor stand. Auch Elsa war golden gestreift, als sie sich an die Wand lehnte, und der Tisch wackelte, als sie sich daraufsetzte, sodass sie einen kleinen Juchzer ausstieß, der den Ausschlag gab. Was sollte sie jetzt und hier davon abhalten, sich aufeinanderzustürzen und aneinander festzuhalten, egal wie die

Dinge draußen lagen und das Leben sich für beide sortiert und eingerichtet hatte.

Wilhelm Glaser klappt mit lautem Knall den Zeitungsband zu und steht vom Stuhl auf.

»Da wollen wir mal«, sagt er zu Bernhard, und der nickt, ohne den Vater anzuschauen. Nun ist ihm doch die Erinnerung gekommen, und das am Weihnachtsabend, wo sich alles um die richtige Familie drehen sollte und nicht um halbschattige Geschichten, von denen keiner etwas wissen darf. Etwas verlegen, als hätten beide Männer, der Vater und der Sohn, von verbotenen Früchten genascht, machen sie sich auf den Weg nach draußen in die Kälte.

»Kann sein«, brummelt Wilhelm, »dass ich mal ein bisschen in Vicky verliebt war. Nur aus der Ferne natürlich.« Er schielt bei diesem Satz zum Sohn, dem eine seltsame Röte in die Wangen steigt, und der nickt, als verstehe er alles und nichts. Den Weg nach Hause legen sie schweigend zurück. Wie immer ist er länger als der Hinweg, ein Phänomen, über das Bernhard schon so oft nachgedacht und für das er keine Lösung gefunden hat. Wieso es immer schneller geht, wenn man irgendwohin will, und länger dauert, wenn man irgendwoher kommt.

Karla wartet schon auf die Männer und läuft zwischen Küche und Weihnachtsbaum hin und her. Bernhard geht zu Luise, die in der Küche auf dem Fußboden mit einem hölzernen Kochlöffel, einem Geschirrtuch und einem angeschlagenen Teller spielt.

»Was machst du da?«, fragt er Luise.

»Duppe«, sagt Luise und lächelt verklärt.

»Sie kocht eine Suppe«, übersetzt Karla.

Dabei versteht Bernhard seine Tochter sehr gut, auch wenn er nicht so viel Zeit zu Hause verbringen kann wie Karla, die stundenweise in einer Schule ganz in der Nähe unterrichtet. So lange, bis Luise groß genug für ganze Kindergartentage ist. Zuerst wollte Karla im Veteranenklub in der Bötzowstraße anfangen. Den hatten sie '57 eröffnet, und Karla gefielen die Räume und die alten Kämpfer und Kämpferinnen dort, die viel zu erzählen hatten. Aber sie waren auch krank und die meisten allein. »Da wirst du dich traurig arbeiten«, hatte Bernhard gesagt, und so wäre es auch gekommen. Er kennt Karla, die macht sich aus allen Geschichten ein eigenes Schicksal und liegt nachts wach und weint um fremdes Leid.

Bernhard legt die Hand auf Luises Stirn. Die ist noch immer warm, aber nicht heißer geworden. Und dann klopft es an der Tür, und Weihnachten fängt endgültig an. Marie ist bepackt wie ein Lastesel, lässt alles fallen und umarmt Karla, Luise und ihn auf einmal. Bernhard nimmt sich vor, an diesem Abend alles daranzusetzen, dass Marie und Wilhelm sich nicht streiten wie sonst immer, nachdem die Freude über das Wiedersehen zwischen Bruder und Schwester verebbt ist und die Diskussion aufs Politische kommt. Und weiß zugleich, dass er es wohl nicht wird verhindern können. Er selbst hat ja auch seine Mühen damit, dass Marie im Westteil der Stadt wohnt und jedes Mal aufs Neue erklärt, dass es ihr lieber ist, nicht in der Esbezett zu leben.

Marie bindet sich, sobald sie den Mantel abgelegt hat, eine Schürze um und zeigt auf eine ihrer gefüllten Taschen. »Ich hab uns einen Braten gemacht, und dazu wird es Semmelknödel geben«, sagt sie. »Keine Widerrede, jetzt bestimme ich.«

Ja, das kennt Bernhard noch aus der Zeit, als Tante Marie bei ihnen lebte, nachdem die Mutter fort war. Tot, verbessert er sich in Gedanken. Nachdem die Mutter tot war. Oder fort, fügt er dann doch noch einmal hinzu. Ein ganz anderer Ton war da eingezogen in ihren stillen Haushalt, energisch und herzlich. Als Junge hatte er oft rebelliert gegen die Ersatzmutter, doch letzten Endes hat Marie sie alle gerettet. Den Vater, Charlotte und ihn.

»Mehl und Eier sind auch in der Tasche«, sagt Marie, »ich brauche eine Schüssel und ein bisschen Milch, wenn ihr habt.«

Karla öffnet den Kühlschrank. »Wo denkst du hin, Milch ist doch immer da. Schon wegen dem Kind.«

»Des Kindes«, murmelt Bernhard und grinst. Soll Karla heute reden, wie sie will. Es ist Weihnachten.

Karla holt vom Haken am Küchenschrank eine funkelnagelneue Dederonschürze und hält sie Marie hin. »DeDeRon«, skandiert sie, »DeDeRon, Marie, pflegeleicht und hübsch dazu.«

Marie schürzt sich nun nicht mit der mitgebrachten, sondern mit der Dederonschürze, Karla zuliebe, und geht an die Arbeit. Kurz darauf steht Charlotte in der Tür, auch sie möchte bei den Vorbereitungen zum Festmahl helfen. Bernhard lässt die Frauen in der Küche allein und spielt im Wohnzimmer mit Luise.

Charlotte gerät ins Schwärmen über ihre Arbeitsstelle, ist sie doch frischgebackene Leiterin einer Kaufhalle für Waren des täglichen Bedarfs geworden. Und es gibt auch erst drei Stück, wie Charlotte erzählt, von diesen wunderbaren Einrichtungen, die den Frauen das Leben erleichtern und moderne Einkaufskultur verkörpern. Über derartigen Eifer muss sogar Marie lächeln. Was gibt es da zu diskutieren, das kennt sie von ihrem Bruder Wilhelm. Diese Entschlossenheit, ein Bild so lange schönzumalen, bis es nichts Störendes mehr zu sehen gibt. Doch als Charlotte insistiert, dass der Sozialismus dem Kapitalismus auch in solchen Alltagsdingen mehr und mehr überlegen sei, wird es Marie zu viel, und sie erwähnt, nur um abzulenken, dass sie kürzlich Elsa getroffen habe. Viel zu spät kriegt sie mit, wie es Karla das Lächeln von den Lippen wischt.

»Was habt ihr nur immer mit Elsa«, entfährt es Karla, und gleich möchte sie es zurücknehmen, das sieht man ihr an. Aber Marie will wissen, warum sie es leid ist. Manchmal könne sie halt die ganzen alten Geschichten nicht mehr hören, winkt Karla ab. Elsa sei nun mal aus dem Leben von Bernhard verschwunden, und eine Freundschaft sei nur lebendig, wenn man sich regelmäßig sehe und das eine und andere im Alltag teile. Aber davon könne ja nicht die Rede sein bei den beiden.

Charlotte wischt schon seit drei Minuten, solange dieser kleine Disput dauert, den Küchentisch ab. Sie denkt an den Sommerabend, als sie zufällig am Institut vorbeigelaufen ist und gesehen hat, wie Bernhard und Elsa das Gebäude verließen. Die Uhrzeit schien ihr ungewöhnlich, lange nach Dienstschluss muss es gewesen sein. Sie fragt sich, warum Karla von diesem Treffen nichts weiß und ob es nicht ihr gutes Recht wäre, es zu erfahren. Und ihre, Charlottes, Pflicht demnach, es ihr mitzuteilen.

Luise ist eingeschlafen, und Bernhard hat sie ins Bettchen getragen. Als er noch einmal an der Küche vorbeikommt, hört er den Namen Martha und bleibt stehen. Bleibt hinter der Tür stehen und lauscht, wie er es zuletzt als kleiner Junge getan hat.

»Ich weiß nicht, ob Bernhard damit einverstanden sein wird«, hört er Karlas sanfte Stimme, dann Charlottes strenge, die widerspricht.

»Es sind jetzt zwanzig Jahre. Wir haben lange genug gewartet. Er muss endlich der Wahrheit … Vater ist auch der Ansicht. Und du ebenfalls, nicht, Marie?«

Es vergeht eine Weile, bevor Marie antwortet. »Wilhelm möchte, dass sie endlich ein Grab bekommt. Einen Stein. Neben Arno. Und neben ihm selbst, wenn es einmal so weit sein wird.«

Später, als Marie mit Bernhard im Wohnzimmer den Kaffeetisch deckt, nimmt sie ihn zur Seite und nestelt an der Tasche ihrer Strickjacke. »Ich habe einen Brief für dich«, sagt sie und hält ihm das Kuvert entgegen. »Von Elsa.«

Es ist das erste Mal, dass Elsa diese Schmuggelroute von West- nach Ostberlin gewählt hat. Er versucht mit aller Macht, die aufsteigende Röte aufzuhalten und möglichst beiläufig zu klingen. »Ach ja, danke.«

Einen Augenblick lang schaut Marie ihn an, als ob sie erwarte, dass er den Brief in ihrer Gegenwart öffnen würde. Doch den Gefallen tut er ihr nicht, sondern schlendert mit dem Kuvert in der Hand aus dem Raum und hofft, nicht geradewegs in Karla hineinzulaufen. Den Brief wird er wohl erst lesen können, wenn die ganze Feierei vorbei ist. Oder auf dem Klo. Aber das will er nicht. Es kommt ihm schäbig vor, Elsas Zeilen heimlich eine halbe Treppe tiefer zu lesen, in Gestank und Eiseskälte. Er steckt den zusammengefalteten Brief in die Hosentasche, achtet darauf, dass nichts Weißes hervorlugt. Und hofft, dass auch in seinem Gesicht nichts zu lesen ist, wenn Karla ins Wohnzimmer kommt.

Beim Kaffee reden alle gleichzeitig, so viel gibt es zu erzählen. Nur Wilhelm schweigt meist und versucht hin und wieder, dem ganzen Schwatzen eine Struktur zu geben, wie er sagt. Das bringt die Frauen in Hochform, die meinen, es müsse auszuhalten sein, wenn hier alle durcheinanderreden, und er könne ja versuchen, sie mit einem Likör zum Schweigen zu bringen. Doch der Likör bringt die Frauen keineswegs zum Schweigen, stellt Wilhelm nach dem zweiten Gläschen fest, und kündigt an, nach unten zu gehen, um eine zu rauchen.

»Nimmst du Luise mit?«, fragt Karla und zwinkert ihm zu. »Ihr wolltet doch nachsehen, ob der Weihnachtsmann schon auf dem Weg ist.«

Auch Marie möchte mit, und so ziehen sie erst das Kind warm an und schlüpfen dann selbst in die Mäntel. Bernhard ist besorgt, ob es für Luise gut sein wird, in die feuchte Kälte zu gehen, wo sie doch Fieber hat. Karla legt nur für ihn noch einmal die Hand auf die Stirn des Kindes und verkündet, dass sie kühl und trocken ist.

»Wahrscheinlich war das wirklich nur die Aufregung«, sagt sie und gibt ihm einen Kuss auf die Stirn. »Falten raus.«

Ein feiner Nieselregen stäubt vom Himmel, Wilhelm und Marie schlagen den Weg durch die Seitenstraßen ein, so lassen sich alte Erinnerungen hervorholen. Luise darf auf Wilhelms Schulter sitzen und hält Ausschau nach dem Weihnachtsmann. Zuerst gehen Wilhelm und die Schwester schweigend durch die Straßen, dann reden sie über Bernhard und darüber, wie toll sich der Junge macht. Als sei er kein erwachsener Mann, denkt Wilhelm, sondern noch immer ein halbwüchsiger Bengel, dem mal etwas richtig gut gelungen ist. Marie will wissen, ob der Junge immer noch so oft im Institut ist, und Wilhelm bejaht. »Da haben wir heute mal reingeschaut, ins Jonass«, sagt er und lächelt bei dieser Erinnerung. »Man erkennt innen nichts wieder, aber es ist immer noch ein prächtiges Haus.«

Marie wird aufgeschreckt, als das Mädchen auf Wilhelms Schultern plötzlich ruft und mit den Armen rudert, weil doch tatsächlich ein Weihnachtsmann vor ihren Augen über die Straße stiefelt. Und der winkt dem aufgeregten Kind auch noch zu.

»Na, dann können wir ja nach Hause gehen«, sagt Wilhelm. »Und den anderen erzählen, dass der Weihnachtsmann unterwegs ist.«

»Vielleicht war er schon bei uns«, baut Marie vor für den Fall, dass die Geschenke schon unter dem Baum liegen, wenn sie nach Hause kommen. Auf dem Rückweg begegnet ihnen nur ein einziges Auto, ein Trabant, wie es ihn erst seit Kurzem gibt. Aber für wen der zu haben ist, das hat Wilhelm noch nicht herausgefunden.

Zu Hause liegen die Päckchen tatsächlich schon unter dem Baum. Karla hat sich große Mühe gegeben, selbst das kleinste Geschenk prachtvoll zu verpacken, sodass es aussieht, als seien sie hier bei reichen Leuten. Luise staunt und staunt und kann gar nicht aufhören, die kleinen Hände zusammenzuschlagen wie eine Alte. Karla besteht darauf, dass man zuerst noch ein Weihnachtslied singt, und stimmt ›Stille Nacht‹ an. Wilhelm und Bernhard brummen mehr schlecht als recht mit und haben keine Chance gegen Maries klaren Alt und Karlas Sopran, der jeden Ton trifft. Luise begnügt sich damit, den Rhythmus falsch mit den Händen zu schlagen, und Charlotte zieht ein mürrisches Gesicht, ob der Heiligen Nacht und des christlichen Geschwafels, das in diesem Lied steckt. Aber nun ist sie eben mal Minderheit und muss sich damit arrangieren, wo sie ja sonst jetzt immer zur Mehrheit gehört und zur Macht.

Bernhard will jetzt keine Geschenke. Er verspürt den großen Wunsch, auf der Stelle Elsas Brief zu lesen. Und hat das Gefühl, Verrat an Karla zu begehen, obwohl doch gar nichts mehr ist zwischen ihm und Elsa und auch nie wieder etwas sein wird. Ja, das eine Mal, im flirrenden Staub der Bibliothek, ist etwas gewesen, und als es vorbei war, hielten sie sich eine Weile aneinander fest, vielleicht nur, um dem anderen nicht in die Augen zu sehen, vielleicht auch, weil es so schön war, dass es nicht falsch sein konnte. Als sie einander die Gesichter wieder zuwandten, sahen sie beinahe aus wie zuvor.

Für einen kurzen Moment, vor dem mit Lametta behängten Weihnachtsbaum, im Dunstkreis von Braten und Plätzchen, Friede, Freude und Familie, sucht Bernhard nach einer Antwort auf die eine große Frage, die Elsa stellen könnte: »Willst du mit mir leben?« Zum Glück ist das alles nur Theorie.

Nach der Bescherung und bevor der Festtagsschmaus für die Großen auf den Tisch kommt, bringt Karla die Kleine ins Bett. Alle wünschen sich besten Appetit, essen andächtig, was gekocht und gebraten wurde, und trinken reichlich vom Wein, den Charlotte gebracht hat.

Mitten in das Geplauder hinein erhebt Bernhard die Stimme. »Ich möchte euch etwas sagen.« Alle Gespräche verstummen. Und da Bernhard doch nichts sagt, ist es am Tisch totenstill. Er betrachtet den Rotweinfleck in der Mitte des Tischtuchs, dreht das Glas in der Hand. Setzt es ab und schaut in die Runde. Schaut jedem Einzelnen der Reihe nach ins Gesicht. »Ich werde nicht einwilligen, dass ihr Martha für tot erklärt.«

Später sitzen Bernhard und Wilhelm im Wohnzimmer, leeren schweigend ihre Gläser und haben, wie Bernhard bemerkt, schon ordentlich einen in der Krone. Er hebt das Glas, klopft auf seinen nagelneuen Pullover und sagt, den würden ihm die Genossen in der Redaktion nicht verzeihen. Der rieche ja schon von Weitem nach Westen, und dafür müsse er sich bestimmt in der Parteiversammlung verantworten.

»Red keinen Quatsch«, sagt Wilhelm und ist sich doch nicht sicher. Der Blödsinn kennt ja bekanntlich keine Grenzen, und auch die Genossen sind nicht dagegen gefeit. Im Gegenteil, denkt er und behält das lieber für sich. Auch Wilhelm spricht bereits ein wenig gedehnt, doch er lässt nicht locker mit der Frage, ob es dem Sohn in der Redaktion denn nun gefällt. Oder etwa nicht.

Bernhard rafft sich auf und versucht noch einmal, die Gedanken zu ordnen. »Die haben da ganz schön aufgeräumt«, sagt er, und so etwas muss man nicht näher erklären. Wilhelm weiß, wovon sein Sohn redet. Schon oft haben sie über den neuen Chefredakteur gesprochen und den vorherigen, dem Bernhard noch immer ein wenig nachtrauert. »Man muss sich halt seins suchen. So 'ne Art Nische, wie meine Geschichtsdinger«, sagt Bernhard und schreckt ein bisschen zurück. Jetzt schludert er wirklich mit der Sprache, was ihm nur passiert, wenn der Alkohol zu Kopf steigt. »Da kann ich im Institut tagelang forschen und schreiben und muss nicht, wie die Jungs von der Abteilung Parteileben, loslaufen und die Welt erfinden.«

Wilhelm widerspricht. Auch wenn ihm das Neue Deutschland oft auf die Nerven geht, der Lüge dürfe man wohl das ND nicht bezichtigen. Oder ob er das etwa gemeint habe und glaube?

Bernhard gießt sich und dem Vater noch einmal die Gläser voll.

Kurz vor Mitternacht wird der Heilige Abend für beendet erklärt. Marie bekommt auf dem Sofa ein Bett gebaut, Wilhelm und Charlotte machen sich auf den Heimweg, und Bernhard begleitet die beiden ein Stück, um frische Luft zu schnappen. Karla liegt allein im Bett und kann nicht einschlafen, weil sie an Elsa denken muss und an Bernhard, dem die Freundin vielleicht doch immer noch wichtig ist. Aber nicht wichtiger als ich und Luise, flüstert sie ins Kissen und schließt die Augen.

An der Ecke Stalinallee drückt Bernhard den Vater und küsst die Schwester auf die Wange, bevor er sich umdreht und auf den Heimweg macht. Unter der ersten Laterne, die noch Licht spendet, holt er den Brief aus der Hosentasche, reißt ihn auf und liest.

»Bernhard. Ich finde es traurig, dass wir beide so nah beieinander leben und uns doch so selten sehen. Meinst du, das kann wieder anders werden? Du fehlst mir. Und manchmal habe ich Angst, unsere Freundschaft könnte durch den Abend in deinem Institut in die Brüche gehen. Wenn diese Gefahr besteht, lass uns lieber den einen Abend vergessen und uns an all die Jahre erinnern, die wir uns kennen und vertraut sind.

Manchmal wünschte ich, aus dem Institut könnte wieder ein Kaufhaus werden. Und wir beide könnten da drin sein und alles wäre noch einmal so, wie es mal war. Das geht nicht, ich weiß. Ich träume nur, Bernhard. Träumst du auch hin und wieder? Ich umarme dich. Deine Elsa.«

Bernhard steckt den Brief zurück in die Hosentasche. Ein kurzer Brief nach den vielen langen Elsabriefen, die er im Laufe der Jahre gesammelt hat und die alle fest verschnürt in seiner Kiste im Keller liegen. Der erste Elsabrief ohne Geschichten aus ihrem Leben und ohne eine ihrer Zeichnungen, über die er so oft schmunzeln musste. Ihm ist kalt und ein bisschen elend auch, als er sich auf den Weg nach Hause macht.

Und dann beschließt er, einen kleinen Abstecher zu machen, um noch ein wenig zu träumen.

Unergründliches Obdach für Reisende

Blätter, eine ganze Wand voller Ranken und Blätter. Dunkle Kreuze und helle Vierecke, zarte Muster, die sich als Blumen entpuppen, Stuhlbeine, um einen Tisch gruppiert. Augenblick für Augenblick tauchen sie auf in ihrem Westberliner Badezimmer, in der Schüssel mit Entwicklerbad: Tapeten, Fensterrahmen, Gardinen, Tische und Stühle aus der anderen Stadt, dem anderen Land, der anderen Welt. Aus der Wilhelm-Pieck-Straße 1. Seinem Institut. Ihrem Jonass.

Schwarz, weiß und grau sind die Bilder aus dem Beratungsraum, und doch sieht sie alles farbig vor sich: auf grünem Teppichboden eine mahagonifarbene Schrankwand, darin bemalte Matrioschkapuppen, braune Keramik aus Bulgarien, ein Kupferteller aus Ungarn, ein handgewebter Tischläufer aus Polen – Gastgeschenke von Nutzern des Instituts aus befreundeten sozialistischen Ländern. Gerahmte Fotografien von Ulbricht neben einem Ölschinken, auf dem Lenin den Bauern die Revolution erklärt. Hinten in der Ecke ein Tisch, darauf eine Schreibmaschine für die Sekretärin, die die Sitzungen protokolliert.

So kommt es ans Licht auf den Fotografien, die sie noch tropfend aus der Wanne gezogen hat, und so kommt es zur Sprache in dem Brief, den Bernhard ihr zum Geburtstag hat herüberschmuggeln lassen. Und als sie schon gedacht hat, dass es kein schöneres Geburtstagsgeschenk für sie geben könnte als einen Brief, einen Brief von Bernhard, einen Brief von Bernhard über ihr Haus, war bald darauf eine Filmdose bei ihr eingetrudelt.

Eine kleine schwarze Dose voller unermesslicher Schätze. Nun konnte sie die Dinge und ihre Beschreibungen, das Puzzle der Bilder und Wörter, Stück für Stück zusammensetzen.

~

Genauer, hat Elsa Bernhard gebeten, sollst du es beschreiben, jedes Detail und jede Ecke. Auch das, was dir unwichtig erscheint, was du nicht mehr siehst, weil du es jeden Tag sehen kannst. Alles will ich wissen. Das ist ihr Wunsch an ihn zum vierzigsten Geburtstag gewesen, seinem und ihrem Geburtstag: Beschreib mir unser Haus, Bernhard. Unser Haus, das ich nicht mehr sehen darf. Von unten bis oben, von außen und innen, im Großen und im Kleinen, alles, ich will alles wissen. Damit ich es wieder sehen kann, wenn ich daran denke. Nicht nur das Kaufhaus von damals, die Kleiderständer mit den langen Mänteln, zwischen denen wir uns unsichtbar machten, die Aufzüge, die uns von Stockwerk zu Stockwerk trugen, um unsere Königreiche in Augenschein zu nehmen, das Herzogtum des Porzellans, das Kalifat der Teppiche, später das Haus, das beinahe unversehrt aus den Trümmern ringsum ragte, mit den roten Bannern der Sieger behängt. Ich will wissen, wie das Haus jetzt ist, Bernhard, was aus ihm geworden ist, wie es sich entwickelt. Wie eine entfernte Verwandte komme ich mir vor, die eingefrorenen Erinnerungen nachhängt. Eine Verwandte, die man entfernt hat.

Tatsächlich hat Bernhard ihr zum Geburtstag den gewünschten Brief herüberschmuggeln lassen, mit knappen Glückwünschen und einer ausführlichen Beschreibung vom Haus der Einheit, in dem er täglich ein und aus geht, für sie unerreichbar hinter Mauer und Stacheldraht. Auch das Briefpapier war zu ihrer Freude aus dem Institut. Der blaue Briefkopf besagt: Institut für Marxismus-Leninismus, beim Zentralkomitee der SED, Träger des Karl-Marx-Ordens, und rechts steht: Wilhelm-

Pieck-Straße 1, Berlin, 1054, Fernruf 202, Betriebsnummer 100 00 2019.

Was es ihr heute helfen sollte, zu diesem Anlass, Bernhards Brief bei sich zu tragen, kann sie nicht sagen. Sie hat ihn in der Handtasche verschwinden lassen, kurz bevor sie sich auf den Weg zum Gericht gemacht hat. Nun verlassen Stephen und sie nebeneinander das Gerichtsgebäude. Es ging alles ganz schnell. Am Ende der Stufen angekommen, drücken sie sich einen Kuss auf die Wangen und gehen ihrer Wege. Bis zur nächsten Ecke. Vor der roten Ampel wendet Elsa noch einmal den Kopf. Nein, festhalten kann sie ihn nicht, will sie ihn nicht, ihren Mann, nur diesen letzten Blick auf seinen kleiner werdenden Rücken. Sie zieht die Kamera aus der Tasche, knipst, steckt sie wieder ein. Im selben Moment dreht er sich um und blickt in ihre Richtung. Da stehen sie nun, können nicht vor und nicht zurück. Wenn ich jetzt auf ihn zugehe, denkt Elsa, und er wendet mir genau in der Sekunde den Rücken und geht? Nein, ich bin viel zu oft auf ihn zugegangen in all den Jahren. Sie zieht eine Zigarette aus der Tasche und zündet sie an. Stephen hebt den Arm und winkt ihr zu, sie hebt den Arm und winkt zurück. So stehen sie einander gegenüber und winken, als würden nicht zwanzig Meter Bürgersteig sie trennen, sondern ein unsichtbarer Graben oder der Mauerstreifen. Oder der Atlantik, den Stephen vor zwei Tagen überquert hat, um sich nach Jahren der Trennung von ihr scheiden zu lassen. Stephen winkt und winkt, schwenkt den Arm, als stehe er an der Reling eines auslaufenden Schiffes. Fehlt nur das Taschentuch, denkt Elsa, lässt den Arm sinken und bricht in Lachen aus. Da hält auch Stephen endlich inne, grinst so breit, dass sie seine Zähne aufblitzen sieht, und setzt sich in Bewegung. In der Mitte treffen sie sich und klopfen sich gegenseitig auf die Schultern. »Du hast recht«, sagt Elsa, obwohl Stephen kein Wort gesagt hat, »das müssen wir feiern.«

Es ist spät geworden, und kann schon sein, dass sie ein bisschen beschwipst ist, aber in so einer Sommernacht, da muss man zu Fuß nach Hause gehen. Gehen und nachdenken. Schließlich wird man nicht jeden Tag geschieden. Stephens Angebot, sie nach Hause zu begleiten, hat sie abgelehnt. Immerhin läuft sie Tag und Nacht allein durch die Straßen, seit er nach New Jersey zurückgekehrt ist und bei der Gelegenheit gleich noch Werner mitgenommen hat, der sich seine Begeisterung für die Yankees aus den Tagen der Shmoos und Candys bewahrt hatte und nun als Techniker bei Stephens Sender arbeitet. Nein, sie wollte lieber alleine gehen. Es wäre seltsam gewesen, am Ende des Weges mit ihm vor dem Haus zu stehen, in dem sie so viele Jahre gemeinsam gelebt haben. Um dann was zu sagen? Darf ich dich noch auf einen Kaffee einladen?

Elsa lehnt sich für einen Augenblick an eine Hauswand. Die Steine sind noch immer warm. Ja, ein strahlender Julitag ist das heute gewesen, ihr Scheidungstag, ganz im Gegensatz zu ihrer Hochzeit vor zwanzig Jahren im Mai. Ununterbrochen hatte es gegossen, in der Nacht vor der Hochzeit, auf dem Weg zur Kirche, während der Trauung und danach. Auf den Kirchenstufen warf eine Windböe unter dem aufgespannten Schirm hindurch Schauer in ihre Gesichter. Stephen versuchte, ihr die verlaufene Wimperntusche von den Wangen zu küssen, und machte alles nur schlimmer. Sie hatte ihn weggeschoben, war in den Gemeindesaal zur Damentoilette gerannt und hatte sich übergeben. Der dritte Monat war der schlimmste, auch wenn man zum Glück noch nichts sah unter dem Brautkleid.

»Und ob ihr's glaubt oder nicht«, sagt Elsa zu den Wärme spendenden Häuserwänden, während sich ein Schluckauf den Weg nach oben bahnt, »das war einer der schönsten Tage meines Lebens.«

Sie läuft weiter durch die stillen Straßen, versunken in Erinnerungen, die ab und an vom Schluckauf durchkreuzt werden.

War es falsch, so früh zu heiraten und gleich zu dritt anzufangen? Sie hat es nie bereut und kann es auch heute nicht bereuen, mit der als gescheitert gestempelten Ehe in der Tasche. Über das Hereinplatzen der kleinen Stephanie in ihr Leben hatten Stephen und sie sich damals gefreut. Selbst Vicky, die auf der Hochzeit noch »gute Miene zum bösen Spiel« gemacht hatte, konnte dem Charme von »little Steph« nicht lange widerstehen. Und es war Vickys Idee gewesen, drei Jahre später den kleinen Bruder nach dem Haus zu nennen: Jonas. Als er davon zum ersten Mal erfuhr, war Jonas gekränkt. »Ich bin nach Daddy benannt«, hatte ihm seine Schwester, den Mund voll Cornflakes, beim Frühstück verkündet, »und du nach einem Kaufhaus!« Erst als sie selbst ihrem Sohn versicherte, dass er nach dem wundervollsten Haus der Welt benannt sei, in dem Mama geboren wurde und Oma Vicky und Tante Elsie gearbeitet hatten, breitete sich ein Lächeln auf Jonas' tränenverschmiertem Gesicht aus. Dafür war jetzt Steph beleidigt. »Und ich bloß nach Daddy?« Nun war es an Daddy, beleidigt zu sein. Am Ende hatte sie vor halb vollen Tassen und Cornflakesschalen alleine am Tisch gesessen.

Elsa biegt in ihre Straße und nähert sich der Wohnung, in der sie inzwischen nur noch mit Jonas lebt. Wo kommt dieser Krach her, fragt sie sich und schaut unter der nächsten Laterne auf die Uhr: schon zwei! Die ohrenbetäubende Musik kommt nicht nur aus ihrer Straße, sondern aus ihrem Haus. Und das bei den spießigen Nachbarn? Irgendwie kommt ihr dieses Gejaule bekannt vor. Oh nein … bitte nicht! Mit zitternden Fingern schließt sie die Haustür auf, hastet die Stufen hoch. Im zweiten Stock prallt sie beinahe gegen eine Tür, die vor ihrer Nase aufgerissen wird.

»Hab schon die Polizei gerufen!« Frau Römer knallt die Tür wieder zu.

Elsa läuft weiter und macht einen Schritt zurück, als sie ihre Wohnung betritt, so laut schlägt ihr die Musik entgegen. Dann rennt sie durch den Flur in das Zimmer ihres Sohnes und stolpert über die im Weg stehenden Kartons. »Verdammt noch mal, Jonas!«, brüllt sie gegen den Krach an. »Stell das sofort aus!«

Jonas liegt im Halbdunkel auf seiner Matratze und rührt sich nicht. Ihm wird doch nichts passiert sein? Sie stürzt zu ihm. Da rappelt er sich hoch, nimmt die Kopfhörer ab und zuckt zusammen.

»Oh, fuck!« Jonas schaut sie mit glasigen Augen an, wankt zum Plattenspieler und legt einen Schalter um. Jetzt kommt der Krach nicht mehr aus den Boxen, nur noch aus den extra isolierten Kopfhörern, die er sich wieder aufsetzen will.

Elsa reißt ihm die Hörer aus der Hand und stellt die Anlage ganz aus. Stille! Eine ohrenbetäubende Stille. »Bist du völlig übergeschnappt? Was soll das sein?«

»Das?« Jonas fährt sich durch die langen Haare und gähnt. »Jefferson Airplane.« Und setzt hinzu, als sie ihn fassungslos anschaut: »›Surrealistic Pillow‹. Eins ihrer besten Alben.«

Es klingelt Sturm. Die Polizei!

»Weißt du was«, sagt Elsa und schiebt ihren Sohn, der sie um einen Kopf überragt, bis zur Wohnungstür vor sich her. »Das kannst du denen erklären.«

Sie traut ihren Ohren nicht, als sie ihn kurz darauf zu den Beamten sagen hört: »Finden Sie nicht auch, dass ›White Rabbit‹ ziemlich überschätzt wird?«

Die Polizisten haben sich nicht so sehr für ›White Rabbit‹ interessiert, mehr für das Recht der Mitbürger auf Nachtruhe. Jonas hat eine Anzeige wegen Ruhestörung am Hals, und sie ist an ihre Aufsichtspflicht als Mutter eines minderjährigen Sohnes erinnert worden. Meine Güte, der Sohn wird bald siebzehn. Doch für die Polizisten schien es keinen anständigen Grund zu geben, warum eine Mutter, egal wie alt ihre Kinder sein mochten, nachts um zwei nicht zu Hause war. Und als sie, um für ein wenig Nachsicht zu werben, erklärte, der Junge sei vielleicht etwas durcheinander, da seine Eltern heute geschieden wurden, warfen sie ihr einen Blick zu, der besagte: Aha, zerrüttete Familie. Na, kein Wunder.

Und, ist das so?, fragt sich Elsa vor dem Badezimmerspiegel, während sie in der Schublade nach einer Kopfschmerztablette kramt. Ist unsere Familie zerrüttet? Sind die Kinder unseretwegen verstört? In der Küche lässt sie die Tablette in ein Glas Wasser fallen. Ihr Blick gleitet über die offenen Pappkartons, die an einer Wand gestapelt stehen. Manche sind halb voll mit Töpfen und Geschirr, andere noch leer. Wohnungsauflösung – das wird nun ganz allein an ihr hängen bleiben. Stephen ist seit zwei Jahren fort, Jonas wird in den nächsten Tagen mit seinem Vater in die Staaten fliegen, dort die zwölfte Klasse besuchen. Wenn er zurückkommt, sehen wir weiter. Im Moment lässt sich nicht so weit im Voraus planen, Übergangslösungen sind gefragt, Lösungen für eine Familie mit dreifacher Haushaltsführung und begrenzten Ressourcen. Elsa stopft Tabak in das Maschinchen. Selbst gedrehte Zigaretten wie nach dem Krieg, auch so eine Sparmaßnahme. Die Zeit der heilen Familie, der Vierzimmerwohnung und der Filterzigaretten ist vorbei. Elsa klopft die Kippe auf der Tischplatte fest. Und Stephanie wird nicht wieder bei dir einziehen, vergiss es. Sie tritt ans Küchenfenster und bläst Rauch hinaus. Vergiss es, sagt sie noch einmal und wischt sich so heftig die Tränen von der Wange, dass sie mit dem Fingernagel einen Kratzer hinterlässt. Dass deine Tochter statt bei dir lieber in einer Kommune lebt, heißt doch nicht, dass sie unter die Räder kommen muss. Dass sie vor dir geflüchtet ist. Dass sie dich nicht mehr liebt. Sie schließt das Fenster und zieht die Jalousien herunter. Es wird ein heißer Tag werden.

Als sie an Jonas' Zimmer vorbeikommt, hört sie lautes Schnarchen. Am liebsten würde sie ins Zimmer stürmen, ihn aus dem Bett zerren. Hilf mir! Ich weiß nicht, wo ich anfangen soll mit dem Einpacken und Aussortieren. Wie sollen vier Zimmer

Gegenstände, vier Zimmer Erinnerungen, vier Zimmer Leben zukünftig in eines passen? Aber das sollen sie ja gar nicht. Jonas muss seine Koffer für die USA packen und ein paar Kartons einlagern mit dem, was er behalten will – Stapel von Platten und seine Anlage. »Der Rest kann weg«, hat er gesagt. Als sie Stephanie vor ein paar Wochen mitgeteilt hat, dass sie bald in eine kleine Wohnung für sich allein ziehen würde, und sie bat, vorher ihre Sachen abzuholen, bekam sie die gleiche Antwort: »Der Rest kann weg.« In Stephs Fall mit dem Zusatz: »Wir brauchen hier keinen Konsumterror.« Sie bringt es nicht fertig, Stephanies Kleider und Bücher und von übermäßiger Kinderliebe räudige Teddybären in den Müll zu werfen. Nun stehen sie noch immer im Weg.

Bin ich auch so ein Rest, der nun wegkann, fragt sich Elsa vor dem Küchenbüfett, vor offenen Türen und Schubladen. Wie viele Teller und Tassen, Gabeln und Löffel braucht eine Person? Von jedem eins, wie wär's damit? Aber wer weiß, vielleicht würde sie eines Tages Besuch bekommen, wieder einem menschlichen Wesen am Tisch gegenübersitzen? Sie könnte auch einen Hund anschaffen. Oder einen Papagei. Jetzt übertreib's mal nicht, Elsa-Darling – das hat Stephen oft zu ihr gesagt, und wahrscheinlich hat sie es gestern zum letzten Mal im Leben gehört.

Ein paar Stunden später stehen die Kartons noch immer halb leer an den Wänden und im Flur. Elsa kniet im Schlafzimmer auf dem Teppichboden, umgeben von Fotos und Briefen. Ein Hochzeitsalbum, in das sie sich jetzt nicht vertiefen wird, zwei Alben, auf denen »Stephanie« und »Jonas« steht, ein rotes, ein blaues. In beiden vorne eingeklebt eine seidenweiche Locke, eine hellbraune, eine blonde. Sie klappt die Alben zu. Dann sind da die Schuhkartons mit Bildern. Bilder, die sie alle selbst aufgenommen, aber niemals sortiert hat. Stephen mit Baskenmütze auf dem RIAS-Wagen. Ingrid nach der Schicht in der Flughafenhalle, den Kopf in die Hände gestützt. Ingrid, die damals schon

Tuberkulose hatte und bald darauf tot war. Vicky und Elsie in Verkäuferinnentracht vor dem neu eröffneten KaDeWe. Elsie hat Vicky die Arme um die Schultern gelegt, beide strahlen. Sie muss Elsie morgen im Krankenhaus besuchen. Wann wird sie operiert? Meine Güte, es gibt wirklich Schlimmeres als eine Wohnungsauflösung. Familienauflösung. Elsie weiß nicht mal, ob sie diesen Sommer überlebt.

Was haben wir da? Vickys Hochzeit mit Leo – wie kommt das dazwischen, das war doch viel später. Hier das Haus der Einheit im roten Fahnenschmuck, vorsichtig aus dem Hinterhalt des Nikolaifriedhofs fotografiert, durch das Friedhofstor. Schließlich wollte sie nicht als Spionin hinter Gittern landen. Ob es vor '53 aufgenommen ist, bevor die wütenden Arbeiter gegen die Parteizentrale anstürmten? Für die war das Haus ihrer Kindheit zum Bollwerk einer feindlichen Macht geworden. Dass sie recht damit hatten, tat ihr umso mehr weh. Auf dem nächsten Foto ein Hinterhof, in dem eine alte Frau zwischen Mülltonnen in der Sonne sitzt und schläft, und dort ein Brückengeländer, zu dem ihr die Brücke fehlt. Nichts ist datiert, nichts beschriftet. Sie hat ja all diese Bilder zum Privatvergnügen gemacht, oder nicht? Als Lehrling im Fotoatelier, gleich nach dem Krieg, hatte sie davon geträumt, Geld und Anerkennung damit zu verdienen wie ihr Chef. Er hatte sie sogar ermutigt, zuerst. Und dann entlassen, als das Geld nicht mal für eine Assistentin reichte. Bald darauf hat Stephen vom RIAS-Wagen dazwischengefunkt … Elsa betrachtet die Fotos und seufzt. Dieses Durcheinander! Wahllos greift sie ein Bild heraus. Ein menschenleeres Schwarz-Weiß-Foto. Ein Karteikasten mit Karteikarten auf einer Linoleumunterlage, daneben, halb abgeschnitten, eine Schreibmaschine. Elsa will das Bild wegwerfen, da bleibt ihr Blick an den Buchstaben hängen – kyrillische Buchstaben! Ihr wird glühend heiß.

Die Bibliothek im Institut. 19. Juni 1959, kurz nach ihrem dreißigsten Geburtstag. Uhrzeit zwischen sechs und halb sieben.

Jedenfalls vorher. Heimlich aufgenommen, als Bernhard nicht hinsah. Sie hat seine Schritte gehört, das Bild ist verwackelt. Schnell die Kamera in die Handtasche gestopft und sie dort für die nächsten Stunden vergessen. Das einzige Bild, der einzige Zeuge. Alles andere hat sie auf dem Film, der für immer in ihrem Kopf sein wird. Vor Gericht hätte das Foto nicht als Beweisstück eines Ehebruchs getaugt. Stephen hat niemals davon erfahren. Es war auch kein Ehebruch, im Sommer '59, in Bernhards und ihrem Haus. Es war … etwas zwischen Bernhard und ihr. Gut, dass sie das keinem Scheidungsrichter erklären musste!

Zuerst hat es uns getrennt, denkt Elsa, befangen gemacht. Vielleicht, solange die Frage in der Luft schwebte, ob wir uns nicht, trotz Partnern, Kindern, geteilten Ansichten in Bezug auf das bessere Deutschland, zusammentun sollten, um das richtige Leben zu leben. Darüber haben sie niemals gesprochen, aber sie hat es damals gespürt, nicht allein zu sein mit solchen Fragen, nachts, wenn sie neben ihrem schlafenden Mann lag, aufgeweckt vom Mond, der durch einen Spalt im Vorhang schien, der nicht fest genug zugezogen war. Sie stapelt die Fotos zurück in die Kartons, schließt die Deckel und streift Gummibänder darüber. Irgendwann war die Befangenheit gewichen, Bernhard und sie hatten die unausgesprochene Frage beantwortet, er und sie für sich alleine. Die Freundschaft war wieder da, sogar das alte Gefühl, Geschwister zu sein, tiefer als zuvor. Und genau dann haben sie die verdammte Mauer gebaut. Mitten durch die Stadt und mitten durch unsere Leben, die seitdem wie auf anderen Planeten stattfinden.

Der Mond ist weiß, von der Erde aus gesehen, und in einer Sommernacht wie dieser rötlich gelb. Doch welche Farbe hat die Erde, vom Mond aus betrachtet? Und wie sieht der Mond auf dem Mond aus? Diese Fragen haben Elsa hierher getrieben, in eine Traube von Menschen vor einem Schaufenster des KaDeWe, in dem große Bildschirme stehen – Farbfernseher. Alle wollen möglichst nah und live dabei sein, fünfhundert Millionen weltweit, hieß es in den Nachrichten, verfolgen das Spektakel vor den Fernsehern. Obwohl man auf den flimmerigen Bildern nicht allzu viel erkennen kann, harren die meisten seit Stunden aus, um den Augenblick zu erleben, in dem die Menschheit den Mond erobert. Es ist Montagmorgen, wird schon bald wieder hell, die Büros werden am Vormittag leer sein. Noch immer weht eine laue Luft. Elsas Sommerkleid, weiß mit fliederfarbenen Blumen und einem weit schwingenden Rock, fällt auf zwischen engen Miniröcken und geometrischen Mustern. Zehn Jahre hat sie es nicht getragen, zehn Jahre hing es ganz hinten in ihrem Schrank. Erst heute kam es ihr wieder in den Sinn, das Kleid, als ihr das Foto mit Karteikasten und Schreibmaschine in die Hände fiel.

Blau. Die Erde ist vom Weltall gesehen blau. Doch das Meer der Ruhe, in dem Apollo 11 gelandet ist, sieht braun und grau, zerklüftet und staubig aus. In einem Meer der Ruhe zu landen stellt Elsa sich schön vor. Sie denkt an die gestapelten Kisten in ihrer Wohnung, die ausgeräumten Schränke, die zerstreute Familie. Hier steht sie allein inmitten von Fremden. Vicky und Leo wollten zu Hause bleiben, Schwarz-Weiß tut es auch, fanden sie. Ob Elsie jetzt im Fernsehraum der Klinik sitzt und mit anderen Patienten, deren Tage auf Erden gezählt sind, den Männern im Mond zusieht? Vielleicht schläft sie auch den traumlosen Schlaf der Schmerzmittel. Jonas feiert Abschied mit seinen Freunden, und Stephanie – nun, Stephanie hat gesagt, sie würde diese Hysterie bestimmt nicht mitmachen, es sei doch reine Propaganda, um von Vietnam abzulenken.

Auf einmal kommt Bewegung in die Menge, die noch näher an die Schaufenster drängt. Am 21. Juli um 3 Uhr 56 mitteleuropäischer Zeit betritt Neil Armstrong von der Leiter der Raumfähre aus als erster Mensch den Mond. Elsa schaut in die Gesichter der Umstehenden. Alle Augen sind gebannt auf die Bildschirme gerichtet, auf Mattscheiben hinter Schaufensterscheiben. Sie tritt aus der Menge heraus, die Lücke schließt sich augenblicklich. Ein paar Meter vor den Schaulustigen, neben dem Schaufenster, holt Elsa die Kamera aus der Tasche. Sie fotografiert die dicht gedrängten Körper, die hypnotisierten Gesichter. Da fällt ihr ein Mann auf, der dem Bildschirm den Rücken zuwendet. Sie will sehen, was er sieht, folgt seinem Blick nach oben. Doch da ist nichts, außer … dem Mond. Dem echten und in dieser Nacht dottergelben Mond.

Elsa geht an der Menge vorbei und stellt sich auf eine Bank, macht ein Foto von dem Mann, der den Kopf in den Nacken gelegt hat, seinem mondbeschienenen Gesicht zwischen den Hinterköpfen der anderen – im Hintergrund das Schaufenster mit dem Bildschirm, über den die Mondlandung flimmert. Ein Astronaut im weißen Anzug in Großaufnahme, Kabel und Apparate vor der Brust wie nach außen gekehrte Eingeweide. Ein Helm mit riesigem Kunststofffenster, ein Insektenauge, das er auf die Zuschauer richtet. Inzwischen sind zwei Männer auf dem Mond, die US-Flagge wird gehisst. Elsa wendet den Blick vom Bildschirm und sucht nach dem Mann, der es vorzieht, den wirklichen Mond zu betrachten. Er ist fort.

Auf dem Heimweg im bläulich dämmernden Morgen fühlt es sich an, als schwebte sie durch die Straßen, verloren und leicht. Aus einem weit geöffneten Fenster weht Musik, dasselbe Lied, das heute Tag und Nacht in den Radios lief: »Here am I sitting in a tin can far above the world. Planet earth is blue and there's nothing I can do.«

Jonas liest die neben der Klingel auf ein Stück Pappe gekritzelten Namen: Penny Lane, Ruby Tuesday, Bobby McGee … »Bobby« ist durchgestrichen, darüber hat jemand »Arschloch« geschrieben. Die Klingel funktioniert nicht, Musik schallt durch die Tür, Jonas hämmert dagegen. Nach einer Weile nähern sich Schritte, ein Mann reißt die Tür auf. »Hi, bist du der Typ aus der Wrangel, der für 'n paar Tage bei uns pennen will?« Er mustert Jonas durch die runde Brille. »Na ja, an sich sind wir hier mehr so für Studis und kein Kinderladen …« Jonas ist sicher, dass dieser Typ Bobby sein muss.

Stephanie taucht hinter ihm auf und schiebt ihn beiseite. »Bist du bescheuert, Mann, das ist mein Bruder.« Steph trägt trotz der Hitze ihre ewige blaue Postlerjacke und ein Piratentuch um den Kopf.

Jonas windet sich aus ihrer Umarmung. »Will nur meine Platte abholen, ›Beggars Banquet‹, du weißt schon … und tschüss sagen natürlich.«

Seine Schwester geht in die WG-Küche voran und setzt Teewasser auf. »Wir haben voll viel zu tun, du weißt ja, die Demo morgen und so.«

»Welche Demo? Du, es ist zu heiß für Tee. Habt ihr Cola?«

»Cola?!« Der angeekelte Ausruf kommt aus dem Mund eines Mädchens mit hennaroten Locken. Sie trägt eine Schlaghose und ein knapp unter dem Busen abgeschnittenes Batikshirt.

»Penny oder Ruby?«, will Jonas von ihr wissen.

Das Mädchen stutzt, dann lächelt sie. »Such's dir aus.« Streng setzt sie hinzu »Cola gibt's trotzdem nicht.«

»Okay, Ruby.« Jonas schlägt die Hacken zusammen und nimmt Habachtstellung ein. Da taucht der Typ mit der runden Brille in der Küche auf.

»Sagt mal, was geht denn hier ab? Da sitzen Typen in Moabit, weil sie aus der Scheißarmee wollen, weil sie keine Kinder mit Napalm bewerfen wollen, und diese Charaktermaske hier macht einen auf Scheißsoldat.«

Ruby unterbricht ihn und öffnet den Kühlschrank. »War zufällig heute schon jemand einklauen?« Sie wirft die Tür wieder zu. »Ihr denkt wohl, das ist Frauensache, was? Wir dürfen das

Futter ranschleppen, euer dreckiges Geschirr waschen …« Sie fegt einen schmutzverkrusteten Teller von der Spüle, der auf den Küchenfliesen zerbricht.

»Leute, wir haben jetzt Wichtigeres zu tun.« Steph steigt über die Scherben hinweg, und die anderen folgen ihr ins Berliner Zimmer. Zwischen mit Papieren übersäten Schreibtischen und Regalen voller Aktenordner sitzen junge Frauen und Männer auf dem Boden. Sie schneiden und falten Papiere, ein Geruch nach Klebstoff und Spiritus liegt in der Luft. Steph lässt sich auf ein freies Sitzkissen fallen und klopft auf das Kissen neben sich.

Jonas bleibt stehen. »Du, ich wollte wirklich nur … Kannst du mir die Platte geben?«

Steph schaut in die Runde. »Hat jemand von euch ›Beggars Banquet‹?« Niemand reagiert.

»Du hast mir versprochen«, Jonas Stimme kippt in die helle Jungenstimme zurück, »hey, da ist ein Autogramm von Brian Jones drauf, weißt du, was die jetzt wert ist?«

Plötzlich steht Bobby hinter ihm. »Mach dir mal nicht ins Hemd wegen 'ner blöden Platte, okay?!« Er drückt Jonas einen Stapel Flugblätter in die Hand. »Hilfst du morgen beim Verteilen?«

Jonas schüttelt den Kopf und reicht die Flugblätter an Steph weiter. »Ich fliege morgen. Deshalb wollte ich ja …«

»Was? Wohin denn?«, will Ruby wissen, die im Schneidersitz neben Steph Platz genommen und sich ein Beedie zwischen die Zähne geschoben hat. Jonas steigt der süßliche Rauch in die Nase, vermischt mit Patchouliduft.

»In die Staaten«, sagt er, »da mach ich die zwölfte Klasse.«

Ruby schaut entgeistert zu ihm auf. »In die Staaten? Du meinst bei den Yankees? Den Imperialisten?«

Alle Blicke richten sich auf Jonas. »Genau da. Mein Dad ist zufällig auch ein Yankee. Bei dem werde ich wohnen.«

»Moment mal, dein Dad, sagst du?« Bobby wirft einen Blick

auf Steph. »Ich denk, ihr seid Geschwister.« Stephanie läuft rot an und nickt. Bobby schlägt sich an die Stirn und zeigt mit dem Finger auf sie. »Dein Vater ein Ami? Ich glaub's ja nicht.«

Jonas macht einen Schritt Richtung Flur. »Ich muss jetzt los. Muss noch packen. Bringst du mich zur Tür?«

Stephanie rappelt sich auf. »Klar.« Dann sagt sie in die Runde: »Jonas fährt nach Woodstock.«

»Was für 'n Stock?«, fragt Bobby.

Ruby springt auf und wirft ein Glas Tee um. »Wow, nimmst du mich mit!?«

»Du bist nun alles, was mir von meinem Sohn geblieben ist.« Elsa hält Grace eine Möhre entgegen. Grace schnuppert daran und hoppelt über die Küchenfliesen davon. Verwöhntes Biest, diese schneeweiße Grace. Saß eines Morgens im Flur und knabberte an ihren Sandalen. Wirklich ein sinniges Abschiedsgeschenk von Jonas' Freunden, so kurz vor seinem Abflug und ihrem Umzug. Wussten die denn nicht, dass er ›White Rabbit‹ für überschätzt hielt? »Aber genial ist der Song trotzdem«, hat Jonas argumentiert, er habe ja nur gemeint, dass es nicht ihr bester sei! Ganz genau, und er könne das Tier gerne mitsamt all seinen genialen Songs und Alben einlagern, hat sie erwidert. Oder es quer über den Atlantik mit zu seinem genialen Vater nehmen. Hier bleibe es jedenfalls unter keinen Umständen.

Elsa seufzt und fegt Kaninchenköddel zusammen, die sie vor der Spüle entdeckt hat. »Nenn sie Grace«, hat Jonas zum Abschied am Flughafen gesagt. »Nach der Sängerin. Die ist zum Niederknien, Mama, hör dir nur mal …« Keine Ahnung, welches Lied sie sich unbedingt anhören sollte. Ihr wurde nur in dem Moment klar, dass sie nie mehr beim Nachhausekommen bereits auf der Straße mit einem Höllenlärm begrüßt werden würde. Nie mehr nachts die Polizei auf der Matte, nie mehr muffige Turnschuhe im Flur und lange blonde Haare, die den

Abfluss verstopfen. Oh Gott, jetzt geht das schon wieder los. Sie fischt ein durchweichtes Tempo aus der Hosentasche, das weiße Flusen in ihrem Gesicht hinterlässt.

Jonas ist weg, Stephanie ist weg. Die kleine Grace kann den Platz der beiden nicht ausfüllen. Wie oft war es ihr zu eng in der Wohnung, als sie noch zu viert darin wohnten. Wie oft hat sie sich, umstellt von Schränken, Regalen, Bücherstapeln und Plattensammlungen, nach mehr Raum gesehnt, Freiraum, der nicht ausgefüllt und nützlich sein musste, frei von Ebbe und Flut der Hinterlassenschaften einer vierköpfigen Familie. Nun hat sie so viel Freiraum, den sie füllen kann, und manchmal auch nicht. Im fensterlosen Bad, wo vor Kurzem noch Jonas' ungewaschene Wäsche herumflog, die verschiedenen Sorten Männerdeo, die er neuerdings ausprobierte, vor einer Weile Stephanies Kajalstifte und Hennapackungen, vor längerer Zeit Stephens Rasierwasser und -pinsel, hat sie eine Ecke ganz für sich alleine eingerichtet. Anstelle von Deos, Henna und Rasierzeug lagern in dieser dunklen Ecke Thermometer, Pipette, Eieruhr, Trichter, Plastikschüsseln und Chemikalienflaschen. Im Augenblick hängen dort, an einer aufgespannten Leine, Filme zum Trocknen.

Auf den Bildern steigt Stephen als noch verheirateter Mann vor der Verhandlung aus dem Taxi und kehrt ihr als soeben geschiedener Mann den Rücken. Dann Jonas vor dem Abflug, mit einem Gesicht, als ob er gleichzeitig lachte und weinte. Die Wohnung im Zustand fortschreitender Auflösung. All diese Augenblicke aufgereiht an einer Plastikleine.

Was nicht dort hängt, noch immer gut verschlossen in der Filmdose schlummert, sind die Bilder der hypnotisierten Gesichter, die alle in eine Richtung schauen, und des einen Gesichts, das allein nach oben schaut, beschienen vom dottergelben Mond. Sie schafft es einfach nicht, sie aus dem Filmdosenschlaf zu wecken. Wenn diese Bilder nichts geworden sind, nicht so geworden sind, wie sie sie im Kopf hat seit jener Nacht – ja, was dann? Der Einsendeschluss rückt jeden Tag näher.

Morgen kommt das Paar, das ihr den viel zu großen Kleiderschrank abkauft. Ganz hinten, wo das weiße Kleid mit den fliederfarbenen Blumen versteckt war, hängen andere lange nicht mehr getragene Kleider. Brave Blusen und Röcke wandern in den Altkleidersack. Die Jeans kommt in den Koffer zu den engen Pullis und T-Shirts, alles praktische Sachen, die man nicht bügeln muss. Der neue Minirock kommt auch mit. Als sie ihn das erste Mal getragen hat, bei einem ihrer seltenen Besuche in Stephanies WG, hat ihre Tochter sie angesehen, als wären Miniröcke an Frauen über dreißig im Allgemeinen und Müttern im Besonderen unpassend und peinlich. Aber ihre WG-Genossin fand ihn steil und hat ihr geraten, dazu Plateaustiefel zu tragen. Hohe Absätze, im Ernst, und das bei ihrer Größe? Stephen wollte nie, dass sie welche trug, weil sie ihn dann um einige Zentimeter überragte. Doch das Mädchen hat recht gehabt. Als sie mit Minirock und Plateaustiefeln nach Hause stiefelte, wurde ihr seit langer Zeit wieder einmal hinterhergepfiffen. Zu Hause angekommen, pfiff sie selbst.

Sie nimmt mehrere Bügel hinten aus dem Schrank, da scheint zwischen weißen und hellblauen Blusen etwas Gestreiftes auf und etwas Kariertes. Mit der freien Hand streicht sie über das Gestreifte und steckt die Nase in das Karierte. Saugt die Luft ein, hält die Luft an und atmet noch mal ein. Riecht man noch etwas von einem Mann nach zwei oder vier oder sieben Jahren? Eine Sekunde schweben Stephens Hemden über dem Altkleidersack. Dann legt sie sie ganz oben in den Koffer, neben das weiße Kleid mit den fliederfarbenen Blumen.

Vicky schaut auf die Armbanduhr, Richtung Rolltreppe und wieder auf die Uhr. Sie macht heute schon mittags Feierabend im KaDeWe. Elsa hat versprochen, sie abzuholen und mit ihr ins Krankenhaus zu Elsie zu fahren. Aber ihre Tochter ist noch immer nicht in Sicht. Einige Kunden schleichen zwischen den Kleiderständern herum, ohne die Kleider zu beachten, sie hat den Verdacht, dass die Herrschaften vor allem wegen der Klimaanlage hier sind. Wunderbar kühl ist es in den hohen Kaufhaushallen, während sich in den Straßen die Hitze staut. Seit Tagen sehnt man sich nach einem Gewitter. Aufgeregt kommt eine Kollegin aus der Herrenkonfektion auf Vicky zugelaufen.

»Schon wieder eine Demonstration! Der Ku'damm ist voll mit Polizei, hab ich eben gehört.« Sie fährt sich durch die dauergewellten Haare. »Oh Gott, hoffentlich werfen sie uns nicht wieder die Scheiben ein!«

»Worum geht's denn diesmal?«, fragt Vicky, während sich in ihrem Inneren Unruhe ausbreitet. Wenn Elsa mitten auf dem Ku'damm zwischen die Fronten geraten ist!

»Ach, diese Deserteure aus Westdeutschland, die in Moabit sitzen«, sagt die Verkäuferin. »Sollen sie die doch zurückbringen, wo sie hingehören! Oder gleich nach drüben. Jeder meint, er kann nach Westberlin kommen und hier auf Staatskosten gammeln.« Wieder rauft sich die Kollegin die Haare. Fehlt nur noch, dass sie auf den perlmuttfarbenen Fingernägeln kaut, meine Güte. Dabei läuft doch nicht ihre Tochter draußen in dem Schlamassel herum.

Im engen Büro sitzt Vicky nach vorn gebeugt auf der Stuhlkante, das Ohr nah am Radio. Sie wagt es nicht, den Sender laut zu stellen. Die Rundfunknachrichten sind nicht gerade beruhigend. Mehr als zweitausend Demonstranten vor dem Moabiter Gefängnis, ein Großteil von ihnen ist spontan Richtung Kurfürstendamm gezogen. Hunderte von Polizisten zwischen Ku'damm und Wittenbergplatz postiert, berittene Staffeln, Wasserwerfer. Schwere Ausschreitungen werden erwartet … Vicky krampft die Hände im Schoß zusammen. Elsa wird doch vernünftig sein und sich fernhalten? Und unbeteiligten Passanten passiert nichts, oder? Obwohl, der Ohnesorg soll ja auch … und Elsie, die neulich auf dem Heimweg vom Kaufhaus in Tränengas geraten ist. Stephanie, die schon mehrmals ärztlich versorgt werden musste. Aber die war auch nicht unbeteiligt, lief immer vorneweg bei diesen Anti-Vietnamkriegs-Demos und Anti-Springer-Demos und was nicht alles. Und das, obwohl ihr Vater ein Ami ist und ihre Großmutter eine geborene Springer. Na, den Namen ist sie zum Glück los. Dann erstarrt das Lächeln auf Vickys Lippen. Was, wenn Stephanie auch heute in vorderster Front mitläuft? Diesmal nicht mit einem blauen Auge davonkommt? Wasserwerfer, Reiterstaffeln … Vicky gräbt die Nägel in ihre Handflächen. Oder wenn Stephanie selbst einen Stein in ein Schaufenster wirft, in eine Scheibe dieses Hauses, in dem ihre Großmutter arbeitet? So, wie sie es schon einmal getan hat.

Vicky hört nicht mehr, was der Rundfunksprecher erzählt, sie sieht wieder die im Schneematsch glitzernden Glassplitter, die gähnende Leere der Schaufenster, als sie im Januar morgens zur Arbeit kam. In der schwarzen Fensterfront war ihr jählings ein anderes Bild erschienen, Männer in Uniformen und Stiefeln, in geschlossener Reihe unter dem Plakat vor dem Tor.

Mehr als zwanzig Scheiben wurden mit Steinen eingeworfen, allein im KaDeWe, nach einem Protestmarsch gegen das griechische Militärregime. Noch in der Nacht hat die Feuerwehr die gezackten Glasränder entfernt. Was das KaDeWe mit Griechenland zu tun hat, wollte sie von Stephanie wissen, als sie erfuhr, dass ihre Enkelin mitmarschiert war. »Besser ein Kaufhaus anzuzünden als eines zu besitzen«, hat diese statt einer Antwort zitiert. Sie zitierte viel in letzter Zeit. Und setzte noch etwas von Konsumtempeln und Großkapitalisten hinzu. Da war es ihr kalt den Rücken heruntergelaufen. »Deutsche, wehrt euch«, hat sie gesagt, »kauft nicht bei Juden!« Und hinzugefügt, als Stephanie sie sprachlos ansah: »Schaufenster einwerfen, schwarz-rot-goldene Fahnen verbrennen, das habt nicht ihr erfunden, ihr Schlaumeier und Weltverbesserer.« Bevor Stephanie ihr wieder mit einem Marx- oder Mao-Zitat kam, hat sie die Enkelin zum Abendessen eingeladen. »Deine Lieblingspizza und dazu Bier aus der Flasche, wenn's sein muss. Aber nur in Verbindung mit einer Geschichtsstunde.« Sie wollte ihr vom Jonass erzählen, vom April '33, als sie mit der strampelnden Elsa auf dem Arm vor den SA-Männern stand, vor dem geschlossenen Kaufhaustor, dem Plakat: »Wertheim – Tietz – Jonass: fett von deutschem Blut«. Von den zersplitterten Scheiben wollte sie erzählen, fünfeinhalb Jahre später, der gähnenden Leere der Schaufensterfront, den Scherben, die Grünbergs eigenhändig fortkehren mussten am Morgen danach. Von Gerd Helbig wollte sie sprechen, vom kleinen Klaus, den sie nie lieben konnte, und Werner, mit dem sie damals schwanger war. Von Heinrich und Alice Grünberg, von Carola, Gertrud und Harry. Ja, selbst von Harry wollte sie Stephanie erzählen, so aufgewühlt haben sie die klirrenden Scheiben. Vielleicht ist es einfacher mit Stephanie als mit Elsa, hat sie gedacht, vielleicht ist es einfach an der Zeit. Aber dann ist nichts geworden aus der Geschichtsstunde. Stephanie hat abgesagt. Irgendein Sit-in vor dem Amerikahaus.

»... die Sicherheitskräfte gehen mit aller Entschiedenheit gegen die Demonstranten und Krawallmacher vor. Die Polizei hat Anweisung, die Demonstration aufzulösen. Passanten und Schaulustige werden aufgefordert, den Kurfürstendamm zwischen Tauentzienstraße und Wittenbergplatz unverzüglich zu verlassen!«

Vicky springt auf, lässt das Radio laufen, eilt an der Kollegin vorbei, der sie Berichterstattung versprochen hat. Sie kann nicht länger hier sitzen, während vor der Tür ihre Tochter und ihre Enkelin in Gefahr sind!

Beim ersten Schritt aus der kühlen Kaufhaushalle schlägt ihr die Hitze entgegen. Die Straße vor dem Kaufhaus ist abgesperrt und auf der einen Seite menschenleer. Knapp hundert

Meter weiter auf der anderen Seite spielen sich zwischen Polizeisirenen, Lautsprecherdurchsagen und Geschrei tumultartige Szenen ab. Sie spürt nur den einen Wunsch, zu fliehen und sich in Sicherheit zu bringen. Doch die Sorge um Elsa und Stephanie treibt sie weiter auf das Getümmel zu. Je näher sie kommt, desto stärker mengen sich in die stechende Mittagshitze Schwaden aus Hass, Wut und Lust, Angstschweiß und Adrenalin. Nicht die gleiche Mischung wie während der Barrikadenkämpfe in den letzten Wochen des Krieges, und doch ist die Erinnerung plötzlich so nah, dass sie sich zitternd in einen Hauseingang flüchtet. Sie hatte gehofft, diesen Brodem nie mehr zu riechen in den Straßen Berlins.

In die Ecke gedrückt, hört Vicky Rufe und die Schritte rennender Menschen. Zwei Mädchen und ein Junge flüchten sich in ihren Hauseingang. Zuerst schauen sie verblüfft, als sie der Oma in Rock und Bluse gegenüberstehen, dann lachen sie und legen die Zeigefinger an die Lippen.

»Pssst! Wir wollten bloß 'ne Abkühlung!« Alle drei sind von Kopf bis Fuß triefnass, das Wasser läuft ihnen aus den Haaren, den Körper hinab, sammelt sich in Pfützen unter ihren Füßen. Eines der Mädchen trägt eine grasgrüne Badekappe, der Junge nur Shorts und Sandalen. Wie Terroristen sehen sie nicht aus.

Die mit der Badekappe schüttelt sich, sodass Vicky einige Tropfen abbekommt. »Dank den Wasserspendern der Po-li-zei!«

Die anderen beiden entrollen ein klatschnasses Transparent: »Stell dir vor, es ist Krieg, und keiner kriecht hin!« Der junge Mann schaut Vicky ernst an. »Sie sind doch auch gegen den Krieg, oder? Ich meine, in Ihrem Alter, Sie haben doch bestimmt …«

»Absolut«, sagt Vicky, »in jeder Beziehung. Aber ich bin auch gegen Krieg auf der Straße. Gegen Steinewerfen.«

Gerade, als der Junge zu einer Entgegnung ansetzt, ertönt

wieder Geschrei, die Front scheint näher gerückt. Gruppen flüchtender Demonstranten rennen die Straße entlang, direkt vor ihrem Eingang schleppen zwei Menschen eine Frau in ihrer Mitte mit sich, der Blut übers Gesicht strömt.

»Kein Stein«, sagt das Mädchen mit der Badekappe sachlich. »Schlagstock.«

Im ersten Moment hat Vicky gedacht, die Frau, der das Blut in die Augen lief, sei Elsa, und ihr Herz hat einen Schlag ausgesetzt. Jetzt stürzt sie auf die Straße und läuft entgegen der Fluchtrichtung auf die Polizeikette zu.

»Ihr habt wohl alle miteinander den Verstand verloren!« Fassungslos steht Elsa im Krankenzimmer vor dem Bett ihrer Mutter. In der gleichen Klinik, in der eine Etage höher Elsie liegt.

»Wir waren doch heute Nachmittag hier verabredet«, murmelt Vicky. Der Verband über ihrem Ohr ist vom Jod orange verfärbt. »Wenn du nicht zu spät gekommen wärst ...«

Elsa lässt sich auf den Stuhl neben Vickys Bett fallen. »Wie bitte? Wärst du einfach an deinem Platz geblieben im KaDeWe, dann wäre überhaupt nichts passiert! Schlimm genug, dass Stephie bei diesem Irrsinn mitlaufen muss«, sie schnieft in ein zerfetztes Taschentuch, das weiße Fusseln in ihrem Gesicht hinterlässt, »aber was hattest du da zu suchen?«

»Dich«, sagt Vicky. »Ich hab dich gesucht.« Sie nimmt Elsa das Taschentuch aus der Hand und reicht ihr ein frisches. »Wärst du zu mir gekommen wie verabredet, statt dich ins Getümmel zu stürzen ...«

Elsa springt auf. »Ich hab Stephie gesucht! Und nach der muss ich jetzt schauen. Die hat's noch viel schlimmer erwischt als dich.«

»Na und, die ist auch vierzig Jahre jünger. Und außerdem selber schuld.«

Elsa geht im Gang der chirurgischen Abteilung auf und

ab. Stephanie wird noch verarztet, eine Platzwunde am Kopf muss genäht werden, es besteht der Verdacht auf eine Gehirnerschütterung, so viel hat sie herausgefunden, als sie endlich eine Schwester auf dem Gang zu fassen bekam. Die Ärzte in der Chirurgischen haben heute wieder alle Hände voll zu tun. Hunderte verletzte Demonstranten und ein paar Dutzend Polizisten sind mit Platz- und Schürfwunden, Kreislaufzusammenbrüchen und Schleimhautreizungen vom Tränengas in die Berliner Kliniken eingeliefert worden. Ein junger Mann taumelt aus dem Behandlungsraum, in Shorts und Sandalen, mit einem dicken Pflaster auf der Brust. Aus dem Zimmer nebenan wird eine Liege geschoben, darauf ein Mensch mit dickem Kopfverband. Erst auf den zweiten Blick erkennt Elsa, dass die Gestalt ihre Tochter sein muss.

Vicky ist jetzt beinahe glücklich über ihre erste Verwundung bei einer Demonstration. Sie darf die Nacht über bei Elsie im Zimmer liegen – obwohl die bei den Krebspatienten stationiert ist. Aber Elsies Zimmernachbarinnen haben heute beide ihr Bett geräumt, die eine Richtung Heimat, die andere Richtung Friedhof. Sie wollte von Elsie wissen, wo welche Frau gelegen hat, damit sie nicht das Bett erwischt, in dem letzte Nacht jemand gestorben ist. Doch in das Bett der Verstorbenen ist Elsie am Mittag umgezogen. »Seit Wochen hab ich gewartet, dass die Alte den Fensterplatz räumt«, hat Elsie gesagt. »Wenn man hier eingesperrt ist und nicht weiß, ob man je wieder rauskommt … Ein Stück Himmel, Vicky, du ahnst nicht, was das für Abwechslung bietet.«

Jetzt ist das Stück Himmel schwarz, nur vereinzelt schimmert ein Stern durch die Nacht, auf der Station ist es still bis auf das Summen der Nachtbeleuchtung. Nun liegen wir zwei Alten nebeneinander in unseren Betten, geht es Vicky durch den Kopf, wie manchmal vor dem Krieg, wenn eine von uns nachts nicht allein nach Hause laufen wollte durch die Straßenschlachten einer anderen Zeit.

»Weißt du noch, wie Chaja einen Stein an den Kopf bekommen hat«, sagt sie leise, »damals am Bülowplatz? Elsa hat furchtbar geweint, als sie Oma Chaja mit dem Verband sah.«

Es ist das erste Mal seit Jahrzehnten, dass der Name zwischen ihnen fällt. Nach Chajas Deportation war es ihr immer vorgekommen, als ob Elsie sie persönlich dafür verantwortlich machte. Vielleicht hat sie ja recht damit.

»Nur dass Chaja zufällig in die Straßenschlacht geraten ist, während du dich wie ein altes Schlachtross in den Steinehagel geworfen hast.«

»Kein Stein«, sagt Vicky beinahe stolz. »Schlagstock.«

Elsies Bett steht zwei Meter von ihrem entfernt, sie hat einen Schlauch im Arm und muss auf dem Rücken liegen, obwohl sie nie auf dem Rücken schlafen konnte. Nach ein paar schlaflosen Nächten und bunten Pillen, da kann man, hat Elsie gesagt. Früher konnte sie so tief schlafen, man musste sie in den Luftschutzkeller schleppen bei Bombenalarm. Erst nach dem Krieg, da war es mit der nächtlichen Seelenruhe für Elsie vorbei.

»Erzähl mir vom Kaufhaus«, sagt Elsie.

»Welches jetzt«, will Vicky wissen, »das alte oder das neue? Kaufhaus Ost oder West?«

»Wann lebst du endlich in der Gegenwart? Wo arbeiten wir beide denn seit ungefähr zwanzig Jahren?«

Elsie hat recht, so alt ist sie noch gar nicht, aber in der Erinnerung läuft schon alles ineinander. Der Menschenansturm zur Eröffnung, die Reden und Sektfontänen, die Tabletts mit Schnittchen … Die Wiedereröffnung des zerstörten KaDeWe am Ku'damm, das war auch ein heißer Sommertag, muss 1950 gewesen sein. Zu Hunderttausenden waren die Kauflustigen herbeigestürmt, als ob sie jahrelang auf diesen Tag gewartet hätten. Als ob es sonst in der Stadt nichts zu kaufen gäbe. Tatsächlich war immer noch vieles knapp, die Blockade lag noch nicht lange zurück, das konnte man sich heute kaum mehr vorstellen, wo alle Schaufenster vor bunten Waren überquellen. Zumindest im Westen. Aber damals waren Perlonstrümpfe und Ananas eine Sensation, Modenschauen und Künstlerauftritte, spanische Wochen in der Lebensmittelabteilung.

»Zu dumm«, sagt Vicky in Richtung des Nachbarbettes, »dass die Angestellten nicht mehr im Liegestuhl auf der Dachterrasse Pause machen wie früher. Darum hast du sie bei Jonass immer beneidet, weißt du noch?«

»Aber das Beste«, entgegnet Elsie, »war der Tag, als Josephine Baker kam.«

Oh ja, die Baker im KaDeWe, das wird auch Vicky nie vergessen. Elsie und sie waren völlig aus dem Häuschen, als das Idol ihrer Jugendtage ins Kaufhaus kommen sollte, um ein Kinderbuch zu signieren.

»Schade, dass sie nicht getanzt hat«, sagt Vicky. »Immerhin, ich hab ein Buch mit ihrem Autogramm. Das heißt, jetzt hat es Elsa, und die wird es Stephanie oder Jonas geben, wenn die selbst Kinder haben …«

»Tja«, sagt Elsie, »und meins verstaubt im Bücherregal. Wer das wohl bekommt, wenn ich tot bin.«

Vicky ist froh, als in dem Moment die Tür aufgeht und die Nachtschwester hereinkommt. Wie dumm von ihr, diese Bemerkung über Kinder und Enkelkinder – ein Schutzschild vor dem Tod, oder doch vor der Einsamkeit des Todes, ein zerbrechliches vielleicht, aber jedenfalls eines, das Elsie fehlt. Auch wenn sie die Operation gut überstanden hat, ist nicht sicher, ob ihr Leben gerettet ist. »Wir können nicht ausschließen, dass sich Metastasen gebildet haben«, hat der Oberarzt ihr mitgeteilt. Sie weiß nicht, ob er Elsie das Gleiche gesagt hat.

Die Schwester überprüft die Infusionsflasche an Elsies Bett, wirft einen Blick auf die Pillendose. »Brauchen Sie noch etwas?«, fragt sie mit sanfter Stimme. »Es tut mir leid wegen Frau Friedrich, ich weiß, dass Sie sie mochten. Sie haben ihr sehr geholfen in den letzten Stunden.«

Aha, denkt Vicky, so viel zur Alten, die endlich das Bett geräumt hat.

»Schon gut«, brummt Elsie und wendet den Kopf zum Fenster. Nach weiteren Minuten an Elsies Bett geht die Schwester zur Tür, ohne Vicky zu beachten.

»Hallo, Schwester«, ruft Vicky ihr nach, »eine Frage.«

Unwillig kommt sie zurück. »Ja, bitte?«

»Haben Sie schon mal einen Schlagstock an den Kopf bekommen?«

Die Nachtschwester sieht sie entgeistert an. »Natürlich nicht.«

Vicky deutet auf ihren Verband, der an der Wunde klebt, wo das Blut verkrustet ist. »Dann seien Sie froh, das tut nämlich ganz schön weh. Also, ich brauche eine Schmerztablette.«

Als die Nachtschwester die Tür hinter sich geschlossen hat, denkt Vicky wieder an das Kaufhaus des Westens. Der Laden brummte – bis zum 14. August '61. An diesem Montagmorgen fehlte die Hälfte der Belegschaft, die meisten sahen sie niemals wieder. Viele Stammkunden blieben fort, erst im Nachhinein wusste man, dass sie aus dem Ostteil der Stadt gekommen waren. Am Anfang fehlten die Kunden aus dem Osten, doch dafür kamen immer mehr Touristen. Araber, Japaner und wer nicht alles. Ku'damm und Tauentzien wurden immer schicker. Auch Frau Roth, die Abteilungsleiterin der Herrenkonfektion, war von einem auf den anderen Tag verschwunden. Elsie trat Frau Roths Stelle an und holte Vicky als Einkäuferin in die Abteilung.

»Wer weiß, vielleicht wären wir ohne Mauer noch immer Verkäuferinnen«, sagt Vicky. »Nein, du bestimmt nicht. Dir müsste der Laden längst gehören, wenn's nach Fähigkeiten ginge auf der Welt.« Aber sie selbst wäre ohne Elsie vermutlich nicht mal mehr Verkäuferin. Welche andere Vorgesetzte hätte es jahrelang gedeckt, wenn sie nach der Mittagspause angetrunken zur Arbeit kam? Oder in den schlimmsten Zeiten schon morgens. Meistens merkten ihr Außenstehende nichts an, sie hatte sich trotz Alkohol gut unter Kontrolle. Oder vielleicht wegen des Alkohols? Dieser Gedanke war ihr noch nie gekommen. Wie auch immer, Elsie wusste Bescheid. Und Elsie hatte dafür gesorgt, dass sie auch in den schlechten Zeiten ihren Job behielt.

»Wenn du nicht gut wärst, hätte ich dich nicht behalten«, sagt Elsie. »Du weißt, wie ich Leute hasse, die mir geschmackloses Zeug einkaufen, das dann wie Blei in den Regalen liegt. Oder an den Kleiderständern hängt. Selbst Männern kann man nicht alles aufschwatzen.« Nach einer Pause setzt sie hinzu: »Deine Kollektionen sind immer ein Renner. Das weißt du doch, oder? Dass du den Job hast, weil du gut darin bist?«

Vicky antwortet nicht, braucht nicht zu antworten. Das ist das Schöne, wenn man so im Dunkeln daliegt, dass man weiß, wann eine Antwort gefragt ist und wann nicht. Warum musste Elsie erst Krebs kriegen und sie bei einer Demonstration zu Boden gehen, bevor sie wieder einmal in der Dunkelheit Worte und Schweigen tauschen konnten.

»Willst du mal sehn?«, fragt Elsie plötzlich mit komischer Stimme.

Vicky schreckt aus ihren Gedanken. »Was denn?«

»Die Narbe.« Elsie schlägt die Decke zurück. »Ich wünschte, sie hätten die andere auch amputiert. Eine Brust ist schlimmer als keine.«

»Nein.« Vicky hebt die Hände. »Nein, Elsie, bitte …«

»Ach, stimmt«, sagt Elsie und deckt sich wieder zu. »Du kannst ja keine Narben sehen.«

Da wird Vicky bewusst, was anders ist an Elsie, wo sie die ganze Zeit nicht hinschauen wollte, ohne dass sie es selbst gewusst hätte. Elsie hat die breiten Armbänder um die Handgelenke abgelegt.

»Elsie«, flüstert Vicky, und auch ihre Stimme hört sich nun komisch an. »Ich werde es dir niemals vergessen, was du für Elsa getan hast.«

Schon vor der Tür hört Elsa das Weinen. Vielleicht würde es niemand hören außer ihr, ein unterdrücktes Weinen, als ob jemand ins Kopfkissen heult. Aber es ist ihr Kind, das da weint, dasselbe Kind, dessen leisestes Schluchzen sie vor beinahe zwanzig Jahren aus dem Schlaf geschreckt hat, während sein Vater seelenruhig weiterschlief. Auch wenn dieses Kind jetzt kein Kind mehr ist, wird sie das Weinen immer sofort erkennen. Sie stößt die Tür des Krankenzimmers auf und steht vor dem Bett ihrer Tochter. Die Nachbarbetten sind leer, auch in diesem ist nur an der Wölbung der weißen Decke zu sehen, dass ein Mensch darin liegt, ein zarter, gekrümmter Mensch. Das Schluchzen, das unter der Bettdecke hervordringt, klingt verzweifelt, untröstlich, Elsa kann sich nicht erinnern, wann sie Stephanie zum letzten Mal so hat weinen hören. Ihre Kehle schnürt sich zusammen, behutsam legt sie eine Hand auf die Wölbung, unter der sie das Rückgrat ihrer Tochter fühlt, die vom Weinen geschüttelt wird. Das Weinen verstummt auf der Stelle, kein Laut kommt unter der Bettdecke hervor, nichts regt sich. Elsa muss an den jungen Igel denken, den sie nachts von der Straße holen wollte, an die stachlige kleine Kugel, in die er sich im Bruchteil einer Sekunde verwandelte, kein Millimeter weiches Fell war mehr zu sehen. Sie zieht die Hand zurück. Reglose Sekunden vergehen, bis die Decke mit einem Mal zurückgeworfen wird und ein Gesicht am Kopfende auftaucht. »Wieso klopfst du nicht an?!«

Elsa hält den Atem an. Das Gesicht sieht zugerichtet aus. Blaue und gelbe Schwellungen, wo gestern Verbände waren, die Augen so zugeschwollen, dass sie kaum zu erkennen sind. Was haben die mit ihrem Kind gemacht!

»Stephie!« Elsa hört, wie ihre Stimme kippt, dabei wollte sie ruhig und gefasst sein. »Hast du Schmerzen?«

»Nein.«

»Aber du siehst furchtbar aus, was haben die Ärzte gesagt, bist du sicher, dass alles …«

»Es geht nicht um mich!«, fährt Stephanie sie an. »Was sind schon ein paar Platzwunden, eine blöde Gehirnerschütterung gegen … gegen …« Sie fängt wieder an zu schluchzen. Das verschwollene Gesicht verschwindet im Kopfkissen.

»Gegen?«, fragt Elsa. Da fährt eine Hand unter das Kopfkissen, zieht etwas heraus und hält es ihr unter die Nase. Elsa nimmt die Zeitschrift, die aufgeschlagene Seite ist durchweicht und leicht gewellt, doch die Fotos sind gut zu erkennen. Es sind Schwarz-Weiß-Bilder, dennoch sieht man das Fleisch in grellen Rosa- und Rottönen vor sich, in freigelegten Schichten, unterschiedlichen Verbrennungsgraden. Kaum vorstellbar, dass unter den Rippen, von denen man Haut und Fleisch geschnitten hat, noch Lungenflügel atmen, Herzen schlagen. Und doch sind es lebende Körper, aufgereiht auf schmalen Liegen, kleine Körper mit verbundenen Köpfen. Die Körper von Kindern. Elsas Blick fällt auf die Bildunterschrift. »Nur die Köpfe können wir nicht abschneiden.«

Elsa schlägt die Seite zu, am liebsten würde sie die Zeitschrift aus dem Fenster werfen, verbrennen, wie die Napalmbomben die vietnamesischen Kinder verbrannt haben, sie hasst die Fotografen, hasst ihre Tochter, die ihr diese Bilder in den Kopf gepflanzt hat, die sie nun ihr Leben lang mit sich tragen wird. Doch ebenso plötzlich, wie sie aufgebrandet sind, fallen Hass und Wut in sich zusammen und weichen einem noch brennenderen Gefühl, das ihr heiße Tränen in die Augen treibt. Wieso hat sie davon nichts gewusst? Oder vielmehr, wie hat sie es geschafft, das, was an Fernsehbildern, Zeitungsberichten zu ihr durchgedrungen ist, so auszublenden in den letzten Jahren?

Überlagert von den Ängsten und Ärgernissen um die Scheidung, die flügge werdenden Kinder, den Umzug, die Furcht vor dem Leben als Frau ohne Familie, ohne Beruf und eigenes Geld. Ihr kleines Leben mit seinen kleinen Sorgen. Während ihre Tochter für die gerechte Sache auf die Straße geht, sich grün und blau schlagen lässt und um fremde Kinder verzweifelte Tränen vergießt, zusammengerollt wie ein junger Igel.

Erst als eine Hand nach ihr greift, eine leise Stimme »Mama?« sagt, wird ihr bewusst, dass sie selbst zu weinen begonnen hat. Sie genießt es, die warme Hand ihrer Tochter in ihrer zu spüren, genießt, dass der kleine Igel die Stacheln eingezogen und ihr die weiche Fellseite zugewandt hat, und kommt sich doch wie eine Betrügerin vor. Sie weint ja nicht wie Stephanie um die verbrannten vietnamesischen Kinder, weint nur um ihr eigenes Kind und um sich selbst, so genau weiß sie es nicht, vielleicht kommt es aufs selbe hinaus. Bei diesem Gedanken durchfährt sie jäher Schmerz, einen Augenblick nur, in dem sie ahnt, was eine Mutter fühlt, deren Kind mit freigelegten Rippen, ohne Haut auf der Bahre liegt. Schnell schaltet sie das Bild im Innern aus, der Schmerz verschwindet, nie könnte sie es ansehen wie Stephanie, bis es durchweicht und wellig wäre. Dennoch hat sie nun das Gefühl, dass es nicht nur Lüge ist, was sie mit ihrer Tochter verbindet. Behutsam drückt sie Stephanies Hand, und ihr Druck wird erwidert.

Zu Hause nimmt Elsa Tassen und Gläser aus dem Küchenschrank und schlägt sie in Zeitungspapier ein. Langweilig ist das, und sie beginnt in der Zeitung zu lesen, die oben auf dem Stapel liegt. »Werktätige, darunter viele junge Menschen und Frauen, reichen Neuerervorschläge ein. Sie wollen mit ihren Ideen die Produktivität in den Betrieben steigern, die Selbstkosten senken, dafür sorgen, dass wertvolle Rohstoffe kostensparend eingesetzt werden und die Arbeitszeit voll ausgenutzt wird. Sie alle sind Teil der Bewegung ›Sozialistisch arbeiten, lernen und leben‹.« Eine Ausgabe des Neuen Deutschland, die bei Vicky auf dem Tisch gelegen hat, nach einem Besuch von Wilhelm. Der darf ja rüber, seitdem er kein junger Werktätiger mehr ist und kein Neuerer, sondern als Rentner zum alten Eisen gehört, dessen Lagerung Kosten erzeugt. Die folgenden Zeilen überfliegt sie, »Neuererbewegung«, »Neuererkollektive«, »Schrittmacherkonferenz«, es geht immer so weiter in diesem Ton, der ihr, obschon Deutsch, wie eine Fremdsprache erscheint.

Elsa knüllt die Zeitung zusammen und stopft sie in ein Glas. Ob er glaubt, was er da schreibt, ihr Bernhard, mit dem sie als Kind eine Indianergeheimsprache gesprochen hat? Damals haben sie sich noch verstanden, heute muss Elsa seine Worte erst übersetzen. Nicht nur seine Zeitungsartikel, auch so kostbare und seltene Dinge wie einen von Wilhelm herübergeschmuggelten Bernhardbrief. Der ist nicht in einem Altpapierstapel gelandet, sondern in ihrer Schatzkiste. Und in ihrem Kopf.

»Karla nimmt vieles schwerer, als sie müsste«, hat Bernhard geschrieben; seine Frau ist depressiv, hat sie übersetzt, wie seine Mutter depressiv war. »Die Arbeit fürs ND und das Institut nimmt meine Tage und Kräfte ganz in Anspruch«, hat er geschrieben, »vor allem, seit ich an einer mehrbändigen Ausgabe zur Geschichte der Arbeiterbewegung mitwirke und an einer Zeitschrift, die vom Institut herausgegeben wird.« Bernhard vergräbt sich in Arbeit, hat sie übersetzt, sucht in der Geschichte Zuflucht vor der Gegenwart in seinem Land, seiner geteilten Stadt und seinem Zuhause. »Luise kümmert sich um den Haushalt und ihre Mutter, wie man es sich besser von einer Zwölfjährigen nicht wünschen könnte« – und wie man es einer Zwölfjährigen auch nicht wünschen möchte, hat sie gedacht, und dass Luise zu früh erwachsen sein muss, so wie Bernhard und seine Schwester Charlotte viel zu früh ohne Martha erwachsen sein mussten.

»Wenn du mich sehen könntest, Elsa, wie ich jeden Morgen ins Institut laufe, mit meiner braunledernen Aktentasche unter dem Arm, randvoll mit Papieren, Zeitschriften, Büchern – und Butterbroten. Die Karla mir jeden Morgen schmiert und mit klein geschnittenen Äpfeln und Möhren in eine Plastikdose packt. Im Institut machen sie sich über mich lustig, in jeder Frühstückspause packe ich die Stullen aus, in jeder Frühstückspause machen sie die gleichen Witze, über die ich in jeder Frühstückspause auf die gleiche Weise lache. Aber Glück muss der Mensch haben, ein Kollege aus der Zeitschriftenredaktion kommt ebenfalls täglich mit vorgeschnittenem Obst und Gemüse und tauscht mit mir.«

Als sie das gelesen hat, musste sie zuerst lachen, dann hat sie »ach, Bernhard« geseufzt und ist traurig geworden. Ach Bernhard, kannst du nur noch über dich selber lachen oder auch manchmal noch mit deiner stets traurigen Karla? Aber immerhin hast du noch eine Ehe und eine Familie, denkt sie nun, während sie ihr Lieblingsglas mit dem Sprung in der Hand dreht und wendet und nicht weiß, ob sie es wegwerfen oder mitnehmen soll. Dann zerknüllt sie den Brief von der Post, in dem ihr mitgeteilt wird, dass sie die Altersgrenze für eine Ausbildung zur Postbotin leider überschritten habe, stopft ihn in das Glas und wirft Glas samt Brief in den Müll.

Heute Morgen ist sie ist durch die Straßen gegangen, am Bäcker vorbei zum Supermarkt, denselben Weg wie schon tausend Mal, und plötzlich hatte sie das Gefühl, sie könne unmöglich weggehen. Müsse die Kündigung rückgängig machen und den neuen Mietvertrag, allein in der viel zu großen Wohnung bleiben, die sie weder ausfüllen noch bezahlen kann. Alles erschien ihr auf einmal einfacher, als wegzugehen. Als hätte ihr Leben sich in den vergangenen fünfzehn Jahren mit so vielen Fasern an Straßenecken und Häuser geheftet, im Vorbeigehen um so viele Bäume und Bänke und Ampeln gewickelt, dass es zerreißen würde beim Versuch, all das zu verlassen.

Vicky tritt auf den Balkon vor ihrer Küche und schaut in den tiefblauen Augusthimmel. Keine einzige Wolke in Sicht. Und damit kein einziger Regentropfen. Was gäbe man nicht um ein paar Tropfen bei dieser Hitze, die seit Wochen anhält, jeden Tag schwerer auf der Stadt liegt und ihren Bewohnern allmählich ins Gehirn zu brennen scheint. Anders kann sich Vicky Leos Ausbruch nicht erklären. Dabei hat sie ihn bloß gebeten, seine Schuhe aus dem Flur zu räumen, damit heute Abend der Besuch nicht darüber stolpert. Wenn alles, was in dieser Wohnung von ihm sei, im Weg stehe, bitte, er könne sich auch gleich selbst aus dem Weg räumen, dann hätten sie es bestimmt viel gemütlicher, drei Frauen unter sich, aber die Flaschen dürfe er vorher sicher noch herbeischleppen. Tür zugeworfen und aus dem Haus, ohne Mütze, hoffentlich holt er sich keinen Sonnenstich. Sie hat nichts erwidert vor Schreck, weil Leo doch sonst nie mit ihr streitet. Und das kurz vor ihrem Hochzeitstag!

Alle waren überrascht, als sie angekündigt hat, ein zweites Mal zu heiraten. Sie selbst auch. Jahrelang ist Leo mit seiner Frau in die Herrenkonfektion des KaDeWe gekommen, jahrelang hat sie versucht, dem unsäglichen Geschmack der Gattin entgegenzusteuern. Aber das durfte sie sich nicht anmerken lassen, die Ehefrauen der Stammkunden, hat sie die Erfahrung gelehrt, sind ebenso wichtig wie die Stammkunden selbst. Also hat sie sich bemüht, der Ehefrau in Kleinigkeiten recht zu geben, um sie in wesentlichen Fragen umzustimmen. Von Mal zu Mal lag ihr mehr daran, diesen ebenso gut aussehenden wie sympathischen Herrn vor Verunstaltung zu bewahren. Dann war er längere Zeit weggeblieben, und sie hatte geglaubt, seine Frau ließe ihn nicht mehr ins KaDeWe zu dieser Verkäuferin, nach deren Beratung er immer ganz anders aussah, als sie es sich vorgestellt hatte. Und von der er sich doch jedes Mal beraten lassen wollte, von dieser und keiner anderen. Eines Tages stand er wieder in ihrer Abteilung, allein, ohne Ehefrau. Er trug einen schwarzen Anzug und wollte einen weiteren schwarzen Anzug. Mitten in der Anprobe des sechsten schwarzen Anzugs sagte er: »Wollen Sie nicht wissen, wann meine Frau gestorben ist? Mir herzliches Beileid wünschen?« Da hat sie ihm in die Augen gesehen und gesagt: »Sie sollten kein Schwarz tragen. Es steht Ihnen überhaupt nicht. Sie sind nicht der Typ für Schwarz.« Schon erstaunlich, dass man nach einer solchen Bemerkung einen Heiratsantrag erhielt.

Als Vicky später die Flaschen aus dem Keller holen will, stehen sie aufgereiht vor der Tür. Leo selbst ist noch nicht wieder aufgetaucht. Sie schüttet Apfelsaft in das Bowlegefäß und gießt Zitronensaft hinzu. Spätestens heute Abend ist er wieder hier, da ist sie sicher. Er wird doch seine geliebte Hitparade nicht verpassen. Und sie freut sich seit Tagen auf Elsie, die Elsa heute aus dem Krankenhaus abholen und zu ihnen bringen wird. Vicky hält den Waldmeister und die Zitronenmelisse unter den dünnen Wasserstrahl und wäscht die Blättchen vorsichtig ab. Oh Mann, eine Waldmeisterbowle ohne Alkohol, damit hätte man sie vor zehn Jahren zwangsernähren müssen. Aber sie wird Leo ewig dankbar sein, dass er sie mit Liebe, Geduld und Spucke vom Trinken abgebracht hat. Vicky lächelt, als sie die Blättchen in das Bowlegefäß fallen lässt. Geduld und Spucke, bloß so eine Redensart, aber in diesem Fall kann man es ruhig ein wenig wörtlich nehmen, denn Leo küsst wundervoll. Beinahe, ja, beinahe so wie … Meine Güte, an den hat sie jetzt wirklich ein Weilchen nicht gedacht. Zuletzt, wann war das, als Jonas sich bei ihr verplappert hat. Als herauskam, dass er abends gar nicht Englisch übt mit einem Freund, um sich auf die USA vorzubereiten, sondern Platten auflegt in einer Diskothek. Natürlich wird sie seiner Mutter nichts verraten, hat sie ihm versprochen, und bei sich gedacht: ganz der Großvater. Harry, der abends Trompete in der Jazzband spielte, während seine Eltern dachten, er würde für Klavierkonzerte üben. Harry in der Bar, Shimmy und Schwindel, Harrys Gesicht, das sich vor ihr drehte, als seine Lippen sich näherten …

Sie nimmt als letzte Zutat die Walderdbeerblätter, die geben dem Ganzen das krönende Aroma, aber sind schwer zu bekommen und aufzubewahren. Den halben Vormittag ist sie auf der Suche danach von einem Marktstand zum anderen gelaufen bei der Affenhitze. Die Marktfrauen priesen ihre Waren mit ermatteter Stimme an. Eine war unter ihrem Sonnenschirm eingenickt, mit dem Kopf auf der Brust saß sie da und schnarchte. Irgendein Bengel klaute der Frau unter der Nase die Pflaumen weg, bis sie die Schläferin weckte. Ausgerechnet die hatte Walderdbeerblätter. Vicky probiert einen Schluck der Bowle. So übel schmeckt sie gar nicht. Schön erfrischend. Und wenn erst mal die Kräuter ihr Aroma entfaltet haben … Warum jetzt ausgerechnet die Walderdbeerblätter sie an Harry erinnern, Harry und seine Küsse? Vicky dreht den Wasserhahn voll auf und hält das Gesicht unter den kalten Strahl. Ah, tut das gut!

Nach einem Blick auf die Küchenuhr holt Vicky das Bowlegefäß aus dem Kühlschrank. Die Kräuter sollen höchstens drei Stunden ziehen, nicht länger. Als Letztes gießt sie das Mineralwasser in den Krug. Es kommt ihr vor, als wäre es im Laufe des Tages immer schwüler geworden. Einen Moment steckt sie den Kopf in den offenen Kühlschrank. Gut, dass Leo das nicht sieht, diese Energieverschwendung. Allmählich könnte er wirklich zurückkommen! In der Ferne hört sie Donnergrollen und schaut vom Balkon in den Himmel, über ihnen ist er noch immer blau. Sie schneidet ein paar Rosen von dem Busch im Balkonkübel und stellt sie in einer Vase neben die Ausziehcouch, auf der Elsie schlafen wird. »Wie lange?«, hat Leo wissen wollen. »So lange, bis es ihr besser geht«, hat sie geantwortet. »Solange sie will.«

Vicky, Elsie und Elsa sitzen auf dem Sofa vor dem Fernsehapparat, jede hat ein Glas giftgrüner Bowle in der Hand. Vickys ist fast leer, Elsas halb und Elsies noch voll. Elsie sieht so abgemagert und blass aus, am liebsten würde Vicky ihr etwas einflößen, heiße Milch mit Honig, obwohl das bei der Hitze sicher nicht auf Begeisterung stoßen würde.

»Nimm«, sagt sie und hält Elsie den Käseigel unter die Nase. Geistesabwesend nimmt Elsie einen Holzspieß mit Weintrauben und Käsewürfeln und dreht ihn zwischen den Fingern. Auch Elsa scheint in Gedanken woanders. Und Leo nicht nur in Gedanken. So hat sie sich den gemeinsamen Abend nicht vorgestellt.

Die Anfangsmelodie der Hitparade ertönt, wie auf ein Signal dreht sich ein Schlüssel im Schloss. Gerade als Dieter Thomas Heck verkündet: »Hier ist Berlin! Das Zweite Deutsche Fernsehen präsentiert Ihnen Ausgabe Nummer sieben der Hitparade!«, tritt Leo herein. Setzt sich, als wäre nichts gewesen, in seinen Ohrensessel, gießt ein Glas Bowle ein, kaut mehrere Käsespieße weg und starrt auf den Bildschirm. Auf einer Liste notiert er die Namen der Schlagerstars, und wie jedes Mal, darauf würde Vicky wetten, wird er nach der Sendung eine Postkarte ans ZDF schicken, um sich an der Publikumsabstimmung zu beteiligen. Schließlich geht es darum, wer in der nächsten Sendung wiederkommen darf.

»Du sollst nicht weinen, wenn ich einmal von dir gehen muss«, singt mit glockenheller Stimme ein blonder Junge. In Großaufnahme wird eine Frau aus dem Publikum eingeblendet, die sich Tränen aus den Augen wischt. »Für den hast du hoffentlich nicht gestimmt!«, ruft Vicky. Wenn Elsie jetzt nicht mitlästert, muss es ihr noch sehr schlecht gehen. Kann man sie denn mit gar nichts aufheitern?

»Wärst du böse, wenn ich mich hinlege? Die Medikamente … Ich bin so müde«, sagt Elsie. Während Vicky Elsie in ihr Zimmer begleitet, bleibt Elsa mit Leo allein vor dem Fernseher zurück. Der zieht Elsies Teller zu sich und macht Kreuzchen auf seiner Schlagerstarliste. Elsa rutscht unruhig auf dem Sofa hin und her, schiebt auch ihren Teller in Leos Richtung und springt auf.

»Ich muss telefonieren.« Warum geht in dieser verdammten WG keiner ans Telefon? Stephie muss doch zu Hause sein. Vielleicht liegt sie im Bett und schläft. Hoffentlich. Sie soll viel schlafen, haben die Ärzte bei ihrer Entlassung betont. Vor allem liegen und nochmals liegen. Elsa hätte sie so gerne aus der Klinik mit nach Hause genommen, »du kannst in deinem alten Zimmer schlafen«, hat sie gesagt, aber Stephanie wollte davon nichts wissen. Kann sie verstehen, es ist ja nicht mehr das alte Zimmer, fast alles aussortiert, in Säcke und Kisten gepackt. Sie zuckt zusammen, als nach minutenlangem Freizeichen eine Stimme aus dem Hörer kommt. »Stephanie«, sagt ein junger Mann schleppend auf ihre Frage, »keine Ahnung.« Außer ihm sei keiner zu Hause, alle ins Obdach gegangen. Welches Obdach? Na, das »Unergründliche Obdach für Reisende«, am Fasanenplatz. Und plötzlich, er klingt erschrocken, wer sie denn sei?

»Ich muss los«, sagt Elsa zu Leo, »nach Stephanie sehen.« Laut fällt hinter ihr die Tür ins Schloss, während Udo Jürgens in weißem Anzug und offenem Hemd in die Tasten haut. »Es wird Nacht, Señorita, und ich hab kein Quartier …«

Noch in der Tür hört Elsa das Lachen. Stephanies klares Lachen im Stimmengewirr, das ihr auf der Schwelle zum »Unergründlichen Obdach für Reisende« entgegenschallt. Auch das Lachen ihrer Tochter wird sie immer heraushören aus allen anderen. Mit weichen Knien geht Elsa zu einem freien Platz in einer Nische, fort aus dem Blickfeld der Gruppe, mit der Stephanie um einen runden Tisch sitzt. Ganz entgegen ihrem Vorsatz, ihr Kind auf der Stelle nach Hause zu verfrachten und dort wenn nötig am Bett zu bewachen, bis es auskuriert ist. Doch im selben Augenblick, als sie Stephanies Lachen gehört und einen Blick auf sie erhascht hat, ihren Rücken und den nackten Arm um die

Schultern ihres Nebenmanns gelegt, da hat sie gewusst, dass sie jetzt unter keinen Umständen in Stephanies Welt hineinplatzen darf.

Allein am Tisch in ihrer Nische erinnert sich Elsa an den peinlichen Moment, als sie zum ersten Mal allein mit Stephen in der »Femina-Bar« war und Vicky dort aufkreuzte. Sie saßen in einer der Nischen, sie auf seinem Schoß, da tauchte das Gesicht ihrer Mutter in einem Spiegel an der gegenüberliegenden Wand auf. Ohne zu überlegen, riss sie Stephen an sich und begann eine Knutscherei, dass ihm Hören und Sehen verging. So blieb ihr Gesicht hinter Stephens Kopf verborgen, und Vicky war wieder abgezogen. Doch nie wird sie ihren Anblick vergessen, die Augen ihrer Mutter, suchend und verloren, ihr nacktes Gesicht. Sie will nicht, dass ihre Tochter sich so an sie erinnert.

Nun sitzt sie in der Falle. Wenn sie das Lokal verlassen will, muss sie an Stephanies Tisch vorbei. Wenn die sich in dem Moment umdreht, zum Ausgang schaut oder einer ihrer Mitbewohner sie erkennt? Niemand wird ihr glauben, dass sie zufällig in diese Szenekneipe geraten ist, in der die Wände mit Plakaten und Postern gepflastert sind, mit Aufrufen zu Demos und Soli-Aktionen, Forderungen nach Freiheit für Ulli, Tommy und Tina. Zum Glück ist dieses Obdach für Reisende wirklich unergründlich mit seinen dunklen Ecken. Niemand kommt, um eine Bestellung aufzunehmen, die Theke ist verlassen. Auf dem Nebentisch steht ein Stammtischschild aus Messing: »Zentralrat der umherschweifenden Haschrebellen«. Ein einzelner Haschrebell, des Umherschweifens müde, hat sein lockiges Haupt auf die Tischplatte gebettet. Vom runden Tisch am Fenster, aus Stephanies Gruppe, dringen Fetzen ihrer Diskussionen herüber. Deutlich hört sie die Stimme ihrer Tochter heraus.

»Leute, wir dürfen das Ding mit den sogenannten Deserteuren nicht isoliert betrachten. Wir müssen die strukturellen Zusammenhänge sehen, die Klasseninstitutionen, die Nazirichter …«

Mitten in ihren Satz schlägt jemand mit der Faust auf den Tisch. »Yeah! Zerschlagt die Justiz mit dem Joint in der Hand!«

In das Gelächter mischt sich eine Frauenstimme: »Ich hab die Schnauze voll von eurem Bürgerkriegsgetue und Schweinesystem. Wie wär's stattdessen mit 'nem fetten Schweineschnitzel?«

Bei der Erwähnung des Schnitzels fällt Elsa ein, dass sie ihrer Mutter gar nicht Bescheid gesagt hat, bevor sie überstürzt aufgebrochen ist. Dabei hat die sich so auf den Samstagabend gefreut, im Kreis von Ehemann Nummer zwei, Tochter und liebster Freundin, die zumindest fürs Erste gerettet scheint. Und um die sich Vicky, seit der Krebsdiagnose und in den Monaten der Chemotherapie und der Klinik, rührend gesorgt hat, nach den vielen Jahren, in denen sie meist selbst das Sorgenkind der Familie war. Ob sie zu Vicky und Leo zurückfahren soll? Aber wie kommt sie hier raus, ohne entdeckt zu werden? Da fällt ihr auf, dass die Diskussionen am Tisch ihrer Tochter abgeebbt sind. Süßlich-herber Rauch zieht durch die Räume und legt sich wie ein Schleier über Gäste, Theke und Tische. Und Elsa findet durch die Küche des Lokals endlich einen Ausweg.

Auf dem Heimweg in der Bahn schlägt sie die Abendzeitung auf. In den Nachrichten vor der Hitparade gab es einen kurzen Bericht über Woodstock, das Musikfestival, zu dem auch Jonas gefahren ist. Verstörende Bilder von Hunderttausenden, die in Staus steckten, in Schlamm und Regen kampierten, von einem Ansturm der Massen auf die kleine Siedlung Bethel, der alles aus den Angeln hob. Betörende Bilder von fremden Menschen, die Decken und Essen teilten, mit ihren Kindern nackt in den See sprangen und mit glücklichem Lächeln im Wolkenbruch tanzten. Komische Bilder von Männern, nackt bis auf die Blätterkränze auf ihren Köpfen, wie eine Persiflage getarnter Soldaten. Frauen mit dunklen Sonnenbrillen und nackten Brüsten, die sich mit einem Baby auf der Hüfte zur Musik wanden. Diese Musiker und Festivalbesucher sahen anders aus als die Schlagerstars der Hitparade und das Publikum im Saal bei Dieter Thomas Heck. Und inmitten dieser halben Million Menschen ihr Sohn. Das Herz hat ihr bis zum Hals geschlagen, als die Fernsehbilder von Woodstock kamen und sie Jonas in ihnen suchte. Auch jetzt fahndet sie auf den Fotos in der Zeitung nach ihm, aber Jonas winkt ihr nicht, nickt ihr nicht zu: Alles in Ordnung, Mama. Auch er scheint so unendlich fern, auf einem anderen Planeten. Sie hat ihn fliegen lassen und kann nichts tun, nur hoffen, dass er ein Jahr später wieder heil bei ihr landet.

Zu Hause in ihrer leeren Wohnung stößt Elsa sämtliche Fenster auf, um die stickige Luft hinauszulassen, doch auch draußen steht die Wärme wie eine Mauer um das Haus. Um die ganze Stadt. Sie nimmt eine kalte Dusche und tritt nackt auf den Balkon vor dem Schlafzimmer. Wasser tropft aus ihren Haaren und rinnt kühl über die Haut. Sie zündet eine Zigarette an und denkt an den Geruch im »Unergründlichen Obdach für Reisende«. Süßlicher Rauch und hitzige Diskussionen, das ist bestimmt nicht heilsam für ein noch immer erschüttertes Hirn. Aber der Name der Kneipe gefällt ihr. Vielleicht muss sie sich gar nicht so sehr um Stephanie sorgen. Vielleicht hat sie ja dort ihre Familie und ihr Zuhause gefunden. Fragt sich nur, ob es auch für Reisende wie sie selbst irgendwo Obdach gibt?

Nebenan erscheint ihr Nachbar auf dem Balkon. Schaut kurz zu ihr herüber, verschwindet nach drinnen und schließt laut die Tür. Der soll sich mal nicht so haben, zwar trägt sie keine Kleider, aber immerhin auch keinen Blätterkranz auf dem Kopf. Elsa seufzt. So eine kleine Sintflut wie in Bethel, das wär jetzt genau, was Berlin braucht.

Vicky ist als Erste im »Kranzler-Eck«. Sie hat einen Tisch für zwei reserviert, oben in der Rotunde, mit Blick auf den Ku'damm. Lange hat sie Wilhelm nicht gesehen. Wann war sie zuletzt in Ostberlin? Schneematsch und dunkle Häuserfronten, der Geruch nach Kohleöfen – natürlich, Weihnachten '65 war das, sie hatte kaum noch mit einem Passierschein gerechnet, schließlich war sie mit den Glasers nicht verwandt. Wilhelm hat sie umarmt und Karla und die kleine Luise, die schon damals zu ernst war. Als sie einen Moment mit Bernhard allein war, hat sie ihm einen Brief von Elsa überreicht. Wegen der Zensur und so, hatte die gemeint, wolle sie ihn nicht schicken, und sie solle ihn Bernhard unter vier Augen geben. Da hat sie sich doch gewundert, um welche Zensur es hier eigentlich ging. Bernhard hat den Brief schnell eingesackt und ihr ein Kuvert für Elsa zugesteckt, das sie zurückschmuggeln sollte. »Du bist jetzt unsere Doppelagentin«, hat er gesagt, und obwohl ihr das Anliegen zweifelhaft vorgekommen ist, hat ihr die Sache mit der Doppelagentin gefallen. Noch am Abend desselben Tages musste sie zurück, und das war es dann mit den Passierscheinen. Seitdem ging gar nichts mehr, nicht mal für Verwandte. Die Mauer war in beide Richtungen dicht, außer für die Alten aus dem Osten.

»Darf ich?«

Vicky hat Wilhelm nicht kommen sehen. Wie schön das ist, sich wieder in die Arme zu nehmen, kurz durch seinen grauen Haarschopf zu wuscheln. »Hast dich gar nicht verändert.«

»Schon. Bin neuerdings Rentner. Ganz schön alt fühlt man sich da.« Wie zum Beweis nimmt er umständlich Platz und schaut lange angestrengt in die Getränkekarte.

»Zum Glück bist du Rentner, sonst wärst du nicht hier!« Sie lächelt ihn an, er vertieft sich weiter in die Karte. Wilhelms Vorrat an Westgeld dürfte knapp sein, fällt Vicky ein. Eilig setzt sie hinzu: »Ich lad dich ein zu Kaffee und Kuchen, ja? Bohnenkaffee.«

»Haben wir auch, stell dir vor«, sagt Wilhelm, dann spielt ein Lächeln um seine Lippen. »Weißt schon, Marke Goldstaub. Teuer wie Gold und schmackhaft wie Staub.«

Vicky erzählt von Elsas Scheidung, Elsies Krebs und Stephanies Kommunenleben, von Jonas in den Staaten und den verrückten Kunden im KaDeWe. Wilhelm hört aufmerksam zu. »Und, wie geht es euch?«, will sie endlich wissen.

Er kaut an seinem zweiten Stück Kuchen, dabei hat er es doch gar nicht so mit Süßem, womöglich hat er es nur bestellt, um keine Worte machen zu müssen mit vollem Mund. Es ist so still an ihrem Tisch, dass sie sein Kauen und Schlucken wahrnimmt. Dann hört auch das auf. »Karla und Martha, das klingt so ähnlich, nicht?«

Sie zuckt zusammen, schüttelt den Kopf, aber ja, natürlich klingt es ähnlich. So weit ist sie nie gegangen, ist in Gedanken immer vorher abgebogen, doch sie versteht sofort, was er meint. Dass er eine Todesangst hat bis heute, wenn er an den Tag denkt, als sie Marthas Brief auf dem Küchentisch fanden, eine Todesangst, wenn nun Karla am hellen Tag sich im abgedunkelten Zimmer die Decke über den Kopf zieht. Leise erzählt er, dass er sich oft um Luise kümmert, wenn es Karla schlecht geht. Hin und wieder bei ihnen schläft, wenn Bernhard Spätdienst hat oder auf Dienstreise ist.

»Karla vergeht, und Bernhard geht aus dem Haus«, sagt Wilhelm mit so viel Bitterkeit in der Stimme, wie Vicky es bei ihm noch nie gehört hat. Auch er war damals immer länger aus dem Haus gegangen …

»Achtung, Achtung, hier spricht die Polizei!«, tönt es durch die Straße in ihre Gedanken hinein. »Die Demonstration ist nicht genehmigt! Verlassen Sie unverzüglich Kurfürstendamm und Joachimsthaler Straße!«

Die Cafébesucher an den umstehenden Tischen springen auf und drängen sich an die Balustrade, um das Schauspiel zu verfolgen, in sicherem Abstand, live und in Farbe. Polizeisirenen, Lautsprecher, das anschwellende Getöse eines sich nähernden Demonstrationszuges – unwillkürlich fühlt Vicky nach der Narbe an ihrer Schläfe.

»Was hast du da?«, will Wilhelm wissen. Nachdem sie die Geschichte ihrer Verwundung erzählt hat, meint er: »Ja, eure so demokratische Polizei …«

Vicky unterbricht ihn: »Wir leben auch nicht im Paradies.« Während um sie herum die Schaulustigen versuchen, die besten Logenplätze zu ergattern, bleiben Wilhelm und Vicky abseits an ihrem Tisch.

»Besuchst du unser Haus noch?«, fragt sie. »Euer Haus, sollte man wohl sagen. Wer weiß, ob ich's zu meinen Lebzeiten noch zu sehen kriege.«

»Nach deinen Lebzeiten mit Sicherheit nicht. Es sei denn, dort befindet sich irgendwo das Tor zum Paradies.« Wilhelm lächelt. »Und man würde dich reinlassen …«

Die Parolen skandierenden Demonstranten, übertönt von Lautsprecherdurchsagen der Polizei, scheinen nahe gerückt zu sein.

Vicky beugt sich zu Wilhelm. »Ich dachte, ihr wollt das Paradies hier auf Erden schaffen. Aber nach dem Sieg des Sozialismus zieht ihr auch noch um den Himmel einen antifaschistischen Schutzwall. Baut eine Mauer durch die Milchstraße, ganz wie hier in Berlin. Nun sind wir sogar Bürger verschiedener Staaten.«

Wilhelm zieht etwas aus der Tasche und schiebt es ihr unter der Tischplatte zu. »Übrigens: neuer Auftrag für die Doppelagentin.«

Vicky weiß nicht, ob die Heimlichtuerei ernst gemeint ist, ohnehin sind alle Augen der anderen Gäste auf die Straße gerichtet. Sie ertastet einen Briefumschlag und lässt ihn in die Handtasche gleiten.

»Karla und Martha«, setzt Wilhelm noch einmal an. »Ich hab mich oft gefragt, warum Bernhard Karla gewählt hat. Es gab da mal eine Marianne, ein fröhliches Mädchen. Sehr hübsch. Irgendwann war sie verschwunden, und niemand durfte fragen.

Oder vielleicht sogar Elsa, hast du das nicht auch eine Zeit lang für möglich gehalten?« Vicky will etwas antworten, doch Wilhelm fährt fort. »Manchmal denke ich, dass Bernhard noch heute auf Martha wartet, und das kann ich ihr nicht verzeihen.« Er schaut auf die Tischdecke. »Ich hab es niemandem erzählt, auch nicht Charlotte und Bernhard. Bernhard schon gar nicht. Nicht einmal Marie. Weißt du, ich musste sie identifizieren.« Er spricht so leise, dass sie ihn kaum versteht. »Die toten Frauen. Die sie in den Jahren danach aus der Spree gefischt haben. Oder dem Landwehrkanal. Irgendwelchen Schleusen.«

»Oh Gott«, sagt Vicky und fasst nach Wilhelms Hand. »Das ist ja … wie entsetzlich für dich.«

Wilhelm löst die Hand aus ihrer und ballt eine Faust. »Ich hab es der Polizei selbst gesagt. Wenn meine Frau sich umgebracht hat, hab ich gesagt, dann ist sie ins Wasser. Da war ich hundertprozentig sicher. Bin es noch heute.«

Vicky weiß nicht, wie sie danach fragen soll. Kein Satz fällt ihr ein, der nicht unverzeihlich grob klänge. Doch dann beantwortet Wilhelm von sich aus die unausgesprochene Frage. »Ich weiß es nicht. Ob eine von ihnen Martha war. Manche waren es sicher nicht. Aber ein paar waren darunter …« Er schluckt, hält sich die Hand vor den Mund. Vicky sieht seinen Adamsapfel auf und ab steigen. »Das waren ja gar keine Menschen mehr«, stößt er durch die Zähne hervor. »Ich hab später Tote genug gesehen, aber keiner sah aus wie die … aus dem Wasser. Irgendwann hab ich mich geweigert, und sie haben mich in Ruhe gelassen. Als die Toten zu Tausenden in den Trümmern lagen, da kam es auf ein paar alte Leichen nicht mehr an.« Wilhelm schweigt, und Vicky sucht nach tröstenden Worten, die sie nicht finden kann.

Da sie lange schweigend vor leeren Tellern und Tassen sitzen, kommt nach einer Weile die Kellnerin an ihren Tisch. Sie stellt das Tellerchen mit der Rechnung, auf der sich einiges angesammelt hat, vor Wilhelm. Der schaut ein wenig erschrocken, und noch bevor er protestieren kann, legt Vicky einen Schein auf den Teller und schiebt ihn zur Seite.

»Es wird andere Zeiten geben«, sagt Vicky. »Außerdem bleibt's doch in der Familie.«

Jetzt, da Wände und Böden kahl und die Räume beinahe leer sind, hallen Elsas Schritte durch die Wohnung, und auf ihr Echo folgt ein leises, schnelles Tapsen. Zuerst hat es Elsa genervt, wenn ihr wieder ein weißes Fellbündel zwischen die Füße geriet, inzwischen bleibt sie stehen, lauscht und hält Ausschau, wenn das Hoppeln ausbleibt. Elsa schraubt das Schild von der Wohnungstür, »Familie Mitchell« – gibt es nicht mehr. Eine Frau und ein Kaninchen sind keine Familie, und auch für sie beide ist es hier die letzte Nacht. Grace war schon in der Rubrik »zu verschenken« im Wochenblatt inseriert, doch seit Elsa erfahren hat, dass selbst Vicky bald fortgeht, sagt sie den Anrufern, der Hase sei über Nacht verschwunden. Sie wirft das Holzschild in den Abfalleimer, an die neue Tür kommt ein neues Schild. Vielleicht schreibt sie »Elsa & Grace«.

Sie setzt sich auf den Karton in der Mitte des Zimmers, wo früher der meterlange Esstisch stand, und sieht sie beide dort sitzen, an einem Kopfende sie selbst, am anderen das weiße Kaninchen. »Würdest du mir den Salat reichen, Grace-Darling?« Das wenige, das nicht verkauft und verschenkt ist, wartet mit ihr darauf, morgen früh abgeholt und verfrachtet zu werden. Das ist jetzt ihr Zuhause, ein Wartesaal voller Zugluft und Gerümpel. Helle Flecken an den Wänden, wo Bilder hingen, umrahmt von Trauerrändern. Die Bretter des abgebauten Regals erinnern sie an einen Sarg.

Vielleicht hat sie das von Vicky, dieses Festhalten an einem Heim, selbst wenn es keine Heimat mehr ist. Wie hatte Vicky darum gekämpft, in der Villa bleiben zu dürfen, dem viel zu großen Haus, in dem sie mit Gerd Helbig unglücklich gelebt hatte und ebenso unglücklich ohne ihn, als er tot war. Nachdem der Kampf um das obere Stockwerk verloren war, hatte sie ihn mit derselben Erbitterung um das Erdgeschoss fortgesetzt. Als sie auch dieses räumen mussten, kämpfte sie um die letzten verbliebenen Möbel, die sowieso nicht in die neue Wohnung passten. Der alte Kleiderschrank und das angekokelte Bett aus ihrem Kinderzimmer stehen noch heute in der engen Tempelhofer Wohnung, in der Einflugschneise des Flughafens. Leo hat keine Chance gehabt, Vicky in sein Haus zu locken. Ja, so ist ihre Mutter, klammert sich an bestimmte Menschen und Dinge und lässt andere achtlos ziehen. Klaus zum Beispiel, der mit seiner Frau und dem kleinen Roland in Westdeutschland lebt und den Vicky kein einziges Mal besucht hat. Wenn Vicky Westdeutschland sagt, klingt das wie ein anderer Kontinent.

Draußen schwindet das Abendlicht, Elsa zündet im Wohnzimmer Kerzen an. Besser als die nackte Glühbirne, die von der Decke baumelt. Im Dämmerlicht denkt sie an die seltsame Eröffnung ihrer Mutter, die in ihrem ganzen Leben nie im Ausland gewesen und selbst aus Berlin kaum herausgekommen ist. Sie will in die USA fliegen, sobald Elsie über den Damm ist. Was sie denn da wolle? Na, ihren Sohn und ihren Enkel sehen, gab Vicky zur Antwort, obwohl es ihr in den vergangenen beiden Jahren nie in den Sinn gekommen ist, Werner in Amerika einen Besuch abzustatten. Im Gegenteil, man hatte fast den Eindruck, dass sie sein Fortgehen als Verrat empfunden hat und er seitdem für sie gestorben ist. Niemand hat ihr diese plötzliche Familiensehnsucht und Reiselust abgenommen, und später, wie zu sich selbst, hat sie etwas von Walderdbeeren gemurmelt, der Geschmack von Walderdbeeren, die gäbe es hier nicht mehr, nicht so wie früher. Sie wird doch nicht schon senil? Unmöglich kann man Vicky allein um die halbe Welt reisen lassen. Doch genau das ist der Plan. Erst hat sie, zögerlich, Elsies Begleitung abgelehnt, anschließend, sehr entschieden, Leos. Dann solle sie bis zu Stephanies Semesterferien warten. Sie habe lange genug gewartet. Was für ein Unsinn, hat Elsa gedacht, und dass sie sich, wenn ihre Mutter nun auch noch fortging, von aller Welt verlassen fühlen wird.

Die Kerzen sind erloschen, der Raum liegt im Dunkeln. Ab und zu erhellen Scheinwerfer vorbeifahrender Autos die Wände. Wie spät es wohl ist? Sie sollte ins Bett gehen, morgen früh gegen acht werden die Umzugshelfer klingeln. Elsa wandert, ohne Licht zu machen, noch einmal durch alle Zimmer. Vom Wohnzimmer in die Küche, in der es sehr still ist, seit kein Kühlschrank mehr summt. In die leeren Zimmer, die bis zum Schluss für sie Kinderzimmer heißen. Ins Bad, das nackt aussieht ohne Plastikschüsseln und Chemikalienflaschen. Eine einzelne Zahnbürste steht im Becher, ein einzelner Film trocknet an der Leine. Den darf sie morgen früh nicht vergessen. Vom Bad ins Schlafzimmer, in dem anstelle des Ehebetts eine Matratze auf dem Boden liegt. Das wird ihr Nachtlager bleiben, bis sie sich entscheiden kann, ob das neue Bett schmal oder breit sein soll.

Elsa öffnet die Balkontür. Auch in dieser Augustnacht kühlt es nicht ab. Sie ist nicht die Einzige, die in den schwülen Nächten keinen Schlaf findet, auf dem Balkon hört sie ihre Nachbarn Stühle rücken und flüstern. Zu Tausenden stehen sie in dieser Stadt an den Fenstern, in Höfen und Straßen und schauen gen Himmel, warten nachts auf den Schlaf, warten tags auf den Regen. Barfuß geht sie in die Küche, fischt das fortgeworfene Türschild aus dem Eimer, ein bisschen Hasenstreu klebt daran, eine Möhrenschale. Umso besser, das befördert das Wachstum. Mit aller Kraft schleudert Elsa »Familie Mitchell« vom Balkon in den Garten.

Auf der Rückseite des Hauses leuchten keine Scheinwerfer ins Zimmer. Auf ihrer Matratze, unter dem weißen Laken, ist sie von Dunkelheit umhüllt. Andere, denkt sie, werden in unseren Räumen wohnen, sich dort lieben, streiten, essen, schlafen.

Andere, die nichts von uns wissen, so wie wir nichts von denen wussten, die vor uns da waren. Die Jahre sind vergangen, bleiben für immer so, wie sie waren. Die Zukunft ist unsichtbar, aber du glaubst daran, musst daran glauben. Du wirst ein anderes Dach über dem Kopf haben in einem anderen Haus in einem anderen Leben. Noch ist alles leer, aber bald wird Farbe einsickern in das weiße Bild.

Sie ist aufgewacht, bevor der Mann sie ansah. Er hatte den Kopf in den Nacken gelegt, sein Gesicht vom Mond beschienen. Sie wird die Augen nicht öffnen, will weiter mit ihm schweben, durch einen flüssigen, warmen Himmel. Warm strömt es auch durch ihren Körper, als sie nun im Flug miteinander verschmelzen. Ihr weißes Kleid mit den fliederfarbenen Blumen hüllt sie beide ein. Beim Durchfliegen einer Wolke bleiben die Blumen darin hängen und regnen in den Garten hinter ihrem Haus. Beim Durchqueren der nächsten Wolke verschwindet auch ihr Kleid. Bald liegt die Stadt weit hinter ihnen und unter ihnen nichts als das spiegelglatte Meer. Wo sie Brust an Brust und Bauch an Bauch sich berühren, wird es so heiß, dass sie fürchtet, im Flug zu verglühen. Sie sehnt sich nach einem Sturz in das Meer der Ruhe. Und als dieser Sturz endlich kommt, nach einem gewundenen, steilen Weg in die Höhe, einem letzten Zögern vor dem Sprung kopfüber ins Nichts, entfährt ihr im Fallen ein Schrei. Benommen liegt sie mit offenen Augen, sie ist nicht zerschellt, nicht ertrunken. Aufgelöst fühlt sie sich und durchströmt von Kraft, die vom Kopf bis in die Zehen pulsiert. Das ist das erste Mal für sie, das erste Mal, dass es sich so anfühlt.

»One of these mornings«, krächzt eine Stimme in ihr Ohr, »you're gonna rise, rise up singing. You're gonna spread your wings, child, and take, take to the sky.« Sie schaltet den Radiowecker aus, springt von der Matratze. Die Umzugshelfer können jeden Moment klingeln!

In Jeans und T-Shirt, den letzten noch nicht weggepackten Sachen, die sie für diesen Tag herausgelegt hat, läuft sie die Treppen hinunter zum Briefkasten. Wie jeden Morgen seit ein paar Wochen befiehlt sie ihrem Herz, mit dem Hämmern beim Anblick des Blechkastens aufzuhören, doch heute ist es seit dem Erwachen in Aufruhr. Sie wirft einen Blick auf das Kuvert, es fällt ihr aus den Händen. Die Zeitschrift … der Wettbewerb! Es kann nur eine Absage sein. Eine Einladung zur Ausstellung mit den preisgekrönten Fotos der anderen. Sie setzt sich auf die Stufe und reißt das Kuvert auf.

Da blickt er sie an, der Mann mit dem in den Nacken gelegten Kopf zwischen den Hinterköpfen und Rücken der anderen, sein vom Mond beschienenes Gesicht – im Hintergrund das Schaufenster mit dem Bildschirm, über den die Mondlandung flimmert. Benommen sitzt sie da, fassungslos und durchströmt von Freude. Es ist das erste Mal, dass sie für ein Foto Geld bekommen und dass es öffentlich zu sehen sein wird. Lächelnd liest sie den Titel der Ausstellung: »Ein kleiner Schritt für einen Menschen, aber ein großer Sprung für die Menschheit«.

Und manches, denkt sie, während sie hört, wie der Umzugswagen vorfährt, ist ein winziger Schritt für die Menschheit, aber ein großer Sprung für einen Menschen. Zum Beispiel für Elsa, geschiedene Mitchell, adoptierte Helbig, geborene Springer.

Dinge, die sich nicht ändern lassen

Die Rückseite des Instituts ist unsichtbar von der Kreuzung Wilhelm-Pieck-Straße und Prenzlauer Allee, über die Trabis knattern und Trams rattern. Die Bürokammern mit Blick zum Hof wenden der Stadt den Rücken, und die Sonne dringt nicht vor bis in die unteren Etagen des Innenhofs. In diese stets dunklen und kühlen Kammern wurden die Lesegeräte verbannt. »Verbannte« nannte man auch die Leser vor den Geräten, »nach Sibirien« den Gang in die rückwärtsgewandten Räume. Wer dort saß, wurde vergessen und vergaß – sich selbst und die Zeit und darüber nicht selten auch den Grund seines Aufenthalts und das Ziel seiner Suche. Denn um etwas zu suchen und zu finden, saß man ja dort, vor den großen, knarzenden Lesegeräten. Starrte und starrte, drehte den Knopf, sah Seite für Seite alter Zeitungen vorüberziehen. Dafür brauchte man kein Licht, nur Geduld und die Zuversicht, sicher zu sein, hier, wo die Uhren anders gingen.

Bernhard ist jetzt oft in Sibirien, sooft er kann, sooft man ihn lässt. Sitzt Stunden um Stunden am Lesegerät, lässt Jahrgang für Jahrgang der »Roten Fahne« vorüberziehen. Freut sich über jede weiße Seite, der Zensur einer vergangenen Zeit geschuldet. Von Zeit zu Zeit hebt er den Kopf, sein Blick bleibt gedankenverloren am Porträt eines Menschen hängen, der sich verdient gemacht hat um Partei und Arbeiterklasse. Er hört keinen Laut und weiß doch, dass im ganzen Gebäude, in den zahllosen kleinen Räumen, eine Menge Leute sitzen, zwischen Wandbildern,

Regalen, Vorhängen, auf harten Stühlen und an Tischen, deren kühle Sprelacartbeschichtung noch jeden Schweiß überstanden und manchen Büroschlaf vereitelt hat.

~

Bernhard ist einer der letzten in der Zeitungsredaktion. Der Regen prasselt gegen die großen Fensterscheiben des ND-Gebäudes, die Welt da draußen ist ein einziger Wasserfall. Vielleicht sollte er einfach hierbleiben und die Nacht durchschreiben. Nachts allein mit dem Regen lässt es sich aushalten in der Redaktion, und von seinem Beitrag für die erste Ausgabe der neu gestalteten Zeitung sind erst wenige Zeilen verfasst. Wahrscheinlich wird er am Ende gar nicht gedruckt, wen interessieren schon die revolutionären Traditionen der Arbeiterpresse? Niemanden vermutlich, außer ein paar Institutskollegen. Trotzdem wird er in den nächsten Tagen noch einmal ins Institut gehen, in die Wilhelm-Pieck-Straße 1, um sich einige Jahrgänge der »Gleichheit« anzuschauen.

Er hält es nicht längere Zeit aus, ohne wenigstens ein paar Stunden dort zu sein. Im Jonass, Elsas und seinem alten Spielplatz, der nun schon so lange ein Arbeitsplatz für ihn ist. Immer öfter ertappt er sich bei dem Wunsch, es wäre sein einziger Arbeitsplatz. Immer schwerer fällt es ihm, für das Neue Deutschland zu schreiben. Aber schreiben will er. Schreiben muss er. Also nutzt er jede Gelegenheit, jeden Grund, jeden Vorwand, von der Redaktion ins Institut zu wechseln, dort in Archiven zu graben und über die Geschichte zu schreiben. Die Geschichte vor '45, wenn irgend möglich.

Die Kollegin aus der Wissenschaftsabteilung hat sich in einer der letzten Redaktionssitzungen beschwert, dass die Geschichte der Arbeiterbewegung hier im Blatt nur als Männergeschichte aufgeschrieben würde. »Olle Kamellen«, hat ein Wirtschaftsredakteur gemurmelt, »Weiber von damals«, und sich dafür einen Rüffel vom Chefredakteur eingehandelt, verbunden mit einem verschwörerischen Grinsen. Aber Rüffel ist Rüffel und hat Folgen zu zeitigen, und im Ergebnis ist ihm, dem zuständigen Schreiber für olle Kamellen, der Auftrag erteilt worden, in seinen nächsten Texten mehr auf die Gleichberechtigung zu achten und zu diesem Zwecke Clara Zetkins »Gleichheit« zu durchforsten. Könnt ihr haben, denkt Bernhard, und freut sich darauf, wieder ein paar Tage im Institut sitzen zu können und nicht in die Redaktion zu müssen. Und auch nicht früher als nötig nach Hause.

Bernhard wird durch die Rohrpost aufgeschreckt, die ein wichtiges Papier von A nach B transportiert und nicht in seinem Zimmer haltmacht. Er beschließt, draußen auf dem Gang eine Zigarette zu rauchen. Vor dem Paternoster stellt er fest, dass er doch nicht der Letzte im Haus ist, aber für einen Rückzug ist es zu spät, der Kollege winkt ihn zu sich. Ausgerechnet einer aus der Abteilung Parteileben.

»Soll ich dich ein bisschen agitieren«, fragt er und grinst ihn an. »Dass man nicht mit Heißluftballons durch die Luft fliegt, weil das staatsfeindliches Handeln und zudem eine Gefahr für Leib und Leben darstellt? Und nicht nur das. Der Diebstahl heißer sozialistischer Luft führt zur Schwächung unseres Landes und dient dem Feind.«

Bernhard weiß, wovon der Kollege spricht. Vor vier Tagen haben zwei Familien aus Thüringen mit einem Heißluftballon die Reise nach Bayern angetreten – und sind durchgekommen. Ein verdammtes Glück müssen die gehabt haben, denkt er und schweigt lieber. Auch wenn der Kollege einen lockeren Ton anschlägt, es kann eine Falle sein.

»Habt ihr schon die Argumente zusammen, mit denen wir alles wieder geraderücken können?«, fragt Bernhard und zündet sich die Zigarette an. Dass er irgendwann mal mit dem Rauchen anfangen würde, hätte er nicht gedacht. Eigentlich war der Vater mit seinem Knaster abschreckend genug. Aber nach Karlas Tod hat er sich die erste Schachtel seines Lebens geholt. Fünf Zigaretten hintereinander am Tag der Beerdigung, danach gekotzt, Schachtel weggeschmissen, zwei Tage später eine neue gekauft.

Und nun? Eine Schachtel am Tag, wenn es schlecht läuft. Luise macht ihm hin und wieder die Hölle heiß, wenn sie zu Besuch kommt. Elsa hat ja noch als halbes Kind angefangen und ihm später erzählt, dass es an der alten Hexe läge, die sie auf die Welt geholt hat im Kaufhaus. Eine tolle Entschuldigung. Nun ist er also auch im Club, und vor zwei Monaten ist es das erste Mal passiert. Die Welt fing an, sich zu drehen, und das Herz geriet aus dem Takt. Nächste Woche muss ich wirklich zum Betriebsarzt, denkt er, es geht doch nicht an, dass man mit fünfzig schon so aus dem Rhythmus gerät. Er versucht sich wieder auf das Schwatzen seines Kollegen zu konzentrieren.

»Bestarbeiterkonferenz«, sagt der und sieht ihn fragend an. Bernhard rätselt, wie der Satz davor gelautet haben mag. Der Kollege guckt weiter, aufmunternd, auffordernd. »Ja«, sagt Bernhard und nickt. Der Kollege lächelt. »Gut, dann wirst du uns bei der Berichterstattung unterstützen. Bei der Bestarbeiterkonferenz.«

Kaum möglich, jetzt noch zurückzurudern. Das hat er nun von seiner Raucherei. Obwohl es schon drei Jahre zurückliegt, denkt er noch immer mit Grausen an den Parteitag. Da hatte er die Aufgabe, die schriftlich vorliegenden Reden mit dem gesprochenen Wort zu vergleichen. Irgendwie war ihm nie zuvor so deutlich geworden, wie eintönig und rhetorisch haltlos diese ganzen Reden waren. »Für jedermann treten die Vorzüge des Sozialismus deutlich hervor. Das Vertrauen der Werktätigen in die Partei der Arbeiterklasse wächst.« Durch Bernhards Kopf ziehen wie auf Spruchbändern die Sätze, die er damals gelesen und mit dem gesprochenen Wort verglichen hat. Kann sein, dass die Bestarbeiter ein anderes Blatt vor den Mund nehmen, aber sicher kein bunteres. »Für einen Tag kannst du mich einteilen«, hört er sich sagen und macht auf dem Absatz kehrt.

Zurück im Zimmer beschließt er, doch nach Hause zu gehen, solange hier noch Bestarbeiterkonferenzbeauftragte die Gänge unsicher machen. Scheiß auf den Regen, er braucht ein Bier, den Fernseher und vielleicht eine Wanne voll warmen Wassers. In zehn Minuten fährt der nächste Bus, das Auto hat er stehen lassen, weil ihm das Geräusch verdächtig vorkam, das es gestern Abend beim Fahren produziert hat. Klingt nach Vorschalldämpfer, also nach ernsten Sorgen. Als Redakteur beim Zentralorgan fehlten ihm an dieser Stelle die entsprechenden Beziehungen, er hatte nichts zu bieten, wofür ihm jemand unter der Hand einen Vorschalldämpfer besorgen würde. Er könnte zwar Charlotte fragen und die ihren Mann. Aber lieber lässt er die Karre erst mal stehen, als sich ein Autoersatzteil von der Firma besorgen zu lassen. »Durch die Firma«, sagt er und schiebt im Kopf hinterher »beim Konsum«. Das ist zwar genauso falsch gesagt, aber jeder verstünde es. Zum tausendsten Mal nimmt er sich vor, einmal nachzuhaken, warum man hierzulande sofort weiß, wovon die Rede ist, wenn jemand sagt: »Der arbeitet beim Konsum.«

Zum Glück hat der Regen nachgelassen, und der Bus kommt pünktlich. Am Leninplatz steigt Bernhard aus, so springen wenigstens ein paar Meter heraus, die es zu laufen gilt, bis er vor der Haustür steht. Das mit dem Herzklabaster macht ihm wirklich Sorgen. Herzklabaster, wer hat das denn immer gesagt? Muss Marie gewesen sein, die verfügte über ein ganzes Wörterbuch voll komischer Begriffe, die Charlotte und er als Kinder nie verstanden, aber voller Begeisterung zu passenden wie unpassenden Gelegenheiten zum Einsatz brachten. Herzklabaster, Kladderadatsch, Mischpoke, alter Fetzen. Jetzt muss er doch grinsen, obwohl ihm beim Laufen die Nässe in den Kragen läuft. Alter Fetzen wurden gleichermaßen nette Kinder,

Uraltfreunde und gutmütige Hunde genannt. Es gab mal einen Hund in ihrer Familie, der so gerufen wurde. Erst Fetzen und dann alter Fetzen. Hier im Dunkeln und bei Regen kommt das Bernhard plötzlich so komisch vor, dieser alte Fetzen von einem Hund, dass er laut lachen muss. Und zack, macht sein Herz einen Satz, stolpert dreimal über sich selbst, setzt kurz aus und kriegt sich wieder ein. Er bleibt stehen, mit offenem Mund, und atmet leise und flach gegen die Angst.

Zu Hause geht Bernhard sofort ins Bad, lässt Wasser in die Wanne laufen und nimmt sich ein Bier aus dem Kühlschrank. Auf dem Küchentisch liegt ein Brief von Elisa. Jedes Mal, wenn er daran denkt, dass es nun schon zwei Frauen mit so ähnlichem Namen in seinem Leben gegeben hat oder gibt, wird ihm seltsam zumute. Manchmal findet er es geradezu frevelhaft, dass er sich – zwei Jahre nach Karlas Tod – auf ein Liebesverhältnis eingelassen hat und dieses Liebesverhältnis ausgerechnet Elisa heißt. Karla würde sich im Grabe umdrehen, hat er gedacht, als er die erste Nacht mit der zehn Jahre jüngeren Frau in der Wohnung verbrachte. Derselben Wohnung, in der er so viele Jahre mit Karla gelebt und seitdem nur wenig verändert hatte. Und noch schlimmer fand er, dass sie ihn, als er sie kennenlernte, tatsächlich an Elsa erinnerte.

Bernhard zieht sich aus, schmeißt die Klamotten in den Wäschekorb und stellt sich vor den Spiegel, der vom heißen Badewasser beschlagen ist. So kann er sich nur verschwommen erkennen und sieht plötzlich Wilhelm vor sich stehen. Nie ist ihm die Ähnlichkeit, die andere immer und immer wieder bescheinigt haben, dermaßen aufgefallen wie in diesem Augenblick. Als müsse er erst unscharf werden, um den Vater in sich sehen zu können. Nicht ganz so kantig sein Gesicht und auch die Nase ein bisschen gefälliger. Aber Haare, Augenbrauen und Augen, Kinn und Mund, das alles ist Wilhelm, wie er leibt und lebt.

Leibte und lebte. Inzwischen ist er ja nur noch ein Schatten des einstigen Zimmermanns, der mit seinen zwei rechten Händen alles richten konnte, was defekt war, und fast alles bauen, was gebraucht wurde. Er nimmt das Handtuch vom Haken, wischt den Wasserdampf vom Spiegel, und da erscheint er wieder, Bernhard und nicht Wilhelm Glaser. Mit schmaleren Schultern, weicherem Mund und vollerem Haar. Den kleinen Leberfleck über der rechten Augenbraue hat er von der Mutter geerbt, die in seinem Kopf nur noch als Schemen geistert. Eine körperlose Stimme. Mariechen saß weinend im Garten, summt er und lässt sich mit einem tiefen Seufzer in die Wanne rutschen, dass es überschwappt.

Da liegt er nun, die Flasche außer Reichweite. Das schafft er irgendwie nie, an die kühle Bierflasche in Reichweite der heißen Wanne zu denken, obwohl doch sein ganzes Sehnen auf diesen Moment gerichtet ist. Auch Elisas Brief liegt jetzt außer Reichweite, aber das ist kein Versehen. Bernhard lässt sich tief ins Wasser sinken, bis nur noch der Kopf aus dem Schaum herausragt, und denkt an Elisa aus Merseburg und daran, dass er beim Pressefest für einen kurzen Moment geglaubt hatte, da stünde seine Elsa. Mit dem Rücken zu ihm, in dem ärmellosen Kleid, so groß wie Elsa und mit halblangem, hellbraunem Haar stand sie da, die Frau, und redete mit jemandem aus der Berlinabteilung. Und er dachte, Elsa, wie kommst du denn hierher, pirschte sich heran und sah, dass es nicht mehr als ein kleiner Irrtum oder ein großer Wunsch gewesen war. Von der Seite gesehen hörte es schnell auf mit der Ähnlichkeit. Trotzdem musste sie bemerkt haben, dass da irgendetwas war bei ihm, ein Wiedererkennen oder eine Sehnsucht, denn sie schickte ein kleines Lächeln herüber und zwinkerte ihm zu. Das war ihm in seinem Leben noch nicht passiert, dass ihm eine Frau zuzwinkert, und brachte ihn schön aus der Fassung. Er starrte die Frau an, nicht mit offenem Mund, aber wahrscheinlich nicht weniger dümmlich, und als er weiterziehen wollte, um seine Ehre halbwegs zu retten, schlenderte sie geradewegs auf ihn zu und sagte: »Haben wir uns nicht schon mal irgendwo gesehen?« Da musste er laut lachen und sagte: »Leider nicht, aber Sie sehen einer Frau ähnlich, die ich sehr gut kenne«, und dachte im gleichen Moment, was bist du für ein Vollidiot, jetzt wird sie dich in festen Händen vermuten und einen Rückzieher machen. Aber dem war nicht so. »Und ist die Frau auch hier, damit ich sie kennenlernen kann?«, fragte sie und sah sich um, als könnte Elsa ganz in der Nähe stehen. »Die wohnt in Westberlin und war sozusagen meine … Kaufhausfreundin.« Die Frau nickte, als hätte das alles seine Logik, streckte die Hand aus und stellte sich vor. »Ich bin Elisa Wiedemann, aus Merseburg.« Und er hörte, was er vielleicht hören wollte: Elsa Wiedemann aus Merseburg. Das haute ihn um. Das haute ihn so um, dass er zum zweiten Mal innerhalb weniger Minuten ausgesehen haben muss, als hätte er nicht alle Tassen im Schrank. Und dann stammelte er, dass sie tatsächlich genauso hieße wie seine Kaufhausfreundin aus Kindertagen. Oder nicht genauso, denn nur der Vorname sei natürlich derselbe, aber auch das käme doch schon einem großen Zufall gleich, dass er erst gedacht habe, hier stünde Elsa und dann steht da eine Elsa. Als er zu Ende gestammelt hatte, lachte die Frau so laut, dass sich ringsum alle nach ihnen umdrehten. »Darauf müssen wir was trinken«, sagte sie und hakte sich bei ihm unter, als seien sie nun alte Bekannte. »Obwohl das Pünktchen auf dem i fehlt. Ich heiße nämlich Elisa.«

Und diese Elisa hatte weit mehr als ein Pünktchen auf dem i zu bieten, und alles nahm rasant seinen Lauf. Er konnte sich nur noch wundern über sich selbst, wo er doch immer gedacht hatte, nach Karlas Tod wäre ihm die Sache mit den Frauen ein für alle Mal vergangen. Aber vielleicht hatte er sich das auch nur selbst verordnet und sich dabei immer gesehnt nach Zweisamkeit. Nicht weil die Lücke zu füllen war. Das geht ja nicht, eine Lücke zu füllen, die jemand gerissen hat, indem er sich einfach davonmacht. Aus dem Leben schleicht. So hat er es damals gedacht, an jenem Tag, der sein Leben und das von Luise so verändern sollte.

Bernhard steigt aus der Wanne, obwohl das Wasser noch immer eine angenehme Temperatur hat. Aber die Badewanne ist auch der Ort, wo er am meisten und am schlimmsten ins Grübeln kommt. Manchmal liegt er da, bis das Wasser kalt ist und die Haut geschrumpelt und bleich, sodass sie aussieht, als fiele sie ihm gleich vom Leib. In den ersten Monaten nach Karlas Tod war das wie eine Katatonie. Dieses Wort ist ihm mal untergekommen, er fand es treffend für vieles, nicht nur für seinen Badewannenzustand, und benutzte es in einem Kommentar über den Niedergang des Imperialismus. Heute weiß er nicht mehr, was der Anlass gewesen war, dass ausgerechnet er einen solchen Kommentar schreiben musste. Jedenfalls haben sie ihm das Wort Katatonie rausgestrichen, weil der Arbeiter so was nicht versteht. »Mein Vater versteht so was«, hatte er, schon im Rückzug begriffen, gesagt und die Antwort bekommen: »Dein Vater ist Genosse.«

Also blieb das Wort seinem Badewannenzustand vorbehalten, der dadurch ausgelöst wurde, dass ihm immer und immer wieder die gleichen Bilder in den Kopf kamen. Wie er nach Hause fährt, nachdem Luise ihn in der Redaktion angerufen hat, um zu sagen, dass sie nicht in die Wohnung kommt, weil die Mutter die Tür nicht öffnet. Und sie wissen wollte, ob Karla angekündigt hatte, irgendwohin zu gehen. Hatte sie nicht, sie war krank, seit Tagen schon. Eine Krankheit, die mehr mit Schwermut als mit allem anderen zu tun hatte, aber immer auch mit Schmerzen in der Brust und im Rücken verbunden war. Gerade deswegen hatte er ja mit Luise besprochen, dass sie einen Überraschungsbesuch machen sollte. Um Karla aufzuheitern oder vielleicht sogar herauszuholen aus ihrem Zustand. Luise schaffte das manchmal. Sie hatte sich einen halben Tag freigenommen bei der Bezirksredaktion des ADN in Potsdam und mitten in der Woche in den Zug gesetzt. Eigentlich lag ihr die Arbeit bei der Nachrichtenagentur nicht so, sie hätte lieber bei einer Zeitschrift gearbeitet. Aber das Volontariat beim ADN war ein Anfang, und er hatte Luise zugeraten.

So kam sie also aus Potsdam angereist, stand vor der verschlossenen Tür und hatte den Einfall, bei der Nachbarin zu klingeln und deren Telefon zu benutzen. Heute glaubt er ja, dass ihm schon bei diesem kurzen Telefonat klar geworden ist: Etwas Schlimmes musste passiert sein. Karla verließ die Wohnung nicht, wenn sie in diesem Zustand war. Sie ließ sich in der Schule krankmelden, was immer öfter vorkam, die Kolleginnen und Kollegen mussten sie vertreten und nahmen es ihr übel. Sobald er zur Arbeit gegangen war, zog sie die Vorhänge zu und legte sich ins Bett. Wenn er heimkam, kochte er und besorgte den Haushalt. So lief das, und immer lief es gleich ab. Nie hat er begriffen, welchen Auslöser es brauchte, damit Karla sich wieder fing. Was dafür verantwortlich war, dass er eines Abends nach Hause kam und die Hausarbeiten der Schüler waren korrigiert, die Stunden für den nächsten Tag vorbereitet, die Wohnung war geputzt, der Tisch gedeckt und die Frau selbst gebadet und gecremt und fröhlich dazu.

Nach Luises Anruf ist er so schnell es ging von der Redaktion nach Hause geeilt, die Treppen hoch und in die Wohnung gestürmt. Im Flur hat ihn der Mut verlassen, er stand einfach da und wollte das Leben, die Welt, die Zeit anhalten, während Luise an ihm vorbei ins Schlafzimmer lief. Erst bei dem Schrei seines Kindes ist er zu sich gekommen und hinterhergerannt in das Zimmer, wo Karla auf dem Bett lag. So verzweifelt und allein muss sie gewesen sein, dass ihr nicht einmal eingefallen war, in die Badewanne zu steigen.

Bernhard steht wieder nackt vor dem Spiegel, der noch immer beschlagen ist an einigen Stellen. Aber jetzt ist hier kein Wilhelm mehr zu sehen, nur er in seinem kleinen Elend. Und wie ist er da gelandet? Durch einen ungelesenen Brief auf dem Küchentisch. Der ihn zurückführt zu einem anderen Küchentisch und einem gefalteten Blatt Papier. »Verzeiht mir, dass ich fort muss. Sucht mich nicht. Das Leben wird ohne mich leichter. Ich liebe euch, Martha.« Karla hat keinen Satz hinterlassen, keine Bitte um Verzeihung, keinen Rat. Keinen Grund, keinen Gruß. Nur ihren Körper, unübersehbar tot. Dieses Bild hat sie ihnen für immer vermacht, Luise und ihm. Das zerschnittene Fleisch, das Blut. Ihre toten Augen. Hat ihnen jede falsche Hoffnung erspart. Er zieht den Stöpsel aus der Wanne und sieht zu, wie das Badewasser träge abfließt.

Elisas Brief ist voller Wehmut. Irgendwann ist ihm der Mut abhandengekommen für diese Beziehung und eine Entscheidung. Nun haben sie sich wochenlang nicht gesehen, er hat Dienste vorgeschoben, Termine, eine schwere Erkältung. Und ist sich jedes Mal wie ein Arschloch vorgekommen. Was ich ja auch bin, denkt er. Das hat Elisa nun wirklich nicht verdient. Und so steht es auch im Brief.

»Das habe ich nicht verdient, Bernhard, dass du mich abspeist, als sei ich eine Nervensäge, der man zu viel versprochen hat. Schreib mir einfach, wenn du es ganz zu Ende bringen willst. Dann lassen wir es. Und finden unsere Ruhe. Vielleicht. Aber lass mich nicht so im Ungewissen, hörst du.« Das ist der erste Teil des Briefes, und eigentlich müsste er jetzt Schluss machen mit dem Lesen, sich hinsetzen und Elisa schreiben, was Sache ist. Aber genau das geht ja nicht. Er kann sich nicht entscheiden.

»Letztes Wochenende bin ich nach Bad Dürrenberg gefahren und habe Salzluft geatmet. Wie wir beide zusammen im vergangenen Jahr, im Mai. Du hast gesagt, das Geräusch des tröpfelnden Wassers durch das salzige Reisig erinnert dich an etwas aus deiner Kindheit. Aber du wusstest nicht, was es war. Vielleicht ist es dir inzwischen eingefallen. Ich habe dich vermisst, als ich dort war und allein spazieren gegangen bin. Doch ich will dich nicht unter Druck setzen. Fast hätte ich bei unserem letzten Treffen gesagt, ich liebe dich, Bernhard, lass es uns versuchen. Nun bin ich froh, es nicht getan zu haben. Und traurig bin ich auch. Elisa.«

Bernhard hört die Uhr in der Küche ticken, Mitternacht wird es sein, denkt er, ich sollte mich hinlegen und schlafen. Er geht zum Schreibtisch und holt einen Stift und den karierten Block, der da immer liegt. Setzt sich hin und schreibt einen Brief an Elisa. Viel ist nicht zu sagen. »Verlass mich nicht«, schreibt er, »ich bin ein Feigling, aber ich will nicht, dass du gehst. In zwei Wochen sind wir mit der neuen Zeitung durch. Richtig neu wird sie natürlich nicht, sieben Spalten auf jeder Seite und kein Orden mehr, der uns schmückt. Du wirst es ja sehen. Ich komme dann nach Merseburg. Und wir reden, Elisa.«

Nun kann er sich endlich hinlegen und schlafen. Zumindest den Versuch unternehmen, denn es fällt ihm immer schwerer, zur Ruhe zu kommen. Seit Wilhelm im Altenheim ist, gehen ihm Abend für Abend die gleichen Dinge durch den Kopf. Dass er bald nicht mehr wird reden können mit dem Vater, dass es noch so viel zu sagen gäbe. Über ihrer beider Schicksal, die Frau verloren zu haben. Wie man damit umgeht und klarkommt und weiterlebt. Oder auch, ohne damit klarzukommen, weiterlebt. Zuerst konnte und wollte er Wilhelm nicht fragen, und nun ist es zu spät dafür. Gerade, dass Wilhelm sich noch an Martha erinnert. Wenn es ihm gut geht. Morgen gehe ich ihn besuchen. Gleich nach der Arbeit. Das ist der letzte Gedanke des Abends, und der tröstet Bernhard in den Schlaf.

Wilhelm hat einen guten Tag. Als Bernhard ins Zimmer kommt, steht er zur Begrüßung auf und umarmt ihn. Sein Zimmergenosse liegt reglos im Bett und sagt kein Wort. Er könnte ebenso gut tot sein. Wilhelm zieht Bernhard aus dem Zimmer, runter in die Rabatten, wie er sagt. Dort fragt er als Erstes nach Zigaretten, und Bernhard hält ihm die Schachtel hin. »Alte Juwel«, sagt Wilhelm und strahlt. »Ist doch ein anständiges Kraut. Bist du umgestiegen?«

»Gab nichts anderes, Club waren alle«, antwortet Bernhard, und Wilhelm rümpft die Nase. Club ist Intellektuellenzeugs, findet er, das raucht der Arbeiter nicht. »Ich bin doch auch kein Arbeiter«, hat Bernhard immer gesagt, wenn diese unsinnige Diskussion aufkam. »Dann rauch Karo, das ist auch für Intellektuelle angebracht«, hat Wilhelm oft geantwortet und im gleichen Augenblick angefangen zu lachen. Für Karo war sein Sohn wirklich nicht hart genug.

Bernhard will wissen, wie es dem Vater geht, und der gibt erstaunlich bereitwillig Auskunft. Redet über das Essen, während die beiden auf der Bank eine paffen, über die anderen Alten und die Langeweile der Tage, die nicht vergehen.

»Kannst du mich nicht zu dir nehmen?«, fragt er auf einmal.

Bernhard ist völlig sprachlos. Wenn Wilhelm ihn um so etwas bittet und seinen Stolz überwindet, dann muss es hier schrecklich sein. Er legt dem Vater die Hand auf die Schulter. »Wir könnten es versuchen. Zur Probe für ein Wochenende. Und wenn es gut läuft, ziehst du bei mir ein.«

Im Grunde seines Herzens ist ihm elend bei dem Gedanken. Er hat sich so mühevoll an das Alleinsein gewöhnt, und es wäre sicher nicht einfach mit dem Vater in der Wohnung. Wenn Elisa zu Besuch kommt zum Beispiel. Aber nun ist es gesagt, und Wilhelm sieht so froh aus. Vielleicht klappt es ja auch gar nicht, denkt Bernhard. Aber einen Versuch bin ich ihm schuldig. Mindestens das. Beim Abschied lehnt Wilhelm seinen Kopf an Bernhards Schulter.

Am nächsten Tag ist der Himmel blau. Die Bäume sehen nach der windigen Regennacht gerupft aus, nasse Blätter kleben auf den Bürgersteigen. Bernhard steigt ins Auto und schreckt auf, als ihm ein fürchterliches Knattern ins Ohr dringt. Verdammt, der Vorschalldämpfer. Oder Nachschalldämpfer, wie soll er das wissen. Wilhelm hätte das gute Stück nur einmal anfassen müssen, um herauszubekommen, was Sache ist. Aber jetzt hatte es keinen Sinn mehr, ihn in solchen Dingen um Rat zu fragen.

Im Büro trifft er als Erstes auf den Abteilungsleiter, der ihm die Hand gibt wie an jedem der ungezählten Tage, die sie nun schon dicht beieinanderhocken und miteinander arbeiten. Der Reflex des Händeschüttelns ist ihm so in Fleisch und Blut übergegangen, dass er dem Chef beinahe die Hand entgegengestreckt hätte, als er ihn eines Morgens zuerst auf der Toilette antraf. Noch bevor er sich die Hände gewaschen hatte.

»Wir müssen noch mal über die Planung zum Jahrestag reden«, sagt der Abteilungsleiter. »Da gab es Ärger mit dem Hohen Haus. Ich muss mich erst schlaumachen, was unser Ex da will und meint.«

»Unser Ex war hier mal Chefredakteur und sollte auf unserer Seite stehen«, sagt Bernhard und ist sich der Unsinnigkeit dieses Satzes bewusst. Ausgerechnet der, denkt er, jetzt, da er im Politbüro sitzt, will er sich wahrscheinlich gar nicht mehr erinnern.

Das Gespräch über die Planung zum Jahrestag ist so unerquicklich, dass es die Sau graust. Murmelt eine Kollegin, die neben Bernhard sitzt und aussieht, als mache sie sich ununterbrochen Notizen, während doch nur Gekrickel und Gekrakel auf ihrem Blatt erscheint. Dabei werden hier richtige Reden geschwungen, als höre jemand mit und schreibe auf, wie sie sich mühen, um es höheren Orts zu berichten. Tut ja vielleicht auch jemand, denkt Bernhard und schämt sich für diesen Gedanken.

»Wir müssen in den Vordergrund unserer Berichte stellen,

dass es uns gelungen ist, die materiell-technische Basis zu stärken. Unsere zentral geleiteten Betriebe sind Motor der Wirtschaft. Wir müssen über unsere neuen Produktionsstätten berichten und zeigen, dass die Betriebsparteileitungen schöpferisch die Beschlüsse der Partei umsetzen.« Bernhard wüsste gern, ob solche Sätze die reine Selbstvergewisserung sind oder einfach nur Faulheit, sich eigene Sätze zu bauen. Das Gekrickel und Gekrakel der Kollegin neben ihm wird immer hektischer, um dann mit einem rigorosen Strich von links oben nach rechts unten zu enden.

Bernhard fasst einen Beschluss, während er dasitzt und Unsinn faselt wie alle anderen auch. Der Brief von Elisa, der Vater im Heim – die Gedanken spuken im Kopf und drehen sich im Kreis. Er braucht jemanden zum Reden, sonst fallen die Entscheidungen, auch wenn sie nicht getroffen werden. Und wie immer, wenn es ihm ans Herz und an die Nieren geht, denkt er an alle Frauen in seinem Leben, die ihm fehlen oder verloren gegangen sind. Also wird er heute Abend, auch wenn es spät wird, zu Luise nach Potsdam fahren.

»... wird uns dabei unterstützen«, hört er das Ende eines Satzes, dessen Anfang ihm fehlt. Alle schauen ihn an, und er nickt sicherheitshalber. Und hofft, dass es hier um die gestern verabredete Hilfe bei der Bestarbeiterkonferenz geht und er nicht durch sein Nicken jetzt noch irgendwo eingeteilt ist, ohne es selbst zu wissen.

»Jetzt brauchen wir noch was für Machmit«, sagt der Parteilebenkollege, auch wenn es nicht seine Aufgabe ist. »Fünfhundert Millionen Eigenleistungen zur Erhaltung des Wohnraums, da lässt sich doch was stricken.«

Bernhard kann nicht mehr zuhören, nicht mehr mitmachen, allenfalls noch nicken und abnicken, und wenn er nachher hundert Bestarbeiterkonferenzen am Hals hat. Er lässt die Gedanken wandern und landet an dem Abend mit Elisa, als sie ihn im

Institut besuchte. So wie damals Elsa. Und auch wenn es ihm fürchterlich schäbig vorkam, hat er versucht, den Augenblick zu wiederholen. Im gleichen Raum neben der Bibliothek, in dem Elsa ihn und er Elsa verführt hatte und der noch genauso roch wie damals. Was immer es war, das Elisa und ihn in letzter Sekunde auseinandergetrieben hat, es ist Elisa gewesen, die die Notbremse zog. Sie wand sich aus seiner Umarmung und flüsterte ihm ins Ohr: »Nicht hier.« Als wüsste sie, dass dieser Ort einer anderen Frau, einer anderen Erinnerung vorbehalten war.

Am Abend ruft der Kraftfahrer bei Bernhard an und sagt, er habe es noch mal so hinbasteln können, aber der Vorschalldämpfer würde es nicht mehr lange machen. Bernhard verspricht, sich um ein Ersatzteil zu kümmern und dass man demnächst mal einen zischen geht, als Dankeschön für die Hilfe und überhaupt. Er ist froh, mit dem Trabi nach Potsdam fahren zu können und nicht in den Sputnik steigen zu müssen. Obwohl er diese Doppelstockzüge mag, aber erst nach Schönefeld rauszujokeln, um von dort den Westen weiträumig zu umfahren, ist wirklich kein Spaß am Abend. Jetzt hat er nicht mal was zum Mitbringen für Luise, fällt ihm ein, doch um acht Uhr abends noch an etwas Nützliches, Brauchbares oder Schönes zu kommen, ist illusorisch.

In Teltow und Kleinmachnow denkt er, was er immer denkt, wenn er hier durchfährt: Ob es nicht schöner wäre, hier zu leben, in einem dieser Orte. Früher ist er im Sommer manchmal mit Karla und Luise nach Kleinmachnow gefahren, um Freunde zu besuchen. Wenn sie zusammen im Garten saßen und grillten, fand Karla es immer so schön, dass sie sich beide vorstellen konnten, in einem solchen Doppelhaus zu leben. Illusorisch war das natürlich. Die Freunde hatten drei Kinder, und er war Offizier, galt als Arbeiterklasse. Hinzu kam die Arbeit seiner Frau, die in einem Schwermaschinenbetrieb Redakteurin der

Betriebszeitung war. Alles passte für eine Doppelhaushälfte zur Miete in Kleinmachnow. Das hatte nicht mal was mit Beziehungen zu tun. Nun hat er die Freunde schon lange nicht mehr gesehen. Nach Karlas Tod noch ein, zwei Mal, dann schlief auch das, wie so vieles, ein. Eine tote Ehefrau macht einen doppelt und dreifach einsam. Die Leute können nicht damit umgehen, und man selbst weiß auch nicht, wie es gehen kann, die alten Freundschaften aufrechtzuerhalten, ohne immer aufs Neue in Trauer zu versinken.

Luise ist zu Hause. Als Bernhard das Auto parkt, sieht er, dass in ihrem Zimmer Licht brennt. Das freut ihn so, als hätte er die Tochter monatelang nicht gesehen. Vor der Tür legt er eine kurze Denkpause ein, überlegt, ob es wirklich eine kluge Idee war, weiß es nicht und klingelt.

Nicht Luise, sondern Uwe öffnet die Tür, stutzt einen Moment und ruft in die Wohnung: »Besuch für dich. Dein Vater.« Er zieht Bernhard am Jackenärmel in die Wohnung.

»Ich komme unangekündigt, stör ich euch nicht?« Bernhard will nicht aus der Jacke, bevor das geklärt ist. Luise zaubert sich zur Begrüßung ein Lächeln ins Gesicht, dass er für einen Moment glaubt, Karla stünde vor ihm. Und das treibt ihn zu sagen: »Ich hatte Sehnsucht nach dir.« Und hinterherzuschicken: »Nach euch.«

Uwe stellt eine Flasche Wein auf den Tisch.

»Ich muss fahren«, winkt Bernhard ab und gießt sich dann doch ein halbes Glas ein. Er erzählt, um keine Verlegenheit aufkommen zu lassen, von der Redaktion und dem neuen Aussehen der Zeitung, das man ab Oktober wird bewundern können. Redet über den Vorschalldämpfer und das Institut, in dem er nun bald wieder ein paar Tage verbringen wird. Redet so lange, bis Uwe aufsteht und sagt, er müsse schon mal ins Bett, denn morgen früh gehe zeitig sein Zug nach Luckenwalde. Was er da wolle, fragt Bernhard und erinnert sich, dass er einmal eine Reportage über den VEB Hutmoden schreiben musste. Da hatten sie ihm erzählt, welche neuen Kreationen es gibt, und ihm einen Männerhut gezeigt, der den Namen »Globetrotter« trug und mit dem man einfach nur albern aussah.

Uwe murmelt etwas von einem Treffen mit Freunden, die er noch vom Studium kenne. Bernhard fragt nicht nach, bei der letzten Begegnung mit den beiden war man sich in die Haare geraten. Uwe hatte durchblicken lassen, dass er in einem Gesprächskreis mitredet, in dem es um Menschenrechte geht, Frieden schaffen ohne Waffen und solche Sachen. Man habe sich Informationen besorgt, die hierzulande nicht zu haben seien. Die man nicht zu lesen bekäme, obwohl sie einen weiterbringen könnten im Denken und Tun. Damals dachte Bernhard, bevor ich zu viel weiß, will ich lieber gar nichts hören, und das sagte er auch. Luise fand es schrecklich und Uwe typisch. Jetzt fragt Bernhard sicherheitshalber auch nicht weiter nach, aber er hat das Gefühl, dass ein anderes Einvernehmen in diesem Nichtfragen liegt. Jedenfalls klopft Uwe ihm unbeholfen auf die Schulter, bevor er ins andere Zimmer geht. Vielleicht hat Luise ja eine Bresche für ihren Vater geschlagen. Wundern würde es ihn, aber freuen auch.

»Trink noch ein Glas Wein«, sagt Luise und schenkt nach. »Du kannst doch hier schlafen und morgen früh nach Berlin zurückfahren.«

Bernhard nickt. Dies ist der Tag der schnellen Entschlüsse, stellt er fest und sagt: »Ich werde Wilhelm aus dem Altenheim nehmen und zu mir holen.« Luise sieht erschrocken und zugleich gerührt aus und will wissen, wie er sich das vorstellt, wenn er den ganzen Tag arbeiten geht. »Ich weiß es nicht«, muss er gestehen. »Aber Wilhelm sah so unglücklich aus, als ich ihn besucht habe. Vielleicht sortiert sich alles wieder im Kopf, wenn er erst bei mir ist. Ich weiß es nicht.«

So richtig wissen sie es beide nicht und fangen deshalb gleichzeitig an, über ein neues Thema zu reden. Luise will wissen, wie es Elisa geht, und Bernhard will hören, wie das Volontariat beim ADN läuft.

»Erst du«, sagt Bernhard und ist froh, schneller gewesen zu sein.

»Sie haben mir jetzt den Sport aufgedrückt. Davon verstehe ich ja eine Menge.« Luise grinst. »Letztes Wochenende habe ich über Flossenschwimmen und Streckentauchen berichtet.« Das Lächeln verschwindet aus ihrem Gesicht. »Und letzte Woche habe ich vier Tage in Berlin in der Zentrale gearbeitet. War delegiert sozusagen.« Luise gießt sich ein Glas Wein ein und stürzt es hinunter.

»Da hättest du doch mal bei mir vorbeikommen können«, meint Bernhard, aber Luise schüttelt den Kopf.

»Keine Zeit. Bin abends nur noch schnell mit dem Sputnik nach Hause. Außerdem war ich deprimiert, die ganzen Tage.« Sie steht auf und geht ans Fenster, kehrt ihm den Rücken. »Eine zweitägige Beratung des Zentralkomitees der SED und des Ministerrates der DDR mit den Vorsitzenden der Räte der Kreise, den Oberbürgermeistern der Städte und den Stadtbezirksbürgermeistern zur Vorbereitung der Kommunalwahlen begann am Mittwoch im Hause der Volkskammer in Berlin. Im Mittelpunkt der Beratung stehen die Aufgaben und Erfahrungen bei der weiteren Verwirklichung der Parteitagsbeschlüsse auf kommunalpolitischem Gebiet.« Luise wird lauter und lauter und zum Schluss des Satzungetüms schreit sie fast. Dann dreht sie sich zu ihm um und flüstert: »Wie halten wir das bloß aus, Vater? Kannst du mir das sagen? Das ist doch gequirlte Scheiße, was wir da aufschreiben.«

So drastisch hat er seine Tochter noch nie reden hören. Das muss an Uwe liegen. Der Junge verdreht ihr noch völlig den Kopf. Er fühlt wieder die Enge in der Brust bei dem Gedanken, dass Luise sich verrennt und sich die Zukunft verbaut. Aber noch mehr fürchtet er, sie könnte die gleiche Krankheit wie Martha und Karla haben. Deprimiert, sie hat doch deprimiert gesagt. Das hat er doch richtig verstanden.

»Was machst du, wenn du deprimiert bist«, will er wissen, stellt sich zu Luise ans Fenster und legt ihr einen Arm um die Schultern. Ungewohnt ist das, in letzter Zeit gab es immer nur einen flüchtigen Kuss und eine angedeutete Umarmung, wenn sie sich begrüßt und verabschiedet haben. Dass sie das verlernt haben, sich fest zu umarmen, anzufassen, wenn der andere in Not ist. Er zieht seine Tochter an sich, bis ihr Kopf an seiner Brust liegt und sie die Arme um ihn schlingt. So stehen sie und reden nicht. Was sollen sie auch sagen, Luise leidet schon jetzt an ihrem künftigen Beruf, den sie sich so sehr gewünscht hat. Und er kann ihr nicht helfen.

Seltsamerweise denkt er nun an Elsa. Daran, was sie ihm von ihrer Tochter geschrieben hat vor einigen Jahren. »Stephanie ist eine Revolutionärin geworden«, hatte sie geschrieben. »Das würde dir bestimmt gefallen. Sie will die Nazirichter auf die Strafbank bringen und die ganze Welt befreien von Armut und Unterdrückung. Ihr hättet die Mauer gar nicht gebraucht, sondern einfach nur auf solche wie Stephanie setzen müssen.« Darüber hätte er gern mit Elsa geredet damals. Wie groß die Unterschiede trotzdem sind zwischen hier und da. Stephanie und Luise würden sich wahrscheinlich gut verstehen, denkt er, möglicherweise sind sie ein Kaliber. Aber das ist nur eine Vermutung.

Er hat Elsa selten gesehen in den vergangenen Jahren und immer allein. Ihre Kinder kennt er nur als kleine Kinder und später von Fotos. Und auch wenn Elsa seit ein paar Jahren wieder über die Grenze konnte, waren die Treffen mit ihr in so vieler Hinsicht kompliziert geworden. Sie brauchte die Einreisepapiere, und er musste einen neutralen Treffpunkt finden, das Institut und sein Zuhause waren aus unterschiedlichen Gründen tabu, und ein öffentlicher Ort durfte nie so öffentlich sein, dass ihm nachher wieder die Firma auf den Fersen war. Seine Weigerung damals, die Westfreundin auszuspionieren, hatte ihn genug gekostet, wer weiß, ob ihm das in seiner jetzigen Position noch einmal gelingen würde. Vor ihrem Tod war auch die eifersüchtige Karla ein Problem gewesen, und danach die tote Karla. So hatte jedes der seltenen Wiedersehen ungewollt den Charakter eines konspirativen Treffens angenommen.

Luise macht sich los von ihm, schnieft und fragt, ob er Hunger habe. Zu seiner Überraschung hat er, und sie gehen zusammen in die Küche, um ein spätes Mahl zuzubereiten. Viel ist nicht da, Brot, Margarine, ein wenig Leberwurst und Harzer Käse.

»Wer isst bei euch denn Harzer Käse?«

Luise lacht. »Uwe mag ihn. Auch wenn er hinterher elend aus dem Mund riecht. Aber er putzt sich immer die Zähne, damit er weiter seine Küsse bekommt.«

Nun getraut Bernhard sich doch zu fragen, was der Freund seiner Tochter am nächsten Tag in Luckenwalde will. Luise druckst herum und weicht aus. Sagt, dass sie froh sei, das Volontariat bald hinter sich zu haben, und überlege, ob sie wirklich weiter in Leipzig studieren möchte. Darüber ist Bernhard so erschrocken, dass er vergisst, welche Frage er gestellt hat.

»Das hat er dir doch bestimmt eingeredet, das Studium nicht zu beenden! Weißt du eigentlich, wie viele sich jedes Jahr um so einen Studienplatz bewerben? Und du willst einfach hinschmeißen, nur weil ein Theologiestudent dir das einflüstert?«

Nun ist es doch wieder passiert. Bernhard weiß, dass sie jetzt beide nicht zurückkönnen. Er weiß, dass er heute Nacht nicht hier schlafen, sondern nach Hause fahren und verzweifelt sein wird. Weil alles so verfahren ist und er sich mit seiner eigenen Tochter nicht einigen kann.

»Lass Uwe aus dem Spiel, es geht hier nur um dich und

mich. Ich liebe Uwe, und du wirst mir da nicht reinreden. Er ist morgen unterwegs, um ein Konzert in einer Kirche mitvorzubereiten. Da singt die Wegner. In Neuruppin, wenn du es genau wissen willst. Kannst du ja deinen Genossen erzählen, das ist der kürzeste Weg, ihn nach Bautzen zu bringen.«

Bernhard kann nicht glauben, dass sie das wirklich gesagt hat. Seine Tochter. Zu ihm. Da stehen sie sich gegenüber, in Luises Wohnzimmer. Zwischen ihnen zwei Meter, die sich nie wieder überbrücken lassen. Luise ist so laut geworden, dass Uwe verschlafen in der Tür erscheint. Bernhard sagt, dass er losmüsse, und bewegt sich keinen Zentimeter vom Fleck.

»Warum schläfst du nicht hier auf der Couch?«, will Uwe wissen und bietet an, schnell Bettzeug zu holen.

Luise schüttelt den Kopf. »Lass ihn fahren«, sagt sie und kämpft mit den Tränen.

Da hat es auch Uwe begriffen und geht zurück ins Bett. Bernhard holt seine Jacke, verheddert sich in den Ärmeln. Zieht umständlich die Schuhe an, bindet mit steifen Fingern die Schnürsenkel. Ohne Abschied fällt die Tür hinter ihm ins Schloss.

Dieselbe Tür, an die er ein paar Minuten später klopft. Luise öffnet so schnell, als habe sie die ganze Zeit dahinter gestanden. »Hab den Autoschlüssel vergessen«, murmelt Bernhard mit gesenktem Kopf und bleibt vor der Tür stehen. Dann schaut er Luise an. Ihr Gesicht ist verschwollen vom Weinen. »Ich bin ein sturer alter Knacker«, sagt er. »Und ich habe Angst um dich.«

Luise zieht ihn in den Flur, und er nimmt sie in den Arm. Erst steht sie ganz steif, wird langsam weicher und legt den Kopf an seine Brust. »So ist es hier«, sagt sie, »da reißt es am Ende noch die auseinander, die zusammengehören. Ich bin unglücklich in Leipzig. Ich quäle mich jeden Sonntagabend hin, Montag ist der schlimmste Tag von allen. Der beginnt morgens mit dem Seminar dialektischer und historischer Materialismus, und danach haben wir APA. Kennst du das noch?«

Bernhard nickt und schweigt. Aktuellpolitisches Argumentieren. Ob es schon damals APA hieß, weiß er nicht mehr, aber es ging auch bei ihnen nur darum, das Richtige zu sagen und keine Zweifel aufkommen zu lassen an dem, was im Zentralorgan stand, für das er nun schon so lange schreibt.

Luise zieht ihn noch einmal ins Wohnzimmer, gießt Wein in die Gläser und schaut ihm nicht in die Augen, während sie versucht zu erklären, was sie quält. Bernhard sieht erst jetzt, dass in dem wackligen Regal, das hier die obligatorische Schrankwand ersetzt, nur Bücher stehen. Kein Nippes, kein Radio, kein Fernseher, nur Bücher. Unsinnigerweise macht ihn das stolz, als sei es sein Verdienst, dass Luise nichts anderes braucht als Bücher.

»Vor zwei Wochen ist ein Kommilitone aus meiner Seminargruppe relegiert worden. Hieß das bei euch auch so?« Luise wartet seine Antwort nicht ab. »Wir haben alle, bis auf eine, die Hand gehoben, als darüber abgestimmt wurde. Zuerst wurde in der Parteigruppe abgestimmt und dann in der FDJ-Gruppe. Eine hat nicht mitgespielt und dagegen gestimmt. Eine. Es ging um Plagiat, aber eigentlich um Angst. Der Kommilitone hatte eine Arbeit abgeschrieben, zu großen Teilen zumindest. Man hat uns gesagt, das sei parteischädigendes Verhalten und eines FDJlers unwürdig. Als ob Angst mit dem Blauhemd verschwindet. Jetzt ist er weg, der Stephan. Ich hab auch für den Ausschluss gestimmt. Stell dir das mal vor. Ich habe über die ganze weitere Zukunft von jemandem entschieden, weil die Partei und die FDJ es so wollten. Dabei wusste ich, was der Grund für sein Handeln war. Die Angst eben. Der Druck.«

Bernhard gießt den Rest aus der Flasche in sein Glas. Bärenblut, ein fürchterliches Gesöff. Man sollte doch meinen, dass mit dem Sieg des Sozialismus wenigstens der Wein besser würde. Bei dem Gedanken muss er grinsen und wandelt das Grinsen in ein verlegenes Lächeln um, damit Luise nicht böse wird. Er kann nichts zu ihrem Unglück sagen. Nicht viel jedenfalls. Und schon gar nicht kann er sie darin bestärken, die Universität zu verlassen. »Luise«, sagt er, »es sind nur vier Jahre. Davon hast du die Hälfte schon hinter dich gebracht. Bitte, gib nicht auf. Beende das Studium, mach den Abschluss. Du musst doch nicht als Journalist arbeiten.«

»Journalistin«, verbessert Luise automatisch. So wie er wahrscheinlich bis an sein Lebensende Lehrer oder Journalist sagen wird, so sicher wird Luise ihn ebenso lange korrigieren. Doch jetzt geht es ihr um etwas anderes. »Du weißt, dass ich nach dem Studium drei Jahre lang meine Dankbarkeit beweisen muss«, sagt sie. »Die zentrale Einsatzkommission wird mich in irgendeine Redaktion stecken, wo ich diese Sätze schreiben werde, die vorn und hinten nicht stimmen. Und da komm ich auch nicht raus. Ihr habt mich schließlich so erzogen. Dass man dem Staat danken muss, wenn er was für einen tut. Also werde ich drei Jahre länger leiden, nach vier Jahren Studium. Wo soll das hinführen? Sag es mir.«

»Dann bekommst du eben Kinder mit deinem Uwe. Kümmerst dich erst einmal darum«, versucht er es.

Luise schüttelt den Kopf. Das ist kein Ausweg, signalisiert sie, und sagt stattdessen: »Ich bau dir jetzt ein Bett. Du hast zu viel getrunken, und es ist spät.«

Sie steht auf, und er lässt sie ziehen. Das können sie hier und heute nicht klären. Und morgen auch nicht.

Als er schon einige Minuten im dunklen Wohnzimmer auf der Couch liegt, klopft es noch einmal zaghaft an die Tür. »Herein«, sagt er, als sei dies hier seine Wohnung. Luise setzt sich zu ihm auf die Couch. Er will sich aufrichten, aber die Tochter legt ihm eine Hand auf die Brust und drückt ihn sanft ins Kissen. Sie hat eine dicke Strickjacke über ihr Nachthemd gezogen, die er noch von Karla kennt. Er fühlt, wie ihm die Augen brennen, als müsse es nun gleich aus ihm herausweinen, und schluckt und schluckt, bis das Gefühl verschwunden ist.

»Ich habe mich mit Jonas getroffen«, flüstert Luise, und im ersten Moment weiß Bernhard nicht, von wem die Rede ist. Er schaut seine Tochter fragend an. »Jonas, du weißt schon. Elsas Sohn. Er sieht Elsa unglaublich ähnlich, finde ich. Hat ein kleines Mädchen, ein paar Monate erst, und ist Musiker geworden.« Luise macht eine Pause, als sei sie sich nicht sicher, ob es gut ist, das alles ihrem Vater zu erzählen. Aber dann redet sie weiter, als sei es nun auch egal. »Jonas ist ein toller Typ. Wenn ich Uwe nicht hätte, wirklich, der könnte mir gefallen.« Bernhard sieht Luise an und staunt, aber er schweigt und lässt sie erzählen. »Jonas trifft sich hier mit Musikern, Bands. Solche, die nicht vom FDJ-Zentralrat auf Tournee geschickt werden, weißt du. Die im Prenzlberg in den Hinterhöfen spielen. Stephan Krawczyk. Solche eben.«

Luise fängt an zu stammeln. Es ist ungewohnt für sie, denkt er, über diese Dinge mit mir zu reden. Auch wenn er ganz ruhig daliegt, die Hände unter dem Kopf verschränkt, und sie anschaut, als hätten sie das schon hundert Mal geübt. So zu sprechen. Dabei ist es doch eine Premiere.

»Jedenfalls habe ich mich mit Jonas getroffen, vor zwei Wochen. Er hat mir Fotos gezeigt. Von Elsas Hochzeit. Ich wusste gar nicht, dass sie noch mal geheiratet hat.« Luise schaut ihn fragend an. Als er schweigt, fährt sie fort: »Sieht nett aus, ihr neuer Mann, wirklich. Jonas hat mir erzählt, er ist Restaurator, repariert Holzfiguren oder so. Und auf den Fotos von der Hochzeit, da war auch Opa Wilhelm drauf.«

Sie schaut ihn wieder fragend an und schweigt, deshalb muss er nun wohl oder übel doch etwas dazu sagen. Er will nicht. Ihm liegt sowieso im Magen, dass Elsa noch einmal geheiratet hat. Als habe er irgendeinen Anspruch auf die Frau, als sei es ihr verboten, sich neu zu binden. Er weiß, wie ungerecht das ist, so zu denken, wie abwegig, wo er ja schließlich auch … Aber das ändert nichts daran, es kommt ihm falsch vor, dass Elsa wieder geheiratet hat. Und als die Einladung zur Hochzeit kam, hatte er sich mit Wilhelm gestritten.

»Ich wollte nicht, dass Wilhelm fährt, hat mir nur Ärger gebracht in der Redaktion. Aber er ist gefahren, wollte Elsa unbedingt wiedersehen und Vicky. Hat mir gestanden, dass Vicky ihn auch manchmal besucht. Sie waren sogar zusammen beim Institut.« An der Stelle macht Bernhard eine Pause. Es hat ihn fürchterlich geärgert. Da kommt Vicky einfach her, besucht Wilhelm und nimmt ihn mit auf einen Ausflug zum Institut. Haben auch noch versucht hineinzukommen, die beiden. Besser, er schweigt an dieser Stelle. Sonst muss er Luise noch erzählen, dass er zur Parteileitung zitiert worden ist wegen Wilhelms Kapriolen, sich rechtfertigen musste, als ob er der Aufpasser seines Vaters wäre. Bei dem Gespräch hat er noch den großen Max gespielt. »Mein Vater ist kein Kind mehr, sondern Rentner. Der kann tun und lassen, was er will«, hat er gesagt, und ihm war nicht recht gegeben worden. Ganz förmlich ist der Parteisekretär geworden, als er ihm bedeutet hat, dass er als Genosse sehr wohl Verantwortung für das Verhalten seines Vaters habe. Schließlich arbeite er hier nicht bei einer Provinzpostille, sondern beim Zentralorgan.

Bernhard erzählt nichts von alledem, sondern streicht Luise übers Haar. »Pass auf, Mädchen«, sagt er. »Du weißt, ich kann das nicht gutheißen. Jonas mag ja ein netter Kerl sein, aber er kommt von drüben. Die denken anders, leben anders und wollen etwas ganz anderes als wir. Vergiss das nicht.« Nun hat er argumentiert, als sei der Sohn von Elsa ein Ausländer. Dabei könnte er unter anderen Umständen, denkt er, unser gemeinsamer Sohn sein, der von Elsa und mir. Und Luise unsere gemeinsame Tochter. Ach, was er da denkt, begeht Verrat an allen und allem, es ist zum Verrücktwerden. Luise nickt, und Bernhard kann sehen, dass sie enttäuscht ist. Aber daran ist nichts zu ändern.

Am nächsten Morgen ist keine Zeit mehr, um über wichtige

Dinge zu reden. Bernhard trinkt mit Luise im Stehen einen Kaffee und drückt sie zum Abschied noch einmal an sich. Wenigstens das haben sie an diesem Abend gelernt: sich wieder zu umarmen. Er steigt in sein Auto und winkt Luise, die am geöffneten Fenster steht. Fährt in die Redaktion und ist schon nach zwei Stunden wieder im Trott, den er so gut kennt und der eine Verlässlichkeit hat für ihn und ein Trost sein kann, wenn man sich zu viele Gedanken macht über Dinge, die sich nicht ändern lassen.

Am Nachmittag geht er ins Institut in die Wilhelm-Pieck-Straße. Diesmal hat er dem Ressortleiter anderthalb Tage abgeschwatzt, um Recherchen über die 1879 gegründete Zeitung »Sozialdemokrat« anzustellen. Er wird einen Text für die Geschichtsseite schreiben. »Mit Hilfe der Zeitung begannen die marxistischen Kräfte, eine einheitliche Strategie zu entwickeln, und setzten die Geschlossenheit der Partei bei politischen Aktionen durch. Das damalige Zentralorgan erwies sich als wichtiges Instrument, um Prinzipien des demokratischen Zentralismus auch unter dem Ausnahmegesetz zu gewährleisten.« So oder ähnlich könnte er den Text hier in der Redaktion an seinem Schreibtisch verfassen, auch ohne noch einmal ins Institut zu gehen. Das ganze Wissen ist von den Lesegeräten dort in seinen Kopf gewandert, aber das muss der Ressortleiter nicht wissen. Übermorgen wird er Wilhelm zur Probe nach Hause holen. Bis dahin braucht er ein bisschen Ruhe und Entspannung, und dafür gibt es keinen besseren Ort als das Institut, irgendeinen Platz in einem hässlichen Arbeitsraum oder in der Bibliothek, zwischen alten Kamellen und zukunftsfrohen Sätzen.

Im Institut freuen sie sich, ihn zu sehen, inzwischen hat er hier viele gute Bekannte. Der Pförtner begrüßt ihn und fängt einen Schwatz an über Fußball und den letzten regennassen Sonntag im BFC-Stadion. Im Lesesaal bekommt er eines der fünf Mikrofilmlesegeräte, er kann in Zeitungen stöbern und so tun, als sei er beschäftigt. Dieses Sitzen und Starren hat etwas Meditatives. Es ruiniert die Augen, aber Bernhard mag es. Er mag es sehr. Kurbelt sich von Ausgabe zu Ausgabe und kommt vom Hundertsten ins Tausendste, notiert hin und wieder etwas in sein liniertes hellblaues Schulheft. Diese Hefte benutzt er nun schon so viele Jahre für all seine Notizen. Was er hier aufschreibt, wird er wahrscheinlich nie wieder brauchen. Hingekritzeltes Zeug ohne Sinn und Verstand, nur um im Institut sitzen zu können und beschäftigt auszusehen. Er muss Elisa schreiben, dass Wilhelm vielleicht zu ihm ziehen wird. Wahrscheinlich denkt sie dann, er hat nur eine weitere Ausrede gefunden, nach den Überstunden und schweren Erkältungen, um sie nicht zu sehen.

Er erschrickt, als ihm jemand auf die Schulter tippt, und stößt mit dem Kopf an das Lesegerät. »Hab ich dich geweckt«, tönt hinter ihm eine Stimme. Der stellvertretende Institutsdirektor, weiß er, noch bevor er sich umdreht. Sie treffen sich nicht allzu oft, meist nur hier im Institut, manchmal noch nach Feierabend auf ein Bier, nie zu Hause. Aber es gibt zwischen ihnen eine unausgesprochene Sympathie.

»Franz, was machst du hier im Lesesaal?«

»Schauen, ob die Nutzer schlafen oder dösen. Kommst du mit in die Kantine?«

Wie so oft gibt es Makkaroni mit Tomatensoße. »Kindergartenessen«, schimpft Franz und pikt mit der Aluminiumgabel in Jagdwurststückchen, die in der Tomatensoße schwimmen. »Können die hier nicht mal was Anständiges für Männer kochen?«

Bernhard grinst. Er mag dieses Essen, es erinnert ihn an die Zeiten, als Luise noch in den Kindergarten ging und nichts anderes essen wollte als Makkaroni mit Tomatensoße. Roni mit Dose hat sie das genannt. Jetzt muss er lachen beim Gedanken an Luises ernstes Gesicht, das sie immer gemacht hat, um ihrer Forderung Nachdruck zu verleihen. Roni mit Dose.

»Woran denkst du?«, will Franz wissen.

»An Luise, als sie noch ein kleines Mädchen war und Makkaroni ihr Lieblingsessen.«

Franz lächelt und schiebt seinen Teller beiseite. »Wie geht es dir«, fragt er, und Bernhard weiß, dass ihn das wirklich interessiert. Also erzählt er ein bisschen. Von Wilhelm und von Elisa.

Franz sagt, er solle sich die Elisa schnappen und festhalten. »In unserem Alter ist das auch nicht mehr so einfach mit den Frauen. Wenn du keine hast, solltest du zusehen, dass du eine findest. Und Karla ist lange genug tot.«

Franz kann grob sein, das kennt Bernhard, und es macht ihm nichts aus. Vielleicht hat er gerade deshalb Vertrauen zu Franz gefasst, weil der es ehrlich meint, und hat ihm schon mehr erzählt als manch anderem. Nur von der Nacht im Katalograum, der Nacht mit Elsa, weiß Franz genauso wenig wie irgendjemand sonst.

»In unserem Alter ist man auch nicht mehr von der schnellen Sorte«, gibt er zurück.

Franz nickt. »My home is my castle«, sagt er und lächelt schief. »Ich musste einen Englischkurs besuchen. Hat mir die Partei aufgedrückt, damit ich mit den Genossen aus dem Kommon Wels reden kann. Dafür bin ich auch zu alt. Russisch muss reichen. Am Ende habe ich mir nur die ganzen Sprüche gemerkt. To be or not to be. Aber deine Elisa, die wird dich jung halten.«

Manchmal mehr, als mir lieb ist, denkt Bernhard. Elisa Wiedemann hat Temperament. Scheint am Vornamen zu liegen, die Elisas und Elsas dieser Welt lassen sich nicht die Butter vom Brot nehmen. Er erzählt Franz die Geschichte, wie sie zwei Monate zuvor auf der Autobahn nach Leipzig angehalten worden sind. Elisa war zu schnell gefahren. »Mit einem Trabi zu schnell gefahren, das muss man sich mal vorstellen. Da haben sie uns rausgewunken, zwei Polizisten, und nach den Papieren gefragt. Und Elisa holt die Papiere aus der Handtasche und fragt die beiden, wer von ihnen lesen kann.« Franz lacht schallend, und auch Bernhard muss grinsen, obwohl die Geschichte ein bitteres Ende genommen hat. »Der eine Polizist nimmt also Elisas Fahrerlaubnis, klappt sie auf, holt seinen Stempel und das Stempelkissen aus der Tasche und sagt: ›HIER WIRD NICHT GERAST.‹ Und bei jedem Wort knallt er ihr einen Stempel in die Flebben.«

Franz ist beeindruckt. »Vier Stempel? Da kann sie ja von Glück reden, dass der Polizist keinen Fünfwortsatz zusammengekriegt hat. Sonst wäre sie die Fahrerlaubnis los.«

Mit dieser Geschichte trennen sie sich. Bernhard geht zurück in die Bibliothek und Franz an seinen Schreibtisch. Irgendwie ist es doch noch ein guter Tag geworden.

Am Freitag ist es so weit. Er fährt nach der Arbeit ins Altenheim und holt Wilhelm zu sich. Als er ins Heim kommt, will die Leiterin mit ihm sprechen und erklärt, es könne ihrer Meinung nach sehr wohl passieren, dass Wilhelm Glaser sich wieder besser fühlt, wenn er bei seinem Sohn ist. Eine Garantie gebe es dafür nicht, aber sie findet gut, dass Bernhard es probieren will. Endlich mal eine, die mich unterstützt, denkt er und ist der Frau, die noch sehr jung aussieht, dankbar.

Er geht in das Zimmer des Vaters und scheut wie jedes Mal vor dem Geruch zurück, obwohl er ihn inzwischen kennen sollte. Den Geruch nach alten Männern, Exkrementen und Reinigungsmitteln. Als er Wilhelm umarmt, atmet er tief ein, um herauszubekommen, ob auch sein Vater so riecht oder ob nur der Zimmergenosse die unangenehmen Düfte verströmt. Wilhelm riecht auch nach altem Mann, aber nach Wilhelm, Seife und Rasierwasser. Das erleichtert ihn, wenigstens darum wird er sich nicht kümmern müssen zu Hause, dass der Vater sich wäscht und rasiert. Er packt mit Wilhelm zusammen eine Wochenendtasche.

»Nur das Nötigste«, sagt Wilhelm. »Wir wollen ja erst üben, ob es geht.«

Dabei sieht er ängstlich aus, und Bernhard denkt: Was das Altwerden so mit einem macht. Vielleicht sollte man da gar nicht erst hinkommen. Und wer weiß, ob es ihn mit seinem Herzklabaster nicht vorher aus den Reihen nimmt. Davon weiß Wilhelm nichts, dass sein Sohn schon mit fünfzig einen Herzklabaster hat und solche Gedanken.

Zu Hause zeigt er Wilhelm das Zimmer, das er provisorisch für ihn hergerichtet hat. Eigentlich sein Arbeitszimmer, aber das tut jetzt erst mal nichts zur Sache. Ein wenig gebeugt und grauhaarig steht Wilhelm neben ihm am Fenster, nichts deutet darauf hin, dass er verwirrt ist. Aber krank wirkt er trotzdem. Bernhard fragt, ob er einen Kaffee oder lieber ein Bier möchte.

»Na, wenn du mich so fragst, ein Bier. Gehen wir nachher ein bisschen laufen?«

Bernhard weiß, worauf dieses Laufen hinausläuft. Wilhelm will mit ihm zum Haus, zum Institut. Soll er haben, sie müssen die Zeit überlisten. Er kann den Vater ja nicht den ganzen Tag hier im Zimmer sitzen lassen. Im Grunde seines Herzens ist er jedes Mal froh, wenn Wilhelm mit ihm zum Haus laufen will. Dann wird aus dem Institut wieder das Jonass, das Kaufhaus, an dem sein Vater mitgebaut hat und in dem er fast umgekommen wäre. Aber nur fast.

Als Bernhard aus der Küche mit zwei Flaschen Bier zurückkommt, hat Wilhelm einige Zeitungen vom bedrohlich hohen Stapel genommen, der neben dem Schreibtisch gewachsen ist.

»Du solltest die Zeitungen einem Fischladen geben. Die packen doch ihren Aal gern ins Neue Deutschland«, sagt Wilhelm. Darüber müssen sie beide lachen.

»Der Stapel reicht für die Aalproduktion der nächsten zehn Jahre«, grinst Bernhard und überlegt, ob er in den vergangenen Jahren je ein Stück von dem begehrten Fisch gesehen und gegessen hat. Wahrscheinlich nicht, ihm fehlen die Beziehungen für Aale und Vorschalldämpfer. »Makrele schmeckt doch fast so gut wie Aal«, sagt er und bringt Wilhelm damit noch einmal zum Lachen. Plötzlich ist er sicher, dass es ein gutes Wochenende wird mit dem Vater. Sie werden reden, Bier trinken, gegen die Verwirrung kämpfen, die im Heim so oft von Wilhelm Besitz ergriffen hat. Vielleicht versucht er auch einfach, diese Wohnung gegen zwei kleine Wohnungen zu tauschen. Es gibt bestimmt eine Menge junge Paare, die genau so etwas suchen. Drei Zimmer, Bad und Küche, da kann man gut und gern mit zwei Kindern leben. Er hat sowieso ein schlechtes Gewissen, so viel Platz für sich zu haben. Aber er konnte sich noch nicht aufraffen, etwas Neues zu suchen, obwohl Karlas Tod schon vier Jahre zurückliegt.

Bernhard trinkt den letzten Schluck Bier aus der Flasche und macht sich mit Wilhelm auf den Weg zum Institut. Zum Jonass. Wilhelm will nur von außen schauen, eine Runde ums Haus drehen, wie er es nennt, was so natürlich gar nicht geht, weil man eben nur davorstehen kann. Da stehen sie also wieder davor, wo sie immer stehen: vor dem Nikolaifriedhof, an die Mauer gelehnt. Und Wilhelm erzählt, was er immer erzählt: wie er unter dem schweren Balken lag und sich nicht rühren konnte, bis auf den einen Arm. Und wieder hört die Geschichte auf, wo Wilhelm sie immer aufhören lässt.

»So hab ich eine Ewigkeit dagelegen und auf das Gekritzel neben mir auf der rohen Wand gestarrt. ›Brüder, zur Sonne, zur Freiheit‹, stand da, ›KPD‹ und ›Augusta, ich liebe dich‹. Wir waren eine ziemlich rote Truppe auf der Baustelle, musst du wissen.«

»Und dann?«, fragt Bernhard nach, wie immer an dieser Stelle, und als Wilhelm schweigt, wie immer an dieser Stelle, fährt er selbst fort: »Dann hast du dein Messer genommen und auch was in die Wand geritzt.«

»Kann sein.«

»Was denn? Was hast du geschrieben?«

»Vergessen«, antwortet Wilhelm. »Ich muss wohl auch einen Schlag auf den Kopf gekriegt haben.«

»Hast du was über mich geschrieben?«

»Wie soll ich was über dich geschrieben haben, Junge, du warst doch noch gar nicht auf der Welt.« Aber Wilhelm sieht bei diesem Satz wie ein ertappter Lügner aus.

Zu Hause sagt Bernhard, Wilhelm solle sich ein bisschen hinlegen, während er etwas kocht. »Ich habe heute zwar schon Makkaroni mit Tomatensoße gehabt, aber gestern etwas für uns beide vorbereitet. Szegediner Gulasch, das magst du doch.«

Wilhelm nickt und lächelt. »Das mag ich sehr. Martha konnte es so wunderbar machen. Da ging nichts drüber.«

»Na, koste nachher erst mal mein Gulasch«, sagt Bernhard. »Dann wirst du schon sehen.« Nach fünf Minuten in der Küche schaut er noch einmal, ob Wilhelm sich wirklich hingelegt hat, und macht sich beruhigt an die Arbeit. Summt beim Kartoffelschälen vor sich hin und überlegt, dass er gleich morgen an Elisa schreiben und sie einladen wird. Man kann auch gemeinsam darüber sprechen, wie das mit den Wohnungen am besten geregelt wäre. Vielleicht will sie ja mit ihm zusammenziehen, hier in Berlin. Er ist etwas erschrocken über diesen kühnen Gedanken, aber im Moment scheint ihm vieles möglich. Das Leben ist gut, man kann etwas draus machen. Noch einmal geht er auf Zehenspitzen ins Arbeitszimmer und sieht, dass Wilhelm tief schläft, auf der Seite, mit dem Gesicht zum Fenster.

Bernhard deckt im Wohnzimmer den Tisch, immer noch leise, damit Wilhelm nicht wach wird. Stellt einen Kerzenständer auf den Tisch, muss eine Weile nach Kerzen suchen, zwei Untersetzer für die Töpfe, Biergläser aus der Schrankwand. Die guten mit dem Goldrand. Karla hatte einmal ein Vermögen für Gläser mit Goldrand ausgegeben, weil sie die so edel fand, wie sie es ausdrückte. Er trank das Bier trotzdem am liebsten aus der Flasche.

Nun ist alles bereit, und Bernhard geht, um Wilhelm zu wecken. Ruft erst leise von der Tür aus: »Vater, aufwachen, das Essen ist fertig.« Wilhelm rührt sich nicht, so tief schläft er. Bernhard überlegt, ob er versuchen soll, das Gulasch und die Kartoffeln warm zu halten. Aber es ist schon ziemlich spät, und man soll ja deftiges Essen nicht kurz vor dem Schlafengehen zu sich nehmen. Da wälzt man sich die halbe Nacht mit vollem Magen. Also macht er ein paar leise Schritte zur Couch, auf der Wilhelm liegt. Geht in die Knie und fasst den Vater sanft an der Schulter. Rüttelt leicht. »Aufstehen, Vater«, sagt er.

Wilhelm reagiert nicht. Wilhelm ist tot. Das wird ihm in dem Moment bewusst, als sein Arm unter der Decke hervorrutscht und schlaff liegen bleibt.

»Vater?«, sagt Bernhard trotzdem noch einmal. »Vater?«

Dann geht er ins Wohnzimmer, setzt sich an den Tisch, füllt zwei Teller mit dem Essen, das er gekocht hat, und zwei Gläser mit Bier bis zum Goldrand. Bleibt dort sitzen, bis es draußen dämmert und der nächste Tag beginnt.

Ein letztes Band

In der regennassen Nacht ragt das Gebäude düster in den Himmel. Kein Auto fährt über den löchrigen Asphalt der Prenzlauer Allee, die Straßenlaternen flackern in müdem Gelb. Reihen um Reihen dunkler Fenster, das Haus liegt in tiefem Schlaf. Mitten in der Nacht, so kann sie nur hoffen, wird niemand mehr arbeiten im Institut. Sie ist über die Grenze gegangen, im Dunkeln, im Regen, zu Fuß, von West nach Ost. Auf einmal hat sie gewusst, dass sie jetzt oder nie noch einmal ins Haus gelangen kann. Dann hat sie lange den Schlüssel gesucht und endlich im Kästchen gefunden. Den Schlüssel zum Nebeneingang des Jonass, den er ihr damals gegeben hat. Den Eingang gibt es noch, das Jonass nicht mehr. Einen Moment wird ihr schwarz vor Augen, als sie den Schlüssel ins Schloss steckt. Gleich wird der Alarm schrillen, gefolgt von Polizeisirenen. Man wird sie verhaften, als Einbrecherin, Spionin. Sie wird nie mehr zurückkehren in ihren Teil der Stadt.

Der Schlüssel passt, nach all den Jahrzehnten öffnet sich die Tür. Sie kann es nicht glauben. Jede Nacht hätte sie hier hineinspazieren können in beinahe sechzig Jahren. Alles bleibt still, nur ihr Herzschlag dröhnt in den Ohren. Sie wagt es nicht, Licht zu machen. Doch den Weg in diesen Raum findet sie blind. Eine Poststelle wird es nicht mehr sein. Was wird sie dort erwarten? Oder wer? Vielleicht ist auch er heute Nacht noch einmal zurückgekehrt? Die Tür steht halb offen, sie geht einen Schritt hinein. Es ist so still, dass sie den eigenen Atem hört. Sie legt sich auf den langen Tisch in der Mitte des Raums. Seltsam, dass dieser Tisch noch immer hier steht. Aber kein Postsack liegt darauf, nur ein weißes Leintuch.

Helles Licht fällt ihr ins Gesicht. Ist schon Morgen? Eingeschlafen muss sie sein in der Poststelle, auf der Liege! Sie hört Schritte im Haus. Gleich kommen sie zur Arbeit, die Verkäuferinnen, die Mitarbeiter des Instituts. Jeden Augenblick wird man sie entdecken! Heinrich Grünberg wird in der Tür stehen, oder war es Pieck oder Ulbricht? Nein, Honecker. Es muss jetzt Honecker sein. Aufstehen, befiehlt sie sich. Aufstehen! Alle Knochen schmerzen. Ihre Haut fühlt sich faltig und rau an. Wie ein altes Reptil. Sie ist alt, uralt! Wie lange hat sie hier gelegen und geschlafen?

Mit einem Ruck richtet Vicky sich auf und öffnet die Augen. Sie schaut auf die Wand ihres Schlafzimmers. Das Kalenderblatt zeigt Mittwoch, den 22. März 1989.

Elsa öffnet die Tür zum Fotostudio Jonass. Wie jeden Morgen geht sie zuerst durch den Laden ins Labor und atmet kräftig durch. Andere finden vielleicht, dass es hier ungesund nach Chemikalien riecht, aber für sie bedeutet dieser Geruch noch immer gespannte Erwartung. Sind die Bilder so geworden, wie sie sie im Kopf hatte, oder doch anders – und wenn anders, sind sie weniger gelungen oder besser geworden als die, die ihr bei der Aufnahme vor Augen standen?

»Guten Morgen!«, begrüßt sie ihren jungen Angestellten im Studio. »War die Post schon da?«

Torsten lacht. »Da hätte ich den Boten doch aufgehalten, bis Sie da sind.«

Er kann es nicht lassen, sie mit ihrer Begeisterung für Postboten aufzuziehen. Hat ihr schon unterstellt, sie hätte ein

Auge auf den Briefträger geworfen, der sein Fahrrad immer so schwungvoll an die Hauswand lehnte. Warf. Flott war der allerdings, aber nur etwa halb so alt wie sie selbst. Erst als sie Tag für Tag mit ebensolcher Spannung dessen Urlaubsvertretung entgegenfieberte, einem untersetzten Glatzkopf, nahm Torsten ihr ab, dass es ihr tatsächlich um die Post ging und nicht um den Boten. Was sie denn für Wunder erwarte, wollte er wissen. Den Millionenauftrag? Einen Lottogewinn? Verbotene Liebesbriefe? »Das ist eine geburtsbedingte Prägung«, hat sie geantwortet, mit einem Rauchfrei-in-acht-Tagen-Kaugummi im Mund. Acht Monate wohl eher in ihrem Fall.

Die Türglocke klingelt, eine Kundin kommt herein. »Sind die Bilder fertig, die wir vor Ostern gemacht haben?«

Während Elsa die Abzüge heraussucht, wandert die Frau durchs Studio. Sie bleibt vor dem Bild eines Mannes stehen und betrachtet sein in Mondlicht getauchtes Gesicht – im Hintergrund das Schaufenster mit dem Bildschirm, über den die Mondlandung flimmert. »Wer hat das aufgenommen?«

Elsa schaut kurz auf. »Das? Eine Frau Mitchell.«

Schon öfters ist es vorgekommen, dass Kunden sie nach dem Foto gefragt haben, und bisher haben sich alle mit ihrer Antwort zufrieden gegeben. Stimmt ja auch, so hat sie geheißen – damals, vor zwanzig Jahren. Dass sie jetzt Matthis heißt, hat sie Hanns zu verdanken. Aber schon nach der Scheidung von Stephen ist sie die Namenswechselei leid gewesen und hat sich als Fotografin Elsa Jonass genannt.

»Mitchell?«, sagt die Frau. »Nie gehört. Und mit Vornamen?«

Elsa ist froh, dass es wieder klingelt. »Entschuldigen Sie bitte«, sagt sie und geht persönlich öffnen. Schließlich ist es der Postbote.

Am Mittag schaut Elsa in den Terminkalender und ins Auftragsbuch, ob noch etwas Dringendes ansteht. Nachher muss Torsten den Laden alleine schmeißen, sie will am Wochenende

Hanns in Lübars beim Frühjahrsputz in »der Hütte« helfen. Sie freut sich auf ein paar ruhige Tage mit ihm, ohne Kunden und Telefon, draußen auf dem Land – so weit man eben aufs Land kommt, ohne mit dem Kopf gegen die Mauer zu stoßen. Nach diesen ruhigen Tagen im Grünen wird sie sich ebenso freuen, wieder Stadtluft und den Geruch der Entwicklerflüssigkeit zu atmen. Und in ihrem Laden Porträts für Bewerbungsmappen und Kinderbilder für die Großeltern zu knipsen. Meist kann sie die Leute dazu bringen, nicht mit gefalteten Händen vor der Leinwand zu sitzen, sondern sich zu bewegen, mit ihr oder miteinander zu sprechen, bis sie die Kamera vergessen. Oder sie sorgt dafür, dass sie in dem Augenblick, in dem sie fotografiert werden, tatsächlich etwas zu lachen haben. Sie hat noch nie verstanden, wieso Menschen auf natürliche Weise lachen sollten, wenn sie auf einem Stuhl sitzen, während ein Fremder das Objektiv einer Kamera auf sie richtet. Die meisten tun es auch nicht. Es sieht eher schmerzverzerrt aus, wenn sie es versuchen. Deshalb hat sie Torsten nach der Probezeit eingestellt und es nie bereut – er ist ein guter Fotograf, weder besser noch schlechter als viele andere. Aber er hat ganz spezielle, unbezahlbare Talente.

Als er noch neu war, hatten sie ein besonders verkrampftes Paar im Studio, das Fotos für Hochzeitseinladungen wollte. So steif und düster, wie Mann und Frau auf den Stühlen saßen, hätte jeder gute Freund von der Hochzeit abgeraten. Plötzlich hörte sie hinter ihrem Rücken ein Poltern, die künftigen Eheleute glucksten erst verhalten, schauten sich dann an und lachten herzhaft. Elsa hielt drauf und fotografierte ein gelöstes, einander zugewandtes Paar. Mit den Bildern waren alle sehr zufrieden. Es wunderte sie aber schon, wie man über diese Stufen stolpern konnte, die für jeden sichtbar zum Podest führten. Bis sie einen mürrischen Konfirmanden vor der Linse hatte, der nach einem Poltern hinter ihrem Rücken in fröhliches Gelächter ausbrach.

Wie immer ist das lange Wochenende viel zu kurz gewesen. Elsa schaut aus dem Fenster in den Garten, in dem Hanns Schnittlauch und Petersilie für das Abendessen schneidet. So sorgfältig, wie er jedes einzelne Pflänzchen unter die Lupe nimmt, wird er damit noch eine Weile beschäftigt sein. Sie wird Hanns vermissen in der kommenden Woche, vermisst ihn schon jetzt. Gleichzeitig wird es sie froh machen, daran zu denken, wie er hier herumwerkelt, in der Holzwerkstatt hinter dem Haus und im Garten, Hemd und Jeans mit Sägespänen, Mörtel oder Mehl bestäubt, und wie glücklich er ist, wenn er sie und Berlin und alles andere darüber vergisst. Auch wenn er behauptet, dass er Tag und Nacht an sie denke, nur dass dieses Denken hier eben ein anderes sei als in der Stadt.

Aus der großen Wiese hinter ihrem Grundstück steigt Abendnebel auf und hüllt Baumstümpfe und Sträucher in eigenartige Gewänder. Elsa läuft ins Schlafzimmer und holt ihre Kamera aus dem schon gepackten Koffer.

»Muss noch schnell was erjagen!«, ruft sie Hanns durchs Küchenfenster zu und ist aus dem Haus.

»Mir scheint, du hast ein paar fette Mäuse gefangen«, begrüßt Hanns sie etwas später am gedeckten Tisch. »Möchtest du trotzdem noch etwas vom Auflauf?«

Angeblich hat sie so ein sattes Katerlächeln um die Lippen, wenn ihr ein paar Schnappschüsse gelungen sind. Behauptet Hanns. Im Spiegel hat sie es noch nie gesehen. Sie gibt ihm einen Kuss und häuft sich den Teller voll. Anfangs hat Hanns gemeckert, dass sie ihre Kamera nach Lübars mitnimmt und die Arbeit nicht mal ruhen lassen kann. Aber er verschwindet ja auch stundenlang in der Werkstatt, obwohl er längst Rentner ist. Und im Grunde versteht er, dass die Bilder, die sie hier macht, für sie die reine Erholung sind. Er versteht überhaupt eine Menge. Nur deshalb hat sie noch einmal geheiratet. Hanns geheiratet. Manchmal hat sie die Auftragsarbeiten und Porträts so satt, dass sie tagelang menschenleere Bilder macht. Das geht in Lübars sehr gut. Die alte Dorfkirche, Maulwurfshügel, Münzen im Brunnen. Das Tegeler Fließ mit der Grenze mitten durch Wald und Bach. Aber irgendwann findet sie doch die alten Frauen interessant, die über den Gartenzaun tratschen, die Wochenenddörfler aus Berlin, die sonntags auf ihren Pferden ausreiten – und natürlich die Moped fahrende Postbotin. Dann macht sie mit dem Teleobjektiv Schnappschüsse, nichts als Schnappschüsse, und wirft die meisten hinterher weg.

»Und nach dem Essen eine leckere ... Stange Kaugummi«, sagt Elsa, als ein Wagen vor dem Eingangstor hält. Hanns und sie sehen sich fragend an. Etwas spät für Besuch hier draußen. Überhaupt, unangemeldeter Besuch, wer kann das sein? Elsa schaltet das Licht aus und schaut aus dem Fenster. Sie sieht Jonas mit den Kindern aussteigen und auf das Haus zukommen. Ihr Herz beginnt zu rasen.

Noch halb in der Tür stehend, die Kinder im Schlepptau, stößt Jonas atemlos hervor: »Luise ist verhaftet.« Dann setzt er hinzu: »Bernhards Tochter.«

Mein Gott, als ob sie nicht wüsste, wer Luise ist. Aber wieso verhaftet?

Später, als die Kinder im Wohnzimmer vor dem Fernseher sitzen und sie am Küchentisch, erzählt Jonas die ganze Geschichte. Wie er in Ostberlin war, seine Band im Prenzlauer Berg ein Konzert gegeben hat, auch Ostgruppen aufgetreten sind und das Ganze irgendwie in eine Protestkundgebung übergegangen ist. Es wurde zum Boykott der Kommunalwahlen aufgerufen, ein paar Typen verließen den Saal, und kurz darauf kamen Vopos in die Kneipe, haben Ausweise verlangt und erst mal alles mitgenommen, was zu lange oder bunte Haare oder sonst was Unsozialistisches an sich hatte. Als sie ein noch sehr junges Mädchen drangsalierten, das nur den Behelfsausweis PM 12 vorweisen konnte und Berlinverbot hatte, ist Luise ausgerastet. So hat er sie noch nie gehört und gesehen, sie hat die Vopos angebrüllt, irgendwie muss bei ihr eine Sicherung durchgebrannt sein. Und als die Vopos dann Luise drangsalierten, ist Uwe ausgerastet, da haben sie gleich beide eingesackt. Kannten die beiden ja auch schon.

»Und dich?«, unterbricht Elsa Jonas' Redefluss.

Er schaut zu Boden. »Mich und die Band haben sie auch mitgenommen und versucht, uns einzuschüchtern. Wir haben jetzt offiziell Auftrittsverbot in Ostberlin. Nach ein paar Stunden haben sie uns laufen lassen.«

Das klingt fast enttäuscht, findet Elsa, und will ihn daran erinnern, dass er zwei Kinder hat, im Moment sogar alleine, solange Sabine in Urlaub ist. Aber dann fällt ihr ein, dass Sabine ihn seit vielen Jahren daran erinnert, dass er eine Frau und zwei Kinder hat. Seit dem gescheiterten Fluchthilfeversuch, in den er damals verwickelt war, ist es eher schlimmer geworden. Er wollte nie darüber sprechen, aber Elsa kann den Eindruck nicht loswerden, dass er seitdem versucht, eine Schuld abzutragen.

»Vielleicht kann Stephanie etwas für Luise und Uwe tun?«, schlägt sie vor. »Die haben doch Kontakt zu Ostanwälten in ihrer Kanzlei?«

»Vielleicht.« Jonas kramt Zigaretten aus der Hemdtasche.

»Hier drinnen leider nicht mehr«, sagt Hanns. »Elsa ist auf Kaugummi.«

»Okay«, sagt Jonas und steht auf, »ich sollte sowieso zurück nach Berlin.«

Elsa schaut auf die Uhr. »Heute noch?«

Jonas geht in der Küche auf und ab. »Ich kann Luise und die anderen jetzt nicht im Stich lassen. Muss sie da raushauen. Irgendwie. Können die Kinder ein paar Tage hierbleiben, jetzt in den Ferien?«

Elsa schüttelt den Kopf. »Ich muss morgen früh zurück nach Berlin«, erinnert sie ihn. »Ich hab keine Ferien.«

»Ein paar Tage können sie bleiben«, schaltet Hanns sich ein. »Wenn sie mit dem angeheirateten Opa vorliebnehmen.«

Jonas umarmt ihn. »Für sie bist du Opa Lübars, das weißt du. Und der ist ihnen nun mal näher als Opa Amerika.«

Elsa will wissen, was Sabine dazu sagt. Jonas schaut an ihr vorbei aus dem Fenster. »Ich fürchte, ich werde sie nicht um Erlaubnis fragen. Sie hat mich auch nicht um Erlaubnis gefragt, als sie zwei Wochen Mallorca mit der Freundin gebucht hat.«

Sabine ist Elsa in all den Jahren fremd geblieben, dennoch gefällt ihr nicht, wie ihr Sohn über seine Frau spricht. »Das ist das erste Mal, seit die Kinder da sind, dass sie alleine wegfährt«, wendet sie ein. »Seit zehn Jahren. Nun gönn ihr doch ...«

Jonas fischt noch einmal nach dem Päckchen Zigaretten, schaut es einen Augenblick an und steckt es zurück in die Tasche. »Ich gönn es ihr ja. Nur dass sie mir von Palma aus am Telefon mitgeteilt hat, sie will sich scheiden lassen. Am liebsten wäre ihr, ich bin ausgezogen und mit Sack und Pack verschwunden, wenn sie wiederkommt.«

Elsa sieht ihn erschrocken an. »Das meint sie bestimmt nicht so! Aber das musst du jetzt als Erstes klären. Bevor du ...«

Jonas geht in den Flur und kommt in Jacke und Mütze zurück. »Jetzt sind erst die Freunde dran. Die sitzen im Knast, das hat Vorrang.« In der Tür dreht er sich noch einmal um. »Die Kinder wissen noch nichts. Finde nicht, dass es jetzt meine Aufgabe ist, ihnen das beizubringen.«

»Meine auch nicht«, sagt Elsa zur Tür, die hinter Jonas ins Schloss fällt. Als sich das Motorengeräusch entfernt, schlägt sie die Hände vors Gesicht. »Wir haben wenigstens gewartet, bis die Kinder groß waren«, schluchzt sie. »Auch nicht groß genug, aber doch nicht mehr ... so klein.« Der Rest geht in Tränen unter. Hanns versucht es gar nicht erst mit Beschwichtigungen, sondern nimmt sie nur fest in den Arm. »Und Luise im Gefängnis! Der arme Bernhard ...«, sagt sie, da wird die Umarmung etwas lockerer. Hanns hat es nicht so gern, wenn sie von Bernhard spricht.

Elsa parkt im Halteverbot, springt aus dem Auto und läuft durch den kalten Aprilschauer zum Blumenladen. Sie schaut sich im Laden um, überall Frühlingssträuße, Osterglocken und bunte Tulpen. Ob sie auch Ranunkeln haben? Vickys Lieblingsblumen, Ranunkeln in zart leuchtenden Farben. In einer Ecke entdeckt sie ein paar, goldgelbe, rosafarbene und purpurrote, die kosten fünfmal so viel wie die Tulpen, und bis sie mit denen einen Strauß zusammenhat, der halbwegs nach etwas aussieht … Sie zeigt auf einen Strauß bunter Tulpen.

»Kommt noch etwas dazu?«, fragt die Verkäuferin. Elsa schaut durchs Fenster nach ihrem Auto und schüttelt den Kopf.

Direkt vom Blumenladen fährt sie zu Vickys Geburtstagsfeier. Es wird wie immer Säfte und Limonaden geben, da kann sie das Auto nehmen. Vorsichtig legt sie den Strauß auf den Beifahrersitz neben die Pralinenschachtel. Alkoholfreie Pralinen, diesmal hat sie besser aufgepasst, nachdem ihr letztes Mal eine falsche Mischung untergekommen ist, die Vicky ihr beim nächsten Besuch wieder mitgegeben hat. Unangetastet zum Glück. Beim Anfahren stottert der Motor ihres alten Käfers, einen Moment lang hofft Elsa, er würde den Geist aufgeben. Warum muss ihre Mutter ausgerechnet dieses Jahr groß feiern, es ist nicht mal ein runder Geburtstag wie ihr Achtzigster. Und den hat sie im vergangenen Jahr trotz aller Proteste ausfallen lassen.

Allein sein und in Ruhe nachdenken, das ist alles, was sie nach dieser Woche möchte. Torsten hatte ein paar freie Tage, und sie konnte die Kunden vor der Kamera nicht dazu bringen, sich zu entspannen und zu lachen. Wie auch, sie konnte nicht mal sich selbst dazu bringen. Das einzig Gute im Moment ist, dass sich die Kinder bei Hanns in Lübars wohlfühlen und er mit ihnen. Aber weder mit Jonas noch mit Bernhard kann sie sprechen. Seit sie Jonas nicht mehr nach Ostberlin einreisen lassen, rennt er in Westberlin von Verein zu Behörde. Wenn sie doch einfach zum Telefon greifen und Bernhard anrufen könnte! Da lebt man in derselben Stadt, und der eine kann überhaupt nicht herüber, und die andere muss vorher ein Visum beantragen. Schreiben kann sie ihm in dieser Sache nicht. Und sie weiß auch nicht, ob ein unangemeldeter Westbesuch Bernhard nicht zusätzlich Ärger einbringen würde. Bestimmt hat er ohnehin genug davon, mit einer Tochter und einem Schwiegersohn bei den Staatsfeinden und einem Schwager bei der Stasi – und er selbst laviert sich so durch zwischen Parteizeitung und Geschichtsarchiv. Das Einzige, worum sie ihn beneidet, ist sein alltäglicher Zugang zu ihrem Haus.

Beinahe wäre Elsa zu weit gefahren, gerade rechtzeitig biegt sie um die Ecke in Vickys Straße. Auf der Fahrt durch Berlin hat sie mehrere Stadtteile und Wetterfronten durchquert. Bei Vicky in Tempelhof scheint die Sonne.

»Meine Liebe!« Ihre Mutter schaut sie freudestrahlend an. Am Tulpenstrauß kann es nicht liegen, der kommt ihr auf einmal schäbig vor. Vicky zieht sie fest an sich, und ihr steigt ein verwirrender Duft in die Nase, vergessen und vertraut, ein Aroma aus Kindertagen. Elsa macht sich los und fragt nach einer Vase. Da kommt Elsie um die Ecke gebogen, auch sie verströmt diesen Duft, auch sie hat sich wie Vicky in Schale geworfen, beide tragen Kleider im Charlestonstil und lange Perlenketten. Seit Elsie auch ihre zweite Brust an den Krebs verloren hat, trägt sie die gerade geschnittenen Kleider, die sie schon als junge Frau gemocht hat und die für schmale, kurvenlose Körper gedacht waren. Elsie hatte es gehasst, nur eine Brust zu haben, und sich geweigert, das leere Körbchen mit Watte auszustopfen. Niemand hatte damals geglaubt, dass sie eine zweite Operation überstehen würde. Niemand außer Vicky, für die etwas anderes gar nicht infrage kam.

»Warum hat mir keiner gesagt, dass das heute ein Galaabend wird?«, fragt Elsa und sieht an sich herab. Auch ihre graue Hose und der weinrote Pullover kommen ihr nun schäbig vor. Und dann biegt noch ein weißhaariger Herr im Smoking um die Ecke. Das wird wohl Elsies Ferdinand sein. Offenbar musste Elsie die Fünfundsiebzig überschreiten, bis sie sich alt genug für einen festen Freund fühlte. Bis dahin gab es wechselnde Bekannte, die, wenn überhaupt, nur Vicky zu Gesicht bekam. Auf Diskretion bedachte Ehemänner oder Junggesellen fortgeschrittenen Alters, die unter allen Umständen Junggesellen bleiben wollten. Und Elsie war selbst so eine Junggesellin gewesen. Auch mit Ferdinand ist sie nicht zusammengezogen, daran gewöhnt man sich nicht mehr, hat sie gemeint. Immerhin, er kommt jetzt zu Familienfeiern.

Während Vicky und Elsie in der Küche verschwinden und Ferdinand auf dem Balkon eine Zigarre raucht, trudeln Stephanie und ihre Freundin Nick ein. Elsa ist froh, dass sie sich einen Moment alleine mit den beiden unterhalten kann. »Habt ihr schon etwas erreicht?«

»Jetzt fängst du auch noch damit an!«, regt sich Stephanie auf. »Jonas hat schon zwei Vormittage unsere Kanzlei belagert. Wir tun, was wir können, für Luise und Uwe. Aber in solchen Fällen braucht es Diplomatie und Geduld. Fremdworte für meinen Bruder.«

Elsa schaut ihre Tochter an. Sie wirkt oft überarbeitet, aber heute sieht sie besonders blass aus. »Na, du weißt ja«, versucht sie zu vermitteln, »er ist gerade in einer besonderen Situation.«

»Steph ist auch in einer besonderen Situation«, sagt Nick, und Elsa wundert sich, dass Stephanie zusammenzuckt. »Die Verteidigung der Hausbesetzer, die in Kreuzberg abgeräumt wurden, mit Zustimmung ihrer Parteifreundinnen von der AL. Das ist ein ganz heikler Fall.« Nick legt Stephanie einen Arm um die Schulter. Gleich wirkt sie entspannter.

Wieder klingelt es. Ob das schon Jonas ist? Er hat versprochen, später vorbeizukommen. Vicky läuft zur Tür, begrüßt den Gast und verschwindet wieder in der Küche. Einen Moment muss Elsa überlegen, wer der Mann ist, der verlegen im Türrahmen des Wohnzimmers steht. In die Runde blinzelt, als sei er soeben von sonst wo gelandet und müsse sich erst orientieren. Die schütter gewordenen blonden Haare, die Brille mit Metallrand, der Schnurrbart über dem kleinen Mund …

»Klaus!« Sie springt auf, um ihn zu begrüßen. Er streckt ihr erst die Hand entgegen, klopft ihr dann auf die Schulter. Steht wieder reglos im Raum, während die anderen ihn mustern.

»Mutter hat darauf bestanden, dass ich komme«, sagt Klaus in die schweigende Runde. »Keine Ahnung, warum ausgerechnet dieses Jahr.«

»Das ist Klaus«, sagt Elsa zu Stephanie und Nick. Und während sie ihrer fast vierzigjährigen Tochter ihren eigenen Bruder vorstellt, den diese zuletzt als kleines Mädchen gesehen hat, fühlt sie eine Welle der Scham aufsteigen.

»Bitte setz dich doch«, sagt sie zu Klaus und deutet in den Sessel neben ihrem.

Vicky kommt mit einer Schüssel giftgrüner Bowle hereinspaziert und schenkt allen ein. Elsa schnuppert an ihrem Glas. Sekt und Wein, und zwar nicht zu knapp.

»Wo ist die zweite Bowle?« Wahrscheinlich gab es, wie manchmal zu besonderen Feiern, eine Ausgabe mit und eine ohne Alkohol.

»Heute gibt's eine für alle!«, sagt Vicky und füllt ihr eigenes Glas mit Schwung.

Das darf doch wohl nicht wahr sein. Elsa erinnert sich an Vickys Rückfall nach Leos Tod. An den jahrelangen Kampf darum, wieder trocken zu werden, von dem außer Elsie und ihr keiner etwas wusste. Und jetzt soll alles von vorne losgehen? Ohne mich!, denkt Elsa und greift nach Vickys Glas.

»Lass sie«, sagt Elsie in einem Ton, der keinen Widerspruch duldet.

Vicky hebt ihr Glas. »Auf Leo!«, sagt sie, und alle trinken auf Leo, ob sie ihn kennengelernt haben oder nicht. »Auf Wilhelm!« Einen Moment hat Elsa den Eindruck, in den Augen ihrer Mutter Tränen glitzern zu sehen. Sie füllt ihr Glas ein zweites Mal, während Stephanie ihres unangerührt an Nick übergibt. Die beiden sind doch nicht mit dem Auto da? »Auf Werner in Amerika. Und auf Bernhard«, ruft Vicky, »den ich auch eingeladen habe. Aber das werde ich nicht mehr erleben, dass sie uns zusammen feiern lassen. Erich hat neulich erst gesagt, die Mauer bleibt noch fünfzig oder hundert Jahre stehen.«

»Seit wann glaubst du an die Orakel von Onkel Erich?«, will Elsie wissen.

Da schaltet sich Klaus ein. »Erst kürzlich haben sie wieder Flüchtlinge an der Mauer erschossen! Das habe ich selbst in der Zeitung …«

»Zeitung?«, fällt ihm Stephanie ins Wort, »du meinst wohl in der BLÖD? Die freuen sich doch über jeden Mauertoten. Notfalls erfinden sie welche.«

Nick legt Stephanie die Hand auf den Arm. »Immerhin gab es wieder einen gescheiterten Fluchtversuch an der Chausseestraße. Auch ohne Tote ist das schlimm genug.«

»Das ist wahr«, sagt Elsie. »Aber heute, ausnahmsweise, reden wir nicht über Politik.«

Ein Knirschen dringt durch das Wohnzimmer, eine Stimme wie unter Wasser, tief vom Meeresgrund. Sie wird lauter und klarer, bis man sich umschauen möchte, ob noch jemand im Raum ist. »Ich küsse Ihre Hand, Madame …« Vicky hat das alte Grammofon hervorgeholt, das Elsa seit Kindertagen nicht mehr zu Gesicht bekommen hat. Es funktioniert noch. Ein Stapel alter Platten liegt daneben. Wo hat ihre Mutter die bloß aufbewahrt in all den Jahren?

Ferdinand, der Elsie mit einer Verbeugung aufgefordert hat, sieht beim Tanzen auf einmal fünfzig Jahre jünger aus, auch wenn der Rücken krumm ist und die Beine mit dem Tempo der Musik nicht Schritt halten. Laut singt er mit, etwas zu laut für alle, deren Gehör noch intakt ist. Beim nächsten Lied bittet Elsie Vicky zum Tanz. Sie kann ebenso gut führen wie folgen, stellt Elsa fest, wo auch immer sie das gelernt hat. Nun tanzen die beiden alten Frauen zusammen durch den Raum und durch wer weiß welche Zeiten. Stephanie tanzt mit Nick, man sieht, dass es nicht ihre Musik ist, aber dass sie es genießen, sich zu berühren und sich miteinander zu bewegen. Klaus sitzt mit verschränkten Armen im Sessel und beobachtet die beiden mit einer Mischung aus Faszination und Abscheu. Elsa gefällt dieser Blick nicht, aber es gefällt ihr auch nicht, dass er genau wie früher allein und verloren dasitzt.

»Wollen wir?«, fragt sie ihren Bruder. Einen Augenblick sieht er verblüfft aus, dann erhebt er sich und tanzt einen flotten Fox mit ihr. So viel Schwung hätte sie Klaus gar nicht zugetraut. Aber was wusste sie schon von Klaus?

»Nicole, könntest du noch einen Wein öffnen?«, fragt Vicky nach einigen Tanzrunden.

»Klar«, sagt Nick und holt eine Flasche vom Balkon. Dann kann ich ja auch wieder mit dem Rauchen anfangen, denkt Elsa und ist kurz davor, Zigaretten holen zu gehen. Vicky schaut immer wieder auf die Uhr. Elsa weiß, dass sie auf Jonas wartet. Er war und ist nun mal ihr Liebling, der Musiker der Familie.

Als es endlich um kurz vor zehn klingelt, steht Jonas mit zwei Freunden und Instrumentenkoffern vor der Tür. Die drei stellen sich im Wohnzimmer auf und spielen Tanzmusik der Zwanziger und Dreißiger. Den schönen Song vom Lenz, der da ist, haben sie auf das Geburtstagskind umgedichtet. »Vik-to-ria, die Welt ist grün …«, stimmen alle ein. Ob es das ist, was ihre Mutter immer aufgekratzter werden lässt? Oder der nicht mehr gewohnte Alkohol, den sie im Laufe des Abends zu sich nimmt? Elsa hat aufgehört, die Gläser zu zählen. Vicky wirkt auch nicht betrunken, eher irgendwie … fiebrig. Immer wieder will sie tanzen, zieht Ferdinand und Elsie und Klaus aus dem Sessel, obwohl ihre Beine zittrig sind und die Wangen unnatürlich gerötet. Erschöpft und überdreht kommt sie ihr vor, wie ein Kind, das sich mit letzter Kraft gegen das Einschlafen aufbäumt.

In einer Pause zwischen zwei Stücken geht Elsa zu Jonas und flüstert ihm zu, er solle bald Schluss machen. Doch während die Musiker ihre Instrumente einpacken, schenkt Vicky sich und den anderen neuen Wein ein und denkt nicht daran, die Feier für beendet zu erklären. Immer wieder schaut sie ihre Gäste, wenn sie sich unbeobachtet glaubt, lange an, als wollte sie jeden ihrer Gesichtszüge auswendig lernen. Sie beschwören, verhexen.

Elsa ist erleichtert, als Ferdinand nach Mitternacht ein Taxi ruft und damit das Signal zum Aufbruch gibt. Es war ein langer Abend für einen einundachtzigsten Geburtstag. Ein ungewöhnlicher Geburtstag. Wie in einem Schnelldurchlauf sieht Elsa eine Reihe von Vickygeburtstagen vor sich, melancholische und schweigsame, theatralische und betrunkene, aber keinen so heiteren und ausgelassenen wie den heutigen – vielleicht in ferner, versunkener Zeit, als sie selbst noch ein kleines Kind war.

An der Tür verabschiedet sich Vicky einzeln von ihren Gästen. Sie schließt Klaus fest in die Arme, flüstert ihm etwas ins Ohr, bis er sich abwendet und ins Taschentuch schnäuzt. Auch Stephanie, mit der Vicky so manche politische Auseinandersetzung geführt hat, wird innig gedrückt.

»Die einen kommen, die anderen gehen«, sagt Vicky leise zu Stephanie. Elsa hat es gehört und fragt sich, wer wohl um diese Uhrzeit noch kommen sollte, als sie von ihrer Mutter umarmt und mit einem Kuss bedacht wird. Einem Kuss auf die Nasenspitze, wie sie es als Kind geliebt hat. Das hatte sie beinahe vergessen. Wie sie damals mit ihrer Mädchenstimme jauchzte,

»noch mal, noch mal«, und jedes Mal musste die Mama ein bisschen lauter dabei schmatzen. Schon liegt ihr ein »noch mal« auf den Lippen, da macht Vicky sich sanft von ihr los. Sie hält sie ein wenig von sich weg und schaut ihr ins Gesicht, als wolle sie sich jede Einzelheit einprägen. Dann tritt sie in ihre Wohnung zurück und legt einen Arm um Elsie.

»Jetzt schwelgen wir noch ein bisschen in alten Zeiten«, sagt Elsie. Sie und Vicky schauen einander an, dann auf die im Treppenhaus versammelte Familie. Um die Lippen der beiden alten Frauen spielt das gleiche seltsame Lächeln. Sie winken von oben herab, als stünden sie an der Reling eines Ozeandampfers, der jeden Augenblick auslaufen wird.

Die Koffer sind gepackt, die Ferien zu Ende, die Kinder fahren zurück nach Berlin. Stephanie ist nach Lübars gekommen, um Katia und Tobi abzuholen. Sie sollen bei ihr und Nick wohnen, bis Jonas und Sabine sich ausgesprochen haben. Oder ausgeschrien, wie alle befürchten, das will man den Kindern ersparen. Dennoch wundert sich Elsa über das Angebot ihrer Tochter, die bisher kein allzu großes Interesse an Neffe und Nichte oder Kindern im Allgemeinen gezeigt hat. Eher schienen gelegentliche Ausflüge und Treffen von Nick auszugehen. Doch Katia und Tobi waren sofort einverstanden, als Stephanie erzählt hat, dass es bei ihnen im Gemeinschaftsgarten Kaninchen gibt, mit denen sie spielen dürften. Kaninchen – die gab es nicht mal in Lübars. Und den Kleinen, die bald geboren würden, dürften sie Namen geben. »Wenn ein weißes dabei ist, nennt es Grace«, hat sie die beiden gebeten. Da haben sie ihre Oma mit großen Augen angesehen und genickt.

»Wenn Jonas so weitermacht, buchten sie ihn auch noch ein«, sagt Stephanie nun zu Elsa, während sie vor der Abfahrt einen letzten Gang durch das Dorf machen. In den Vorgärten blühen Osterglocken, an manchen Sträuchern baumeln noch ausgeblasene, bemalte Eier. »Er will jetzt ohne Visum rüber, Luise und Uwe treffen. Irgendwas aushecken zum Boykott der Kommunalwahl. Ich hab ihn gefragt, ob er sich in einen Kofferraum legen oder in umgekehrter Richtung über die Mauer klettern möchte. Und stell dir vor, da fängt er ernsthaft an, darüber nachzudenken.«

Am Ortsrand stehen Pferde und Ponys auf den Wiesen. Katia und Tobi kennen die meisten mit Namen. Elsa denkt an die Kinder, die immer noch nicht wissen, dass ihre Eltern sich trennen wollen. »Es gibt wirklich anderes, über das er sich Gedanken machen sollte!« Sie schluckt die aufsteigenden Tränen hinunter und fragt ihre Tochter: »Bist du sicher, dass ihr mit den Kindern klarkommt? Oder sollen wir sie nehmen? Ich meine, mit eurer Arbeit und allem …«

»Da können wir schon mal üben.«

»Üben?«

Stephanie lacht. »Ja, auch wenn die beiden schon länger aus den Windeln raus sind.«

Gleich hinter dem Dorf fängt das Tegeler Fließ an. Die Wiesen sind im Frühjahr noch feuchter als sonst, überall ziehen sich Rinnsale durchs Gras und vereinzelte Senken. Hier muss man auf jeden seiner Schritte achten.

»Wir bekommen ein Kind«, sagt Stephanie.

Elsa versucht, sich auf den Weg zu konzentrieren, vorsichtig setzt sie Fuß vor Fuß. Nur nicht in ein Wasserloch treten. »Wir?«

»Nick und ich«, sagt Stephanie und springt über einen Wassergraben.

Elsa setzt ihr nach und wäre beinahe im Graben gelandet. »Du und – Nicole?«

Stephanie wirft ihr einen ungeduldigen Blick zu. »Bekommen werd ich es. Eigentlich wollte Nick, aber bei ihr hat's nicht geklappt. Und da wir beide bald vierzig werden …«

Elsa bleibt stehen, sofort beginnt sie im matschigen Boden einzusinken. Das Wasser dringt durch die Schuhe. »Nein«, schreit sie, »das geht nicht! Ihr könnt nicht!«

»Offenbar können wir«, sagt Stephanie und zieht die Hand zurück, die sie ihrer Mutter entgegengestreckt hat, um ihr wieder auf trockenen Boden zu helfen. »Bei mir ging's ruckzuck.«

Schweigend marschieren sie hintereinander her, immer weiter über den nassen Grund, bis sie fast an die Grenze kommen. Noch immer schweigend kehren sie um, wenden der Grenze den Rücken und nehmen den Weg, den sie gekommen sind, zurück ins Dorf. Kurz bevor sie die ersten Häuser erreichen, sagt Stephanie leise: »Freust du dich gar nicht, Mama? Du bekommst ein Enkelkind.«

»Wer ist der Vater?«

»Ist das alles, was dich interessiert? Ich bin die Mutter, das ist die Hauptsache.«

Elsa bleibt an der Pferdekoppel stehen und hält Ausschau. Der Braune mit der weißen Blesse ist heute nicht da. Sie tätschelt dem dicken Pony den Hals, den es über den Zaun streckt. »Was weißt denn du?«, sagt sie und holt einen kleinen Apfel aus der Tasche. »Du hast einen Vater. Ich nicht.«

»Du hattest einen Stiefvater. Einige Jahre ...«

Das Pony zermalmt den Apfel, der Saft tropft ihm zu beiden Seiten aus dem Maul. Zwei andere Ponys kommen angetrabt. Elsa durchwühlt ihre Tasche nach weiteren Äpfeln, doch da ist keiner mehr. »Helbig war nicht mein Vater, und ich war nicht seine Tochter. Er hat mich gehasst. Ich war froh, als er tot war.«

»So hast du das nie erzählt.«

»Ihr müsst dem Kind sagen, wer der Vater ist. Egal wer. Ich hab mir so lange den Kopf über meinen zerbrochen. Zerbreche ihn mir bis heute. Selbst wenn's ein alter Nazi gewesen wäre, ein richtiger Hauptnazi, nicht nur ein Mitläufer und Emporkömmling wie Helbig. Selbst das wär besser zu ertragen ...«

Stephanie schüttelt den Kopf. »Da bin ich nicht sicher. Gerade erst hab ich eine Studie gelesen über Söhne und Töchter von Tätern des Dritten Reiches und wie sie bis heute …«

»Ihr müsst es dem Kind sagen.«

Zurück im Dorf, wenige Meter vor ihrem Haus, sagt Stephanie: »Es tut mir leid, Mama, deinetwegen. Aber wir wissen es nicht. Nick wollte es so.« Ein Auto rumpelt über das Kopfsteinpflaster, ihre letzten Worte gehen im Lärm unter. »Wenn das Kind erwachsen ist und es will, kann es den Namen erfahren.«

»Ist was?«, fragt Hanns, als er einen Moment mit Elsa allein in der Küche steht. Stephanie hilft den Kindern, ihre in Haus und Garten verstreuten Sachen einzusammeln und in die Reisetaschen zu verstauen. Elsa belegt Brote für die Fahrt nach Berlin.

»Erinnerst du dich«, sagt sie zu Hanns, »wie wir Nick kennengelernt haben?«

Vor dem ersten Treffen hatte Stephanie nur ihre große Liebe angekündigt, und dass es dieses Mal todernst wäre. Elsa war gespannt, was für einen schrägen Typen sich ihre Tochter jetzt eingefangen hatte. Vielleicht noch einen hauptberuflichen Weltverbesserer, der von Stephies im Schweinesystem verdienten Geld lebte? Oder ein Autonomer wie der Letzte, dessen Autonomie, soweit Elsa das erkennen konnte, darin bestand, in jedem besetzten Haus zwei Frauen und drei Kinder zu unterhalten – beziehungsweise nicht zu unterhalten? Sie hatte Hanns vorgewarnt und sich auf das Schlimmste gefasst gemacht. Und dann stand diese gut aussehende, dunkelhaarige Frau in der Tür. Eine kluge, erwachsene, Stephanie von ganzem Herzen zugetane Frau. Elsa seufzt. Ihre Tochter ist schon immer für eine Überraschung gut gewesen.

»Wie kommst du jetzt darauf«, will Hanns wissen, »wollen sich die beiden etwa auch trennen?«

»Im Gegenteil.«

»Im Gegenteil?«

Stephanie steht mit Katia und Tobias in der Tür. »Wir sind so weit.«

Alle schleppen die Taschen und Tüten zum Auto, die sich seit der Ankunft wie die Kaninchen vermehrt zu haben scheinen. Die Kinder steigen hinten ein, und Stephanie prüft, ob beide richtig angeschnallt sind. Sie legt eine Kassette ein und kurbelt das Fenster herunter. Musik für Kinder, wo sie die wohl herhat? Elsa und Hanns stehen bei der Abfahrt am Gartentor, Stephanie und die Kinder winken lachend zurück.

Als Hanns ins Haus gegangen ist und sie noch immer winkend am Tor steht, das Auto bereits ein kleiner Punkt in der Ferne, schießt ihr dieser Satz durch den Kopf. »Die einen kommen, die anderen gehen.« Die Verabschiedung ihrer Mutter von Stephie an ihrem Geburtstag. »Die einen kommen, die anderen ...« Elsa schließt das knarrende alte Gartentor und schiebt den Riegel vor.

Vicky fühlt sich erschöpft, erschöpft bis in die Knochen, aber diese Sache muss sie noch zu Ende bringen. Alles andere ist, soweit sie es überblickt und sofern es sich regeln lässt, geregelt. Alles andere scheint ihr auch nur halb so wichtig: Wer was von ihren paar Habseligkeiten erhält und wo genau sie unter die Erde kommt, wie lange sie dort liegen darf und wer die Blumen über ihrer bald nicht mehr vorhandenen Nase gießt. Nur Berliner Erde muss es sein, da gibt es jetzt nichts mehr zu verpflanzen. Nicht dass noch jemand auf die Idee kommt, sie in die alte Heimat zu verlegen. Ihre alte Heimat, in die sie nie zurückgekehrt war. Wenn man sie als Lebende dort nicht wollte, mit ihrem Leben, so wie es war, brauchte man sie auch tot nicht heimzuholen.

Auf dem Dreifaltigkeitskirchhof hat sie mit Elsie ein Grab ausgesucht und einen Stein. Leo liegt dort ebenfalls begraben, einige Reihen entfernt bei seiner ersten Ehefrau. Das gemeinsame Grab der beiden war schon gekauft, als sie in Leos Leben noch keine größere Rolle spielte als die seiner Beraterin in Kleidungsfragen im Kaufhaus des Westens. Sie hat nichts dagegen gehabt, dass es bei diesem Arrangement blieb, immerhin war die erste Ehefrau fast dreimal so lange mit Leo verheiratet gewesen wie sie. Sie hoffte nur, dass diese Ehefrau nicht wieder Gelegenheit bekam, ihren Modegeschmack an Leo auszulassen. Doch Elsie meinte, in der Hölle sei es zu heiß für Mode.

Elsie will später neben ihr liegen und hat auch schon einen Platz reserviert. Nach einem Blick auf das Nachbargrab hat sie gesagt: »Na, eine feine Nachbarschaft hast du da ausgesucht. Jaja, die einen legen sich Schmuck und Waffen fürs Jenseits bereit …« Zuerst hat sie gar nicht verstanden, was Elsie ihr sagen wollte. Bis sie die Inschrift auf dem alten Grabstein gelesen hat: Karl Gilka, Likörfabrikant. »Ach, der«, hat sie erwidert. »Den brauchen wir nicht mit seinem Gilka-Kümmel. Das Gute ist, der Dreifaltigkeitskirchhof liegt auf einem ehemaligen Weinberg.« Da war Elsie für einen Moment stumm gewesen. Es gab tatsächlich ein paar Dinge, die auch sie noch nicht wusste.

Später, dort vor dem Grab, auf dem einmal ein Stein mit ihren beiden Namen stehen wird, hat sie Elsies Hand genommen. »Du brauchst dich nicht zu beeilen«, hat sie gesagt, »auch wenn du hundert wirst, werd ich dich nicht vergessen.« Und Elsie hat ihre Hand gedrückt und geantwortet: »Du musst es auch nicht überstürzen. Werd doch mit mir hundert.« Selbst wenn es in diesem Moment verlockend schien, war sie nicht sicher, ob sie das gewollt hätte. Aber sie war sicher, es würde nicht so sein. »Die Uhr ist abgelaufen«, hat sie gesagt. Als ob der Sand immer schneller durch sie hindurchrieselte, so fühlte es sich an, die Beine wurden bleiern, und der Kopf war beinahe leer. Und als sie es dort, vor dem eigenen Grab, wieder spürte, bekam sie es mit der Angst.

Jetzt in dieser Nacht, allein in ihrer Wohnung, denkt sie, dass es gar nicht anders sein kann. Man bekommt es mit der

Angst, wenn man es weiß. Da können sie einem erzählen, was sie wollen. Selbst die Gläubigen zittern, wie soll es da erst den Gottlosen gehen, Menschen wie ihr, die nicht an Auferstehung und Wiedergeburt glauben. Nicht daran glauben können, weil sie, wenn sie es doch einmal tun, zugleich deutlich spüren, dass sie daran glauben, weil sie es glauben müssen. Weil man es sonst nicht aushalten kann als zum Tode verurteilter Mensch. Vielleicht gibt es ein Leben nach dem Tod, denkt sie nun, aber nicht als Mensch. Nicht mit Musik, die in Bauch und Beine fährt, einem Schwips, der den Kopf verdreht, mit Küssen, die die Knie erweichen, und Freundschaften, die den ganzen Irrsinn überdauern. Nicht mit Elsie und Elsa, nicht mit Berlin und bestimmt nicht mit Harry. Was nützt es ihr da, dass keine Energie verloren geht, wie manche sagen, und sie mit etwas Glück als Kugelblitz durchs All schwirrt? Oder als Kurzschluss ein Kabel durchschmort?

Ihre Wohnung ist schon ein wenig leerer geworden, das eine oder andere hat sie unauffällig verschenkt. Zum Beispiel den Fernseher. Sie würde lieber wie früher Radio und Schallplatten hören, hat sie behauptet, und manchmal tut sie das auch. Oft schaut sie einfach auf die kahle Wand, wo früher der Fernseher stand. Manchmal laufen da Filme aus ihrem Leben ab, nicht im Zeitraffer, sondern in voller Länge. Gestorben ist sie noch nicht, aber die Filme sind schon da, auf der kahlen Wand oder im Kopf. Meist hält sie es nicht lange aus und versucht, das Programm zu wechseln, auszuschalten. Nicht immer gelingt es.

Vielleicht ist es besser, man schläft plötzlich und unerwartet ein, so wie Wilhelm. Alle wurden von seinem Tod überrascht, auch er selbst. So hat es jedenfalls Bernhard erzählt, der dabei war. Bernhard konnte es lange nicht fassen. Immer wieder musste er es erzählen, vor und während der Beerdigung, obwohl er sonst eher ruhig und verschlossen war. Wie er im Wohnzimmer den Tisch gedeckt hat, leise, damit Wilhelm nicht wach würde. Eine Kerze auf den Tisch gestellt hat, zwei Untersetzer für die Töpfe, Biergläser aus der Schrankwand. Wie das Szegediner Gulasch, das Wilhelm so gern mochte, dampfend auf dem Herd stand und er sich gefragt hat, wie er es warm halten und ob er den Vater wecken sollte. Und ihn dann nicht wecken konnte, weil Wilhelm tot war. Gestorben, während er nebenan im Topf rührte und nichts davon ahnte. Er war zurück ins Wohnzimmer gegangen, hatte zwei Teller mit Gulasch gefüllt und gewartet. Sie hätte Bernhard gerne gefragt, ob er das Gulasch, Stunden später vielleicht, gegessen hat, und wenn ja, beide Teller oder nur einen. Manchmal denkt sie, dass Wilhelms Teller vielleicht noch immer auf Bernhards Tisch steht.

Kurz vor seinem Tod war Wilhelm noch einmal mit Bernhard zum Haus gegangen. Ob er doch etwas geahnt hat und ebenfalls eine Sache zu Ende bringen wollte? Ob er endlich seinem Jungen erzählt hat, was er im Haus hinterließ, als er dort unter Trümmern begraben lag? Als nur der Gedanke an seinen Sohn ihn am Leben hielt, den ungeborenen Sohn, der einmal Bernhard heißen sollte? Auch ihr hat Wilhelm nie verraten, was genau bei dem Unfall beim Bau des Kaufhauses passiert war. So wie sie ihm nie verraten hat, wer der Vater des Kindes war, das er mit auf die Welt geholt hat. Beide hatten sie ihr Geheimnis um das Haus und die Kinder bewahrt. Es genügte zu wissen, dass auch der andere eines hatte. Das war ein Band zwischen ihnen, bis zuletzt.

Wenn man nicht überraschend, nicht plötzlich aus dem Leben genommen wird wie Wilhelm, hat man die Angst und die Stunden allein, die nicht mitteilbar sind. Aber man hat auch die Gelegenheit, seine letzten Dinge zu regeln. Die Dinge, von denen man weiß, dass man sie tun muss, um Ruhe zu finden. Wo und wie auch immer.

Extra zu diesem Zweck hat sie den Kassettenrekorder gekauft. Obwohl sie immer gedacht hat, so ein Teil käme ihr nicht ins

Haus. Sie hat noch immer ihren alten Plattenspieler und natürlich das Grammofon. Was waren diese eckigen Plastikdinger mit ihren groben Tasten gegen einen Arm mit feiner Diamantnadel und schwarz glänzende Scheiben, die Musik in schmalste Rillen eingraviert. Wie die Lebensringe eines Baumes, hat sie gedacht, und die Kratzer auf den Scheiben sind die Spuren der Jahreszeiten. Der Kratzer auf der Platte, die nun ganz oben auf dem Stapel neben dem Grammofon liegt, ist nicht nur die Spur einer Zeit. Für sie ist er wie ein Schriftzug, den sie heute, nach sechzig Jahren, plötzlich entziffern kann. »Frühling«, steht da. Nur ist es, entgegen der landläufigen Meinung, eine Jahreszeit, die nicht wiederkehrt. Alle anderen schon. Diese nicht.

So, jetzt drückt sie die Taste: Aufnahme. Sie räuspert sich. »Diese Platte, auf der das alberne Bananenlied drauf ist – ja, Harry, es ist nun mal albern, machen wir uns nichts vor. Schau hier, der lange Kratzer, den ich so oft mit dem Finger nachgefahren bin – da hast du mich beim Tanzen in meiner Dachbude geküsst. Man braucht doch beim Küssen vom Obst nichts zu wissen, heißt es, aber der Geschmack nach Walderdbeeren, deine Lippen auf meinen Lippen, deine Lippen an meinem Hals, da ist es passiert, erinnerst du dich, ich ging in die Knie, da gingst auch du in die Knie, und während wir beide zu Fall kamen, machte die Nadel einen Sprung. Was wäre schon bei einer Kassette passiert, Harry? Bestenfalls Bandsalat.« Aus. Was redet sie da? Das war doch weiß Gott nicht das, was sie erzählen wollte. Diese Sache, die sie noch zu Ende bringen muss.

Nein, nein, da muss sie ganz von vorne anfangen. Sie hat es schon ein paarmal versucht, immer gab es nach kurzer Zeit Satzsalat. Sie muss sich zusammenreißen. Auch wenn jetzt wieder das Herz aus dem Takt kommt und die Brust schmerzt, die Angst kommt und das Herz noch mehr aus dem Takt bringt. Sie muss das zu Ende bringen, das schuldet sie ihr. Elsa. Keine Zeit mehr, die gleichen Fehler zu machen. Sie hätte damals mit Harry gehen sollen, das wusste sie, als es zu spät war. Sie muss ihrer Tochter die Wahrheit sagen, spät, unverzeihlich spät vielleicht für Elsa. Aber nicht für immer zu spät. Noch nicht.

Sie nimmt die Kassette heraus und legt eine neue ein. Nicht einmal Elsie weiß von diesem Plan, dem letzten Band für Elsa. Sie hat nichts aufgeschrieben, nicht überlegt, was sie sagen soll. Sie darf auch jetzt nicht lange überlegen, sonst schafft sie es nie. Wenn sie es von vorne nicht schafft, vielleicht bekommt sie den Faden am Ende zu fassen. »Dieser heiße Tag im Juli 1970, das war das letzte Mal, dass ich ihn gesehen habe. Ich ihn, er mich nicht.« Sie hat einen Kloß im Hals, ihre Stimme klingt brüchig. Weitersprechen, einfach weitersprechen. Bis das Band voll ist.

Heute geht Elsa seit langer Zeit wieder über die Grenze. In das andere Land, in dem Bernhard lebt. Er weiß nicht, dass sie kommt; sie weiß nicht, ob sie ihn finden wird. Aber sie muss es versuchen, muss ihn suchen.

Am Grenzübergang Friedrichstraße reiht sie sich in die Warteschlange ein, hält die Papiere bereit und setzt einen neutralen Gesichtsausdruck auf. Es ist nicht mehr wie früher, die Furcht vor dem Zurückgeschicktwerden, vor Gepäckkontrollen und Schikanen. Ihre Einreisepapiere werden begutachtet und abgenickt, sie steckt das Besuchervisum ein und den behelfsmäßigen Personalausweis der behelfsmäßigen Berliner. Geblieben ist das Gefühl, als Westberlinerin besonders suspekt zu sein, während die Westdeutschen fast so etwas wie normale Touristen waren. Vielleicht haben sie ja recht, die Einreisenden aus Westberlin prinzipiell als Verdächtige anzusehen, normale Touristen würden sie niemals werden. Sie stiegen nicht auf Aussichtsplattformen und gingen nicht über die Grenze, um mit wohligem Gruseln einen Blick in ein exotisches Reich zu werfen. Wir gehen, denkt Elsa auf ihrem Weg Richtung Ausgang, um Verwandte und Freunde zu besuchen, sofern wir noch Verwandte und Freunde haben, die dort geblieben sind und Freunde geblieben sind. Wir gehen über die Grenze, weil wir gehen müssen. Viele ihrer Freundinnen und Bekannten aber gehen nicht mehr. Auch sie hat diese Grenze lange nicht passiert, doch das Grenzgefühl, eine Mischung aus unterschwelliger Furcht, unterdrückter Wut und einer alles überlagernden Resignation, ist zur Stelle wie ein Reflex.

Als Elsa auf die Friedrichstraße hinaustritt, die in mildes Frühjahrslicht getaucht ist, atmet sie auf. Sie wird zu Fuß gehen bis zum Haus der Einheit und dort, so hofft sie, Bernhard finden. Wo sonst? Sie nimmt einen kleinen Umweg und spaziert die Linden entlang Richtung Osten, vorbei an der Humboldt-Universität und dem Museum für Deutsche Geschichte. Mit Stephanie hat sie einmal die Ausstellung »Sozialistisches Vaterland DDR« angesehen und sich beim Lesen der Ausstellungstafeln gefragt, ob die Texte, die Bernhard für die Zeitschrift zur Geschichte der Arbeiterbewegung schrieb, ähnlich klangen. »Das ist doch nur eine Frage der Perspektive«, hat Stephanie gemeint, »wenn DDR-Bürger in unsere Ausstellungen zur Geschichte gehen, liest sich das für sie auch wie Propaganda.« Elsa erinnert sich, dass sie protestieren wollte, aber seitdem hat sie oft über diesen Satz nachgedacht. Schrieb Bernhard Propaganda oder einfach aus einer anderen Perspektive? Sie hat lange, sehr lange nichts von ihm gelesen. Und wenn sie ihm jetzt wieder begegnet, wird sie dann mit ihm über seine Tochter und ihren Sohn sprechen können, ohne politische Diskussionen, aus der Perspektive von Eltern, die sich um ihre Kinder sorgen? Aus der Perspektive lebenslanger Freunde?

In der bronzenen Glasfassade des Palastes der Republik spiegelt sich der Berliner Dom. Egal aus welcher Perspektive, ihr gefällt der Republikpalast besser als der Dompalast. Aber das wird sie weder ihrer Mutter erzählen, die darüber empört, noch ihrer Tochter, die begeistert wäre. Von diesem Dom-im-Republikpalast-Spiegelbild muss sie jetzt eine Aufnahme machen, die gehören ja beide nicht zu den Verkehrsbauten. Mit den Regeln und Verboten des Fotografierens kennt sie sich aus, seit sie wegen eines Brückenbildes einen ganzen Film an einen Volkspolizisten verloren hat – keine Grenzsicherungsanlagen, Bahnanlagen, Brücken, Verkehrsbauten.

Auf dem Marx-Engels-Forum setzt sich Elsa auf eine Bank mit Blick auf die Bronzestatuen von Karl Marx und Friedrich Engels und holt den Stadtplan aus der Tasche. Wenn sie Bernhard nach Dienstschluss vor dem Eingang abfangen will, ist sie vermutlich zu früh dran. Vielleicht ist er auch gar nicht im Institut, sondern in der Redaktion. So nannte Bernhard seine Arbeitsplätze, seit sie sich erinnern kann, das Institut, die Redaktion. Aber das Gebäude hieß nicht Institut, sondern Haus. Das Haus, unser Haus. Manchmal auch das Jonass. Wenn er heute Nachmittag beim Neuen Deutschland ist, wird sie ihn vor dem Haus der Einheit nicht treffen. Aber sie ist fast sicher, dass er heute in ihrem Haus ist. Vielleicht bloß Wunschdenken, sagt sie sich und schlägt den Stadtplan auf, um nach einem Schlenker zu sehen, einem Umweg rechts oder links der breiten Karl-Liebknecht-Straße, an deren Ende das Haus wartet. Etwas Zeit gewinnen. Was für ein seltsamer Gedanke. Aufgeregt ist sie vor diesem Wiedersehen nach der langen Zeit, das schon, aber sie freut sich doch auf Bernhard, oder nicht?

Elsa streicht den Stadtplan in ihrem Schoß glatt. An den weißen Fleck wird sie sich nie gewöhnen. Den unregelmäßigen weißen Fleck, der im Ostberliner Stadtplan Westberlin darstellte. Das fehlende Puzzleteil nennt sie ihn, seit der Geschichte mit Jonas und dem missglückten Fluchtversuch, an dem er beteiligt war. Auf die Frage, warum sie flüchten wollte, hatte die junge Frau gesagt: »Ich suche das fehlende Puzzleteil.« Schon als Kind, als sie zum ersten Mal so einen Plan in der Hand hielt, habe der weiße Fleck eine bohrende Neugier in ihr ausgelöst. Die leuchtendsten Farben hätten nicht verlockender sein können als dieser weiße Fleck, hat sie gesagt, den sie sich seitdem ausmalte. Als Jonas das hörte, wollte er der Frau zu ihrem fehlenden Puzzleteil verhelfen. Sie würde natürlich enttäuscht sein, hat er gedacht, dass sich auch durch das Puzzleteil nicht alles zu einem guten Ganzen fügte, und weitersuchen in der Welt, die ihr endlich offenstand. Ein Mensch wie sie ging zugrunde hinter Mauern. An dieser Stelle hat er angefangen zu weinen, als er Elsa davon erzählte, nachdem die Sache schon schiefgegangen war. Vorher wusste sie nicht einmal, dass ihr Sohn bei so etwas mitmacht. Es sei auch das letzte Mal gewesen, hat er gesagt. Die Frau sitze jetzt im Knast. Er warte nur darauf zu hören, sie habe sich umgebracht. Später hat sie ihn gefragt, ob er wisse, was aus der Frau geworden sei. »Sie lebt noch«, hat er gesagt, »und ist wieder frei. Sie haben sie umgedreht.« Elsa faltet den Plan zusammen. Der weiße Fleck macht ihr plötzlich Angst. Was, wenn sie den Weg dorthin nicht mehr findet?

Das Haus erkennt Elsa, noch bevor es auftaucht, an ihrem schneller schlagenden Herzen. Noch nie hat sie sich dem Haus ohne Herzklopfen nähern können. Wenn es ausbleibt, denkt sie, bin ich wahrscheinlich tot.

Es ist erst kurz vor halb fünf, als sie die Kreuzung zur Wilhelm-Pieck-Straße überquert. Bernhard wird sicher noch nicht herauskommen. Sie stellt sich auf die Straßenseite, die dem Haupteingang des Gebäudes gegenüberliegt, mit dem Rücken zum Nikolaifriedhof. Seit Jahren ist sie nicht hier gewesen, die wenigen Male, die sie Bernhard gesehen hat, haben sie sich auf seinen Wunsch an anderen Orten getroffen. Als ob er es vermeiden wollte, seit ihrer Nacht im Haus, wieder mit ihr dort zu sein. Als könnte allein ihrer beider Anwesenheit unter diesem Dach zu Dingen führen, die man außerhalb seiner Mauern für falsch halten muss, auch wenn sie im Inneren richtig scheinen.

Und sie möchte jetzt nicht hineingehen und nach ihm fragen. Sie möchte, dass er herauskommt, sie hier stehen sieht und überrascht ist, auf die für ihn typische leicht alarmierte Weise, und dass sich mit jedem Schritt, den er auf sie zumacht, seine Überraschung in Freude verwandelt. Während sie sich diese Szene ausmalt, wächst eine gespannte Erwartung in ihr, eine frohe und ganz unpassende Erwartung. Schließlich ist sie gekommen, um mit Bernhard eine Art Krisengespräch zu führen. Ein Gespräch, das sich um ihre Kinder und nicht um sie dreht. Eines, in dem sie beide einen kühlen Kopf brauchen und kein immer höherschlagendes Herz.

Vielleicht ist das milde Licht schuld, das Gezwitscher der Vögel und die weiche Luft, dass es sich beinahe wie ein Rendezvous anfühlt, gemischt mit dem Duft alter Erinnerungen. Erinnerungen an einen Abend im Juni, an dem sie tatsächlich zum Rendezvous mit Bernhard hierhergekommen war, auch wenn sie es vorher selbst nicht wusste – doch danach war es ihr erschienen, als hätte es für sie zu dieser Stunde gar keinen anderen Weg gegeben als ebenjenen in Bernhards Arme. Und lange vor dieser Juninacht gab es einen Frühjahrsmorgen, als sie an ebendieser Mauer lehnte, erfüllt von Furcht, Glück und Übelkeit. Heute wie vor vierzig Jahren sprießen hellgrüne Blättchen an den Zweigen, die über die Friedhofsmauer wachsen. Damals hatte sie mit dem Kind im Bauch das Haus ihrer Kindheit betrachtet, über dessen Fassade in langen Bahnen rote Banner liefen. Das Kreditkaufhaus ist gekommen und gegangen, hatte sie gedacht, die Zentrale der Hitlerjugend ist gekommen und gegangen, das Zentralkomitee der SED ist gekommen und wird ebenfalls wieder gehen. Lange kann auch dieser Spuk nicht dauern. Die roten Banner sind verschwunden, doch der Spuk dauert schon vier Jahrzehnte, und ein Ende ist nicht in Sicht.

Vielleicht lag es nicht nur an Bernhard, dass sie sich seit jener Nacht nicht mehr im Haus der Einheit getroffen haben. Vielleicht wollte sie sich den Anblick des Hauses ersparen. Das, was im Inneren daraus geworden war, aus dem Palast ihrer Kindheit, dem zur großen Fahrt bereiten Schiff ihrer Jugend. Eine kleinteilige Welt enger Büroräume mit abgehängten Decken, holzverkleideten Einbauschränken, Efeutapeten und Neonleuchten, Glasbausteinen und Spitzengardinen. Wo im Kaufhaus Jonass weite Hallen voller Schätze waren und die oberen Etagen wie Labyrinthe, hatte man Wände eingezogen, ganze Fluchten einander gleichender Büros, endlose Flure, in denen sich Tür an Tür reihte. Haus der Kleinheit, hat sie das umgebaute Haus einmal genannt. Und doch liebte sie ihr Haus deshalb nicht weniger, war nur wütend auf die wechselnden Machthaber, die ihm ein falsches Leben aufzwangen, wütend zuweilen sogar auf das Haus, das alles so ungerührt mit sich machen ließ. Sie denkt an den Brief, den sie Bernhard geschrieben hat, als es für einige Jahre unmöglich war, ihr Haus zu besuchen. Beschreib mir unser Haus, Bernhard. Von unten bis oben, von außen und innen, im Großen und im Kleinen. Auch das, was du nicht mehr siehst, weil du es jeden Tag sehen kannst. Alles, ich will alles wissen.

Ein paar Jahre später hätte sie vielleicht wieder hineingekonnt, indem sie Bernhard überredete, sie unter einem Vorwand einzuschleusen. Aber Bernhard hatte ihr versichert, dass sich dort nichts getan hatte. Nichts, was für sie interessant sein könnte. Und jetzt denkt sie, dass sie ihn nicht gefragt und überredet hat, weil sie das Haus nicht noch einmal sehen wollte in diesem Zustand, in dem sich nichts veränderte. Das war ja schon Altersstarrsinn, und dabei war es nicht älter als sie selbst, gerade mal sechzig Jahre. Und bei ihr veränderte sich noch immer eine ganze Menge.

Dieses Haus, da ist sie ganz sicher, während nun der Wind die Zweige hinter ihr schüttelt, dass die hellgrünen Blätter tanzen, braucht ein neues Leben, so wie sie, als sie vor zwanzig Jahren Bernhard den Brief schrieb. Eine Scheidung, eine Krise und dann hinaus ins Leben – eine neue Liebe, ein neuer Name, neue Aufgaben. Doch nichts deutet darauf hin, dass es hier nicht fünfzig oder hundert Jahre so weitergehen könnte. Fünfzig oder hundert Jahre, in denen die Mauer noch steht, wie Honecker prophezeit hat.

Aber vielleicht ist auch das nur eine Frage der Perspektive. Elsa schließt die Augen, öffnet sie wieder und zoomt das Haus in die Zukunft. Dann wird Honecker tot sein, und sie selbst wird tot sein, aber nicht nur die Mauer, auch das Haus wird noch stehen. Es hat das Tausendjährige Reich überstanden, die Bomben überstanden. Da wird es auch die Mauer überstehen, bis sie einst fällt. Noch einmal schließt und öffnet sie die Augen und holt das Haus wieder näher heran. Wenn sie es von hier aus betrachtet, nicht zu weit entfernt, doch mit Abstand, hat es trotz allem seine Kraft und Würde bewahrt. Wie ein Mensch mit starken, wohlgeformten Knochen, dem weder Krankheit noch Alter die Schönheit stehlen.

Plötzlich tritt Bernhard aus dem Gebäude. Und an seiner Seite sie selbst. Elsa fasst nach der Mauer in ihrem Rücken. Nein, es ist bloß eine Frau, die ihr auf den ersten Blick ähnlich sieht. Oder vielmehr der Frau, die sie vor zehn, fünfzehn Jahren gewesen ist. Das muss Elisa sein, von der Bernhard ihr geschrieben hat. Getroffen hat sie diese Frau noch nie, die einen Buchstaben und einen Bernhard mehr besaß als sie und einige Lebensjahre weniger. Es wird höchste Zeit. Sie sollte hingehen und ihr die Hand schütteln. Mit den beiden einen Kaffee trinken und plaudern. Das, was sie mit Bernhard besprechen wollte, wegen Luise und Uwe und Jonas, das wird kein Geheimnis sein vor Elisa.

Sie sieht die beiden über den Bürgersteig gehen und bleibt auf ihrem Platz, sieht sie um die Ecke biegen und bewegt sich keinen Schritt. Erst als sie verschwunden sind, löst sie sich von der Mauer des Friedhofs und läuft in entgegengesetzter Richtung die Prenzlauer Allee entlang. Immer schneller Richtung Norden, ohne sich umzuwenden. Er hätte nicht mit der anderen Frau aus dem Haus kommen dürfen. Aus ihrem Haus.

Klack. Ihr Band ist abgelaufen. Mitten im Satz ist Schluss. Sie war fast fertig, aber jetzt weiß sie nicht mehr, wie sie es zu Ende bringen wollte. So wird es auch mit meinem ganzen Leben sein, denkt sie. Bei irgendetwas wird mich der Tod unterbrechen, klack, und das war's dann, Verlängerung gibt's nicht. Und seltsam, auf einmal erscheint ihr das gar nicht mehr schlimm.

Für manche Dinge wird die Zeit nicht mehr reichen, zum Beispiel, um eine neue Leerkassette zu besorgen. Dann ist die Geschichte eben hier zu Ende, genau in dem Moment, als ihr auf der Dachterrasse des Jonass das Glas aus der Hand fiel. Da endet die rückwärts erzählte Geschichte, die sie nur vom Ende abgewickelt bekommen hat, kurz nach Elsas Geburt. Das ist ja auch die Hauptsache für Elsa. Doch das andere Band, auf dem sie mit Harry gesprochen hat, anstatt die Geschichte für Elsa zu erzählen, das muss weg, das soll niemand finden. Wegwerfen will sie es auch nicht. Das will sie für sich behalten. Sie weiß bloß noch nicht, wie.

Ihre Kehle ist rau und trocken wie Schmirgelpapier. Wie lange hat sie hier gesessen und erzählt und erzählt, ohne Pause, aus Angst, den Mut nicht noch einmal aufzubringen, den Faden nicht wiederzufinden? Waren es Minuten, Stunden, Tage? Sie geht ans Fenster, zieht den Vorhang zur Seite, am Horizont zeichnet sich ein schmaler roter Streif ab. Die ganze Nacht ist sie kein einziges Mal aufgestanden, nicht zur Toilette gegangen, hat nichts gegessen, nichts getrunken; sie musste nichts und wollte nichts. Wie oft hat Dr. Sachs sie ermahnt, genug zu trinken, auf gar keinen Fall zu dehydrieren, verdicktes Blut, das sei Gift für ihr Herz. Ebenso Alkohol. Wasser, Wasser und nochmals Wasser, hat sie wiederholt und ihr dabei eindringlich in die Augen gesehen. Sie trinkt sowieso nur noch Wasser, wenn sie etwas trinkt. Seit dem Geburtstag hat sie keinen Wein oder Sekt mehr angerührt. Es war schön, diesen einen Abend, es war berauschend, und es war vorbei.

Nicht nur Alkohol ist berauschend und Gift für ihr Herz, auch ein Lied kann diese Wirkung haben, ein Lied voll hochprozentiger Erinnerung. Wie die Platte, die Harry ihr zum Abschied geschenkt hat. Sie streicht über den Trichter des Grammofons, das nach Jahrzehnten im Schrank nun seit ihrem Geburtstag offen auf der Truhe steht. Ein letztes Mal darf sie am Ende dieser Nacht zur Nadel greifen, ihre Welt geht ohnehin unter. Behutsam setzt sie die Nadel auf, es kratzt und knirscht ein wenig, dann ertönt das letzte Lied: »Auf Wiederseh'n mein Fräulein, auf Wiederseh'n mein Herr. Es war uns ein Vergnügen, wir danken Ihnen sehr. Dieser Abend war so reizend und so wunder-, wunderschön. Wann kommen Sie wieder? Wann kommen Sie wieder? Damit wir uns wiederseh'n!«

Er, der seine Heimat, seine Arbeit, seine Freunde, sein ganzes Leben hinter sich ließ, hat zum Abschied ihre Tränen getrocknet. Hat sich ihr Versprechen angehört, dass er sein Elternhaus heil zurückbekommen werde – »wenn ihr wiederkommt«. Ohne zu lachen, hat er sie angehört, hat nur gelächelt, doch nicht über sie, sondern über sie hinweg und in die Ferne. Er hat gewusst, dass ihr Versprechen ein leeres Versprechen war. Und er ist nie zurückgekommen, zu ihr nicht und nicht in die alte Welt. Wird auch nicht mehr kommen. Wird sich nicht noch einmal von ihr verabschieden. »Wenn wir wiederkommen«, waren seine letzten Worte für sie gewesen, und mit einem flüchtigen Kuss auf die Stirn war er fort. »Auf Wiedersehen, Vicky.«

»Auf Wiedersehen, Harry.« Sie packt die alte Platte wieder in ihre Hülle, stellt sie zwischen die anderen. Dann nimmt sie die Kassette mit den Worten an Harry, mit all dem »Weißt du noch« und »Erinnerst du dich«, und geht damit in die Küche, an den Esstisch am Fenster. Sie zieht das Band heraus, ein graubrauner, zerknitterter Streifen, auf dem ihre Worte keine Spur hinterlassen haben. Den letzten Rest reißt sie mit einem Ruck heraus, legt das Band auf einen Teller und zerschneidet es mit einer Schere in immer kleinere Stücke.

Es ist ein ungewöhnlich warmer Tag für April. Blauer, makelloser Himmel. Bäume, Blumenkränze, die schwarzen Kleider im flimmernden Sonnenlicht, alles plastisch und überdeutlich wie durch ein Vergrößerungsglas. Die Sargträger haben gerötete Nacken, verschwitzte Haare unter den Zylindern. Sie bewegen sich in Zeitlupe. Dabei ist Vicky so leicht gewesen am Ende.

Die tote Mutter auf einem weißen Leintuch. In einem langen weißen Hemd. Überall stachen die Knochen hervor, Rippen, Beckenknochen, Knie. Eingefallene Wangen, tiefe Augenhöhlen. Jetzt wird sie immer dieses Bild vor Augen haben, doch sie wollte ihre Mutter ein letztes Mal sehen. Um sich von ihr zu verabschieden. Damit sie es glauben konnte. Oder beides. Denn trotz allem war es für sie überraschend gekommen. Auch wenn Vicky über achtzig war, mit den üblichen Blessuren des Alters, in letzter Zeit kurzatmig und schnell erschöpft, war sie ihr bis zuletzt zäh erschienen an Leib und Seele, wie eine, die noch lange durchhält. Wäre da nicht jener Geburtstag gewesen. »Die einen kommen, die anderen gehen.« Dieser Satz geht ihr nicht aus dem Kopf. Der letzte Satz, den sie aus dem Mund ihrer Mutter gehört hat.

Der Weg bis zum Grab scheint kein Ende zu nehmen. Es ist ein großer Friedhof mit alten Bäumen und monumentalen Grabstätten ganzer Familien, von gusseisernen Gittern umgeben. Schweigend trotten sie den Sargträgern hinterher, und in die Stille hinein schmettern die Vögel dem Frühling und ihrer Brut entgegen. In erster Reihe hinter dem Sarg gehen neben ihr Klaus und Werner. Beide Brüder tragen dunkle Sonnenbrillen, sie kann nicht sehen, ob einer von ihnen geweint hat. Werner, der die ganze Nacht durchgeflogen ist von New York nach Berlin, sieht aus, als schwebe er noch immer weit über den Wolken. »Wenn ich das gewusst hätte«, hat er am Telefon gestammelt, »wäre ich doch zu ihrem Geburtstag gekommen.«

Auch Klaus kann von diesem Geburtstag nicht lassen. »Verzeih mir«, flüstert er neben ihr, und nun fließt doch eine Träne unter der dunklen Brille hervor, »verzeih mir, hat sie gesagt, und ich wusste doch gar nicht, wofür.«

Dafür, dass sie dich nie geliebt hat, denkt Elsa, doch das kann sie ihrem Bruder nicht sagen. Und das kann man seiner Mutter wohl auch nicht verzeihen. Aber da Vicky so sehr daran gelegen war, Klaus noch einmal zu sehen und ihn um Verzeihung zu bitten, und das wollte bei ihrer Mutter etwas heißen, hat sie ihn vielleicht doch geliebt, irgendwie? Was wusste sie schon von Vicky.

So fern ihr beide Brüder ein Leben lang gewesen sind, so richtig fühlt es sich an, nun die beiden und niemand anderen an ihrer Seite zu haben. Bernhard vielleicht. Auch Bernhard wäre hier richtig an ihrer Seite, denkt Elsa und spürt, wie sehr er ihr in diesen Tagen fehlt. Hinter ihr und den Brüdern gehen Elsie, Ferdinand und Hanns, gefolgt von Stephanie und Nick, Jonas, Sabine und den Kindern. Nur diese kleine Familie ist gekommen, keine Freundinnen und früheren Kolleginnen, keine Bekannten und Nachbarn, obwohl Vicky über vierzig Jahre in derselben Wohnung gelebt hat. Aber auch in ihrem Haus war man stets gekommen und gegangen.

Elsa will nicht, dass der Weg bis zum Grab ein Ende nimmt. Sie fürchtet sich entsetzlich vor dem Moment, da die Kiste mit ihrer Mutter in der Grube versenkt wird, ihr Körper in der kalten Erde für immer verschwindet. Es folgt eine weitere Biegung, dann geht es den Hang hinauf; die Sargträger beugen sich tief unter der Last, doch es ist keine Grube in Sicht. Vielleicht war dies ein verwunschener Friedhof, auf dem die Trauernden jahrelang hinter den Trägern trotteten, auf Kieswegen unter hohen Bäumen, die grün wurden und bunt, kahl und wieder grün; Trauernde, die die Zeit vergaßen und bald auch die Trauer, für die es ohne die Zeit keinen Grund gibt. Immer weiter hätte sie so gehen mögen, auf dem knirschenden Kies und unter dem Rauschen der Blätter, solange Vicky nur bei ihnen war.

Die Träger bleiben plötzlich stehen vor einer offenen Grube, die sie nicht hat kommen sehen. Vorsichtig stellen sie den Sarg auf die Erde. Im Halbkreis stehen die Trauernden vor dem Grab, der Pfarrer beginnt zu sprechen. Sie kann den Blick nicht von dem Eimer mit Sand und Schaufel wenden. Eine Schaufel Sand für jeden von ihnen, für diese kleine, unvollständige Familie. Die Wurzeln zu Vickys Heimat waren gekappt, es hatte nie eine Versöhnung mit der Mutter und den Geschwistern gegeben. Und der Anlass für dieses Zerwürfnis war sie selbst gewesen, das uneheliche Balg, die Schande. Sie geht ans andere Ende des Halbkreises zu ihrer Tochter und fasst nach Stephanies Hand, die sich warm und lebendig anfühlt. Eine solche Geschichte soll sich in ihrer Familie nicht wiederholen.

Die Rede ist zu Ende, der Sand geworfen. Elsa tritt noch einmal an Vickys Grab, im Arm einen dicken Strauß Ranunkeln in zart leuchtenden Farben. Langsam wirft sie eine nach der anderen hinab, und die goldgelben, rosafarbenen und purpurroten Blumen fallen lautlos auf den Sarg.

Elsa dreht den Schlüssel im Schloss und schiebt langsam die Tür auf. Die Wohnung sieht so anders aus als beim letzten Mal, als sie hier war. Leer und verlassen, obwohl sie noch gar nichts ausgeräumt haben. An Vickys Geburtstag waren die Räume gefüllt mit Menschen und Leben, Schüsseln und Flaschen, Blumen und Musik. Vielleicht ist es deshalb nicht aufgefallen, dass auch da schon einige Sachen fehlten. Aber jetzt, wenn sie sich an den Abend erinnert, sieht sie die leeren Ecken und Flecken vor sich, wo zuvor ein Tischchen gestanden hatte, eine Lampe oder ein Topf mit einer Zimmerpflanze.

Sie geht durch die Räume der kleinen Wohnung, in der sie nach dem Krieg ein paar Jahre mit der Mutter und den Brüdern gewohnt, in der Vicky lange allein gelebt hat, dann mit Leo, dann wieder allein. Flur, Wohnzimmer, Bad, Schlafzimmer – inzwischen haben sie sich weiter ausgebreitet, die leeren Ecken und Flecken. Jetzt sieht die Wohnung aus wie das Zuhause von jemandem, der mitten im Umzug steckt. Die Dinge, die man weder mitnehmen noch verschenken will, sind fortgeschafft, der persönliche Kleinkram auch. Geblieben sind Sofa, Sessel und Schränke und die wenigen Besitztümer, von denen Vicky geglaubt haben muss, dass jemand von ihnen sie behalten möchte. So wie die Schmuckschatulle, die im Schlafzimmer auf der Kommode neben dem Bett steht, während sie vorher immer weggeschlossen war.

Elsa öffnet die Schatulle, eine Uhr liegt darin, drei Ketten, eine Brosche, zwei Eheringe. Und ein kleines Kästchen, auf dem in der Handschrift ihrer Mutter, der man das abtrainierte Sütterlin noch ansieht, »für Elsa« steht. Im Kästchen, auf Samt gebettet, ein Paar goldene Ohrringe mit Smaragden. Sie legt die Ohrringe vorsichtig auf die Handfläche, schön sind sie und vermutlich kostbarer als alles, was Vicky sonst besessen hat. Trotzdem ist sie enttäuscht, weil sie sich nicht erinnern kann, die Ohrringe je an ihrer Mutter gesehen zu haben. Prächtig stellt sie sich die Smaragde vor zu Vickys grünen Augen. Wer hat sie ihr geschenkt? Gerd Helbig traut sie dieses Geschenk ebenso wenig zu wie Leo. Zu oft hatten die beiden Geschenke ausgesucht, die zwar schön und manchmal auch teuer waren, aber nicht zu Vicky passten. Diese Ohrringe passten perfekt, wie für Vicky gemacht sehen sie aus. Warum hat sie sie nie getragen? Elsa legt die Schmuckstücke behutsam zurück in die Schatulle. Offenbar lag ihrer Mutter daran, dass sie diese Ohrringe bekam und niemand anders. Sie enthielten eine Botschaft, doch den Schlüssel hatte Vicky nicht mitgeliefert. Wie so oft.

Elsa steht vor dem Bett ihrer Mutter, streicht über die Tagesdecke, die faltenlos über Oberbett und Kissen gebreitet ist. Vicky ist nicht im Schlaf gestorben, und sie ist in der Nacht vor ihrem Tod nicht ins Bett gegangen. Niemand wird je wissen, was sie frühmorgens am Küchentisch gemacht hat, unter dem sie lag, als Elsie sie am Abend fand. Die Küche. Als sie vor der verschlossenen Tür steht, die Klinke in der Hand, weiß sie, dass sie es nicht schafft, diesen Raum allein zu betreten, in dem ihre Mutter allein gestorben ist.

»Danke, dass du gekommen bist.« Sie umarmt Elsie. »Macht es dir wirklich nichts aus, mir alles zu erzählen … von diesem Tag?«

Elsie geht voran in die Küche. »Doch, es macht mir etwas aus. Aber es tut auch gut. Setz dich«, sagt sie und weist auf einen der Stühle am Küchentisch.

Elsa zögert, bevor sie Platz nimmt. Elsie kocht Kaffee, dann setzt sie sich ihr gegenüber.

»Von diesem Stuhl ist sie gekippt«, sagt Elsie, deutet auf den freien Stuhl am Kopfende und fügt nach einem Blick in Elsas Gesicht hinzu: »Aber es hat ihr nicht wehgetan, da war sie schon tot. Sie ist ganz plötzlich gestorben, wie man es sich in unserem Alter nur wünschen kann. Herzversagen.«

Elsa schenkt sich aus der Kaffeekanne ein. Seltsam ist das, hier in Vickys Küche ohne Vicky Kaffee zu trinken. »Aber hatte sie denn etwas am Herzen? Ich wusste gar nicht …«

Elsie nimmt ihre Hand. »Sie wollte nicht, dass ihr euch Sorgen macht. Großer Unsinn, wenn du mich fragst, aber so war sie nun mal. Ja, sie war schon länger herzkrank, und natürlich war ihre Leber auch nicht in Ordnung, aber daran ist sie nicht gestorben.«

Elsa denkt an den Geburtstag. Im Nachhinein erscheint ihr alles so offensichtlich. Vickys Benehmen, der Alkohol, die Sache mit Klaus, ihr Orakel zum Abschied. Ganz dumm kommt sie sich vor, dass sie es nicht kapiert hat. Dass sie zu beschäftigt war mit anderen Sorgen, um der Beunruhigung, die sie bei dieser letzten Begegnung mit ihrer Mutter fühlte, auf den Grund zu gehen. Sie senkt den Kopf und fragt leise: »Wusstest du, dass sie stirbt?«

»Nein, ich wusste es nicht. Aber sie selbst hat es gefühlt, schon einige Zeit, dass sie nicht mehr lange zu leben hat. Zuerst wollte ich nichts davon wissen, aber spätestens an ihrem Geburtstag habe ich ihr geglaubt.« Elsie fährt sich durch die weißen Haare. »Nein, schon vor dem Geburtstag. Als wir beide vor dem Grab standen, Vicky und ich.«

Beim Gedanken an das vorbestellte Grab, die halb ausgeräumte Wohnung, die vorsortierten Gegenstände schnürt es Elsa die Kehle zu. Wieder einmal hat ihre Mutter sie ausgeschlossen, wie immer, wenn es um Leben und Tod ging. Sie ist doch kein kleines Kind mehr. Und selbst ein Kind hat ein Recht auf die Wahrheit. Sie schaut Elsie in die Augen.

»Klar, du hast es natürlich gewusst. Ihre Kinder dagegen … Was brauchen die schon Bescheid zu wissen. Ob ihre Mutter stirbt, ob sie geliebt werden. Wer ihr Vater ist …« Sie stößt ihre Tasse um. Elsies Arm schnellt nach vorne, um den Fall aufzuhalten, doch ein Schwall heißen Kaffees läuft über ihre Hand. Über ihr Handgelenk. Ausgerechnet über Elsies Handgelenk.

»Tut mir leid!«, rufen beide zugleich.

Dann sagt Elsie, während Elsa aufspringt und ihr ein Tuch reicht: »Ja, es tut mir wahrhaftig sehr, sehr leid, Elsa. Ich weiß nicht, ob du's mir verzeihen kannst. Doch ich musste ihr versprechen zu schweigen. Hab es nicht verstanden – anfangs ja, aber später nicht mehr. Doch ein Versprechen ist ein Versprechen. Wir haben uns beinahe darüber zerstritten, mehr als einmal. Sie konnte so verdammt stur sein, deine Mutter. Aber vergiss nie, sie hat es aus Liebe getan, Elsa. Aus Liebe zu dir.«

Ihre Blicke begegnen sich, beide haben Tränen in den Augen. Eine Weile ist nichts zu hören als das Ticken der Küchenuhr, bis Elsa das Schweigen bricht: »Dann kannst du's mir jetzt sagen. Vicky ist tot. Ich lebe.«

Elsie legt einen Arm auf die Lehne des leeren Stuhls am Kopfende. »Ich bin sicher, sie hat es dir selbst gesagt. Irgendwie. Irgendwo«, sagt sie und lässt ihren Blick durch den Raum schweifen.

Das Ticken der Küchenuhr kommt Elsa laut vor, unnatürlich laut und unregelmäßig. Wie ein aus dem Rhythmus geratenes Herz. Ihre Stimme dagegen ist kaum hörbar, als sie fragt: »In der Nacht, als sie gestorben ist – hat sie das geplant? Hat sie etwas eingenommen oder so?«

Elsie schüttelt den Kopf. »Das glaube ich nicht. Als ich sie gefunden habe … Ich hab sofort den Notarzt gerufen. Im Grunde wusste ich, dass sie tot war, aber … vielleicht hab ich auf ein Wunder gehofft, dass man sie noch retten könnte. Das war ein Fehler. Sie haben sie sofort zugedeckt, in den Krankenwagen verfrachtet.« Elsie schluckt. »Wäre Dr. Sachs gekommen, hätte sie vielleicht erlaubt, dass Vicky zu Hause bleibt, in ihrem Bett. Wir hätten uns in Ruhe von ihr verabschieden können.«

Die tote Mutter, aufgebahrt auf einem weißen Leintuch. Unter dem Stoff des Totenhemds hervorstechende Rippen, eingefallene Wangen und Augenhöhlen. Elsa versucht, das Bild abzuschütteln.

»Was hat sie denn am frühen Morgen am Küchentisch gemacht? War sie angezogen? Hat sie etwas gegessen?«

Elsie schaut an Elsa vorbei auf den Stuhl am Kopfende des Tisches. »Ja, das war seltsam. Sie hatte ihr Lieblingskleid an, das violette, und ihre geliebte alte Strickjacke. Ihr Bett war nicht angerührt. Vielleicht konnte sie einfach nicht schlafen, das kommt vor in unserem Alter. Auf dem Küchentisch stand ein leerer Teller, eine Schere lag darauf, sonst nichts. Sie war stark dehydriert, haben die Ärzte gesagt. Das war natürlich Gift für ihr Herz. Sonst haben sie nichts Verdächtiges gefunden. Aber man hat ja auch nicht weiter danach gesucht. Warum auch?«

Ja, warum auch. Eine über achtzigjährige Frau mit Herzproblemen, die starb eben früher oder später, da handelte es sich nicht um Mord oder Selbstmord, da brauchte man nicht den Mageninhalt zu prüfen oder nach Indizien zu suchen. Aber etwas Verdächtiges gab es doch. Seit einiger Zeit schon und besonders, seit sie hier in der Wohnung ist, kann Elsa das Gefühl nicht loswerden, dass etwas nicht stimmt. Ganz und gar nicht stimmt. Und heute wird sie ihr nachgehen, der Beunruhigung, nachgehen durch die Zimmer.

Als Elsie wieder fort ist, wandert sie durch die Räume. Was war das für ein Lied ... ein Lied, das ihr vorhin durch den Kopf ging? Die Kinder, denkt sie, Abendbrot vor dem Fernseher. Daran hat es mich erinnert. Kinderfernsehen. Auf einmal ist das Lied wieder da. »Eins von diesen Dingen gehört nicht zu den andern«, singt sie leise, wandert weiter, schaut sich ganz genau um. Im Wohnzimmer bleibt sie vor dem Kassettenrekorder stehen.

Der vertraute Geruch nach Chemikalien tut gut. Es fällt Elsa schwer, sich auf die Bilder zu konzentrieren, die freudige Erwartung auf das, was zum Vorschein kommen mag, stellt sich nicht ein. Doch die eingespielten Handbewegungen beruhigen. Sie hätte nicht ins Studio kommen müssen, Torsten hat ihr angeboten, den Laden alleine zu führen, bis sie sich besser fühlt. Heute Morgen, als sie unangekündigt und mit verweinten Augen zur Ladentür hereinkam, hat er sie mit sanfter Stimme gefragt, ob sie sicher sei ... Ganz sicher, hat sie gesagt und ist gleich nach hinten durch ins Labor gegangen. Kunden möchte sie heute nicht bedienen. Alle würden glauben, ihr Beileid bekunden zu müssen, glauben, sie habe aus Trauer um ihre Mutter geweint. Wenn es doch so einfach wäre.

Im Kopf hört sie wieder die ersten Sätze vom Band, Vickys Stimme, die das dunkle Wohnzimmer erfüllte wie ein Geist. »Dieser heiße Tag im Juli 1970, das war das letzte Mal, dass ich ihn gesehen habe. Ich ihn, er mich nicht. Fast wäre ich vor Angst gestorben auf der Reise, allein in Amerika. Aber ich musste das tun. Alleine tun. Er war doppelt so alt wie damals, als er Deutschland verlassen hat, seine dunklen Haare waren grau geworden, doch ich hab ihn sofort erkannt. Hab sein Lachen gehört, bevor ich ihn sah, hinter der Hecke des Grundstücks versteckt. Er spielte Federball mit einer jungen Frau, die ihm sehr ähnlich sah, und auf der Terrasse des Hauses stand eine Frau, die mir ein bisschen ähnlich sah, nur jünger. Ich war so glücklich hinter meiner grünen Hecke, dass er noch lebte, sein Lachen noch lebte. Dann drehte ich mich um und machte mich auf den Heimweg.«

Zuerst hat sie gar nicht verstanden, von wem und wovon die Rede war. Erst nach und nach, während sie auf dem Teppich vor dem Rekorder kniete, hat sie begriffen, was für eine Geschichte ihre Mutter erzählte, vom Ende bis zum Anfang.

Nun weiß sie es also. Wenn man es erst einmal weiß, erscheint es so sonnenklar. Und sie hatte Jahrzehnte im Nebel gestochert, so ziemlich alle in Betracht gezogen außer Harry. Selbst seinen Vater hatte sie verdächtigt, Heinrich Grünberg, den Kaufhausbesitzer. Wie oft kam so etwas vor, die junge Angestellte, der verheiratete Chef. Der Standesunterschied, Ehebruch, Skandal … Grund genug für Geheimniskrämerei. Aber keine Sekunde hatte sie an Harry gedacht. Das war doch noch ein Junge, ein lustiger großer Junge, der manchmal ihre Mama besuchte, als sie selbst noch ganz klein war. Onkel Alli, der pfeifend die Treppe hochkam, mit Süßigkeiten in den Jackentaschen und Schallplatten unter dem Arm. Onkel Alli, der sie zur Musik durchs Zimmer schwenkte, bis er sie plötzlich irgendwo absetzte und mit Mama im Arm weitertanzte. Seine Besuche waren kurz und lustig, und wenn er gegangen war, ging etwas später meist auch die Mama. Mein Gott, war sie blind und blöd gewesen. So blind, wie nur ein Kind sein kann, für das die Mama eine Heilige ist und ein Vater ein Mann mit Bart, Brille und Beruf – ein Kind, das sich genau so einen Vater wünscht, einen richtigen, einen erwachsenen Vater.

Einmal, daran erinnert sie sich jetzt, war ihre Mutter nachts nicht nach Hause gekommen. Sie war wach geworden, es war tiefschwarze Nacht, sie hatte geweint und nach Mama gerufen, aber die Mama war nicht da. Oma Chaja war da und wollte sie trösten, doch sie ließ sich nicht trösten, sie schrie und schrie. Arme Oma Chaja. Wer hätte sie trösten können? Mama war tot. Mama hatte sie verlassen. Seltsam, dass sie sich daran plötzlich so deutlich erinnert. An die viel zu großen Gefühle, die ihren kleinen Körper schüttelten. Sehnsucht, Wut, Verlassenheit – Todesangst.

Elsa geht aus der Hintertür in den Hof, stellt sich in den schmalen Streifen Sonne, der über die Mauer fällt, und zündet eine Zigarette an. Das Päckchen, das sie sich gestern Nacht geholt hat, ist halb leer. Beim ersten Zug hatte sie husten müssen, doch jetzt geht es wieder so gut wie zuvor. Tief inhaliert sie den Rauch. Ihre Mutter war wiedergekommen in jener Nacht, hatte nach Qualm gerochen und Parfüm, nach Mann und Schnaps, aber das wusste sie damals noch nicht. Und sie wusste auch nicht, warum Onkel Alli bald nicht mehr zu Besuch kam und später für immer verschwand. Nun ist auch Vicky für immer verschwunden. Mama ist tot. Mama hat sie verlassen.

Zurück im Labor, während sie die Gesichter fremder Menschen ans Licht bringt, versucht sie sich an Bilder von Harry zu erinnern. An das Gesicht ihres Vaters. Doch so tief sie auch gräbt, sie findet nicht mehr als diese verwackelten Schnappschüsse, ein lachendes Gesicht, das sich mit ihr im Kreis dreht.

Am Abend verschließt Elsa ihr Studio und fährt nach Lübars. In der letzten Nacht hat sie in Vickys Wohnung geschlafen, in Vickys Bett. Sie wollte, nachdem sie das Band gehört hat, allein sein mit dieser Geschichte, mit Vickys Stimme im Ohr, Vickys Geist. Jetzt freut sie sich auf Hanns und auf Jonas, Sabine und die Kinder, die gemeinsam das Wochenende in Lübars verbringen. Jonas und Sabine wollen es noch einmal miteinander versuchen. Schon auf der Beerdigung ist ihr aufgefallen, wie die beiden Hand in Hand gingen. Vielleicht hat der Tod ein paar Dinge zurechtgerückt.

Zur Begrüßung drückt Hanns sie fest an sich, so fest, dass ihr fast die Luft wegbleibt. Dann hält er sie ein kleines Stück von sich und schaut ihr ins Gesicht. »Ist etwas passiert?« Sie gibt ihm einen Kuss und macht sich los. Später wird sie es ihm erzählen, nicht jetzt.

»In Ordnung«, sagt Hanns, »erzähl's mir später.«

Jonas schiebt in der Küche ein Blech in den Ofen. Er hat mit Katia und Tobias Pizza gemacht. Auf Tobias' Stücken ist außer Tomatenmark nicht viel geblieben, der Belag ist gleich in seinen Mund gewandert. Jonas streift die mehlbestäubten Hände an der Jeans ab, bevor er sie ihr entgegenstreckt. »Luise und Uwe sind wieder frei«, sagt er, »das Verfahren ist eingestellt.«

Elsa nickt. »Gott sei Dank.«

»Ja«, sagt Jonas, »die wollten sich's wohl nicht zu sehr mit der Kirche verderben, die beiden sind sehr beliebt in der Gemeinde. Dann unsere Intervention aus dem Westen, die Unterschriftenaktion, Stephanies Pressekontakte. Und ich denk mal, Bernhard hat sich auch für sie eingesetzt. Oder seine Schwester. Ihr Mann von der Firma, du weißt schon.« Jonas gestikuliert mit seinen noch immer weiß bestäubten Händen.

Sabine unterbricht ihn. »Deine Mutter hat jetzt andere Sorgen. Lass sie doch mal in Ruhe mit der Politik.«

Jonas wirft ihr einen Blick zu. »Du meinst wohl, lass mich in Ruhe.«

Elsa lässt die beiden stehen und geht zu Katia, die ihre Eltern vom Tisch aus beobachtet. »Danke.«

Katia schaut sie erstaunt an. »Wofür?«

Sie legt eine Hand auf den Arm ihrer Enkelin. »Für das Taschentuch. Als ich in der Kapelle weinen musste, geschnieft hab und alle Taschen durchwühlt. Keiner hat das bemerkt außer dir. Das war so wichtig in diesem Moment, viel mehr als ein Taschentuch …«

Katia lächelt sie an, stolz und glücklich. Jetzt bloß nicht wieder heulen. Nein, sie will jetzt nicht. Da kommt es ihr gerade recht, dass Hanns im Nebenzimmer den Fernseher einschaltet. Dort wird über den Aufruf zum Wahlboykott in der DDR berichtet. Darüber, dass bekannte Oppositionelle und Nichtwähler vorangegangener Wahlen aus den Wählerlisten gestrichen werden. Und darüber, dass bereits seit Januar Ausreisewillige in die Bundesrepublik entlassen wurden, von denen man annahm, sie könnten öffentlich gegen die Wahlen mobilisieren.

»So kommt man auch auf seine neunundneunzig Prozent«, murmelt Jonas. Dann atmet er plötzlich tief ein und springt auf. »Verdammt, die Pizza!«

Das Gefühl hat sie nicht getrogen. Ihr Gefühl, dass die Kassette nicht alles war, was es zu entdecken gab in dieser Wohnung. Vom Kassettenrekorder war es nur ein folgerichtiger Schritt zum Grammofon. Mehrmals hat sie die alte Platte gehört, die noch darauflag. Doch auch wenn das letzte Lied sie zum Weinen brachte, konnte sie seine Botschaft nicht enthüllen. »Auf Wiederseh'n mein Fräulein, auf Wiederseh'n mein Herr«. So ist sie von der Platte zu ihrer leeren Hülle gekommen. Tief in der

Plattenhülle stoßen ihre Finger auf Papier. Ein Brief! Endlich wieder einmal ein Brief, der es wert ist, mit zitternden Fingern entfaltet, mit zitternder Stimme gelesen zu werden.

Franklin, 11. Januar 1989

Liebe Vicky,

ich erlaube mir, Sie in diesem Brief bei dem Namen zu nennen, bei dem mein Bruder Harry Sie genannt hat.

Kaum wahrscheinlich, dass Sie sich an mich erinnern. Ich war das kleine, dicke Mädchen, das manchmal in Papa Heinrichs Büro kam, um die Schubladen nach Süßigkeiten zu durchwühlen. Ich erinnere mich sehr wohl an Sie. Bei der Eröffnungsfeier unseres Jonass hatten Sie einen kugelrunden Bauch, und zwar einen verbotenen, so viel hatte ich mit meinen zehn Jahren schon mitbekommen. Auch wenn ich damals nicht wusste, wie man an so einen verbotenen Bauch kommt, fand ich das und damit auch Sie schrecklich aufregend. Außerdem hat Frau Kurz (der Drache vom Vorzimmer, Sie erinnern sich?) Sie wegen dieses Bauches verabscheut, und alles, was die Kurz verabscheute, fand ich erstrebenswert. Vielleicht war es auch die Solidarität der dicken Bäuche, die mich mit Ihnen verband, wenn auch nur für kurze Zeit. Denn bald schon war Ihr verbotener Bauch einem verbotenen Baby gewichen, mit dem Sie ins Kontor von Papa Heinrich hereinspazierten, weshalb die Kurz fast einen Herzschlag bekam. Ich dagegen fand das Baby so süß, dass ich für eine Weile sogar die Schokolade in meiner Hand vergaß. Doch dass in diesem süßen Baby, das Papa Heinrich am Schnurrbart zog, verwandtes Blut floss, ahnten weder Papa noch ich.

Mein Bruder Harry war ein Dickschädel vor dem Herrn. Gott oder Jahwe, das macht hier keinen Unterschied. Stellen Sie sich vor, er hat uns diese Tochter, dieses süße Baby, das jetzt schon lange eine Frau sein muss, bis an sein Lebensende verschwiegen. Harry ist vor einem halben Jahr gestorben, vier Jahre nach seiner Frau Lorraine und ein Jahr nach unserer Schwester Carola. Die ist übrigens eine in den Staaten (unter dem Namen Greenberg, wie wir hier heißen) bekannte Fotografin geworden.

Kurz nach dem Krieg hatte sie eine Ausstellung in Berlin. Danach wollte sie nie wieder nach Deutschland. Überall kommen die alten Nazis wieder an die Macht, hat sie gesagt. Sie war sogar froh, dass unser Jonass im sowjetischen Sektor stand, obwohl wir weiß Gott keine Kommunisten waren. Ich erinnerte sie daran, dass wir es so ganz bestimmt nicht zurückbekommen würden, aber sie sagte nur, Hauptsache, die Nazis sind raus. Und zu meinem Erstaunen stimmte Harry ihr zu.

Beide waren ziemlich verbittert, seit unser Vater kurz nach der Ankunft in Amerika gestorben ist. Kein Arzt konnte sagen, woran. Unsere Mutter hat in den Staaten nie Fuß gefasst. Als Papa gestorben ist, wollte sie mit uns zurück nach Berlin. 1939! So hat sie an der alten Heimat gehangen. Erst später, nachdem sie erfahren hat, dass diese Heimat all ihre Geschwister und Cousinen ins Gas geschickt hat, nahm sie das Wort Deutschland nie wieder in den Mund. Und auch kein deutsches Wort mehr, obwohl ihr Englisch eine Katastrophe war.

Carola hat immer gesagt, Helbig und Co. haben unsere Eltern umgebracht, als sie Papa das Jonass genommen haben und Mama die Heimat und das Haus. Auch Ihnen hat sie nie verziehen, dass Sie Helbig geheiratet haben und in unser Haus gezogen sind. Da ist Harry immer sehr wütend geworden und hat erwidert, dass er es so wollte und froh darüber ist. Wir wussten ja nicht, dass er froh war, weil sein Kind in unserem Haus leben und im Jonass spielen konnte, wenn wir schon fortmussten. Es tut mir leid, dass Carola nicht mehr erfahren hat, dass Elsa Harrys Tochter ist. Vielleicht hätte sie die Sache dann in etwas anderem Licht gesehen. Und ich denke, Lorraine hätte die Geschichte auch verkraftet, obwohl sie, was Harry betraf, ziemlich eifersüchtig sein konnte. Ich weiß nicht, warum, aber ich habe Ihnen gegenüber nie Verbitterung empfunden. Vielleicht war ich dazu damals zu kindisch, und vermutlich ist das auch heute noch so.

Lizzie und Suzanne, seine Töchter, sind so untröstlich über Harrys Tod, dass sie mich baten, das Ausräumen seiner Sachen zu übernehmen. Dabei fand ich, auf dem Speicher ganz hinten in einer Kiste, Liebesbriefe und Fotos aus einer versunkenen Zeit. Sie waren eine Schönheit, Vicky, und Elsa ein reizendes Kind. Ich bilde mir ein, in Elsas Lächeln das Lächeln meines Bruders zu erkennen, als er selbst noch ein Junge war.

Ich muss sagen, ich nehme es Harry doch übel, dass er uns Elsa vorenthalten hat. Hat sie eigentlich nie versucht, ihren Vater zu finden? Ich hoffe jedenfalls von Herzen, dass Sie und Elsa am Leben und froh sind. Und ich hoffe, Sie haben in Ihrem Leben noch andere Menschen gefunden, die Sie lieben konnten. Harry war ja nicht der einzige Mann auf der Welt, will ich meinen.

Ihre Gertrud Grünberg

PS: Bei Harrys Beerdigung wurde natürlich eine Menge Musik gespielt. Auf seinen ausdrücklichen Wunsch auch ein Lied, das uns zu diesem Anlass ein wenig erstaunte. Es heißt: »Ausgerechnet Bananen, Bananen verlangt sie von mir …«

PPS: Ganz unten auf dem Grund von Harrys Kiste lag ein karierter Zettel mit seiner Handschrift. Nicht der Handschrift eines jungen Mannes, sondern der eines alten! Vielleicht war es doch ganz gut, dass Lorraine nichts von Ihnen wusste. Ich lege Ihnen diesen Zettel bei, damit Sie es, wenn auch ein wenig spät im Leben, schwarz auf weiß haben.

An dieser Stelle ist die Schrift so verwischt und das Blatt so wellig, dass man es glatt streichen muss, um zu lesen. Noch welliger ist nur der karierte Zettel, auf dem Elsa nun entziffert: »Trotz allem: Vicky bleibt meine große Liebe.«

Sie schiebt den Brief zurück in die Plattenhülle und hört wieder Vickys Stimme. »Und wenn jemals, Erichs Prophezeiung zum Trotz, diese Mauer fällt, hab ich persönlich nur einen Wunsch. Sorgt dafür, dass das Jonass den Grünbergs zurückgegeben wird. Denen, die dann noch leben.«

Das ist jetzt ihr Erbe. Vickys letztes Band. Wird es zwischen ihrer Mutter und ihr ein neues Band knüpfen oder das letzte zerschneiden? Soll sie sich auf die Suche machen nach Harrys Familie? Noch sind ihre Gefühle zu widersprüchlich, um das zu entscheiden. Wenn sie doch Bernhard anrufen, ihm sagen könnte: »Bitte komm.« Sie würde mit ihm Vickys Geschichte hören, in die eingerollt ihre eigene lag und der Anfang von Bernhards Geschichte. Und um sie alle herumgewickelt war die Geschichte des Jonass, die Geschichte ihres Hauses.

Während Elsa auf der Heimfahrt überlegt, wie sie Bernhard endlich erreichen kann, ob sie noch einmal ein Visum beantragen oder einen Brief hinüberschmuggeln lassen soll, hört sie mit halbem Ohr, was der Nachrichtensprecher im Autoradio soeben verkündet: In Ungarn haben sie ein Loch in den Grenzzaun geschnitten.

Am Ende ein Anfang

Noch sieht man der Kantine des Instituts an, dass sie erst vor Kurzem frisch renoviert wurde. An der Essensausgabe wird am 6. November geklappert und gelärmt wie an allen Tagen. Die Menschen drängen sich um die Tische, als hätte es alle zur gleichen Zeit aus den Büros und von den Schreibtischen getrieben. Trotzdem liegt eine seltsame Stille im Saal. Das ganze Haus scheint die Luft anzuhalten. Nur Erich Honecker lächelt von der Wand freundlich auf die Essenden und Schweigenden herab.

Draußen regnet es. »Scheißwetter«, sagt jemand. »Bleiben die Leute vielleicht zu Hause heute Abend.« Das wüssten die hier gern an diesem Montag, denkt Bernhard. Ob heute wieder demonstriert wird. Ob sie besser zeitig das Institut verlassen, um nicht hineinzugeraten in den Schlamassel. Es riecht nach Eintopf in der ganzen sechsten Etage, nach Leipziger Allerlei, und das klingt wie ein Menetekel. In Leipzig wird heute garantiert wieder demonstriert. Mit oder ohne Regen.

An der Geschirrabgabe stapeln sich die schmutzigen Teller, in den Mülleimern sammelt sich das Leipziger Allerlei. Scheint niemandem zu schmecken an diesem Montag. Vielleicht liegt den Leuten noch der 4. November im Magen. »Eine Million Menschen sollen es gewesen sein«, murmelt jemand, während er den halb vollen Teller von sich schiebt. Und der Nachbar sagt: »Haben wir überhaupt noch so viele Einwohner in der Stadt?«

Bernhard hat sich bereit erklärt, in der Zeitungsredaktion bei den Leserbriefen auszuhelfen. Die Kollegen der Abteilung haben eine Notrufmeldung ausgegeben. Gestern sind sechshundert Briefe gekommen. Früher, wenn man die Zeit, die gerade mal vier Wochen zurücklag, so bezeichnen konnte, waren es zwischen fünfzehn und zwanzig Briefe am Tag. Da musste man sich die Leserpost im Zweifelsfall selbst organisieren. Und jetzt sechshundert.

Als Bernhard am 7. November morgens in die Abteilung kommt, herrscht dort Ratlosigkeit. »So viel Post hatten wir das letzte Mal, als sie den ›Sputnik‹ verboten haben«, sagt ein Kollege und schüttelt den Kopf. Daran kann er sich noch gut erinnern. Der Kommentar zum Thema trug die Überschrift »Gegen die Entstellung der historischen Wahrheit«. Ist ein knappes Jahr her, dass die sowjetische Zeitschrift verschwand, wenn er es richtig im Kopf hat. Und heute? Haben sie schon wochenlang die absonderlichsten Geschichten in die Welt beziehungsweise ins Blatt gesetzt. Er ist jetzt noch froh, dass er freihatte an dem Tag, als die Story von der Mentholzigarette und der Entführung in den Westen gedichtet werden musste. Ahnungsloser Mitropa-Koch, Vater von drei Kindern, wird von skrupellosen Menschenhändlern in Budapest mit einer präparierten Mentholzigarette betäubt und nach Wien entführt. Über diese Geschichte haben sie hier bloß noch hysterisch gelacht. Und sie dann samt Kommentar und allem Drum und Dran veröffentlicht. Vor vier Tagen erst war man zurückgerudert.

Und nun hat er sich breitschlagen lassen, eine Frühschicht bei den Leserbriefen dranzuhängen. Aber was sollen sie den Leuten schreiben? Wir sind doch diejenigen mit den falschen Antworten, denkt Bernhard, als er sich hingesetzt und die ersten Briefe durchgesehen hat. Noch bevor er zu einer Entscheidung kommt, ob er nun weiter falsche Antworten auf richtige Fragen schreiben soll und kann, macht die Nachricht vom Rücktritt der

DDR-Regierung die Runde in der Redaktion. Also wird auch er in der Innenpolitik gebraucht, um das Blatt umzukrempeln.

Bernhard sehnt sich zurück. Jetzt schon sehnt er sich zurück. Säße am liebsten im Institut in einem kleinen Kabuff vor einem knarrenden Lesegerät und läse olle Kamellen. Er spürt, wie ihm die Brust eng wird. Reibt mit der Hand über die Stelle, wo das Herz eingeklemmt ist, als könne er es so aus seinem Käfig befreien.

Er nimmt den Telefonhörer und versucht Luise zu erreichen. Gestern haben sie kurz telefoniert. »Warst du am Sonnabend auch auf dem Alex?«, hat die Tochter begeistert gefragt. »Was soll ich dort, Luise, kannst du mir das sagen? Die demonstrieren doch gegen solche wie mich. Und du hast wahrscheinlich mitgemacht.« Danach haben sie sich angeschwiegen. Bernhard überlegt, wer von ihnen beiden zuerst den Telefonhörer aufgelegt hat, und reibt weiter mit der Hand auf seiner Brust, die Angst hat sich breitgemacht unter den Rippen. Er hätte seiner Tochter auch erzählen können, dass einige seiner Kollegen ihm vorgeschlagen haben, am 2. November mit zur Demonstration auf dem Alexanderplatz zu gehen. Ihr könnt mich mal, hat er da gedacht, soll ich vielleicht so tun, als wär ich auch immer schon dagegen gewesen, wie einige von euch das jetzt praktizieren. Aber nur beim Bad in der Menge, versteht sich, nicht beim Chef in der Redaktion. Man kann ja nie wissen.

Luise ist nicht da, bekundet ihm der Pförtner am anderen Ende der Leitung. Sie kann auch gar nicht da sein, es ist viel zu früh, stellt Bernhard fest. Luise fängt immer erst am Nachmittag an zu arbeiten und hat sich, seit sie in der Theaterkantine schuftet, einen anderen Schlafrhythmus angewöhnt. Kommt ja auch nie vor ein Uhr in der Nacht nach Hause. Bernhard kann es bis heute nicht fassen. Da arbeitet seine kluge Tochter in einer Kantine. Hat das Studium abgeschlossen – ihm zuliebe, wie er weiß – und gerade mal drei Jahre als Journalist gearbeitet.

Journalistin, verbessert er sich in Gedanken. Genau so lange, wie der Staat es abverlangte. Hat sich gequält und zermürbt. Wie viele Nächte sie damit zugebracht haben, darüber zu diskutieren, ob die Arbeit bei der Betriebszeitung sinnvoll oder einfach nur verlogen ist, weiß er nicht mehr. »Mehr als dreißig bestimmt«, murmelt Bernhard und fragt sich, warum das jetzt noch wichtig sein sollte. Luise hat sich anders entschieden, gegen den Beruf und gegen seinen Rat. Und letztlich gegen den Staat, der sie dafür bestraft hat und am Ende sogar eingesperrt. Über beides – Luises Unvernunft und die Verbohrtheit der Staatsmacht – könnte er heute noch wütend werden, obwohl ringsum alles zusammenbricht und nichts von alldem mehr wichtig scheint.

Bernhard kramt die Telefonnummer heraus, unter der er seine Tochter ganz bestimmt erreichen kann, die Nummer vom Pfarrhaus, in dem Uwe und Luise bei den Eltern des Jungen leben. Des Jungen, aus dem ein Pfaffe geworden ist, wie er in seinen wütenden Momenten sagt. »Meine Tochter ist mit einem Pfaffen zusammen.« Da fragt dann keiner mehr weiter, wenn er es so sagt. Bernhard sitzt mit dem Telefonhörer in der Hand da. Er hat nie aufgehört, sich nach seiner Tochter zu sehnen, und zwischendurch war es ja auch immer mal wieder gut. Das haben sie beide nicht fertiggebracht, sich ganz und gar zu meiden. Aber nachdem Luise nach drei Jahren Betriebszeitung angekündigt hatte, keine Zeile mehr schreiben zu wollen für irgendein Blatt, sei es das Zentralorgan oder eine Lokalzeitung, war es richtig schwierig geworden zwischen ihnen. Und noch schlimmer nach der Geschichte mit der Verhaftung. Seine Tochter im Gefängnis, da hat er lange gebraucht, um das erst in den Kopf und dann auch wieder aus dem Kopf zu kriegen. Das war schlimmer als Luises Kündigung bei der Zeitung. Obwohl auch die eine kleine Welt zusammenbrechen ließ.

Zuerst dachte Bernhard damals, es läge nur an der Angst,

die ihn umtreibt. Was sollte aus Luise werden, wenn sie ihre Arbeit aufgab? Sie hatte doch, genau wie er, nichts anderes gelernt, als Zeilen zu schreiben. Aber er hatte schnell gemerkt, dass die Angst nur die halbe Wahrheit war. Es ging ihm auch ums Prinzip. Dass ausgerechnet seine Tochter sich diesem Staat dermaßen verweigerte, in den er doch, trotz allem, noch immer Hoffnung setzte. Dann hatte Luise die Arbeit in der Theaterkantine angenommen, fand Verbündete, was ihre politischen Ansichten betraf, fühlte sich wohl mit all den Künstlern und schrägen Gestalten. Blühte auf, obwohl sie sich so unter Wert verkaufte: Bier zapfen, Brötchen schmieren, Kaffee kochen, betrunkene Schauspieler bedienen, nachts den Dreck der anderen wegmachen. Und dann wollte sie, dass er sie in der Kantine besuchte, alles dort toll fand und die Theaterleute bewunderte wie sie. Einmal hatte er ihr den Gefallen getan, stundenlang auf einem wackligen Barhocker gesessen, ein Bier nach dem anderen getrunken und versucht, seinen Unmut zu verbergen, was ihm gründlich misslungen sein muss. Irgendwann war Luise zu ihm gekommen und meinte, wenn er es so unerfreulich bei ihr finde, solle er doch besser nach Hause gehen. Bei ihr, hatte sie gesagt, als sei die Kantine ihr neues Zuhause. Und Wilhelm, der sonst immer für den Ausgleich gesorgt hatte, damit man nicht aufhörte, miteinander zu reden, war tot. So weit ist es gekommen, dass er nun hier in der Redaktion sitzt und sich nicht durchringen kann, seine Tochter anzurufen, um mit ihr seine Ängste zu teilen. Welche auch, denkt er. Was meine Angst ist, wird wohl ihre Hoffnung sein.

Am Nachmittag wird er ins Rote Rathaus abkommandiert, wo zum ersten Mal die zeitweilige Untersuchungskommission zur Aufklärung der Übergriffe am 7. Oktober tagen soll. Aber es hätte auch schlimmer kommen können. Das Politbüro berät zur gleichen Zeit, und schon jetzt hört man, dass sich vor dem Gebäude des Zentralkomitees Leute zusammenrotten. Wie gut, denkt Bernhard, dass das Zentralkomitee nicht mehr wie früher im Haus der Einheit sitzt, in seinem Institut. Sonst stünde es jetzt mitten im Kreuzfeuer, so wie schon einmal im Juni '53.

Später erzählt der Kollege, den es getroffen hat, im Zentralkomitee vor Ort zu sein, die Losung des Tages hätte geheißen: ›Alle Macht dem Volke und nicht der SED‹. »Morgen wird das Politbüro zurücktreten, da werden wir doch nicht schneller mit unserem neuen Chefredakteur sein.«

Bernhard nickt und denkt, der Alte wird trotzdem verschwinden und jemand anderem aus ihren Reihen Platz machen. Und dem wird ein scharfer Wind um die Nase wehen.

Er übersteht den Dienst irgendwie und kommt am Abend todmüde nach Hause. Elisa ist schon da. Sie sitzt vor dem Fernseher und klopft mit der Hand neben sich aufs Sofa. »Setz dich zu mir«, sagt sie, »und schau dir das an.«

»Du sollst doch kein Westfernsehen gucken.« Bernhard grinst. Ihm ist nach Blödeleien zumute und nach Bier.

»Bier steht auf dem Balkon«, sagt Elisa. »Bring mir auch eins mit.« Dann sitzen sie beide auf der Couch und schauen Westfernsehen. Das heißt, Elisa schaut Westfernsehen, und er betrinkt sich.

»Du hättest am Sonnabend mit auf den Alexanderplatz kommen sollen«, sagt Elisa.

Und dieser Satz, dieser harmlose kleine Satz von der Frau, mit der er seit fast zehn Jahren zusammenlebt, so überwiegend glücklich, wie es ihm vor ihr noch mit keiner gelungen ist, ist ein Satz zu viel. Die Bierflasche fliegt aus seiner Hand in Richtung Fernseher, verfehlt das gute Stück, das sie sich erst vor zwei Jahren für eine Menge Geld geleistet haben, nur um Zentimeter und zertrümmert die Glasscheibe der Schrankwand. Die dunkelgrüne ungarische Keramik, die noch nie zu irgendetwas nütze war, geht gleich mit drauf. Gut so.

»Was wollt ihr eigentlich alle«, brüllt er und sieht, wie Elisa aufspringt und erschrocken zur Tür eilt. Das kann ihn jetzt nicht mehr stoppen. »Vierzig Jahre Arbeit und Hoffnung, und ihr wollt alles zunichtemachen. Den Bach soll es runtergehen, das Land. Das wollt ihr. Abschaffen, vernichten, zerstören. Ich hab mich krumm gemacht all die Jahre für dieses Land, eine bessere Zukunft. Das war es mir wert, verstehst du. Ich hab nicht immer nur rumgemeckert über den Staat und die Genossen und die Partei und die Versorgung. Was hast du denn schon gelitten hier? Was hast du denn zu schimpfen? Und was habe ich auf dem Alexanderplatz zu suchen? Ihr könnt mich alle am Arsch lecken. Alle.«

Elisa steht in der Wohnzimmertür, immer noch fluchtbereit. Sie schweigt. All die Jahre hat sie geredet, denkt Bernhard, all die Jahre hat sie kritisiert, mich, meine Arbeit, meine Kollegen, das Institut, die Zeitung, alles. Jetzt steht sie da und hält die Klappe. Ohne Liebe schaut er in diesem Moment auf die Frau, mit der er Tisch und Bett und Leben teilt. Fassungslos schaut er auf sich selbst, wie er mit den Händen in den Hosentaschen dasteht, einen Scherbenhaufen in seinem Rücken. Sie hat ihn verraten. Sie verrät ihn gerade. Steht ihm nicht zur Seite, macht sich mit den anderen gemein. Am liebsten wäre ihm, sie verschwände.

»Soll ich gehen?«, fragt Elisa, und Bernhard nickt. Nickt und sieht zu, wie sie eine große Tasche aus der Kammer holt, Hosen, Pullover und Wäsche hineinpackt. Bleibt stumm, als sie ins Bad geht und ihre Kosmetik in einen Beutel stopft, verharrt auf der Stelle, während sie sich ihren Mantel überzieht, einen Schal umbindet und eine Mütze aufsetzt, den Schlüssel vom Haken nimmt und geht. Die Wohnungstür, die, lässt man sie nur zwei Sekunden zu früh los, laut zuknallt, schließt sie ganz leise.

Elisa ist gegangen, und wie er sie kennt, gilt das für immer. Sie ist keine, die sich zwei Mal sagen lässt, dass sie gehen soll. Sie hat ihren Stolz. Deshalb liebt er sie ja. Weil sie ihren Stolz hat. Oder liebt sie nicht mehr, weil sie ihren Stolz hat. Was weiß er denn. Elisa ist fort. Und vielleicht ist es auch richtig so. Vielleicht passt es zu allem anderen um ihn herum. Zu all den anderen, die in den letzten Monaten gegangen sind und die Länder und Seiten gewechselt haben. Den letzten Monaten des Zerfalls, in denen auch Elisa und er sich immer häufiger gestritten haben, ohne sich dann doch in der Mitte zu treffen wie in den Jahren zuvor. Vor vier Tagen wollte Elisa unbedingt mit ihm ins Kino gehen. In einen dieser sowjetischen Filme, die lange verboten waren und nun auf einmal gespielt werden durften. ›Die Reue‹ wollte sie sich ansehen. »Ich gehe nicht in den Film«, hat er zu Elisa gesagt und blieb hartnäckig, aber sie blieb es auch. Am Ende ist sie ohne ihn gegangen.

Nun sitzt er hier auf der Couch, hat randaliert, eine Scheibe zerschmissen, Porzellan zerdeppert und seine Liebe dazu. »Da führt kein Weg zurück«, murmelt Bernhard und holt noch eine Flasche vom Balkon. Das Westfernsehen flimmert weiter im dunklen Zimmer, als sei nichts gewesen, die Glasscherben auf dem Teppich glänzen, wenn der bläuliche Schein sie streift. Bevor er sich zwei Stunden später betrunken ins Bett legt, räumt Bernhard Elisas Bettzeug in den Schrank. Könnte sein, dass er doch noch zu heulen anfängt, wenn ihm ihr Geruch in die Nase steigt.

Die Tage in der Redaktion vergehen quälend langsam und doch schnell. Bernhard hastet von einem Termin zum anderen, schreibt seine Zeilen über all die unbeholfenen Versuche, das Land zu retten, interviewt Soldaten, die aus dem Wehrdienst wegbeordert werden, um die Lücken zu füllen, die all die Ausreisenden in der Wirtschaft gerissen haben. Diejenigen, die vom Ministerium für Staatssicherheit kommen, um das Gleiche zu tun, befragt er nicht. Über die dürfte er nichts schreiben. Als sie am 9. November in der Zeitung den Appell von Christa

Wolf und anderen Künstlern und Oppositionellen veröffentlichen, hält er das für vergebliche Liebesmüh. »Fassen Sie zu sich selbst und zu uns, die wir hierbleiben wollen, Vertrauen.« Davon wird sich niemand halten lassen. Sie hatten vierzig Jahre Zeit, die Leute zum Hierbleiben zu bewegen und ihr Vertrauen zu gewinnen.

Als Bernhard anfängt, während der Arbeit zu trinken, stellt er fest, dass er damit in der Redaktion in guter Gesellschaft ist. Manch einer hier tut das schon seit Jahren und kommt damit gut über die Runden. Bereits vor dem Mittagessen nimmt Bernhard den ersten Schluck aus der Flasche, die in seinem Schreibtisch in der untersten Schublade steht. Mit Luise hat er immer noch nicht telefoniert.

Ins Pressezentrum in der Mohrenstraße gehen sie zu zweit. Sicherheitshalber. Bernhard ist froh, dass ein Kollege dabei ist, auch wenn zuerst nicht viel Neues gesagt wird. Bis kurz vor sieben ein italienischer Korrespondent nach dem Reisegesetz fragt. Und Schabowski, der mal ihr Chefredakteur war, zuständig für alle Jubelmeldungen und nun für jede Scheißnachricht, wühlt in seinen Zetteln und stottert, das Gremium habe heute beschlossen, »eine Regelung zu treffen, die es jedem Bürger der DDR möglich macht, äh, über Grenzübergangspunkte der DDR, äh, auszureisen«. Dann fragt jemand, ab wann das gelten soll, und Schabowski kratzt sich am Kopf, wühlt in seinen Unterlagen, setzt die Brille auf und sagt: »Also, Genossen, mir ist das hier also mitgeteilt worden.« Noch einmal fragt jemand nach, wann es denn nun in Kraft treten soll. »Das tritt nach meiner Kenntnis, ist das sofort, unverzüglich«, antwortet Schabowksi, und alles Weitere geht im Tumult unter.

»Das ist jetzt nicht wahr«, flüstert Bernhard und sieht seinen Kollegen entgeistert an. »Das hat der jetzt nicht gesagt.« Aber er hat es gesagt.

Bernhard läuft die halbe Nacht durch die Stadt, immer gegen den Strom, als wollte es die Ironie der Geschichte, dass er ausgerechnet jetzt gegen den Strom läuft, wo alles den Bach runtergeht. Als er kurz vor Mitternacht von der Invalidenstraße in die Chausseestraße einbiegt, weil er sich in den Kopf gesetzt hat, bis zum S-Bahnhof Friedrichstraße zu laufen und von da zum Alexanderplatz zu fahren, kommt er kaum durch, so viele Menschen sind unterwegs. Hin und wieder versucht jemand, ihn zu umarmen und mitzuziehen in die andere Richtung, und Bernhard denkt, dass er bald zuschlagen wird, wenn noch einer versucht, ihn umzudrehen.

Kaum hat er die Wohnungstür hinter sich zugeknallt, klingelt das Telefon. Elisa, denkt Bernhard, das wird Elisa sein. Er schafft es zum Telefon, bevor das Klingeln endet, und hört ein Lachen am anderen Ende der Leitung.

»Elisa«, ruft er, »bist du das?« Aber es ist Luise. Die ihn als Erstes fragt, ob denn Elisa nicht bei ihm sei. Noch bevor sie ihn begrüßt, sich für das viel zu lange Schweigen entschuldigt, irgendeinen Einstiegssatz versucht. »Wir haben uns getrennt«, sagt Bernhard. Luise schweigt. So lange, dass er glaubt, sie hätte schon aufgelegt. Aber dann fragt sie, ob sie kommen soll. Jetzt gleich. Und er sagt ja. Ich könnte auch Charlotte anrufen, denkt er kurz, die ist bestimmt genauso schlecht drauf wie ich. Aber er will, dass Luise kommt. »Wo bist du?«

»In Berlin, gerade über die Bornholmer Brücke zurück aus dem Westen. Stehe in einer Telefonzelle, die sogar funktioniert. Ich werde eine Stunde brauchen, denke ich, bei den Massen hier. Bist du dann noch wach?«

»Ich bleibe wach. Und bring Uwe mit, wenn er bei dir ist.«

Aber Uwe ist nicht bei Luise. »Der wollte nicht gleich in den Westen«, sagt Luise und lacht. »Hat Angst, dass jetzt alles den Bach runtergeht, und wollte sich der Angst erst mal allein stellen, hat er gesagt. Den real existierenden Kapitalismus geht er später angucken, damit er nicht besoffen wird vor lauter Freudseligkeit.«

Sieh mal einer an, denkt Bernhard, ist der Junge klüger als meine Tochter. Und Freudseligkeit ist auch ein schönes Wort. Er legt den Hörer auf und setzt sich ins Wohnzimmer. Da sitzt er, auf der riesigen Couch, die er zusammen mit Elisa gekauft hat, im Möbelhaus am Alexanderplatz. Was dieser Kauf für ein Akt gewesen war. Drei Monate lang waren sie einmal in der Woche morgens in das Möbelhaus gelaufen, immer, wenn neue Ware kam. Haben sich eingereiht in die Schlange wartender Menschen, sind in den Ausstellungsraum gestürmt, wo die zum großen Teil noch unausgepackten Polstergarnituren standen. Und wer zuerst die Hand drauflegte und meins sagte, hatte das Stück. Keine Zeit für Probesitzen oder lange Überlegungen. Nach drei Monaten hatten sie endlich eine Couchgarnitur entdeckt, die zumindest passabel aussah. Zwar hatte er noch Bedenken geäußert, ob das Teil nicht viel zu wuchtig für ihr Wohnzimmer sei, aber da hatte Elisa schon beide Hände auf die Rückenlehne gelegt. Jetzt sitzt er auf der Couch und überlegt, ob er bald mit Elisa über die Aufteilung des Hausstandes reden muss. Sie kann die Couchgarnitur haben, denkt er. Sie ist wirklich zu groß. Aber vielleicht kommt es gar nicht so weit, dass sie sich um Schrankwand und Couchgarnituren streiten müssen. Vielleicht wird noch alles gut. Und in diesem Augenblick, da er das denkt, kommt ihm eine andere Vorstellung in den Sinn. Wenn er will, kann er morgen Elsa sehen. Er kann aufstehen, sich anziehen und über einen der Grenzübergänge laufen. Und hinter der Grenze Elsa treffen.

Bernhard nimmt den Wohnungsschlüssel vom Haken und geht in den Keller. Holt die Elsakiste unter Zeitungsstapeln und Bücherkisten hervor. Denkt an einen längst vergangenen Tag, an dem er im kalten Keller gestanden und in der Elsakiste gekramt hat. Weihnachten war das, Luise war ein kleines Kind und Karla eine lebendige Frau. Seine Frau. Jetzt nimmt er die Kiste mit ins Wohnzimmer. Heimlichkeiten sind nicht mehr nötig. Er nimmt Fotos von Elsa heraus, fährt mit dem Zeigefinger einmal um Elsa herum, malt ihren Körper nach, als könne er sie damit ins Wohnzimmer zaubern. Betrachtet ein Porträt von sich, das sie einmal aus dem Gedächtnis gezeichnet hat. Er kann alles auf dem Tisch ausbreiten und muss sich nicht verstecken. Nicht vor der Ehefrau, nicht vor der Liebsten, nicht vor den Kollegen und nicht vor den Jungs von der Firma. Er ist frei, frei in jeder Beziehung. Das ist der Tag, an dem ihm alles um die Ohren fliegt, was er getan und aufgebaut hat. Das, woran er geglaubt hat, genauso wie die Lügen. Nichts wird bleiben. Ganz leicht fühlt er sich auf einmal.

In dem abgegriffenen Heftchen, in das er seit jeher Telefonnummern notiert, steht ganz hinten auf der letzten Seite, die keinen Buchstaben mehr trägt, sondern nur eine letzte Seite ist, Elsas neue Nummer. Er hat sie von Luise bekommen und die wahrscheinlich von Jonas, mit dem sie immer in Verbindung geblieben ist. Jonas hat in Westberlin Himmel und Hölle in Bewegung gesetzt, um die Freilassung von Luise und Uwe zu erwirken. Und er selbst hat es hier mit allen Mitteln versucht, sogar mit einem Kniefall vor seinem Schwager. Was am Ende den Ausschlag gegeben hat, dass die Anklage fallen gelassen wurde, weiß er bis heute nicht. Aber der Bittgang zu Charlottes Mann war einer der schwersten Gänge seines Lebens.

Er wählt Elsas neue Telefonnummer, die er noch nie gewählt hat, und wartet auf das Zeichen. Besetzt. Er legt auf und versucht es zehn Sekunden später noch einmal. Besetzt. Jetzt erst kommt ihm in den Sinn, dass heute Nacht wahrscheinlich die halbe Welt Westgespräche führt und versucht, Freunde und Verwandte ausfindig zu machen oder einfach nur auf den Besuch aus der DDR vorzubereiten. »Schön blöd bin ich«, murmelt Bernhard und ist erleichtert. Was hätte er denn gesagt, wäre wirklich Elsa am anderen Ende der Leitung gewesen?

Der letzte Brief von Elsa war eine Trauerkarte. »Ich weiß«, hat sie handschriftlich auf die gedruckte Karte an ihn und Luise geschrieben, »dass ihr in Gedanken bei uns seid an diesem Tag.« An diesem Tag, bei Vickys Beerdigung im Frühjahr, war Luise noch inhaftiert, und an eine Besuchsgenehmigung war auch für ihn nicht zu denken. »Ist das nicht fürchterlich«, hat Luise gesagt. »Da wird nur ein paar Kilometer entfernt ein Mensch begraben, der dir wichtig ist, und du kannst nicht zur Beerdigung fahren?« Ja, das war fürchterlich. Er wäre gern bei Elsa gewesen an diesem Tag, hätte sie getröstet und Vicky die letzte Ehre erwiesen. Plötzlich hat er das Gefühl, sich schnell auf den Weg machen zu müssen, um Elsa wiederzusehen. Und während er noch überlegt, ob das an diesem Tag liegt, der alles verändert, oder daran, dass Elisa nicht hier neben ihm auf dem Sofa sitzt, schreckt ihn ein Klingeln auf.

Luise steht vor ihm, ganz außer Atem, lacht und umarmt ihn. Geht voran ins Wohnzimmer, zieht ihn ans Fenster und deutet in großem Bogen auf die umliegenden Häuser, von denen noch viele erleuchtet sind tief in der Nacht. »Es wird alles gut! Jetzt können wir wirklich anfangen, etwas aus diesem Land zu machen. Die Leute sind glücklich. Glaub mir. Jetzt fängt ein ganz neues Leben an.«

Bernhard hält seine Tochter fest und schweigt. Wenn sie daran glaubt, ist es gut. Er wird nicht noch einmal anfangen, ein Land aufzubauen. Für ein zweites Mal ist kein Mut mehr übrig. So denkt er und lächelt und hört sich an, was Luise von ihrer ersten Westreise zu erzählen hat.

Am Sonntagmorgen in der Straßenbahn nach Pankow fragt sich Bernhard, in welcher Verfassung er seine Schwester antreffen wird. Es war schon vorher schwierig mit ihnen beiden, bevor die Montagsdemos angefangen haben und alles ins Rutschen und Taumeln geriet. Kurz nach dem 7. Oktober ist er das letzte

Mal bei Charlotte zu Hause gewesen. Ihr Mann war nicht da. »Im Einsatz«, hat Charlotte kurz angebunden gesagt und ihn angesehen, als sei er schuld daran, dass die Leute auf die Straße gingen und solche wie Martin Dienst schieben mussten. Vielleicht, weil er eine Tochter in die Welt gesetzt hatte, die in ihren Augen eine Staatsfeindin sein muss. Jetzt wird Martin wohl nicht mehr im Einsatz sein, denkt Bernhard, die Grenzen sind offen, der Klassenfeind kann begutachtet werden, Westflucht ist nicht mehr nötig.

Charlotte baut sich in der Tür auf und schaut ihn an, als sei er ein Fremder.

»Charlotte«, sagt Bernhard und versucht eine unbeholfene Umarmung, die nicht erwidert wird. Seine Schwester macht sich steif und tritt zwei Schritte zurück, um ihn hereinzulassen. »Ist Martin da?«

Charlotte schüttelt den Kopf. Im Wohnzimmer ist es kalt, sie sitzen sich in zwei Sesseln gegenüber, Bernhard noch immer im Mantel. »Ich weiß nicht, wo Martin ist«, sagt Charlotte. »Er hat sich seit dem 9. nicht gemeldet.«

»Das ist ja nicht möglich«, entfährt es ihm. »Die werden ihn auf der Dienststelle doch nicht daran hindern, zu Hause Bescheid zu sagen, wenn er im Einsatz ist.«

Da stimmt ihm Charlotte zu. »Er wird sich nicht melden wollen.«

Danach sitzen sie stumm in den wuchtigen Sesseln, Charlotte hat ihm noch immer nichts angeboten, weder Wasser noch Kaffee oder etwas zu essen. Aber sie sieht nicht mehr feindselig aus, eher abwesend und leer, als habe sie vergessen, dass man Wohnungen heizen, dass man essen und trinken und Gäste bewirten sollte. Bernhard dreht die Heizkörper auf, geht in die Küche und kocht Kaffee, während Charlotte weiter im Sessel sitzt. Er reicht ihr eine dampfende Tasse, fängt an, von Luise zu sprechen, und sieht, dass Charlottes Gesichtszüge weicher werden. Nein, sie sieht keine Staatsfeindin in Luise, denkt Bernhard, sie hat ihre Nichte immer geliebt, auch wenn sie in so vielerlei Hinsicht in anderen Welten lebten. Zum ersten Mal kommt ihm jetzt der Gedanke, dass es Charlotte gewesen sein könnte, der Luise ihren Freispruch verdankt, Charlottes Einsatz für sie bei ihrem Mann. Vielleicht hielt seine Schwester auch an Luise fest, weil sie selbst keine Kinder bekommen hatte. Charlotte, die schon als junges Mädchen davon geredet hatte, einmal ganz viele Kinder zu haben, war kinderlos geblieben. Und er hat gerade mal eine Tochter. Die Glasers werden aussterben, denkt Bernhard. Luise wird Uwe heiraten und einen anderen Namen tragen, Charlotte und ich werden sterben.

Weil ihn das traurig macht in diesem Moment, der Gedanke an das Ende ihrer Familie, fragt er doch noch einmal nach, warum Martin sich nicht zu Hause meldet. Charlotte fängt an zu weinen. Bernhard erstarrt in seinem Sessel. Nie wieder hat er die Schwester weinen sehen seit jenem Tag, als die Mutter verschwand. Sich das Leben genommen hat. Charlotte hatte das damals gleich gewusst, fünfzig Jahre früher als er. Wochenlang, nächtelang hat sie geweint in ihrem Bett auf der anderen Seite des Kinderzimmers. Und er konnte es nicht ertragen, dass sie um die Mutter weinte wie um eine Tote, da die Mutter doch lebte und zurückkommen würde. Angefleht hat er sie, still zu sein, und schließlich beschimpft. Die Pantoffeln nach ihr geworfen. Da war das Weinen zum Schluchzen geworden und endlich verstummt. Gründlich und für immer, so schien es.

Auch jetzt weint sie nicht wie andere Menschen, lautlos kullern einzelne Tränen, eine nach der anderen wischt Charlotte rasch vom Gesicht. Dann versiegen die Tränen genauso abrupt, wie sie herabzurollen begannen.

»Er war am 9. November abends hier«, sagt sie mit klarer Stimme. »Wir haben zusammen ferngesehen, Martins erster freier Abend seit Ewigkeiten war das. Wir haben uns angeschaut, wie dieser Schlappschwanz bei der Pressekonferenz herumstottert. Peinlich, so das Ende eines Landes zu verkünden, für das wir vierzig Jahre geschuftet haben. Für das so viele ihr Bestes gegeben haben.«

Bernhard zuckt ein wenig zurück. Ja, es war ein würdeloses Ende, da hat sie recht. Aber Charlotte sieht aus, als wäre sie in der Lage, jemanden umzubringen für die Schmach. Wenn sie nur wüsste, wen.

»Martin ist aufgestanden und hat gesagt, da werden sie ihn nun sowieso in die Dienststelle beordern, also kann er auch gleich gehen. Und dann ist er gegangen. Er werde sich melden, und ich solle mir keine Sorgen machen, jetzt sei eh alles vorbei. Aber man müsse ja wohl noch aufräumen, bevor die anderen kommen.«

Bernhard kann sich gut vorstellen, dass seine disziplinierte Schwester tatsächlich all die Tage nicht versucht hat, ihren Mann zu erreichen. Sie war so erzogen, hatte ihm immer Vorträge über Parteidisziplin und revolutionäre Härte gehalten. Manchmal fand er es schon verwunderlich, wie unterschiedlich sie beide waren, wie wenig er von Charlottes Unbeugsamkeit hatte und dass sie so gar kein Mitgefühl zeigen konnte, wenn Menschen zweifelten und an ihren Zweifeln auch verzweifelten. Martin war genauso. Hart und unnachgiebig.

»Soll ich Martin mal anrufen?«, fragt Bernhard, und Charlotte würdigt ihn keiner Antwort.

»Hast du gesehen, wie sie sich klein machen und zu Kreuze kriechen für die einhundert Mark? Begrüßungsgeld!« Charlotte spuckt das Wort aus, als läge ihr Gift auf der Zunge. »Ist das nicht widerlich, wie unsere Landsleute in jeden Westarsch kriechen für ein paar Kröten? Wie sie sich mit Bananen und Keksen bestechen lassen wie eine Horde Affen? Weißt du«, sagt Charlotte und beugt sich ein wenig zu Bernhard, »da können die reden, wie sie wollen. Das ist eine Konterrevolution. Und eine Konterrevolution lässt sich nur mit Gewalt niederschlagen. Aber dafür ist es zu spät.«

Bernhard ist plötzlich sehr froh, dass seine Schwester nicht zu denen gehört, die das Sagen haben. »Ich muss gehen«, sagt er und steht auf.

Charlotte macht keine Anstalten, ihn zurückzuhalten.

Beim ersten Schnee in diesem Jahr läuft Bernhard in den Westen. So hat er es sich vorgenommen für diesen Mittwoch, der sein freier Tag ist. Die ganzen letzten Wochen und Wochenenden hat er durchgearbeitet, wenn möglich im Institut. Das war besser, als zu Hause zu sein, ohne Elisa. Gestern hat er zwei Löcher in den Gürtel gestanzt, um ihn enger schnallen zu können, das schien ihm fast wie ein symbolischer Akt. Aber heute darf er sich nicht blicken lassen in der Redaktion, auf Befehl des Chefs.

Am Montag ist in der Frühsitzung ein Kollege ausgerastet und hat sich nicht mehr gefangen. Bernhards Puls beschleunigt sich, wenn er nur daran denkt. Der Kollege, ein recht junger Mann noch, ist mitten in der Sitzung aufgestanden und hat angefangen, eine Rede zu halten. Eine Rede von Schuld und Sühne, die er mit raumgreifenden Gesten untermalte. Immer schneller hat er gesprochen, bis die Sätze wie Maschinengewehrfeuer auf die Versammelten einprasselten und kaum noch verständlich waren. Dann hat der Mann angefangen, mit der flachen Hand auf den Tisch zu schlagen, so lange, laut und heftig, bis sie dick anschwoll. Er schoss weiter seine unverständlichen Salven ab, schlug weiter mit der geschwollenen Hand auf den Tisch ein. Zwei Männer mussten ihn festhalten, bis der Notarzt eintraf. Jetzt ist der Junge in der Klapse, denkt Bernhard und beschleunigt seine Schritte. Da gehören wir wahrscheinlich alle hin.

Am Rosenthaler Platz überlegt er kurz, ob er umkehren soll. Sein Herz fängt wieder an zu holpern und zu bocken. Er bleibt stehen und versucht, langsam zu atmen. Dreht sich um hundertachtzig Grad und schaut in die Richtung, aus der er gekommen ist. Ich könnte einfach ins Institut gehen, denkt er. Mich in die Bibliothek setzen und nichts tun. Ich will nicht auf die andere Seite. Die Wilhelm-Pieck-Straße sieht schmuddelig und grau aus. Bei dem Schneefall kann man nicht weit sehen, aber da hinten ist der rote Osten. Wenn ich immer geradeaus laufe, denkt er, komme ich nach Sibirien. Dann wendet er sich um und marschiert weiter in die andere Richtung, wie das ganze Land es tut. Da kann er sich nicht auf immer und ewig ausnehmen. Und außerdem ist er verabredet. Mit Elsa.

In einer Stunde wird er sie sehen. Wenn er es schafft, wenn sein Herz ihn nicht vorher im Stich lässt. Und vorausgesetzt, er findet das Café. Elsa hat irgendetwas von einem gleichschenkligen Dreieck erzählt, das sie auf den Stadtplan gezeichnet hat zwischen seinem Friedrichshain und ihrem Charlottenburg. Und genau auf der Spitze dieses Dreiecks lag jenes Café, im Wedding und damit im Westen. Eine typische Elsaidee war das, auf diese Weise ihren Treffpunkt zu bestimmen. »Wird Zeit, dass du mal auf meine Seite kommst«, hat Elsa gemeint, als sie endlich miteinander telefonierten. Aber das Erste, was sie sagte, nach knisterndem Schweigen und einem Ausruf der Freude, war: »Wir müssen uns treffen, Bernhard, unbedingt. Und du musst Fotos vom Haus mitbringen. Ich hab mich noch nicht hingetraut. Und rein kommt man doch bestimmt immer noch nicht.« Das wusste er nicht einmal genau zu sagen, ob man jetzt so einfach ins Institut spazieren konnte, aber es freute ihn, dass es Elsa auch nicht so leichtfiel, in den anderen Teil der Stadt zu kommen. Das schuf, auch wenn es völlig unsinnig war, eine kleine Gemeinsamkeit.

Bernhard läuft und läuft. Das tut gut, stellt er fest, immer weiterzulaufen, als wüsste man, wo es langgeht, dann drehen sich auch die Gedanken bald nicht mehr im Kreis. Jetzt biegt er in die Chausseestraße ein, und von da aus geht es immer geradeaus in den Westen. Er nimmt seine Aktentasche von der rechten in die linke Hand. Dass er die mitschleppen muss, er wird aussehen, als wollte er Begrüßungsgeld holen und gleich ausgeben. Dabei ist die Aktentasche einfach voll mit lauter Sachen, die er Elsa zeigen oder geben will. Am meisten wird sie sich über die Filme mit den Bildern freuen, die er in den letzten Tagen im Institut geknipst hat.

Die Filme in der Aktentasche wiegen leicht. Das war nicht immer so. Er hatte vor vielen Jahren schon einmal für Elsa heimlich das Haus fotografiert und Wilhelm gebeten, die Filme nach Westberlin zu bringen. Sie dort einfach in den Briefkasten zu stecken. Wilhelm hatte nicht groß gefragt, sondern die drei Filmrollen eingesteckt. Und dann haben sie ihn kontrolliert, als er an der Friedrichstraße ausreisen wollte, die Filme konfisziert und Personalien aufgenommen. »Das wird Ärger geben«, hat sein Vater gesagt und ihm auf die Schulter geklopft. »Aber was wollen sie einem alten Arbeiter schon antun. Ich habe schließlich die tollsten Sachen für den Sozialismus gebaut.« Trotz Wilhelms heldenhafter Absicht, so zu tun, als hätte er die Bilder aufgenommen, konnten sie natürlich zwei und zwei zusammenzählen und ihn als Urheber ausfindig machen. Zwei Tage später stand Martin vor der Tür, ausnahmsweise ohne Charlotte. Und erklärte ihm, dass er sich für ihn verwenden werde, er wisse ja, dass Bernhard keine geheimen Informationen an den Klassenfeind bringen wolle. Aber wie er nur auf die saublöde Idee gekommen sei, das IML zu fotografieren. Von innen. Das könne im schlimmsten Fall für Spionage gehalten werden. Und wenn er ihn nicht hätte, den Offizier beim Ministerium für Staatssicherheit, wer weiß, wie das jetzt ausgehen würde. Also musste Bernhard danke sagen. Danke, dass du mich rettest, dass du dich für mich verwendest, ich werde so was Dummes nie wieder tun. Und dabei hatte er die ganze Zeit darüber nachgedacht, wie krank sie doch inzwischen schon waren. Zu glauben, dass es Spionage sein könnte, wenn er eine Bibliothek in einem Institut für Marxismus-Leninismus fotografierte. Dafür muss man schon richtig verrückt sein. Das einzig Komische an der ganzen Geschichte war, dass Wilhelm ihm später erzählt hatte, er sei nur mit zwei Filmrollen losgezogen. Die dritte hätte er zu Hause gelassen, für den Fall, dass was schiefläuft. »Dann gib mir die dritte Filmrolle zurück«, hatte Bernhard gesagt, um einen Schlussstrich unter die ganze peinliche Angelegenheit ziehen zu können. Aber Wilhelm hatte den Kopf geschüttelt und gegrinst. »Der Film ist im Westen. Ich hab ihn Vicky gegeben, für Elsa, und du fragst jetzt besser nicht weiter nach. Kannst deinen Kopf ruhig mal in den Sand stecken. Ich erlaube es dir.«

Und nun bringt er ganz offiziell Filme nach Westberlin. Für Elsa, und ohne dass ihm jemand dafür Ärger machen wird. Es ist so seltsam, nach all diesen Jahren Elsa einfach treffen zu können. Ohne Visum und lange Planung und konspiratives Versteckspiel. Vielleicht das einzig Gute an all diesem Chaos ringsum. Das ganze Land implodierte. In Leipzig hatten sie am Montag schon die Wiedervereinigung gefordert.

Schneeflocken wehen ihm ins Gesicht und tauen, vor seinen Augen verschwimmt das puderig weiße Stadion der Weltjugend. Endlich ist der kleine weiße Wachturm zu sehen. Der Durchgang für Fußgänger ist schmal, aber um diese Zeit geht alles erstaunlich schnell. Bernhard kommt gar nicht dazu, sich noch einmal zu überlegen, ob er nicht doch lieber umkehrt, da betritt er schon Westberliner Boden. Schon jetzt kaum noch vorstellbar, dass es möglich war, mit derartig provisorisch aussehenden Grenzanlagen die Leute achtundzwanzig Jahre davon abzuhalten, hier einfach durchzulaufen. Er erinnert sich, dass an diesem Grenzübergang noch im April Schüsse gefallen waren. Nur nicht nachdenken, denkt Bernhard und findet die Tatsache, dass man denken muss, wenn man nicht nachdenken will, so komisch, dass er anfängt zu lachen.

Ein älteres Paar kommt ihm entgegen, und der Mann sagt: »Ja, da kann man sich freuen, nicht wahr, endlich kommt wieder zusammen, was zusammengehört.«

Bernhard lacht noch einmal, und der alte Mann weicht vor ihm zurück.

Vor dem Café, das ihm Elsa genannt hat, überlegt Bernhard, ob er hineingehen oder draußen warten soll. Er ist zehn Minuten zu früh, Elsa ist bestimmt noch nicht da. Wenn er erst mal drinnen ist, muss er etwas bestellen. Und sollte Elsa nicht kommen, sitzt er ohne Westgeld in einem Westcafé und kann nicht bezahlen. Vorhin ist er an einer Bank vorbeigekommen, die Begrüßungsgeld auszahlt. Er könnte sich auch begrüßen lassen. Aber lieber prellt er in einem Café die Zeche.

Da ist sie ja! An einem kleinen Tisch am Fenster sitzt Elsa und hält Ausschau. Falsche Richtung, Elsa, denkt Bernhard. Du schaust in die falsche Richtung. Ich komme doch von der anderen Seite. Er bleibt gleich hinter der Tür stehen und betrachtet sie, die ihm halb den Rücken, halb das Profil zuwendet, ohne sich ihr weiter zu nähern. Schlank ist sie immer noch, schön ist sie immer noch, und schick sieht sie aus, in ihrem schwarzen Rollkragenpullover und mit der langen Kette. Die Haare kein bisschen grau, aber das kann auch gefärbt sein. Nein, sieht nicht so aus. Das seltene helle Braun, das ihr Haar immer schon hatte, das gibt es bestimmt nicht in Flaschen. Nur ihre Augen kann er nicht sehen, und plötzlich wünscht er nichts mehr, als dass sie aufschaut und ihn entdeckt. Wünscht sich, dass sie zuerst überrascht ist und dann das mysteriöse Elsalächeln über ihr Gesicht huscht. Nun sieh doch endlich her, denkt Bernhard, aber sie schaut weiter aus dem Fenster, in die falsche Richtung. Endlich setzt er sich mit weichen Knien in Bewegung und erreicht ihren Tisch.

»Elsa«, sagt er, und sie springt von ihrem Stuhl auf.

»Bernhard!« Das Lächeln huscht über ihr Gesicht, und im nächsten Augenblick sieht sie aus, als würde sie gleich weinen.

Sie vergräbt ihr Gesicht in seinem Jackenkragen, der feucht vom Schnee ist, und Bernhard streicht ihr über die Schultern und atmet tief ein. Kann Elsa riechen und findet, dass sie auch mitten im Winter so riecht, wie sie schon immer gerochen hat, nach Sonne und Seife. Er hatte ihr das mal gesagt, als sie noch Kinder waren, und damals hatte sie ihm erklärt, man müsse duften sagen, nicht riechen. Und jetzt duftet sie immer noch nach Sonne und Seife. Und ein bisschen nach einem Parfüm, das er nicht kennt. Bernhard atmet den Elsaduft ein und aus und ist froh, dass er den Weg hierher gefunden hat. Löst sich sanft aus ihrer Umarmung, schält sich aus der Jacke und setzt sich ihr gegenüber. So bleiben sie erst einmal eine Weile stumm, als müssten sie sich aneinander gewöhnen. Sie können gut so sitzen und warten, bis die Worte kommen. Konnten sie immer schon. Die Zeit dehnt sich, aber es tut nicht weh.

Eine Kellnerin kommt an den Tisch und fragt, was Bernhard möchte.

»Ich hab kein Westgeld«, platzt er heraus und schämt sich im gleichen Augenblick. Gott, ist er dumm.

»Ick hab nich jefragt, wat Se nich haben, sondern wat Se haben wolln«, sagt die Kellnerin und grinst. Also bestellt er ein Kännchen Kaffee, und die Kellnerin geht. Elsa grinst auch.

Bernhard kramt in der Aktentasche, holt die Filmrollen hervor und schiebt sie über den Tisch. »Ich habe das Haus fotografiert. Von innen und außen. Von oben bis unten. Wie es jetzt aussieht. Für deine Sammlung.«

Elsa strahlt, presst die Filmrollen ans Herz und küsst Bernhard auf den Mund. Das verschlägt ihm erst mal die Sprache, aber Elsa scheint ihre wiedergefunden zu haben. Sie spricht von Jonas und von Stephanie, die letzte Woche ein kleines Mädchen bekommen hat, grüßt von Elsie, der sie erzählt hat, dass man sich heute trifft, auch von ihrem Hanns redet sie, nur nicht von Vicky. So lange, bis Bernhard fragt, wie es ihr ohne sie ginge. Elsa wird stumm. Schaut aus dem Fenster und zupft an ihren Ohrringen herum, schönen Ohrringen mit leuchtend grünen Steinen, die er noch nie an ihr gesehen hat.

»Da können wir ja jetzt beide mal hingehen, wenn du möchtest«, sagt sie. »Auf den Friedhof. Vicky liegt auf einem kleinen Hügel, hat sich den Platz vorher ausgesucht. Hat lange gewusst, dass es zu Ende geht. Und Elsie auch. Aber mit mir hat sie nicht geredet. Ich wusste nichts von Vickys krankem Herzen.« Elsa fängt an zu weinen, und Bernhard ist auch ein bisschen zum Heulen zumute. Nun ist es an ihm, zu reden und zu reden, bis Elsas Tränen versiegen und sie ihn lächelnd ansieht.

»Ich muss dir auch noch was erzählen«, sagt Elsa plötzlich. Bernhard braucht eine Weile, bis er begreift, dass es hier zwar um eine alte Geschichte geht, aber eine, die es in sich hat. Harry Grünberg ist Elsas Vater, so viel hat er kapiert. War, denn auch der ist gestorben inzwischen. Manche Dinge rücken an ihren Platz, wenn man das nun weiß.

»Dann habt ihr ja in der Villa deines Vaters gelebt«, entfährt es Bernhard, und damit bringt er Elsa beinahe wieder zum Weinen.

Die große Wiedersehensfreude ist einer großen Ratlosigkeit gewichen. Wie können sie sich aneinander freuen und festhalten, nach der langen Zeit, wo alles erst einmal als neue Nachricht daherkommt und geschluckt werden muss. Er versucht es mit etwas Vertrautem.

»Weißt du noch«, sagt er und erzählt vom Jonass, ihrem Haus. Von ihren Versteckspielen während der Weißen Wochen. Etwas, was Elsa ganz sicher weiß und worauf sie antworten muss: »Oh ja! Und weißt du noch …«

Stattdessen sagt sie etwas ganz anderes. »Weißt du, Bernhard, ich habe gerade eine Bürgerinitiative gegründet, zur Rettung unseres Hauses.«

Damit kann Bernhard nichts anfangen. Wieso sollte das Haus gerettet werden müssen, es steht doch, und er geht fast jeden Tag zur Arbeit dort ein und aus.

»Wir wollen, dass es ein Museum wird«, sagt Elsa. »So lange, bis man die Erben gefunden und sich mit ihnen geeinigt hat. Ein öffentliches Museum, in dem man sich über das Kaufhaus informieren kann, über das Jonass, die Grünbergs, die Nazis und was sie mit dem Haus gemacht haben. Und darüber, was die SED dann damit gemacht hat. Das sollten doch alle wissen, wie das war. Nun, wo ein Neubeginn möglich ist.«

Das will er jetzt nicht glauben. Lieber redet er wieder mit Elsa über die tote Vicky oder die verschollene Gertrud Grünberg. Aber solch einen Blödsinn muss er sich nicht antun. Doch er sieht, wie ernst es Elsa meint. Sie schaut ihn mit glänzenden Augen an und wartet darauf, dass er die Idee toll findet. Unglaublich.

»Du willst aus meinem Arbeitsplatz ein Museum machen?«, fährt er sie an. »Für dich sind wir also schon tot und vorbei, ja? Gründest in Westberlin eine Bürgerinitiative«, er spuckt das Wort aus, als sei es ein Brechmittel, »um aus meinem Arbeitsplatz ein Museum zu machen. Willst du mich da gleich mitausstellen, oder soll ich den Pförtner geben?«

Elsa rückt mit ihrem Stuhl ein winziges Stückchen zurück. Gerade so viel, dass Bernhard sieht, wie sehr er ihr Angst macht in diesem Moment. Dafür scheint er ja ein wahres Talent zu haben, den Frauen Angst zu machen mit seiner Wut. Er dreht sich um, winkt der Kellnerin und signalisiert, dass er einen Kognak will. Auf Elsas Kosten möchte er sich jetzt und hier besaufen. Alle denken, man kann mit ihm machen, wozu man gerade Lust hat. Jeder glaubt, ihm ginge am Arsch vorbei, was hier abläuft. Er stellt sich vor, wie Elsa mit ihrer Bürgerinitiative vor dem Institut demonstriert.

Aber noch bevor er den entscheidenden, zerstörenden Satz sagen kann, legt Elsa ihm eine Hand auf den Arm: »Es tut mir leid. Vergiss es. Ich hab nicht daran gedacht, wie schwer das gerade alles für dich sein muss.« Sie verstummt und winkt der Kellnerin, ihr ebenfalls einen Kognak zu bringen. Elsa trinkt sonst nie tagsüber Alkohol, aus gutem Grund. Es tut ihm leid, dass er sie so weit gebracht hat. Ihre Hand zittert, als sie das Glas zum Mund führt.

»Elsa«, sagt Bernhard und fasst nach ihrer Hand, als sie das Glas wieder abgesetzt hat. »Ich möchte dir auch etwas erzählen. Martha hat nun endlich ein Grab. Einen Stein jedenfalls mit ihrem Namen, gemeinsam mit Arno und Wilhelm. Fünfzig Jahre nach ihrem Tod. So lange hat ihr Sturkopf von Sohn gebraucht, bis er es wahrhaben wollte.« Ganz warm ist Elsas Hand in seiner. Immer hat sie so warme Hände gehabt, wenn er jetzt daran zurückdenkt.

»Und nun bist du vollkommen sicher?«, fragt sie leise.

Bernhard nickt. »Als Todesdatum steht auf ihrem Stein 16.11.1939.« Dann sagt er, ohne sie anzusehen: »Wenn ich wieder einmal hingehe ... Kommst du mit?«

Und sie antwortet: »Jederzeit.«

Zurück geht Bernhard dieselben Straßen in umgekehrter Richtung. Der Schneefall ist dichter geworden, die Autos fahren in Zeitlupe, der Weg verschwimmt im Flockengewirr. Macht nichts, er findet auch so nach Hause, über die Grenzanlagen und von der Chausseestraße immer geradeaus in den Osten. Morgen wird er wieder in der Redaktion sein und Nachrichten über den Untergang des Landes schreiben. Heute war er schon mal auf der anderen Seite. Er kann also mitreden, und er weiß, wie es Elsa geht. Alles andere wird sich finden.

An diesem Abend schläft er während der Nachrichten ein und hält das für ein gutes Zeichen. Vielleicht geht ihm das alles nicht mehr so nahe. Vielleicht gewöhnt er sich an die Dinge, wie sie laufen, und daran, dass sie sich nicht mehr aufhalten lassen. Vielleicht wird alles gut.

Vielleicht wird alles gut, summt Bernhard am nächsten Morgen auf dem Weg zur Arbeit vor sich hin. Denn der gestrige Tag war mit dem Einschlafen während der Nachrichten für ihn noch nicht zu Ende. Ein langer, verrückter Tag ist dieser einzige freie Tag geworden. Nach dem Wegdösen während der Meldungen aus aller Welt und der sich auflösenden Heimat hat er beschlossen, vor dem Zubettgehen ein heißes Bad zu nehmen. Kaum lag er im Schaum, klingelte das Telefon. Bestimmt wäre er nicht triefend aus der Wanne gesprungen und tropfend durch die Diele gelaufen, wenn er nicht plötzlich die Idee gehabt hätte, Elsa könnte am Telefon sein. Vielleicht hatte sie etwas Wichtiges vergessen. »Bernhard«, hat die Stimme am anderen Ende der Leitung gesagt, »können wir noch mal reden?« Und als ihm klar wurde, dass diese Stimme nicht zu Elsa, sondern Elisa gehörte, ist er nur einen winzigen Moment enttäuscht gewesen und dann froh und erleichtert.

Sie haben miteinander geredet. Sie haben miteinander geschlafen. Aber erst, nachdem er sich entschuldigt hat. Für die Bierflasche Richtung Schrankwand und die von ihm verursachten Scherben. Für das Nicken auf die Frage »Soll ich gehen?«. Erst nach dieser Entschuldigung war Elisa bereit, das Gespräch in der Badewanne fortzuführen, in die er heißes Wasser nachlaufen ließ, und es dann im Schlafzimmer … nicht fortzuführen. Sie kam von Herzen, seine Bitte um Verzeihung, aber er hätte ihr in dem Moment auch das Blaue vom Himmel versprochen, und zur Not eine weitere wuchtige Couchgarnitur.

Als er heute Morgen aufgewacht ist und die warme, duftende Elisa neben ihm lag, konnte er sein Glück kaum fassen. »Komm wieder nach Hause«, hat er der schlafenden Frau ins Ohr geflüstert. Elisa hat die Augen aufgeschlagen, ihn angelächelt und gemurmelt: »Vielleicht.« Vielleicht wird alles gut, summt er auf dem Weg zur Arbeit vor sich hin.

Bernhard schreibt für die Zeitung einen Text über die Revision der Ausstellung »Sozialistisches Vaterland DDR«. Die Jahre 1949 bis 1989 im Museum für Deutsche Geschichte werden bis auf Weiteres nicht mehr gezeigt, sondern überarbeitet. Eigentlich möchte er gern dabei sein, wenn es darum geht, die Dinge aufzuarbeiten und vielleicht das eine oder andere aus seinen vollgeschriebenen blauen Heften hervorzuholen, das bisher zwischen den Deckeln bleiben musste. Aber er ist sich nicht sicher, ob sie die Geschichte, die sie selbst aufgeschrieben haben, jetzt auch noch umschreiben können.

Das Einzige, wozu er sich nach der Arbeit noch aufraffen kann, ist ein Anruf bei seiner Schwester. »Wie geht's dir?«, fragt er und hört im Hintergrund Martin rufen. »Wo war er denn die ganze Zeit?«, will Bernhard wissen.

»Im Dienst, wie ich es dir gesagt habe.« Charlotte tut, als sei das sonnenklar gewesen, als habe sich bei ihr nicht der leiseste Zweifel breitgemacht. Sie verabreden sich für den kommenden Sonntag, obwohl er Charlotte und Martin eigentlich gar nicht sehen will.

Wen er liebend gern sehen würde, sprechen und in so vielem um Rat fragen, ist Wilhelm. Der Vater fehlt ihm so in diesen Tagen. Wahrscheinlich hätte der sich, trotz aller Unsicherheiten und Zweifel, doch auch gefreut über das, was da gerade geschieht. Während er von der erstbesten Hoffnung in die nächstbeste Enttäuschung fällt und das Gefühl hat, alles und alle rasten um ihn her und ihm davon. Es gibt keinen Ort mehr, an dem er zur Ruhe kommt. In der Redaktion hetzen sie wie aufgescheuchte Hühner durch die Gänge, und er hat nicht einmal mehr Zeit, um sich im Institut zu verkriechen. In den Archiven und in der Geschichte, die jetzt ohne ihn geschrieben und umgeschrieben wird.

Kurz bevor der November zu Ende geht, steht für Bernhard die Überlegung, alles hinzuschmeißen, ganz oben auf der Liste der bedenkenswerten Dinge. Er hat zwar keine Vorstellung, wohin er gehen könnte, wer einen gelernten DDR-Journalisten wie ihn wofür würde haben wollen, aber das scheint in manchen Momenten vollkommen egal zu sein. Immer häufiger bleibt er abends einfach an seinem Schreibtisch sitzen, starrt Löcher in die Luft und versucht, an banale, einfache Dinge zu denken. An einem dieser Abende kommt ein Kollege, um zu fragen, ob Bernhard mit ihm den kommenden Sonntagsdienst tauschen könne. »Meine Mutter wird Samstag beerdigt. Ich glaube nicht, dass ich da Sonntag schon wieder froh und munter sein werde.«

Bernhard nickt. Das ist kein Problem. Sonntags zu Hause sein zu müssen, das ist ein Problem. Obwohl bis dahin vielleicht Elisa wieder bei ihm ist. Dann könnten sie zusammen einen Ausflug machen, Richtung Osten zum Beispiel, an die Oder. Laufen, einen Grog trinken, reden, den Polen beim Angeln zusehen. So was in der Art. Aber weil es gar nicht sicher ist, ob Elisa am Sonntag da sein wird, nimmt er lieber den Dienst.

»Hast du was da?«, fragt der Kollege, und Bernhard bückt sich, um die halb volle Flasche Schnaps aus dem Schreibtisch zu holen. Gläser hat er auch, also kann es losgehen. Ein paar Minuten sitzen sie beide schweigend da und trinken den blauen Würger, wie das Zeug genannt wird. Eine treffende Bezeichnung, das fand er schon immer. Er kippt das Glas hinunter und weiß einmal mehr, wie schnell man das wohlige, warme Gefühl mögen und vermissen kann, das so ein Schnaps hinterlässt. Jeder Schluck schreit nach dem nächsten, so ist das. Deshalb wird er morgen mit dem ganzen Mist aufhören und in der Redaktion nichts mehr trinken.

»Ich war heute im Jagdgebiet von Willi Stoph«, erzählt der Kollege. »Habe mir mit den anderen Kollegen das Haus angeschaut. Fünf Bäder und 'ne Menge Zimmer. Zehn Kühlschränke. Wozu man die braucht, zehn Kühlschränke, das muss einem mal einer erklären.« Bernhard hört zu und schweigt. »Ziemlich unangenehm, da rumzulaufen. War uns ja nicht unbekannt, dass die alten Herren ganz gut gelebt haben in Wandlitz und anderswo. Soll man jetzt überrascht tun und einen Aufschrei von sich geben?«

Bernhard schüttelt den Kopf. »Musst du denn was darüber schreiben?«

Der Kollege schaut mit glasigem Blick in die Ferne. »Ich hab die Agenturmeldung genommen. Was Besseres ist mir nicht eingefallen. Wirklich, wir sind die Falschen für so was. Das kauft uns doch kein Mensch ab, wenn wir plötzlich anfangen, offen und ehrlich zu sein.«

»Ich glaube, ich gehe hier raus.« Bernhard füllt sein Glas und kippt sich das Zeug hinter die Binde, als sitze er an einem Stammtisch, den es morgen schon nicht mehr geben wird. »Das macht keinen Sinn. Mit sechzig fängt man nicht an, ganz von vorn zu denken. Selbst wenn man es wollte. Und ich will es nicht einmal.«

Der Kollege nickt und trinkt. So bleiben sie beide sitzen und leeren die Flasche, bis ihnen das schwere Herz warm wird.

»Dann wollen wir mal«, sagt Bernhard irgendwann und steht schwankend auf. »Lassen wir die Kuh auf dem Eis und gehen schlafen.«

Der Kollege kichert. »Lassen wir die Kuh«, wiederholt er noch im Paternoster immer wieder, »auf dem Eis.«

Am Sonntag kommt Elisa tatsächlich zurück nach Hause. Bevor Bernhard zum Dienst muss, schließt sie die Wohnungstür auf und steht mit ihren beiden großen Taschen im Flur. Und mit einem seltsamen Gebilde um den Hals, das ihr bis zu den Knien baumelt. »Adventskalender«, sagt Elisa, als sei das für jedermann offensichtlich. »Die ersten drei Tage kannst du schon essen.«

Bernhard ist jetzt aber gar nicht so nach Schokolade zumute. Er küsst Elisa, bis ihr die Luft ausgeht, zieht sie ins Wohnzimmer und fummelt an ihrem dicken Mantel, bis die Knöpfe endlich offen sind, auch die Bluse hat eine Menge Knöpfe, der BH Haken und Ösen, ein Adventskalender ist nichts dagegen. Elisa lässt sich aufs Sofa fallen, und genau dafür ist das Riesenstück von Couch dann wieder gut. Zwei alte Leute, die schon an dem einen und anderen Zipperlein leiden, können hier gut und gern so tun, als seien sie wieder neunzehn, unsterblich und unsterblich verliebt.

»Ich denke, du musst zum Dienst«, flüstert Elisa und fingert an Bernhards Gürtel herum. Der knurrt etwas, das ja oder nein heißen kann, und zwanzig Minuten später liegen sie zerrupft nebeneinander.

Elisa streichelt über Bernhards Bauch. »Wo ist dein Bauch?«, klagt sie, »du bist ja richtig dünn geworden. Ich kann nur einen Mann mit Bauch lieben.«

Bernhard lächelt. »Das bekommen wir schon wieder hin.« Er küsst Elisa auf ihren nackten Bauch, der sich klebrig anfühlt, und zieht sich an, um endlich in die Redaktion zu gehen. »Die werden wissen wollen, ob ich krank bin«, sagt er, als das Telefon klingelt. Nachdem er den Hörer wieder aufgelegt hat, erklärt er Elisa: »Schalck-Golodkowski ist abgehauen.«

»Hat der nicht nebenan gewohnt?«, will sie wissen.

Bernhard nickt. »Einen Block weiter. Ein Mann mit einem ordentlichen Bauch. Wäre eigentlich was für dich gewesen.« Elisa rümpft die Nase. Bernhard verspricht, abends spätestens um neun wieder da zu sein. »Soll ich uns dann Makkaroni mit Tomatensoße kochen?«

Elisa schüttelt den Kopf. »Ich glaube, das müssen wir auf morgen verschieben. Ich will heute Abend in die Volksbühne zu einem Weibertreffen.«

Bernhard fragt nicht nach. Er will nicht, dass man sich gleich am ersten Tag des neuen Lebens womöglich über Politisches streitet. Soll Elisa zu ihrem Weibertreffen gehen. Er wird in der Kantine essen. Roni mit Dose vermutlich.

An diesem Tag stellt er überrascht und besorgt fest, dass es gar nicht so einfach ist, einen ganzen Dienst ohne Alkohol durchzustehen. Bernhard nimmt die zwei Flaschen Schnaps aus dem Schreibtisch und überlegt, ob er sie ins Nachbarzimmer zu den Kollegen von der Wirtschaft bringt, gießt stattdessen den Inhalt ins Waschbecken und wirft die Flaschen auf der Toilette in den Müll. Später fragt er eine Kollegin, was das am Abend für eine Veranstaltung in der Volksbühne sein wird und ob sie da hingeht. Die nickt begeistert und sagt, dass es ja wohl an der Zeit sei, dass die Frauen sich zu Wort melden und ihre politischen Forderungen aufmachen. Was auch immer damit gemeint ist, er geht lieber auf Jagd nach Golodkowski.

Die Tage werden durch Elisas Anwesenheit ruhiger und weniger angstvoll. Es ist gut, nach Hause zu kommen und jemanden zum Reden zu haben. Es ist gut, nicht allein zu sein. Und bald ist Weihnachten. Trotz aller Wirrnisse und Unsicherheiten fangen die Leute an, sich in Stimmung zu bringen. Der Weihnachtsmarkt ist voll wie jedes Jahr, die Hatz nach Geschenken hat pünktlich begonnen, die Tage sind kurz und dunkel, fast könnte man meinen, es sei ein Jahr wie jedes andere. Es gibt weiterhin jeden Tag Enthüllungen und Entrüstungen, aber es ist auch Adventszeit. Elisa holt die alte Weihnachtspyramide aus dem Keller, kauft tatsächlich einen Schwibbogen, den sie ins Fenster zur Straße stellt, fängt an, Pläne zu schmieden für den Heiligen Abend. Sie möchte, dass dieses Jahr Luise und Uwe kommen, Bernhard kann sich nicht vorstellen, dass die es so wollen, aber er überlässt alles Elisa. Soll sie Wunder vollbringen, er kann es gebrauchen.

An den Wochenenden geht sie in ein nahe gelegenes Krankenhaus, um dort auszuhelfen. Sie putzt Krankenzimmer, teilt Essen aus und leert Bettpfannen. Es fehlen Krankenschwestern, Ärzte, Pfleger, und Elisa ist nicht die Einzige, die unentgeltlich ein paar Dienste schiebt. Sie erzählt Bernhard, dass im Krankenhaus auf einer gesonderten Station Menschen liegen, die AIDS haben. Das will er zuerst nicht glauben, aber es stimmt. Die haben wir also auch versteckt, denkt er, wie Waffen zum Exportieren und zehn Kühlschränke für die Jagdgesellschaften des Politbüros. Nur dass wir die AIDS-Kranken nicht nach Rumänien verschwinden lassen können wie belastende Akten.

Manchmal scheint es ihm, dass er sich nur aufrechthält, weil Elisa fast alles Lebenspraktische in die Hand genommen hat. Dass die Frau an seiner Seite wichtige Dinge regelt, ihn vor vollendete Tatsachen stellt, wenn es sein muss, Entscheidungen trifft, die er auf die lange Bank geschoben hat, ist er nicht gewohnt. Nur über eine Entscheidung zerbricht er sich heimlich und allein den Kopf. Ob er die beiden Frauen, Elsa und Elisa, miteinander bekannt machen soll. Und, wenn ja, wo und wie. Da hat er noch nicht ein Wort mit Elisa oder Elsa darüber gesprochen, weiß nicht einmal, ob die beiden die Idee auch so gut finden wie er, und scheitert schon an der Frage, in welchem Teil der Stadt solch ein Treffen stattfinden sollte.

Eines Abends, es ist nasskalt und ungemütlich, macht er sich auf den langen kurzen Weg in die Theaterkantine, wo Luise immer noch arbeitet. Noch schwerer ist es ihm gefallen, vorher Uwe anzurufen und ihn zu fragen, ob er nicht Lust hätte, dass man sich zu dritt mal abends auf ein Bier trifft. Uwe hat vorgeschlagen, Luise heute um neun nach der Schicht in der Kantine abzuholen, am Eingang in der Linienstraße. Nun läuft Bernhard vor zur Wilhelm-Pieck-Straße, am Institut vorbei, um dann nach links in Richtung Volksbühne abzuschwenken. Im Institut war er schon einige Tage nicht mehr, und zurzeit zieht es ihn da auch nicht hin. Inzwischen käme es ihm doch seltsam vor, sich irgendwo zu verkriechen und in alten Geschichten zu kramen.

Uwe steht vor dem Kantineneingang, pustet weiße Atemwolken in die Luft und sieht verfroren aus. Müssen die alle Vollbärte tragen, denkt Bernhard, als er auf seinen Schwiegersohn zugeht. Er weiß selbst, dass das ein blöder Gedanke ist, aber er kann nichts dagegen tun, der Jünger-Jesu-Look geht ihm auf die Nerven. Verheiratet sind die beiden nicht, aber schon so lange zusammen, dass es auch nicht mehr wichtig ist und man den Jungen ruhig als Schwiegersohn betrachten kann. Manchmal wundert sich Bernhard, dass Uwe und dessen Eltern nichts gegen die wilde Ehe einzuwenden haben, wo sie doch auf kirchlichem Segen bestehen müssten. Aber erklär ihm einer die DDR-Pfaffen, bei denen weiß man nie. Da helfen die schönsten Vorurteile nicht. Uwe umarmt ihn herzlich. Das gehört auch zu all den Rätseln, die er Bernhard immer wieder aufgibt. Dass er nie die Herzlichkeit verliert, selbst wenn man sich noch so schlimm gestritten hat.

»Ich hab Luise nur gesagt, dass ich sie abhole. Sie wird sich freuen, wenn sie uns beide hier stehen sieht.« Uwe grinst und sieht trotz Vollbart wie ein kleiner Junge aus. Da öffnet sich die Tür, und ein paar Leute strömen aus der Theaterkantine, eine von ihnen ist Luise, die erst überrascht und dann froh aussieht, als sie die beiden Männer entdeckt, die nur ihretwegen gekommen sind.

»Lasst uns die Schönhauser hochlaufen und gucken, wo wir Platz finden«, schlägt Uwe vor. Zwanzig Minuten später sitzen sie in der Nähe vom Kollwitzplatz in einer Kneipe. Am Tresen wird laut und heftig über Politik geredet, hinten am Tisch in der Ecke aber kann man das ignorieren. Bernhard bestellt Bier für sich und Uwe und einen Rotwein für Luise.

»Wollt ihr eigentlich irgendwann mal heiraten?«, platzt er heraus und möchte sich im gleichen Augenblick am liebsten dafür ohrfeigen. Geht ihn nichts an.

Aber Luise antwortet ganz ruhig. »Wir haben darüber nachgedacht, sind schließlich schon lange zusammen. Und Kinder soll es nun auch bald geben.«

Uwe lächelt Luise an und nimmt ihre Hand. »Luise möchte unbedingt, dass wir eine kleine Karla in die Welt setzen«, verrät er und lächelt weiter, um den Satz ein wenig abzumildern. »Fändest du doch auch schön, oder?«

Bernhard nickt und muss schlucken. Eine kleine Karla wäre wirklich wunderbar.

Obwohl er das überhaupt nicht vorhatte, erzählt er nun Luise und Uwe, dass er überlegt, ein Treffen zu organisieren. So eine Art Familientreffen. Zuerst einmal mit Elisa und Elsa, die in seinem Leben so eine wichtige Rolle gespielt haben und spielen, und dann vielleicht mit den Kindern. »Elsa, Jonas, Stephanie, Elisa, Luise und ich. Erst mal.« Bernhard schaut Uwe entschuldigend an. »Die Partner der Kinder könnten dann beim zweiten Mal dazukommen.«

Uwe nickt, er ist gar nicht beleidigt. Und Luise umarmt ihn begeistert. »Ich würde mich so freuen, Elsa wiederzusehen. Wirklich.« Sie überlegt einen Moment und meint dann: »Aber du hast jemanden vergessen.«

»Wen denn?«, fragt er.

»Elsas Mann.«

Bernhard kommt sich ertappt vor. Tatsächlich, den hat er vergessen. Und weiß auch gar nicht, ob er es so eilig hat, ihn kennenzulernen. Aber wenn seine Elisa dabei ist, gehört natürlich Elsas Hanns genauso dazu. Theoretisch.

Während die Diskussionen vorn am Tresen lauter werden, erzählt er den beiden von seinem Treffen mit Elsa. Wie er das erste Mal einen Fuß auf Westberliner Boden gesetzt und sich dabei gefühlt hat. Von seinem Spruch mit dem fehlenden Westgeld, über den sie nun gemeinsam lachen. Davon, dass Elsa Harry Grünbergs Tochter ist und es bis zu Vickys Tod nicht gewusst hat. »Sie will eine Bürgerinitiative gründen, um aus dem Institut ein Museum zu machen. Geschichte des Kaufhauses Jonass, Hitlerjugend, Sozialistische Arbeiterführer und so. Fast hätten wir uns darüber zerstritten. Als ob wir alle schon Geschichte wären. Wenn sie dabeibleibt, wird das nichts mit Friede, Freude und Eierkuchen.«

»Es ist zu früh für solche Ideen«, stimmt Uwe ihm zu. »Man kann nicht so tun, als sei hier alles schon zu Ende und begraben. Vielleicht schaffen wir ihn ja noch, den Sozialismus mit menschlichem Antlitz.«

Am Tresen brüllt ein betrunkener Mann, man möge doch die Stasibonzen alle in die Produktion stecken. Oder besser gleich an die Wand stellen.

»Jawohl!«, stimmen ein paar Saufkumpane zu.

»Dann biste doch selbst so ein Arsch«, widerspricht die Wirtin und knallt ein Bierglas auf den Tresen. »Wenn du das genauso machst, wie die es mit uns gemacht haben.«

Bernhard denkt an seinen Schwager, der vielleicht in diesem Augenblick in seinem Büro Papier durch den Reißwolf jagt.

Das Problem, in welchem Stadtteil das Treffen stattfinden soll, ist inzwischen gelöst. Am Nachmittag wird Elsa kommen, um ihn und Elisa zu besuchen. Ohne ihren Hanns. Sie hat nicht vorgeschlagen, ihn mitzubringen, und er hat es dabei belassen. Nun steht er morgens früh im Wohnzimmer am Fenster und starrt auf die dunkle Straße. In der Nacht ist er drei Mal aufgestanden, um sich einen Tee zu kochen, in den er ein Schlückchen Weinbrand geschüttet hat. Geholfen haben weder Tee noch Weinbrand. Es war nicht die erste solcher Nächte in den letzten Wochen, in denen es ihn umtrieb. Heute aber gibt es wenigstens einen Grund. In dieser Nacht ist es ihm plötzlich nicht mehr klug erschienen, Elsa und Elisa an einen Kaffeetisch zu setzen. Irgendwie brachte die Vorstellung in seinem Kopf alles durcheinander. Es schien ihm, als könne es auf keinen Fall gut gehen mit den beiden. Vor allem aber mit ihm.

Er geht wieder ins Bett und legt den rechten Arm um Elisa, die sich halb unwillig, halb erfreut zu ihm umdreht. »Wie spät ist es?«

»Gleich sieben. Aber es ist Sonntag. Schlaf noch ein bisschen. Ich pass so lange auf dich auf.«

Elisa lächelt und dreht ihm den Rücken zu. Drückt ihren warmen, runden Hintern gegen seine Hüfte und ruckelt ein bisschen hin und her. »Ich will nicht mehr schlafen«, murmelt sie. »Mach mal was Schönes mit mir. Heute ist schließlich der dritte Advent.«

Bernhard lacht leise und macht was Schönes mit Elisa. Danach geht es ihm besser, die Angst ist verflogen. Vielleicht wird alles gut, summt er beim Zähneputzen. Er backt Brötchen auf, macht Kaffee, deckt im Wohnzimmer den Tisch. Überlegt kurz, ob er auch eine Flasche Sekt öffnen soll, lässt es aber sein. Ein klarer Kopf ist nicht verkehrt an diesem Tag.

Um acht schon sitzen sie am Frühstückstisch, Elisa und er, reden über Unverfängliches und tun, als sei dies ein Sonntag wie jeder andere. Aber dann stellt Elisa doch die Frage aller Fragen.

»Hast du Elsa eigentlich einmal richtig geliebt?«, fragt sie. »Wäre sie deine Frau geworden, wenn ihr die Möglichkeit gehabt hättet? Hättet ihr zusammen Kinder und würdet glücklich leben bis an das Ende eurer Tage?« Sie lächelt bei all diesen Fragen, als wollte sie sagen, es ist nicht so wichtig, Bernhard, ich wüsste es nur gern.

Aber Bernhard weiß schon, dass die Fragen sehr ernst gemeint sind. Er hat die ganzen Tage damit gerechnet, dass sie dieses Gespräch führen werden. Nun also an diesem Morgen. Und obwohl er sicher war, dass Elisa die Fragen stellen wird, hat er sich keine Antworten zurechtgelegt. Es ging einfach nicht. Denn eigentlich weiß er auch nicht, welche Antworten der Wahrheit am nächsten kommen.

»Ich habe Elsa sehr geliebt«, sagt er dann zu seiner eigenen Überraschung. »Und es wäre gut möglich, dass wir … aus uns hätte schon ein Paar werden können.«

Er macht eine Pause und sieht Elisa an, die still dasitzt und nichts sagt. Sie lächelt, als wollte sie ihn ermuntern, sich alles von der Seele zu reden.

»Unsere Geschichte, die Geschichte unserer Eltern, hat uns sehr geprägt«, tastet er sich voran. »Es schien eine Zeit lang fast logisch, dass wir beide zusammenkommen und zusammenbleiben. Irgendwann war es dann nicht mehr so. Es war anders. Dann wieder habe ich gedacht, dass uns vor allem das Haus verbindet, diese ganze Geschichte.«

Elisa nickt und schweigt weiter.

»Und schließlich und vor allem ist dann eine Elisa in mein Leben gekommen«, sagt Bernhard und lächelt sie an. »Und ich hoffe, dass sie mir bleibt.«

Zwischenzeiten, 1999

Ergraut und abgelebt steht das Haus in der Torstraße 1. Ringsum glänzen frisch sanierte, helle Fassaden. In den umliegenden Straßen sprießen Internetcafés, Galerien und Clubs aus dem Boden. Autos, Busse und Fahrräder stauen sich auf der breiten Kreuzung zur Torstraße, die ihren ursprünglichen Namen zurückerhalten hat. Der Verkehrslärm mischt sich mit dem der Baustellen. Das ganze Viertel ist im Auf- und Umbruch, nur das riesige Gebäude an der Kreuzung verharrt in Zeiten, die sich gewendet haben und nicht wiederkehren. Acht Stockwerke graubraune Fassade, blinde, gesprungene Fensterscheiben, bröckelnder Putz. Kein Kaufhaus Jonass mehr, keine Reichsjugendführung, kein Haus der Einheit und nicht mal mehr ein Institut. Namenlos, zwecklos und leer steht das Haus da.

Ein Mädchen und drei Jungen sind nachts eingestiegen und schleichen durchs Treppenhaus, Spraydosen im Gepäck. Sie leuchten mit Taschenlampen in die Räume, steigen über Bretter und Balken. Etagen, Seitenflügel, Zimmer – wie in einem Labyrinth fühlt man sich hier im dunklen und leeren Innern, doch ganz ohne roten Faden. Es scheint, als seien sie nicht die ersten Eindringlinge, nachdem die Mannschaft das Schiff fluchtartig verlassen hat.

Im halbrunden Raum mit der holzgetäfelten Decke stehen die Türen der Einbauschränke offen. Auf dem Parkettfußboden verstreut liegen vergilbte Papiere und Matrizen, ein Stapel löchriges Briefpapier mit dem Briefkopf des Instituts für Marxismus-Leninismus. Ein anderes Zimmer sieht aus, als sei eben erst jemand nach Hause gegangen, der nicht daran zweifelt, morgen wiederzukommen. Vor dem Schreibtisch ein zurückgeschobener Stuhl. Stifte, Büroklammern, ein Wasserglas erscheinen im Licht der wandernden Taschenlampen.

Gemeinsam mit den Flüchtenden und Eindringlingen hat die Zeit ihre Spuren hinterlassen. Von mancher abgehängten Decke sind nur die Kunststoffrippen geblieben. Der Dielenboden schlägt Wellen wie nach einer Überschwemmung, von den Wänden blättert der moosgrüne Anstrich in dicken Placken, die den Raum überwuchern. Von der Decke baumelt ein braungrüner Kabelstrang.

Endlich sind die vier oben angekommen. Das oberste Stockwerk ist zurückgesetzt, rundherum verläuft eine Reling. »Pass auf, Katia!«, ruft einer der Jungen, als das Mädchen als Erste den Ausstieg aus dem Fenster wagt. Dann stehen sie alle nebeneinander, schauen hoch aufs Dach, auf dem ein Schornstein und kleine Birken wachsen.

»In diesem Haus«, sagt das Mädchen, während sie ihre Spraydose schüttelt, »ist unsere Oma geboren.«

Auf Wiedersehen, au revoir, goodbye

Endlich hat Elsa das Ende des langen Weges erreicht. Sie nimmt die letzte Stufe in Richtung Dachterrasse und Himmel, öffnet die Tür und tritt ins Freie.

An diesem Abend, zur Eröffnung des Soho House Berlin, stehen die Glastüren der Bar zur Terrasse hin offen. Warmer Wind weht ihr entgegen, ein Gemisch aus Parfüm und Essensgerüchen, ein Gewirr aus Stimmen, Gelächter und Musik. An Bistrotischen und in Loungesesseln sitzen Clubmitglieder und geladene Gäste. Vielleicht auch ein paar ungeladene wie sie selbst, denkt Elsa und schüttelt den Kopf. Nein, die sehen alle so geladen aus. Wie sie auf Barhockern sitzen und Cocktails schlürfen, sich auf bettähnlichen Sofas räkeln, auf dem weißen Stoff, ohne die Schuhe auszuziehen. Sie sucht noch immer nach Bernhard, aber da liegt er bestimmt nicht herum. Auch für Hanns wäre das nichts gewesen. In seinen letzten Jahren war er immer mehr zum Waldschrat geworden und schließlich ganz in seine Kate nach Lübars gezogen. Sie ist froh, dass sie ihm zuliebe mitgegangen ist, bevor er plötzlich den Schlaganfall hatte. In seiner Werkstatt beim Tischlern, am nächsten Tag war er tot.

Elsa geht zwischen den unbekannten Menschen hindurch weiter hinaus auf die Dachterrasse. Rechts und links neben dem Pool stehen Sonnenschirme und Liegestühle, den Pool selbst kann sie nur erahnen, in der Richtung, aus der Platschen und Kreischen dringen. Vom Hochhaus gegenüber lächelt von einer Werbeplane eine riesige Bikinifrau auf sie herab. Und sie hat doch glatt vergessen, ihren Bikini einzustecken. Nicht, dass sie noch einen besäße. Ein Pool auf dem Dach und Liegestühle – so etwas hatte es damals zur Eröffnung des Kaufhauses Jonass noch nicht gegeben. Vicky und Elsie hätte das sicher gefallen, sie wären die Ersten gewesen, wenn es darum ging, sich im Wasser zu tummeln. Na ja, Vicky wohl nicht mit ihrem dicken Bauch, aus dem sie, Elsa, noch am selben Abend herauswollte. Die ehemalige Poststelle hat sie nicht gefunden, aber das ist vielleicht besser so.

Als sie um die Ecke biegen will, erklärt ihr jemand, sie könne hier leider im Moment nicht weiter. Ein paar Meter entfernt schüttelt eine elegant gekleidete ältere Frau dem Bürgermeister die Hand, neben ihr steht ein junger Mann, dessen spöttisches und zugleich herzliches Lächeln ihr irgendwie bekannt vorkommt. Aber das ist doch der höfliche junge Ami, dem sie es verdankt, überhaupt hier zu sein! Der sie am Einlass als seine Grandma durchgeschmuggelt hat. Nun lacht er, während um ihn herum die Kameras klicken. Scheint tatsächlich irgendwie wichtig zu sein, dieser junge Mann, der kaum älter sein dürfte als ihre jüngste Enkelin, um die zwanzig vielleicht. Ob er irgendetwas mit diesem Haus zu tun hat? Vielleicht sollte sie ihn fragen. Aber unter welchem Vorwand? Soll sie ihm verraten, dass ihr ganzes Leben mit diesem Haus verbunden ist, und die lange verwickelte Geschichte vor ihm aufrollen? Oder einfach auf ihn losgehen und sagen: »Hey, Sie sind doch ein Ami, kennen Sie vielleicht einen Harry Grünberg? Sie könnten sein Enkel sein!«

So oder so, da muss sie sich erst mal Mut anrauchen. Und während sie sich unter einem Sonnenschirm auf einen Liegestuhl niederlässt, neben dem ein Aschenbecher steht, und nach gefühlten achtzig Jahren endlich eine ansteckt, denkt sie, dass es sie auch eine Menge Mut gekostet hatte, ein Jahr nach Vickys Tod den Brief an Gertrud Grünberg zu schreiben. Ein Jahr hatte sie allein gebraucht, um Gertruds Adresse herauszufinden, denn ein Kuvert zum Brief war nicht in Vickys Plattenhülle gewesen. Greenberg war ein erstaunlich häufiger Name in den Staaten und Franklin der häufigste aller Ortsnamen. Es war ihr beinahe vorgekommen, als hätte sich jemand auf ihre Kosten einen Scherz erlaubt. Nachdem sie es endlich geschafft hatte, Gertrud Greenberg zu finden, nach unzähligen Stunden Recherche mit Stephanies Hilfe, war kurz darauf ein Antwortbrief aus den USA gekommen – einer dieser ganz besonderen Briefe in ihrem Leben, bei deren Öffnen ihr das Herz bis zum Hals schlug.

Der Brief kam nicht von Gertrud, und er bestand aus wenigen Sätzen. Harrys älteste Tochter Suzanne teilte ihr mit, dass ihre Familie keinen Kontakt nach Deutschland wünsche und nicht daran interessiert sei, in der Vergangenheit zu graben. Ihre Schwester brauche vom Fehltritt ihres Vaters nichts zu erfahren, und ihre Tante Gertrud sei vor zwei Wochen gestorben. Vor zwei Wochen – das hieß, ziemlich genau an dem Tag, an dem sie ihren Brief aus Berlin losgeschickt hatte. Mehr noch als die Reaktion ihrer Halbschwester, für die sie ein Fehltritt war und keine Verwandte, hatte ihr dieser unglückliche Zufall den Rest gegeben. Seltsamerweise hatte sie wochenlang um Gertrud getrauert, eine Frau, der sie nur als kleines Kind begegnet war und an die sie sich nicht erinnerte. Die ihr dennoch angesichts der Geschichte, ihrer persönlichen und der großen Geschichte, die über die Einzelnen hinwegging, unendlich liebenswürdig erschien. Eine Frau, die sie für ihr Leben gern kennengelernt hätte. Stattdessen hatte sie nach jenem Brief beschlossen, einen Schlussstrich unter diese Geschichte zu ziehen. Oder es zumindest zu versuchen.

Mehrere Musiker ziehen an Elsa vorbei und bauen auf einem Podest ihre Instrumente auf. Auch zur Jonass-Eröffnung, hatte Vicky mit Tränen in der Stimme erzählt, spielte eine Tanzkapelle Walzer und Ragtime. Seltsam war diese Stelle auf dem Band, die sie selbst bis heute nicht anhören konnte, ohne zu weinen. Dabei gab es sehr viel traurigere Stellen. Sie nimmt ein Glas Prosecco vom Tablett, das eine junge Frau ihr mit einem Lächeln entgegenhält. Für einen Augenblick glaubt sie, unter der hellen Bluse der Frau einen gewölbten Bauch zu erkennen.

Was hätte Vicky wohl zu alldem hier gesagt? Vielleicht wäre sie glücklicher gewesen, wenn die Torstraße 1 wieder ein Kaufhaus geworden wäre. Andererseits gingen die Kaufhäuser gerade reihenweise pleite, wenn sie es nicht schafften, sich als »Erlebniswelten« zu verkaufen. Ein Kaufhaus war heute nichts Schickes und Modernes mehr wie das Jonass vor achtzig Jahren, und Vicky war doch sehr für das Modische und Moderne gewesen. Da hätte ihr das Soho House Berlin vielleicht gefallen. Auch die Hotelzimmer hätte Vicky gemocht, die Sessel und Beistelltische im Stil der Dreißiger und Vierziger, die breiten Polsterbetten mit Kopflehnen in Muschelform, die Stehlampen mit Stoffschirmen, die altmodischen Telefone. Wie einer von Vickys und Elsies geliebten Hollywoodstars konnte man sich in den Zimmern fühlen, wie Greta Garbo oder Lauren Bacall. In einer frei stehenden Badewanne auf Löwenfüßen liegen und alte Platten hören. Die würden auch ihren Jonas entzücken, original alte Plattenspieler und Vinyl-LPs. Und damit es nicht zu altmodisch ausfiel, standen die Plüschsessel und Polsterbetten vor unverputzten Wänden und Säulen oder unter hypermodernen Lampen. Ein cooler Retro-Modern-Mix, so oder ähnlich würde es Stephanies und Nicks Tochter Livia sagen, die zum Erstaunen ihrer beiden Mütter ein richtiges Girlie geworden ist. Die Clubgebühren dagegen, über die hätten Vicky und Elsie sich mokiert. Gebühren, die dafür sorgten, dass Leute wie sie oder Wilhelm, Verkäuferinnen und Handwerker, nicht zum Club gehörten.

Elsie hätte die Eröffnung fast noch erlebt. Neunundneunzig war sie im letzten Jahr geworden, dann hatte sie gemeint, man müsse es nicht übertreiben. Nun liegt sie, wie es seit beinahe zwanzig Jahren verabredet war, auf dem Friedhof gleich neben Vicky. Vielleicht wäre das auch etwas für Bernhard und sie – ein gemeinsames Grab auf einem wiedervereinigten Friedhof. Einer von denen, durch deren Mitte die Mauer verlaufen war und die Toten getrennt hatte. Aber da all ihre Lieben im Westteil Berlins begraben liegen und Bernhards im Osten, wird die Mauer sie wohl über den Tod hinaus scheiden.

Elsa versucht, vom Liegestuhl hochzukommen, und schafft es erst beim zweiten Anlauf. Ohne einen Stock als Stütze ist das gar nicht einfach. Altersgerecht sind die Möbel hier nicht, aber außer ihr scheint auch niemand von den ganz Alten da zu sein. Von denen, die sich noch an das Kaufhaus Jonass erinnern könnten. War nun Vickys letzter Wunsch in Erfüllung gegangen? Ihr Vermächtnis. Vickys letztes Band. Klar und deutlich hat sie inmitten all dieser Fremden die Stimme ihrer Mutter im Ohr. »Und wenn jemals, Erichs Prophezeiung zum Trotz, diese Mauer fällt, hab ich persönlich nur einen Wunsch. Sorgt dafür, dass das Jonass den Grünbergs zurückgegeben wird. Denen, die dann noch leben.«

Was für ein unzuverlässiger Prophet Erich doch gewesen war! Nicht mal ein Dreivierteljahr hatte es gedauert, nach seiner Steht-noch-in-hundert-Jahren-Ansage, bis die Mauer gefallen war. Immerhin war das Haus nach all den Jahrzehnten an die Erben von Heinrich und Harry Grünberg zurückgegeben worden. Und auch wenn Vicky es sicher bedauern würde, war es ihr gutes Recht, es weiterzuverkaufen. Niemand von ihnen hatte je in Deutschland gelebt oder verspürte den Wunsch, dies zu tun, nach allem, was hier geschehen war. Das Kaufhaus Jonass kannten sie, wenn überhaupt, nur von Erzählungen und alten Fotos. Und sicher wäre Vicky froh gewesen, dass es wenigstens dieses Quäntchen Gerechtigkeit gab, die Rückgabe an die rechtmäßigen Besitzer. Froh, dass dieses Haus, nach fünfzehn Jahren Leerstand, zu neuem Leben erwacht.

Auch Elsa ist froh darüber, obwohl sie sich gewünscht hat, dass die Torstraße 1 ein für alle zugänglicher Ort würde, nachdem zuerst die Nazis und später die Kommunisten das Gebäude okkupiert hatten. Ihre Bürgerinitiative für ein Haus der Geschichte, mit Ausstellungen, Führungen und Diskussionen, hatte nie eine Chance. Die Stadt Berlin konnte oder wollte, wer wusste das schon genau, das Gebäude nicht kaufen. Und die Mitglieder der Bürgerinitiative erst recht nicht. Auch Stephanie und Jonas waren ihr beigetreten und später, das würde sie ihm niemals vergessen, beinahe sogar Bernhard. Dabei hätten sie sich darüber um ein Haar zerstritten, ausgerechnet bei ihrem ersten Wiedersehen nach Öffnung der Mauer. »Du willst aus meinem Arbeitsplatz ein Museum machen?«, hatte er sie angefahren. »Für dich sind wir also schon tot und vorbei?« Doch nachdem auch das Parteiarchiv und mit ihm die letzten Mitarbeiter aus der Torstraße ausgezogen waren, hatte Bernhard seine Meinung in der Sache geändert. Solange die Geschichte des Hauses in ihrer Komplexität dargestellt würde, hatte er gemeint, und man Sozialisten und Nazis nicht als das Böse schlechthin in einen Topf warf – da wäre es vielleicht nicht verkehrt, auch Leute wie ihn dabeizuhaben. Aber das sahen ihre Mitstreiter anders. Leute wie Bernhard, fanden sie, hätten lange genug am Hebel gesessen und bei ihnen nun nichts mehr zu sagen und zu suchen. Da war auch sie wieder ausgetreten.

Und während sie an all das zurückdenkt, wird ihr klar, dass es in diesem Trubel nur einen Ort gibt, wo sie ihn finden wird. Wenn Bernhard mit seiner Scheu vor Menschenmengen es hier irgendwo aushält, dann an der Brüstung der Terrasse, wo man den Blick in die Ferne schweifen lassen kann. So bahnt sie sich einen Weg durch die Gäste, die in Paaren und Gruppen beisammenstehen.

Endlich hat sie die Brüstung erreicht, hält sich am Geländer fest und atmet tief ein. Die halbe Stadt liegt einem hier oben zu

Füßen. Das Licht der Abendsonne fällt auf die Kuppel des Doms, spiegelt sich kupferfarben in den Fensterfronten am Alexanderplatz, beleuchtet Glasfassaden und Ziegeldächer, Werbeplanen, Baukräne und Kirchtürme. So prächtig ist der Ausblick auf diese hässliche, herrliche Stadt, dass es weh tut, ihn mit niemandem zu teilen.

Da setzt über das Gewirr der Stimmen hinweg die Band ein, und Elsa hält es nicht mehr aus, zwischen all diesen Menschen allein zu sein. Sie muss ihn finden! Bernhard. Wo ist er? Sie muss jetzt und hier zu diesem Lied mit ihm weinen.

Endlich hat er sie gefunden. Elsa steht an der Brüstung der Dachterrasse und schaut in die Ferne. Erst will er rufen, die letzten Meter zu ihr laufen, doch dann bleibt er stehen und betrachtet sie. Ein großes Tuch hat sie um die Schultern gelegt, sich darin eingewickelt, als sei es Schutz und Trost zugleich. Ein wenig kleiner scheint sie geworden zu sein seit ihrer letzten Begegnung, ein bisschen rundlicher. Das Haar trägt sie kurz geschnitten, ein paar hellbraune Strähnen zwischen den weißen, noch vor wenigen Jahren war es umgekehrt. Nur ihre Augen kann er nicht sehen, und plötzlich wünscht er nichts mehr, als dass sie aufschaut und ihn entdeckt. Wünscht sich, dass sie zuerst überrascht ist und dann das schöne Elsalächeln über ihr Gesicht huscht, und in dem Moment schaut Elsa ihn an. Gar nicht überrascht schaut sie, und das schöne Elsalächeln huscht nicht, sondern breitet sich in ihrem ganzen Gesicht aus und bleibt.

Im nächsten Augenblick ist er bei ihr an der Brüstung. »Herzlichen Glückwunsch zum Geburtstag!«, rufen beide zugleich und fallen sich in die Arme.

»Wünschen«, sagt Elsa. »Wir dürfen uns was wünschen.« Dann sagen sie eine Weile nichts mehr.

»Ich bin so froh, dass du hier bist«, murmelt Bernhard und

streicht der Frau, die zur selben Stunde geboren wurde wie er, über den Rücken. Wie weich Elsa sich anfühlt. Wie sonderbar, dass wir uns über all die Jahrzehnte hinweg nie ganz aus den Augen verloren haben, denkt er. Als sei der Umstand unserer Geburt immer festes Band genug gewesen. Und weil das Band nie gerissen ist, stehen sie heute hier. Bernhard und Elsa. Die beiden ältesten Zeitgenossen weit und breit.

»Schau nur«, sagt sie, »schau nur.« Mit der einen Hand hält sie das Tuch um die Schultern, mit der anderen zeigt sie in einem weiten Bogen auf die Dächer der Stadt. »Von hier hat man so einen Blick, Bernhard. Unendlich weit.«

Bernhard fühlt Traurigkeit in sich wachsen. Als könne man mit achtzig noch seinem toten Vater nachtrauern, der immer die gleiche Armbewegung gemacht hatte, um zu zeigen, wie man sich oben auf dem Dach des Kaufhauses Jonass fühlte.

»Bist du früher oft hier oben gewesen?«, fragt Elsa. »Als du hier gearbeitet hast?«

»Nie«, sagt Bernhard und lächelt. »Ich habe hier immer nur in der Vergangenheit gegraben. Und nicht in die Zukunft geschaut.« Es amüsiert ihn, dass er sich dieser Worthülsen bedienen kann und ihnen nun eine ganz andere Bedeutung zukommt. Manchmal schlägt er die Zeitung auf und liest Sätze, die er selbst mal so und nicht anders geschrieben hat. Nur dass sie jetzt von anderen gesagt werden. Er schaut sich um. Ringsum wird Sekt getrunken. Oder Prosecco, wie der Sekt heute wohl heißt. Und er stünde hier gern mit einem Bier.

»Komm«, sagt Bernhard. »Wir werden jetzt Geburtstag feiern, wir beide. Wer hat dir eigentlich eine Einladung besorgt für diese Sause?«

»Ein junger Ami«, sagt Elsa, »den ich noch nie im Leben gesehen habe. Obwohl, ich hatte das Gefühl, ihn irgendwoher zu kennen, aber woher nur? Er hat mich am Türsteher vorbeigeschmuggelt und behauptet, ich sei seine Grandma.«

»Wie sah er denn aus, dein Enkel? Vielleicht finden wir ihn, vielleicht kennst du ihn wirklich. Oder er dich.«

Da wird Bernhard bewusst, dass er bisher keinen einzigen Bekannten oder früheren Kollegen hier gesichtet hat. Keine zwanzig Jahre später scheinen alle Verbindungen gerissen, das Personal des Stücks komplett ausgetauscht. Was hielten die wohl davon, kommt es ihm in den Sinn, wenn wir Ehemaligen und Unverbesserlichen uns hier im Soho House zum Jubiläum träfen? Er stellt sich vor, wie sie hier stehen, mit Sektgläsern in der Hand am Pool, und gelernte Parolen verkünden. Alte Knacker und Knackerinnen sie alle. Wie sie reden über damals und früher, mit dicken, faltigen Bäuchen über den Badehosen, und sich mehr oder weniger verbittert über die Vergangenheit auslassen.

»Grauenvoll«, entfährt es ihm, und Elsa schaut verwundert. »Hast du gesehen, dass die hier eine Bar Politbüro einrichten?«

Elsa nickt. »Zum Glück gibt es keine Lounge Jonass«, meint sie. »Aber trotzdem, Bernhard, vielleicht sollten wir Clubmitglieder werden.« Sie kichert. »Dann könnten wir uns hin und wieder hier ein Zimmer nehmen.«

Bernhard spürt, wie er rot wird, und wendet sich ab. Das schafft sie noch immer, selbst mit achtzig, ihn so verlegen zu machen.

»Warte einen Moment«, sagt er und kommt kurz darauf mit einer Flasche Prosecco und zwei Gläsern zurück. Mit einer Bierflasche auf ihren Geburtstag und die ganze Chose hier anzustoßen, das wäre doch ein wenig schäbig. Er stellt Flasche und Gläser auf einem Bistrotisch ab, greift in die Jacketttasche und holt ein kleines Päckchen hervor.

»Ich hab was für dich, zum Geburtstag«, murmelt er und freut sich, dass jetzt Elsa ein bisschen verlegen aussieht.

Sie nestelt an dem Päckchen und öffnet das Holzkästchen.

»Bernhard«, sagt sie, »gleich fall ich tot um.«

»Wenn du das machst, bin ich dir bis an mein Lebensende

böse.« Er nimmt Elsa die Kette aus der Hand und legt sie ihr um den Hals. Braucht eine Ewigkeit, bis er den winzigen Verschluss geschlossen hat, und dreht Elsa zu sich. Der goldene Anhänger in Form einer Kamera liegt in ihrer Halskuhle und pulsiert ein wenig mit, wenn ihr Herz schlägt. Neben ihnen applaudiert eine junge Frau und beglückwünscht sie.

»Die denkt bestimmt, du hast mir einen Heiratsantrag gemacht«, flüstert Elsa. »Aber das hast du ja wohl nicht, oder?«

»Vielleicht«, sagt Bernhard und legt einen Arm um ihre Schultern, »hätte ich das tun sollen. Vor Langem schon. Doch wann wäre dafür der richtige Zeitpunkt gewesen?«

Elsa lehnt ihren Kopf an seinen. Beide schweigen. Sie hätte es nicht sagen können. Es gab ja fast immer Männer in ihrem Leben. Und in Bernhards Leben Frauen. Frauen und Männer und die Mauer.

»Auf uns!«, sagt sie und hebt ihr Glas. »Auf unseren achtzigsten Geburtstag, und darauf, dass wir hier zusammen feiern!«

Bernhard stößt mit ihr an. »Und auf unseren neunzigsten! Und hundertsten!«, prostet er ihr zu.

»Einverstanden.« Sie lacht und deutet noch einmal über die Dächer der Stadt im Licht der sinkenden Sonne. »Auf Vicky und Elsie«, sagt sie und nimmt einen Schluck. Dann dreht sie das Glas zwischen den Fingern. »Und Harry.«

Bernhard betrachtet das Gewirr der Dächer und Türme, Schneisen und Straßen. Bis zum Horizont Häuser, von Menschen bewohnt und gebaut. »Auf Wilhelm«, sagt er und leert das Glas. »Und auf Martha.«

»Hast du?«, fragen beide zugleich und schütteln beide die Köpfe.

»Gefunden, was ich gesucht hab?«, sagt Elsa. »Nein. Zum Glück nicht. So schön und magisch wie die Poststelle meiner Träume kann der Raum gar nicht sein. Vermutlich ist es jetzt eine Besenkammer. Und du?«

Bernhard sieht plötzlich ängstlich aus. »Ich würd's schon gern wissen. Was Wilhelm geschrieben hat, als er die Nacht hier unter dem Balken lag und nicht wusste, ob er lebend herauskommt. Aber bisher hab ich nichts entdeckt, war in allen Räumen. Bis auf den ganz hier oben.« Er nickt in Richtung des überdachten Barbereichs.

»Gut«, sagt Elsa, »dann suchen wir jetzt zusammen.« Sie zieht ihn mit sich und spürt einen leichten Widerstand.

»Ich weiß nicht«, sagt Bernhard. »Wenn er nun wirklich bloß Unsinn gekritzelt hat?«

»Hat er nicht«, sagt Elsa, hängt sich bei Bernhard ein und lotst ihn über die Terrasse, durch die Glasschiebetür in die Bar. Sie nehmen die weißen Tische in Augenschein, die Sessel und die lange Bar mit den Barhockern in der Mitte des Raums. Die Wände an den Längsseiten des Raums sind aus Glas, kommen also für Wilhelms Inschrift nicht infrage. Bernhard sieht enttäuscht und erleichtert aus. Aber so schnell will Elsa nicht aufgeben. Wie manchmal beim Fotografieren, muss man vielleicht auch hier eine andere Perspektive einnehmen, um die Dinge richtig zu sehen. Also treten beide auf der anderen Seite wieder aus der Bar hinaus, auf eine weitere Terrasse, die im Schatten liegt, mit Blick auf den Innenhof. Plötzlich sind sie ganz allein.

Bernhard betrachtet die Wand. Das Stück Außenwand auf dieser Seite, das nicht aus Glas, sondern aus Stein gebaut ist. Er geht langsam darauf zu. Tatsächlich haben sie diesen Teil der wieder freigelegten Wand im Originalzustand belassen. Unverputzt und mit den eingeritzten Inschriften. Bernhard versucht, die mal mehr und mal weniger lesbaren Schriftzüge zu entziffern. Sprüche, Frauennamen, »Brüder, zur Sonne, zur Freiheit«. Immer tiefer muss er sich bücken und schließlich auf die Knie gehen, bis er ganz unten auf einige kaum noch lesbare Worte stößt.

Er wendet sich Elsa zu, die mit ein wenig Abstand hinter ihm steht, und winkt sie herbei. Auch Elsa geht nun neben ihm auf die Knie, und er zeigt auf die Inschrift und sieht sie erwartungsvoll an. Doch sie sitzt ausdruckslos da. Endlich wühlt sie in ihrer Handtasche, die sie auf dem Schoß hält, holt die Lesebrille heraus, setzt sie auf und beugt sich weit vor. »Bernhard! Ich will mit dir leben«, murmelt sie.

Da knien sie nebeneinander und schauen und schweigen. Bernhard denkt, dass er ruhig heulen könnte. In seinem Alter ist alles erlaubt. Stattdessen kramt er sein Taschenmesser hervor und sagt zu Elsa: »Kannst du mal Schmiere stehen?«

Elsa fragt nicht weiter nach, schaut sich um und stellt sich vor den hockenden Bernhard. Zum Glück sind sie noch immer allein, hierher scheint sich niemand zu verirren. Nach einer Weile, die Elsa sehr lang erscheint, will Bernhard sich aufrichten und sackt wieder zusammen. Er schafft es erst beim zweiten Anlauf, ächzend, wie alte Männer es tun, als sei es leichter, die Beine zu strecken, wenn man dabei stöhnt.

Nun geht Elsa noch einmal in die Knie, um lesen zu können, was Bernhard über Wilhelms Worte in die Wand geritzt hat. Die Brille hat sie diesmal gleich aufgelassen, und als sie wieder aufsteht, geben ihre Knie ein gefährliches Knacken von sich. Sie schaut Bernhard an.

»Das muss reichen für eine lange Geschichte«, sagt Bernhard und küsst Elsa auf den Mund. »Und jetzt gehen wir.«

»Ja«, sagt Elsa und führt ihn noch einmal mit sich, aber nicht zum Ausgang, sondern auf die Seite der Dachterrasse, wo die untergehende Sonne den Horizont dunkelrot färbt. »Wenn's am schönsten ist, soll man gehen, nicht?« Sie beugt sich weit über die Brüstung. »Oder fliegen.«

Bernhard zieht sie zurück, zitternd und bleich im Gesicht. Sie lächelt ihn entschuldigend an, fischt einen Zettel aus der Tasche und faltet einen kleinen Papierflieger.

»Den brauch ich nicht mehr«, sagt sie und wirft ihn hoch in die Luft. Im nächsten Augenblick wird er von einem Windstoß erfasst, und der Passierschein für Genossin Elsa Jonass segelt in den Himmel über Berlin.

Nachwort

»Wenn Häuser Geschichten erzählen könnten, dann hat dieses den Stoff für einen ganzen Roman«, hieß es in der *Berliner Zeitung* vom 19.4.2007 über die Torstraße 1. Nachdem ich den Artikel gelesen hatte, war auch ich dieser Meinung. Dieses Gebäude im Zentrum Berlins ist seit fast einem Jahrhundert ein Spiegel der Zeit: 1928 wurde hier das Kaufhaus Jonass als erstes Kreditkaufhaus Berlins eröffnet. Die ärmere Bevölkerung des Berliner Ostens konnte dort »auf Pump« kaufen. Im Nationalsozialismus wurde der jüdische Inhaber Hermann Golluber schrittweise enteignet, bis die Familie 1939 in die Vereinigten Staaten emigrierte. Die NSDAP zeigte Propaganda-Ausstellungen im Haus, ab 1942 residierte dort die Reichsjugendführung. Nach dem Krieg zog der Präsident der DDR, Wilhelm Pieck, ins »Haus der Einheit«, das nun SED-Parteisitz war, und ab 1959 kam das Institut für Marxismus-Leninismus hinzu. Die Wende brachte Leerstand und Verfall, bis das Haus an die Erben rückübertragen und schließlich weiterverkauft wurde. 2010 begann nach Sanierung und Umbau ein neues Kapitel mit dem Soho House Berlin. Der exklusive Privatclub für ein kreatives, internationales Publikum verkörpert wiederum den Zeitgeist im Berlin des 21. Jahrhunderts.

Die Vorgeschichte des Hauses wurde von den wechselnden Besitzern immer aufs Neue verdrängt. Das Vorhaben, es nach der Wende in einen öffentlich zugänglichen Erinnerungsort umzuwandeln, scheiterte. Wenige der heutigen Besucher und

Passanten wissen um die einzigartige Historie der Torstraße 1. Und doch sind viele Menschen von diesem imposanten Gebäude und seiner Geschichte fasziniert, wie auch die zahlreichen Artikel zeigen, die immer wieder darüber erscheinen – und manchmal zu einem Roman inspirieren. So kommt zu den vielen vergangenen und vergessenen wahren Geschichten eine erfundene hinzu, entstanden aus dem Wunsch, dieses bemerkenswerte Haus für viele lebendig werden zu lassen.

Sybil Volks, Berlin, im Mai 2012

Nach-Nachwort zur Neuausgabe

»Dieser Roman müsste doch verfilmt werden!«, habe ich nach jeder Lesung und immer wieder von Leserinnen und Lesern gehört. Fast ein Jahrzehnt nach der Erstveröffentlichung ist es so weit: ›Torstraße 1‹ geht in Serie – und das Buch erscheint zu diesem Anlass als Neuausgabe. Es erfüllt mich mit großer Freude, dass in all den Jahren das Interesse am Stoff lebendig geblieben ist, was sich in zahlreichen Nachauflagen, Pressebeiträgen, Rezensionen, zwei Hörbuchfassungen und unvergesslichen Lesungen widerspiegelt. Nun wurde das Buch von den Produzenten von ›Babylon Berlin‹ für eine TV-Serie adaptiert. Die Serie ›Das Haus der Träume‹ orientiert sich recht frei am Roman. Die Werke werden jedes für sich stehen und sich gegenseitig beflügeln, so stelle ich es mir vor – wie die beiden geschwungenen weißen Flügel des Hauses Torstraße 1 …

Sybil Volks, immer noch Berlin,
im Januar 2022

Danksagung

Ich danke allen Mitarbeiter:innen des dtv Verlags, die das Buch seit einem Jahrzehnt auf der Langstrecke am Laufen halten! Insbesondere Bianca Dombrowa, die ›Torstraße 1‹ für den Verlag entdeckt hat, und meiner Lektorin Hanne Hartmann, die beide mit mir und meinen Büchern durch dick und dünn gehen. Ein großer Dank an Swantje Steinbrink, die als Agentin den Roman vermittelt hat, sowie Andrea Seibert (dtv) und Elke Brand (Scripts for Sale) für die Vermittlung und Betreuung der Filmrechte.

Ein dickes Dankeschön für ihre Unterstützung den befreundeten Autorinnen Tanja Dückers, Lisa-Marie Dickreiter und Iris Leister und ein ganz besonderer Dank an Kathrin, ohne die dieses Buch so nicht entstanden wäre. Das dickste Dankeschön meiner Frau Anne, die mein Schreiben von A-Z und mich von früh bis spät mit Liebe, Geistesblitzen und Ermutigung begleitet.

Spannende Einblicke in das Gebäude vor und nach dem Innenumbau ermöglichten das Architektenbüro JSK und das Soho House Berlin.

Danke für das Happy End an Uwe Urbas und das tolle Team von X Filme, die über Jahre an die Verfilmung des Romans nicht nur geglaubt, sondern sie auch realisiert haben. Die Besuche am Set in Berlin und Görlitz waren strahlende Highlights.

Last, but not least danke ich den Buchhändler:innen, die mit Ideen und Elan den Roman unter die Leute bringen, und herzlichst ebendiesen Leuten, die ihn lesen – denn erst durch ihre Augen erwacht die Geschichte zum Leben.